Tödliche Verlobung

LUCINDA BRANT BÜCHER

— Die Roxtons – die frühen Jahre —
DER EDLE SATYR
SEINE HERZOGIN
IHR HERZOG
IHRE GNADEN

— Roxton-Familiensaga —
HEIRAT UM MITTERNACHT
HERZOGIN DES HERBSTES
TEUFELSKERL DAIR
DIE STOLZE MARY
DER SOHN DES SATYRS
IN LIEBE
HERZLICHST

— Salt Hendon-Serie —
DIE BRAUT VON SALT HENDON
RÜCKKEHR NACH SALT HENDON

— Alec-Halsey-Krimis —
TÖDLICHE VERLOBUNG
TÖDLICHE AFFÄRE
TÖDLICHE GEFAHR
TÖDLICHE VERWANDTSCHAFT

ÜBER DIE AUTORIN

Wenn ich nicht in meiner Sänfte durch das London des 18. Jahrhunderts schaukele oder mit parfümierten Hofleuten mit Schönheitspflästerchen in den vergoldeten Salons von Versailles den neuesten Klatsch austausche, schreibe ich preisgekrönte historische Liebesgeschichten und Krimis (die auch ihre Liebesgeschichten enthalten) aus der georgianischen Zeit. Meine Bücher spielen im georgianischen England des 18. Jahrhunderts, mit gelegentlichen Ausflügen auf den europäischen Kontinent. Ich lege die Zügel bei der französischen Revolution, wo ich ein früheres Leben wegen meines unverzeihlichen hedonistischen Lebensstil als faule Aristokratin beendet habe, nieder.

lucindabrant@gmail.com | lucindabrant.com

pinterest.com/lucindabrant | twitter.com/lucindabrant

facebook.com/lucindabrantbooks | youtube.com/lucindabrantauthor

SUSANNE DÖRING

BÜcher waren immer mein größtes Vergnügen; indem ich sie übersetze, kann ich sie auch mit denen teilen, die lieber auf Deutsch lesen. Ihre Meinung ist mir wichtig, Sie erreichen mich unter:

werrakind@gmail.com

Tödliche Verlobung

EIN HISTORISCHER KRIMINALROMAN
AUS DER GEORGIANISCHEN ZEIT

ALEC-HALSEY-KRIMIS BAND 1

Lucinda Brant

ÜBERSETZT VON SUSANNE DÖRING

Ein Sprigleaf-Buch
Veröffentlicht von Sprigleaf Pty Ltd

Dies ist ein Roman; Namen, Charaktere, Orte und Ereignisse
entstammen der Fantasie des Autors oder werden fiktiv verwendet.

Für meine Eltern

Grace und Eric

EINS

LONDON, FRÜHLING 1763

ALEC HALSEY KAM IN DIE KÜHLE DER WEITRÄUMIGEN Marmorhalle von St. Neots House, dem Heim seiner Patin, der Herzogin von Romney-St. Neots, geschritten und entledigte sich hastig seines dicken Umhangs, der ledernen Reithandschuhe, Schärpe und seines Schwerts. Er drückte diese einem aufwartenden Lakaien in die Hand und stieg die geschwungene Marmortreppe zwei Stufen auf einmal hinauf. Auf dem ersten Treppenabsatz hielt er an, als ob er sich an seine Manieren erinnerte, und lehnte sich über das Mahagonigeländer.

„Neave?", rief er dem Butler zu, „sag der Herzogin, ich würde in Kürze bei ihr sein!"

„Ihre Gnaden hat Gäste zum Mittagsmahl, Sir!", rief Neave in die Kuppel des höhlenartigen Eingangsfoyers hinauf. „Und Miss Emily ist ..." Alec Halseys schwarzer Lockenkopf verschwand; der Butler fuhr herum, sah, wie zwei Lakaien das Eigentum des Besuchers hielten und zeigte mit dem Finger auf den jüngsten, einen sommersprossigen Jungen mit einem Schopf roter Haare. „Lauf ihm nach! Er darf Miss Emily nicht stören. Deine Stellung hängt davon ab, Junge."

Alec war in dem Flur, der zu den von der Enkelin der Herzogin bewohnten Räumen führte, als hastiges Atmen in seinem Rücken ihn sich umdrehen ließ. Ein junger Lakai kam auf ihn zu gehüpft, ähnlich wie ein Welpe läuft, dessen Beine noch nicht ganz ausgewachsen sind.

Hinter einer zweiflügeligen Tür war der Klang von weiblichem Geplapper und Gelächter zu hören.

„Sir? Bitte, Sir. Nein!", flehte der junge Lakai und kam direkt vor dem großen, langbeinigen Gentleman zum Stehen. „Ihr dürft dort nicht hineingehen! Mr. Neave wird mich 'rausschmeißen, wenn Ihr das tut!"

Alec blieb stehen, seine langen Finger bereits um den Türgriff gelegt, und schaute auf den sommersprossigen Jungen hinab, der respektvoll seine Augen senkte und mit den Füßen scharrte. Irgendetwas an dem Jungen kam ihm seltsam vertraut vor und ließ ihn innehalten.

„Wie heißt du?"

Der Lakai schrak zusammen. Die angenehme, schleppende Stimme klang nicht zornig, nur neugierig, und ließ ihn vorsichtig aufschauen, um sich zu fragen, was die Absicht hinter dieser Frage des Gentlemans war. Aber in den freundlichen, blauen Augen, in deren Winkel sich kleine Fältchen bildeten, war kein Hauch von Überheblichkeit zu bemerken; keine hochfahrende Art oder affektierte Sprechweise wie bei so vielen der Besucher in St. Neots House. Auch wenn die Kleidung dieses Gentlemans nicht mehr als gewöhnlich war - keine Silberschnüre, keine bauschigen Spitzenmanschetten an seinen Handgelenken, keine Diamant-Schnallen auf den Laschen seiner Lederschuhe - nur guter, dunkler Stoff, eine schlichte Leinenkrawatte und Schuhe ohne hohe Absätze. Vielleicht konnte er vernünftig mit ihm reden und keine Ohrfeigen beziehen, weil er nur seine Arbeit machte. Er schluckte hart und ließ seinen Blick zu der Tür wandern.

„Verzeihung, Sir. Ich wurde Thomas Fisher getauft, aber die meisten rufen mich Tam, Sir."

„Thomas Fisher", stellte Alec fest und zermarterte sich das Gehirn nach einer Erinnerung; er konnte nicht sofort eine Verbindung herstellen. Er folgte dem Blick des Jungen zu der Doppeltür. „Nun, Thomas Fisher: Tam, ich werde dort mit oder ohne deine Zustimmung hineingehen. Meinst du, ich bin vorzeigbar genug, um mich anzukündigen?"

Tam fragte sich, ob er aufs Glatteis geführt würde. In diesen blauen Augen stand ein Ausdruck, den er nicht deuten konnte. Wenn Neave ihn hier im Gespräch mit einem Besucher fand, würde er wieder auf der Straße landen. Und Besucher, die Gentlemen waren, *echte* Gentlemen, betraten nicht die Privaträume einer Lady; mit Sicherheit fragten sie nicht nach der Meinung von Lakaien. Er schob sein Kinn energisch vor und legte gerade genug Frechheit in seine Stimme, um dem Gentleman seine Stellung bewusst zu machen.

„Präsentabel, Sir?"

Alec hob eine Hand. „Ich bin nicht empfindlich. Raus damit. Es ist das Haar, nicht wahr?", sagte er und raffte das schulterlange Haar säuberlich im Nacken zusammen und schlang das Band, das es in Zaum gehalten hatte, wieder darum. „Nicht genug Wachs und kein Puder. Kann beides nicht ausstehen."

Tam musste gegen seinen Willen grinsen. „Es ist, wie Ihr sagt, Sir. Eure Schuhe sind ansehnlich genug. Frauen kümmern sich überhaupt nicht um Staub auf Euren Schuhen, aber es gefällt ihnen, wenn ein Gentleman *ordentlich* aussieht. Wenigstens sagt Jenny das. Sie kann schlechtsitzende oder nicht ausreichend gepuderte Perücken nicht ausstehen. Sagt, das wäre nicht richtig. Aber Euer Haar ..."

„... ist mein eigenes. Ja. Mein einziges Zugeständnis an die Eitelkeit", sagte Alec mit einem Augenzwinkern und schlüpfte durch die Tür, bevor der Lakai ihn aufhalten konnte.

Tam fluchte in sich hinein und stürzte hinter ihm her; als er in das ausgesprochen feminine Wohnzimmer trat, sagte er: „Bitte, Sir! Miss Emily hat ihre Schneiderin da. Sie empfängt keinen Besuch und ich bezweifle ..."

„Keine Sorge, Tam, ich werde bei Neave ein gutes Wort für dich einlegen."

„... dass sie Eure Stiefel oder Euer Haar bemerken wird, wegen der Feierlichkeiten."

Das brachte Alec Halsey zu einem abrupten Halt und er starrte ihn verwirrt an. „Feierlichkeiten?"

Tam trat an ihn heran. „Die Verlobungsfeier, Sir. Es soll eine Wochenendparty geben. Hier in St. Neots House."

„Verlobungsfeier? *Hier?*"

Tam sah den Ausdruck völliger Verwirrung im Gesicht des Gentlemans. Es war klar, dass diese Nachrichten neu für ihn waren. „Ja, Sir. Hat man Euch nichts davon gesagt?"

„Ich bin gestern vom Kontinent zurückgekommen. Ich war acht Monate fort. Eine Verlobungsfeier, sagst du. Wessen?"

„Miss Emilys, Sir."

„Nein!"

„Ja, Sir. Miss Emily hat sich verlobt und wird heiraten."

„*Wann?*"

„Wie bitte, Sir?"

„Wann. *Wann* ist das passiert?

„Jenny, sie ist Miss Emilys Zofe ..."

„Ich weiß, wer Jenny ist!"

Tam senkte die Augen. Er hatte noch nie ein Gesicht so weiß wie ein Laken werden sehen. Den Ausdruck hatte er gehört. Die Haushälterin verwendete ihn ziemlich oft. Jetzt sah er es vor sich. Alec Halseys kantiges Gesicht hatte nicht nur jede natürliche Farbe verloren, sondern sein Hals hatte sich unter seiner Krawatte schmerzlich zusammengezogen. Plötzlich sah er krank aus. Tam fragte sich, ob er Weinbrand holen sollte.

Alec schluckte. „Ich meine nicht ... es ist nur ...“

„Eine Erklärung ist nicht nötig“, sagte Tam schnell, wandte seinen Blick ab und scharrte mit den Füßen, als er die Verlegenheit des Gentlemans spürte.

Er wünschte, ihm irgendwie helfen zu können. Er mochte Miss Emilys Verlobten nicht, trotz Jennys Meinung, dass der Earl von Delvin der bestaussehende Gentleman des Königreichs war. Lord Delvin trat zweifellos gut auf, bekleidet mit einer gepuderten Perücke nach der letzten Mode, einem schmalschultrigen Rock aus kunstvoll bestickter Seide, Diamanten auf seinen Schuhschnallen und Längen bauschiger Spitze an Handgelenken und Hals, aber an dem Adligen war doch etwas Unangenehmes. Tam wünschte, er hätte greifbare Beweise für dieses Gefühl, besonders, da Jenny ständig das Lob des Earls sang.

„Jenny hat es mir gesagt, Sir“, fügte er düster hinzu. „Miss Emily hat sich vor drei Tagen verlobt.“

„Drei Tage ...“

Tam zuckte zusammen, als er den kläglichen Klang der tiefen Stimme hörte. „Es - es tut mir leid, Sir.“

Es blieb lange still. Das Schweigen wurde von Jenny unterbrochen, die aus dem Schlafzimmer ihrer Herrin geeilt kam, etwas über ihre Schulter sagte und direkt mit Tam zusammenstieß. Sie fiel einen Schritt zurück und legte eine Hand an ihre Haare.

„Tam? Was machst du ... Oh!“ Sie erblickte Alec und sank in einem respektvollen Knicks zusammen. „Mr. - Mr. Halsey? Sir!“ Ihre Augen wurden ganz rund und sie schaute Tam an, der seine Augen gesenkt und seine Hände hinter dem Rücken hielt.

Hinter ihr entstand ein Rauschen seidener Röcke, eine oder zwei Stimmen erhoben sich protestierend und dann stand Emily in ihrer ganzen hellen Lieblichkeit dort, ihre erdbeerblonden Locken nur mit ein paar langen Nadeln von den Schultern hochgesteckt. Sie trug ein neues Kleid aus gemusterter Seide, das erst zusammengeheftet war und am Mieder noch geändert werden musste, denn es war für den Geschmack der Herzogin viel zu tief ausgeschnitten.

Madame, die französische Schneiderin, war bei ihr und drängte sie, wieder zurück in ihr Zimmer zu kommen, damit sie ihre Arbeit fortsetzen könnte. Als sie einen Gentleman erblickte, gab sie ein erschrecktes, französisches Quietschen von sich. Jenny wirbelte herum, um ihre Herrin vor neugierigen Blicken zu schützen, aber als Emily sah, wer es war, vergaß sie Madames Stecknadeln und warf sich Alecs regloser Gestalt entgegen.

„Du bist endlich zu Hause! Du kannst dir nicht vorstellen, wie sehr wir dich vermisst haben. Großmutter sagt ja kein Wort. Habt ihr zwei euch verschworen, um mich zu überraschen? Das sieht euch ähnlich! Oh, es ist *so* schön, dich zu sehen." Sie packte Alecs Hand und zog ihn in ihr Schlafzimmer, völlig übersehend, dass seine Laune nicht ihrer eigenen entsprach. „Pass auf, wo du hintrittst. Heute ist Anprobe. Jenny? Jenny! Vergiss den Tee. Bring Champagner. *Ja*. Champagner. Wir wollen Alecs Rückkehr feiern." Sie scheuchte Madame und ihre Helferinnen fort. „Ich werde aus diesem elenden Ding herauskommen und dann kann ich dich anständig zu Hause begrüßen. Also, was hältst du von diesem Kleid? Gefällt es dir?"

„Das Mieder ist unanständig."

„Sagt Großmama auch. Aber das ist modern." Sie verschwand hinter einem reich verzierten Wandschirm in einer Ecke des sonnigen Zimmers und Madame folgte ihr, dabei in gebrochenem Englisch vor sich hin schimpfend. „Du wirst mit mir zufrieden sein. Ich habe Phoenix gut in Form gehalten", rief Emily von hinter dem Wandschirm. „Zum Nachteil *meiner* Pferde. Ich bin heute Morgen mit ihm ausgeritten. Erinnerst du dich an die Schwierigkeiten, die er mit seinem linken Sprunggelenk hatte? Nun, das ist wieder ganz in Ordnung, also musst du dir keine Sorgen machen. Ich nehme an, du willst ihn wieder zum St. James's Place mitnehmen? Da!"

Als sie wieder auftauchte, stand Alec an dem Fenster, das auf die Fläche des östlichen Rasens hinausging und sah von allem nichts. Er wünschte, überall zu sein statt hier. Plötzlich fühlte er sich müde. Als sie zu ihm herüberkam und ihn verspielt am Ärmel zupfte, konnte er sich nicht überwinden, sie anzusehen.

„Ich bin anständig angezogen", sagte sie und setzte sich auf den Sitz des Fensters, an dem er stand. „Bis zum Hals zu geknöpft und Schuhen an meinen Füßen!" Als er auf ihr spielerisches Geplänkel keine Antwort gab, fügte sie im Plauderton hinzu: „Wie war Paris? Hast du mir etwas Wunderbares mitgebracht? Etwas zum Anziehen? Oder vielleicht etwas für dieses Zimmer? Und ich muss dir für den Fächer danken, den du zur Weihnachtszeit geschickt hast. Er ist wunderschön. Großmama war fast neidisch."

Alec drehte sich um und sah auf den unordentlichen Raum, auf die dicken Teppiche, die mit Schnitten und Stoffen bedeckt waren, auf die vertrauten Bilder auf den gemusterten Tapeten der Wände, aber nicht zu ihr. Alles war so wie in seiner Erinnerung. Er war oft hierhergekommen.

Um am Fenster an dem kleinen Tisch Tee zu trinken. Um ihre neuesten Neuigkeiten aus der Stadt zu hören und ihr dafür die Geschehnisse an den Höfen des Kontinents zu erzählen. Der Blick auf Tams Gesicht! Der Junge hatte keine Ahnung, oder doch? Er fragte sich, ob Jenny ihm in diesem Moment eine Gardinenpredigt hielt.

Jenny kam ins Zimmer zurück, gefolgt von Tam, der ein Tablett trug. Er stellte es auf den kleinen Tisch bei der Sitzgruppe aus Sofa, Chaiselongue und Sesseln und schaute zu Alec, nur, um diesen ihn ausdruckslos anstarren zu sehen. Jenny sah es auch und nach einem raschen Wort ließ Tam sie allein.

„Ich habe Euch einen Weinbrand mitgebracht, Sir", sagte Jenny sanft.

„Nein, Jenny. Wir wollen Champagner trinken. Nicht wahr, Alec?"

Alec nahm das Weinbrandglas und trank, ohne etwas zu schmecken.

Emily nippte nachdenklich an ihrem Champagner. „Werden sie dir jetzt hier eine Stellung geben? Du - du gehst doch nicht gleich wieder weg, nicht wahr?"

„Wie ist sein Name?"

Emily blinzelte angesichts seiner Grobheit. „Wie bitte?"

„Der Name deines *Verlobten*", betonte er kalt. „Wie - ist - sein - Name?"

An der äußeren Tür klopfte es leise und Jenny war froh, sich darum kümmern zu müssen und Emily alleinzulassen, die sich zum ersten Mal in ihrem Leben neben dem Patensohn ihrer Großmutter unbehaglich fühlte. Sie verstand seine Kälte nicht. Sie dachte, ihr eigenes Glück würde ausreichen, damit er für sie glücklich wäre. Wie viele Male hatte er ihr wie ein älterer Bruder gepredigt, wie wichtig es wäre, den Anordnungen der Älteren zu folgen, aber sich nicht in eine Ehe drängen zu lassen, die ihr nicht gefiele. Und sie hatte genau das getan. Vielleicht musste sie ihm das versichern? Mit einem Schluck Champagner gestärkt sah sie tapfer zu ihm auf und sagte:

„Ich möchte Edward heiraten. Als er um meine Hand anhielt, ließ Großmama ihn wissen, dass es meine Entscheidung wäre, dass ich ihn nicht akzeptieren müsste, wenn ich das nicht wollte. Aber", sagte sie mir klarerer Stimme, der ihr Glück Kraft verlieh, „ich möchte ihn heiraten. Ich möchte ihn *sehr gerne* heiraten."

„Edward? Edward …", wiederholte Alec leise. „Das ist nicht viel, um etwas zu wissen. Wer ist dieser Kerl?"

„Wir hatten uns nur bei ein paar Anlässen getroffen, bei öffentlichen Gesellschaften, aber ich wusste sofort, dass ich ihn akzeptieren würde, wenn er mich fragte", fuhr Emily fort, weil Alec absolut nicht überzeugt aussah. „Großmama ist sehr glücklich für mich, vor allem, weil ich einen Earl heiraten werde." Sie sah zu den Champagnerbläschen hinab und ergänzte nervös: „Nicht, dass dieser Umstand dir viel bedeutet ..."

„Genau. Mir sind Titel gleichgültig", stellte er fest. „Edward, Earl von *was*?"

„... aber für Großmama ist es wichtig", sagte Emily fest und beendete ihren Satz, obwohl sie den Tränen nahe war. Sie wünschte, Jenny käme zurück. Sie wusste nicht, wie lange sie hier mit Alec sitzen konnte, der aussah, als wäre ihre Verlobung die schlechteste Nachricht, die er in seinem Leben je gehört hätte. „Edward hat mich gewarnt, dass dir das nicht recht sein würde", gab sie naiv zu. „Aber ich habe ihm versichert, dass du nur mein Glück wünschst. Und du möchtest doch, dass ich glücklich bin, nicht wahr, Alec?", fragte sie kleinlaut. „Unabhängig von der Missstimmung zwischen euch beiden, hoffe ich, dass du siehst, dass er mich glücklich machen will. Er ist sehr fürsorglich und liebevoll und oh, *alles*, was ein Mädchen sich bei einem Ehemann wünschen könnte. Ich weiß, dass ihr einander entfremdet seid, seitdem ihr kleine Jungen wart. Ihr könntet ebenso gut Fremde sein, gar keine Brüder ..."

Er hörte im dem Moment auf zuzuhören, als ihm klar wurde, dass sie mit seinem älteren Bruder verlobt war. Wenn ihn die Entdeckung, dass sie sich verlobt hatte, bis zu einer Art Empfindungslosigkeit schockiert hatte, raubte ihm jetzt das Wissen, dass der Mann, der sie ihm weggenommen hatte, sein eigener Bruder war, den Verstand; dies war nicht das erste Mal, dass sein Bruder sich in Alecs Leben eingemischt hatte.

Vor sechs Jahren hatte Delvin Alecs Verlobung mit Selina Vesey verhindert. Ein zweiter Sohn mit tausend Pfund im Jahr hatte kein Recht, eine Erbin zu heiraten, ganz gleich wie glänzend seine Aussichten im Außenministerium waren. Als sein älterer Bruder, der auch das Oberhaupt der Familie war, seine Ablehnung einer so ungleichen Verbindung öffentlich äußerte, war Alecs Schicksal besiegelt. Alec musste nicht nur die Demütigung ertragen, dass seine Werbung von Selinas Vater abgelehnt wurde, sondern war auch gezwungen, dabeizustehen, als die Liebe seines Lebens an George Jamison-Lewis verheiratet wurde, der zehntausend Pfund im Jahr hatte, der Enkel eines Herzogs und einer der Kumpane seines Bruders war.

Alec erwartete nicht, sich je völlig von dieser Enttäuschung zu erholen, aber Zeit half, die Wunde vernarben zu lassen. Und als er sich gerade überzeugt hatte, dass sein Leben endlich weitergehen würde, wenn er Emily bäte, ihn zu heiraten, hatte das erneute Eingreifen seines

Bruders ihn einmal mehr seines persönlichen Glückes beraubt. Was sollte er tun?

Bevor er wusste, was er vorhatte, fand er sich auf halbem Weg die geschwungene Treppe hinab, voller Drang - etwas zu tun, ohne zu wissen, was. Er wusste nur, dass er St. Neots House verlassen musste, um tausenden Erinnerungen zu entgehen, die in den Mauern ruhten, und um von Emily wegzukommen. Er musste einen Ort finden, wo er ruhig und vernünftig nachdenken konnte. Wenn das nicht gelang, würde er einen Ort finden, wo er überhaupt nicht denken müsste ...

EINE DAME IN SCHWARZER KREPPTRAUERKLEIDUNG HATTE GERADE die Treppe betreten, es war unausweichlich, dass sie zusammenstoßen würden, so groß war der Umfang ihrer Reifröcke und Alecs blinde Entschlossenheit, aus St. Neots House zu verschwinden. Die schnelle Reaktion der Dame rettete sie vor einem Fall. Sie packte den Handlauf des Geländers mit einer behandschuhten Hand, während die andere sich am Ärmel des Gentlemans festhielt; eine kleine Gruppe, die sich gerade im Foyer verabschiedete, stieß einen kollektiven Seufzer der Erleichterung aus.

Nicht bevor der Körper der Frau hart gegen ihn schlug und er sie instinktiv auffing, wurde Alec klar, dass er mit vollem Schwung in jemanden hineingerannt war, der die Treppe heraufkam. Er hielt sie hart an seine Brust gepresst, ihre Herzen schlugen dumpf wie eins, als er darauf wartete, dass sie beide wieder fest auf den Beinen stehen würden. In dem kurzen Moment, in dem sie in seinen Armen war, atmete er den angenehmen blumigen Duft ihres Haares ein und verspürte unerklärlicherweise einen Stich der Nostalgie. Er erriet ihre Identität sofort. Sogleich ließ er sie mit einer kurzen Entschuldigung dafür, dass er ihre seidenen Röcke zerknittert hätte, los und wäre an ihr vorbeigegangen, aber sie bewegte sich unabsichtlich in dieselbe Richtung und sie standen einander wieder im Weg. Die ruhige Entschuldigung der Frau ließ Alec schließlich seinen Blick zu ihrem Gesicht heben.

Sie stand eine Stufe unter ihm und hatte ihre wogenden Röcke gerafft, um sich mit geradem Rücken gegen das Mahagonigeländer zu drücken und ihn vorbeigehen zu lassen. Doch Alec stand wie angewachsen auf der marmornen Stufe. Er starrte sie an wie eine Erscheinung, denn er war ihr seit sechs Jahren nicht näher als zehn Fuß gekommen. Er hatte nie geträumt, sie in Trauer zu sehen, obwohl er ihr das in den dunkelsten Tagen seiner Verzweiflung immer wieder gewünscht hatte. Aber nicht hier, nicht jetzt, nicht ausgerechnet an diesem Tag. Große, dunkle Augen voller Kummer sahen zu ihm auf und er wandte den Kopf ab, Röte überzog seine glattrasierten Wangen.

„Hat Emily Euch die Neuigkeiten erzählt, Mr. Halsey?", fragte Selina Jamison-Lewis leise; ihr Blut dröhnte so laut in ihren Ohren bei dieser unerwarteten Begegnung, dass sie das Zittern nicht aus ihrer Stimme verbannen konnte. „Ihre Verlobung, sie ... es war eine Überraschung für uns alle."

Alecs blaue Augen betrachteten demonstrativ ihr Trauerkleid, bevor er ihr wieder in die Augen sah. „Zweifellos eine unzeitige und enttäuschende Nachricht für Euch, Madam?"

Selinas Lippen öffneten sich, aber sie wagte nicht zu sprechen, stand nur stumm da, als er sich knapp vor ihr verbeugte und seines Weges ging, ihr Erröten so rot wie die Haare des jungen Lakaien, der grob gegen ihre Schulter stieß, als er Alec Halsey zu folgen versuchte.

Alec beachtete das Knäuel aus sich verabschiedenden Menschen nicht, das sich an der Tür ballte und drängte sich ohne ein Wort oder einen Blick durch die aufwartenden Diener. Als der Butler mit seinem Umhang vortrat, verlangte er sein Schwert und streckte eine Hand nach seinen Handschuhen aus. Neave sagte etwas zu ihm, aber er hörte nicht zu. Eine ringgeschmückte Hand berührte seinen Arm. Es war seine Patentante. Alec schüttelte jedoch die Herzogin von Romney-St. Neots zornig ab, schnappte sich Schärpe und Schwert von einem Lakaien, was die Herzogin aus dem Gleichgewicht brachte und nach hinten taumeln ließ, wo ihr Butler sie am Ellenbogen auffing. Fünf Lakaien eilten ihr zu Hilfe. Ein alter Mann mit graumeliertem Haar trat vor, aber es war der Earl von Delvin, der die Sache in die Hand nahm.

Der Earl stieß seinen Bruder mit der Spitze seines Spazierstocks in die Niere.

„Du hast es aber eilig, *Zweiter*", sagte Delvin affektiert. „Kannst doch nicht durch die Häuser anderer Leute stürzen und sie achtlos herumstoßen. Das geht nicht. Das geht gar nicht. Die liebe Mrs. Jamison-Lewis hätte sich eben das Genick auf der Treppe brechen können, und gerade du würdest doch nicht gerne sehen, wenn die schöne, junge Witwe so bald ihrem geliebten Verstorbenen folgen würde, nicht wahr? Für einen Diplomaten zeigst du einen deutlichen Mangel an Man..."

Das war alles, was es gebraucht hatte. Alec riss den Rohrstock an sich und warf ihn fort, bevor er seinen Bruder gegen die nächste Wand drückte, eine Hand über den Lagen von Spitzen an dessen Hals, seine langen Finger schoben das Kinn des Earls nach oben, bis er gezwungen war, Alec direkt in die Augen zu sehen. Delvin, der der aus Zorn geborenen Kraft seines jüngeren Bruders nicht gewachsen war, leistete wenig Widerstand.

„Du kaltherziger Blutsauger", fauchte Alec in sein Gesicht. „Ich wünschte bei Gott, dass du nicht mein Bruder wärest!"

Der Earl versuchte, sich tapfer zu zeigen. „Du bist ein Trottel, *Zweiter*", zischte er bösartig. „Zeit, dass du lernst, wo dein Platz ist: Keine Frau will den Zweitbesten."

„Wenn sie dich wollen, sind sie es nicht wert, dass man sie begehrt", höhnte Alec, dessen Finger sich um die Kehle seines Bruders schlossen, bis der Earl nach Atem rang und an der kräftigen Hand zerrte.

Eine Schar Lakaien starrten mit offenen Mündern die beiden Gentlemen an, die neben der offenen Tür kämpften. Ebenso hypnotisiert wie seine Kollegen stand der Butler wie an der Stelle angewurzelt, bis die Herzogin verlangte, dass jemand etwas unternehmen möge, den Kampf zu beenden. Mit einem herrischen Schnippen seiner Finger trieb Neave die Lakaien auseinander. Es blieb dem grauhaarigen alten Mann überlassen, einzuschreiten und dem einseitigen Kampf zwischen seinen Neffen ein Ende zu bereiten.

„Alec! Hör auf!", knurrte Plantagenet Halsey. „Lass ihn los!"

Delvin wurde sofort losgelassen und fiel auf seine seidenbedeckten Knie, wo er keuchend tief Luft in seine leeren Lungen sog. Schnell raffte er sich auf und versuchte, seine arrogante Haltung wiederzuerlangen, indem er die Ärmel seines Samtrocks abbürstete und die Spitze an seinen Handgelenken ausschüttelte, als wäre er in Berührung mit etwas Unsauberem gekommen. Alec starrt ihn voller Verachtung an, seine Hände vor frustrierter Wut zu Fäusten geballt. Er sah, wie der Butler mit angemessen gesenktem Blick dastand, neben ihm der Lakai mit dem sommersprossigen Gesicht, der sich ihm als Tam vorgestellt hatte. Und als er seinen Onkel anschaute, sah er in den alten blauen Augen so viel unausgesprochenen Kummer, dass Alec sich ungeduldig von ihm abwandte. Ein Blick die Treppe hinauf, dort stand Selina noch immer auf der Stufe, auf der er sie stehengelassen hatte. Gott, was hatte er getan, sie als stumme Zeugin zu verdienen? Alec, dessen Demütigung vollständig war, verbeugte sich kurz vor der Herzogin und verließ das Haus.

Tam folgte Alec in die Stadt. Er nahm ein Pferd aus den Ställen, während die Stallburschen mit den Kutschpferden des Earls von Delvin beschäftigt waren. Niemand dachte daran, ihm Fragen zu stellen. Er saß auf dem Tier und eilte in vollem Galopp über die kiesbestreute

Auffahrt, bevor einer der anderen Lakaien ihn zurückholen konnte, um sich bei Neave zu verantworten.

Der Ritt war nicht leicht, und es war auch nicht einfach, so dicht zu folgen, wie er es wagen konnte, ohne gesehen zu werden. Alec schaute sich nicht einmal um. Er trieb sein Reittier an, als hinge sein Leben davon ab, blind für Ross und Reiter, die hinter ihm folgten und die ganze Strecke bis zur Ecke des Hyde Parks dicht auf den Fersen blieben.

Näher an der Stadt wechselten die offenen Felder und Dörfer zu neuen Vororten der wohlhabenden Kaufmannselite und der Stadthäuser der Aristokratie. Dann verengten sich die neuen Plätze zu schmutzigen Gassen, die mit dem ständigen Rumpeln von Kutschen, einzelnen Reitern und mit für die Märkte der Stadt bestimmten Waren beladenen Karren verstopft waren. Ausrufer wetteiferten hart um Gehör mit den Verkäufern von Orangen und Äpfeln, Blumen, Haushaltswaren und frisch gekochten Austern, alle schrien mit ihrem Singsang heraus, von welch hoher Qualität und wie günstig ihre Waren wären.

Als er das Gedränge der Stadt erreichte, verlangsamte sich Alecs Tempo. Tam musste noch immer seinen Verstand zusammennehmen, um den Mann nicht aus den Augen zu verlieren. Er hätte leicht in einer Seitenstraße verschwinden können, um nie mehr gesehen zu werden. Was würde dann aus Tam werden? So, wie die Sache lag, wusste er, dass er nie nach St. Neots House zurückkehren konnte. Dafür würde Neave sorgen. Seine Zukunft lag jetzt in den Händen Alec Halseys. Und wenn er nicht dicht bei ihm blieb, nicht herausfand, wo er wohnte, würde er keine Gelegenheit haben, sein Anliegen vorzutragen.

London war Tam nicht neu. In der Tat fand er es seltsam beglückend, sich wieder in Lärm und Schmutz zu befinden, aber er war vorsichtig, seinen Blick nicht von dem geraden Rücken Alec Halseys abzuwenden, der direkt vor ihm war und jetzt im gepflasterten Hof von *The Rose* in Drury Lane abstiegt - einem Haus, das von Prostituierten und niederen Existenzen frequentiert wurde, die nichts anderes im Sinn hatten, als Schlägereien zu veranstalten.

Als Alec wieder auf die Straße trat, war es später Nachmittag und er war nicht allein. Drei rau aussehende Männer kamen ihm nach. In schlechtsitzende Röcke aus grobem Tuch gekleidet, die geflickten Strümpfe mit dem Schmutz der Stadt bespritzt, rempelten sie einander an, als ob sie einen privaten Witz teilten, während sie Alec zu Fuß in Richtung des Covent-Garden-Marktes folgten. Tam, der in einer schmutzigen Ecke des Stallhofes gedöst und sich für alle Welt das Aussehen, hierher zu gehören, zu geben versucht hatte, kam auf die Füße und ging hinter ihnen her; das Pferd, das er sich aus dem Stall von St. Neots genommen hatte, ließ er in der Obhut eines zahnlosen Stallknechts zurück.

In Covent Garden verlor Tam Alec und seine Begleiter aus den Augen. Als er diesen *The Rose* verlassen gesehen hatte, war er die Straße hinaufgerannt, bis er nur ein paar Yards hinter seiner Beute war. Alec schien keine Eile zu haben. Er schlenderte den Fußweg entlang, seine Hände tief in den Taschen seines Reitrocks vergraben, während seine neu gefundenen Freunde ihr leichtherziges Geplänkel fortsetzten, wobei jede an Alec gerichtete Bemerkung nur mit einsilbigen Antworten quittiert wurde. Es fiel Tam schwer, ihnen zu folgen und er war froh, als sie an die Ecke des Marktes kamen. Hier standen die Gemüse- und Obstverkäufer, Blumenstände, Wagen und Karren stritten sich um Raum und überall mischte sich der ländliche Geruch mit Ruß und Schmutz der Stadt. Der Lärm war ohrenbetäubend.

Tam wand sich um beladene Karren, stolperte auf einer unebenen, durch verfaulendes Gemüse glitschigen Pflasterstraße und rappelte sich auf, nur um festzustellen, dass er im Mittelpunkt einer Reihe zerlumpter, junger Schurken stand, die sich über ihn lustig machten. Er scheute sie fort, bürstete sich ab und vergaß für einen Moment sein Ziel, als er den Geruch der heißen Pasteten und süßen Früchte auffing. Plötzlich verspürte er Heißhunger und erinnerte sich daran, dass er seit dem Morgengrauen nichts gegessen hatte, und dann auch nur eine Handvoll Brot und ein Stück Käse. Essen kam nicht Frage. Er hatte kein Geld.

Als er jedoch in Gedanken an seinen leeren Magen weiter die Straße hinabging und den Markt hinter sich gelassen hatte, wurde die Vorstellung einer heißen Pastete plötzlich widerwärtig. Er hatte Alec Halsey in der Menge verloren. Er hielt mitten auf dem Fußweg an und fragte sich, was er tun sollte; Fußgänger, die ihren Geschäften nachgingen, schubsten ihn hin und her. Ein Händler, der einen Handkarren schob, schrie ihn an, aber Tam sah den Mann nicht und hörte ihn auch nicht. Er wandte sich um, ging zurück zu der Ecke, wo er hingefallen war und begann, die Seitenstraßen und Gassen zu durchsuchen. Er rannte fast bis zum Strand, außer Atem und mit Seitenstechen. Keine Spur von dem Mann und seinen Begleitern. Wieder kehrte er zu der Ecke zurück, wo er gestürzt war, und diesmal duckte er sich in den Eingang eines aufgegebenen Lagerhauses, dessen untere Fenster mit Brettern vernagelt waren.

Er versuchte, nicht in Panik zu geraten. Es blieb nur etwa eine Stunde bis zur Dämmerung. Das Licht verblasste bereits. Obwohl er die Gegend gut kannte, gefiel ihm der Gedanke jedoch nicht, die Nacht ohne Essen und Unterschlupf zu verbringen. Dass Alec Halsey durch die drei Männer aus *The Rose* zu Schaden gekommen sein könnte, war nicht auszudenken. Der Gentleman trug ein Schwert, und mit seinen breiten Schultern und den Muskeln seiner Beine sah er aus, als könnte er sich bei einem Kampf gut um sich selbst kümmern. Dennoch, drei gegen einen war nie ein gutes Verhältnis. Und während Tam auf die ihm gegenüberstehende Reihe von Gebäuden starrte, wo Kutschen, Sänften und Männer zu Fuß kamen und gingen, fragte er sich, wie es möglich war, dass vier Männer so völlig verschwanden. Er beobachtete die Vorgänge auf der Straße lange Zeit, bis ihm die Antwort direkt ins Gesicht starrte. Seine Beute war in eines dieser Häuser gegangen. Eines der Gebäude hob sich von allen anderen ab.

Sein Eingang lag unter einer eleganten Säulenhalle etwas zurückgesetzt und konnte von geschäftigen Fußgängern leicht übersehen werden. Tam überquerte die Straße, um sich den Eingang besser ansehen zu können. Dort stand ein Portier. Es musste eine Art privater Club sein, denn die Gentlemen, die eingelassen wurden, waren nicht von der Schicht oder Stellung, dass sie die Gegend zu einem anderen Zweck besucht hätten. Wenn Alec hinter diesen Türen verschwunden war, vielleicht, um seine Begleiter abzuschütteln, könnte Tam eine lange Wartezeit bevorstehen. Er rollte sich in einem Hauseingang auf der anderen Straßenseite zusammen, hielt seine Augen fest auf den Eingang des Clubs gerichtet und wartete.

Der Tritt eines Nachtwächters, der eine Laterne in der einen und einen Knüppel in der andren trug, weckte ihn; dieser verlangte zu erfahren, was er hier täte und war bereit, seine besondere Form der Gerechtigkeit auszuteilen, wenn Tam ihm nicht angemessene Auskunft geben würde. Tam erklärte, dass er auf einen Gentleman wartete, der in dem Haus auf der anderen Straßenseite wäre, und fügte zur Sicherheit noch hinzu, dass er diesem eine äußerst wichtige Botschaft zu überbringen hätte. Der Portier hätte ihn nicht hineingelassen und angewiesen, draußen zu warten. Daraufhin ließ der Nachtwächter lautes Lachen hören und stieß Tom mit seinem Knüppel, aber eher in freundlicher Manier.

„Du junger Narr! Klar wird der sowas wie dich nich' reinlassen! Nich', wenn du keine sechs Pfund hast." Darüber lachte er noch lauter.

„Das verstehe ich nicht", sagte Tam höflich, kam auf die Beine und fügte vorsichtshalber noch ein „Sir" hinzu, da er sich vor den Knüppeln der Nachtwächter fürchtete.

Der Mann wischte sich mit dem Rücken einer schmutzigen Hand die Lachtränen ab und schüttelte den Kopf. Er deutete mit seinem Knüppel auf das Gebäude, dessen Eingang jetzt von Fackeln beleuchtet wurde. „Das, mein Junge, ist ein Bordell. Und noch dazu ein besonders feines Bordell. Hat auch einen ausgefallenen Namen: Türkisches Bad. Das ist es."

„Türkisches Bad", wiederholte Tam.

„Richtig. Für sechs Pfund erhältst du Abendessen, ein Bad in den Türkischen Bädern und eine feine Hure", sagte der Nachtwächter wissend, obwohl er selbst nie in einem solchen Etablissement gewesen war und auch nie hineinkommen würde. „Jetzt, mein Junge, gehst du besser weiter. Kann nich' die ganze Nacht hier stehen, hab' meine Pflichten. Bring deine Nachricht zu seinem Haus und gib sie dem Portier da."

„D-das kann ich nicht. Ich soll sie hier abgeben."

„Woher weißt du, dass er noch da drin ist? Du hast geschlafen."

Tam ließ die Schultern hängen. Der Mann musterte ihn eindringlich und hielt seine Laterne hoch. Der Junge sah wirklich unglücklich aus und er bemerkte, dass er eine Livree trug, also entsprach seine Geschichte wahrscheinlich der Wahrheit. Er senkte den Knüppel. „Diese Nachricht. Die is' nich' von seiner Frau, was?"

Tam schüttelte den Kopf.

Der Nachtwächter rieb sich sein stoppeliges Kind.

„Wie sieht er denn aus, dieser Gentleman?"

Tam gab dem Mann eine Beschreibung von Alec.

„Großgewachsener Gentleman, der seine eigenen Haare hat?", wiederholte der Nachtwächter überrascht. „Und du sagst, er sei ein Gentleman? Die Haare werden ihn leicht genug verraten. Wart' hier."

Er überquerte die Straße und wurde an den Stufen der Vordertreppe zum Türkischen Bad von einem der Türsteher in Empfang genommen. Der Türsteher spähte ins Dunkel der Straße, während der Nachtwächter mit ihm sprach. Die Unterhaltung dauerte nicht länger als ein paar Minuten, dann kam der Nachtwächter über das Pflaster zurück, sein langer, aufgeknöpfter Mantel flatterte an seinen Seiten. Im Licht der Laterne sah Tam, dass er grinste, obwohl sein zahnloses Lächeln erstarb, als er die Besorgnis auf Tams jungem Gesicht sah.

„Kriegen die Zähne nich' auseinander, da drüben", vertraute er ihm an und deutete mit dem Daumen über seine Schulter. „Wollte weder ja noch nein sagen. Aber ich hab' es geschafft, ein, zwei Dinge rauszukriegen."

„Er ist weg?"

„Keine Bange, Junge. Er is' schon noch da, denn ein Gentleman, auf den deine Beschreibung passt, ist ins Haus gegangen, mit drei schweren Jungs, die sagten, dass sie seine speziellen Freunde wären. Natürlich ist das kein Etablissement für irgendwelche Halsabschneider, und das haben die Türsteher deinem Gentleman auch gesagt. Aber sie haben rasch ihre

Meinung geändert, als er ihnen fünfundzwanzig Pfund hingeworfen hat. Haben die Tür so weit für ihn und seine Freunde geöffnet, wie es ging, dann, ha!" Er kicherte in sich hinein. „Und ich sag' dir noch was, mein Jung, nur so. Seine Kumpels machen sich eine gute Zeit, fressen, bis sie platzen, planschen im Türkischen Bad herum und genießen die besondere Aufmerksamkeit der drei hübschesten Hürchen diesseits von Paris!"

Tam spürte, wie sein Gesicht heiß wurde und zog sich aus dem Licht zurück. „Danke für Eure Hilfe, Sir."

Der Nachtwächter beäugte ihn genauer und fühlte einen Stich der Reue, dass er die Vorgänge in einem Bordell einem so wohlerzogenen jungen Kerl schilderte, der offensichtlich aus einem der großen Häuser in Westminster kam. „Du gehst besser heim in dein Bett. Lohnt sich nicht, dass du hier wartest, weil, nachdem, was die da drüben mir gesagt haben, sitzt dein Gentleman in einer dunklen Ecke und betrinkt sich bis zum Umfallen. Interessiert sich nicht fürs Essen oder die Bäder, und als eine süße Hure versuchte, ihn für sich zu interessieren, knurrte er sie an. Verschwendung von gutem Geld, wenn du mich fragst!"

„Danke, Sir. Aber ich muss warten. Er - er wird mich brauchen, um nach Hause zu finden, wenn er so betrunken ist, wie Ihr sagt ..."

Der Nachtwächter betrachtete ihn mit offenem Blick. Der Junge erwiderte ihn fest, obwohl er nervös mit den Füßen scharrte.

„Hier", sagte er und bot Tam den Apfel aus seiner Rocktasche an. „Ich mach mich dann wieder auf meine Runde. Denk dran: Pass auf dich auf. Die Gegend hier ist für so einen Jungen nich' sicher." Und mit diesem guten Rat machte er sich auf den Weg, Knüppel in der Hand, Laterne hochgehalten.

ZWEI

Alec setzte sich im Bett auf und schwang seine Beine über die Seite der Matratze, wobei er seine Decke mitzog. Er beugte sich vor, Ellenbogen auf den Knien, das Gesicht in den Händen, und fühlte sich schwach und leer. Sein Mund war staubtrocken. Er wollte frische Luft, wusste aber, dass seine Beine ihn nicht zum Fenster tragen würden. Durch seine Finger sah er eine Porzellanschüssel, die ihm vorgehalten wurde und schüttelte den Kopf.

„Nimm sie weg. Ich brauch' sie nicht", sagte er mit schwerer Zunge. „Mach die Fenster auf."

Er spürte den Bart auf seinem Gesicht und schnitt eine Grimasse. Er wartete auf den ersten Stoß kalter Luft, bevor er versuchte, sich gerade aufzusetzen, mit den Händen den Rand der Matratze Halt suchend umklammernd. Er schob sich das Gewirr seiner Haare aus den Augen und blinzelte ins früher Morgenlicht, das in das Schlafzimmer drang.

Das Zimmer war in völliger Unordnung. Kleider waren auf dem Boden verstreut. Zeitungen, gerollte Pergamente und einige Bücher waren von einem Seitentisch auf den Teppich gefallen. Ein Stuhl war umgekippt. Auf dem Schreibtisch stand eine Reihe von Flaschen und Tellern, alle neu für ihn. Zwischen ihnen waren ein Mörser und ein Stößel, dazu Flacons mit unbestimmbaren Flüssigkeiten. Das Zimmer roch nach abgestandener Luft und Arznei.

Zum Glück war der Nachttopf leer. Er erinnerte sich, dass er sich einmal darein übergeben hatte. Später wurde zu diesem Zweck eine Schüssel benutzt. Er war gezwungen worden, Zitronenwasser zu trinken, dann wurde ein Glas sirupähnliche Flüssigkeit an seine Lippen gedrückt.

Als er es ausgetrunken hatte, brach er erschöpft zwischen den Kissen zusammen und durfte schlafen. So, wie er sich fühlte, war er nicht sicher, ob er fünf Stunden oder fünf Tage geschlafen hatte.

„John. Hilf mir beim Aufstehen", murmelte er. Statt seines Kammerdieners mit dem versteinerten Gesichtsausdruck kam ihm ein sommersprossiger Junge, der ihm vage bekannt erschien, zu Hilfe. Er runzelte die Stirn. „Wo ist John?"

„Ihr habt ihn entlassen, Sir", antwortete Tam gleichmütig, obwohl sein Herz wild gegen seine Rippen schlug.

„Wann?"

„Vorletzte Nacht, Sir."

„Tatsächlich?"

„Ja, Sir. Ich würde mir darum keine Gedanken machen. Er war froh wegzukommen. Packte seine Tasche und war nach einer Stunde verschwunden. Gebt mir Euren Arm, Sir, und ich helfe Euch auf. Er sah geradezu dankbar aus. Ihr hättet sein Gesicht sehen sollen, als Ihr nach Hause kamt."

„Das muss ich gesehen haben, aber ich kann mich nicht recht daran erinnern", murmelte Alec.

„Nein, Sir. Das ist kaum zu erwarten. Setzt Euch her und ich richte Euer Bad."

Tam half Alec in einen Sessel am Fenster und zog ohne Erlaubnis das Schiebefenster hinab. Er huschte dann fort, bevor ihm weitere Fragen gestellt werden konnten und kam mit einem von Alecs bunten Seidenschlafröcken wieder. Er legte diesen um die Schultern des Mannes und begann, das Zimmer aufzuräumen. Er fühlte, wie Alec ihn musterte und wusste, dass er sich an ihn erinnerte.

„Ich werde gleich alles aufgeräumt haben. Das wollte ich zuvor nicht tun, weil ich Euch nicht stören wollte. Aber Ihr habt so lange geschlafen, dass ich mir Sorgen zu machen begann, ich könnte Euch zu viel von dem Arzneimittel gegeben haben ..."

„Was machst du hier, Tam?"

„Ich, Sir?"

„Stell dich nicht dumm. Ich habe weder die Kraft noch die Lust herumzuplänkeln."

Tam sammelte die Papiere auf und legte sie zusammen mit Büchern und Zeitungen in einem ordentlichen Stapel auf den Tisch, bevor er sich zu Alec umdrehte.

„Verzeihung, Sir. Ich schätze, ich bin nervös. Ich will nicht, dass Ihr mich fortschickt. Ich habe St. Neots House verlassen und werde nicht zurückgehen!"

„Ist etwas passiert?"

„Nein, Sir." Tam senkte die Augen. „Das heißt, nicht mir ..."

„Ich verstehe", antwortete Alec schließlich. „Was möchtest du?"

„Euer Kammerdiener sein, Sir", sagte Tam eilig. „Ich habe ein Empfehlungsschreiben. Ich werde meine Arbeit gut machen. Ich werde hart arbeiten. Ihr werdet mir nichts zweimal sagen müssen. Ich werde besser sein als der mürrische Kerl, den Ihr zuvor hattet. Ich weiß noch nicht, wo alles ist, aber ich werde nicht lange brauchen, um mich zurechtzufinden ..."

„Tam. Bist du je Kammerdiener eines Gentlemans gewesen?"

„Nein. Aber ..."

„Es geht nicht nur um Stiefel putzen oder Haare aufbinden."

„Das weiß ich, Sir. Aber ..."

„Ich reise oft ins Ausland."

„Ich möchte gerne reisen - andere Orte sehen!"

„Ich habe zwei Jagdhunde. Sie reisen mit mir. Es würde von dir erwartet, dass du dich auch um sie kümmerst."

„Ich liebe Tiere, vor allem Hunde. Und sie mögen mich. Eure auch. Ich habe sie bei mir im Ankleidezimmer schlafen lassen, damit sie Euch nicht stören würden. Sie hatten überhaupt nichts dagegen. Ich kenne auch ihre Namen. Cromwell und Marzipan ..."

„Marzi*ran*", berichtigte Alec mit einem Seufzer. Er hörte, wie Wasser in seine Sitzwanne gegossen wurde. „John war der beste Kammerdiener, der je in meinem Dienst stand."

„Aber er mochte Cromwell und Marz-Marzi*ran* nicht, nicht wahr, Sir?", fragte Tam eifrig und folgte Alec ins Ankleidezimmer. *„Nicht wahr, Sir?"*

„Nein, er mochte sie nicht", sagt Alec und lächelte über den flehenden Ton in der Stimme des Jungen. „Du wirst verzeihen, wenn ich dich nicht bitte, mein Bad zu teilen."

Er durfte sich in Ruhe einseifen und baden. Das Wasser war köstlich heiß und leicht parfümiert. Neben der Wanne stand ein weiterer Eimer sowie gefaltete Handtücher und ein frischer Schlafrock. Er hörte Tam im nächsten Raum, wie er Schubladen aufzog, sie kratzend schloss, die Türen des Wäscheschranks knallte und leise fluchte, wenn etwas auf den polierten Holzboden fiel. Das war so anders als bei dem auf leisen Sohlen gehenden John, der schleichend seine Arbeit erledigte, nie ungefragt sprach und immer wie aus dem Ei gepellt aussah. Und ein völliger Langweiler war, dachte Alec. Tam um sich zu haben würde nie langweilig sein, manchmal vielleicht irritierend und bestimmt nicht ruhig, aber nie langweilig. Doch er wusste nichts über ihn, nur, dass er Lakai in

St. Neots House war, der behauptete, ein Empfehlungsschreiben zu haben. An ihn? Von wem wohl, überlegte er. Er fragte sich auch, was seine Patin dazu sagen würde, wenn er einen entlaufenen Lakaien zu seinem Kammerdiener machte. Aber er wollte nicht an seine Patentante oder St. Neots House denken, oder an Emily oder ...

Er trocknete sich ab und schlüpfte in den Schlafrock. Er trocknete noch sein Haar, als Tam behutsam ins Zimmer trat. Alec schaute ihn genauer an. Er war von Kopf bis Fuß zerknittert und schmutzig, unter seinen Augen waren dunkle Ringe. Er sah aus, als hätte er seit Tagen nicht geschlafen. Sie würden etwas wegen seiner Kleidung unternehmen müssen.

„Ich habe nur ein Hemd und Hosen und Strümpfe herausgelegt, da ich nicht wusste, welche Weste oder Rock Ihr bevorzugen würdet", sagte Tam fröhlich. „Und ich habe in beiden Räumen Feuer machen lassen. Und Mr. Wantage kam, um wegen des Frühstücks zu fragen, Sir. Und Euer ..."

„Danke, Tam. Bevor ich mich anziehe, sollte ich mich rasieren, denke ich, oder? Wenn ich dann vorzeigbar bin, werden du und ich uns unterhalten müssen."

„Ja, Sir", sagte Tam in wesentlich gedämpfterem Ton und schwieg, während sein Herr sich rasierte und ankleiden ließ.

Alec, seine Haare jetzt geflochten und mit einem schwarzen Band befestigt, ließ Tam sich auf den Fenstersitz setzen und drehte den Stuhl an seinem Toilettentisch so, dass er ihn sehen konnte. „Erst einmal muss ich mich dafür entschuldigen, so eine Last gewesen zu sein. Glaub mir, du hast meine schlechteste Seite ges..."

„Sir, ich ..."

„Bitte. Lass mich ausreden. Ich habe keine Ahnung, wie du an meiner Tür gelandet bist, aber ich bin zutiefst dankbar dafür."

Tam sah zu Boden. „Wenn Ihr mir nicht böse seid, wenn ich das sage, Sir, mir schien, dass Ihr auf bestem Wege wart, Euch bis zur Besinnungslosigkeit zu betrinken."

„Ja. Was war in diesem scheußlichen Gebräu, das du mir eingeflößt hast?"

„Eine Mischung von Verschiedenem", antwortete Tam ausweichend. „Gerade genug von diesem und jenem um sicherzugehen, dass Ihr alles erbrecht, was Ihr getrunken hattet. Und dann gab ich Euch eine Dosis Laudanum, damit Ihr schlafen konntet. Das war alles."

„Ich verstehe. Wenn du es so ausdrückst, war es gar nicht viel, nicht wahr?"

Tam konnte sich ein Lächeln nicht verkneifen.

„Wo hast du gelernt, *dieses* und - äh - *jenes* zu mischen?", fragte Alec.

Tam runzelte die Stirn. „Ich war Lehrling bei einem Apotheker, bevor ich Lakai in St. Neots House wurde."

„Wie lange?"

„Beinahe sechs Jahre, Sir." Er sah Alec flehend an. „Es gab Ärger. Nicht wegen mir. Mr. Dobbs, mein Meister, geriet in Schwierigkeiten mit dem Gesetz und wir mussten das Geschäft schließen. Ich sage Euch, Sir, Mr. Dobbs war ein guter Herr. Er hat nicht die Hälfte von dem getan, was sie behauptet haben!"

„Du konntest keine Anstellung bei einem anderen Apotheker finden?"

Tam schüttelte den Kopf. „Niemand wollte mich nehmen, nachdem Mr. Dobbs' Name auf die schwarze Liste kam. Das heißt, kein ehrlicher Mann. Und für die anderen wollte ich nicht arbeiten."

„Wie bist du Lakai in St. Neots House geworden?"

„Das Empfehlungsschreiben, Sir", sagte Tam schlicht. „Es ist alt und wurde vor meiner Zeit bei Mr. Dobbs geschrieben, aber Mrs. Hendy sagte, wann immer ich in Schwierigkeiten geriete, sollte ich es benutzen. Es ist an Euch gerichtet, Sir."

Alec blinzelte. „Warum?"

Tam wurde brandrot. „Mrs. Hendy sagte, wenn es je einen Gentleman gegeben hätte, der mir aus einer Klemme helfen würde, wäret Ihr es, Sir. Also nach dem, was mit Mr. Dobbs passierte, ging ich zu der Anschrift, die auf dem Umschlag stand, aber das war Eure alte Wohnung. Der Vermieter konnte oder wollte mir nicht helfen. Kann ihm keinen Vorwurf daraus machen, Sir. Ich war in keinem guten Zustand. Aber einer der Mieter, der sagte, dass er Euer Freund wäre, hatte Mitleid mit mir und schickte mich nach St. Neots House. Das Empfehlungsschreiben verschaffte mir Zutritt. Soll ich Euch den Brief bringen, Sir?", fragte er eifrig.

„In einem Augenblick. Diese - Mrs. Hendy ... Müsste ich sie kennen?"

„Sie war die Schwester von Mr. Dobbs' Frau, die gestorben ist, Sir. Und sie war die Haushälterin in Delvin, als Euer Vater Earl war. Ich wurde auf dem Landsitz geboren ..."

„In *Delvin*?", unterbrach Alec, mehr verwirrt denn je. Er hatte so wenig Zeit in dem Gemäuer verbracht, das der Stammsitz seiner Familie in Kent war, dass es ihn überraschte, dass jemand ihn dort kannte, noch mehr, dass er ein Empfehlungsschreiben an ihn richten würde. „Mrs. Hendy hätte das Empfehlungsschreiben an meinen Bruder adressieren sollen. Er ist der derzeitige Earl." Aber sobald er diesen vertraulichen

Gedanken geäußert hatte, erkannte er seinen Fehler, denn die Unterlippe des Jungen begann zu zittern und das Licht freudiger Erwartung in den grünen Augen erlosch sofort. Alec lächelte beruhigend. „Ich meinte nur, dass Lord Delvin als Oberhaupt der Familie gewöhnlich derjenige ist, an den sich die Abhängigen der Familie wenden."

Tam war nicht sehr beruhigt. „Bitte um Verzeihung, Sir", sagte er mürrisch, „aber Mrs. Hendy hatte nicht viel Vertrauen, dass seine Lordschaft sich recht um die Leute kümmern würde, für die er verantwortlich ist."

Alec hob seine Brauen, enthielt sich aber eines Kommentars und sagte, während er sich wieder zu dem ordentlichen Toilettentisch zurückdrehte: „Nach dem Frühstück solltest du mir Mrs. Hendys Brief zeigen und dann reden wir weiter."

Tam strahlte. „Danke, Sir. Soll ich dann fertig aufräumen, Sir?"

Alec betrachtete stirnrunzelnd sein Spiegelbild und sah dann dorthin, wo Tam weiter Kleidungsstücke vom Boden aufsammelte. „Tam ... ich habe eine vage Erinnerung, dass die Nachtwache mich nach Hause begleitet hat."

„Ja, Sir", antwortete Tam fröhlich. „Zwei von ihnen brachten Euch in einem Wagen nach Hause."

„War noch jemand bei mir?"

„Ja, Sir. Diese drei - äh - Männer aus *The Rose*. Aber Mr. Halsey ist sie schnell losgeworden."

„Mein Onkel war *hier*?"

Tam nickte im Aufstehen, die Arme voller Wäsche, und wollte gerade hinzufügen, dass der alte Mann noch immer anwesend war, als ein energisches Klopfen an der Tür ertönte und der besagte Gentleman ohne Aufforderung eintrat. Der alte Mann hatte nur Augen für seinen Neffen.

„Du bist also wach", stellte Plantagenet Halsey schroff fest, obwohl ihm eine Last von den dünnen Schultern zu gleiten schien. „Wird auch Zeit. Wantage hat schon das Frühstück auf den Tisch gestellt. Du musst etwas in den Magen kriegen." Er wandte Tam seine Aufmerksamkeit zu und musterte ihn von oben bis unten. „Du bist schmutzig. Du brauchst ein Bad. Gut für die Seele; gut für den Geist."

„Onkel, das ist Ta..."

„Ich weiß, wer er ist. Fand ihn auf deiner Türschwelle zusammengerollt. Thomas und ich hatten eine lange, gute Unterhaltung. Sagte mir, er sei aus Delvin. Seltsam, wie das Leben manchmal so läuft. Kannte dort ein paar Fishers, als ich ein Junge war und auf dem Landsitz aufwuchs. Schmiede. Alle rothaarig wie der Junge hier. Er hat mir auch erzählt, dass er bei einem Apotheker in der Lehre war. Hätte es nicht geglaubt, wenn ich nicht gesehen hätte, wie er sich hier mit allen möglichen Tränken zu schaffen machte. Er ist ein guter Junge, aber er ist schmutzig."

Tam scharrte mit den Füßen und versteckte bei diesem Lob ein Lächeln hinter dem Bündel mit Wäsche. Das Lächeln verwandelte sich bei Alecs nächsten Worten in einen Blick des Erstaunens. Der Butler war in den Raum geglitten und hatte mit einem leisen Räuspern auf seine Anwesenheit aufmerksam gemacht. Er bekam keine Gelegenheit zu sprechen.

„Wantage? Gut. Lass jemand meinen Schneider und meinen Schuhmacher holen. Ja. Jetzt. Ich will ein halbes Dutzend Hemden und ebenso viele Hosen für meinen Kammerdiener. Er kann auch Maß nehmen für zwei Röcke." Alec betrachtete Tam nachdenklich. „Ich denke, ein Paar Jockeyboots und zwei Paar Schuhe sollten vorerst reichen. Bis dahin, Tam, solltest du dir am besten etwas aus meinem Schrank nehmen. Das heißt, nachdem du gebadet hast. Kümmere dich darum, Wantage, sei so gut."

ALLEINE IM FRÜHSTÜCKSZIMMER GABEN SICH ONKEL UND NEFFE größte Mühe, das Thema zu vermeiden, um das sich ihre Gedanken drehten. Daher war ihre Unterhaltung stockend und angespannt und diente nur dazu, die tiefe Besorgnis des Onkels und die äußerste Zurückhaltung des Neffen, über die Ereignisse des anderen Tages zu reden, zu betonen. Plantagenet Halsey gab vor, sich auf sein Essen zu konzentrieren, während Alec einen Stoß Briefe durchblätterte, die Wantage auf einem Silbertablett vor ihn gestellt hatte. Er warf eine Reihe von Einladungen und Päckchen beiseite, zögerte ein oder zweimal und widmete ihnen mehr Aufmerksamkeit als sie verdienten. Sein Onkel beobachtete ihn eingehend, erkannte den Moment, in dem er sich eine bestimmte Einladung ansah und war nicht überrascht, als Alec seine goldgeränderten Gläser ablegte und seinen Teller beiseiteschob, obwohl er nur ein wenig Brot und einen Löffel voll Ei gegessen hatte.

„Du hast mir nichts über Paris erzählt", sagte Plantagenet Halsey.

„Paris?" Alec zuckte mit den Schultern. „Dem letzten Brief, den ich geschickt habe, ist nicht viel hinzuzufügen. Bedford tat alles, was er konnte, um angemessene Bedingungen für den Frieden zu bekommen. Es ist nur schade, dass ihm nicht gestattet wurde, unbehindert damit fortzufahren."

„Du meinst, ohne Butes Einmischung?"

„Haargenau. Wenn er nicht so begierig gewesen wäre, um jeden Preis Frieden zu schließen, weil das seinen politischen Zwecken dient, hätten wir weit mehr bekommen können als wir erhielten. Andererseits haben wir unsere Ziele in Amerika und Indien erreicht, daher bin ich nicht sehr traurig darüber."

Plantagenet Halsey nickte nur und rührte geistesabwesend in seinem Kaffee.

„Was?" Alec lächelt und hob eine Braue. „Ich erwartete zumindest einen Vortrag über die kriegerische Haltung Mr. Pitts - wenn nicht, dass du Butes Eifer, ein Abkommen mit den Franzosen zu schließen, voll unterstützen würdest. Simon sagte mir, dass du ihm im Oberhaus wegen der Einführung der Apfelweinsteuer die Hölle heißgemacht hast."

„Ja, das habe ich. Hat er verdient. Kein Engländer wird sich das gefallen lassen! Das scheint ihnen nicht klar zu sein. Andererseits kümmert sie das nicht. Apfelweinsteuer, um für einen Krieg zu zahlen, mit dem wir so gut wie nichts erreicht haben. Pah! Bande von selbstsüchtigen Kerlen. Alec. Wir müssen reden ..."

„Noch Kaffee, Onkel?", unterbrach Alec. „Ich dachte, nach dem Abendessen könnten wir in den Club gehen. Ich würde früher gehen, aber ich habe diesen Berg von Korrespondenz durchzuarbeiten. Und ich schätzte, ich sollte meinen abschließenden Bericht für die Abteilung niederzuschreiben beginnen. Nicht, dass mich das zu viel Zeit kosten wird. Tauton liest sie nie. Er gibt sie alle an einen jüngeren Schreiber, um sich darüber den Kopf zu zerbrechen und abzulegen, wie er es für richtig hält. Der Mann ist reine Platzverschwendung. Ein erstklassiges Exemplar, warum das derzeitige System von Pfründen und Protektion einfach nicht funktioniert."

Wenn er hoffte, seinen Onkel in eine Diskussion einer seiner meistgehassten Themen zu verwickeln, misslang Alec das, denn Plantagenet Halsey wollt sich nicht ablenken lassen. Er hörte nur mit halbem Ohr zu, seine blassen Augen beobachteten seinen Neffen mit einem Blick, in dem etwas wie Trauer lag. Er reichte aus, dass Alec sich abwandte und aus dem Fenster sah.

„Die Herzogin von Romney-St. Neots war am Abend in Ranelagh Gardens", sagte der alte Mann mit ungewöhnlich leiser Stimme. „Ging dorthin in Gesellschaft ihrer steifen, korrekten Tochter - hab den Namen vergessen - und diesem Langweiler von Schwiegersohn. Arme Frau muss einen grässlichen Abend gehabt haben. Sie sahen dich dort ..."

„Ich war also in Ranelagh? Kann mich nicht erinnern."

„Scheint, du warst in Gesellschaft einer Gruppe von - äh - sehr fröhlichen Leuten."

„Huren und Taschendiebe", sagte Alec trocken. „Kein Grund, ein Blatt vor den Mund zu nehmen."

„Du hast ziemliches Aufsehen erregt, als du einer dieser Huren ein Diamantarmband geschenkt hast."

„Ich hoffe, sie war hübsch genug, um es zu verdienen. Wenn sie ein bisschen Verstand hat, verkauft sie das verdammte Ding und setzt sich mit dem Erlös zur Ruhe!"

„Alec - „

„Was spielt es für eine Rolle? Was spielt *irgendetwas* davon jetzt noch eine Rolle? Also sah Olivia, wie ich mich zum Narren machte? Sah mich in Gesellschaft eines Haufens Pack. Vermutlich eine Enttäuschung, sollte ich meinen, nach dem Schauspiel, das ich in St. Neots House gegeben habe. Sie muss den Göttern danken, dass ihre Enkelin den anderen Bruder gewählt hat. Der noch dazu ein Earl ist."

„Alec - „

„Sie hätte jede Verletzung ihrer feinen Gefühle vermeiden können, wenn sie mir einfach einen höflichen Brief geschrieben hätte, der mich über die bevorstehende Verlobung ihrer Enkelin informierte. In der Tat, es wäre nicht einmal nötig gewesen, sich solche Mühe zu machen. Eine Einladung zu der Verlobungsfeier per Post in meine Unterkunft in Paris wäre mehr als ausreichend gewesen. Wenn man im Trunk Vergessenheit sucht, ist Paris die vorzuziehende Wasserstelle."

„Ich wünschte, du würdest aufhören, dir selbst so verdammt leid zu tun!", explodierte der alte Mann. „Ich dachte, du hättest etwas mehr Kampfgeist. Von allen dummen, rücksichtslosen und überflüssigen Dingen, die man zu tun versuchen könnte! Du hast der armen Frau nicht nur vor Angst ein paar graue Haare mehr beschert, sondern ich war auch krank vor Sorge. Und du hättest es auch fast geschafft. Bei Gott, Alec, ich habe dich nicht großgezogen, um zuzuschauen, wie du alles für ein Mädchen wegwirfst, das nicht mehr Verstand hat, als auf jemanden wie Delvin hereinzufallen!"

„Offensichtlich ist Emily noch zu jung, um ihr eigenes Herz zu kennen", stellte Alec leise fest. „Delvin hat es auf sie abgesehen, und Olivia hat es dummerweise zugelassen, weil sie denkt, dass ihre Enkelin als Gräfin von Delvin glücklich sein wird. Aber das wird sie nicht, oder?" Er täuschte großes Interesse an seiner Kaffeetasse aus Porzellan vor. „Deine Briefe erwähnten Jamison-Lewis' Tod nicht ...?"

Die Augenbrauen des alten Mannes hoben sich leicht. „Weil er noch kaum kalt ist. Passierte vor weniger als einem Monat. Schoss sich versehentlich in den Kopf. Verdammter Narr."

Alec spürte den fragenden Blick seines Onkels auf sich. „Verzeih mir.

Ich war ein rücksichtsloser Esel. Ich habe nicht daran gedacht ... ich nahm an ... Nach Hause zu kommen und Emily mit Delvin verlobt zu finden ... es war ein Schock."

„Glaub' mir, mein Junge, wenn ich davon gewusst hätte, würde ich es dir vor langer Zeit erzählt haben. Und du tust Olivia St. Neots Unrecht. Sie hatte keine Ahnung, dass Delvin ihrer Enkelin ernsthaft den Hof machte, bis er um ihre Hand anhielt."

Alec lächelte schief. „Dann frage ich mich, wann und wie er entdeckt hat, dass ich um sie warb?"

Die Augenbrauen des alten Mannes zogen sich über seiner langen Nase zusammen.

„Du hältst das nicht für möglich?", fragte Alec überrascht.

„Möglich? Und ob! Er war nicht besonders subtil bei seinen Versuchen, dir zu schaden. Er hintertrieb deine Werbung um Selina und versuchte, dich wegen einer erfundenen Anschuldigung aus dem Außenministerium werfen zu lassen, obwohl wir es nicht beweisen können, er wäre mehr als imstande, Emily St. Neots aus reiner Bosheit zu heiraten. Was es noch schmackhafter macht, ist die Tatsache, dass sie die Enkelin der Herzogin von Romney-St. Neots mit dreißigtausend Pfund ist."

„So viel? Mit einer solchen Summe auf ihren Namen erstaunt es mich, dass Olivia sich nicht mit einem Haus voller Mitgiftjäger herumschlagen muss."

„Nun - äh - sie hat mir das im Vertrauen gesagt."

Alec grinste. „Vertraulichkeiten mit einer Herzogin auszutauschen wird deiner republikanischen Sache nicht helfen, wenn es allgemein bekannt würde, Onkel. Olivia ist so von aristokratischer Eitelkeit und Privilegien besessen, wie man es nur sein kann."

„Sei nicht absurd", sagte der alte Mann schroff. „Ich bin höflich zu der Frau, das ist alles. Sie hat dich gestern besucht, daher habe ich sie natürlich für heute Nachmittag zum Tee eingeladen."

„Natürlich."

Plantagenet Halsey begegnete dem verschmitzten Grinsen seines Neffen mit einem charakteristisch strengen Blick. „Hör zu, mein Junge. Die Frau hat in der letzten Woche genug durchgemacht, ohne dass sie sich wegen jemanden wie dir krank ärgern müsste! Erst geht ihre Enkelin her und verlobt sich mit Delvin, im nächsten Moment ficht Delvin ein Duell aus ..."

„Delvin?", unterbrach Alec höchst überrascht. „Ein *Duell*?"

„Ja, und er hat es geschafft, seinen Gegner abzustechen."

Alec blinzelte seinen Onkel an. „Guter Gott! Ich kann mir nicht vorstellen, wie Delvin seinen feinen Hals riskiert, noch dazu in einer Ehrensache. Das sieht ihm so gar nicht ähnlich."

„Nun, Delvin sagt, der Kampf sei ihm aufgezwungen worden", sagte Plantagenet Halsey ohne Überzeugung. „Er sagt, sein Gegner hätte ihn herausgefordert, weil er ebenfalls in Emily St. Neots verliebt gewesen wäre. Eifersucht. Pah! Delvin kann sagen, was er will, nicht wahr, nachdem es keine Sekundanten gab, keine Zeugen, keinen anwesenden Arzt, und sein Gegner tot ist. In den Zeitungen war eine Woche lang von nichts anderem die Rede, und mit Emily St. Neots mitten in einem Duell zwischen zwei Adligen, kannst du dir vorstellen, wie sich die Herzogin im Moment fühlt."

Alecs Stirn runzelte sich. „Wenn das Zusammentreffen so verlief, wie du sagst, war es wohl kaum ein Ehrenhandel?"

Der alte Mann hob die Brauen. „Wie du sagst, mein Junge."

„Delvins Gegner?"

„Lord Belsay."

Alec fuhr halb aus seinem Stuhl hoch. „Belsay? *Jack* Belsay?"

„Richtig."

„Jack ist *tot*?"

Der alte Mann nickte und sah zu, wie sein Neffe zum Fenster ging. „Ihre Gnaden erwähnte, dass du Belsay kanntest."

Alec stütze sich mit einer Schulter an der Wand ab und starrte zu dem üppigen Green Park hinaus. „Ziemlich gut. Nicht in letzter Zeit. Wir waren zusammen in Harrow. Als ich ins Außenministerium ging, verloren wir uns aus den Augen. Er hat gelegentlich geschrieben, aber er war ein entsetzlich schlampiger Briefschreiber. Er und Sel-Mrs. Jamison-Lewis sind Cousin und Cousine ersten Grades. Gott! Ich kann nicht glauben, dass der arme Kerl tot ist."

Der alte Mann trat zu seinem Neffen ans Fenster. „Alec. Irgendetwas an der ganzen Sache riecht merkwürdig."

„Das denke ich auch. Der Jack, an den ich mich erinnere, hat die Vorsicht nie in den Wind geschlagen. Er würde mit Sicherheit nichts so Ungeheuerliches tun wie sich zu duellieren. Ganz bestimmt nicht ohne die entsprechenden Formalitäten. Er war bei so etwas immer übergenau. Außerdem war er eine sehr sanfte Seele. Er trug zu seinem Schutz ein Schwert, aber ich kann ihn mir nicht dabei vorstellen, wie er es benutzte. Und Delvin Emilys wegen einen Kampf aufzwingen? - Ja, Wantage?", fragte Alec, als der Butler leise ins Zimmer trat.

„Verzeihung, Sir. Eine Dame möchte Euch sprechen. Sie will ihren Namen nicht nennen."

Alec presste die Zähne zusammen. „Du musst dich irren."

„Nein, Sir."

Onkel und Neffe schauten einander an. Der Butler sah das als Zeichen fortzufahren.

„Ich habe sie in den Salon geführt. Sie sagt, es wäre sehr dringend."

Plantagenet Halsey tätschelte den Arm seines Neffen. „Ich habe ein paar geschäftliche Dinge in der City zu erledigen; ich sehe dich dann nach dem Abendessen im Club. Aber du musst es auch essen!"

ALEC LÄCHELTE IMMER NOCH ÜBER DIE BETONTE ANWEISUNG seines Onkels, sein Abendessen zu verzehren - genauso, wie er es zu tun pflegte, als Alec noch ein Junge war - als Wantage ihn der Besucherin ankündigte.

Es war in der Tat eine Dame, nicht eine, sondern zwei, und beide trugen tiefe Trauer. Ihr Anblick ließ Alec auf der Stelle stehenbleiben. Handschuhe bedeckten ihre Hände und schwarze Schleier aus Netzstoff verbargen ihre Gesichter. Aufregung und Kummer waren an dem Verhalten der kleineren Frau deutlich zu erkennen. Sie konnte nicht still-stehen. Unablässig krampfte sie ihre Hände in die Falten ihrer Röcke und löste sie wieder. Erst, als die größere ihren Arm berührte und ein leises Wort sagte, bemerkte sie, dass Alec allein an der Tür stand. Die kleinere Dame hob dann vorsichtig ihren Schleier. Ihre Augen standen voller Tränen.

Alec hatte keine Ahnung, wer sie war.

„Ich glaube, Ihr erinnert Euch nicht an mich, Mr. Halsey?", sagte die Frau abgehackt.

Alec kam von der Tür näher, um nichts klüger als zuvor. Bei näherer Betrachtung war die Frau viel älter als es zuerst den Anschein gehabt hatte. Sie mochte Anfang fünfzig sein. Obwohl sie zerbrechlich wirkte, war ihre Stimme kräftig und hatte einen bitteren Unterton. Er schaute ihre Begleiterin an, die ihren Schleier noch nicht gehoben hatte, und bevor er etwas erwidern konnte, wurde er unterbrochen.

„Ich weiß, ich hätte meine Karte schicken oder zumindest Euch bitten können, mich am Cavendish Square aufzusuchen. Aber je weniger geklatscht wird, desto besser. Deshalb bin ich zu Euch gekommen. Ganz im Ernst, ich kann keinen weiteren Tag in dem Haus ertragen!" Sie erschauerte. „Besorgte Familienmitglieder können so überwältigend sein. Außer meiner lieben Nichte", sagte sie, unter Tränen lächelnd und berührte den Arm der anderen Dame liebevoll, „die ein - ein solcher *Fels in der Brandung* ist."

„Möchtet Ihr Euch nicht setzen?", fragte Alec. „Hättet Ihr vielleicht gerne Tee?"

„Tee?", sagte sie mit brüchiger Stimme. „Nein. Etwas Stärkeres für uns beide, wenn wir bitten dürfen."

Als Alec mit einer Karaffe und Gläsern, die er aus der Bibliothek auf der anderen Seite des Ganges geholt hatte, wieder in den Salon kam, fand er seine Gäste auf dem gestreiften Sofa in der Mitte des Zimmers sitzen. Er beschäftigte sich absichtlich langsam damit, beiden Damen einen großzügigen Schluck Weinbrand auszuschenken, da er aus dem Augenwinkel sah, dass die Dame, die mit ihm gesprochen hatte, von ihrer Nichte getröstet wurde. Er reichte beiden ein Glas und zuckte nur kurz zurück, als ihm klar wurde, dass die Nichte, die jetzt ihren Schleier abgenommen und ihr blasses, ovales Gesicht und einen Schopf dichter, aprikosenfarbener Locken enthüllt hatte, niemand anders war als Selina Jamison-Lewis. Sie sah zu ihm auf, aber er ignorierte sie und sagte zu ihrer Tante:

„Sagt mir, wie ich Euch helfen kann, Mylady."

„Ich hoffe, dass Ihr es könnt, mein Junge", war die heftige Antwort. „Aber wo sind meine Manieren? Ich kann nicht einmal sagen, ob Ihr die leiseste Ahnung habt, wer ich bin, oder warum wir in diese abscheuliche Farbe gekleidet sind. Trauer ist etwas so Trübsinniges."

„Ich muss zugeben, dass ich Euch nicht erkannte, als ich zuerst ins Zimmer kam", sagte er sanft. „Aber Jack sah Euch ziemlich ähnlich. Ich werde ihn vermissen, auch wenn wir uns nach der Schulzeit nicht mehr so nahestanden. Mehr meine Schuld als die seine. Ich scheine viel Zeit auf Reisen zu verbringen. Ein Umstand, der dem gesellschaftlichen Leben nicht sehr zuträglich ist. Andererseits hat das Leben als Diplomat seine Vorteile. Neue Gesichter und ein Wechsel der örtlichen Küche sind nur zwei, obwohl solche Dinge dazu neigen, nach der dritten Abordnung ihren Reiz zu verlieren."

Er plauderte in seiner ruhigen, gemessenen Art weiter, da Lady Margaret Belsay wieder in ihr Taschentuch schluchzte und er dachte, es wäre das Beste, sie das ungestört tun zu lassen. Sie schien es nötig zu haben, sich auszuweinen, und vielleicht hatte sie, solange sie in ihrem Haus eingesperrt und von einem Dutzend aufdringlicher Verwandter umgeben war, nicht die Gelegenheit gehabt, dem nachzugeben. Er reichte ihr sein sauberes, weißes Taschentuch und schaute zu, als Selina tröstlich den Arm um ihre Tante legte. Aber als sie wieder versuchte, seinen Blick einzufangen, wandte er sich ab, um Lady Margarets Glas aufzufüllen.

„Danke", sagte Lady Margaret, nachdem sie sich die Augen

getrocknet und sich aufgesetzt hatte. „Danke, dass Ihr nicht um mich herumgewedelt seid und mir einen guten Schluck gegeben habt. Meine Töchter sind lauter Dummköpfe. Wenn ich um einen Weinbrand bitte, glauben sie gleich, ich würde mich dem Trunk ergeben. Wenn ich keine Lust verspüre, zum Essen nach unten zu kommen, meinen sie gleich, ich wollte Hungers sterben." Sie holte zittrig Atem und putzte sich die Nase. „Ich wünschte nur, sie würden alle weggehen und mich meinem Kummer überlassen!"

„Sie lieben Euch offensichtlich sehr, obwohl sie vielleicht ein wenig gedankenlos sind. Vielleicht auch durch ihre eigene Trauer?"

Lady Margaret warf ihm einen scheuen Blick zu. „Ihr versteht Eure Worte zu wählen, Mr. Halsey. Aber ich halte Euch nicht für unaufrichtig. Euer Bruder ist auch ein sehr glattzüngiger Redner. Aber er ist in Worten und Taten völlig verlogen. Ich wusste das von Anfang an, aber Jack - Jack war so von ihm eingenommen. Ich versuchte, ihn zu warnen. Welcher erwachsene Sohn hört schon auf seine Eltern, noch dazu auf seine Mutter? Für Jack war Delvin alles, was er zu sein schien: charmant, freundlich, ein treuer Freund. Jede Mutter einer heiratsfähigen Tochter wollte Delvin zum Schwiegersohn. Jack war von all dem beeindruckt. Er konnte nicht hinter die glänzende Fassade sehen, bis es zu spät war."

„Jack hatte ebenso viel, was für ihn sprach, Mylady", sagte Alec mit einem Lächeln. „Ich könnte mir vorstellen, dass viele Mütter für ihre Töchter ein Auge auf Viscount Belsay geworfen hatten. Er sah auch nicht schlecht aus und meiner Erinnerung nach lag erheblicher Humor in seinen Worten. Keineswegs ein Langweiler. Weit davon entfernt."

Lady Margaret streckte ihre Hand aus und drückte die seine. „Danke, mein Junge. Es ist wahr. Jack war all das und mehr. Er war - er war in weiblicher Gesellschaft extrem schüchtern. Das war auch für mich eine Überraschung. Der Junge wuchs mit sechs Schwestern auf, die ihn anbeteten, und dennoch wurde er zum unbeholfensten Geschöpf, wenn er gezwungen war, mit einer Frau zu plaudern. Das war wohl auch der Grund, warum Jack Delvin, diesen vollendeten Schürzenjäger, so bewunderte. Oh, er erweckt jedenfalls den Eindruck, als ob er einer wäre, aber man hat immer seine Zweifel an Männern, die ständig ihre Männlichkeit herausstreichen. Wie dem auch sei, wie auch immer Delvins Fähigkeiten im Umgang mit Frauen waren, er hat auf meinen Sohn einen unauslöschlichen Eindruck gemacht."

„Ich nehme an, dass Jack dann Delvins Schatten wurde bei Gelegenheiten, wenn er es notwendig fand, mit passenden jungen Damen zu plaudern?"

„Genau!"

„Armer Jack. Er muss diese Gesellschaften für Debütantinnen gefürchtet habe."

Lady Margaret gab das Kristallglas ihrer Nichte und glättete ihre Röcke, um ihre nächsten Worte sorgfältig abzuwiegen, so sehr sie sich ihm auch anvertrauen wollte. „Die Zeitungen sagen, dass mein Sohn sich mit Delvin wegen Emily St. Neots duelliert hätte. Der Klatsch hat diese Behauptung mit geflüsterten Erinnerungen über die Werbung meines Sohnes und Delvins um dieses Mädchen unterstützt. Niemand kann bestreiten, dass mein Sohn oft in ihrer Gesellschaft gesehen wurde, aber das galt auch für Delvin. Die Gesellschaft möchte glauben, dass zwischen ihnen eine Rivalität bestand. Das lässt es romantisch wirken. Vorerst werde ich sie das weiter glauben lassen."

Alec runzelte die Stirn. „Ihr scheint nicht viel auf den Wahrheitsgehalt einer solchen Geschichte zu geben, Mylady?"

Lady Margaret ließ ein Schnauben hören. „Das ist völliger Unfug! Daran ist kein Quäntchen Wahrheit. Es ist absurd zu denken, dass mein Sohn - ein *Belsay* - ernsthaft daran denken würde, jemanden wie Emily St. Neots zu heiraten. Ich würde wetten, dass er mit dem Mädchen nicht einmal geflirtet hat. Er war vermutlich in ihrer Gesellschaft, weil Delvin hinter ihr her war und verbrachte daher einen oder zwei Augenblicke länger in einer Unterhaltung mit ihr, als passend war, was den Klatschbasen etwas zum Reden gab. Aber Heirat? Niemals! Jack würde nie den Namen seiner Familie so beschmutzt haben. Er war vor allem anderen ein Belsay. Er wusste, was er seinem Namen schuldig war. Er hätte sich nie mit Bastardblut eingelassen."

„Tante, bitte", sagte Selina Jamison-Lewis in durchdringendem Flüsterton. „Das solltest du nicht sagen ..."

Lady Margaret schaute ihre Nichte an und fragte sich, warum das Gesicht der jungen Frau bei der Erwähnung Emily St. Neots brennend rot geworden war. „Sei keine Gans, Selina! Ich kann und ich werde über Emily St. Neots unglückliche Abstammung sprechen. Wenn irgendjemand andeuten würde, dass Jack die Absicht gehabt hätte, die niedrig geborene Enkelin einer Herzogin zu heiraten, ist das vollkommener Schwachsinn!"

„Tante, ich meinte nicht ..."

„Lassen wir ihre unselige Abstammung für den Moment beiseite", unterbrach Alec Selina. „Ihr haltet es für völlig unwahrscheinlich, dass Jack sich in Miss St. Neots verliebt haben könnte, während Delvin ihr den Hof machte?", fragte er leise und ließ seinen Blick auf die Silberschnalle seines rechten Schuhs fallen, bevor er ihn wieder hob, um Lady Margaret geradeheraus anzusehen. „Ihr sagtet schließlich, Jack wäre in Gesellschaft von Frauen schüchtern gewesen, und doch fühlte er sich bei ihr wohl. Und Miss St. Neots ist nicht ... äh ... unattraktiv."

„Wo sind Eure Augen, junger Mann? Emily St. Neots ist eine Schönheit - mit grauen Augen und blonden Haaren. Sie hat die zarten Gesichtszüge ihrer Mutter und sie hat eine gewisse Haltung an sich, nicht viel anders als Olivia. Aber ich weiß, dass mein Sohn nicht so vernarrt oder so wahnsinnig eifersüchtig auf Delvin war, als dass er sich wegen ihr hätte duellieren wollen." Sie schauderte. „Und Heirat? *Niemals.*"

„Und doch", sagte Alec mit trockener Kehle, „steht Delvin kurz davon, sie zu heiraten?"

„Ich weiß. Es ist eine Schande. Das ist Delvins Angelegenheit. Es hilft nur zu beweisen, was für eine geldgierige Schlange er in Wirklichkeit ist. Obwohl ich von dem Mädchen nichts halte, ist mir ihr Schicksal doch nicht gleichgültig. Ich bin erstaunt, dass Olivia das zulässt." Lady Margaret zuckte die Schultern. „Zweifellos ist sie mehr als glücklich, Delvin zu haben. Er wird ihre Enkelin zur Gräfin machen. Das ist weit mehr, als sie sich erhofft haben konnte, als sie närrischerweise beschloss, den Bastard aus der Affäre ihrer entehrten Tochter mit einem Stallburschen großzuziehen!"

Alec war verwirrt. „Mylady, viele Menschen halten meinen Bruder für einen Gentleman von Charakter und gutem Ansehen. Ich habe auch noch nicht gehört, dass er etwas getan hätte, weshalb die Gesellschaft ihn ablehnte. Gehört er nicht zu ihren Lieblingskindern?"

„Ihre Zurückhaltung ist lobenswert, Mr. Halsey", sagte Lady Margaret mit einem traurigen Lächeln. „Aber das entschuldigt nicht die bedauerliche Vernachlässigung, die Euch durch die Hände Eures Vaters und Eures Bruders zuteilwurde." Sie sah ihn Selina anschauen und fügte hinzu: „Oh, Ihr braucht keine Sorge zu haben, dass ich über Eure Umstände mit irgendjemandem außer Eurer Mutter gesprochen hätte. Sie und ich waren eng befreundet, und sie hat sich mir anvertraut, kurz vor ihrem Tod ..."

„Dann wart Ihr glücklicher als ich, Madam", sagte Alec knapp, seine Wangen hatten sich gefärbt, der Ton seiner Stimme war Zeichen genug, dass er nicht den Wunsch hatte, über die Gräfin von Delvin zu sprechen. „Ihr habt mir noch nicht gesagt, wie ich Euch helfen könnte."

„Ich verstehe nicht, wie Ihr Euren eigenen Umständen gegenüber derart unempfindlich sein könnt", fuhr Lady Margaret fort, die sich nicht ablenken ließ. „Ich hatte nie vor, das Versprechen zu brechen, das ich Eurer Mutter vor so vielen Jahren gab, aber nach dem, was ihr *Unge-*

heuer von Sohn meinem armen Jungen angetan hat, ist mein Gewissen rein. Seid Ihr nicht empört darüber, was Euch angetan wurde?"

Alec hob eine Hand, ließ sie dann wieder fallen. Es war eine Geste der Resignation.

„Lady Margaret, ich will nicht behaupten, das Handeln meiner Eltern zu verstehen. Das zu versuchen würde mich mit Sicherheit in den Wahnsinn treiben. Ich kann auch Delvin nicht tadeln. Niemand würde es wissen, wenn nicht meine Mutter beschlossen hätte, ihr Gewissen zu erleichtern, bevor sie starb. Ihr Geständnis beantwortete etliche gute Fragen über meine Erziehung. Es kann meinen Bruder nur unglücklich gemacht haben ..."

„... und zu dem, was er heute ist", sagte Lady Margaret abschließend, indem sie den Satz für sie beendete, und Alec protestierte nicht gegen ihre Einmischung. Sie stand auf, Selina ebenso. Sie musste sich bewegen. Ihre Knie waren steif und schmerzten. „Ich bin gekommen, Euch um einen Gefallen zu bitten, Mr. Halsey", sagte sie mit unsicherer Stimme. „Ich war die engste Freundin Eurer Mutter und Ihr und Jack standet Euch in Harrow nahe. Jetzt ist mein Sohn - mein *einziger* Sohn - tot. Ich möchte, dass Ihr herausfindet, warum Delvin es für angebracht hielt, meinen unschuldigen Jungen zu ermorden."

Alec sah sie scharf an.

„Schaut mich nicht an, als ob ich geistig verwirrt wäre!", fauchte Lady Margaret. „Der Tod meines Sohnes hat mich am Boden zerstört, aber ich bin nicht soweit, dass ich ins Tollhaus eingeliefert werden müsste. Ich bin aus stärkerem Holz geschnitzt. Und ich habe vor, stark zu bleiben, weil ich entschlossen bin zu sehen, wie dieses Ungeheuer wegen seines Verbrechens in Tyburn gehängt wird!"

„Mein Bruder und ich haben nichts füreinander übrig", antwortete Alec gleichmütig. „Um offen zu sein, ich verachte ihn, aber Ihr erwartet zu viel, wenn ich ihn eines Mordes für fähig halten soll - des Mordes an einem seiner engsten Freunde noch dazu."

Lady Margaret machte Anstalten zu gehen. Sie stopfte Alecs zerknülltes Taschentuch in ihr Reticule und schüttelte ihre Röcke aus. „Denkt darüber nach, Mr. Halsey. Das ist nicht so weit hergeholt, wie Ihr meint. Komm, Selina."

„Wenn es so ist, wie Ihr sagt, welchen Beweis habt Ihr?", fragte Alec leise. „Dass Jack seine Verletzungen nicht überlebte, ist kaum ein Grund, seinen Gegner einen Mörder zu nennen, Mylady. Duelle enden häufig mit dem Tod. Wenn Jack überlebt hätte ..."

„Delvin stellte sicher, dass mein Sohn nicht am Leben blieb", stellte Lady Margaret fest.

Alecs blaue Augen weiteten sich ungläubig. „Mylady, ich verstehe nicht, wie Ihr ..."

„Mr. Halsey, Jacks Körper war von zahlreichen Wunden übersät", unterbrach Selina, um ihrer Tante beizuspringen. Sie hatte genug davon, still dabeizusitzen, während ihre von Kummer gequälte Tante mit Herablassung behandelt wurde; ganz gleich, wie sehr Lady Margaret gewünscht hatte, dass sie bei dem Gespräch schweigen möge. „Nach Ansicht des Arztes wurde diese Wunden ihm nicht in einem geordneten Duell, wo ein eleganter Stoß mit einem Degen einen Kampf mit wieder hergestellter Ehre beendet, zugefügt, sondern durch einen wilden Angriff, der dafür sorgte, dass mein Cousin dieses Zusammentreffen nicht überlebte. Ich denke, das gibt meiner Tante das Recht, Delvin als Mörder zu bezeichnen."

Endlich begegnete Alec Selinas Blick. „Und wenn ich entdecke, dass Jack tatsächlich Emily St. Neots liebte?"

„Wir wären heute nicht hierhergekommen, wenn wir dächten, dass an dem, was die Zeitungen schreiben, auch nur ein Körnchen Wahrheit wäre!", sagte Lady Margaret voll Verachtung. Sie ließ ihren Schleier herunter und Alec öffnete die Tür, damit beide Ladys vor ihm das Zimmer verlassen konnten. „Mr. Halsey, mein Sohn wurde ermordet; Selina und ich wissen, dass es wahr ist. Ich möchte, dass Ihr herausfindet, warum. Ich möchte nachts schlafen können in dem Wissen, dass mein Sohn sein Leben nicht wegen dem Bastard einer gefallenen Herzogin und eines - eines Stallburschen verloren hat! Jack war ein *Edelmann*, Mr. Halsey, kein Abenteurer."

ALEC WURDE MIT SEINEN GEDANKEN ALLEIN GELASSEN, ALS Wantage die Damen zur Vordertür geleitete. Aber es dauerte nicht lange, bis der Butler mit Selina Jamison-Lewis auf den Fersen in den Salon zurückkehrte. Er wartete, bis sein Herr, der weiterhin stirnrunzelnd den Teppich betrachtete, die Arme über der Brust verschränkt hatte und auf der Kante eines Sofas weiter hinten saß, ihn bemerkte. Aber da er tief in Gedanken versunken schien, räusperte Wantage sich laut und sagte: „Verzeihung, Sir, aber Mrs. Jamison-Lewis hat ihr Reticule vergessen", und trat beiseite, um der Lady Zutritt zu dem Zimmer zu gewähren.

Alec sah hastig auf und spürte, wie sein Gesicht sofort heiß wurde. Er hatte über Lady Margarets verblüffende Anklage des Mordes gegen seinen Bruder nachgedacht, als ungebetene Gedanken an Selina sich in diese Überlegungen gedrängt hatten: Das Schwarz der Trauer stand ihr gut. Sie schien fast ätherisch mit ihrer so blendend weißen Haut vor dem Tiefschwarz des

Krepps. Aber waren ihre Augen immer so dunkel gewesen, oder ließ vielleicht nur das Schwarz der Trauer sie so erscheinen? Sie hatte ihre dunklen Augen immer auf einen spanischen Vorfahren zurückgeführt, einen Mauricio Del Medico, den Arzt Phillip von Spaniens, der sich in England niedergelassen hatte, als sein Herr Königin Mary heiratete. Dunkle Augen, die ihn ansahen, als hätte er etwas zu verantworten, während doch sie es war, die in eine arrangierte Ehe mit Jamison-Lewis eingewilligt hatte, statt sich den Wünschen ihrer Eltern zu widersetzen und mit ihm wegzulaufen und in Schottland zu heiraten. Gott, er wünschte, er wäre nicht auf der Treppe von St. Neots House mit ihr zusammengestoßen! Eigentlich wünschte er, er wäre überhaupt nicht dorthin gegangen. Er hatte einen verdammten Narren aus sich gemacht. Was sein betrunkenes Benehmen danach anging, wünschte er sich, dass er sich wenigstens an die Hälfte davon erinnern könnte ...

„Ich würde gerne ein Wort unter vier Augen mit Euch wechseln, Mr. Halsey", verkündete Selina mit ihrer klaren, festen Stimme und nahm das Reticule, das sie geschickt hinter einem Sofakissen versteckt hatte, wieder an sich. Sie beobachtete, wie Alec dem Butler zunickte, der sich widerstrebend entfernte und wartete, bis die Tür sich hinter dem Rücken des zögernden Dieners schloss. Sie holte Luft, von Alecs ausdruckslosem Blick leicht verunsichert. „Ich möchte Euch versichern, dass das Urteilsvermögen meiner Tante nicht von ihrem Kummer getrübt ist. Sie hat jedes Recht zu glauben, dass Jack ermordet wurde und dass das Duell wenig mit Emily St. Neots zu tun hatte."

„Warum haben sie sich ihrer Meinung nach dann duelliert, Madam?"

„Meiner Meinung nach?", fragte Selina, von seiner Direktheit leicht aus der Fassung gebracht. Sie wählte ihre Worte vorsichtig. „Es passte einfach nicht zu Jacks Charakter, sich mit einem Freund zu duellieren, schon gar nicht wegen einer Frau. Wenn Emily der Grund für das Duell war, hat Delvin das so eingerichtet. Obwohl ich davon überzeugt bin, dass Emily als Vorwand dient, um einen viel finstereren Zweck zu verbergen. Ich habe aber nicht die leiseste Ahnung, was das sein könnte."

„Es tut mir leid wegen Jack. Er war ein guter Mann."

Selina nickte, sie hatte einen seltsamen Kloß im Hals. Sie hätte weinen wollen; stattdessen hielt sie ihre Emotionen fest unter Kontrolle und sagte flach: „Ja. Wir vermissen ihn sehr."

„Ein doppelter Schlag für Euch?"

Selina zuckte innerlich zusammen. „Jacks Tod hat meiner Trauer einen Sinn gegeben, Mr. Halsey", stellte sie knapp fest. „Bitte entschuldigt mich. Ich darf meine Tante nicht warten lassen."

„Haltet Ihr meinen Bruder eines Mordes fähig, Mrs. Jamison-Lewis?"

Diesmal war Selinas Zusammenzucken sichtbar. Sie hasste die Art, wie er ihren Ehenamen spöttisch betonte. Das ließ sie rückhaltlos antworten. „Ja. Delvin ist ein Dieb, ein Lügner, ein Betrüger, warum dann kein Mörder?"

„Solch harte Worte, Madam. Und für einen Gentleman, der ein solcher Freund Eures verstorbenen Mannes war."

„Daher müsst Ihr mir erlauben, seinen Charakter besser einschätzen zu können", antwortete sie offen und wandte sich zur Tür.

Alec stellte sich zwischen Sie und die Tür. „Und doch habt Ihr dieser Ehe zwischen Delvin und Miss St. Neots Vorschub geleistet?"

Zorn ließ Selinas dunkle Augen aufflammen. „Ihr vermutet zu viel, Mr. Halsey. Ich war an jenem Tag nicht in St. Neots House zu Besuch, um zu gratulieren!"

„Dann werdet Ihr mit ihr über Delvin sprechen?", fragte er eifrig. „Und versuchen, ihr diese Heirat auszureden?"

Selina schüttelte den Kopf, ihr Ärger wich der Trauer. Hier war der Beweis, dass er Emily St. Neots wirklich liebte. Bei der Erwähnung von Emily verlor sein gutaussehendes kantiges Gesicht seine Härte, sein Mund wirkte weicher und ein Licht trat in seine tiefblauen Augen, Augen, die sie einst liebevoll angeschaut hatten und sie nun mit kaum mehr als Verachtung betrachteten. Sie hatte sich geschult, nicht an die Vergangenheit zu denken. Sechs Jahre waren gekommen und gegangen; zu lange, um Hoffnung am Leben zu erhalten und lange genug für ihn, um sich in jemand anderen zu verlieben. Sie hätte nicht überrascht sein sollen. Doch der unerwartete Tod von Jamison-Lewis hatte einen Funken der Hoffnung in ihr entzündet, und ihre Begegnung mit Alec auf der Treppe von St. Neots House hatte einen physischen Schmerz belebt, den sie lange unterdrückt hatte. Und jetzt, als sie in seine voll Erwartung stehenden Augen aufsah, wurde selbst dieser kleine Hoffnungsschimmer schweigend ausgelöscht. Sie fühlte sich albern und furchtbar elend.

„Bitte öffnet die Tür, Mr. Halsey", bemerkte sie, die Augen geradeaus auf die verzierten Knöpfe seiner geblümten Weste gerichtet.

„Ihr müsst mit ihr sprechen!"

„Nein. Das ist unmöglich!", antwortete sie und streckte eine behandschuhte Hand nach dem Messinggriff aus.

Er fing ihre Hand ein und zog sie dichter zu sich heran, nur ihre viellagigen, sich bauschenden Röcke bildeten eine Barriere zwischen

ihnen. „Warum? Warum ist das unmöglich?“, verlangte er zu wissen.
„Miss St. Neots wird auf Euch hören.“

„Nein. Sie wird auf niemanden hören“, antwortete Selina kurz,
obwohl seine Nähe fast ihre Sinne überwältigte. „Bitte. Lasst mich
gehen.“

„Ihr wollt sie mit einem Mann verheiratet sehen, den Ihr Betrüger
und Lügner nennt, den Ihr und Eure Tante des Mordes beschuldigen?“,
warf er ihr zornig vor, den Kopf zu ihr geneigt; eine Locke kohlschwarzen Haares fiel in seine Augen, sein Mund berührte fast ihre Stirn.
„Ihr wollt, dass sie eines Morgens aufwacht und sich an einen solchen
Mann gefesselt sieht, nur, weil Ihr eine unkluge Wahl getroffen ...“

„Wie könnte Ihr es wagen! Wie *wagt* Ihr es, Euch auf *meine* Kosten
selbst zu bemitleiden!“, brachte Selina durch zusammengebissene Zähne
hervor und stieß ihn, atemlos und kochend vor Zorn, mit einem mächtigen Ruck von sich, so dass er nach hinten stolperte und sie gegen die
Tür flog. „Interessiert Ihr Euch für niemanden außer Euch selbst? Wenn
Ihr diese raue Behandlung bei Emily versucht habt, um sie dazu zu bringen, ihre Meinung zu ändern, wäre ich nicht überrascht, wenn sie Euch
nie wiedersehen wollte! Gott! Ihr taucht nach acht Monaten der Abwesenheit wieder in ihrem Leben auf und erwartet, dass sie Euch in die
Arme fällt, nur, weil Ihr das wünscht?“

„Also seid Ihr für ihre Ehe mit Delvin?“

Selina seufzte verzweifelt. „Was spielt meine Meinung für eine
Rolle?“ Aber als Alec ihrem Blick standhielt, den Mund fest zusammengepresst, wusste sie, dass er darauf beharren würde, eine Antwort zu
erhalten. „Nein, natürlich nicht“, antwortete sie ruhig. „Er ist alles, was
ich ihn genannt habe, und mehr. Und - er liebt sie nicht; es könnte nie
eine glückliche Ehe werden.“

„Dann muss sie das erfahren. Sie muss zu der Einsicht gebracht
werden, welche Art von Mann sie zu heiraten beabsichtigt!“

„Nein.“

Alec war voll hochmütiger Ungläubigkeit. „Nein, Madam?“

„Versteht Ihr das nicht? Emily sieht den wahren Delvin nicht, weil er
ihr nicht erlaubt hat, etwas anderes zu sehen, als einen glattzüngigen,
wohlerzogenen Edelmann mit Vermögen und guter Familie. Das ist das
Geschöpf, in das Emily sich verliebt hat.“ Als Alecs Brauen sich zusammenzogen, lächelte sie schwach. „Emily ist in Euren Bruder verliebt.
Deshalb darf ich kein Wort gegen ihn sagen.“

Alec konnte es nicht glauben. „Sie ist in ihn verliebt? *In Delvin
verliebt?*“ Er wischte sich über den Mund, als ob er etwas schlecht
Schmeckendes gegessen hätte.

„Wenn Ihr Euch gegen diese Heirat stellt, wenn ich Zweifel an Delvin äußere, wird das ihren Entschluss, Euren Bruder zu heiraten, nur bestärken."

Alec wandte sein Gesicht zu dem verhängten Fenstersitz mit seinem Blick auf den inneren Hof des St. James's Place, aber nicht, ohne dass Selina zuvor die tiefe Verletztheit in seinem Gesicht gesehen hätte. Es ließ sie sich innerlich hohl fühlen. Einen Moment später öffnete er die Tür und sprach wie zu einer Fremden: „Vielen Dank für Euren Rat, Madam. Ich weiß es zu schätzen, dass Ihr ihn in Emilys bestem Interesse erteilt."

„In der Tat, Mr. Halsey", erwiderte Selina trocken, aber ihre dunklen Augen waren feucht und glänzend. „Es gibt nichts, was einen in der Seele mehr zerstört, als seine Hoffnungen und Träume von dem vernichtet zu sehen, den man liebt."

DREI

Als der Portier Wantage aus seiner Pantry rief, wollte der Butler den Mann bereits in seiner frühmorgendlichen Laune zurechtweisen, bis er sah, wer im Gang stand. Die Herzogin von Romney-St. Neots warf ihren Umhang, Haube und Muff einem verschlafenen Lakaien zu, glättete ihr hochfrisiertes, gepudertes Haar vor einem vergoldeten Spiegel und verlangte, den Herrn des Hauses zu sehen.

Wantage bedauerte sehr. Er war nicht in der Lage, ihrem Wunsch nachzukommen. Mr. Halsey hatte das Haus zwei Stunden zuvor verlassen. Er hatte nicht gesagt, wann er wieder zurück sein würde. Vielleicht mochte ihre Gnaden ihre Karte hinterlassen und am Nachmittag zurückkommen?

Das hatte sie absolut nicht vor! Sie würde warten. Und wenn es heiße Schokolade im Haus gäbe, dürfte Wantage sie ihr in dem Wohnzimmer mit Blick auf den Park servieren. Und er dürfte ihr Mr. Halseys Kammerdiener schicken.

Der Butler zögerte nicht zu tun, was ihm gesagt wurde.

Alec verbrachte den frühen Morgen in M'sieur Poissons Fechtakademie; der bekannte Fechtmeister hatte seine Räume in der Curzon Street. M'sieur war daran interessiert zu entdecken, was sein Schüler im berühmten *salle d'escrime* in Paris gelernt hatte. Alec war mehrere Male in Begleitung des jüngsten Sohns des Duc de la Tournelle dorthin gegangen, der ihm gegen den Gefallen, ein gutes Wort beim englischen Botschafter einzulegen, dort Zugang verschafft hatte.

Die Stunde verging für beide zu schnell. Leider konnte M'sieur Alec an diesem Tag nicht mehr Zeit widmen. Bald würden sich die Räume mit jungen Gentlemen füllen, die es sich zur Gewohnheit machten, Poissons Akademie zu besuchen, weil es die Mode war, das zu tun, bevor man in den Club oder das Kaffeehaus ging.

Diese Modegecken hatten nicht die Absicht, bis zum Schwitzen zu trainieren. Sie kamen perfekt frisiert und ihren besten Seidenanzügen, um ein paar ausgefallene Schritte zu erlernen, ihre Haltung zu vervollkommnen und einander mit den neusten Techniken von Angriff und Parade zu beeindrucken. Halbherzige Fechter, die sie waren, schauten sie doch begierig zu, wie der ernsthafte Fechter mit M'sieur seine Kunst zeigte.

Poisson vertraute Alec an, dass es wirklich Zeitverschwendung für einen guten Fechtmeister wäre, sich mit diesen dummen, jüngeren Söhnen englischer Adliger abzugeben, aber da er ihnen hohe Preise abverlangte und sie bereit waren, solche exorbitanten Honorare zu zahlen, konnte er, Poisson, sie nicht gut wegschicken. Nein. Er machte großes Aufhebens um sie, überschüttete sie mit Komplimenten und verbrachte seine Zeit damit, Lektionen in Schrittstellung zu erteilen, selbst wenn ihm das quälende Langeweile bereitete.

Poisson half Alec in seinen Rock und sagte mit einem Grinsen: „In Paris, habt Ihr Madame Sophie besucht, ja? Sagte ich nicht, dass sie das hübscheste Hurenhaus von allen in Paris unterhielte? Ich kann das nicht persönlich bestätigen, aber der Chevalier d'Fragnoré, er hat nicht angegeben, nicht wahr?"

„Er hat nicht angegeben."

M'sieur klatschte in die Hände, sehr befriedigt. „Gut! Fechten und Frauen, das ist das gleiche, nicht wahr? Beide erfordern Technik und - wie sagt Ihr? - Finesse. Ja!" Er küsste seine Fingerspitzen und verbeugte sich mit eleganter Übertreibung. „Auf Wiedersehen, M'sieur Halsey."

Alec erwiderte den Gruß, wandte sich zum Gehen und sah sich einer Gruppe schwätzender junger Männer gegenüber, die durch die Tür vom Treppenhaus hereindrängten. Er trat beiseite, um sie durchzulassen. Es war mindestens ein Dutzend von ihnen, lauter junge Männer aus guter Familie mit mehr Zeit und Geld zur Verfügung, als gut für sie war, und mit dem Ziel, *à la mode* zu sein. Sie plauderten lebhaft, lachten zusammen über dumme Nichtigkeiten; gepudert, mit Schönheitspflästerchen geschmückt und in eine Wolke schweren Parfüms gehüllt.

In durch ihr Eintreffen entstehenden Unruhe schlüpfte Alec hinter ihnen hinaus zur Treppe, nur um sich zweien von ihnen gegenüber zu sehen, die auf der ersten Stufe stehengeblieben waren. Die Enge der

Treppe hinderte ihn daran, an ihnen vorbeizukommen, ohne etwas zu unterbrechen, was ein kaum verhohlener Streit zu sein schien. Er hüstelte in seine geschlossene Faust, um sie auf seine Anwesenheit aufmerksam zu machen, aber sie bemerkten ihn nicht.

„Also, was wirst du tun?", verlangte der eine zu wissen, dessen Gesicht Alec zugewandt war und dessen gepolsterte Schulter an der Wand lehnte. Seine gepuderte Perücke stieg lächerliche acht Zoll über seine Stirn auf und ergänzte die affektierte, näselnde Stimme.

„Ich brauche Zeit, um darüber nachzudenken. Gott, James, ich kann noch immer kaum glauben, dass Belsay *tot* ist. Was soll ich nur machen?"

Alec wusste sofort, wem diese zweite Stimme gehörte und war überrascht. Es war Simon Tremarton, der auch im Außenministerium arbeitete. Er war vor kurzem zusammen mit Simon in Paris stationiert gewesen, und davor waren sie beide in Den Haag gewesen. Simon hätte mit ihm dinieren sollen, bevor er Paris verließ, hatte sich aber im letzten Moment entschuldigt und angegeben, dass er wegen der schlechten Gesundheit seiner Mutter früher nach London zurückkehren müsste. Alec fragte sich, was ein Mann, der für seinen Lebensunterhalt arbeiten musste und der es sich kaum leisten konnte, seine Zeit und seine hart verdienten Guineen zu verschwenden, in Gesellschaft dieser Modegecken tat, die nichts Besseres mit ihrem Leben anzufangen wussten, als es bei ihren leichtfertigen Unternehmungen zu vergeuden.

„Lass dir das Geld von jemand anderem geben", antwortete der mit der achtzölligen Perücke.

„*Geld?*" Simon Tremartons Stimme brach beim Aussprechen des Wortes.

„Der alte Reuben wird schneller als das über dich kommen", war die genäselte Antwort mit einem Schnippen zweier Finger, „wenn er auch nur den Verdacht hegt, dass du nicht zahlen kannst, was du ihm schuldest. Ich würde dir den Zaster ja leihen, aber ich lebe selbst auf Kredit; mein Vater ahnt nichts davon! Was ist mit deiner Schwester?"

„Cindy?" In Simon Tremartons Stimme lag ein mitleiderregendes Kieksen. „Sie gibt keinen Pfifferling auf mich. Hat sie noch nie."

„Sie muss doch Juwelen haben, die du verpfänden kannst."

„Strass."

„Alle?"

„*Alle.*"

Der Gentleman, der Alec gegenüberstand, verzog das Gesicht. „Verdammt! Ich dachte ..."

„Dass sie Geld wie Heu hätte? Hatte sie mal. Hat eine Vorliebe für

Basset. Spielt hoch. Alles, was Delvin ihr geschenkt hat, ließ sie kopieren und verkaufte es, um ihre Schulden zu zahlen. Hauptsächlich Rechnungen von Schneiderinnen. Cindy liebt es, wie eine Lady auszusehen. *Hure.*"

„Hör zu, Simon. Du wirst deinen Stolz herunterschlucken und zu ihr zurückgehen müssen. Sieh zu, ob sie nicht mit Delvin wegen dir spricht. Er muss an ein paar Fäden ziehen können, so viele, wie ihm gefällt, in der Lage, in der er sich befindet."

Simon schüttelte langsam sein gepudertes Haupt. „Wie kannst du das von mir verlangen, nachdem, was er Belsay angetan hat?"

„Aber er hat dein Geld genommen. Er versprach ..."

„Was uns wieder zum Ausgangspunkt bringt." Simon seufzte. „Keine Sorge. Jetzt ist alles für mich so durcheinander. Ich will nicht über Reubens oder Cindy oder irgendetwas nachdenken. Wenn es zum Schlimmsten kommt, versuche ich, eine Abordnung nach Konstantinopel zu bekommen."

„Simon?"

Das war Alec. Er hatte zwei weitere Male vergeblich gehustet, daher war er die Treppe wieder hinaufgegangen und kam sie herunter, als hätte er die Unterhaltung nicht belauscht. Er verbarg seine Überraschung darüber, Simon in der Curzon Street zu sehen und sagte im Plauderton: „Ich dachte, du hättest in der *salle d'escrime* in Paris mit Henri genug einstecken müssen. Ich warne dich: Poisson ist ein harter Meister." Er nickte dem übertrieben gekleideten Gentleman neben Simon zu, der ihn mit einer knappen Verbeugung begrüßte.

Simon Tremarton versuchte, stotternd etwas zu sagen. Sein Gesicht war weiß wie kalter Marmor, aber seine Ohren waren so rot wie die Absätze der spitzen Schuhe seines Begleiters. „Hal—Halsey? „Alec. W-was für ei-eine Überraschung! Ich bin gerade vom Besuch bei meiner Mutter zurückgekommen. Meine Schwester - Cynthia - vielleicht kennst du sie? Lady Gervais? Sie hat mich begleitet." Er sah, wie Alec seinen Freund musterte. „Oh! Ach! Alec Halsey, James, Lord Farnham. Alec arbeitet - nun, er ist Diplomat ..."

„Das Wort *arbeiten* ist in Ordnung, Simon", sagte Alec und streckte Lord Farnham die Hand hin. „Bruder von Freddie?"

„Nein. Cousin zweiten Grades, Gott sein Dank", näselte Lord Farnham. „Soll keine Beleidigung sein, falls er Euer Freund ist."

„Ich kenne ihn nicht gut. Er ist eher ein Bekannter", antwortete Alec, ignorierte den Sarkasmus und die Tatsache, dass Lord Farnham ihn durch sein Monokel von oben bis unten prüfend ansah, als ob er seinen Namen und sein Gesicht irgendwo in seine geistige Liste gesellschaftlicher Verbindungen einordnen wollte. Wenn er beabsichtigt hatte, das Objekt seiner Neugier zu verunsichern, scheiterte er kläglich. Alec starrte ausdruckslos zurück.

„Halsey? Halsey. *Oh Gott!* Doch nicht *Delvins* Bruder?" Lord Farnham ließ sein Monokel an dessen seidener Schnur hinabfallen. „Ihr und Delvin seht Euch nicht sehr ähnlich."

„Vielen Dank."

„Ihr seid das schwarze Schaf", fuhr Lord Farnham fort, dessen innere Prüfung der Stammbäume ein Rädchen weiterdrehte. „Von einem Onkel oder so aufgezogen. Einem lästigen alten Fuchs, der gerne das rebellische, exzentrische Parlamentsmitglied spielt. Möchte die Sklaverei abschaffen und den Iren Selbstverwaltung gewähren - diese Art lächerlichen Unsinns. Vater poltert auf Dinnerpartys ständig, dass Euer Onkel wegen Verrats in Tyburn gehängt werden müsste."

Alec grinste. „Ja, genau der ist es."

Lord Farnham schürzte seinen Mund voller Abscheu. „Oh Gott! Kein Wunder, dass Delvin Euch nie erwähnt."

„James ...", flüsterte Simon Tremarton in höchster Verlegenheit ohne einen Blick in Alecs Richtung.

„Wie schade", antwortete Alec gleichmütig, „das würde ihm ein anderes Gesprächsthema geben als nur sich selbst."

Lord Farnham musterte Alec näher und brach dann in Gelächter aus, als ob er den Witz plötzlich verstanden hätte. Er gab Simon einen scharfen Stoß. „Simon sagt, Ihr wäret zu langweilig ernsthaft, um besonders interessant zu sein, aber ich muss zugeben, dass ich Euch mag, Halsey. Ihr habt Rückgrat und seht besser aus als Euer Bruder. Kein Wunder, dass Delvin nicht über Euch spricht." Er hob sein Monokel wieder an und richtete ein vergrößertes Auge auf Simon Tremarton. „Ich hätte nicht übel Lust, ihn vor dir zum Mitglied im Ganymed-Club zu machen, Simon", neckte er seinen sich windenden und rotgesichtigen Freund. „Anders als du kann Halsey sich den Beitrag gut leisten, und sein Vater war ein Earl."

„James! *Nicht!*", flüsterte Simon heftig.

Lord Farnham zuckte mit den Schultern und seufzte. „Nein, du hast recht, Simon. Es wäre nicht gut, diese Unschuld zu verderben. Ein Jammer." Er lächelte Alec schief an und neigte seinen gepuderten Kopf. „Nichts für ungut, Halsey." Und damit tänzelte er an Alec vorbei die Treppe hinauf, von wo er Simon zurief: „Ich werde dein *tête-à-tête* einplanen!", und aus dem Blickfeld verschwand.

Allein in dem engen Stiegenhaus zwang Simon Tremarton sich zu einem Lachen, konnte es jedoch nicht über sich bringen, Alec anzusehen. „Natürlich darfst du nicht alles glauben, was James sagt. Er bringt gerne Leute in Verlegenheit. Er - er - verdammter Zufall, ausgerechnet dich hier zu treffen!"

„Schon gut, Simon. Ich gebe keinen Penny auf Farnhams Meinung."

„Du musst dich wundern, was ein kleiner Angestellter der Regierung in Gesellschaft von Leuten wie Farnham und seinen adligen Kumpanen tut."

„Das geht mich nichts an, nicht wahr?"

„Natürlich bist du wieder gönnerhaft!", spottete Tremarton.

Alec verneigte sich leicht und ging weiter die Treppe hinunter. Als er das Erdgeschoss erreicht hatte, kam Simon hinter ihm her gepoltert und schloss die Tür zur Straße vor dem Lärm des Verkehrs.

„Alec! Warte! Ich bin ein Esel! Ich weiß, dass du nicht die Art Mensch bist, der über andere urteilt. Sieh mal. Ich - ich bin ziemlich in der Klemme. Das Duell, das Delvin mit Jack Belsay ausfocht - dein Bruder sagt, es wäre allein Belsays Fehler gewesen. Zeitungen sagen dasselbe. Aber das ist Unsinn. Delvin lügt!"

„Tatsächlich? Du bist der Dritte, der mir das in ebenso vielen Tagen sagt", antwortete Alec flach. „Warum haben Delvin und Belsay gefochten?"

„Ich - das weiß ich nicht!", brauste Simon Tremarton auf, enttäuscht, dass seine dramatische Aussage keine Wirkung erzielt hatte. Aber das hätte ihn nicht überraschen dürfen. Alec Halsey war im Außenministerium dafür bekannt, seine Karten immer gut bedeckt zu halten. „Alec, hör zu: Was ich weiß, ist, dass Belsay sich in keiner Weise für ein Mädel direkt aus dem Schulzimmer interessierte." Er schaute über seine Schulter. „Ich - ich weiß einiges - *einige Einzelheiten* - über Belsay, die beweisen, dass dein Bruder lügt."

Alec zog seine schwarzen Augenbrauen hoch. Wenn Simon versuchte, ihn zu reizen, gelang ihm das, jedoch aus dem falschen Grund. „Wie zum Beispiel?"

„Das kann ich dir hier nicht erzählen!"

„Du weißt, wo ich wohne", war Alecs gleichmütige Antwort, als er die Tür öffnete und auf die Straße hinaustrat. Er wandte dem Verkehr aus Kutschen und Sänften seinen Rücken zu und schaute Simon ins Gesicht. „Was auch immer du weißt, Simon, sei dir sicher: Delvin muss es auch wissen oder er wäre sich nicht so sicher, mit dieser Lüge davonzukommen."

Simon Tremartons Augen weiteten sich, als ob dieser Gedanke ihm nie gekommen wäre und er stolperte erschrocken nach hinten, wandte sich ab und floh die schmale Treppe hinauf. Alec spazierte nach Hause und dachte über die Verbindung dreier Männer höchst unterschiedlichen Temperaments nach: der zurückhaltende Viscount Belsay mit seinen sanften Manieren; der Earl von Delvin, der in der Gesellschaft als verwegener Edelmann herumstolzierte; und Simon Tremarton, ein hart arbeitender Regierungsangestellter aus armer Familie. Er dachte noch immer über diese drei nach, als er in St. James's Place Nummer 1 eintrat und entdeckte, dass sein Kammerdiener von der Herzogin von Romney-St. Neots ins Verhör genommen wurde.

WANTAGE HATTE TAM MIT EINEM FINGERSCHNIPPEN IN DEN SALON beordert, ohne ihm einen Hinweis darauf zu geben, wer ihn zu sehen wünschte. Der Butler mochte keine Veränderungen in seinem Haushalt und ihm gefiel der sommersprossige Junge nicht. Er wusste, dass er von St. Neots ausgerissen war. So viel hatte er aus der Haushälterin herausbekommen, die es von einem der Lakaien oben hatte, der ein wenig von der Unterhaltung zwischen dem Onkel seines Herrn und dem Jungen mitgehört hatte, in der ersten Nacht, als er vom Portier auf der Türschwelle gefunden wurde. Der Bengel war zu vertraulich mit dem Herrn und den Dienern des Haushalts, sowohl mit denen, die unter ihm, wie mit denen, die über ihm standen. Er gehörte auf seinen Platz verwiesen; es musste ihm wieder die gehörige Ehrfurcht im Wissen um seine Stellung im Leben eingeflößt werden. Der vorige Kammerdiener des Herrn war mit ausgezeichneten Empfehlungen gekommen und früher Kammerdiener beim Marquess von Dartmouth gewesen. An seiner Haltung hatte man sehen können, dass er der perfekte Gentleman des Gentlemans war. Wantage hatte ihn nicht besonders gemocht, aber seine Stellung respektiert. Er hatte für Tam keinerlei derartigen Respekt, er betrachtete ihn als Eindringling und fand, dass ihm die notwendigen gesellschaftlichen Fähigkeiten und der Charakter fehlten, um die hohe Stellung des Kammerdieners des Hausherrn auszufüllen.

Den Jungen unvorbereitet zur Herzogin zu schicken, würde ihm den nötigen Schrecken einjagen, dachte Wantage genüsslich. Mit einem Grinsen schloss er die Tür des Salons und schlich auf Zehenspitzen zur Dienstbotentür, um ein Ohr an das Holz zu legen.

DIE HERZOGIN VON ROMNEY-ST. NEOTS WAR DER LETZTE Mensch, den Tam im Hause seines neuen Herrn zu sehen erwartet hätte. Ihre kleine, stämmige Figur in über Reifen liegenden Röcken aus Chinoiserie-Seide saß bequem auf einer Chaiselongue, einen gestrickten

Schal über ihren bloßen Schultern und ihre kleinen Füße in den damast-bezogenen Schuhen mit hohen Absätzen und Diamantschnallen auf dem Polster. Sie las in der Morgenzeitung und nippte bittersüße Schokolade aus einer eleganten Porzellanschale. Tams Herz machte einen Satz und er vergaß, sich zu verbeugen. Er wollte weglaufen, aber sein Instinkt riet ihm, standhaft zu bleiben. Vielleicht würde sie ihn nicht erkennen? Schließlich war er nur ein kleiner Lakai gewesen und hatte sich kaum je in der Nähe der Familie aufgehalten, am allerwenigsten in der Nähe ihrer winzigen, erhabenen Person. Das – und die Tatsache, dass er nur sechs Monate in ihren Diensten gestanden hatte – hieß, dass es unwahr-scheinlich war, dass sie sich an sein Gesicht erinnern könnte, ganz zu schweigen an seinen Namen.

Sie hörte, wie die Tür sich schloss, las aber den Abschnitt zu Ende. „Nun, John, ich habe ein paar Fragen ...“ Sie schaute auf und stutzte. „Wo ist John? Komm näher.“

Tam schlurfte näher und machte seine beste Verbeugung vor ihr. „Ich bin Mr. Halseys Kammerdiener, Euer-Euer Gnaden.“

„Quatsch! Du bist viel zu jung. Hat John dich mit einer lahmen Ausrede geschickt?“

„Nein, Euer Gnaden.“

Sie musterte ihn eindringlich und setzte sich dann kerzengerade auf. Ihre Augen wurden groß und Tam wusste sofort, dass er nicht so unbe-kannt war, wie er gedacht hatte. Er hatte nicht mit dem außergewöhnli-chen Gedächtnis der Herzogin für Namen und Fakten gerechnet.

„Was hast du mit dem Pferd meiner Enkelin getan?“, verlangte sie zu wissen. „Ist dir klar, was für Schwierigkeiten du in meinem Haushalt verursacht hast? Was machst du hier? Glaubst du, du kannst einfach aus einem Haus weglaufen und in ein anderes gehen und niemandem fällt das auf? Nun, Junge, was hast du zu deiner Verteidigung zu sagen? Starr' mich nicht mit offenem Mund an! Ich bin nicht senil! Ich weiß genau, wer du bist! Zumindest dachte ich das. Unter welchem Namen bist du hier? Red' schon! Los!“

„Thomas Fisher, Euer Gnaden. Es war immer Thomas Fisher. Das ist mein Name. Meist werde ich Tam genannt. Ich habe Miss Emilys Pferd nicht gestohlen. Nein! Phoenix ist Mr. Halseys Pferd. Verzeiht, Euer Gnaden, aber das ist die Wahrheit. Fragt Mr. Halsey. Er wird Euch das selbst sagen.“

„Da Mr. Halsey nicht zu Hause ist, kann ich das kaum tun, oder?“, fauchte sie. „Weißt du, was mit Jungen geschieht, die stehlen? Sie werden gehängt! Naeve hat die Miliz hinter dir hergeschickt, du dummer, dummer Junge. Sie suchen noch immer nach dir.“

„Aber ich habe das Pferd nicht gestohlen!", erklärte Tam mit zitternder Unterlippe. „Phoenix steht in seinem Stall. Ehrlich! Bitte, bitte, Ihr müsst ihnen sagen ..."

Die Herzogin richtete sich auf. „Ich muss nichts dergleichen tun. Du bist unhöflich und ich lasse mich von einem Pferdedieb nicht anschreien! Was machst du hier?"

„Ich bin Mr. Halseys Kammerdiener. Wirklich. Ehrlich. John wurde entlassen, Euer Gnaden. Fragt Mr. Wantage. Er weiß es. Er kann es Euch bestätigen."

„Ich möchte nicht mit dem Butler oder irgendeinem anderen Diener in diesem Haus sprechen, außer Mr. Halseys Kammerdiener. Geh und hole ihn sofort!"

Tam wusste nicht, was er tun sollte. Er trat von einem Fuß auf den anderen. Er versenkte seine Hände in den Taschen, nur, um sie sofort wieder herauszuholen. Er drehte sich um und wandte sich dann wieder der Herzogin zu, seine Arme hingen schlaff herab und seine Handflächen waren schweißnass. Während der ganzen Zeit starrte die Herzogin ihn an, die Hände im Schoß gefaltet.

„Euer Gnaden, ich bin Mr. Halseys Kammerdiener. Die Kleider, die ich trage. Das sind seine ..."

„Hast sie auch gestohlen, wie?"

„Nein, Euer Gnaden! Er, Mr. Halsey, hat sie mir geliehen, bis der Schneider mir ein paar passende Kleidungsstücke anfertigt. Er würde doch nicht nach seinem Schneider geschickt haben, wenn ich nicht sein Kammerdiener werden sollte, nicht wahr, Euer Gnaden?"

Die Herzogin gab vor, unbeeindruckt zu sein und ihre scharfen Augen wichen nicht von Tams rotem Gesicht. „Du wirst dir etwas Besseres einfallen lassen müssen", sagte sie hochmütig. „Du bist mit einem Pferd aus meinem Stall weggelaufen und jetzt sagst du, du wärest ein Kammerdiener? Unglaublich. Nur, weil du die Livree losgeworden bist und anständige Kleider auf dem Leib hast, bedeutet das noch gar nichts. Ich behaupte immer noch, dass du ein Dieb bist."

Tams grüne Augen füllten sich mit Tränen, dann hatte er einen Blitz der Erleuchtung. „Euer Gnaden! Als ich in St. Neots House ankam, übergab ich Mr. Neave ein Empfehlungsschreiben von Mrs. Hendy aus Delvin Hall. Er muss es Euch gezeigt haben und ..."

„Sei kein Dummkopf, Junge!", sagte sie mit hochfahrender Verachtung, hob den Kopf und wandte sich von ihm ab. „Als ob ich mich mit Empfehlungsschreiben befassen würde, die mein Butler erhält. Pah!"

Die List wirkte. Mit einem hastigen, tränenvollen Wortschwall erzählte Tam ihr alles, was sie wissen wollte: von dem Moment an, wo er

Mr. Halsey im Foyer von St. Neots House erspäht hatte, wie er ihm in London zum Gasthaus *The Rose* gefolgt war, bis dahin, wo er hörte, wie Mr. Halsey einem Sänftenträger seine Adresse angab und er dann auf der Türschwelle seines Hauses gefunden wurde. Er ließ nichts aus. In seiner Verzweiflung, die Herzogin davon zu überzeugen, dass er kein Lügner wäre, erzählte er ihr ohne nachzudenken vom Türkischen Bad und seiner Unterhaltung mit dem Nachtwächter; über Mr. Halseys betrunkenen Zustand, als er von der Wache nach Hause gebracht wurde; wie Mr. Halsey weiter getrunken hatte, bis Mr. Plantagenet Halsey die Diener die Tür zu seinem Schlafzimmer hatte aufbrechen lassen und sie ihn dort fast tot vorgefunden hatten. Der Junge ging bei der Beschreibung der Übelkeit Mr. Halseys unnötig in Einzelheiten, ohne jegliche Rücksicht auf die Empfindsamkeit der Herzogin. In seiner Verzweiflung, sie von seiner Ehrlichkeit zu überzeugen, bemerkte er nicht, als sie ihr Gesicht bei der Erwähnung des Nachttopfes verzog, oder wie von Zeit zu Zeit ob der naiven Offenheit in seiner flehenden Stimme ein kleines Lächeln um ihren Mund spielte.

Er wollte ihr weitere Einzelheiten geben, um seine Identität zu beweisen, vorschlagen, sein Empfehlungsschreiben zu holen, als die Tür sich öffnete und der Herr des Hauses hereinspaziert kam, vor ihm Cromwell und Marziran, die zur Herzogin trabten, um sich einen freundlichen Klaps zu holen.

„Olivia?", sagte Alec und blieb wie angewachsen stehen. Ein Blick auf ihr Gesicht, das ihre Gefühle gerade deutlich durchblicken ließ und ein Blick zu Tam, und er erfasste die Situation. Er rief die Greyhounds bei Fuß. „Tam, nimm Cromwell und Marziran zu einem Lauf in den Park mit, ja? Sei in einer Stunde wieder zurück. Ich muss mich zum Diner umziehen."

Tam schaute die Herzogin an, um ihre Reaktion zu sehen, aber sie hatte sich abgewandt, um aus dem Fenster zu schauen. Er machte einen Schritt auf Alec zu. „Sir - wegen Phoenix - werdet Ihr ... ihre Gnaden glaubt nicht ... sie werden doch nicht kommen, um mich abzuholen, oder, Sir?"

„Es ist in Ordnung, Tam. Du bist hier sicher. Jetzt fort mit dir."

Tam öffnete den Mund, um weiterzusprechen, schloss ihn wieder und ging mit einer Verbeugung gehorsam hinaus, die Hunde dicht auf den Fersen.

„War es nötig, den Jungen zu bedrohen, um die ganze scheußliche Geschichte zu erfahren?"

„Ich rechtfertige meine Methoden, indem ich mir sage, dass er offiziell noch immer in meinen Diensten steht, bis ich etwas anderes höre", sagte sie schlagfertig. „Und ich habe ihm nichts Unwahres gesagt. Wenn du ihn zu behalten beabsichtigst, schlage ich vor, dass du ihm eine Lektion in Diskretion erteilst? Ich habe es nie geschafft, aus dem Kerl mit dem Pokergesicht, den du zuvor hattest, eine Silbe herauszubekommen."

„Es freut mich, das zu hören."

„Wie war Paris?"

Alecs Mund begann zu zucken. „Olivia, du bist nicht den ganzen Weg hierhergekommen, um mich das zu fragen."

Die Herzogin blieb am Fenster. Sie schaute zu, wie Tam und die beiden Hunde an der Seite des Hauses erschienen auf die offene Grünfläche des Green Parks liefen. „Ich wünschte, du würdest mir erlauben, ein Wort in das ein oder andere passende Ohr zu sprechen", sagte sie mit einem Seufzer, als sie sich umdrehte, um ihren Patensohn anzusehen. „Warum sollte jemand wie dieser fischköpfige Haverfield außerordentlicher Gesandter sein und du immer noch nur ein Attaché? Jeder weiß, dass er die Stellung in Russland nur erhalten hat, weil sein Cousin Geheimrat ist. Du hast doppelt so viel Verstand und ein viel besseres gesellschaftliches Auftreten. Sieh, ich glaube nicht, dass dieser Narr auch nur Französisch sprechen kann! Und du, du sprichst - wieviel? - vier oder fünf Fremdsprachen."

„Fünf, wenn wir schon zählen."

„*Fünf* fremde Sprachen! Die alle vergeudet sein werden, wenn du nichts Besseres zu tun bekommst, als den eleganten Botenjunge für diesen Hanswurst Bedford zu spielen. Du hättest Recht studieren sollen, oder in die Politik gehen. Ein Parlamentsmitglied werden ..."

„Was? Und gezwungen sein, den ganzen Tag im Parlament zu sitzen und dem Gefasel von Onkel Plant zu lauschen?", sagte Alec mit einem Lachen. „Nein, danke."

„Sei nicht so frivol! Du weißt, was ich meine. Der diplomatische Dienst muss im Königreich der am wenigsten modische und am wenigsten rentable sein. Eine absolut undankbare Aufgabe. Und während alle auf dem Bauch kriechen um es zu schaffen, sich zu Hause ein gutes Auskommen zu sichern, gehst du bereitwillig in die entferntesten Ecken des Kontinents, um Tee oder Kaffee oder was auch immer mit Sultanen und solchen Leuten zu trinken!"

„Und während ich mit Sultanen Kaffee trank - oder richtiger, in Versailles meine Verbeugungen machte - hatte mein Bruder ausgiebig Gelegenheit, Emily für sich zu gewinnen. Es tut mir leid, Olivia. Du hast es ihr nicht ausgeredet, seinen Antrag anzunehmen."

„Nein. Warum sollte ich? Ich habe sie wählen lassen und sie hat einen der begehrtesten Adligen des Königreichs gewählt", verteidigte sich die Herzogin. „Du magst dies für die Laune einer alten Dame halten, aber ich war entschlossen, nicht den gleichen Fehler zu wiederholen, den ich bei ihrer Mutter gemacht habe. Ich habe Madeleine zu einer Ehe ohne Liebe gezwungen, als das Letzte war, was sie wollte, Herzogin von Beauly zu werden." Sie trat vom Fenster fort und stellte sich mit flatterndem Fächer Adam gegenüber. „Delvin ist Emilys Wahl. Dann soll es so sein. Aber wenn es nach mir gegangen wäre ... Was ich für sie wollte ... Ich wollte, dass du es wärest", gab sie kleinlaut zu und schaute auf die Elfenbeinstäbchen ihres Fächers hinab.

Alec küsste ihre Stirn. „Danke, Olivia. Du hast meiner Selbstachtung geholfen, sich aus dem Schlamm zu ziehen, in den sie heute Morgen von Mrs. Jamison-Lewis energisch versenkt wurde." Er schnaubte ein verlegenes Lachen. „Mein Stolz hat ziemlich Schaden genommen, aber ich werde es überleben. Angeschlagen und verletzt bin ich vielleicht, aber so sehr ich es hasse, das zuzugeben, sprach aus ihr die Stimme der Vernunft: Ich muss die Tatsache akzeptieren, dass Emily jemand anderen als meine eigene geschätzte Person gewählt hat!"

Die Herzogin war nicht überzeugt. „Du findest dich mit der Verlobung ab?"

„Ich muss mich damit abfinden, aber sie hat nicht meine Zustimmung. Und es stört mich empfindlich, dass mein Bruder ihr Verlobter ist. Delvin verdient sie nicht."

„Ja. Das muss dich natürlich stören", murmelte sie, nicht willens, in den Streit zwischen den Brüdern hineingezogen zu werden. Sie würde ihren Patensohn immer seinem älteren Bruder vorziehen, aber Delvin war mit ihrer Enkelin verlobt und daher musste sie ihm gegenüber loyal sein, und insgeheim war sie dankbar, dass der Earl, indem er Emily zu seiner Gräfin machte, half, den Flecken ihrer Illegitimität zu beseitigen. „Ich schätze, inzwischen weißt du alles über diese entsetzliche Geschichte zwischen Jack und Delvin?", fragte sie.

„Ja. Onkel Plant hat es mir erzählt. Ich finde es immer noch schwer vorstellbar, dass Jack jemandem einen Kampf aufgezwungen haben soll, noch dazu einem seiner besten Freunde."

Die Herzogin seufzte. „Das ist wirklich auffallend. Aber Delvin behauptet hartnäckig, dass Jack ihn zum Kämpfen gezwungen hätte, nur, weil Jack in Emily verliebt gewesen wäre. Ich war in meinem Leben noch nie mehr von etwas überrascht. Jack mochte Emily, aber eifersüchtig auf Delvin?"

„Was sagt Emily?"

„Sie möchte nicht über Jack sprechen. Sie kann seinen Namen nicht aussprechen, ohne in Tränen auszubrechen." Die Herzogin warf ihrem Enkel einen Blick zu. „Natürlich hat dein kurzer Besuch ihre Stimmung nicht verbessert. Trotz allem, was du annehmen magst, legt sie großen Wert auf deine Meinung."

Alec zog an der Klingelschnur. „Meine liebe Olivia, dich erwartet eine Enttäuschung, wenn du in der Erwartung hergekommen bist, mich zu überreden, Emily zu ihrer Verlobung zu gratulieren." Er wies den Diener, der als Antwort auf sein Läuten hereinkam, an, ihm ein Ale zu bringen und Tee für die Herzogin, und während sie auf die Rückkehr des Dieners warteten, erzählte er ihr vom Besuch Lady Margaret Belsays mit ihrer Nichte im Schlepptau und fügte hinzu: „Die arme Frau ist natürlich so untröstlich, dass ihre Denkweise hoch emotional ist. Es ist eine Sache, Delvin zu beschuldigen, dass er wegen des Grundes, warum er und Jack ein Duell ausgetragen haben, lügt, aber zu unterstellen, dass Delvin Jack ermordet hätte ..."

„Arme Meg. Ihr Verstand muss vor Trauer verwirrt sein", sagte die Herzogin und dachte über alles nach, was ihr Patensohn ihr erzählt hatte. „Aber was ist mit Selina? Mit Sicherheit sieht sie die Sache nicht im gleichen Licht wie ihre Tante?"

Alec lächelte in sich hinein. *Dieb, Lügner und Betrüger, also warum nicht auch ein Mörder?* Das waren Selinas Worte. Doch Alec konnte es nicht übers Herz bringen, sie der Herzogin gegenüber zu wiederholen. Lady Margarets verdammende Beurteilung war für jetzt genug. Er wurde durch das Eintreten eines Dieners mit dem Teetablett gerettet.

„Was hat Selina über Jack gesagt?", insistierte die Herzogin, als sie die Teeschale nahm, die Alec ihr anbot. „Sie und Jack standen sich sehr nahe. Sein Tod war ein schwerer Schlag für sie."

„Unter den Umständen, wenn man bedenkt, dass sie frisch verwitwet ist, war ich überrascht, dass sie sich so gut aufrecht hält. Der Tod von Jamison-Lewis dürfte genug Kummer für ..."

Die Herzogin schnaubte ungläubig. „*Trauer?* Selina soll Jamison-Lewis *betrauern?* Liebe Güte, nein! Niemand hätte Selina getadelt, wenn sie sich die Trauer ganz gespart hätte, so schlimm wurde sie von diesem Ungeheuer misshandelt; und ich verwende dieses Wort nicht leichtsinnig, mein Junge. Was das arme Mädchen zu ertragen hatte ..." Sie schüttelte sich innerlich und erschauerte, mit einem Blick auf Alec, der sie durchdringend anschaute. „Oh, es ist nicht meine Sache, dir die schmutzigen Einzelheiten ihrer Ehe zu erzählen!"

„Ich dachte ... in der Öffentlichkeit gab es nie eine Andeutung einer Missstimmung zwischen ihnen", stellte Alec fest; aus seiner Stimme klang deutlich seine schockierte Überraschung. „Bei den wenigen Gelegenheiten, zu denen ich sie bei öffentlichen Anlässen sah, hatte ich den Eindruck, dass sie entschlossen war, mir zu zeigen, wie glücklich sie in ihrer Ehe war. „Und dann war da der Vorfall im Drury Lane Theater, als ...“ Er betrachtete die Herzogin stirnrunzelnd. „Bist du sicher?“

Die Herzogin wunderte sich nicht zum ersten Mal über die völlige Unwissenheit des männlichen Verstands, wenn es um die Arbeitsweise des weiblichen Geistes ging. „Ist es dir nie in den Sinn gekommen, wenn man an die Vorgeschichte zwischen euch beiden denkt, dass ihr Verhalten ein großartiges Schauspiel für deine Augen war?“, fragte sie geduldig. „Schließlich durfte sie dir nicht erlauben zu sehen, wie unglücklich sie war - das hätte bedeutet, eine Niederlage einzugestehen, und du kennst Selina, sie ist äußerst starrköpfig.“ Sie schob die Teeschale beiseite und beobachtete Alec, dessen Stirnrunzeln sich vertieft hatte, aus dem Augenwinkel, dann schüttelte sie im Aufstehen ihre Röcke aus. „Ich werde dich über diese Enthüllung allein weitergrübeln lassen. Und wenn du irgendetwas über Jack wissen willst, sprich mit Selina. Ich werde Meg besuchen. Vielleicht erfahre ich etwas über Jack, wenn sie in der Stimmung für Vertraulichkeiten ist. Ich erzähle dir morgen alles. Du kommst doch zum Fest, nicht wahr? Und du *musst* bleiben. Ich habe deine alten Zimmer herrichten lassen.“

„Ich muss dich anstandshalber warnen, Olivia. Ich kann nicht versprechen, dass ich mein bestes Benehmen vorzeigen würde.“

„Es wäre eine sehr langweilige Veranstaltung, wenn du das tätest, mein Junge!“

Alec grinste und kniff sie ins Kinn. „Du schlimmes Weib.“

Sie sah zu seinem gutaussehenden, kantigen Gesicht auf und fasste ihre Gedanken in Worte.

„Emily und Selina sind beide töricht“, murmelte sie und wandte sich schnell ab, um an den Bändern ihres Reticules zu fummeln. „Bist du sicher, dass du nicht möchtest, dass ich bei Grenville ein Wort für dich einlege?“, fragte sie mit nüchterner Stimme. „Seine Frau, ein dummes Huhn von einer Frau, ist eine Romney - entfernt verwandt, aber immerhin eine Romney. Ich weiß, dass er für mich alles tun würde. Wenn er hört, dass du gerne Botschafter würdest ...?“

„Botschafter? Nein, Olivia, danke dir“, sagte er, von ihrer Aufrichtigkeit erheitert, und nahm den vergilbten Brief, den sie aus ihrem Reticule gezogen hatte und ihm hinhielt. „Was ist das?“

„Das ist Mrs. Hendys Empfehlungsschreiben für einen gewissen Thomas Fisher. In seiner Eile, hinter dir her zu laufen, hat der dumme Junge ihn zurückgelassen.“

„Hast du ihn gelesen?“

Die Herzogin lächelte verschmitzt. „Natürlich!"

„Und ...?"

Die Herzogin zuckte die Schultern. „Es würde dir nicht helfen, wenn du mehr über den Jungen wüsstest, wenn das der Grund dafür ist, dass du mich angrinst! Er ist aus Delvin, soviel steht fest, aber er wurde mit zwölf Jahren weggeschickt und in die Lehre gegeben. Mrs. Hendy war über diesen Umstand nicht allzu glücklich und sie bittet, dass er sich an dich wenden soll, wenn er je einer schützenden Hand bedürfte. Nicht mehr. Ein Geheimnis. Lies selbst." Sie berührte Alecs Arm. „Bist du ganz sicher, dass du nicht möchtest, dass ich mit Grenville spreche?"

„Völlig sicher", bestätigte er ihr. „Es ist nicht so, dass ich solch schwindelerregende Höhen nicht anstrebte. Jedoch möchte ich das aus eigener Kraft erreichen oder gar nicht."

„Du bist auch sehr starrköpfig!", beklagte sie sich und ging vor ihm aus dem Zimmer. „Das ist nur die Schuld deines Onkels. Er hat dir den Kopf mit republikanischem Unfug vollgestopft."

„Sei nicht so hart zu ihm. Er wird böse verunglimpft. Und er ist nicht das Ungeheuer, für das du ihn ..."

„Ich halte ihn nicht für ein Ungeheuer!", erwiderte die Herzogin. „Er ist ... er ist ..."

„... sehr höflich bei einer Schale Tee?", schlug Alec leichthin vor und küsste am Fuße der Treppe ihre ihm gereichte Hand. „Keine Sorge, Olivia, ich werde keiner lebenden Seele verraten, dass du deinen Tee mit einem eingefleischten Republikaner getrunken hast ..."

„Ich gebe keinen Penny darum, wer davon erfährt ..."

„... weil es für ihn nicht gut aussähe."

VIER

Ein Diner für fünfzig Gäste in St. Neots House bildete die Eröffnung der Verlobungsfeierlichkeiten am Wochenende. Emily stand in der zweiflügligen, eichengetäfelten Tür, zwischen ihrer Großmutter und dem Earl von Delvin, und knickste vor allen Gästen, die nacheinander den großen Speisesaal mit seinen drei schweren Kronleuchtern und dem auf der Galerie spielenden Streichorchester betraten.

Zwischen den Vorstellungen nutzte der Earl die Gelegenheit, seine Verlobte für ihr gutes Verhalten zu loben und wollte ihr ein Kompliment über ihr schönes Kleid aus Antikseide und Zuchtperlen machen, als ihre Aufmerksamkeit von einem späten Ankömmling abgelenkt wurde. Delvin schaute auf und erblickte seinen Bruder. Der Anblick verdarb ihm den Appetit auf die ausgiebige Mahlzeit, doch er fuhr fort zu lächeln, vielleicht ein wenig breiter als zuvor.

Alec schlüpfte in den Vorraum, als gerade der letzte der Gäste sich abwandte, um zum Essen zu gehen. Er war sehr spät gekommen. Das hatte er beabsichtigt. Er strich eine Locke zurück und schloss sich seinem Freund, Sir Cosmo Mahon, an, einem korpulenten Gentleman Ende Zwanzig, der Alec an seine Seite gewunken hatte. Er stellte Alec sofort einem Mann mittleren Alters mit einem fleischigen, blühenden Gesicht und mürrischer Stimmung vor, einem gewissen Richter Lord Gervais. Bei ihnen war Lord Andrew Macara, der als Schwiegersohn der Herzogin von Romney-St. Neots nicht vorgestellt werden musste. Er begrüßte Alec mit festem Händedruck und einer Flut von Fragen über seine Entsendung nach Paris.

Lord Andrew fragte Alec noch immer aus, diesmal über die in einem bestimmten mittelöstlich-europäischen Königreich herrschenden Sitten, über die er in irgendeiner Abhandlung gelesen hatte, die ein Kerl geschrieben hatte, an dessen Namen er sich nicht erinnern konnte, als sie am Ende des aufgereihten Begrüßungskomitees ankamen.

Wenn es ein Zeichen der Verlegenheit zwischen Alec und Emily gab, dann bei ihr. Ihr Knicks war etwas ungeschickt, und als sie mit scheuem Lächeln aufschaute, betrachtete er sie ohne Lächeln oder Stirnrunzeln. Sie machte eine unverfängliche Bemerkung, an die sie sich später kaum erinnern konnte und hörte seine ebenso unverfängliche Antwort kaum. Er bewegte sich weiter und sie hatte die Pflicht, höflich zu Lord Gervais zu sein, der sich jetzt über ihre Hand beugte, wodurch sie nicht hörte oder sah, was zwischen den Brüdern gesprochen wurde, sondern nur empfand, dass es ein sehr kurzer Austausch war. Jetzt knickste Lady Gervais vor ihr, in ein lebhaft rotes Taftkleid gewandet mit einer hoch aufgetürmten Frisur, in der passend gefärbte Federn steckten; die Dame plapperte Komplimente heraus, die selbst für Emily in ihrer glückseligen Geistesabwesenheit gezwungen und hinterhältig klangen.

Nach einem langen Diner mit dreiundzwanzig Gängen nahmen die Damen Kaffee und Tee im chinesischen Salon zu sich, verteilten sich auf den Sofas und Stühlen, die an einem Ende des großen Raums bereitgestellt waren, fort von der Sonne eines späten Nachmittags. Die Herzogin präsidierte über dieser geschwätzigen Versammlung fächerwedelnder, gepuderter Damen mit einem heiteren Lächeln, das ein rasches Auge und ein offenes Ohr für Gespräche, die nicht nach ihrem Geschmack waren, verbarg. Lady Charlotte Macara half ihrer Mutter beim Austeilen der Teeschalen. Als sie Emily ihre Schale reichte, tadelte sie sie: Ein Mädchen, das den begehrtesten Junggesellen von London heiratete, sollte sich anständiger benehmen und nicht laut lachen wie ein Wildfang.

Emily ignorierte ihre Tante, weil sie zu glücklich war, um sich um sie zu kümmern und eine Unterhaltung mit Lady Gervais begonnen hatte, die den letzten Klatsch über einige der Damen im Raum in Emilys kleines Ohr träufelte. Als die Gentlemen sich den Ladys wieder anschlossen, erzählte Lady Gervais Emily gerade eine besonders lustige Anekdote, die sich um Lady Charlotte Macara und einen Haufen Pferdemist drehte, den sie beim Spazieren über die Mall übersehen hatte. Ihr Kichern konnte man noch am anderen Ende des Raums hören.

„Eine kleine Schönheit, nicht wahr?", sagte eine Stimme an Alecs Schulter.

„Ja", antwortete er geistesabwesend, da seine Aufmerksamkeit auf das Halsband aus Rubinen und Diamanten gerichtet war, das Emilys weißen

Hals umschloss. Er erkannte die Kette. Sie hatte seiner Mutter gehört. Er erinnerte sich daran, wie sie sie gegen Ende ihres Lebens getragen hatte, als sie endlich den Mut gefunden hatte, ihn anzuerkennen.

„Sie war erst sechzehn, als ich sie heiratete", sagte die Stimme mit einem schweren Seufzer.

„Verzeihung", sagte Alec, drehte sich um und entdeckte Lord Gervais, der sein Monokel an ein wässriges und blutunterlaufenes Auge hielt. „Sechzehn?"

Der Mann lenkte Alecs Aufmerksamkeit wieder auf Emily und Lady Gervais. „Meine Frau", sagte er. „Cynthia. Habe sie an ihrem sechzehnten Geburtstag geheiratet. Direkt aus dem Schulzimmer. Freunde am Gericht warnten mich davor. Aber ich wollte kein Wort gegen sie hören. Bis jetzt. Hübsches kleines Ding. Es macht mich glücklich, sie glücklich zu sehen. Kann keine Kinder haben. Schade."

„J-ja, das ist es wohl", murmelte Alec und führte den Mann zur anderen Seite des Raums unter dem Vorwand, eine Schale Kaffee holen zu wollen. Er hatte bemerkt, dass der Richter den Weinbrand wie Wasser hinuntergegossen hatte und es war offensichtlich, dass die Trunkenheit des Mannes ihn in melancholische Stimmung versetzt hatte. „Aber wenn Ihr glücklich seid, sicher ..."

„Glücklich? *Glücklich?*" Lord Gervais verschluckte sich an dem Wort. „Ich wünschte, ich könnte sie glücklich machen. Es ist lächerlich zu beobachten, wie sie vertraulich mit diesem blonden kleinen Mädel schwätzt. Arme kleine Närrin."

Alec war verblüfft. „Eure - äh - Frau?"

„Nein, Mann! Das Mädel! Delvins kleine Braut. Hat keine Ahnung, oder? Ich meine, kann sie auch nicht. Selbst gerade erst aus dem Schulzimmer. Wird ihr das Herz brechen. Kann gar nicht anders. Ist ja nicht so, als dass er Cynthia ihretwegen aufgeben würde. Warum sollte er auch? Meine Frau ist eine begabte Hure." Er stach Alec mit einem dicken Finger in die Brust. „Dass Ihr's wisst. Delvins Mätresse. Nun, nicht zu verachten, oder?"

Alec blinzelte. Er wusste nicht, was er sagen sollte. Es geschah nicht jeden Tag, dass ein Ehemann damit prahlte, dass seine Frau die Mätresse eines anderen Mannes war. Lord Gervais war stolz auf die Tatsache. Dass Delvin die Frechheit besaß, seine Mätresse und ihren Ehemann zu seinen Verlobungsfeierlichkeiten einzuladen, hätte Alec nicht überraschen sollen, tat es aber doch.

„Nicht, dass das Mädel kein hübsches, kleines Ding wäre", sinnierte seine Lordschaft und rülpste, während er Emilys weit ausgeschnittenes Kleid durch sein Monokel musterte. „Es ist etwas sehr Ansprechendes an der Unschuld. In meinem Beruf finde ich keine Unschuld. Lauter Huren und Taschendiebe, die nichts taugen. Aber Unschuld? Ach! Was würde ich nicht dafür geben, meine Hochzeitsnacht noch einmal erleben zu dürfen ...“

Alec blieben weitere Enthüllungen durch eine Gruppe von Gentlemen erspart, die seine Lordschaft riefen, sich ihnen für eine Partie Whist anzuschließen. Er schaute zu, wie der Richter davonstolperte und fand Sir Cosmo Mahon an seiner Seite.

„Hat Gervais dich mit dem Gerede über seine richterlichen Pflichten gelangweilt?“, fragte er mit einem Schütteln seines gepuderten Hauptes. „Weiß nicht, warum Ned ihn eingeladen hat. Ein Hängerichter, und einer der besten, nach allen, was man hört. Keiner von uns.“

„Er erzählte mir von seiner Frau“, sagte Alec und schlürfte seinen Kaffee.

„Aha.“

Alec lächelte. „Grund genug, dass er zu diesem Wochenende eingeladen wurde, meinst du nicht, Cosmo?“

Sir Cosmo runzelte die Stirn und deutete mit seinem gepuderten Kopf auf Emily. „Hoffe, sie findet es nie heraus. Ziemlich schlechter Stil von Ned, die Frau hierher einzuladen. Man muss sie nur zweimal anschauen ...“

„Zweimal?“

„Schon gut! Sie nur *anschauen*!“, brummte Sir Cosmo. „Nichts Diskretes an dieser Frau. Nicht mein Geschmack. Wage zu sagen, auch nicht deiner.“

„Absolut nicht“, sagte Alec mit einem Augenzwinkern über die Unbeholfenheit seines Freundes.

„Wo ist denn dein Onkel?“, fragte Sir Cosmo und wechselte das Thema.

„Er wird morgen hier sein. Zum Ball. Heute hat er die Stadt verlassen für ein Treffen der Antisklavereibewegung. Keine Angst, Cosmo. Er wird Leben in die Veranstaltung bringen, ich verspreche es dir.“

„Ich hoffe es jedenfalls“, sagte Sir Cosmo und schaute sich durch sein Monokel im Raum um. Er hüstelte. „Er hat eine Schwäche für Tante Olivia, wie du weißt.“

„Ja. Deshalb wird er hier sein.“

„Wer?“, fragte Lady Sybilla mit atemloser Stimme.

Es war allgemein bekannt, dass Lady Sybilla, die jüngste Tochter der Herzogin von Romney-St. Neots, verheiratet mit einem Flottenadmiral, heimlich den jüngeren Bruder des Earls von Delvin verehrte. Ihre harmlose Vernarrtheit bot allen außer Alec endlose Unterhaltung; die ungefährliche Schönheit rührte jedoch Alecs weiches Herz und er verabscheute es, sie zum Opfer der Lächerlichkeit werden zu sehen.

„Liebe Güte! Habe ich Euch unterbrochen?", fragte sie und das Fächeln ihres Gouache-Fächers wurde aufgeregt. „Ich wollte nicht ... ich freue mich *so* sehr, Euch gesund wieder zu Hause zu sehen, Mr. Halsey."

Sir Cosmo hob seine Augenbrauen, lächelte und entfernte sich diskret, sehr zu Alecs Verärgerung, obwohl er zu höflich war, das zu zeigen. Er bot Lady Sybilla einen Platz auf einem eben leer gewordenen Sofa an und unterhielt sie mit einer ausführlichen Beschreibung der letzten Mode, die im Schloss von Versailles getragen wurde, während er sein bestes tat, ihr etwas leeres Lächeln zu ignorieren - das hieß, bis Emily herangerauscht kam, ein Champagnerglas in der Hand.

„Tante Sybilla! Du bist so unfair", verkündete Emily und hickste. „Du hast Alec gut zwanzig Minuten allein in Beschlag genommen, wo Lady Gervais ihm unbedingt vorgestellt werden möchte." Sie schaute ihn schelmisch an. „Sie war so überrascht zu erfahren, dass du Edwards Bruder bist. Ihre Augen traten fast aus den Höhlen. „Mit deiner dunklen Kleidung und dem ungepuderten Haar hielt sie dich für einen Kirchenmann." Sie kicherte in die Champagnerbläschen. „Sie findet dich furchtbar gutaussehend. Stell dir vor!" Sie hob eine bloße Schulter. „Ich nehme an, das bist du. Jeder weiß, dass Tante Sybilla in deine Schönheit verliebt ist."

Lady Sybillas Fächer hielt mitten im Fächeln an und ihr Gesicht wurde auf Emilys unverschämte Bemerkung hin unter der Schicht bleiweißer Schminke flammend rot. Sie stotterte eine Entschuldigung, ohne Alec anzusehen, raffte ihre schweren, bestickten Röcke und huschte fort zur anderen Seite des Zimmers, um bei Selina Jamison-Lewis, die dort saß und sich lässig fächelte, Zuflucht zu finden, direkt in eine Gruppe klatschender Frauen. Alec, der wegen Emilys kindischer Neckerei zornig war - obwohl er erkannte, dass diese aus zu viel Champagner resultierte - wandte sich auf dem Absatz um und ließ sie absichtlich mitten im Raum allein stehen, während er frische Luft und Trost auf dem Balkon suchte.

Gedemütigt, weil sie so einfach verlassen wurde, während hundert Augenpaare sie ansahen, folgte Emily Alec in die Nacht hinaus, ohne einen Gedanken daran, wie ihr Handeln auf andere wirken würde. Natürlich hatte jeder das Trio beobachtet und mehr als nur ein paar Augenbrauen hoben sich, als die zukünftige Braut dem anderen Bruder nachlief - dieselben gehobenen Augenbrauen wandten sich dann ab, um durch ihre Monokel und hinter erhobenen Fächern die Reaktion des Earls von Delvin zu beobachten. Aber seine Lordschaft schien blind für alles und jeden und stand dort im Gespräch mit Lord Gervais und Lord Andrew Macara, ein parfümiertes Taschentuch affektiert in seiner rechten Hand haltend.

„Wie kannst du es wagen, mich so stehenzulassen!", verlangte Emily zu wissen, als sie Alec auf dem Balkon gestellt hatte; ihr vor Ärger gerötetes Gesicht prickelte vor Verwunderung, dass er sie so unhöflich behandeln könnte. „Kann ich etwas dafür, wenn Tante Sybilla seit Jahren so absurd vernarrt in dich ist? Der arme Onkel Charles muss insgeheim gekränkt sein. Aber da er *ständig* auf See ist, rettet ihn das davor, die Demütigung durch die Untreue seiner Frau ertragen zu müssen."

„Wenn dir an deinem Onkel und deiner Tante etwas liegt, solltest du derart schmutziges Gerede nicht wiederholen", antwortete Alec hölzern und schaute zu einem wolkenlosen Nachthimmel voller Sterne hinauf. „Deine Tante ist völlig unschuldig und dem Admiral sehr ergeben."

„Es ist kein Geschwätz", widersprach Emily, fragte sich aber, was in sie gefahren war, ihre liebste Tante in Verlegenheit zu bringen und einen unbefleckten Ruf zu beschmutzen. Sie bekam einen Schluckauf und schaute in die Bläschen ihres Champagnerglases. Sie hatte zu viel getrunken, aber das war ihr inzwischen gleichgültig. Sie stellte das Glas weg und lehnte sich an den kalten Marmor des Geländers. „Was ich nicht verstehe, ist, warum sie noch so vernarrt in dich ist, nachdem du ihr das Herz brachst, an dem Tag, als sie dich mit Selina Jamison-Lewis im Wald entdeckte."

Alec runzelte schuldbewusst die Stirn und wandte sich zu ihr um. „Im Wald? Was weißt du von dem Wald?"

„Also hatte Jack recht!", gluckste sie mit verschwörerischer Befriedigung, all ihr Ärger angesichts dieser Offenbarung anscheinend verflogen. Sie trat näher an ihn heran, ihr enganliegender Ärmel mit seinen mehrstufigen Spitzenrüschen fiel von ihrem Ellenbogen herab und streifte ihn. „Erzählst du mir, was im Wald geschah?"

„Guter Gott, nein!"

Emily schmollte. „Was zählt das jetzt noch?", sagte sie mit einem sorglosen Heben einer Schulter. „Das ist schon so lange her."

Alec ging etwas auf Abstand, ans Ende des Balkons. „Ist Jacks Tod auch schon lange her, Emily?"

Emilys neckisches Lächeln verschwand und sie fühlte plötzlich eine Last auf Seele und Herz. „Das ist unfair! Alle glauben, dass es furchtbar witzig wäre, dass Jack und Edward wegen mir ein Duell ausgefochten haben, aber ich finde es schrecklich! Es ist nicht meine Schuld, dass Jack - Jack - tot ist."

„Nein, das ist nicht deine Schuld", stimmte Alec zu und hörte sich eher wieder an wie früher, dann kam er zu ihr zurück. Er nahm ihre Hand. „Warum, glaubst du, haben Jack und Edward sich duelliert?"

„Ich weiß es nicht! Ehrlich, ich weiß es nicht! Ich bekomme Kopfschmerzen, wenn ich darüber nachdenke! Großmama hat mir dieselbe Frage gestellt und alles, was ich sagen kann, ist, dass ich keine Ahnung hatte, dass Jack auf Edward eifersüchtig war. Das war er nicht. Ich meine, er hat nie etwas gesagt und sich nie so verhalten, als ob er sich um einen Penny mehr aus mir machte als normal."

Alec strich eine lose, gepuderte Strähne aus ihrer erhitzten Wange. „Warum dann sollte Edward der Welt erzählen, dass es bei diesem Duell mit Jack um dich ging?"

Emily schniefte. „Vielleicht ... vielleicht war es das, was Jack Edward glauben machen wollte? Ja! Als eine Art Vorwand, damit Jack Edward in einen Kampf verwickeln konnte?" Sie schaute erwartungsvoll auf. „Das wäre logisch, nicht wahr?"

„Ja. Aber unwahrscheinlich. Der Jack, den ich kannte, war nicht der Typ Mann, der Streitigkeiten anfing. In der Tat war er kein guter Fechter. Und Edward sorgte dafür, dass Jack seine Verletzungen nicht überleben würde ... Warum?"

Emily wäre am Liebsten in Tränen ausgebrochen. Sie zog ihre Hand aus seiner und legte sie auf ihren Rücken. „Du meinst, Edward wollte Jack töten? Das ist eine schreckliche Beschuldigung, die du gegen deinen eigenen Bruder aussprichst! Edward sagte, dass du ihn ohne Grund hasst, aber das habe ich bis jetzt nie geglaubt!"

„Das ist Unsinn, Emily."

„Tatsächlich?", fragte sie schalkhaft, obwohl ihr jetzt die Tränen über die Wangen liefen. „Warum solltest du ihn nicht hassen? Er ist der Earl und du bist es nicht!"

„Jetzt benimmst du dich kindisch!"

„Ich bin kein Kind! Ich bin erwachsen geworden, oder hast du das nicht bemerkt?"

Da betrachtete er sie im flackernden Licht der Fackeln eingehend: die hochfrisierte Masse goldenen Haares war bis zur Unkenntlichkeit dick überpudert; die großzügige Anwendung von Schminke verbarg ihre zarte Haut; und der Schnitt ihres Kleides mit seinen vielen Lagen von Röcken ließ sie wie eine schmollende Kokette aussehen. Sie war nicht mehr die Emily, die er zu heiraten gehofft hatte. Er machte einen Schritt auf sie zu, sah eine Bewegung an der offenen Balkontür und blieb stehen. Seine Verbeugung war formell.

„Darf ich Euch meine Glückwünsche zu Eurer Verlobung aussprechen. Ihr müsst mich jetzt entschuldigen. Lady Gervais wartet auf mich."

Sie sah mit offenem Mund zu, wie er in den Salon zurückkehrte und sie mit einem elenden Gefühl allein auf dem Balkon zurückließ. Er hatte sich nicht für seine Grobheit entschuldigt und nichts war zwischen ihnen geklärt worden. Was seine Glückwünsche anging, hatten sie automatisch und wenig überzeugend geklungen. Das Duell und Jack Belsays unglücklicher Tod hatten es nicht vermocht, ihr Vertrauen darauf, dass sie in einer Heirat mit dem Earl von Delvin ihr Glück finden würde, zu erschüttern. Seit Alec jedoch aus ihrem Zimmer gestürmt war, flackerte ein kleiner Zweifel in ihr und wurde durch seine schweigende Missbilligung am Leben erhalten. Sie wollte, dass jeder sich über ihr großes Glück freute. Sie wollte, dass ihre Verlobungsfeier perfekt wäre. Doch was sie mehr als alles andere wollte war Alecs Zustimmung zu ihrer Heirat. Eine Hand auf ihrer Schulter ließ sie rasch ihre Augen trocknen und mit einem tapferen Lächeln herumfahren.

„Alec."

Aber es war nicht Alec, es war Lord Delvin, der mit besorgter, fragender Miene zu ihr hinabsah. Er gab ihr sein Taschentuch.

„Meine Liebe, geht es dir auch gut?", fragte er. „Du hast der Herzogin und mir Sorge bereitet, als du so plötzlich ohne einen Gedanken an unsere Gäste zu verschwenden verschwunden bist."

Emily gab sich große Mühe, fröhlich zu lächeln. „Es tut mir leid, Edward", entschuldigte sie sich. „Zu viel Champagner hat mich schwindeln lassen und mir Kopfschmerzen verursacht. Ich hätte nicht so von dir weglaufen sollen, aber Alec hat ..."

„Kein Grund für Erklärungen deinerseits, meine Liebe", sagte der Earl besänftigend und küsste ihre Hand. „Die Schuld trägt einzig der Zweite. Nein, schüttele nicht deinen hübschen Kopf. Du weißt, dass ich die Wahrheit sage." Er lächelte, ein wenig breiter als zuvor, als er sie zur Balkontür zurückführte. „Wie könntest du, eine wohlerzogene Dame, den wahren Charakter des Zweiten erkennen? Deine Großmutter, eine höchst schätzenswerte Frau, will als die Patin des Zweiten kein Wort gegen ihn sagen, vor allem nicht zu ihrer unschuldigen Enkelin. Sie würde dich nicht unnötig beunruhigen wollen. Und ich habe keinen Zweifel daran, dass er in ihren Wänden immer den Gentleman spielte. Aber als dein Verlobter ist es jetzt meine Pflicht, dich zu beschützen." Er hob die Kette aus Diamanten und Rubinen an Emilys Hals an und lächelte in ihre großen, grauen Augen. „Du musst mir, nur mir, vertrauen, dass ich weiß, was in deinem besten Interesse ist; werden wir nicht bald Mann und Frau sein?" Er ließ die schwere Edelsteinkette mit einem Seufzer sinken und sagte: „Es schmerzt mich, dir das erzählen zu müssen, und ich tue es nur unter dem Siegel strengster Verschwiegenheit, aber der Zweite ist nicht der Mann, für den du ihn hältst. Es hat Zeiten gegeben, als ich gelogen habe, ja, *gelogen*, um den guten Namen Halsey zu schützen, wegen, nun, lass es mich einfach sein *unpassendes Benehmen* nennen. Ich weiß, dass mir das deine Missbilligung einbringen wird, aber ich habe, um dem Zweiten die Haut zu retten, gelogen, als er abstritt, Mrs. Jamison-Lewis verführt zu haben, und das gegenüber dem Mann, den sie heiraten sollte. Es belastet mein Gewissen schwer, aber ich konnte nicht danebenstehen und zulassen, dass wegen der Lust meines Bruders ihre Chancen auf eine brillante Partie ruiniert wurden. Wer hätte sie schließlich tadeln können, sie war gerade in deinem zarten Alter und wurde durch falsche Versprechungen verführt."

„Oh, Edward! Dann *hat* er sie im Wald verführt?"

„Im Wald?", sagte Delvin, für einen Moment überrascht. Er verzog den Mund. „In der Tat, im Wald, und überall sonst, wo er seine schmutzigen Hände auf sie legen konnte."

„Alec hatte nicht die Absicht, Mrs. Jamison-Lewis zu heiraten?"

Der Earl gab ein schroffes, bellendes Lachen von sich. „Meine arme Unschuld! *Heiraten?* Wann wären die Absichten meines Bruders je ehrenhaft gewesen? Er ist ein bekannter Wüstling und ein Schuft. Verstehst du mich, Emily, Liebes?"

Emily nickte langsam, die Bedeutung hinter den Worten des Earls waren so niederdrückend schockierend, dass ihr Kopf sich anfühlte, als wäre er voller Blei. Schweigend erlaubte sie dem Earl, sie wieder in die Wärme und das flackernde Licht des lärmerfüllten chinesischen Salons zu führen.

„Edward?", brachte sie im Flüsterton heraus, während ihre Finger sich fest an seinen Samtärmel klammerten. „Selinas Heirat mit George Jamison-Lewis hätte ohne dein rechtzeitiges Eingreifen vielleicht nie stattgefunden ..."

Er lächelte über ihre Wahl des Wortes Eingreifen, doch seine blassblauen Augen waren unverwandt auf ein Paar am anderen Ende des Raums gerichtet. Lady Gervais, ihren üppigen Körper anzüglich an seines Bruders Seite gepresst, stupste Alec verspielt mit den Stäbchen ihres zusammengerafften Fächers unters Kinn, während ihr Ehemann sie brütend aus weniger denn fünf Fuß Entfernung beobachtete.

„Eingreifen?", sagte er affektiert mit schräge verzogenem Mund. „Ja. Ich sollte meinen, dass der Zweite und Mrs. Jamison-Lewis sich meines *Eingreifens* nur zu wohl bewusst sind."

. . .

Als Alec schliesslich den Salon verliess und zu seinen Zimmern hinaufging, fand er seinen Kammerdiener bei der Anwendung seines apothekarischen Geschicks. Der lange Tisch am Fenster im Ankleidezimmer war in eine Werkbank verwandelt worden. Er war mit verschiedenen Geräten zugestellt, daneben lagen eine Reihe von Stecklingen aus dem Kräutergarten der Herzogin, der Reisekasten eines Apothekers und, neben Tams Ellenbogen, ein ledergebundenes Arzneibuch; alles auf Alecs Kosten angeschafft.

Tam war so damit beschäftigt, eine Flüssigkeit über der nackten Flamme in das Kochende einzurühren, dass er es verabsäumte, seinen Herrn zu bemerken, selbst, als letzterer hüstelte, um sich bemerkbar zu machen.

„Warst du damit beschäftigt, seit ich zum Diner hinunterging?", fragte Alec im Plauderton.

„Sir? Sir! Ja. Ich meine, nein! Ich habe die Taschen ausgepackt, Eure Stiefel geputzt und Eure Kleider weggeräumt", sagte Tam und rollte seine Hemdsärmel herunter. „Und ich habe dafür gesorgt, dass die Lakaien eine Sitzwanne heraufbringen und wegen des kalten Winds im Schlafzimmer ein Feuer anzünden lassen ..."

„Ich will nicht wissen, womit du deine Zeit verbracht hast. Dieses ständige Bedürfnis, dich zu rechtfertigen, ist nicht angebracht. Was machst du hier?" Alec spähte über die Schulter des Jungen und schnüffelte probeweise an dem aus dem Glaskolben aufsteigenden Dampf. „Riecht süß."

„Das ist nichts Besonders, Sir. Nur *Melissa officinalis*. Ich habe aus den Blättern einen Tee bereitet und gesüßt, um ihn trinkbar zu machen. Er wird von den meisten Leuten Zitronenmelisse genannt."

„Wozu ist er gut?"

„Gegen Kopfschmerzen, Sir."

Alec schaute sich die Auswahl von Stecklingen an. „Alles aus dem Garten ihrer Gnaden? Ich bin beeindruckt."

„Fast so gut wie der Heilkräutergarten von Chelsea, und das habe ich Mr. Heath auch gesagt. Man muss nur wissen, wonach man sucht und was man verwendet. Eine Pflanzenwurzel hier, ein Blatt, manchmal braucht man auch nur den Stängel. Und dann kommt es darauf an, wie man es anwendet. Manche Pflanzen müssen nur zermahlen werden. Bei anderen muss der Saft aus Wurzeln oder Stängeln gekocht werden. Es ist nicht schwierig, wenn man weiß, was man tut", sagte Tam bescheiden. Er wischte sich die Hände ab und trat vom Tisch weg. „Ich hatte nicht die Absicht, Euch warten zu lassen, Sir. Ich lasse warmes Wasser holen." Er griff nach dem Klingelzug. „Braucht Ihr sonst noch etwas, Sir?"

„Nein, nichts", sagte Alec und reichte Tam seinen Rock. „Hattest du viel Ärger mit Neave und den anderen Dienern?"

Tam wich seinem Blick aus. „Nein, Sir. Das heißt, nicht, nachdem sie erfuhren, dass ich Euer Kammerdiener bin. Mr. Neave wollte mich aus dem Haus werfen. Er nannte mich einen Pferdedieb. Jenny und Mrs. Travers, das ist die Haushälterin, überzeugten ihn, dass ich die Wahrheit sage. Mr. Neave war nicht erfreut darüber, aber er sagte nichts weiter. Außerdem war er durch diese Wochenendfeierlichkeiten im Haus zu beschäftigt, um sich mit jemandem wie mir zu befassen. Mrs. Travers nahm es besser auf."

„Ich bin sicher, dass dein Wiederauftauchen im Untergeschoss für einen Nachmittag voll Klatsch gesorgt hat." Alec warf seinem Kammerdiener einen Blick durch den Spiegel seines Toilettentischs zu, als er geistesabwesend seine Halsbinde löste. „Du hast natürlich ihre Neugier nur dadurch gesteigert, indem du furchtbar diskret warst?"

„Kein Wort von mir, Sir", sagte Tam fest. „Nicht einmal zu Jenny."

„War sie - erfreut, dich zu sehen ...?"

Tam täuschte eine momentane Taubheit vor und verschwand im Kabinett, um einen seidenen Schlafrock und ein Paar Pantoffeln aus marokkanischem Leder zu holen. Er wartete am Toilettentisch mit diesen Dingen in der Hand und schaute zu, wie Alec sich die Nägel polierte, was er unterbrach, um zu fragen: „Sir? Wenn Ihr keine Einwände habt, wenn ich hier fertig bin, müsste ich eine Besorgung erledigen. Der Tee - er ist für Jenny. Sie sagt, Miss Emily hätte Kopfschmerzen. Es wird nicht länger als fünfzehn Minuten dauern."

„Fünfzehn Minuten. Und Tam, falle niemandem lästig."

„Nein, Sir. Danke, Sir."

Ein Kratzen an der Außentür ließ Herrn und Diener einander voller Überraschung anblicken. Das Kratzen ging weiter. Tam ging, um die Tür zu öffnen, während Alec den Schlafrock über sein am Hals offenes Hemd zog und seine bestrumpften Füße in die weichen Pantoffeln gleiten ließ.

Tam kam mit aufgerissenen Augen zurück. „Eine Lady möchte Euch besuchen, Sir."

Kaum hatte er ausgesprochen, als Lady Gervais schon in der Tür stand, einen Fächer aus Straußenfedern über ihr sehr freizügiges Dekolletee bewegend.

„Danke, Tam", sagte Alec ruhig und entließ ihn mit einem Blick, bevor er zu seiner Besucherin, deren Augen über die seltsame Zusammenstellung auf dem Tisch wanderten, sagte: „Ich denke, im Wohnzimmer werden wir es bequemer haben." Den anklagenden Blick seines Kammerdieners ignorierte er.

Tam stapfte ins Kabinett hinüber. Badehäuser in Covent Garden waren eine Sache, aber das hier war St. Neots House, Miss Emilys Heim! Er hätte nicht überrascht oder verärgert über irgendetwas sein dürfen, was die Aristokraten so taten, aber er hatte kaum erwartet, dass sein Herr sich mit verheirateten Frauen schlechten Rufs (und das war Lady Gervais, angezogen oder besser gesagt, halb ausgezogen, wie sie war!) unter dem Dach der Herzogin abgab. Vielleicht war sie gekommen, um zu reden? Tom schnaubte verächtlich. In seinem Ärger hatte er den Tee für Jenny vergessen. Er ging ins Ankleidezimmer zurück, sammelte ein, was er brauchte und wandte sich zum Gehen, blieb aber stehen und horchte auf Stimmen. Kein Ton.

ALEC SCHAUTE ZU, WIE LADY GERVAIS IM WOHNZIMMER herumging. Alles an ihrem Verhalten wirkte zweideutig. Ihre Künstlichkeit roch aus jeder Pore, und doch hatte sie etwas seltsam Naives an sich. Er ignorierte ihren Wink, sich neben sie zu setzen. Stattdessen lehnte er sich an die Fensterbank. Er lächelte in sich hinein, als sie schmollte und sich gekränkt gab.

„Ich muss zugeben, ich hatte nicht erwartet, Euch so bald zu sehen, Mylady."

„Cindy. Ich sagte Euch doch, dass Ihr mich so nennen sollt. Ich versprach, dass ich kommen würde, nicht wahr?", sagte sie, immer noch etwas verstimmt. „Offen gesagt, ich hatte nicht gedacht, dass es heute Nacht sein würde, aber Edward ist nicht in seinen Zimmern und ich bin überhaupt nicht müde."

„Soll ich Euch einen Schlummertrunk anbieten?"

„Sollt Ihr?" Sie lächelte ihn unter schwarz gefärbten Wimpern hervor an. „Ich weiß, Ihr denkt, ich hätte bereits genug getrunken. Ihr versucht, nett und rücksichtsvoll zu sein. Das seid Ihr, nicht wahr?", sagte sie voll Überraschung und kicherte. „Ich hatte nie jemanden wie Euch erwartet."

„Wie mich?"

„Als Edwards Bruder. Ich wusste nicht, dass er einen hat."

„Ich hoffe, dass ich keine Enttäuschung bin."

„Gott! Sprecht Ihr immer so? Das ist äußerst unterhaltsam. Möchtet Ihr Euch nicht zu mir setzen? Ich unterhalte mich nicht gerne quer durch ein Zimmer. Das ist so formell."

„Vielleicht unter anderen Umständen, aber nein, nicht heute Abend. Tut mir leid."

„Ihr denkt, ich wäre nicht schön genug", sagte sie verdrossen. „Wie schade. Ich hatte gehofft, die Nacht mit Euch zu verbringen."

„Ich fühle mich natürlich geschmeichelt ...

„Denkt nicht, dass das Edward im Geringsten stören würde. Ich schätze, dass er sich für den Abend mit dieser Hure, Selina Jamison-Lewis, davongemacht hat. Die arme, süße Emily, sie hat wirklich keine Ahnung."

„Keine Ahnung?"

Lady Gervais hörte auf, sich zu fächeln und schaute Alec verschlagen an. „Diese Selina ist Edwards Hure; sie sind seit Jahren ein Liebespaar. Oh, Selina tut so, als würde sie Edward nicht mögen. Sie erzählt jedem, der zuhört, dass sie ihn schlicht hasst, aber Edward hat mir erzählt, dass sie das nur in der Öffentlichkeit sagt, weil sie befürchtete, *er* könnte die Wahrheit entdecken."

„Er?"

„George Jamison-Lewis, ihr Ehemann. Er pflegte sie zu schlagen, wisst Ihr. Regelmäßig, nach dem, was Edward sagt." Sie zuckte mit den Schultern. „Edward sagt, es sein kein Wunder, denn sie hätte sich keine Mühe gegeben, ihm zu Gefallen zu sein. Sie wäre an allem selbst schuld."

„Keine Frau verdient eine solche Behandlung."

„Ich glaube nicht", antwortete sie mit einem Seufzer. Blind für seinen zornigen Unterton lehnte sie sich in die weichen Kissen zurück und streifte ihre beschmutzten Seidenschuhe ab. „Ich liebe Gervais vielleicht nicht, aber ich nehme Rücksicht darauf, dass er mein Ehemann ist und würde nie etwas tun, was ihn dazu provozieren könnte, mich zu schlagen. Edward sagt immer, dass ich die vollkommensten Füße hätte", sagte sie mit einem frechen Lächeln und hob einen kleinen Fuß in feuchten Strümpfen in Alecs Richtung. „Was meint sein Bruder dazu?"

„Spielt es eine Rolle, was ich meine?"

„Oh ja, denn Simon legt Wert auf Eure Meinung. Sagte ich Euch, dass Simon Tremarton mein Bruder ist? Er mag der perverseste Mensch sein, den ich kenne, aber wenn er sich ernsthaft gibt, meint er es auch. Ich habe den Verdacht, dass mein kleiner Bruder seine eigene Art bevorzugt..." Sie erschauerte dramatisch. „Ich kann mir nichts Abstoßenderes vorstellen!"

Alec lächelte schief. „Kommt schon. Ich bin sicher, dass Ihr das könnt."

Weit davon entfernt, gekränkt zu sein, kicherte Lady Gervais. „Oh!

Ich würde es genießen, Euch die Zeit zu vertreiben! Seid Ihr sicher, dass Ihr Eure Meinung nicht ändern wollt?"

„Glaubt mir, Ihr unterhaltet mich bereits gut", sagte er trocken und schaute zu, wie sie sich anzüglich auf dem Sofa räkelte. Er sah auf seine marokkanischen Pantoffeln hinab. „Beim Essen erwähntet Ihr, dass Ihr gestern Nachmittag Lady Margaret Belsay besucht hättet; dass sie Euch höchst interessanten Klatsch über ihren Sohn erzählt hätte."

„Nicht über ihren Sohn. Über Euch."

Alec war verblüfft. „Über mich?"

Sie lächelte süß. „Ich sagte nur, dass es um Jack Belsay ginge, weil Ihr so interessiert schient. Und ich konnte Euch das, was sie erzählt hat, kaum bei einer Schale Kaffee sagen, mit all den neugierigen Augen auf uns. Vor allem nicht mit Edward kaum eine Armlänge entfernt, der mich mit den Augen erdolchen wollte, weil ich mit Euch flirtete. Aber ich konnte es ihm nicht durchgehen lassen, wie er während des ganzen Suppengangs Selinas Brüste anglotzte, auch wenn sie größer sind als meine." Sie lachte. „Ihr hättet sehen sollen, wie er hinter Euch und der kleinen Emily her auf den Balkon hinausgestampft ist! Ich hatte keine Ahnung, dass Ihr dort draußen allein mit seiner dummen Verlobten wart, bis er sie wieder nach drinnen brachte."

„Ihr sagtet, Ihr hättet Jack am Tag vor dem Duell gesehen ..."

„Möchtet Ihr nicht wissen, was Lady Margaret über Euch sagte? Die ganze Stadt weiß es schon."

„Erst erzählt mir von Jack."

Sie seufzte ungeduldig. „Sehr gut. Nur, wenn Ihr hier herüber kommt." Sie lächelte, als er ihren Wunsch erfüllte, machte aber keine Anstalten, ihm auf dem Sofa Platz einzuräumen. „Ich sah Jack Belsay im Hyde Park. Er war mit Selina zusammen; sie sind Cousin und Cousine, wisst Ihr. Dann kam Simon dazu ..."

„Euer Bruder?"

Sie nickte. „Er schien Selina nicht zu kennen, denn ich erinnere mich, wie ich zuschaute, als Lord Belsay sie einander vorstellte. Ich erinnere mich besonders daran, weil ich es für merkwürdig hielt, dass Simon Jack Belsay überhaupt kannte. Simon kennt Edward, wisst Ihr."

„Nur flüchtig, oder ist da mehr?"

Lady Gervais schaute ihn frech an. „Oh, ich bin sicher, nicht auf *diese* Art. Edward hasst *petit-mâtres*." Sie zeichnete das komplizierte Muster auf seinem Schlafrock nach. „Traut Simon nicht. Er und Edward kennen sich seit Jahren, schon vor der Zeit, als Ihr - wohin - nach Den Haag gingt? Simon steht in Edwards Sold. Edward fragt und Simon erzählt ihm alles."

Alec atmete langsam aus. „Ich verstehe. Danke, dass Ihr mir das gesagt habt. Ich weiß nicht, warum Ihr das getan habt, aber ich bin dankbar dafür."

„Das wisst Ihr nicht? Seht Ihr, ich kann der Verlockung der muskulösen Schenkel eines Mannes nicht widerstehen", gestand sie mit einem Schnurren und einer Hand auf der Vorderseite seines kragenlosen Hemdes. „Simon hat überall herumerzählt, dass Ihr Emily den Hof machtet. Seltsam, dass Ihr Euch auch für sie interessiert ... Edward liebt sie nicht. Er hat keine starken Gefühle für irgendeine Frau, außer vielleicht für Selina ..."

„Tatsächlich? Und Ihr wollt mein Bett teilen, damit Ihr ihm das am Morgen ins Gesicht sagen könnt? Das ist keine sonderlich originelle Idee, nicht wahr, Cindy?"

Sie ließ eine Hand in sein Hemd gleiten und sagte höchst verführerisch: „Das ist eine sehr offene Art, es auszudrücken. Vielleicht war das meine ursprüngliche Idee ... Aber nachdem ich Euch angesehen habe ... Nun, ich kann mir die Gelegenheit nicht entgehen lassen, Euer Bett zu teilen."

Er ergriff ihre Hand. „Ich bin natürlich geschmeichelt. Aber ich möchte, dass Ihr mir sagt, was Lady Margaret Euch erzählt hat."

Lady Gervais schmollte. „Wir vergeuden einen so wundervollen Abend. Ich würde lieber ..."

„Bitte", fragte er und küsste die Innenseite ihres Handgelenks, wo der Duft starken Parfüms sich mit abgestandenem Rauch unangenehm und durchdringend mischte.

„Nun gut", seufzte sie und kuschelte sich an ihn. Ihre freie Hand fand seine Hosenknöpfe. „Natürlich ist Lady Margaret wütend auf Edward, weil er ihren Sohn getötet hat. Das ist nicht überraschend. Aber was ich nicht verstehe, ist, warum Jack und Edward überhaupt ein Duell wegen Emily ausgetragen haben. Ich meine, an ihr ist nichts außer ihrer Jugend!"

„Warum haben sie sich dann duelliert? Vielleicht Euretwegen?"

„Oh! Ihr seid süß!" Sie schnappte nach Luft und sah auf in seine Augen. „Ich wünschte, es wäre meinetwegen gewesen. Aber das stimmt nicht. Ich habe keine Ahnung, warum sie sich duelliert haben. Aber Ihr wollt etwas von meinem Gespräch mit Lady Margaret wissen ..." Sie öffnete geschickt zwei der Knöpfe an seinen Kniehosen. „Seid Ihr wirklich der älteste Bruder? Ich finde es erstaunlich, dass man irgendwie den jüngeren Bruder zum älteren machen kann, wenn Ihr versteht, was ich meine? Eure Mutter muss eine solche Täuschung geplant haben, und mit der Zustimmung des Arztes, der dabei war! Und wie konnte dieser

Umstand Eurem Vater verborgen bleiben? Und dann sind da noch die Dienstboten. Und warum sollte sie einen solchen Tausch vornehmen wollen, es sei denn, dass sie einen sehr guten Grund dafür hatte ...“

Alec hielt ihre Hand beim dritten Knopf auf. „Ich würde nicht alles glauben, was Lady Margaret Euch erzählt hat. Sie ist außer sich vor Kummer und ihr ganzer Zorn richtet sich gegen Delvin.“

„Aber sie erzählt es allen ihren Bekannten. Sie sagt, sie hätte jetzt die Freiheit, die Wahrheit zu enthüllen und nach dem, was Edward ihrem Sohn angetan hat, keine Gewissensbisse, wenn sie ein Eurer Mama gegebenes Versprechen bräche. Sie ist sehr überzeugend.“

„Ein guter Rat. Wiederholt das nicht vor Del...“

„Aber das habe ich“, antwortete sie naiv und befreite ihre Hand, um sie an den festen Muskeln seines Armes hinaufgleiten zu lassen. „Das musste ich. Es ist der außergewöhnlichste Klatsch, den ich in den letzten zehn Jahren gehört habe!“

„Und seine Reaktion?“

„Ich dachte, er würde über eine derart absurde Beschuldigung lachen. Nun, es ist absurd, nicht wahr? Aber das tat er nicht. Er wurde sehr grob und deshalb ist er zu Selina gegangen, um mir eine Lektion zu erteilen. Nun, soweit es mich angeht, kann er sie gerne haben! Sie kennt nicht halb so viele Tricks wie ich. Er wird einen erbärmlichen Abend haben.“

Alec grinste und schüttelte über ihre Empfindlichkeit den Kopf. „Ich bin sicher, dass Euch Selina auf diesem Gebiet nicht das Wasser reichen kann.“

„Das kann sie nicht“, sagte Lady Gervais stolz und hakte die Vorderseite ihres weit ausgeschnittenen Mieders auf. „Das kann niemand.“

„In der Tat?“, sagte er. „Dann wäre Delvin ein Narr, wenn er Euch laufen ließe.“

Sie lächelte unverschämt und setzte sich mit einer geschickten Bewegung auf ihn, ihre Röcke bauschten sich über ihren Knien und ihre Brüste quollen aus dem Zwang eines engen Mieders. Sie legte eine Hand in seinen Nacken und zog an der Satinschleife, die sein langes Haar zusammenhielt, während die andere seine rechte Hand führte, um sich über ihrem dünnen Hemd auf eine pralle Brust zu legen. Dann küsste sie ihn direkt auf den Mund und lächelte triumphierend, dass sie endlich sein Interesse erregt hatte, als sein Daumen begann, rhythmisch ihre Brustwarze zu reiben. Jedoch war dabei seine Reaktion alles andere als begeistert, und beim Geräusch eines Klopfens an der Außentür wandte er seinen Kopf ab. Sie wollte es ignorieren und hatte ihre Hand wieder auf die Knöpfe seiner Kniehose gelegt, als er sie auf die Stirn küsste und sanft von sich herab hob, um sie zur Seite zu setzen. Wieder klopfte es an der Tür, eindringlicher als beim ersten Mal, woraufhin Alec seine Kleidung richtete und ging, um sie zu öffnen.

„Verdammt!", platzte sie zornig heraus und legte sich verführerisch auf dem Sofa zurecht. Sie machte keinen Versuch, sich zu bedecken, in der Hoffnung, dass er sich um die Störung kümmern und dann zurückkommen würde, um zu beenden, was sie begonnen hatte.

Mit einer Hand an seinem zerzausten Haar öffnete Alec die Tür, vor der er einen Lakaien fand, der von einem Fuß auf den anderen trat. Ohne jede Vorrede teilte er Alec mit, dass er dringend in den von Mrs. Jamison-Lewis bewohnten Räumen gewünscht würde. Dann, mit einem Blick über Alecs Schulter auf die nackte Frau, die auf den Kissen des Sofas lag, wandte der Lakai sich auf dem Absatz um und eilte mit weit aufgerissenen Augen davon.

Selina zog vorsichtig eine lange Haarnadel mit Perlenkopf, die in einer ihrer Locken hing, heraus und schüttelte ihr üppiges, taillenlanges Haar aus. „Nein, Evans, ich bürste mein Haar heute Abend selbst", sagte sie und nahm ihrer düster schauenden Zofe die Bürste mit dem silbernen Griff ab. „Öffne das Schlafzimmerfenster, sei so gut."

Warum hatte sie den Bitten ihrer Tante Olivia nachgegeben und sich einverstanden erklärt, das Wochenende hier zu verbringen? Ein Wochenende voller Festlichkeiten war nicht gerade die Art gesellschaftlicher Aktivität, die frischgebackenen Witwen erlaubt war. Aber die Herzogin von Romney-St. Neots hatte gemeint, dass niemand etwas dagegen einzuwenden haben würde, wenn sie hier Hausgast wäre, solange sie beim Feuerwerksball nicht tanzte. Der einzige in schwarz gekleidete Hausgast, dachte Selina stirnrunzelnd. Wie würde sie ein ganzes Jahr in Witwentracht überstehen? Aber sie kannte die Antwort darauf. Sie hatte es so eingerichtet, dass sie den Sommer mit ihrem Bruder Talgarth verbringen würde. Er lebte im abgelegenen Mendip Hills und war Maler, dazu hatte er George Jamison-Lewis fast so sehr gehasst wie sie selbst. Sie würde indischen Musselin und hellen Taft tragen und Talgarth würde sie wieder zum Lachen bringen und niemand würde sie dort zweimal anschauen. Doch die Aussicht, ihren Bruder zu besuchen, hatte seit Jacks Tod sehr an Reiz verloren.

Sie fragte sich, ob Talgarth ihren Brief über Jack erhalten hatte. Armer Jack. Sie vermisste ihn furchtbar. Er war für sie ein Fels in der Brandung gewesen. Sie war sich sicher, dass sie ohne Jack bereits vor

Jahren im Tollhaus gelandet wäre. Trotz Jacks netter Friedfertigkeit hatte er genau gewusst, wie er den übellaunigen und gewalttätigen George Jamison-Lewis zu behandeln hatte, sehr zum Erstaunen von dessen Dienern. Aber Selina wusste alles über die Beziehung ihres Cousins mit ihrem Ehemann. Jack hatte es ihr erzählt, ganz zu Beginn ihrer Ehe. Sie und Jack hatten an dem Tag, als Jamison-Lewis im Wald erschossen aufgefunden worden war, in ihrem Boudoir getanzt. Sie waren frei. Jack hatte seine Freiheit weniger als einen Monat genießen dürfen.

Sie warf die Haarbürste auf den Toilettentisch und betrachtete kritisch ihr Spiegelbild. Sie sah jetzt müde aus und auf ihren Wangen lag kein Glanz. Was sollte sie mit diesem dicken Gewirr aprikosenfarbener Locken tun? Emilys goldene Haare schimmerten im Sonnenlicht. Gott mochte dem armen Mädchen helfen, das eine solche üble Kröte heiratete; wenigstens war diese Kröte kein Frauenverächter. Der Wandel, der über Alecs Züge gekommen war, beim Gespräch mit Emily oder einem Blick auf sie quer durch den Raum. Sie konnte nur annehmen, dass ihre bloße Anwesenheit ausreichte, um ihn sich unbehaglich fühlen zu lassen. Wie konnte er es wagen, sie so unversöhnlich anzuschauen ... Sie wandte sich von ihrem Spiegel ab.

„Evans? Ich hatte dich gebeten, die Fenster zu öffnen. Es ist zu heiß hier drinnen!"

„Ihr habt wieder nachgedacht", sagte ihre Zofe scharf. „Es ist nicht gut für Euch, nachzudenken."

„Danke, Evans. Ich werde daran denken, wenn ich nächstes Mal spüre, dass die Rädchen in meinem Kopf sich drehen. Hast du die Kontenbücher auf den Tisch am Fenster gelegt?", fragte Selina und warf einen geblümten Schlafrock über ihr Baumwollhemd, ohne sich damit aufzuhalten, ihn zuzuknöpfen. Sie ging ins Schlafzimmer hinüber und setzte sich an den kleinen Tisch am Fenster, wo zwei dicke Kladden, ein Bündel Rechnungen, das mit einem schwarzen Band zusammengehalten wurde, und eine Schreibgarnitur mit frischer Tinte sorgfältig aufgebaut standen. „Ich brauche noch eine Kerze."

„Ihr solltet schlafen, nicht Euren Kopf mit Zahlen vollstopfen", belehrte Evans sie, während sie heftig die Kissen aufschüttelte und die Bettdecke aufschlug. „Ihr habt einen Agenten, der solche gemeinen Arbeiten erledigt. Ich weiß nicht, warum Ihr diese Bücher mitgebracht habt, wenn Ihr Euch doch ausruhen solltet."

Selina schaute die ältere Frau über ihre Schulter hinweg an und lächelte. „Ich hatte immer einen Kopf für Zahlen. Und ich mag diese Zahlen hier besonders, weil es jetzt meine sind. Nun, beinahe, sobald ich J-Ls offene Schulden beglichen habe. Dann können wir neu anfangen."

Sie drehte sich wieder zu dem Tisch zurück und löste das schwarze Band. „Die Kerze, Evans. Wenn du so gut sein willst. Danach kannst du ins Bett gehen." Sie ignorierte den ersticken Laut der Verärgerung ihrer Zofe und setzte sich eine Stunde lang daran, die letzten offenen Rechnungen ihres verstorbenen Mannes zu prüfen.

Die Kerze brannte in der kühlen Nachtluft, die durch das offene Fenster wehte, zu schnell herab. Sie wäre zweimal fast ausgegangen und hinterließ einen Teich heißen Wachses im Kerzenständer, bevor Selina bemerkte, dass Evans nicht mit der erbetenen Ersatzkerze zurückgekommen war. Sie wusste, dass die Frau glaubte, ihr einen Gefallen zu tun, indem sie sie dazu brachte, ihre Berechnungen zu beenden, aber Selina war nicht müde genug, sie musste erschöpft sein, bevor sie zu Bett gehen und traumlos schlafen konnte. Sie legte die Kladde beiseite, die tintengeschriebenen Anmerkungen in den Spalten trockneten noch, und wollte gerade selbst eine Kerze holen, als sie leise Schritte hinter sich hörte.

„Danke, Evans. Spät, aber noch rechtzeitig."

Die Hand, die ihre Schulter drückte, war nicht Evans'.

TAM NAHM DIE HAUPTTREPPE ZU MISS EMILYS ZIMMERN HINAUF, wohl wissend, dass er um diese Stunde dort keinen Gästen begegnen würde. Wenn doch, wären sie von der Art wie Lady Gervais, die sich keinen Penny darum scherte, was die Lakaien über ihre nächtlichen Ausflüge dachten. Am Ende des Flurs, der zu Miss Emilys Räumen führte, stand der gewöhnliche Lakai für die Nacht und Tam nickte ihm zu, als er an ihm vorbei ging.

Er klopfte an die letzte Tür der Reihe von Zimmern. Das war die Tür zu Jennys kleinem Schlafzimmer. Als Miss Emilys Zofe hatte sie das Privileg, eine Tür zum Hauptflur zu haben und musste sich nicht an die Dienstbotentreppen halten, um ihre Besorgungen zu erledigen. Ein Zimmermädchen öffnete auf das Klopfen hin und schloss die Tür kurzerhand vor Tams Nase wieder.

Tam klopfte wieder, und als ihm schroff mitgeteilt wurde, dass Miss Jenny nicht hier wäre und er gehen sollte, wartete er einen Moment und öffnete dann die Tür, womit er das Zimmermädchen erschreckte, das Jennys kleinen Handspiegel und ihren Kamm benutzte, um eifrig ihre Haare zu richten. Nur eine Kerze brannte in Jennys Schlafzimmer, einem Raum mit einfachen Möbeln, femininen Wandbehängen und einer hübschen Decke auf dem schmalen Bett. Das Fenster war wegen der kalten Nachtluft fest geschlossen. Tam stellte die Porzellanschale mit ihrer flachen Abdeckung aus Porzellan auf den Toilettentisch, während das Zimmermädchen mit dem Fuß aufstampfte und eilig ein Blatt aus ihrem zerzausten Haar zog.

„Was soll das? Was hast du da?", fragte sie.

„Tee für Miss Emily. Gegen ihre Kopfschmerzen", sagte Tam. „Wo ist Miss Jenny?"

„Wie soll ich das wissen?", antwortete das Mädchen mürrisch. „Ich war die ganze letzte Stunde unten in der Küche, um Ordnung zu machen und Miss Emilys Milch vorzubereiten."

Tam nickte zu der Tür hinüber, die auf der anderen Seite in die Tapete geschnitten war und Zutritt zu Miss Emilys Zimmern gewährte. „Ist die Tür verschlossen?"

„Weiß ich nicht. Hab's nicht versucht." Sie runzelte die Stirn, als Tam durch den Raum ging. „He! Was glaubst du, was du da machst? Du kannst hier nicht einfach 'reinplatzen! Jenny wird fuchsteufelswild sein, wenn sie einen Lakaien im Zimmer findet."

„Ich bin kein Lakai. Ich bin Mr. Halseys Kammerdiener. Jenny bat mich, ihr den Tee zu bringen." Er legte ein Ohr an die tapezierte Türe. „Ist Miss Emily in ihren Zimmern?"

„Weiß ich doch nich'. Ich bin nich' hier gewesen. Wie ich dir gesagt habe. Jetzt muss ich neue holen", murrte sie und schaute auf den Becher mit Milch auf dem Toilettentisch. „Missy mag keine kalte Milch."

Tam biss sich auf die Unterlippe. Er wusste nicht, warum, aber er hatte ein ungutes Gefühl. Aller Wahrscheinlichkeit nach steckten Jenny und Miss Emily die Köpfe zusammen und klatschten über die Dinnerparty. Trotzdem war es ungewöhnlich, das Zimmermädchen warten zu lassen, vor allem, wenn sie geschickt worden war, die heiße Milch zu holen. Warum hatte Jenny sie sie nicht schön heiß servieren lassen?

„Ich geh' in die Küche zurück", sagte das Mädchen mit einem langen Seufzer. „Du solltest besser gehen. Du kannst hier nich' allein' warten."

Tam blieb bei der Tür. „Hast du versucht, sie aufzumachen?"

„Das darf ich nicht."

„Warum versuchst du nicht die Klinke und siehst, ob die Tür verschlossen ist?"

Das Zimmermädchen schüttelte den Kopf und nahm den Milchbecher hoch. „Sie ist kalt."

Tam drückte vorsichtig die Klinke hinunter und die Tür öffnete sich lautlos nach innen. Das Zimmermädchen kreischte und versuchte, Tam wieder ins Zimmer zurückzuziehen. Er schüttelte sie ab, befahl ihr, den Mund zu halten und streckte seinen Kopf durch die Tür. Es brannte kein Licht. Etwas stimmte nicht. Tam hatte das schreckliche Gefühl, dass hier etwas sehr Schlimmes passiert war.

Die Dienstbotentür am anderen Ende des dunklen Zimmers wurde vom vollen Mond erleuchtet und stand durch den Luftzug, der aus der schmalen Wendeltreppe heraufwehte, weit offen. Unten musste jemand eine Tür offengelassen haben. Die Vorhänge bauschten sich und ließen eine Böe kalter Nachtluft sowie das unheimliche Licht des Vollmonds herein, in dem Tam einen Blick auf einen umgefallenen Stuhl erhaschen konnte. Ebenso schnell wurden die Vorhänge wieder an den Fensterrahmen gedrückt und das Zimmer lag wieder in völliger Dunkelheit. Irgendwo aus dem Raum drang hemmungsloses Schluchzen. Tam bewegte sich langsam durch die Dunkelheit und stolperte über den unebenen Teppich. Er fing sich gerade ab, als die Vorhänge sich wieder bauschten und tausend winzige Lichter auf dem Boden funkelten. Er spürte das Knirschen von Glas unter seinen Füßen und erkannte jetzt, was diese winzigen Lichter waren.

Und dann stieß das Zimmermädchen einen durchdringenden Schrei aus, als Tam gerade das Himmelbett erreichte und einen Blick auf jemanden erhaschte, der in ein Gewühl von Laken verstrickt war. Er schubste das Mädchen wieder in Jennys Schlafzimmer zurück.

„Hol Hilfe! *Lauf.* Los! *Sofort!*“, rief er und stürzte wieder zum Bett, wo Miss Emily mit dem Gesicht nach unten und ihren Armen über dem Kopf schluchzend lag.

Emilys Kleid war am Rücken herabgerissen worden.

FÜNF

, ZISCHTE EINE STIMME AN SELINAS OHR, DIE HAND GLITT von ihrer Schulter, um eine weiche Locke aus ihrem Nacken zu streichen.

Für den Bruchteil einer Sekunde dachte Selina, es wäre Jamison-Lewis und wappnete sich für die unausbleibliche Gewalt, die mit den seltenen und ungebetenen Besuchen ihres Mannes in ihrem Schlafzimmer einherging. Aber ihr Mann war tot und nachdem sie sein unaussprechliches Verhalten überlebt hatte, war sie entschlossen, dass niemand sie je wieder ängstigen oder misshandeln würde. Daher schlug sie die Hand weg und schob den Stuhl zurück, in der Hoffnung, damit den Eindringling aus dem Gleichgewicht zu bringen. Sie wandte sich um und stand dem Earl von Delvin gegenüber.

Er zog sich zum Bett zurück und goss aus einer mitgebrachten Flasche Wein in zwei Gläser.

„Willst du mit mir anstoßen, Hexe?", fragte er mit dem Aplomb eines geladenen Gastes. Er hielt ihr ein Weinglas hin. Als Selina ablehnte, stellte er die Flasche und ihr Glas weg, um mit einem Lächeln an seinem Wein zu nippen. „Oh, glaubst du, ich will dich vergiften?

„Nein", sagte Selina ruhig. „Diese Art des Mords ist zu subtil für dich. Green Park ist mehr dein Stil."

Delvin schien ehrlich erheitert und setze sich auf die Bettkante. „Ja, nicht wahr. Gift ist die Waffe einer Frau; feige und unberechenbar." Er schaute zu dem Tisch am Fenster. „Sitzt du in deinem Kassenhaus, Hexe?"

Obwohl sein Lächeln blieb, hörte Selina die Schärfe in seiner

Stimme und lächelte schief. „Oh, ich glaube nicht, dass ich in meinem Leben meine ganze Erbschaft zählen könnte, oder?"

„Schwarz und blau, aber trotzdem eine reiche Witwe. Nur gut, dass der Magistrat zu deinen Gunsten entschied."

„Was soll das heißen?"

„Wir alle wissen, dass George sich das Hirn rausgeblasen hat. Es war kein Jagdunfall. Bei Selbstmord gibt es kein Erbe. Er hätte am Kreuzweg begraben werden sollen, wo Feiglinge hingehören."

„Ach? Hattest du erwartet, ein Vermächtnis zu bekommen? Welche Enttäuschung für dich", sagte Selina mitleidslos.

„Seltsam, dass ein Mann, der Frauen hasst und verabscheute, sein gesamtes Vermögen der einen Frau vermachte, die er mehr als jede andere hasste."

„Vielleicht hatte J-L doch ein Gewissen?", gab sie zurück.

Delvin schnaubte. „George? Ein Gewissen? Das ist großartig! Komm schon, *Hexe*. Sag: Wie hast du ihn dazu bekommen, diesen Fetzen mit seinem Testament zu unterschreiben, direkt bevor er sich eine Schrotflinte in den Mund steckte?"

„Du vergisst etwas. Jack und Andrews waren die einzigen, die J-Ls Unterschrift bezeugt haben."

Der Earl lachte höhnisch. „Ich werde kaum den Einfluss deines niederträchtigen Cousins auf George vergessen, Hexe." Sein Blick wanderte wieder zu dem Tisch. „Ich nehme nicht an, dass dieser Narr Andrews den Schuldschein gefunden hat?"

„Nein. Andrews hat J-Ls Unterlagen durchgesehen - wie ich auch", sagte Selina, als sie die Kladden vor seinen neugierigen Augen schloss und sie säuberlich aufstapelte, ein Auge auf die flackernde Kerze gerichtet, dankbar, dass die Kerzen im Wandleuchter neben der Tür noch hell genug brannten, um Licht auf diese Hälfte des Schlafzimmers zu werfen. Sie hörte den Earl leise fluchen und drehte sich mit einem befriedigten Lächeln zu ihm um. „Ich bin sicher, dass ein Mann mit so beträchtlichen Mitteln wie du ohne einen einfachen Schuldschein leben kann, vor allem, da du ja jetzt eine Erbin heiratest ...?"

Delvin leerte sein Glas und stellte es auf den Nachttisch neben Selinas unberührten Wein. „Eine Schuld ist eine Schuld, und ich möchte, dass sie bezahlt wird."

„Natürlich. Du musst nur J-Ls Schuldschein vorlegen."

„Das haben wir schon einmal besprochen, *Hexe*. George und ich haben uns die Hand darauf gegeben. Er hat mir sein Wort gegeben. Das war für mich gut genug."

„Nun, für mich ist es nicht gut genug!"

Delvin lächelte mit zusammengebissenen Zähnen. „Ich schlage vor, dass wir ein Abkommen treffen, sonst müsste ich die Zahlung vielleicht erzwingen. Ich warne dich, wenn es so weit kommt, wird es nicht angenehm sein."

Selina lachte ihm ins Gesicht. „Was könntest du mir wohl antun, was in irgendeiner Art schlimmer wäre als die sechs Jahre, die ich gerade überstanden habe?" Sie ging und drängte sich an ihm vorbei. „Wenn du mich jetzt genug bedroht hast ..."

Aber der Earl versperrte ihr den Ausgang, einen Arm zur Wand ausgestreckt, an dem ein langer Riss in den Spitzenrüschen seines rechten Ärmels frische, tiefe Kratzer an seinem Handgelenk enthüllte. „Du warst an George verschwendet", murmelte er und fummelte an dem schmalen Kragen ihres Hemds herum, als er durch den dünnen Baumwollstoff starrte. „Kein Mann, der weibliche Formen zu schätzen wusste. Und davon hast du jede Menge, Hexe. Hübsch und prall, nicht wahr?"

„Nimm deine Hand von meiner Brust, *Mörder*."

„Mörder?"

„Jack ..."

„Jack? Der fade, *mäuschenhafte* Jack?", erwiderte Delvin ungläubig und fuhr fort, ihre Brust durch das Hemd hindurch zu kneten, wobei Blut von seinem Handgelenk die weiße Baumwolle verschmierte. „Er hatte es allein sich selbst zuzuschreiben."

Selina stieß seine Hand weg. „Jack hätte dir nie wegen Emily oder sonst jemandem einen Kampf aufgezwungen. Und du weißt, warum."

„Tatsächlich?" Er lachte kehlig und kniff ihr spielerisch in die Brustwarze.

„Emily ..."

„... wird als Frau ausreichen. Aber ich will dich. Ich wette, George hat diese prächtigen Brüste nie berührt. Was für eine Verschwendung", flüsterte er ihr ins Ohr und schob den geblümten Schlafrock von ihren Schultern, um ihn zu Boden gleiten zu lassen. „Hat sich abgemüht, bis er schwitzte, aber hat dich nie befriedigt, stimmt's, Hexe?" Er zerrte heftig am Kragen des Hemds, bis ein langer Riss im Stoff entstand und das gerundete, milchige Weiß ihrer linken Brust offenlegte. „Sieh dir das an. Scheußlich", sagte er ohne Mitgefühl, als sein Blick über die Striemen auf ihrem Busen fiel. „Georges letzte Prügel müssen enorm gewesen sein. Passierte direkt vor seinem Unfall, nicht wahr?"

„Als ob es dich kümmerte", fauchte Selina ihn an und kämpfte darum, sich zu befreien. Doch ein hartes Schlucken strafte den Zorn in ihren dunklen Augen Lügen. „Ist die dumme Cindy diese Wochen zu nichts nutze?"

Delvin lachte herzlich. „Gott! Cindy kann sich nicht mit dir vergleichen, mein Schatz. Vergessen wir Georges Schuldschein und gehen ins Bett."

Selina schaute voller Hass in seine blassblauen Augen. „*Niemals.*"

„Ach? Komm schon, Hexe. Nach sechs erbärmlichen Jahren musst du dich doch nach einem richtigen Mann verzehren."

„Ja, nach einem guten. Aber das bist du nicht!"

Der Earl lachte lauter, er genoss ihr Wortgefecht fast ebenso wie er es genoss, ihre nackte Haut zu streicheln. Und als er sie am Halsansatz küsste, eine Hand an ihrem Rücken hinabgleiten ließ, um die Rundung ihres Hinterteils zu umfassen, hörte Selina schließlich auf, sich zu wehren und schien sich seiner Umarmung zu ergeben. Er lachte leise vor Triumph, hob sie auf den Tisch und streichelte sie, während er ihr Hemd über ihre Knie hochschob. Er beugte sich vor, um ihre Brüste zu küssen, während er mit einer Hand hektisch an seinen Hosenknöpfen zerrte. Zu seiner freudigen Überraschung bewegte sie sich, um es ihm leichter zu machen, öffnete ihre Knie und bog ihren Rücken weit genug durch, dass ihr Hemd völlig von ihren Armen und ihrem Leib rutschte, um sich an ihren Hüften zu bauschen, was sie fast völlig nackt machte und ihn bis zu einem Punkt erregte, an dem es kein Zurück mehr gab.

Es bedurfte Selinas gesamter Selbstbeherrschung, ihre Gefühle von Abscheu und Übelkeit darüber, Delvins Hände auf sich zu spüren, zu verbergen, aber sie musste ihn ausreichend ablenken, damit sie hinter sich nach der flackernden Kerze am Fenster mit dem Kerzenhalter voll heißem, flüssigem Wachs tasten konnte. Sie bog ihren Rücken so durch, dass ihr zerrissenes Hemd von ihren Armen glitt, was ihr die Bewegungsfreiheit gab, die sie brauchte, um den Griff des Kerzenhalters zu finden. Sie steckte einen Finger durch den Henkel und zog die flache Schale voll geschmolzenen Wachses über den Tisch. Als sie sicher war, den Untersatz fest im Griff zu haben, wartete sie und erduldete Delvins gierige Berührungen, während er seine Hosen über die Knie rutschen ließ und sein Hemd aus dem Weg hochzog. Sie richtete den Kerzenhalter sorgfältig genau so aus, wo sie ihn seinem erregten Körper gegenüber haben wollte und dann, als er sich gerade in all seiner Pracht enthüllte, lächelte sie ihm herausfordernd in die Augen und spritzte die heiße Flüssigkeit über sein hartes, bloßes Fleisch.

Er reagierte sofort und genau so, wie sie es erhofft hatte. Der Schock ließ ihn zurückspringen, beide Hände zwischen seinen Beinen, als das heiße Wachs sein zartes Fleisch versengte und dann wie eine zweite Haut aushärtete. Er fluchte und stolperte zum Bett, auf der Suche nach etwas, was das schmerzhafte Brennen lindern könnte. Er fand Selinas unberührtes Weinglas und goss den Inhalt über sein gequältes Fleisch, aber das Brennen blieb und er versuchte verzweifelt, das jetzt erkaltete Wachs mit zitternden Händen zu entfernen. Fasziniert sah Selina den schwachen Bemühungen des Earls zu, seine Qual zu lindern, ihre schiere Erleichterung und sein Blick voll absoluten Schocks und Entsetzens, dass sie es gewagt hatte, ihm dies anzutun, dienten nur dazu, sie in einen Anfall hemmungslosen Kicherns ausbrechen zu lassen.

Mit Alec auf den Fersen rauschte Evans bei dieser Szene herein und sagte über ihre Schulter hinweg, dass sie nichts davon wüsste, dass ein Diener geschickt worden wäre, um ihn hierher zu holen. Sie war unten in der Küche gewesen, um ihrer Herrin ein Glas heiße Schokolade zu holen, das ihr beim Einschlafen helfen sollte. Sie hatte mit Sicherheit nicht nach ihm geschickt. Und ihre Herrin durfte jetzt nicht gestört werden, nicht zu dieser späten Stunde, und nicht von Herrenbesuch. Mrs. Jamison-Lewis war eine anständige Witwe, die anständige Schlafenszeiten hatte.

Und dann saß da der Earl von Delvin am Bett, der sein Hemd in seine feuchten, aufgeknöpften Hosen stopfte. Die anständige Witwe, ihr Gesicht vor Lachen gerötet, saß auf dem Schreibtisch, ihr zerknittertes Hemd bauschte sich um ihre Hüften, ihre schönen, nackten Brüste waren offen zur Schau gestellt und lange, wohlgeformte Beine hingen frei hinab. Mit ihren hüpfenden Locken, die in wilder Unordnung an ihrem Rücken hinabhingen, sah sie jeden Zoll aus wie eine gut befriedigte Frau. Weder ihr noch dem Earl war das Eindringen der anderen bewusst, bis die alte Frau empört keuchte, und dann reagierten beide in völlig verschiedener Weise.

Evans eilte nach vorn, schnappte sich Selinas geblümten Seidenmorgenrock vom Boden und machte großes Aufhebens darum, wie sie ihn über die bloßen Schultern ihrer Herrin breitete, während sie in sich hineinbrummte, welche empörenden Freiheiten Männer sich bei arg- und hilflosen Frauen herausnähmen. Selina duldete diese Bemühungen, denn sie hatte einen großen Schock erlitten und fragte sich, wie sie mit einer Situation umgehen sollte, die einer Erklärung bedurfte und doch unerklärbar war.

Delvin schloss die vier Knöpfe seiner seidenen Kniehosen und machte großes Gewese darum, wie er sie zurechtrückte, während er beim Anblick seines Bruders das brennende Gefühl zwischen seinen Beinen unterdrückte.

„Süße, ich habe dich schon früher gewarnt, dass du die Tür abschließen solltest", sagte er mit launigem Tadel zu Selina, Alec einen raschen, vielsagenden Blick zuwerfend.

Selina starrte ihn ob der schieren Frechheit seiner Aussage mit offenem Mund an und ging, Evans beiseite schiebend, auf ihn zu. „Du wusstest, dass er kommen würde", flüsterte sie in ungläubiger Wut. „Du hast es so geplant."

Delvin zwinkerte ihr zu, sein oberflächliches Lächeln wurde angesichts Selinas heißer Röte der Niederlage zu einem Grinsen. „Du kannst doch nicht von Evans verlangen, ständig aufzupassen, oder, Liebling?", belehrte er sie mit einem Schütteln seines gepuderten Kopfes und manövrierte sich so zwischen Selina und seinen Bruder, als ob er sie vor neugierigen Augen schützen wollte. „Dem Anstand zuliebe", fügte er sanft hinzu, „dürfte ich vorschlagen, dass du deinen Schlafrock zuknöpfst?"

„Wie - wie kannst du es *wagen*, mir das anzutun!", sagte Selina in ersticktem Flüsterton, ihre Hände vor frustrierter Wut zu Fäusten geballt. Sie drängte sich am Earl vorbei und fand sich in ihrer ganzen zerzausten Pracht Alec gegenüber. Sie wusste nicht, wohin sie sich wenden sollte und trat einen Schritt zurück, während eine ihrer Hände ihr Nachtgewand vorn umklammerte, um ihre Blöße zu bedecken.

Aber Alec konnte sich nicht dazu bringen, sie noch einmal anzuschauen. Er hatte nichts zu sagen. Er war nur drei Schritt weit in ihr Schlafzimmer hineingegangen, jetzt drehte er sich auf dem Absatz um und marschierte hinaus. Er war völlig betäubt.

ZWEI DIENER, DIE BRENNENDE KERZENLEUCHTER TRUGEN, EILTEN durch die Tür von Miss Emilys Schlafzimmer, das Zimmermädchen auf ihren Fersen. Sie rannten in ihre Richtung, stolperten über Möbel und fluchten laut bei dem Versuch, alle Wandleuchter anzuzünden. Aber kaum wurde das Zimmer vom Licht erhellt, als sie stehenblieben und sprachlos auf die Zerstörung starrten, die sie umgab; dann wandten sie sich dem Himmelbett zu.

Das Zimmermädchen stieß einen lauten Jammerlaut aus und stürzte zum Bett. Tam, der noch auf dem Bett saß und eine tröstende Hand auf Miss Emilys Arm gelegt hatte, stand auf und wollte sprechen, aber die Diener hatten schon eine Meinung darüber gefasst, was in diesem Zimmer vorgegangen sein musste. Als sie Miss Emily schluchzend zwischen den Decken sahen, ihr Kleid verdreht und von ihren Schultern gerissen, und den Emporkömmling von Lakaien, der sich jetzt Kammerdiener nannte, wie er eine Hand auf sie legte, war das genug, um sie zum Handeln zu bringen.

Bevor Tam etwas sagen konnte, packte ihn einer der Diener vorn an seinem wollenen Rock und schleuderte ihn so hart durch den Raum, dass er atemlos gegen die Wand auf der anderen Seite prallte. Sicherheitshalber wurde ein Stiefel auf seine Rippen gesetzt, nur für den Fall, dass er beschlösse, aufzustehen und wegzurennen.

Aber Tam wollte nirgendwohin gehen. Er kam nach Luft schnappend auf die Knie, seine Hände umklammerten seine schmerzenden Rippen und er betrachtete stumm die beiden Strolche am Fuß des Betts. Er wünschte, sie hätten ihn bewusstlos geschlagen. Er wollte wegsehen, konnte es aber nicht. Einer der Lakaien drehte den schlaffen Körper um und hielt ein Ohr an den offenhängenden Mund und eine Hand an die blasse Wange. Aber diese Bewegungen waren reine Formalität, denn es war offensichtlich, dass das Mädchen tot war, obwohl es keine sichtbare Verletzung oder Blutverlust gab. Tam jedoch weigerte sich zu sehen, wer es war. Wie seine Rippen schmerzten. Er war sicher, dass eine von ihnen gebrochen war. Er weigerte sich zu sehen, dass die leblose Gestalt mit dem seltsam zu einer Seite verdrehten Kopf und dem wild um sie ausgebreiteten Haar Jenny war. Seine Jenny. Jenny, mit weit offenen Augen, dunklen Ringen darunter, die doch nichts sahen.

Die beiden Diener wandten sich um und starrten ihn an, und er wusste, dass sie ihn nicht nur für einen Vergewaltiger hielten, sondern dass er jetzt auch noch des Mordes beschuldigt wurde. Er ließ seinen Kopf zwischen seine Knie sinken, Miss Emilys leises, schmerzvolles Schluchzen und die durchdringenden, wilden Schreie des Zimmermädchens füllten seine Ohren und er betete innig, dass Alec Halsey ihn aus diesem Albtraum retten könnte.

„ALEC?! DA BIST DU JA!"

Es war Sir Cosmo, in einem über sein Nachthemd geworfenen, kunstvoll bestickten Seidenschlafrock und einem Turban mit silberner Quaste auf seinem rasierten Kopf. Er hielt eine Hand auf dem gewundenen, seidenen Zierrat, um ihn davon abzuhalten, ihm auf die Nase zu rutschen, denn er ging so schnell, dass er fast rannte; keine einfache Aufgabe in gelben Ziegenlederpantoffeln auf Terrassenfliesen, die von einem leichten, kalten Regen benässt waren. Er schnaufte, als er neben seinem Freund zum Stehen kam und fragte sich, wie lange Alec im Regen draußen gewesen war. Das schwarze Haar seines Freundes war sichtbar nass, ebenso wie sein am Kragen offenes Hemd; er lehnte in Hemdsärmeln an der Marmorbalustrade und starrte in die Finsternis hinaus.

„Das ganze Haus ... Auf, um nach dir zu suchen", stieß Sir Cosmo keuchend aus. „Tante Olivia ... braucht dich ... *subito*."

Als Alec schließlich seinen Kopf wandte, fragte Sir Cosmo sich, ob er betrunken wäre, so unähnlich sah der ferne, glasige Blick seinen normalerweise scharfen, blauen Augen.

„Warum hat mir niemand etwas über Jamison-Lewis gesagt?", verlangte Alec in beherrschtem Ton zu wissen und umklammerte die Balustrade dabei im Versuch, das Zittern zu unterdrücken, das seinen Körper schüttelte.

Sir Cosmo blinzelte. „Was ist mit ihm?"

„Was ist mit ihm? Verdammt sollt ihr alle sein! Dass er ein - ein *Frauenschläger* war."

„Geht mich nichts an."

„Aber alle wussten es?"

Sir Cosmo schluckte. „Alle wussten es. Ja."

„Wie oft kam das vor?"

„Alec-"

„Wie oft?"

„Das spielt doch jetzt keine Rolle mehr."

„Wie oft hat er - hat er Hand an sie gelegt?"

„Alec! Um Himmels willen, lass das. Der Mistkerl ist tot."

„Sag es mir trotzdem."

Die Reihe war nun an Sir Cosmo, in die Finsternis hinaus zu starren. „Oft genug", sagte er ruhig. „Um ehrlich zu sein, ich weiß es nicht."

„Wolltest es nicht wissen?"

Sir Cosmo vergrub seine kalten Hände tief in den Taschen seines bestickten Schlafrocks und sagte lahm: „Was zwischen Mann und Frau vorgeht, ist schließlich nicht die Sache von anderen, oder?"

Alec schaute zum Nachthimmel auf. „Eine Ehe gibt solchem bestialischen Verhalten eine Rechtfertigung, wie, Cosmo? Da sie Mann und Frau waren, konnte er sie nach Belieben schlagen und niemand kümmerte sich einen feuchten Kehricht darum? *Jesus* ..."

„Wir taten, was wir konnten, Jack mehr als die meisten, aber Jamison-Lewis war ihr Ehemann. Er hatte Rechte; er besaß sie und konnte mit ihr tun, was ihm gefiel! Das ist es, schlicht und einfach." Sir Cosmo stieß einen Seufzer aus. „Gott sei Dank ist er tot und es ist vorbei, das ist alles, was ich sagen kann."

Der Regen begann wieder zu fallen, diesmal in großen, schweren Tropfen.

„Warum? Weil du dich nicht länger schuldig fühlen musst?"

Sir Cosmo blinzelte ihn an. Der Gesichtsausdruck selbstgerechter

Entrüstung seines Freundes ließ ihn seinen Mund zu einem hässlichen, höhnischen Grinsen verziehen. „Du hast Nerven", knurrte er. „Du hast Selinas Unschuld ruiniert und sie dann ihrem Schicksal überlassen. Und während der sechs Jahre ihrer Ehe hast du dich ferngehalten, es kümmerte dich nicht, was aus ihr wurde. Und jetzt, wo sie die Brutalität dieses Ungeheuers hinter sich hat, beschließt du, uns andere zu beschimpfen, weil wir uns nicht gegen ihn gestellt haben? Verdammt sollst du sein, Alec. *Verdammt sollst du sein* dafür, wie schlecht du sie behandelt hast. Wenn jemand sich schuldig fühlen sollte, dann du."

ALS ALEC IN EMILYS ZIMMERN ANKAM, SASS DIE HERZOGIN VON Romney-St. Neots noch auf Jennys schmalem Bett mit ihrer Enkelin in ihren Armen. Sie wiegte Emily hin und her wie man es bei einem kleinen Kind tut, um es zu beruhigen. Die Herzogin streckte eine Hand nach Alec aus und er nahm sie sofort, seine Augen flehten um Antwort.

„Sie hat einen Schock", sagte die Herzogin mit einem mühsamen Versuch, das Zittern in ihrer Stimme zu unterdrücken. „Sie will nicht darüber sprechen. Du musst für mich in ihr Schlafzimmer gehen und sehen, was du tun kannst. Dein Kammerdiener ... Er - er wurde allein mit ihr entdeckt."

„Olivia, was ist hier geschehen?"

Sie schluckte und sah zur Seite. „Ich weiß es wirklich nicht. Und ich kann mich nicht dazu bringen, das Undenkbare zu denken."

Erst da schaute Alec Emily wirklich an und erschrak. Sie trug noch immer das Kleid, das sie beim Essen angehabt hatte, mit den Rubinen an ihrem Hals, aber die Röcke waren zerknittert und es war an der Schulter herabgerissen; ihr Haar war ein Durcheinander aus verwirrten Locken und verwischtem Puder. Er musste ewig dort gestanden und sie angestarrt haben, denn die Herzogin hob ihren Kopf und sagte mit brüchiger Stimme:

„Um Gottes willen, geh hinein und sieh dir an, was dieser Junge dort angerichtet hat!"

Im Schlafzimmer brannten genug Kerzen, um eine Kathedrale zu erleuchten. Das Zimmer war verwüstet. Der Teppich war von Scherben zerbrochenen Glases einer Vitrine übersät. Ein Sessel war umgefallen. Tinte aus einer umgefallen Schreibgarnitur war an der Seite des Sekretärs hinabgespritzt und hatte die hübsche Tapete am Fenster ruiniert. Und da war Tam, zusammengekauert am Fenstersitz, bewacht von einem livrierten Diener, der seinen Absatz in den Rücken des Jungen gebohrt hielt, um ihn ruhig zu halten. Auf ein scharfes Wort von Alec zog der

Diener widerwillig seinen Fuß zurück, beugte sich aber weiter drohend über den Kammerdiener, bis Alec ihn aus dem Zimmer schickte.

„Aber Sir, Mr. Neave sagte, er müsste bewacht werden, falls er zu fliehen versuchen sollte!"

„Raus."

Der Diener beäugte den zusammengekauerten Jungen voller Groll. „Aber Sir, könnt Ihr nicht sehen, dass er Amok gelaufen ist!"

Alec öffnete mit einem Ruck die Tür und der Diener schlurfte hinaus, fügte aber mürrisch hinzu, dass er seine Befehle hätte und an der Tür bleiben würde, bis Mr. Neave ihm etwas anderes anwiese. Alec schloss die Tür vor seiner Nase und wollte zu Tam hinübergehen, als das Unglaubliche seine Aufmerksamkeit erregte. Jenny lag rücklings auf dem Teppich am Fuße des Himmelbetts, eine lange Strähne schwarzen Haares über ihrem bleichen Gesicht, und starrte mit offenen, blicklosen Augen zu der reich verzierten Decke hinauf.

Alec sah weg, schaute dann wieder hin, als ob das Schließen seiner Augen sie wieder zum Leben hätte erwecken können. Er hockte sich hin, um ihr sanft die Lider zu schließen und strich die Haarsträhne beiseite, so dass ihr Gesicht friedlicher und irgendwie zufrieden schien. Erst da bemerkte er die Blutergüsse an ihrer Kehle und ihrem Kiefer. Jedoch war kein Blut einer Wunde zu sehen, um einen Hinweis darauf zu geben, was ihr Leben beendet hatte. Es würde ein Arzt nötig sein, um die Todesursache festzustellen. Es schien offensichtlich genug, dass es kein Unfall gewesen war, wo das Zimmer in heillosem Durcheinander und Emily derart verzweifelt war. Aber warum sollte eine Zofe ermordet werden? Was war in diesem Raum vorgefallen? Schock. Zorn. Frustration. All das machte es Alec unmöglich, klar zu denken, und er wagte nicht, seinen Verstand mit möglichen Szenarien zu beschäftigen. Ein Arzt musste gerufen und Jennys Leiche in eine würdigere Umgebung gebracht werden. Er würde mit Emily sprechen müssen, so schmerzlich das für sie auch sein mochte, und mit den Lakaien und dem Zimmermädchen, vor allem aber mit seinem Kammerdiener.

Plötzlich fühlte er die feuchte Kälte vom Stehen draußen im Nieselregen, richtete sich auf und rieb sich die Augen. Jeder Muskel schmerzte. Und wenn er müde war, brauchte er seine goldgeränderten Gläser zum Sehen, um damit die unvermeidlichen Kopfschmerzen durch Überanstrengung seiner Augen zu vermeiden. Er schaute sich um auf der Suche nach etwas, das er über Jennys Körper breiten konnte und wählte den Bettüberwurf. Da sprang Tam vom Boden auf, eilte heran und versuchte, den Bettüberwurf aus Alecs Händen zu zerren.

„Fasst sie nicht an! Lasst sie in Ruhe! Der Arzt wird wissen, was zu tun ist! Um sie aufzuwecken! Lasst sie in Ruhe! Bitte, Sir!"

Alec zog weiter das Bett ab. „Es tut mir leid, Tam. Sie muss zugedeckt werden, damit sie fortgebracht werden kann."

„Niemand soll sie fortbringen! Auch Ihr nicht!"

„Lass die Decke los. Du benimmst dich unvernünftig. Es gibt nichts, was irgendjemand hier für sie tun könnte."

„Wir müssen auf den Arzt warten. Er wird wissen, was zu tun ist."

„Ja. Aber hier kann er die Leiche nicht untersuchen ..."

„Das ist keine Leiche! Das ist Jenny. Könnt Ihr das nicht sehen? *Nein?*"

„Ja, Tam, ich sehe es", sagte Alec sanft und legte die Decke, nachdem er sie aus Tams Händen befreit hatte, über Jennys leblose Gestalt. „Aber sie wird wirklich nicht wieder aufwachen ... es tut mir wirklich leid ..."

Tam schaute auf den formlosen Bettüberwurf und dann zu Alec, seine Augen blind vor Tränen. „L-leid? Euch tut es *leid?* Nun, dazu ist es zu spät! Sie ist fort und es gibt nichts, was jemand daran ändern könnte! Was kümmert es Euch? Miss Emily kann eine andere Zofe finden. Drei, wenn sie das wünscht. Was bedeutet der Verlust einer Zofe schon für Euresglei..."

„Ich respektiere deinen Kummer, Tam, aber Unverschämtheit kann ich nicht dulden", sagte Alec scharf. „Du bist egoistisch und unvernünftig. Du weißt sehr gut, was Jenny Emily und St. Neots House bedeutete!"

Die Unterlippe des Jungen bebte. Tränen rannen seine heißen Wangen hinab. Alec machte einen Schritt auf ihn zu, aber sein Blick voll Besorgnis und Trauer war zu viel für Tam. Der Junge drehte sich weg und warf sich in den Fenstersitz, drückte ein Kissen an seinen Bauch und weinte, bis sein ganzer Körper von großen, trockenen, zitternden Schluchzern geschüttelt wurde. Als er ruhiger wurde, setzte Alec sich neben ihn.

„Tam, ich muss wissen, was hier drinnen geschehen ist. Und du musst mir alles sagen, und es muss die Wahrheit sein."

„Ich habe sie nicht ge-getötet. Nein! Ihr müsst mir glauben! Ich habe es nicht getan!", sagte Tam in verzweifeltem Flüsterton und begann, wieder zu schluchzen.

„Ich glaube dir. Vielleicht würde ein Drink deine Nerven beruhigen?"

Der Junge nickte und schniefte.

Alec ging in Jennys Schlafzimmer zurück. Die Zofe der Herzogin,

Peeble, war dort. Sie hatte ein Tablett mit Getränken gebracht. Er nahm sich einen Weinbrand und goss für seinen Kammerdiener einen Becher Punsch ein. Er sah, dass Emily ihre Milch trank und gab Peeble ein Zeichen. Die Dienerin kam sofort, ihr Gesicht war ausdruckslos.

„Ich brauche zwei starke, diskrete Lakaien“, sagte er mit leiser Stimme, „und ein Zimmer, in das wir Jenny bringen können, bis der Arzt kommt. Und schicke jemanden, um meine Brille zu holen. Es liegen mehrere in einer Schublade meines Toilettentischs.“ Er warf einen Blick auf Emily. „Hat sie irgendetwas gesagt?“

Peeble schüttelte den Kopf.

Alec nickte und ging zurück zu Tam. Nachdem der Kammerdiener den größten Teil des Punschs getrunken hatte, befragte Alec ihn darüber, was sich in Emilys Schlafzimmer abgespielt hatte, aber Tam wusste nicht viel. Er erzählte alles, was passiert war, von dem Moment an, wo das Zimmermädchen ihm die Tür geöffnet hatte, bis er Emily bäuchlings in ihrem Bett gefunden hatte und die Lakaien in den dunklen Raum gestürzt kamen und sofort falsche Schlüsse gezogen hatten, weil er Miss Emily tröstend auf den Rücken geklopft hatte. Das Zimmermädchen hatte die Situation für ihn nur verschlimmert, weil sie unaufhörlich kreischte und zu überwältigt war, um irgendwie hilfreich bei der Bestätigung seiner Geschichte zu sein.

„Wo ist das Zimmermädchen jetzt, Tam?“

„Ich weiß es nicht, Sir. Sie fiel in Ohnmacht, als sie Jennys ... als sie Jenny sah, und sie haben sie hinausgetragen. Sir“, sagte Tam ruhig und schaute kleinlaut zu seinem Herrn auf. „Ihr glaubt mir doch, nicht wahr, Sir?“

Alec lächelte und drückte die Schulter des Jungen. „Ja. Du hast offensichtlich den Angreifer, wer er auch sein mag, gestört und verscheucht, bevor Miss Emily wirklich zu Schaden kommen konnte.“

„Aber ich habe niemanden gestört“, bemerkte Tam. „Er ... nun, Miss Emily ...“

„Sprich weiter.“

Tam sah in den leeren Becher. „Sir. Der Mordbube war schon fort. Die Dienstbotentür zur Treppe stand weit offen und machte großen Lärm, als sie an die Wand schlug, und Miss Emily lag schluchzend auf dem Bett. Ich sah im Mondlicht, dass ihre Kleider zerrissen waren und ...“ Er sah Alec an. „Versteht Ihr nicht, Sir? Was immer Miss Emily zugestoßen ist, war bereits geschehen, bevor ich sie fand.“

Alec wischte sich über dem Mund. „*Mon Dieu.*“

„Glaubt Ihr - ich meine - warum hat er Jenny getötet?“

„Ich weiß es nicht, Tam.“

„Eines weiß ich!", sagte Tam wild. „Ich möchte das verdammte Schwein töten!"

Das Auftauchen zweier stämmiger Lakaien in der Tür ließ ihn aufschrecken. Er sah seinen Herrn an, dann zu dem Bettüberwurf, der über Jenny auf dem Teppich ausgebreitet war und wandte sich ab. Er wollte nicht sehen, wie sie sie aufhoben. Er könnte es nicht ertragen, sollten sie sich ungeschickt anstellen, so dass die Decke herabrutschte. „Sir. Ich - ich muss mich waschen."

„Natürlich", sagte Alec. Mit einem Arm um Tams Schultern führte er ihn ins Nebenzimmer, den Rücken den beiden Männern zugekehrt, die schweigend ihre Arbeit erledigten. „Du kannst zu Bett gehen."

„Nein, Sir. Ich könnte nicht schlafen. Ich würde lieber etwas tun, um zu helfen. Alles, nur nicht schlafen."

„Es gibt eines, was du tun kannst. Hast du bei deinen Tränken und Pulvern ein Opiat, irgendeine Mischung, für Emily? Ich möchte, dass sie heute Nacht ungestört schlafen kann. Keine Träume. Keine Albträume. Verstehst du mich, Tam?"

Der Kammerdiener nickte eifrig. „Ich kenne genau die richtige Mischung, Sir. Ich komme so schnell wie möglich zurück."

Eine Störung im Gang brachte die Herzogin auf die Füße. Peeble stritt sich in hektischem Flüsterton mit jemandem im Schatten. Es war Neave. Als er seine Herrin erblickte, kam kein weiterer Ton über seine Lippen und er schaute sie an, als ob er erwartete, einen Moment ihrer Zeit gewährt zu bekommen. Peeble hätte ihm am liebsten die Tür vor der Nase zugeschlagen.

„Es hat einen Unfall gegeben, Neave", stellte die Herzogin fest. „Ja, einen tragischen Unfall. „Miss Emilys Zofe, Jenny - Jenny ist die Hinter-treppe hinabgestürzt und hat sich den Hals gebrochen. Es ist eine scheußliche Angelegenheit, wie du dir vorstellen kannst."

„Ein Unfall, Euer Gnaden", wiederholte der Butler. Es kümmerte sie nicht, ob er ihr glaubte oder nicht, und es schien für ihn keine Rolle zu spielen, solange er eine Erklärung für die spätnächtlichen Aktivitäten der Dienerschaft und die geheimnisvolle Atmosphäre im Untergeschoss erhielt. „Wenn ich irgendwie behilflich sein kann, Euer Gnaden?"

„Nein. Ja. Ja, das kannst du. Aber nicht jetzt. Das passierte alles so ... so ..."

„... unerwartet, Euer Gnaden?"

„Natürlich war es unerwartet!", fauchte sie. „Was ich möchte, ist, dass du sicherstellst, dass es keine ungebührlichen Spekulationen oder Klatsch gibt. Und ich meine nicht nur in meinem Haushalt."

„Es wird kein unpassendes Wort fallen, Euer Gnaden", sagte er mit einem Blick auf Peebles verkniffenen Gesichtsausdruck.

„Es sind nur all die anderen, die derzeit im Haus sind. Ich möchte nicht, dass jemand seine Nase hineinsteckt und Fragen stellt. Ich möchte nicht, dass meine Gäste von einem ... einem *Vorfall* gestört werden, der niemanden außer uns etwas angeht."

„Ich verstehe vollkommen, Euer Gnaden. Darf ich dem tiefsten Bedauern des Haushalts über den Verlust von Miss Jenny Ausdruck verleihen? Sie war bei allen sehr beliebt. Es ist eine echte Tragödie, Euer Gnaden."

„Danke, Neave. Und solltest du - während du deinen Pflichten nachgehst, natürlich - irgendetwas Interessantes von einem Diener oder einem Gast hören, würde ich dein Vertrauen zu schätzen wissen."

Der Butler nickte ernst, obwohl seine Augen mit triumphierendem Leuchten zu Peeble wanderten, die sich sofort in den Schatten abwandte. „Ich werde natürlich auf Euren Arzt warten. Ich nehme an, Sir John...?"

„Nein. Ich habe Oliphant nicht stören lassen. Der Dorfarzt wurde vor einiger Zeit gerufen. Gott weiß, wo der elende Mann ist!" Sie entließ ihn, zeigte ihm aber nur ihren Rücken und rief nach ihrer Zofe. „Kein Wort zu Charlotte oder Sybilla. Kein einziges Wort."

Peeble schürzte ihre Lippen. „Natürlich nicht, Euer Gnaden."

Die Herzogin betrachtete sie misstrauisch. „Komm mir nicht in die Quere, Jane. Ich weiß, was du denkst, aber ich bin absolut in der Lage, mich ohne die Einmischung meiner Töchter um all dies zu kümmern. Das muss ich. Ich muss - wir alle müssen - für Emily stark sein. Also verhätschele sie nicht, nicht offensichtlich. Verstanden?"

Peeble nickte und sagte abrupt: „Ich werde Miss Emilys Nachtzeug holen", und verschwand, bevor ihre Herrin ihre feuchten Augen sehen konnte.

Die Herzogin kehrte in Jennys Zimmer zurück, als Alec gerade die Tür zu Emilys Schlafzimmer schloss. „Du hast den Jungen also weggeschickt?", sagte sie missbilligend.

„Ja, Olivia", antwortete Alec gleichmütig und zog sie zur Seite, so dass Emily ihre Unterhaltung nicht mitanhören konnte. „Er hat mir alles gesagt, was er weiß, und trotz allem, das diese beiden Schufte von Lakaien Gegenteiliges denken, bin ich davon überzeugt, dass er unschuldig ist. Ein hysterisches Zimmermädchen, zu überwältigt, um die Situation zu erklären, hat diese beiden übereifrigen Idioten dazu veranlasst, aus Tams Anwesenheit in Emilys Schlafzimmer übereilt falsche Schlüsse zu ziehen. Der Eindringling war schon die Dienstboten- treppe hinabgeflohen und Jenny bereits tot, bevor Tam den Raum auch nur betrat. Ich bin sicher, dass Emily mir bestätigen wird, dass dies so ist, sobald sie in der Lage und bereit ist, mit uns zu sprechen."

Die Herzogin sah Alec intensiv an und nickte dann. „Wenn dir das ausreicht, gilt das auch für mich. Er mag ein wenig fehlgeleitet sein und möglicherweise ein Pferdedieb, aber ich glaube nicht, dass der Junge von Grund auf böse ist. Ich würde es hassen, denken zu müssen, dass er mit dieser schrecklichen Sache irgendetwas zu tun hat." Als Alec eine goldgeränderte Brille aufsetzte, blinzelte die Herzogin. „Seit wann hast du diese affektierte Angewohnheit?"

„Wenn es das nur wäre", antwortete er mit einem müden Lachen und schaute an seiner knochigen Nase hinab über das Brillengestell. „Meine liebe Olivia, du wirst enttäuscht sein zu erfahren, dass ich ein unvollkommener Adonis bin; meine Sehkraft lässt nach. Ohne Hilfsmittel gedruckte Seiten zu lesen ist mir nicht mehr möglich. Hässlich, nicht wahr?" Er sah zu Emily hinüber, die noch immer in einen Schal gehüllt und heiße Schokolade trinkend auf dem Bett saß und ins Leere starrte. „Emily schläft heute Nacht bei dir?"

„Mit einem Unhold in meinem eigenen Heim?" Die Herzogin schnaubte. „In meinem Bett!"

Emily schaute zu Alec auf und sagte dann: „Augengläser lassen dich gelehrt aussehen; wie einen Dozenten aus Oxford."

„Findest du? Ich weiß nicht, ob ich geschmeichelt oder ernüchtert sein soll", sagte er ruhig, obwohl sein Herz bei Emilys plötzlicher Lebhaftigkeit einen Sprung machte. „Du hast einmal gesagt, sie ließen mich würdevoll aussehen", setzte er beiläufig hinzu. „Erinnerst du dich daran, wie Cosmo darüber lachte? Die Unverschämtheit von dem Mann, wo er doch zwei Monokel um den Hals hängen hat!"

„Er möchte nur einen Grund dafür haben", sagte Emily, setzte sich auf und strich sich die Haare aus den Augen. „Er lachte noch mehr, weil du so verärgert darüber warst, dass wir dich dabei ertappt hatten, wie du sie trugst. Du machtest wirklich den Eindruck, als wolltest du ihn erwürgen, ihn ..." Sie schluckte krampfartig und legte eine zitternde Hand auf ihre Mund. Sie stellte den leeren Becher ihrer Schokolade beiseite. „Tut mir leid. Ich bin so ein Feigling. Ich - ich - *oh, Alec.*"

„Emily."

Sie flog vom Bett hoch in seine offenen Arme und wurde in einer schützenden Umarmung aufgefangen.

„Ich - ich wusste, nicht, was ich tun sollte", sagte sie stockend. „Er - er legte seinen Mund auf meinen, als ich schrie und dann - hat er ... mich *geküsst!* Iih, es war *grässlich.* Ich konnte nicht atmen. Und dann, dann drückte er mich hinab ... Er verlangte, dass ich stillliegen sollte. Er wollte - er hat mein Kleid zerrissen. Ich hätte härter kämpfen sollen. Ich hätte die Kraft finden müssen, ihn wegzustoßen - ich bin ein solcher - solcher Feigling."

Alec umarmte sie fester, strich über ihr zerzaustes Haar; ihm war bei dieser Enthüllung bis ins Innerste übel, aber ihr zuliebe blieb er ruhig.

„Du bist jetzt in Sicherheit", sagte er sanft. „Deine Großmutter und ich werden dich beschützen. Niemand wird dir je wieder etwas antun. Das verspreche ich dir." Er warf über ihren gepuderten Kopf hinweg einen Blick auf die Herzogin und war keineswegs überrascht, dass Emilys stockendes Geständnis ihre Großmutter stark betroffen gemacht hatte. Die Herzogin hatte eine bebende Hand vor ihren Mund gehoben, um einen Aufschrei der Empörung zu unterdrücken und tat ihr Bestes, aufrecht und beherrscht zu bleiben, aber nichts konnte die Verzweiflung in ihren müden Augen verbergen. „Emily, meinst du, du könntest deine Großmutter in ihre Zimmer bringen? Sie ist viel zu gebrechlich, um jetzt noch auf zu sein ..."

„Ich muss doch bitten ...", unterbrach die Herzogin, die nicht so schnell verstand, bis Alec zuerst sie, dann Emily vielsagend anschaute, woraufhin sie ihren Mund fest schloss.

„Es war ein sehr langer und ermüdender Tag für sie", verkündete er mit einem Lächeln zur Herzogin. „Und du weißt, wie besorgt Peeble um die Gesundheit deiner Großmutter ist."

Zur großen Überraschung der Herzogin nickte Emily und kam zu ihr, um ihren Arm zu nehmen. „Komm, Großmutter. Wir wollen doch nicht, dass Peeble uns ausschimpft, oder?"

„Nein ... nein, das könnte ich nicht ertragen, nicht heute Nacht", antwortete die Herzogin und schluckte an ihren Tränen. „Mein lieber Junge, wirst du ... wirst du dich um ... um alles kümmern?"

„Natürlich", sagte er ruhig und geleitete sie beide zu der Tür, die zum Gang hinaus führte. „Tam ist gegangen, um etwas zu holen, damit ihr schlafen könnt; ihr müsst es beide ohne zu fragen einnehmen, egal, was für ein Gebräu er euch auch gibt. Verstanden?"

Da wandte Emily sich in der Umarmung ihrer Großmutter um und sah Alec an. „Bitte, danke ihm in meinem Namen. Ich - ich glaube nicht, dass ich es tun könnte - noch nicht. Er - er hat mich gefunden und war so freundlich, bei mir zu bleiben, bis Großmama kam."

Die Herzogin und Alec wechselten einen vielsagenden Blick und Alec küsste Emilys Hand. „Tam wird vor Freude rot werden, wenn er hört, dass du das sagst."

· · ·

AM NÄCHSTEN MORGEN AM FRÜHSTÜCKSTISCH WAR ALLES, worüber gesprochen wurde, der Unfalltod von Emilys Zofe; wie hatte sich das arme Mädchen auf einer Dienstbotentreppe den Hals brechen können, die sie hunderte Mal am Tage auf und ab gerannt war? Und ausgerechnet in dieser Nacht zu stürzen! Natürlich wurde erwartet, dass die Feierlichkeiten weitergehen würden, aber man fragte sich doch, wie sich die angehende Braut unter der Belastung des Verlusts ihrer Zofe unter so tragischen Umständen aufrecht halten würde.

Mitten in diesem Geschwätz über gedankenloses Verhalten der Dienerschaft und die Vorbereitungen des Feuerwerksballs tauchte Alec auf, sehr spät für das Frühstück und der letzte der Hausgäste, der erschien. Die meisten hatten schon ihre Servietten beiseite geworfen, standen aber noch da, um zu besprechen, ob sie ausreiten oder die Zeit bis zum Diner bei einem Kartenspiel in der Langen Galerie verbringen sollten. Ein Lakai legte dem spät Erschienenen sauberes Besteck hin und goss ihm eine Schale Kaffee ein, aber Alec nahm das kaum zur Kenntnis. Ebenso wenig bemerkte er die wenigen Leute, die noch über ihren Kaffeeschalen trödelten. Seine Gedanken waren mit dem spätnächtlichen Besuch des Dorfarztes beschäftigt.

Obwohl kein großer, adliger Arzt wie Sir John Oliphant, war Henry Oakes doch kein Narr, und Alec behandelte ihn auch nicht so.

Oakes teilte ihm seine Meinung mit, dass Jenny einen heftigen Schlag auf den Kopf erhalten hätte, der ausreichend gewesen sei, sie zu töten. Er hatte eine rötliche Flüssigkeit aus ihrem Ohr rinnen sehen, die seiner Vermutung nach bedeutete, dass ihr Gehirn verletzt worden wäre, aber man konnte keine Wunde finden und ihr Schädel war nicht eingeschlagen. Oakes war ehrlich genug zuzugeben, dass es seine Fähigkeiten überstieg festzustellen, ob der Eindringling den Mord beabsichtigt hatte. Vielleicht hatte der Eindringling das Mädchen nur zum Schweigen bringen wollen und war zu grob mit ihr gewesen; wenn man die Blutergüsse an ihrem Hals und Kinn berücksichtigte, als ob eine starke Hand sie gepackt und gehalten hätte, bis sie wie eine Lumpenpuppe weggeworfen wurde, so dass ihr Kopf absichtlich auf den Bettpfosten geschlagen wurde oder versehentlich in diese Richtung geworfen wurde, was zu demselben Resultat geführt hatte.

Oakes hatte den Totenschein unterschrieben, in dem er als Todesursache Genickbruch eintrug. Er bezweifelte, dass die Behörden in London es für lohnend erachten würden, wegen des verdächtigen Todes einer Zofe zu ermitteln, daher schrieb er sicherheitshalber noch das Wort ‚Unfall‘ dazu; besser für das arme Mädchen, wenn sie in Frieden begraben werden konnte.

Er bat Alec nicht um Erklärungen, aber Alec erzählte ihm alles, was er wusste, ohne einen Penny seiner eigenen Gedanken zu verraten. Der Mann nickte nur. Er war völlig dafür, die Angelegenheit in Alecs Händen, oder besser, in den Händen der Herzogin von Romney-St. Neots zu belassen. Er wollte mit einer Ermittlung in einem Todesfall, vorsätzlich oder nicht, nichts zu tun haben, und war der Meinung, dass es unwahrscheinlich war, dass der Schurke gefasst würde, da bei solchen häuslichen Vorfällen, in die Adlige verstrickt waren, das Rudel enger zusammenhielt als Pollen an einer Biene hingen.

Alec neigte dazu, ihm zuzustimmen. Er fragte sich jedoch, ob der Mann so leicht zufriedengestellt gewesen wäre, hätte es sich bei dem Opfer um einen der Gäste der Herzogin statt eine ihrer Dienerinnen gehandelt. Aber Alec stritt sich nicht mit ihm, obwohl er wusste, dass sein Onkel Plant den Arzt zur Rede gestellt haben würde, ungeachtet der Tageszeit oder der Umstände. Er war nur dankbar, dass der Mann sich die Zeit nahm. Und er hatte recht. Die Behörden in London würden es für Zeitverschwendung ansehen, die verdächtigen Umstände, die den Tod einer Kammerzofe umgaben, zu untersuchen.

Alec unterdrückte ein Gähnen und wünschte, er hätte ein paar Stunden Schlaf mehr gehabt, während er seinen Kaffee schlürfte. Er war so in seine Gedanken versunken, dass ihm erst klar wurde, dass er nicht alleine frühstückte, als Lady Charlottes näselnde Stimme vom anderen Ende der Tafel herüberklang. Er ging zur Anrichte, in der Hoffnung, seinen Magen mit Essen zu füllen, aber der Anblick von Lord Andrew Macara, der sich eine große Portion gebratene Nieren und Bücklinge auftat, verdarb ihm den Appetit. Er entschied sich für heiße Hefebrötchen und starken, schwarzen Kaffee, ohne zu bemerken, dass aller Augen auf ihn gerichtet waren.

„Wie ich schon zu Sybilla gesagt habe", stellte Lady Charlotte mit klarer, lauter Stimme fest, „Mama hat dieses Kind immer verwöhnt. Sie hat dasselbe mit Madeleine gemacht, und sieh, wohin sie das gebracht hat."

„Florenz, nicht wahr?", fragt Macara unschuldig, was ihm einen bösen Blick seiner Frau einbrachte.

„Venedig. Wenn du es denn wissen musst. Venedig und einen verarmten italienischen Grafen. Kaum ein passendes Ende für die Tochter eines englischen Herzogs, nicht wahr, Sybilla?"

„Kaum passend, allerdings", murmelte Lady Sybilla.

„Verarmt, Italiener und verwegen gutaussehend", fügte Selina Jamison-Lewis mit einem verschwörerischen Zwinkern über den Tisch zu ihrem Freund hinzu. „Meinst du nicht auch, Sybilla?"

„Oh ja", hauchte Lady Sybilla und kicherte in ihre Serviette.

Lady Charlotte setzte sich kerzengerade auf. „Unsinn! Er ist Italiener. Gott sei Dank war Madeleine so vernünftig, ihm keine Kinder zu schenken. Niemand war entsetzter als ich, als sie so unanständig war, Emily zur Welt zu bringen. Nicht, dass Emily kein liebes Mädchen wäre. Das ist sie. Aber ihr fehlt etwas. Nenn es Herkunft, in Ermangelung eines besseren Wortes. Niemand kann ihr das zum Vorwurf machen. Es ist allein Mamas Schuld. Aber die Tatsache, dass die Zofe ihren dummen Hals gebrochen hat, macht es kaum notwendig, dass Emily die Nacht bei Mama verbringt." Sie stieß ein gezwungenes, sprödes Lachen aus, das an Hysterie grenzte. „Als Nächstes wird sie von uns erwarten, für diese elende Zofe Trauer zu tragen!"

„Nicht von uns allen, aber Emily wohl", antwortete Selina trocken. „Das arme Mädchen hat gerade jemanden verloren, der ihr sehr teuer war, und unter tragischen Umständen. Sie hat jedes Recht auf ihre Trauer."

„Es liegt nur an Euren eigenen tragischen Umständen, dass Ihr Emilys absurdes Benehmen verteidigt, Mrs. Jamison-Lewis", erwiderte Lady Charlotte süßsauer.

Selina stellte ihre Schale auf die Untertasse. „Ihr meint, dass es mir irgendwie Freude bereitet, diese heuchlerischen Kleider zu tragen?"

„Sehr bezaubernde heuchlerische Kleider", murmelte Macara mit dem Auge des blasierten Kenners. Er bewunderte Selinas weitausgeschnittenes, dunkles Samtkleid und das Fichu aus dünnem Silberstoff, das über ihrem Brustansatz mit einer runden Brosche mit Perlen und Diamanten festgehalten wurde. „Schwarz steht Euch, Madam."

„Danke, Sir", sagte Selina süß und, um die innerlich kochende Ehefrau ihres Bewunderers zu ärgern, beugte sie sich vor, um seiner Lordschaft laut ins Ohr zu flüstern: „Es ist Preußisch Blau, aber das bleibt unser kleines Geheimnis."

„Preußisch Blau?", erkundigte Lady Sybilla sich mit einem Seufzer. „Wie wunderschön."

„Was ich denke ...", begann Lady Charlotte und wurde jäh unterbrochen.

„Verzeiht, Madam, aber was wir denken, ist kaum von Belang", stellte Alec fest, während er sich eine Schale Kaffee eingoss. „Mrs. Jamison-Lewis hat recht: Emily hat jemanden verloren, der ihr sehr teuer war. Eine solche Tragödie fordert von uns allen Toleranz und Verständnis."

„Hört! Hört!", stimmte Macara zu, der nicht erkannte, dass er gerade ins feindliche Lager übergelaufen war. Ein böser Blick seiner

Frau schickte ihn wieder hinter die Seiten einer geöffneten Zeitung zurück.

„Ich bestreite nicht, dass es tragisch ist, Mr. Halsey“, sagte Lady Charlotte eisig. „Aber vielleicht versteht Ihr - so wenig, wie Ihr an die feine Gesellschaft gewöhnt seid - dass es gewisse Gelegenheiten, gewisse Themen gibt, die man nicht vor aller Welt offen zeigt. Natürlich ist es kaum Euer Fehler, dass Eure eigene Mutter Euch verstieß und Ihr von einem Heiden aufgezogen wurdet, der an seinen barbarischen Überzeugungen festhält.“

„Wollt Ihr mir sagen, Mylady“, sagte Alec mit äußerster Höflichkeit, „dass Emily, weil St. Neots House voller Gäste ist, kein Recht auf ihre Trauer hat?“

„Haargenau. Es ist der Gipfel schlechter Manieren, wenn sie sich weigert, ihre Pflichten zu erfüllen. Sie kann ihre Trauer für die Zeit aufheben, wenn sie allein ist.“

Daraufhin konnte Selina ein ungläubiges Auflachen nicht unterdrücken. „Ist es nicht auch der Gipfel schlechter Manieren und äußerst unchristlich von uns, überhaupt über dieses Thema zu sprechen, vor allem am Frühstückstisch?“

Lady Charlotte ignorierte sie und gab eine letzte Spitze von sich. „Wenn ich für ihre Erziehung verantwortlich wäre, würde sie jetzt an diesem Tisch sitzen. Sie hat sogar die Bitten ihres Verlobten abgewiesen! Das widerspricht jeglicher Vernunft.“

„Eure Kinder haben mein Mitgefühl, Madam“, sagte Selina schroff und schob ihren Stuhl zurück, den ein livrierter Diener schnell auffing, bevor er aufs Parkett kippen konnte.

„Würde mein Mitgefühl nicht so verschwenden“, war Lord Andrew Macaras Meinung zu seinen eigenen Kindern, die er hinter seiner Zeitung äußerte. „Lauter Feiglinge, der ganze Haufen.“

Selina schenkte seiner Lordschaft ein Lächeln, als sie ihre Röcke ausschüttelte. Sie brauchte frische Luft und Alecs Anwesenheit am Tisch - und wie er absichtlich vermied, in ihre Richtung zu sehen - war der letzte Strohhalm bei einem ohnehin anstrengenden Frühstück. Außerdem hatte die Herzogin gebeten, dass sie sich unter vier Augen mit ihr im Rosengarten treffen sollte. Sie entschuldigte sich und sagte zu Macara, als sie durch die Terrassentüren rauschte: „Vergesst unsere Partie Krocket nicht, Mylord ...“

„Die würde ich um alles in der Welt nicht verpassen, Madam!“, antwortete er mit tabakfleckigem Lächeln, als er seine Zeitung beiseite warf und aufstand. „Verdammt schade um die Zofe. Nettes Mädchen, wenn ich mich recht erinnere.“

„Aber Macara, du musst doch einsehen, dass Emily nicht zulassen darf, dass der Tod eines Dienstboten ihre Verlobungsfeierlichkeiten überschattet", erklärte Lady Charlotte kühl. „Was würde Lord Delvin denken?"

„Weniger von ihr halten, weil sie gefühllos ist, schätze ich", war die offene Meinung ihres Mannes. Er zog ein graviertes, dünnes Goldetui heraus, das seine kostbaren Stumpen enthielt. „Verstehe es nur einfach nicht. Mädchen hat ihr ganzes Leben hier verbracht. Rannte ständig überall herum."

„Vermutlich über ihre Röcke gestolpert", murrte Lady Charlotte. „Undankbares Frauenzimmer."

Macara wandte sich plötzlich an Alec, als er einen noch nicht angezündeten Stumpen in den Mundwinkel steckte. „Mein Kammerdiener sagt, es sei Euer Kammerdiener gewesen, der die Zofe gefunden hat."

Alec erwiderte seinen offenen Blick. „Ja."

„Ganz hübscher Schock für den Jungen", bohrte Macara. „Er ist neu, nicht wahr? Euer Kammerdiener. War hier Junglakai. Ziemlich jung."

Alec stimmte zu, äußerte sich aber nicht weiter. Er fragte sich, ob seine Lordschaft ihn verunsichern wollte oder nur seiner Neugier nachgab.

„Mein Kammerdiener sagt, es gehe das Gerücht, dass Neave nicht die ganze Geschichte erzähle. Und ein Diener, der in der Küche arbeitet, erzählte meinem Mann, dass es Euer Kammerdiener gewesen sei, der die Zofe der kleinen Emily mit gebrochenem Genick gefunden habe."

„Tam hat Jennys Leiche gefunden, ja."

„Die Stiefelputzer sagen, dass Euer Kammerdiener die Zofe der kleinen Emily zu gerne gehabt habe. Mein Kammerdiener ..."

„Hat Euer Kammerdiener je daran gedacht, ein Bow-Street-Mann zu werden, Mylord?", fragte Alec höflich.

Macara gab ein bellendes Lachen von sich. „Tatsache ist, sein Bruder ist einer. Ha! Ich weiß, das ist nur schmutzige Wäsche, aber ich dachte, Ihr würdet wissen wollen, was im Untergeschoss herumgetratscht wird."

„Vielen Dank", antwortete Alec gleichmütig und holte die Kaffeekanne von der Anrichte. „Möchte noch jemand eine Tasse?"

Macara lehnte ab und gab schließlich seinem Verlangen nach, trat auf die Terrasse hinaus, um seinen Stumpen zu rauchen und ließ Alec mit den beiden Schwestern allein. Dieser brachte die Kaffeekanne zu Lady Sybilla, erheitert, dass sie, als er ihre Schale hochnahm, ein scheues *danke* herausbrachte, ihm aber nicht in die Augen sehen konnte. „Ihre Röcke waren völlig zerrissen und sie hatte Blutergüsse, weißt du."

„Lieber Gott, Sybilla! Du hast die Leiche gesehen?" Lady Charlotte war entsetzt.

Lady Sybilla blinzelte. „Leiche? Wessen Leiche? Emilys Röcke waren zerrissen. Ich sah sie über einem Stuhl in Mamas Ankleidezimmer liegen. Peeble raffte sie zusammen, als ob sie nicht wollte, dass ich sie sehe. Aber ich habe die Blutergüsse an ihren Beinen gesehen ..."

„Blutergüsse?", fragte Lady Charlotte und schaute zu Alec, nur, um ihn zu ertappen, wie er ihre Schwester anstarrte. „Was plapperst du da, Sybilla? Es ist die Zofe, die sich ihren dummen Hals gebrochen hat. Benutze deinen Verstand!"

„Ich weiß, was ich gesehen habe", sagte Lady Sybilla mit zitternder Unterlippe. Sie schaute zu Alec hinüber, und diesmal hielt sie tapfer seinem Blick stand. „Ich weiß, dass es die Zofe ist, die sich das Genick gebrochen hat. Mama hat es mir gesagt. Aber Emily hatte überaus erschreckende Blutergüsse an ihren Beinen. Ich habe es gesehen, als Peeble ihr beim Ankleiden half. Ich weiß, was ich gesehen habe. Ihr glaubt mir doch, nicht wahr, Mr. Halsey?"

„Natürlich."

Lady Sybilla konnte seinem Blick nicht mehr standhalten. „Ich wünschte nur ... Wir ... Selina und ich sagten nur kürzlich, wie sehr wir wünschten, dass Emily klüger gewählt hätte. Sicher, Lord Delvin ist ein Earl und er sieht auch prächtig aus, aber ich ... aber wir ... wir hätten es vorgezogen, wenn *Ihr* ihr einen Antrag gemacht hättet!"

„Sybilla! Du - du *Einfaltspinsel*. Wie kannst du nur etwas so Empörendes aussprechen!", verlangte Lady Charlotte zu wissen, die so schnell und so voller Zorn aufgesprungen war, dass ihr Stuhl mit lautem Klappern auf den Boden fiel. „Vorgezogen? Einen Laufburschen aus dem Außenministerium einem Mitglied des Hochadels *vorziehen*? Emily hat sehr weise, wirklich sehr weise gewählt. Delvin ist ein Earl, dessen Charakter über jeden Zweifel erhaben ist, während sein jüngerer Bruder kaum Aussichten und keinen Titel hat und bedauerlicherweise ein Wüstling ist. Du redest Unsinn, weil du so blind vernarrt in sein sündhaft gutes Aussehen bist, dass du dich ohne Rücksicht auf deine Familie und deinen Ehemann ihm an den Hals werfen würdest. Was ist mit dem lieben Admiral, Sybilla? Denkst du gar nicht an den liebsten Charles, der irgendwo da draußen auf See ist? Sybilla! Komm zurück! Wie kannst du es wagen, einfach so wegzulaufen! *Sybilla!*"

SECHS

Der Earl von Delvin trat mit Sir Cosmo im Schlepptau durch die Fenstertüren, die von der Terrasse in den Frühstücksraum führten. Er war nicht sein höfliches Selbst und konnte sein Temperament kaum zügeln, als sich eine schluchzende Lady Sybilla ohne ein Wort der Entschuldigung an ihm vorbeidrängte. Dichtauf folgte ihr Lady Charlotte, die mit dem Earl um den Durchgang an der Tür stritt, bis er stillstand und sie um ihn herum rauschen konnte, nur, um mit Sir Cosmo zusammenzustoßen, der sich weitschweifig entschuldigte, aber von beiden Damen ignoriert wurde.

Das Gedränge an der Terrassentür gewährte Alec ein wenig Aufschub und er war in der Lage, sich genügend zu fassen, so dass er seinen Bruder kühl begrüßen konnte, obwohl sein Gesicht verräterisch gerötet war.

„Ich will wissen, wo du dich gestern Abend herumgetrieben hast", verlangte Delvin ohne Vorrede von Alec zu wissen.

„Gerade aufgestanden? Oder hast du schon gefrühstückt?", antwortete Alec heiter. „Guten Morgen, Cosmo."

„Ich will von deinem Diplomatengeschwätz nichts hören!", knurrte Delvin. „Sag mir einfach, was ich wissen will!"

Sir Cosmo schaute unbehaglich drein. „Vielleicht sollte ich gehen ...?", murmelte er lahm, ohne Alecs Blick zu begegnen und zog sich einen Schritt zurück.

Delvin hielt ihn an seinem seidenen Ärmel fest, während seine Augen sich nicht vom Gesicht seines Bruders abwandten. „Nein. Ich will, dass du hörst, was er zu seiner Verteidigung zu sagen hat. Nun, *Zweiter?*"

Alec hob die Brauen, schwieg aber weiter.

„Sag es mir", befahl Delvin mit zusammengebissenen Zähnen. „Sag mir, wo du letzte Nacht warst, verdammt!"

„Ich bin von deiner Neugier natürlich geschmeichelt", erklärte Alec affektiert, „aber meine Gewohnheiten gehen dich nichts an."

Delvin schlug mit der Faust hart auf die Anrichte. Teller klirrten. „Sei nicht frech zu mir! Das lasse ich mir nicht bieten!"

Alec zuckte die Schultern und wandte ihm abweisend die Schulter zu.

Das Gesicht des Earls wurde zornesrot. Er hatte es darauf abgesehen, seinen Bruder einzuschüchtern und sah sich jetzt nach ein paar Sätzen die Kontrolle über eine Situation verlieren, die er selbst herbeigeführt hatte. Er zwang sich, ruhig zu bleiben. Es ging nicht an, dass er unbeherrscht erschien, bevor er auch nur angefangen hatte. Er holte seine Schnupftabakdose heraus; das aufwendige Verfahren, eine Prise Schnupftabak mit einem Nasenloch aufzuschnupfen, half ihm, sich zu beruhigen.

„Vielleicht wirst du deine Meinung ändern, wenn ich dir sage, dass ich gerade von einer Unterredung mit der Herzogin komme?", sagte Delvin glatt. „Sie bat mich heute Morgen, sie so bald wie möglich aufzusuchen. Ich fand sie zutiefst erregt und verstört." Er warf Sir Cosmo einen Blick zu. „Ich habe beträchtliche Zeit gebraucht, um sie zu beruhigen."

„Bin sicher, dass es das brauchte", murmelte Alec.

„Hat das mit der Geschichte dieser Zofe zu tun?", fragte Sir Cosmo und goss sich, da er nichts anderes zu tun fand, als unbehaglich dreinzuschauen, eine Schale Kaffee ein.

„Das ist nur die Hälfte der Sache, mein Freund", sagte der Earl mit großem Ernst. „Ich schätze, du hattest noch keine Gelegenheit, mit der Herzogin zu sprechen?" Als Sir Cosmo den Kopf schüttelte, nickte Delvin ernst und packte Sir Cosmos gepolsterte Schulter, was Alec angesichts dieser Schauspielkunst die Augen verdrehen ließ. „Ich nehme an, sie steht noch immer sehr unter Schock. Sehr schwierig für sie, darüber zu sprechen ... ich bin selbst schockiert. Der Grund, warum ich hier so hereinplatze. Aber wenn du hörst, was geschehen ist, bin ich sicher, wirst du mir meinen Mangel an Manieren verzeihen." Er ging um den großen Raum herum und schnupfte lässig eine weitere Prise Tabak. „Ich kann es noch immer nicht glauben. Es scheint nicht wirklich oder möglich. Als ihre Gnaden in der Lage war, sich genug zu fassen, um es mir zu erzählen - da sie mir als Emilys zukünftigem Ehemann natürlich vertraut - konnte ich es zuerst nicht glauben. Unmöglich. Ich war fassungslos vor Ungläubigkeit. Ich war ..."

„Ich bin sicher, dass dein Schauspiel hier eine Pointe hat?", unterbrach Alec. „Wenn du ein verständnisvolles Publikum möchtest, bin ich sicher, dass du das hast."

Delvin betrachtete ihn mit Abscheu. „Du bist genauso gefühllos wie Onkel Plant."

„Vielen Dank. Er wäre geschmeichelt, dich das sagen zu hören. Aber du machst es für Cosmo spannend."

„Deine leichtfertige Art und Weise hierbei ekelt mich an!"

„So, wie deine melodramatische Aufführung mich."

„Du findest nichts Dramatisches daran, wenn ein junges Mädchen in ihrem eigenen Heim vergewaltigt wird?", fragte Delvin mit dünner Stimme. „Oder hast du vielleicht einen Grund, diese Gewalttat als etwas nur zu Gewöhnliches abzutun? Vielleicht würdest du es vorziehen, wenn wir es als Kleinigkeit hinnehmen? Zweifellos hast du deine Gründe. Ich bin sicher, du verstehst, was ich meine."

Alec starrte ihn ungerührt an. „Bitte, erkläre das näher. Ich bin in der Tat begierig darauf, dass du das tust."

Die Brüder standen sich gegenüber, einer groß, dunkelhaarig und kantig, der andere von mittlerer Größe, fleischig und sehr blond; ein Gegensatz in jeder Hinsicht. Sir Cosmos inneres Auge sah die dicke Schicht von Hass, die diese beiden verwandten Fremden trennte. Er hüstelte unsicher.

„Verzeih mir, aber habe ich dich richtig verstanden, Ned? Ein Mädchen wurde vergewaltigt? Emilys Zofe?"

„Nicht die Zofe", antwortete Delvin. „Nein. Sie war nur Teil eines viel finstereren Vorhabens ..."

Sir Cosmo schaute zuerst den einen, dann den anderen Bruder an. „Das Mädchen hat sich auf der Treppe das Genick gebrochen, nicht wahr?" In der Stille, die folgte, fügte er hinzu: „Ist das der Grund, warum die Herzogin letzte Nacht ihr Regiment von Dienern nach dir ausschickte, Alec?"

„Ja."

„Ach? Nun, das ist eine *äußerst* interessante Information", sagte Delvin affektiert. „Wusstest du, Cosmo, dass letzte Nacht irgendein Schuft sich Zutritt zu Emilys Schlafzimmer erzwang? Ein Schuft, der unter diesem Dach lebt, sich Zutritt zum Schlafzimmer eines jungen Mädchens erzwingt - Mein Gott, ich kann es kaum über mich bringen, es dir zu erzählen." Er legte seine Hand über sein Gesicht. „Die Umstände sind so schockierend. Es ist unglaublich, dass jemand es wagen würde, zu ... zu ..." Er sah auf und wandte sich ab, um sich zu fassen, eine Hand an der Anrichte, um nach Halt zu suchen. „Verzeih, Cosmo, aber ich kann darüber nicht emotionslos sprechen ..."

Alec sprang in die Bresche. Sein Ärger über das Schauspiel seines Bruders ließ ihn kalt und distanziert wirken. „Emily wurde letzte Nacht überfallen. Irgendein Schuft versuchte, sie zu vergewaltigen."

Sir Cosmo hatte das Gefühl, als hätte man ihm ins Gesicht geschlagen. Er stotterte, um etwas zu sagen zu finden. „Zum Teufel! Was für ein Ungeheuer ... Wer ... Was - was ist geschehen, Ned? Alec?" Er fummelte nach seiner Schnupftabakdose. „Lieber Gott, das arme, süße Kind ... Und die Zofe - *ermordet?*"

„So scheint es", antwortete Alec leise. „Mein Kammerdiener hat den Eindringling vermutlich gestört, bevor ..." Seine Stimme versagte und nun war er an der Reihe, verlegen auszusehen. Unbewusst fuhr er sich mit der Hand durch die Haare und suchte nach Worten, um weiterzusprechen. „Ich weiß nicht viel mehr als das. Emily bekam ein Schlafmittel, um sicherzugehen, dass sie eine ruhige Nacht ungestörten Schlafs haben würde, und ich hatte heute Morgen noch keine Gelegenheit, mit Olivia oder Emily zu sprechen."

„Und die bekommst du auch nicht", knurrte der Earl. „Ich verbiete dir, in ihre Nähe zu kommen!"

„Langsam, Ned", sagte Sir Cosmo besänftigend, „ich weiß, dass du erschüttert bist, aber du kannst ihm nicht verbieten ..."

„Das kann ich und das werde ich."

Alec lächelte. „Sie ist nicht deine Frau - noch nicht."

Delvin ballte die Fäuste. „Dir fehlt jeglicher Anstand! Du hast ihn gehört, Cosmo! Du bist Zeuge."

„Verzeihung, Ned. Zeuge wovon?"

„Zeuge seiner Verderbtheit!", zischte der Earl. „Ich habe noch keine Beweise. Aber ich werde sie finden! Wie praktisch, dass es dein Kammerdiener war, der diesen Schurken störte. Wie praktisch, dass er in genau diesem Moment zufällig in der Nähe von Emilys Räumen herumlungerte. Ich weiß alles über deinen Kammerdiener. Er war Lehrling bei einem verurteilten Sodomiten; einem wertlosen Stück Abschaum, der mit männlicher Gunst handelte. Das ist die Art von Gesellschaft, in der du dich bewegst, nicht wahr, Zweiter? Du bist verkommen. Du gierst nach Selina Jamison-Lewis und kannst sie nicht haben, ebenso wie du meine Braut begehrst und sie jetzt auch für dich nicht mehr zu haben ist. Wie stillst du deinen Durst jetzt, he? Ist der Junge ein passender Ersatz? Befriedigt er dich? Ja, *tut* er das?"

„Langsam, Ned! Langsam! Du bist natürlich verstört. Wer wäre das nicht? Es ist eine schreckliche Angelegenheit, aber es an deinem Bruder auszulassen ... Ihn zu beschuldigen, dass er ..., dass er ... Nein, das geht wirklich nicht! Außerdem ist es aberwitzig."

„Dann frag ihn! Frag ihn, ob er Emily nicht selbst haben möchte. Frag ihn, ob er nicht davon träumt, mit ihr zu schlafen. Fragt ihn, ob er mich nicht hasst, weil sie mich ihm vorgezogen hat. Frag ihn, was er letzte Nacht getan hat, während dieses Ungeheuer sich meiner zukünftigen Frau aufgedrängt hat. Nun, Zweiter? Mach den Mund auf! Steh nicht nur mit einem tapferen Gesicht da. Erzähle Cosmo, wo du warst. Erzähle ihm, dass es dir völlig gleichgültig ist, dass in ihrer Hochzeitsnacht es dein älterer Bruder sein wird, der in ihrem Bett ist. Na, Zweiter? Sag es ihm."

Alec stand steif da. Wie er sich wünschte, seinem Bruder in das höhnisch verzogene Gesicht zu schlagen, ihm mit gleicher Münze heimzuzahlen. Und doch wollte er ihn nicht sehen lassen, wie tief seine Worte ihn verwundeten. Daher biss er die Zähne zusammen und zählte leise bis zehn.

Der Earl lächelte Sir Cosmo an. „Siehst du. Er kann dir nicht antworten."

Sir Cosmo ignorierte Delvin und sagte leise zu Alec: „Schon gut, Alec. Nichts - niemand - könnte mich je glauben machen ..."

Alec schnitt ihm das Wort ab. Weit davon, zornig auszusehen, wirkte er besorgt.

„Liebe Güte, Edward, du hast wirklich Angst vor mir. Lastet meine bloße Existenz auf deinem Gewissen?" Er schüttelte den Kopf, die Hände tief in die Taschen seines Rocks vergraben, die breiten Schultern vor Verlegenheit leicht vorgebeugt. „Ich liebe Emily", sagte er ruhig zu Sir Cosmo, „und es gab eine Zeit, zu der ich hoffte, sie zu heiraten, aber ..."

Delvin gab ein halb ungläubiges Lachen von sich. „... jetzt, wo du sie ruiniert hast, willst du sie nicht mehr? Du Stück *Dreck*."

„Ich werde sicher nicht tatenlos zusehen und sie dich heiraten lassen", stellte Alec bitter fest.

„Gentlemen! Gentlemen! Bitte! Wir wollen doch nicht ..."

„Du kannst Cosmo nicht sagen, wo du letzte Nacht warst, weil du es warst, der sich ihr aufgezwungen hat ..."

Sir Cosmo knurrte. „Das reicht, Ned! Ich werde nicht dulden, dass du solchen Unsinn über deinen Bruder verbreitest! Wenn du wieder zu Sinnen kommst, wirst du bereuen ..."

„*Nichts* werde ich bereuen. Antworte mir, *Zweiter*. Wo warst du letzte Nacht?"

„Deine Absicht ist so durchsichtig, dass es lächerlich ist", sagte Alec abwehrend.

„Du hast Emily vergewaltigt, um dich an mir zu rächen!"

„Rache? Sei nicht albern", sagte Alec kalt. „Dein Hass auf mich lässt dich lächerlich wirken."

„Dann erzähle uns, wohin du gingst, nachdem du mich so rüde *in flagrante delicto* ertappt hast."

Sir Cosmo starrte die Brüder mit großen Augen an. „*In flagrante delicto*?" Er gab Delvin einen freundschaftlichen Schups. „Du durchtriebener Hund, Ned."

Alec schnaubte verächtlich über die Kleingeistigkeit seines Bruders. „Du denkst, weil ich dich erwischt habe, dass ich sofort in Emilys Schlafzimmer ging, um mich zu rächen? Du bist erbärmlich." Alec wandte sich auf dem Absatz um. „Entschuldige mich, Cosmo ..."

Delvin packte seinen Bruder am Arm. „Bleib, wo du bist! Ich bin noch nicht mit dir fertig!"

Alec schaute fest auf die Hand des Earls. „Wie kannst du es wagen?", sagte er affektiert und schüttelte ihn ab, nickte einem herumstehenden Diener zu, der sich ihm näherte und ihn flüsternd informierte, dass die Herzogin ihn im Rosengarten erwartete.

Delvin, der auf den befehlenden Ton in der Stimme seines Bruders hin losgelassen hatte, bedauerte das sofort wieder. Er kochte vor Wut bei dem Gedanken, dass Alec wieder die Oberhand behalten hatte. „Verdammt sollst du sein!", donnerte er und folgte seinem Bruder durch das Zimmer. „Bleib, wo du bist und antworte mir!"

Alec starrte seinen Bruder mit schneeweißem Gesicht an. „Wo warst du in der Zeit, nachdem du den Salon verlassen hattest, bis du in Mrs. Jamison-Lewis' Schlafzimmer ankamst? Oh, erspare Cosmo deinen Blick verletzter Empfindsamkeit, dass ich die Dame beim Namen nenne. Ich bin sicher, dass eure schmutzige, kleine Affäre in euren Kreisen gut bekannt ist."

Sir Cosmo betrachtete den Earl erneut und sein dümmliches Grinsen wich einem Sturm gemischter Gefühle. „Ned. Nicht Selina. Selina, niemals ..."

„Glaube, was du willst!", warf der Earl ihm hin, als er sich auf Alec werfen wollte, aber er zuckte zurück, als sein Bruder einen energischen Schritt auf ihn zu machte, da er sich an ihren einseitigen Kampf im Foyer des Hauses erinnerte. „Du kannst mir nicht antworten, weil du schuldig bist! Und denk' nicht daran, deinen Kammerdiener als Alibi zu benutzen. Er steckt mit dir unter einer Decke! Aber ich werde es herausfinden! Wenn nicht von dir, dann von ihm: er wird seinen Preis haben.

Dreh' mir nicht den Rücken zu, *verdammt noch mal*. Wo warst du letzte Nacht? Antworte mir!"

Alec schaute über seine Schulter, bevor er leise die Tür schloss. „Ich habe deine Mätresse unterhalten."

DER ROSENGARTEN WAR DER ÄLTESTE TEIL DER GÄRTEN VON ST. Neots House. Mit einer moosbedeckten Steinmauer auf drei Seiten und Beeten, die zur Zeit Königin Marys angelegt und seither kaum verändert worden waren, war er privat und unzugänglich. Es war daher kein Zufall, dass am Tor zwei Arbeiter Steinplatten reparierten. Sie grüßten Alec mit einem Tippen an ihre Kappen und setzten ihre Arbeit fort.

Die Luft war schwer von Duft und eine leichte Brise kam von der Themse herauf. Insgesamt eine Idylle, die er nicht zu stören wünschte. Er wartete ein wenig abseits von der kleinen Gruppe, er hatte es nicht eilig, die lebhafte Diskussion über Rosensorten zu unterbrechen. Er brauchte diese paar Minuten, um sich zu beruhigen.

Im Frühstückszimmer hatte er beinahe seinen Bruder genau dessen beschuldigt, was dieser ihm vorwarf. Er hatte keine Beweise, keinen Grund zu denken, dass dieser der Eindringling war, und wenn er darüber nachdachte, wusste er, dass es absurd war. Delvin hatte alles, wie er es wollte. All das in dieser Weise aufs Spiel zu setzten, war tatsächlich die Handlung eines Verrückten. Es war keine Überraschung, dass sein Bruder ihn beschuldigte. Selbst, wenn Delvin nicht wirklich glaubte, dass Alec der Vergewaltiger wäre, war es doch eine Gelegenheit, die er nicht verpassen würde, um Alec lächerlich zu machen und zu erniedrigen, Verdacht auf ihn zu lenken und seine eigene Stellung bei Emily zu stärken und Alec ihr und ihrer Familie und Freunden zu entfremden.

Er hoffte, dass Delvin nicht der Eindringling war. Er mochte ihm entfremdet sein, ihn hassen und ihm misstrauen, aber er wollte nicht glauben, dass er fähig wäre, ein unschuldiges Mädchen zu vergewaltigen und ihre Zofe zu töten. Ebenso, wie er seinen Bruder nicht für fähig halten wollte, einen Freund in ein Duell zu verwickeln, aus dem einzigen Grund, um ihn zu töten. Was Delvins Affäre mit Selina anging, traf ihn das zutiefst und mehr, als er zugeben wollte. Als er sie jetzt beobachtete, wie sie zwischen den Blumenbeeten mit Emily sprach, spürte er, wie sich in seiner Kehle ein seltsamer Kloß bildete.

Sie waren in jeder Hinsicht gegensätzlich: Emily, hübsch in ein einfaches Musselinkleid ohne Reifen gekleidet, ihre blonden Locken so strahlend wie die Sonne, als sie über etwas lächelte, das Selina ihr ins Ohr geflüstert hatte - es war leicht, die Ereignisse der letzten Nacht für einen scheußlichen Albtraum zu halten; und Selina mit ihrer Masse aprikosenfarbener Locken, die einen makellosen Teint umrahmten, dem Blauschwarz ihres Samtkleids mit seinen vielen übereinanderliegenden Röcken aus Silberstoff und einer Pelerine aus demselben Stoff, sah neben Emilys süßer Naivität jeden Zoll wie die majestätische, selbstsichere Witwe aus. Und beide Frauen gehörten seinem Bruder ...

Die Herzogin sah ihn zuerst und mit einem geschickten Manöver, das Alec bewundernswert fand, lenkte sie die Aufmerksamkeit der Gruppe auf eine Reihe gelber Rosenbüsche, die Heath kürzlich gepflanzt hatte, so dass sie davonschleichen und sich ihm zu einem Spaziergang entlang eines Pfades mit hohen rosa und weißen Kletterrosen anschließen konnte.

„Ich habe Selina gebeten, sich mit ihr zu unterhalten", sagte sie ihm. „Ich hoffe, Emily wird ihr etwas erzählen, das sie dieser alten Frau nicht sagen möchte. Du weißt nicht, wie schwierig es ist, wenn man versucht, normal zu sein. Jedes Mal, wenn ich sie ansehe, möchte ich in Tränen ausbrechen. Ich weiß heute Morgen nicht mehr als letzte Nacht, als du uns verlassen hast. Das Opiat half uns zu schlafen, Gott sei Dank. Dieser arme Junge, wenn ich daran denke, was wir ihm vorgeworfen haben! Und Delvin, er ist vor Zorn und Sorge halb um den Verstand gebracht. Er hat nicht gefragt, was wir alle zu wissen wünschen, und ich bringe es nicht übers Herz, es selbst herauszufinden." Sie sah verstohlen zu Alec auf. „Was, wenn - wenn dieses Ungeheuer sie wirklich vergewaltigt und - und geschwängert hat?" Sie bedeckte ihren Mund, um ein Schluchzen zu ersticken. „Verzeih mir. Ich halte mich nicht sehr gut."

Alec küsste ihre Hand und hielt sie in einem tröstlichen Griff. „Da gibt es nichts zu verzeihen, Olivia. Und wir wissen nicht genau, was letzte Nacht geschehen ist. Wir müssen warten, bis Emily stark genug ist, um darüber zu sprechen."

„Ja. Ja, natürlich. Ich hoffe, Emily wird sich Selina anvertrauen. Es war selbstsüchtig von mir, Selina darum zu bitten, aber sie war so alt, wie Emily es jetzt ist, als sie - als sie an J-L verheiratet wurde."

„Warum sollte sich Emily eher Mrs. Jamison-Lewis anvertrauen als dir oder einer ihrer Tanten?"

Der Herzogin entging der Hauch von Kritik in seiner Stimme nicht. Sie kniete sich nieder, um eine Holzstange, die unter dem Gewicht seiner schweren Last von Rosen sich kaum aufrecht halten konnte, gerade zu rücken, und fragte sich, wie sie ihm am besten eine Antwort geben könnte, ohne Selinas Vertrauen zu brechen. Alec half ihr hoch und wartete dann geduldig, während sie einen anderen blühenden Busch untersuchte. Dann schlenderten sie Arm in Arm einen gepflasterten Weg hinunter, der zum Ufer führte.

„Wenn Emily tatsächlich vergewaltigt wurde, wem sollte sie sich besser anvertrauen als jemandem, der ihren Schmerz und ihr Leid ein wenig verstehen kann", sagte die Herzogin schließlich.

Alec konnte ein ärgerliches Schnauben nicht unterdrücken und sein Blick schweifte über den ungehindert fließenden Fluss zum gegenüberliegenden Ufer mit seinen buschigen Trauerweiden, deren überhängende Äste in das kalte Wasser hingen. „Emilys Lage ist völlig anders. Sie hat ihren Angreifer weder provoziert noch ermutigt."

Die Herzogin drehte ihm ihr Gesicht zu und war nicht überrascht, als er ihrem offenen Blick nicht begegnen konnte. „Die schlechteste Art von Ehefrau hätte die Behandlung, die J-L diesem armen Mädchen angedeihen ließ, nicht verdient."

Alec fuhr fort, über ihren Kopf hinweg zum Fluss zu sehen, aber sein inneres Auge konnte das lebhafte Bild von Selinas wohlgestaltetem, bis zur Taille nacktem Körper mit ihren vom Tisch frei herabhängenden Beinen und mutwillig blitzenden Augen nicht vertreiben.

„Ich will nicht behaupten, irgendetwas über die Ehe von Jamison-Lewis zu wissen, aber man fragt sich doch, welcher Teufel ihn dazu brachte, Hand an sie zu legen."

Die Herzogin starrte ihn mit offenem Mund an und seufzte ungeduldig. „Das ist ungerecht und sieht dir nicht ähnlich! Aber ich werde dir deine lieblosen Gedanken verzeihen, weil ich, besser als du ahnst, verstehe, was der Grund für deine lächerliche Schlussfolgerung ist. Es muss leichter sein, mit dir selbst zu leben, wenn du andere tadeln kannst."

„Verzeihung, Euer Gnaden", sagte Alec mit äußerster, aber zorniger Höflichkeit. „Aber ich habe keine Lust, den über einer äußerst schmerzhaften Episode liegenden Staub aufzuwirbeln."

„Weißt du", fuhr sie fort, und ihr Ärger brachte sie dazu, seine Bitte zu ignorieren, „es musste erst Madeleines katastrophale Ehe kommen, bis ich erkannte, dass arrangierte Heiraten gut und schön für zivilisierte Menschen sind, die sich an Konventionen halten und sich entsprechend benehmen. Aber ich bin mit Sicherheit nicht dafür, wenn ein junges Mädchen gezwungen wird, einen Mann zu heiraten, den keine anständigen Eltern je für ihre Tochter in Betracht ziehen würden, und von dem jeder weiß, dass er ein sadistisches Scheusal ist. Bei einer so barbarischen Heirat ist das Ausüben der ehelichen Rechte nichts weniger als Vergewaltigung! Dein Onkel hat über dieses Thema ein Pamphlet verfasst. Er wäre fast wegen Verleumdung verklagt worden."

„Verleumdung?“

„Ja. Er hatte die Kühnheit - manche würden sagen, die Dummheit - Jamison-Lewis als Paradebeispiel für seine Argumentation zu nennen. Natürlich wollte ihn niemand unterstützen ...“

„Das hättest du mir nicht zu sagen brauchen, Olivia. Onkel Plant ...“

„Nein, nicht deinen Onkel, mein Junge. J-L. Keiner seiner Freunde wollte ihn unterstützen und kein Anwalt wollte den Fall annehmen, daher wurde die Angelegenheit fallengelassen. Natürlich würde niemand das öffentlich sagen, aber privat haben wir uns alle gefreut wie die Schneekönige, dass J-L bekam, was er verdiente.“ Sie stand vor ihm und wartete, bis er ihr in die Augen sah. „Es ist ein äußerst seltsamer Zufall, aber weniger als einen Monat nach der Veröffentlichung dieses Pamphlets wurde J-L tot mit einer Kugel im Kopf aufgefunden.“

Der Earl von Delvin wandte dem Fenster im Obergeschoss den Rücken zu.

„Ihr seht, wogegen ich anzukämpfen habe, Madam?“

Lady Charlotte blieb etwas länger am Fenster stehen, hoch aufgerichtet und die Hände fest vor sich gefaltet. Delvin musste ihr Gesicht nicht sehen können, um die Missbilligung in ihrer Stimme zu hören. „Ich fand Mr. Halseys Charakter immer äußerst unbeständig. Er ist kaum eine passende Gesellschaft für ein wohlerzogenes Mädchen in einem beeinflussbaren Alter. Mama hört natürlich nie auf meine Vorhaltungen.“

„Ich wünschte mir sehr, dass sie das täte, Mylady. Euer Rat ist etwas, das ich überaus schätze. Ihr seid eine Frau mit Verstand und unendlicher Weisheit. Macara und Eure Kinder sind unschätzbar glücklich.“

Lady Charlotte erlaubte sich ein leichtes Lächeln. Wieder kehrte ihre Aufmerksamkeit zu dem Rosengarten zwei Stockwerke tiefer zurück. Ihre Mutter und Alec Halsey spazierten Arm in Arm einen der vielen Wege hinunter; die Herzogin hielt an, um einen schiefen Holzpfahl zu richten, und er half ihr dabei, küsste dann die Hand ihrer Mutter und sie berührte seine Wange, danach setzten sie ihren Spaziergang fort und verließen ihr Blickfeld.

„Frechheit! Verdammte Frechheit!“, hauchte sie und ihr Busen wogte vor Entrüstung. Sie wandte sich von dem Anblick ab, die Finger ineinander verkrampft. „Ihr habt völlig recht mit allem, was Ihr mir erzählt habt. Jetzt sehe ich alles. Ihr habt meine Augen für Tatsachen geöffnet -

für Tatsachen, denen ich, so unangenehm sie sind, ins Auge sehen muss.“

„Ihr seid sehr edel.“

„Nichts dergleichen. Es geht darum zu wissen, wie man sich verhält; zu wissen, was im Leben wichtig ist. Es gibt bestimmte Regeln, an die man sich halten muss, damit das Leben überhaupt erträglich ist. Ich habe versucht, meinen Kindern diese Werte einzuflößen, damit sie, wenn die Zeit kommt, dass sie in die Gesellschaft eingeführt werden, es mit einem Minimum an Aufsehen und unter normalen Umständen tun. Es möge niemandem in den Sinn kommen, eine meiner Töchter zweifelnd zu betrachten.“ Sie schien sich zu sammeln und lächelte hastig. „Nicht, dass Emily in irgendeiner Weise Schuld träfe. Sie ist ein liebes Mädchen. Sie wird mit ein wenig Belehrung in die richtige Richtung eine wundervolle Gräfin Delvin werden. Sie ist noch jung genug, dass Ihr sie nach Eurem Wunsch formen könnt. Wenn sie erst mit Euch verheiratet ist und Ihr sie auf Euren Landsitz mitnehmt, weit fort von allen Einflüssen, werdet Ihr sehen, wie anpassungsfähig sie sein kann. Wenn Ihr meinen Rat wünscht, lasst sie so bald wie möglich schwanger werden. Ein Kind wird ihrem Geist und ihrem Körper Beschäftigung verschaffen.“

Delvin nahm eine Prise Schnupftabak. „Ach, Madam, wenn ich nur sicher sein könnte ...“ Er schloss seine goldene Dose mit einem Klicken. „Jedoch jetzt bin ich von Zweifeln geplagt. Ihr versteht, wie ich weiß, wie es für einen Gentleman von hoher Geburt und mit Vermögen ist. Denkt daran, wie es mit Macara war. Als er Euch allen anderen vorzog, gab es nie einen Zweifel daran, dass Ihr geeignet wäret, sein Leben und sein - äh - Bett zu teilen; die Mutter seiner Kinder zu sein. *Seiner* Kinder, Mylady.“

„Die bloße Idee ist lächerlich.“

„Andererseits, Mylady, ist Macara auch nicht damit geschlagen, Alec Halsey als Bruder zu haben, nicht wahr?“

Lady Charlotte setzte sich auf einen dünnbeinigen Stuhl. „Ihr glaubt, dass er es war, der sich Emily aufgezwungen hat?“

„Könnt Ihr Euch etwas anderes vorstellen, Madam? Ich habe es versucht, bin aber gescheitert.“

„Und die Zofe? Ist sie die Treppe hinabgestürzt?“

Lord Delvin machte eine ausladende Geste. „Das wurde mir von ihrer Gnaden erklärt.“

Lady Charlotte schauderte. „Jennys Tod ist eine Schande. Es wäre unchristlich von mir, etwas anderes zu sagen. Vielleicht wird Mama jetzt eine passendere Begleiterin für Emily auswählen. Jenny neigte zur Träumerei und war kein guter Einfluss." Sie seufzte. „Ich kann immer noch nicht glauben, dass das arme Kind angegriffen wurde. Er ist ein Tier. Sie war immer sehr frei mit ihm, was ihn vielleicht glauben machte ... Ich muss Mama die ganze Schuld dafür geben, dass sie seine Besuche ermutigt hat", sagte sie mit einem Seufzer, als sie ihre Gedanken in Worte fasste. „Gott weiß, warum. Insgeheim denke ich, dass sie in ihren Patensohn vernarrt ist; Mama hatte immer eine Schwäche für gutaussehende Schufte." Sie lächelte den Earl schwach an. „Natürlich hat Mama Emilys Erziehung strengstens überwacht. Ich bitte Euch, nicht zu denken, dass sie ihrer Mutter ähnlich wäre. Ihre Mutter, wie Euch bewusst sein dürfte, hat solche Schande über sich gebracht, dass es unverzeihlich ist. Emily ist das Erzeugnis dieser Schande. Aber sie ist davon unberührt."

„Ich habe vollstes Vertrauen in Emily, sonst hätte ich sie nie dazu auserwählt, meine Frau zu werden." Er erwiderte ihr dünnes Lächeln. „Meine Wahl, wie Euch bewusst ist, wurde durchaus kritisiert. Es ist mir sehr wohl klar, dass ich weit unter meinem Stand heirate. Aber sagt mir, welche adlige Familie sich eines völlig unbefleckten Stammbaums rühmen kann? Ich habe nichts dagegen, ein wenig Wasser in den Wein zu gießen, aber ich will, dass das Wasser ohne Makel ist. Es muss rein sein, ohne jeden Zweifel. Ich möchte in der Lage sein, es völlig unbeschwert trinken zu können. Kurz gesagt, Madam: ich möchte nicht entdecken müssen, dass es durch die Spucke eines anderen Mannes beschmutzt worden ist."

Lady Charlotte verzog bei dieser Wahl seiner Analogie ihr Gesicht, aber sie stimmte seinem Gefühl voll und ganz zu. Seine Grobheit konnte sie ihm verzeihen. Er war grob, da er zornig war, und er hatte jedes Recht auf diesen Zorn. „Mylord Delvin, Ihr habt mein vollstes Mitgefühl, wie Ihr wisst. Aber als Ihr heute Morgen mit Mama spracht, hat sie angedeutet ...?"

Delvin gab vor, nicht zu verstehen. „Angedeutet, Madam?"

„Betreffs Emilys Gesundheitszustand", antwortete sie schroff, verärgert über sich selbst, weil sie es nicht fertigbrachte, offen zu sprechen. „Sie hat die Nacht bei Mama verbracht. Nach einem solch brutalen Angriff würde ich annehmen, dass Mama ihr über bestimmte Einzelheiten bezüglich des Vorfalls Fragen gestellt hat."

„Wenn sie das getan hat, hat sie mir das nicht anvertraut."

„Ich dachte ... Sie hat Euch doch bestimmt versichert, dass Emily ... unberührt ist?"

Delvin betrachtete den goldenen Siegelring an seiner linken Hand. „Das hat sie nicht, Madam."

„Warum nicht?"

„Wie kann ich Euch darauf antworten?", sagte er mit einem Seufzer. „Das lässt Vermutungen offen, nicht wahr?"

„Aber Ihr habt das Recht, es zu erfahren!", sagte Lady Charlotte empört. „Offensichtlich denkt sie nicht klar. Sie hat ein schlechtes Herz. Sie braucht Ruhe. Diese Angelegenheit ist für sie äußerst erschreckend. Erst bricht dieses dumme Mädchen sich das Genick und dann der Angriff auf Emily. Der Druck, der auf ihr lastet, muss unerträglich sein."

„Deshalb kam ich zu Euch, Madam. Mein größter Wunsch ist es, die Ruhe ihrer Gnaden nicht zu stören. Wie Ihr sagt, sie steckt unter großem Druck und ich möchte sie nicht noch mehr belasten." Er lächelte selbstsicher. „Ich bin sicher, wenn wir uns zusammentun, wird sich eine einfache und recht schmerzlose Lösung für mein Problem wie von selbst ergeben. Ihre Gnaden muss nicht behelligt werden. Verfügt Ihr als ihre älteste Tochter nicht beträchtlichen Einfluss in diesem Haushalt? Ich warte auf Euren Rat, Mylady." Er ging zum Fenster und blickte hinaus, Lady Charlotte den Rücken zuwendend.

Lady Charlotte fasste einen Entschluss, noch bevor Delvin das Fenster erreicht hatte. Es war nicht zu leugnen. Der Earl hatte Anspruch darauf, die Wahrheit zu erfahren. Aber was, wenn Emily wirklich vergewaltigt worden war? Würde er sie noch immer wollen, und was, wenn er sie nicht mehr wollte? Was für eine Katastrophe für ihre Heiratsaussichten! Es war unwahrscheinlich, dass sie je wieder einen solchen Antrag bekäme, wenn man ihr Bastardblut bedachte und die Tatsache, dass der Earl die Heirat abgesagt hatte. Man würde Fragen stellen, und die Wahrheit würde fast sicher ans Licht kommen. Und was für eine Katastrophe für die Familie St. Neots! Sie bezweifelte, dass ihre Mutter noch einen derartigen Skandal überleben würde. Und sie, Lady Charlotte, wie würde sie je wieder in Gesellschaft ihren Kopf hochhalten können? Sie würde es nicht ertragen, wenn all die alten Wunden wieder aufgerissen würden, was, wie sie wusste, der Fall sein würde, da Emily die Tochter der berüchtigten und ins Exil verbannten Herzogin von Beauly war.

Selbst, wenn Emily vergewaltigt worden war, warum hatte ihre Mutter den Earl nicht angelogen? Warum schwieg sie? Sie konnte sich nur eine Erklärung denken, und diese entsetzte sie. Vielleicht verdächtigte ihre Mutter Alec Halsey, ihre Enkelin überfallen zu haben, aber ihre Vernarrtheit führte dazu, dass sie es nicht über sich bringen konnte, ihren Verdacht gegenüber seinem ihm entfremdeten älteren Bruder auszusprechen? Aber ihn auf Kosten der Zukunft ihrer Enkelin schützen? Lady Charlotte fühlte sich beschämt. Kein Wunder, dass der Earl vor Zweifel außer sich war. Es ärgerte sie, dass ihre Mutter ihn in eine so missliche Lage gebracht hatte. Es ärgerte sie noch mehr, dass Emily überhaupt geboren worden war.

Sie stand auf und glättete ihre Röcke. Der Earl drehte sich zu ihr um.

„Als ich von dem Unfall der Zofe erfuhr, habe ich sofort nach Sir John Oliphant geschickt", sagte Lady Charlotte zu ihm. „Vielleicht habt Ihr von ihm gehört? Ein sehr angesehener, hervorragender Arzt. Ich wusste, dass Mama es vorziehen würde, so wenig Aufhebens wie möglich zu machen, aber ich kann mich erst Mamas Gesundheitszustands wegen beruhigt fühlen, nachdem Sir John sie untersucht hat."

„Mylady, Ihr seid eine vortreffliche Tochter. Ich kann Eure fürsorgliche Natur nur loben."

„Vielen Dank. Obwohl ich nur meine Pflicht tue", antwortete Lady Charlotte förmlich. „Da Sir John die ganze Strecke weit kommt, um Mama zu untersuchen, sehe ich nicht, warum er sich nicht auch Emily ansehen könnte. Wenn er erst alle Tatsachen dieses überaus schockierenden Vorfalls kennt, bin ich sicher, dass er das bereitwillig tun wird. Er ist ein diskreter Mann und ganz seinem Beruf ergeben. Er hat auch schon ihre Majestät behandelt. Daher könnt Ihr ganz beruhigt sein, Mylord."

Delvin beugte sich über ihre Hand. „Ich kann Euch nicht genug danken. Ich war ratlos, muss ich gestehen, aber ich hätte wissen müssen, dass Ihr, Madam, mit Eurem überlegenen Verstand und Eurer moralischen Klarheit die perfekte Lösung finden würdet. Sir John hört sich an wie eine bewundernswerte Wahl. Darf ich diese Angelegenheit Euren fähigen Händen anvertrauen?"

Er steckte seine Schnupftabakdose ein und wartete, dass Lady Charlotte das Zimmer vor ihm verließe.

Sie zögerte.

Er hob eine Augenbraue. „Mylady, seht Ihr ein Problem?"

„Nein. Das heißt, wenn ich offen sein darf?"

Delvin neigte sein gepudertes Haupt.

„Was Sir John auch immer feststellen mag, was ist Eure Absicht, Mylord?"

„Meine Absicht? Emily zu meiner Frau zu machen." Er runzelte die Stirn. „Madam, Ihr denkt doch nicht ... Ihr könnt nicht denken ..." Er wirkte schockiert. „Ich versichere Euch, Sir Johns Erkenntnisse werden an meinem Wunsch, mich mit Eurer Familie zu verbinden, nichts ändern. Aber Ihr seid vernünftig genug zu verstehen, dass, wenn Sir John wirklich entdeckt, dass Emily vergewaltigt wurde, die Hochzeit verschoben werden muss, bis sicher festgestellt werden kann, ob sie schwanger ist. Es gibt Mittel und Wege - und ich bin sicher, dass Sir John uns Rat geben wird - um eine so abscheuliche Lage zu bewältigen. Dachtet Ihr, ich würde die Verlobung lösen wollen, Mylady?"

„Mit Sicherheit nicht!", erwiderte sie. „Ihr seid ein viel zu edler Gentleman, als dass Ihr nicht zu Eurem Wort stehen würdet. Emily könnte sich keinen besseren Partner wünschen. Ich hoffe nur, dass sie genug Verstand hat, um das zu erkennen." Sie drückte seinen Samtärmel, als sie vor ihm in den Flur hinaustrat. „Dieses Gespräch bleibt unter uns. Ihr habt mein Wort. Und bitte, sorgt Euch nicht unnötig. Ich werde mich um alles kümmern."

Delvin grinste hinter ihrem steifen Rücken. „Vielen Dank, Mylady. Ich wusste, dass ich mich darauf verlassen kann, dass Ihr alles tut, was recht und anständig ist."

Selina und Emily spazierten den schmalen Fussweg entlang, der dem Fluss stromabwärts folgte und die alte Mole mit der neuen verband, bevor er sich zurück zum Haus schlängelte. An der neuen Mole waren Arbeiter damit beschäftigt, Versatzstücke mit Feuerwerk aufzustellen, um sie auf den Kähnen zu befestigen, die noch an ihren Liegeplätzen im Schilf auf und ab wippten und später vor der Küste vor Anker gehen sollten, damit während des Balls von dort das Feuerwerk gezündet werden konnte. Diese Aufbauarbeiten hatten den Weg für jeden Gast, der einen Spaziergang am Ufer entlang und zurück zum Haus zu machen wünschte, tatsächlich versperrt; daher waren die beiden Frauen gezwungen, zum Haus zurückzukehren. Aber Selina hielt an der alten, hölzernen Mole an und hoffte, dass die Schwanenfamilie im Schilf nistete; sie fragte sich, wie sie das Thema des Überfalls in der vergangenen Nacht bei Emily am besten ansprechen könnte.

„Sollen wir sehen, ob *M'sieur und Mme de Cygne* heute anwesend sind?", fragte sie Emily fröhlich und hielt ihre Hand hin, damit sie die verwitterten Bohlen gemeinsam überqueren konnten.

„Die Schwäne? Oh ja, das würde mir gefallen. Wisst Ihr, dass Alec sie auch so nennt? *M'sieur und Mme de Cygne*, sagt er in seinem Französisch mit diesem starken Akzent, und er spricht auch auf Französisch mit ihnen."

„Ja", sagte Selina mit einem Lächeln. „Ich erinnere mich daran."

„Ich wünschte, wir hätten etwas zum Knabbern für sie mitgebracht."

Selina zog zwei Frühstücksbrötchen aus ihrer Tasche. „Man kann die *de Cygnes* nicht besuchen, ohne ihnen etwas mitzubringen. Das wäre *unverzeihlich.*"

Sie saßen am Ende der Mole und rafften ihre sich bauschenden Röcke wegen der frischen Brise, die auch die herabhängenden Weidenzweige bewegte. Sie blies auch über die Oberfläche des Wassers und wirbelte es um die hohen Schilfrohre, die versuchten, sich von unten durch die verfaulenden Planken zu schieben, und ließ es gegen die verkrusteten Pfeiler klatschen, wobei gelegentlich ein Sprühnebel heraufgeweht wurde.

„Das habe ich Alec auch sagen hören", antwortete Emily geistesabwesend, ihre Augen auf ein sich schnell bewegendes Boot flussabwärts gerichtet; ein kleiner Junge auf diesem Boot winkte ihnen eifrig zu und klatschte in die Hände, als sein Gruß erwidert wurde. „Selina, ich vermisse Jack", stellte sie abrupt fest. „Ich wünschte, er wäre hier. Ich wünschte ... ich weiß nicht, was ihn dazu gebracht hat, so töricht mit Edward ein Duell auszukämpfen. Edward sagt, Jack wäre in mich verliebt und eifersüchtig auf ihn gewesen, aber ich weiß, dass das nicht wahr sein kann. Ich liebe Edward dafür, dass er mich vor der Wahrheit schützen will, aber ich hasse den Gedanken, dass jeder denkt, dass es meine Schuld sei, dass sie sich überhaupt duelliert haben! Was muss Lady Margaret von mir denken? Wie soll ich ihr und ihren Töchtern je wieder ins Gesicht sehen? Und Ihr, was müsst Ihr von mir denken? Ihr und Jack habt euch so nahe gestanden und ..."

„Jacks Tod ist nichts, wofür du dich verantwortlich fühlen musst", versicherte Selina ihr energisch. „Ich weiß, dass es bei dem Duell nicht um dich ging. Jack war verliebt, aber nicht in dich."

Emily setzte sich auf, ihre grauen Augen ganz rund. „Oh! Also wisst Ihr es", sagte sie mit einem Seufzer der Erleichterung. „Ich hätte mir denken sollen, dass Jack sich Euch anvertrauen würde. Er erzählte mir von seinen Gefühlen nur wenige Tage bevor er ... bevor er starb. Er war so glücklich." Sie sah, wie sich Überraschung auf Selinas Gesichtszügen abzeichnete. „Er - er hat mir ihren Namen nicht gesagt und ich war nicht so vorlaut, dass ich ihn danach gefragt hätte. Ich freute mich nur so, dass er endlich das richtige Mädchen kennengelernt hätte."

Sie zerkrümelten das Brot in das Oberteil von Emilys Strohhut.

„Wenn wir beide wissen, dass Jack in jemand anderen verliebt war, siehst du dann nicht, dass Delvin dir eine Lüge über den Grund des Duells erzählt hat?", sagte Selina sanft. „Hältst du es für eine Möglichkeit, dass es Delvin gewesen sein könnte, der Jack das Duell aufgezwungen hat?"

Emily dachte darüber nach und runzelte die Stirn. „Das sagt Alec auch, aber Edward würde mich nicht anlügen. Er liebt mich."

„Emily, Liebes, Delvin hat dich angelogen, indem er behauptete, dass Jacks Eifersucht der Grund war, der ihn dazu brachte, sein Schwert zu ziehen."

„Dann muss Edward einen guten Grund dafür haben, dass er lügt", antwortete Emily abwehrend. „Vielleicht wollte er mich vor der Wahrheit schützen? Er ist so."

„Vielleicht tat er das", antwortete Selina leichthin; ihre Finger spielten mit den Brotkrumen, aber ihre Aufmerksamkeit galt allein Emily. „Obwohl ich gedacht hätte, du wärest mehr wie ich ... Du würdest die Wahrheit wissen wollen, ganz gleich, was das für dich bedeutet. Du würdest nicht belogen werden wollen. Ich wollte nie eine dieser Frauen sein, die ewig wie ein Kind behandelt wird, die Tatsachen immer nur löffelweise gefüttert bekommt, wenn andere das für gut halten. Sybilla ist eine solche Frau."

„Wie könnt Ihr so etwas über Tante Sybilla sagen, wenn sie doch Eure Freundin ist?"

„Das macht sie nicht weniger zu meiner Freundin. Außerdem gefällt es ihr, so behandelt zu werden. Der Admiral ist der perfekte Ehemann für sie. Ich beneide sie darum. Sie und Charles führen eine glückliche Ehe."

„Weil Ihr gegen Euren Willen verheiratet wurdet, Mrs. Jamison-Lewis?"?"

Selina lächelte. „Oh, nenn mich Selina. Ich verabscheue meinen Ehenamen. Hier kommen die *de Cygnes*." Sie beugte sich vor, um kleine Brotbröckchen in den Fluss zu werfen, als zwei Schwäne und ihre Brut von Küken zur Mole geglitten kamen. „Ich wurde gezwungen, J-L zu heiraten, aber das war nicht das Schlimmste daran. Ich liebte einen anderen, und mein Ehemann wusste das, und obwohl er mich nicht liebte und sich eigentlich gar nichts aus mir machte, war er einer dieser Männer, die etwas haben müssen, nur, weil ein anderer Mann es will." Als sie dies sagte, öffnete sie die Spange der Brosche aus Perlen und Diamanten, die ihr Fichu vorn am tiefen Ausschnitt ihres Mieders festhielt. „Er konnte den Gedanken an meine innerliche Untreue nicht ertragen, daher schlug er mich. Nicht sehr oft. Manche würden sagen, dass ich diese Schläge verdiente, weil ich ihm keine gute Frau war." Sie zog vorsichtig den Strang hauchdünnen Stoffs von ihren Brüsten. „Siehst du, ich wollte ihn nicht in meinem Bett haben, Emily, aber er bestand auf dem, was sein Recht als mein Ehemann war. Verstehst du, was ich dir erzähle?"

Emily sah zu, wie die Brise das Ende des Fichus erwischte und es in die Luft blies, nur, damit Selina es wieder zur Erde holte und um ihr Handgelenk band. Und dann sah Emily die heilenden Striemen auf

Selinas Brüsten. Der Anblick solcher Grausamkeit ließ Emily blass werden, bevor Röte ihr Gesicht überzog und sie zu weinen begann. Selina zog sie in eine tröstende Umarmung und hielt sie fest und versicherte ihr, dass das nie wieder geschehen würde. Es dauerte nicht lange, bis Emily ihr alles über dir vergangene Nacht erzählte.

Und so fand Alec sie eine halbe Stunde später, noch immer auf der Mole. Selina hatte ihren Rücken in die Wärme der Sonne gedreht und lehnte an einem Pfeiler mit Emily, die in ihren Armen schlummerte. Sie starrte aufs Wasser hinaus, das Gewicht ihrer Locken, die in der vollen Sonne rotgolden schimmerten, wurde von Bändern und Nadeln von ihrem schönen Nacken nach oben gehalten. Ihm fiel der entschlossene Zug an ihrem hübschen, geraden Kinn und das Lächeln in ihren dunklen Augen auf. Es war, als hätte sie da und dort etwas beschlossen, was sie sich in Frieden mit sich selbst fühlen ließ. Das brachte ein Lächeln auf ihre Lippen. Er hätte sie noch viel länger auf diese Weise bewundern mögen, hätte sie nicht jemandes Anwesenheit gespürt und sich umgewandt, wo sie ihn erblickte, wie er sie anstarrte. Sofort schaute er zur Seite, unfähig, dem Blick dieser dunklen, ausdrucksvollen Augen standzuhalten. Sie zeigte keine Überraschung, aber die Spannung ihres ganzen Körpers ließ Emily sich regen, aufsetzen und schläfrig bei Selina entschuldigen, weil sie eingeschlafen war.

Alec war nicht allein gekommen. Am Ende der Mole wartete geduldig Peeble.

„Deine Großmutter braucht dich im Haus", sagte Alec zu Emily und half ihr, ohne einen Blick in Selinas Richtung, beim Aufstehen. „Zum Nachmittagstee sind Gäste eingetroffen und sie kann sie nicht ohne dich begrüßen. Geht es dir gut?", fragte er sanft und warf ihr einen prüfenden Blick zu. Als sie nickte, küsste er ihre Hand. „Gut. Peeble ist mitgekommen, um dich zurückzubringen." Er hob ihren Strohhut auf und begleitete sie zum Ende der Mole, wobei er Selina den Rücken zudrehte, die so sich selbst überlassen blieb. Als er Emily sicher über die verrotteten Planken und auf festen Boden gebracht hatte, übergab er sie Peebles Fürsorge.

Emily schaute über seine Schulter hinweg zu Selina, die allein auf der Mole stand und Brotkrumen von ihren Röcken bürstete und Falten ausschüttelte. „Selina ..."

„Mrs. Jamison-Lewis und ich werden in Kürze nachkommen", antwortete er mit einem Lächeln, und mit einem Nicken zu Peeble ging er zur Mole zurück. Er hatte den größten Teil der festen Planken überquert, als Selina von der entgegengesetzten Richtung auf ihn zu kam und an ihm vorbeigegangen wäre, hätte er ihr nicht den Weg versperrt. „Ich möchte mit Euch sprechen", stellte er fest und als sie stur dastand, fügte er hinzu: „Es geht um Jack."

Selina ging wieder zum Ende der Mole zurück und warf den Rest des Brots ins Wasser, denn die Schwäne waren wieder herangeglitten. Alec hockt sich hin und, als er ein Stück des Brötchens zwischen den Planken eingeklemmt fand, hielt er dies *Mme. de Cygne* hin und lockte sie mit leisen Worten in Französisch. Schließlich stand er auf, um seine Beine zu strecken, und sagte in Englisch, seine Augen noch immer auf den Schwan gerichtet:

„Onkel Plant bringt Cromwell und Marziran mit nach St. Neots. Sie werden es nach den vollen Straßen von Paris genießen, auf dem Grundstück herumzutollen."

„Nach Paris? Das werden sie allerdings genießen. Vor allem, im Wald Kaninchen zu fangen."

„Oder Olivias Hirsche im Park zu erschrecken?"

Selina lächelte über eine Erinnerung. „Das hatte ich vergessen. Sie war nicht sehr erfreut, als ihre kostbare Herde ihre Kräuterbeete zertrampelte. Vielleicht beschränken sie sich darauf, die Kaninchennester aufzuspüren."

„Diese beiden Schurken? Glaubt Ihr das wirklich?"

Selina schüttelte den Kopf. „Wie ich mich erinnere, waren sie nie zufrieden, bis sie nicht den schönsten und besten der Hirsche ihrer Gnaden zu Tode gehetzt hatten. Kommt Euer Onkel wirklich hierher? Ich dachte, er halte bewusst Abstand von dieser *müßigen Klasse verschwenderischer Taugenichtse, denen nichts gelingt als das Gelingen*", zitierte sie und lächelte. „Die Herzogin und Lady Charlotte waren überhaupt nicht begeistert von dieser Rede, die Plantagenet Halsey im Unterhaus über die Abschaffung des Erstgeburtsrechts gehalten hat. Lady Charlotte hatte praktisch Schaum vor dem Mund! Wann soll er eintreffen?"

„Heute, und er bleibt zum Feuerwerksball. Olivia hat ihn ausdrücklich eingeladen."

„Tatsächlich! Warum?"

„Oh, weil sie einander gern haben."

„Nein?! Die Herzogin und der Republikaner?" Selinas Augen funkelten schalkhaft. „Wie amüsant! Und ich hatte absolut erwartet, mich heute Abend zu Tode zu langweilen. Diese beiden zu beobachten, wird grenzenlos unterhaltsam für mich sein."

„Ja, ich dachte mir, dass Ihr erfreut sein würdet. Ihr hattet immer die Gewohnheit, interessante und oft eher schockierende Kleinigkeiten über

Leute herauszufinden, die für alle Welt wirkten, als wären sie sie aufregend wie Schuhlöffel."

Sie lachten beide und verfielen dann sofort in verlegenes Schweigen, bis Alec unverblümt sagte: „Olivia meinte, Ihr könntet wissen, warum Jack und Delvin sich geschlagen haben."

„Ich habe keine Ahnung", war ihre hölzerne Antwort. „Das habe ich Euch schon am St. James' Place gesagt."

„Ihr habt ihn am Tag, bevor er starb, gesehen, im Hyde Park, in Gesellschaft eines meiner Mitarbeiter, Simon Tremarton."

„Ja, das stimmt. Aber Jack hat Delvin nicht erwähnt." Sie musterte ihn offen. „Jack sagte mir, dass Simon Tremarton im Außenministerium arbeitet. Kennt Ihr ihn gut?"

„Wir waren an ein paar Botschaften zusammen und haben von Zeit zu Zeit in unserem Club etwas getrunken, das ist alles."

„Ich verstehe. Also kennt Ihr ihn nicht wirklich."

„Nicht näher, nein", antwortete er und fragte sich, warum ihre Augen plötzlich aufblitzten und wie sie es geschafft hatte, das Gespräch so zu lenken, dass sie es war, die die Fragen stellte. „Hat Jack Euch irgendeinen Hinweis darauf gegeben, was er bei Emilys Verlobung empfand?"

„Nein. Er wusste nichts von der Verlobung, als ich ihn im Park traf", antwortete sie geduldig. „Er war gerade von zehn Tagen in seiner Jagdhütte in Yorkshire zurückgekehrt. Niemand scheint sich an diese Tatsache zu erinnern. Emily und Delvin hatten ihre Verlobung erst am Tag zuvor bekanntgegeben, und sie sollte erst am nächsten Morgen in der Zeitung veröffentlicht werden - am Morgen des Duells." Sie strich sich eine verirrte Locke aus dem Gesicht. „Außerdem", sagte sie ruhig, „war Jack zu glücklich, um sich viel um die Neuigkeiten anderer zu kümmern, gute oder nicht."

Alec sah auf seine Füße, dorthin, wo hohe Schildblätter durch die verfaulten Planken stachen. „Jack interessierte sich nicht für weibliche Gesellschaft, nicht wahr, Selina?"

Sie zögerte; es lag daran, dass er ihren Vornamen benutzte. Er hatte sie immer betont mit ihrem Ehenamen angeredet. Es war dieser Umstand, nicht die Frage, die sie zögern ließ, eine Antwort zu geben. Als er sie drängte, sagte sie leichthin mit einem Heben der Schulter: „Oh, er und ich waren immer zusammen."

„Ihr vergesst: Jack und ich waren zusammen in der Schule."

„Und das macht Euch zu einem Fachmann für Jacks Gefühle?"

Er lächelte, die Winkel seiner blauen Augen legten sich in Falten. „Nein. Nicht für seine Gefühle. Er bemühte sich sehr, seine wahren

Neigungen zu verbergen, aber ich vermute, dass er überhaupt kein Interesse an Röcken hatte."

Selina wandte ihr Gesicht ab. „Dann wisst Ihr sehr gut, dass er keine zwei Pennys für eine Frau gegeben hätte."

„Ja."

Abwesend spielte sie mit dem bestickten Rand ihres hauchdünnen Fichus, das sie lose über ihren Busen gebunden, aber nicht wieder an seinem Platz festgesteckt hatte, und betrachtete einen weit entfernten Ort am gegenüberliegenden Ufer. „Verzeiht mir. Ich bin so übervorsichtig, wobei das bei Euch gar nicht notwendig ist. Jack hätte nie geheiratet, auch nicht, um einen Erben zu haben. Arme Tante Meg, es war ihr bestimmt, den Rest ihres Lebens mit Hoffen zu verbringen. Daher seht Ihr, warum das Duell nicht Emilys wegen ausgefochten worden sein kann. Das ist nur eine bequeme Ausrede, die Delvin sich ausgedacht hat - eine, die die meisten Leute bereitwillig glauben werden, weil die Wahrheit über Jack nicht allgemein bekannt war."

Alec folgte ihrem Blick über das Wasser. „Glaubt Ihr, dass das Duell etwas mit Jacks Vorlieben zu tun gehabt haben könnte?"

Selina schüttelte den Kopf. „Das glaube ich nicht. Delvin mag solche Männer insgeheim verabscheuen, aber er hat seinen Ekel nie ausgesprochen. Und Jack nur deshalb zu fordern ... warum? Und warum jetzt, wo Delvin seit Jahren über Jack Bescheid wusste. Es muss einen anderen Grund geben, warum er meinen Cousin ermordet hat."

„Dieb, Lügner, Betrüger und Mörder", bemerkte Alec. „Gibt es noch etwas, dessen Ihr meinen Bruder beschuldigen wollt, Madam?"

Seine leichtherzige Bemerkung verbarg einen Unterton gemischter Gefühle, aber alles, was Selina heraushörte, war höhnischer Abscheu. Also hatte er die Szene in der letzten Nacht für bare Münze genommen. Nun, sie konnte ihn nicht dafür tadeln. Delvins Inszenierung mochte eine unerwartet schmerzhafte Wendung genommen haben, aber er hatte trotzdem seine Absicht, seinen Bruder zu treffen, erreicht. Sie zwang sich, Alec ins Gesicht zu sehen.

„Ich habe Delvin weder letzte Nacht noch in einer anderen Nacht in mein Schlafzimmer eingeladen ..."

Alec unterbrach sie, indem er mit einem Lächeln, das etwas zu breit war, eine Hand hob. „Meine Liebe, Ihr müsst Euer Verhalten nicht rechtfertigen ..."

„Nein, das muss ich nicht", antwortete sie knapp. „Aber Ihr geht weit fehl, wenn Ihr das glaubt, was Ihr letzte Nacht zu sehen dachtet. Ich dachte, Ihr würdet mich besser kennen. Und wenn nicht mich, dann kennt Ihr sicher Euren Bruder gut genug, um zu erkennen, dass er gröbster Täuschungen fähig ist. Nachdem ich so viel gesagt habe, bin ich doch sicher, dass Ihr mich nicht aufgehalten habt, um über etwas zu sprechen, was für Euch von nur so geringem Interesse sein kann ...“

Alec brauchte einen Moment, bis er antwortete, denn er betrachtete Selina mit einem Gesichtsausdruck, den sie schwer zu deuten fand. Sie war nicht sicher, ob das, was sie gesagt hatte, ihn verärgerte oder verwirrte. Er wollte etwas sagen, änderte seine Meinung und drehte mit fest zusammengepressten Lippen eine rasche Runde über die verrotteten Planken der Mole. Als er zurückkehrte, sagte er mit ruhiger Stimme: „Konntet Ihr mit Emily darüber sprechen, was letzte Nacht geschah?“

„Ja. Wir können alle aufatmen“, sagte sie ruhig. „Nach dem, was sie beschrieb, und eigentlich nach dem, was sie nicht sagte, wurde sie nicht vergewaltigt ...“

„Gott sei Dank.“

„... aber ich bin überzeugt, dass das geplant war. Sie hatte großes Glück, dass jemand oder etwas ihren Angreifer störte und ihn zu fliehen veranlasste, bevor er die Gelegenheit hatte, sie wirklich zu verletzten.“

„Vielleicht mein Kammerdiener, als er ins Schlafzimmer kam? Obwohl er sagt, dass Emily allein im Zimmer war, außer der armen Jenny, die tot am Fuß des Bettes lag.“

„Von dem, was ich aus Emilys stockendem Geständnis herauslesen konnte, saßen Jenny und sie noch eine Weile in Jennys Zimmer, nachdem sie sich zurückgezogen hatte. Emily klagte über Kopfschmerzen und das letzte Mal, dass sie sich erinnern kann, mit Jenny gesprochen zu haben, war, um sie um ein Kopfschmerzpulver zu bitten, bevor sie auf Jennys Bett eingedöst sein muss. Als sie aufwachte, war sie allein. Sie hat eine schwache Erinnerung daran, dass sie von einem lauten Schlag geweckt wurde. Das war der Grund, aus dem sie in ihr Schlafzimmer ging. Der Raum war dunkel, ein ungewöhnlicher Umstand, sie wurde gepackt und - Ihr wisst den Rest ...“

„Erwähnte sie das Zimmermädchen?“

„Nein. Offensichtlich vernachlässigte das kleine Frauenzimmer ihre Pflichten.“ Selina seufzte. „Vielleicht sah sie etwas, aber hat zu viel Angst, ihre Stellung zu verlieren, oder schlimmer, wie Jenny zu enden? Vielleicht wurde Jenny deshalb angegriffen? Sah sie den Eindringling auf der Dienstbotentreppe oder im Schlafzimmer lauern? Ach, Emily hat mir eine Information anvertraut, die Euch helfen sollte, das Feld einzugrenzen.“

„Ja?“, fragte er erwartungsvoll.

„Ihr Angreifer trug eine Perücke. Während des Kampfes verschob sie sich. Sein Kopf war rasiert.“

„Ist das alles?"

„Ja. Ihr seht nicht besonders beeindruckt aus. Das arme Mädchen steht noch unter Schock. Und sie möchte nicht immer und immer wieder über diese Nacht reden. Ich kann sie nicht tadeln. Um so viel an Auskünften zu bekommen, bedurfte es meiner ganzen Überzeugungskraft."

„Ich will nicht undankbar sein", entschuldigte er sich. „Die Vorliebe des Angreifers für Perücken ist nur kein besonderer Anhaltspunkt. Schließlich trägt jeder Gentleman in London, der einer zu sein behauptet, eine Perücke." Er zuckte die Achseln. „Ich vermute, wir können die meisten Diener ausschließen. Oh, und mich könnt ihr auch vom Haken lassen."

Selina wurde rot vor Zorn. „Euch?", gab sie zurück. „Wie könnt Ihr es wagen zu denken, dass ich Euch je verdächtigt hätte! Wie *abscheulich*, so etwas zu sagen!" Sie raffte ihre Röcke und stürmte die Mole in Richtung auf das Ufer entlang. „Ich dachte, Ihr würdet mich besser kennen, aber offensichtlich habt Ihr Euch angestrengt, alles zu vergessen! Und was Eure empörende Unterstellung angeht, dass ich eine so abscheuliche Kröte wie Euren Bruder ermutigt hätte - oh, verdammt sollt Ihr sein!"

Nach einem Moment der Verblüffung folgte er ihr. „Seid vorsichtig! Passt auf, wohin Ihr tretet! Selina! Wartet! Diese Planken ... Sie sind nicht sicher! Ihr werdet Euch den Fuß verstauchen!"

„Nein, fasst mich nicht an! Ich kann alleine gehen!" Sie ging weiter, fast blind durch die Tränen, verursacht von zorniger Wut, die völlig unerwartet, aber nicht unerklärlich war. „Ich habe keine Angst vor dem Wasser der Themse!", fauchte sie, aber kaum hatte sie die am schlimmsten zersplitterten und zerbrochenen Holzbohlen überquert, als ein vorstehender rostiger Nagel sich in ihren Röcken verfing, sie stolperte und das Gleichgewicht verlor. Sie schnappte nach Luft, erwartete die Flut des kalten Wassers und die messerscharfen Schilfblätter zu spüren, als sie plötzlich um die Taille gefasst und hochgehoben wurde, bevor auch nur ein Schuh dazu kam, die Oberfläche des Wassers zu durchbrechen.

Alec schwang sie sich über seine Schulter in einer Art und Weise, die sie gleichzeitig würdelos und erheiternd fand und setzte den Weg über die Mole fort, trotz ihres Protestierens, dass er sie sofort absetzen sollte, bis sie das Ufer erreicht hatten und er beide Füße auf festen Boden setzte. Dann schwang er sie von seiner Schulter herab, ließ sie aber nicht los.

Sie sank lachend an seine Brust. „Brutaler Mensch! Oh, mein Kopf! Ihr habt mich schwindelig gemacht!"

„Das ist Eure eigene Schuld!", sagte er erhaben, während er versuchte, nicht zu lachen, und hielt sie fest. „Steht einen Moment still", sagte er sanft und sog den lieblichen Blumenduft ein, der in ihrem zerzausen Haar hing. „Das Gefühl legt sich gleich."

Sie schloss ihre Augen und fühlte sich gleich besser, zufrieden, ruhig in seinen Armen zu stehen und auf das Klopfen seines starken Herzens durch das dünne Leinenhemd und die bestickte Seidenweste zu lauschen. Sie standen etliche Minuten dort, bevor Alec, dem die Sonne heiß auf den Rücken seines marineblauen Rocks schien, sich leicht bewegte.

„Wir sollten zum Haus zurückkehren, bevor wir vermisst werden", sagte er ruhig und hob das hauchzarte Fichu auf, das sich von ihren Schultern gelöst hatte und zum Rasen hinabgeschwebt war.

Sie streckte eine Hand danach aus, aber er faltete den Stoff vorsichtig und legte ihn ihr sanft um die Schultern. Sie legte den Kopf zur Seite und hielt ihren Blick auf sein kräftiges, schönes Gesicht mit seiner geraden Nase, dem kantigen Kinn und den Augen gerichtet, die so tiefblau waren, dass sie im Tageslicht ebenso kohlschwarz wirkten wie sein Schopf widerspenstiger Locken. Er lächelte auf sie hinab, während er das Fichu über ihrem Busen zuband, aber sein Lächeln verwandelte sich plötzlich in ein Stirnrunzeln, er ließ den Stoff fallen, als wäre er vergiftet und trat einen Schritt zurück. Sie fragte sich, was diesen plötzlichen Wandel in ihm bewirkt hatte und dann verstand sie es. Ohne das Fichu waren die Striemen auf ihrer durchscheinend weißen Haut deutlich zu sehen. Gedankenlos von ihr, dass sie vergessen hatte, den hauchzarten Stoff des Fichus wieder richtig festzustecken. Schnell bedeckte sie ihre Brüste und befestigte die Brosche an ihrem Platz. Als sie aufschaute, war er totenbleich und bebte.

„Was ist los?", fragte sie alarmiert und berührte seinen Ärmel.

Er ließ den Kopf hängen, eine Locke fiel über seine Stirn, und er sah zur Seite; die Knöchel seiner zu Fäusten geballten Hände waren weiß. „Gott helfe mir, Selina", murmelte er mit gebrochener Stimme. „Ich wusste es nicht ... *ich wusste nichts ...*"

„Bitte. Es ist vorbei. Das ist alles, was zählt."

„Es - es tut mir leid", flüsterte er mit trockener Kehle. „Lieber Gott, es tut mir so leid."

Sie brachte ihn dazu, sie anzusehen und lächelte beruhigend in seine feuchten, blauen Augen, nur, um einen großen Schrecken zu bekommen. Was sie sah, war so unerwartet und so unerwünscht, dass sie sofort todunglücklich wurde. „Ihr bedauert mich?", sagte sie kleinlaut, ihre Stimme voller Staunen, eine Hand an ihrem weißen Hals. „Ihr wollt mir

Mitleid anbieten? Verdammt sollt Ihr sein! *Verdammt sollt Ihr sein.* Ignoriert mich, weist mich zurück, *hasst* mich; denkt von mir, was Ihr wollt", brach es zornig aus ihr heraus, „aber bemitleidet mich nicht!" Und im Bestreben, so weit von ihm fort zu sein wie nur möglich, stürmte sie den Pfad zur neuen Mole hinab, ließ ihn am Fluss zurück.

Er versuchte nicht, ihr zu folgen. Stattdessen sank er in das hohe Gras hinab und lag dort, starrte zum wolkenlosen Himmel hinauf und staunte über die gewundenen Wege, auf denen das Leben einen Menschen führte. Er hatte auch gerade einen Schock erlitten: Die Erkenntnis, die ihm als leise nagender Zweifel zu dämmern begonnen hatte, als er auf der Treppe von St. Neots House mit Selina zusammengestoßen war, hatte sich in den paar ruhigen Augenblicken, in denen er sie im Arm hielt, zu einer deutlichen, klaren Überzeugung gewandelt, dass er dabei gewesen war, den größten Fehler seines Lebens zu begehen. Die Folgen waren nicht auszudenken. Jetzt musste er dafür Wiedergutmachung leisten, bei Emily, bei Selina und letztlich bei sich selbst.

SIEBEN

Sir Cosmo traf Alec, als er über den südlichen Rasen gewandert kam, den Rock über eine Schulter gehängt, die Hemdsärmel bis zu den Ellenbogen aufgekrempelt. Sir Cosmo trug einen Krocketschläger, aber er nahm nicht an dem Spiel teil, das auf dem Rasen unterhalb der Terrasse stattfand. Er hatte sich in dem Moment entschuldigt, als er Selina den Rasen aus der Richtung des Flusses in einem Wirbel von Röcken und Entschlossenheit überqueren sah. Aber sie hatte ihn mit einer lahmen Ausrede, dass sie Kopfschmerzen hätte, abgewimmelt und war ins Haus gelaufen, was bei mehreren, die auf der Terrasse saßen, zu gehobenen Augenbrauen führte. Sir Cosmo wusste, dass Selina in ihrem Leben noch keine Kopfschmerzen gehabt hatte, daher war er nicht überrascht, dass diese Kopfschmerzen einen Namen hatten. Alec kam aus genau derselben Richtung wie Selina und nur zehn Minuten nach ihr über den Rasen.

Sir Cosmo hatte den Morgen nach dem Vorfall im Frühstückszimmer mit dem Versuch verbracht, so viel Klatsch wie möglich über die Ereignisse des Vorabends herauszufinden. Niemand schien etwas zu wissen, außer, dass Emilys Zofe sich das Genick gebrochen hatte. Was Delvins zornige Anschuldigungen betraf, die er seinem Bruder an den Kopf geworfen hatte, drehte sich Sir Cosmos Verstand noch in schockierter Ungläubigkeit. Sein eigener, hitzköpfiger Ausbruch Alec gegenüber, draußen im Regen auf der Terrasse, machte ihn verlegen, sich allein in Gesellschaft seines Freundes zu finden, und daher fühlte er sich jetzt recht unbeholfen wie ein Schuljunge, als er sich ihm näherte.

„Können wir reden?", fragte er, warf den Krocketschläger beiseite und schritt neben seinem Freund her.

„Komm mit ins Haus. Ich brauche etwas zu trinken."

„Wie - wie steht die Vorbereitung der Kähne?"

„Es wird viel gesägt und gehämmert, wenn das einen Fortschritt bedeutet."

„Tante Olivia hat allein für das Feuerwerk ein Vermögen ausgegeben. Sollte ein schöner Anblick werden."

Alec ging wenige Schritte vor ihm auf die Terrasse hinauf und wurde von Neave empfangen, der ein silbernes Tablett trug, auf dem zwei Gläser und eine Flasche Burgunder standen. Mit einem vielsagenden Blick auf Sir Cosmo zögerte der Butler.

„Entschuldige uns einen Moment, Cosmo", sagte Alec und trat mit dem Butler beiseite. „Konnte das Zimmermädchen dir irgendetwas sagen?"

„Ich bedauere, es sagen zu müssen, Sir, aber das Mädchen schweigt weiter hartnäckig über sein Kommen und Gehen in der letzten Nacht. Sie sagt etwas, aber wenn sie gedrängt wird, ändert sie ihre Geschichte. Wenn Ihr mich fragt, Sir, würde ich sagen, dass sie draußen im Gebüsch mit einem der Jungen Dummheiten machte, statt ihren Pflichten nachzukommen."

„Das würde ihre verwirrten Aussagen erklären. Dringe weiter in sie. Sieh zu, ob du herausfinden kannst, wer mit ihr im Gebüsch war. Und was ist mit den Lakaien in diesem bestimmten Teil des Hauses - was haben sie zu sagen?"

„Um diese Stunde waren es nur zwei, Sir. Sie behaupten felsenfest, dass sie nichts Ungewöhnliches gesehen hätten. Das heißt, sie sahen nur Miss Jenny im Hauptflur kommen und gehen."

„Was ist mit der Dienstbotentreppe? Wohin führt sie?"

„Hoch zu dem Zimmer der alten Amme. Das liegt über Miss Emilys Räumen, Sir. Und hinunter zum Billardzimmer und einem Gang, der zur Küche führt."

„Billardzimmer? Recht merkwürdig, nicht wahr, dass das Billardzimmer unter Miss Emilys Räumen liegt?"

„Das ist es, Sir. Das liegt an dem Feuer, das ausbrach, während Ihr im Ausland wart."

„Feuer? Da, wo das Billardzimmer zuvor war?"

„Das stimmt, Sir. Hat den Raum völlig vernichtet. Nur noch eine leere Hülle. Daher ließ ihre Gnaden das, was das alte Musikzimmer war, für die Gentlemen der Wochenendparty hier als Billardzimmer einrichten."

„Wie ist das Feuer entstanden?"

Der Butler hüstelte. „Niemand weiß es, Sir. Aber ihre Gnaden ist der Meinung, dass möglicherweise einer von Lord Andrews Stumpen es verursacht haben könnte ..."

Alec hob seine Brauen, sagte aber nichts. Er nahm die Flasche und die beiden Gläser. „Hast du dafür gesorgt, dass Miss Emilys Schlafzimmer unberührt bleibt?"

„Ja, Sir. Ich habe einen Lakaien an den Flur zu Miss Emilys Räumen gestellt und die Dienstbotentür am Fuß der Treppe verriegeln und mit einem Schloss versehen lassen. Nach Dr. Oakes hat niemand mehr das Zimmer betreten."

„Gut. Neuigkeiten von anderer Seite?"

„Noch nicht, Sir. Unsere eigenen Diener sind viel - *anpassungsfähiger*."

„Das kann ich mir vorstellen. Danke, Neave. Wenn nach mir gefragt wird, ich bin im neuen Billardzimmer. Bring mir den Schlüssel zu dem Vorhängeschloss. Ich werde vielleicht einen Blick auf Miss Emilys Schlafzimmer werfen, aber das ist nur für deine Ohren bestimmt."

Der Butler verbeugte sich befriedigt, erfreut, Mr. Halseys Vertrauen zu genießen.

Das Billardzimmer war leer und dunkel, die schweren Vorhänge waren wegen der Nachmittagssonne zugezogen. Sir Cosmo riss ein Fenster auf, um den Geruch nach abgestandenem Wein und Stumpen zu vertreiben. Mehrere Billardstöcke waren nachlässig an den Tisch gelehnt und auf dem Fenstersims standen zwei leere Rotweinflaschen und drei Gläser, in denen unterschiedliche Mengen ungetrunkenen Weins verblieben waren; in einer Ecke lag ein zerknitterter Rock, der in der Hitze eines trunkenen Wettbewerbs offensichtlich vergessen worden war. Sir Cosmo zuckte angesichts der Nachlässigkeit der Diener der Herzogin die Schultern und legte die drei Billardkugeln auf den grünen Filz, eifrig auf ein Spiel bedacht.

Als Alec jedoch sofort zu der Dienstbotentür, die in die mit Tapete verkleidete Holztäfelung eingelassen war, ging und hindurch verschwand, hätte Sir Cosmo denken können, dass eine Partie Billard das Letzte war, wonach seinem Freund der Sinn stand. Aber Alec kam nur Augenblicke später zurück, zufrieden, dass die Tür, die von der Dienstbotentreppe zu Emilys Schlafzimmer führte, tatsächlich verriegelt und mit einem Schloss versperrt war. Er goss sich und Sir Cosmo ein Glas Burgunder aus der Flasche ein, die er Neave abgenommen hatte und gab seinem Freund ein Glas.

„Danke. Könnte einen guten Tropfen vertragen", sagte Sir Cosmo.

„Fühle mich heute Morgen nicht wie ich selbst. Kann kein gescheites Gespräch führen. Habe eine miserable Partie Krocket gespielt. Bin völlig schreckhaft und verschwitzt. Selina hat mich gerade vollkommen ignoriert. Tante Olivia versteckt sich mit Emily und verrät nichts. Verdammt ärgerlich für uns andere ..." Er beobachtete, wie Alec die Flasche Burgunder auf die Fensterbank stellte und sagte abrupt: „Verdammt, Alec! Ich bin Emilys nächster Verwandter. Ich habe ein Recht zu wissen, was letzte Nacht geschehen ist, wenn das, was Ned im Frühstückszimmer sagte, einen Funken Wahrheit enthält!"

Alec vertraute ihm kurz die Ereignisse des Vorabends an und fügte hinzu: „Ich hoffe, dass Neave ein paar Auskünfte aus den Dienern herausquetschen kann und meine eigenen Bemühungen etwas Neues hervorbringen, sonst könnte ich gezwungen sein, Emily bitten zu müssen, einen Bericht über die letzte Nacht zu geben, und das würde ich ungern tun, vor allem, nachdem Selinas Gespräch mit ihr nicht viel ergab."

Sir Cosmo schüttelte sein gepudertes Haupt. „Was bringt einen Mann dazu, sich einem jungen Mädchen aufzuzwingen? Das ist barbarisch! Und dabei noch die Zofe zu töten, das übersteigt meinen Verstand. Scheußlich. Verdammt scheußlich!"

„Warum eine Zofe töten?"

„Sie hat ihn gesehen. Das ist klar. Er musste sie schnell zum Schweigen bringen, bevor Emily oder ein Diener sie hörte.

„Warum hörte kein Diener ihren Hilfeschrei? Direkt vor der Tür des Wohnzimmers stand ein Lakai im Gang Wache."

Sir Cosmo stellte das Weinglas beiseite und wählte zufällig einen der Billardstöcke aus dem Ständer. „Vielleicht hatte sie keine Chance zu schreien? Sprang sie schnell an. Vielleicht tropften die Kerzen oder er hatte sie ausgedrückt? Es war dunkel, nicht wahr?"

„Wie konnte er sie in der Dunkelheit finden? Wie bekam er die Gelegenheit, alle Kerzen zu löschen, sich auf die Lauer zu legen und dann Jenny zu überfallen? Sie würde nicht zwei Schritte in ein dunkles Zimmer getan haben. Sie hätte einen Diener wegen eines Kerzenhalters gerufen."

Sir Cosmo schaute düster drein. Er legte seine Billardkugel in die Mitte des Karrees, legte seinen Stock an, zielte, ein Auge dabei geschlossen, und traf. „Also waren die Kerzen nicht ausgedrückt. Wir sind wieder bei dem, was ich zuerst sagte. Sie sah ihn und er brachte sie schnell zum Schweigen."

„Oder sie sah ihn und erkannte ihn, und weil sie daher keine Angst vor ihm hatte, schrie sie nicht", nahm Alec an. „Vielleicht war sie es, die ihn einließ?"

„Was ist mit den Lakaien? Warum haben sie ihn nicht gesehen?"

Diesmal war Alec an der Reihe, die Stirn zu runzeln. Er hatte sich Zeit dabei gelassen, einen passenden Billardstock auszuwählen und wartete mit dem Weinglas in der Hand darauf, dass Sir Cosmo seine Serie einfacher Treffer beenden würde.

„So groß das Gefühl unglaublichen Abscheus ist, das mir das verursacht, denke ich, dass du recht hast", stimmte Sir Cosmo zu und machte einen Fehlstoß, so dass er beiseitetrat, um Alec weiterspielen zu lassen. „Sie kannte ihn. Kann mir nicht vorstellen, dass Emilys Zofe so einfach Zutritt zu den Räumen ihrer Herrin gewährte. Und du sagst, sie wäre im Schlafzimmer gefunden worden. Kein Ort, an den man Fremde einlädt, nicht wahr?"

„Kein Ort, an den man irgendjemanden einlädt."

„Was ist mit diesem diensthabenden Lakaien?"

„Neave sagt, dass die beiden Lakaien am Ende des Flurs hartnäckig behaupten, niemanden gesehen zu haben."

„Sie lügen", sagte Sir Cosmo rundheraus. „Muss so sein. Haben ihre Posten verlassen. Unwahrscheinlich, dass sie Neave das gestehen, oder?"

„Oder der Mörder benutzte die Dienstbotentreppe von Anfang bis Ende. Und wie in Zeus Namen soll ich die Identität des Mörders herausfinden, bevor das Wochenende vorbei ist?", fragte Alec sich laut. „Wie soll ich im Leben der Menschen herumstöbern, den Aufenthaltsort eines jeden männlichen Gastes ausfindig machen, wo sie sich befunden haben, nachdem sie gestern Abend den Salon verlassen hatten? Und ohne Unschuldige zu beleidigen, noch wichtiger, ohne Olivia und Emily Unbehagen und Verlegenheit zu bereiten?"

„Ich weiß nicht", sagte Sir Cosmo lahm und sah zu, wie Alec einen Stoß ausführte und gewann. „Ich würde gerne helfen. Vielleicht kann ich ein paar diskrete Fragen vor einigen Ohren stellen? Und natürlich können wir einige von uns schon ausschließen. Ich meine, es war nicht ihr Onkel Macara, oder du, oder ich. Und natürlich war es auch nicht der alte General Wallbright mit seiner Gicht, der ohne seinen Stock nicht vorankommt. Dann sind da der Pfarrer und Ned. Ned kann es nicht sein. Er ist mit Emily verlobt. Einige der Kerle waren nach dem Essen zu betrunken, um sich auch nur den Damen zum Kaffee anzuschließen. Lakaien mussten sie in ihre jeweiligen Zimmer bringen."

Alec, nicht überzeugt davon, schaute auf, bevor er seinen nächsten Stoß ausführte. „Wer will sagen, ob nicht einer dieser betrunkenen

Gentleman dies nur vorspiegelte? Deshalb lasse ich Neave versuchen, von den Kammerdienern so viel wie möglich zu erfahren."

„Ha! Es wird so einfach sein, von ihnen Auskünfte zu bekommen, wie einem jungen Menschen einen gesunden Zahn zu ziehen!"

„Mm. Dann sind da diese Gentlemen, die ich aus dem einen oder anderen Grund nicht ausschließen kann. Das lässt noch eine ganze Reihe, von denen wir nichts wissen, außer mir, dir und Delvin."

„Du kannst doch nicht glauben ..."

„Ich weiß nicht, was ich glauben soll!", blaffte Alec und vergab seinen Stoß, womit er Sir Cosmo das Feld überließ, die Partie zu beenden. „Einen Tag zuvor würde ich es nicht für möglich gehalten haben, dass ein junges Mädchen in ihrem eigenen Haus fast vergewaltigt und ihre Zofe dabei getötet werden könnte. Das ist der Stoff, aus dem man in Haymarket ein Melodram strickt, aber es ist unter diesem Dach geschehen. Werden die anderen uns so einfach ausschließen, wenn sie erfahren, dass du in der letzten Nacht in deinem chinesischen Schlafrock auf der Suche nach mir herumgerannt bist, und ich dort war, allein, im Regen auf der Terrasse? Delvin hat mit Selina ein Alibi ..."

„Das will ich nicht glauben! *Niemals*. Sie hasst ihn."

„Warum sollte ich meinen eigenen Augen nicht trauen? Ich bin hineingeplatzt. Wenn ich darüber nachdenke, bin ich davon überzeugt, dass das genau das war, was Delvin plante. Er wollte, dass ich sie zusammen sah. Er wollte sich an meinem Gesichtsausdruck weiden."

Sir Cosmo biss die Zähne zusammen. Er zögerte mit seinem letzten Schuss und sah Alec ins Gesicht. „Es ist mir gleichgültig, was du gesehen hast, aber es war nicht, was du zu sehen glaubtest!", sagte er stur. „Ned benimmt sich in letzter Zeit wie ein Irrer. Natürlich wollte er, dass du ihn und Selina zusammen siehst. Er begehrt sie, solange ich denken kann. Aber das bedeutet nicht, dass sie irgendetwas mit ihm zu tun haben möchte!" Er legte sich wieder seinen Schuss zurecht und sagte mit einem Schnauben: „Die Vorstellung, die er beim Frühstück abgeliefert hat, ließ mich nach Luft schnappen. Habe nie solchen Mist gehört. Kann den Mann nicht tadeln, dass er vor Zorn verrückt ist, aber dich zu beschuldigen ..."

„Du solltest wegen Edwards Verhalten nicht überrascht sein. Du wusstest immer, wie es zwischen uns steht."

„Aber mir war nie klar, wie sehr er dich hasst", antwortete Sir Cosmo. „Du hast ihm nie etwas Böses angetan. Du hast dich von ihm ferngehalten. Und was diese Verlobung anbetrifft, hast du dich mehr als anständig benommen, wenn man bedenkt, dass du ein Auge auf Emily geworfen hattest ... nicht wahr?"

„Ich hatte Absichten in diese Richtung, ja.“

Sir Cosmo machte mehrere Fehlschüsse und trat, unbekümmert wegen seines schlechten Spiels, zurück, da seine Gedanken anderweitig beschäftigt waren. „Ein weniger anständiger Mann hätte sich früher zwischen sie gestellt.“

„Ja, ein weniger anständiger Mann hätte das.“

Sir Cosmo suchte nach einer Antwort, zumindest nach einer Entschuldigung, aber Alecs Lächeln bei seinen Worten ließ ihn sich lächerlich vorkommen bei dem Gedanken, dass sein Freund sich gekränkt fühlen könnte. „Was zum Teufel ist Neds Problem?“, wunderte er sich laut. „Es ist doch nicht so, dass er wegen irgendetwas besorgt sein müsste. Er ist mit Emily verlobt, nicht du. Sie liebt ihn, nicht dich. Er ist der Earl, du bist der anerkannte zweite Sohn.“

Alec kam vom Fenster zurück und legte die drei Billardstöcke wieder auf den grünen Filz. „Was meinst du mit *anerkannter zweiter Sohn*?“

Sir Cosmo drückte sein Kinn in die Falten seiner Halsbinde. „Ich bin sicher, dass ich die Gerüchte über deine Mutter nicht wiederholen muss ...“

„Bitte, erkläre dich doch genauer.“

„Um dir die Wahrheit zu sagen, alter Junge, es ist ziemlich lächerlich“, sagte Sir Cosmo obenhin, um seine Verlegenheit zu verbergen. Er mied den glühenden Blick aus den blauen Augen seines Freundes, indem er einen anderen bereitstehenden Billardstock für eine zweite Partie wählte. „Die ganze Geschichte ist wie etwas aus dem Mittelalter. Kein Zweifel, dass du dich darüber amüsiert hast.“

„Worüber?“

„Ach, komm schon, Alec!“, spottete Sir Cosmo. „Du weißt verdammt gut, wovon ich rede. Du hast dich immer mehr zurückgehalten als gut für dich ist. Ich bin ein Freund mit einem offenen Ohr, weder Richter noch Jury oder Henker.“

Alec rieb Kreide über die Spitze seines Billardstocks. „Ich habe über Lady Delvin nichts zu sagen.“

„Du vielleicht nicht, aber Jacks Mama hat sehr viel zu erzählen. Lady Margaret sagt, sie habe einen von der Hand deiner Mutter geschriebenen Brief. Sagt, dass der dein Geburtsrecht bewiese.“

„Du hast diesen Brief gesehen?“

„Nein. Die Sache ist die, Selina sagt, ihre Tante habe ihn verlegt.“

Alec schnaubte ungläubig.

„Aber das heißt nicht, dass es ihn nicht gibt! Lady Margaret lässt die Dienerschaft ihr Stadthaus auf der Suche danach auf den Kopf stellen.

Und wenn er gefunden wird, ist sie entschlossen, der Gerechtigkeit zu ihrem Recht zu verhelfen!"

„Cosmo. Lady Margaret muss Dutzende Briefe haben, die Lady Delvin ihr geschrieben hat. Aber ich bezweifle, dass darunter ein Brief mit einem Geständnis existiert. Selbst, wenn die schmutzigen Gerüchte über die Vergangenheit meiner Mutter wahr sind, hätte sie es nie für die Nachwelt niedergeschrieben. Zu welchem Zweck? Ein solches Geständnis würde meinen Bruder mit Sicherheit ruinieren, und das könnt nicht in Lady Delvins Absicht gelegen haben. Sie hat immer seinen Anspruch auf den Titel des Earls unterstützt. Lady Margarets Motivation ist simpel. Sie will sich an meinem Bruder rächen, weil er ihren Sohn getötet hat; das ist verständlich. Aber blinder Kummer hat ihr Urteil getrübt und durch Wunschdenken ersetzt."

„Was, wenn Lady Margaret einen von Lady Delvin geschriebenen Brief vorlegt, der die Wahrheit dieses Gerüchtes beweist? Würdest du nicht wollen, dass die Gerechtigkeit siegt?"

„Gerechtigkeit hat nichts damit zu tun, Cosmo." Alec trat an den Tisch, um das Spiel zu beginnen, ein Gefühl des Unbehagens ließ seinen Ton barsch klingen. „Sag mir, ob du dieses abgedroschene Märchen plausibel findest: Als Lady Delvin erfuhr, dass sie schwanger war, versteckte sie diese Tatsache vor der Welt, weil sie nicht sicher war, wer ihr Kind gezeugt hatte - ihr Ehemann oder ihr Liebhaber - ein Liebhaber, den sie sich genommen hatte, während der Earl seine Ländereien im Norden besuchte. Sie hatte vor, das Kind in der Abgeschiedenheit des Landsitzes in Kent zur Welt zu bringen, jedoch kam der Earl unerwartet zurück. Er hatte Nachricht über den Ehebruch seiner Frau erhalten. Er war nicht bereit, sich mit der Vorstellung zu begnügen, dass aller Wahrscheinlichkeit nach er, nicht der Liebhaber, dieses Kind vor seiner Abreise gezeugt hätte. Er war entschlossen, den Bastard seiner Frau loszuwerden. Kaum, dass der Junge geboren war, wurde er nach Norden geschickt, zu Pächtern auf einem abgelegenen Anwesen in Northumberland, die den Mund halten würden."

„Aber das kann nicht das Ende der Geschichte sein", sagte Sir Cosmo ruhig.

„Das Kind blieb zwölf Monate bei den Pächtern, bis der Bruder des Earls seinen Aufenthaltsort entdeckte. Das Baby hatte sich nicht gut entwickelt, es war winzig und man erwartete nicht, dass es überleben würde. Doch der Onkel wollte den Jungen nicht aufgeben. Er brachte ihn zu seinen Eltern nach Kent zurück. Inzwischen hatte Lady Delvin nur Monate zuvor einen zweiten Sohn geboren und es war dieser zweite Sohn, den der Earl als seinen Erstgeborenen anerkannt hatte."

„Aber der erste Sohn war auch in der Ehe geboren, und daher dem Gesetz nach der Erbe der Grafschaft", argumentierte Sir Cosmo. „Ungeachtet der Vermutungen des Earls über die Vaterschaft. So ist das Gesetz. Außerdem, welchen Beweis hatte er, dass der Erstgeborene nicht sein Kind war?"

„Ja, so ist das Gesetz, Cosmo, aber der Schaden war angerichtet. Lady Delvin war untreu gewesen. Das war alles, was der Earl brauchte, um ihren Erstgeborenen zu verstoßen. Das Beste, was der Onkel für diesen ausgestoßenen Sohn tun konnte, war, sicherzustellen, dass er wenigstens von seinen Eltern anerkannt wurde. Er drohte, die grobe Täuschung des Earls aufzudecken, wenn sie das nicht täten. Der Earl stimmte zu, unter der Bedingung, dass der zweite Sohn der Gräfin zum Erstgeborenen erklärt und damit der Erbe des Titels und der Ländereien des Earls wurde. Das stellte den Bruder des Earls zufrieden, der den ausgestoßenen Sohn mit sich nahm, da der Earl sich weigerte, in seinem Haus eine ständige Erinnerung an die Untreue seiner Frau zu dulden. Öffentlich wurde gesagt, dass der Junge unter Auszehrung litte und die Gefahr bestünde, dass er seinen Bruder infiziere. Da zwischen den beiden Jungen nur elf Monate lagen und sie in der Abgeschiedenheit auf dem Land geboren worden waren, merkte niemand in der Gesellschaft etwas davon."

Sir Cosmo kam heran, um seine Runde zu spielen, ohne jegliche Begeisterung für ein Spiel, von dem er jetzt schon wusste, dass er es nicht gewinnen konnte. „Wann hast du die Wahrheit entdeckt?"

Alec ging zur Fensterbank zurück und goss sich ein weiteres Glas Wein ein. „Als ich fünfzehn Jahre alt war, erklärte mir Onkel Plant, dass mein Vater mich wegen der Untreue meiner Mutter verstoßen hatte. Es kümmerte mich kaum. Meine Eltern hatten sich nie die Mühe gemacht, mich kennenzulernen. Mein Onkel war alles an Familie, was ich je gehabt hatte und brauchte."

„Und - und Ned?"

„Der Lieblingssohn? Der Earl gab sich jede Mühe, ihm den Stolz und den Hochmut unserer Klasse einzuflößen. Mein Bruder wurde im Glauben aufgezogen, dass er der älteste Sohn wäre und eines Tages die Grafschaft und alles, was er verwaltete, ihm gehören würde. Er hatte keinen Grund, das in Frage zu stellen oder etwas anderes zu glauben."

„Und die Gräfin, hat sie ein Geständnis abgelegt, bevor sie starb?"

„Der alte Earl starb ohne Reue und erkannte seinen Erstgeborenen nie an. In seinen Augen hatte er nur einen Sohn und dieser Sohn würde den Titel erben, was Edward mit dem Segen unserer Mutter auch tat. Dann bat Lady Delvin plötzlich unerwartet, ihren ihr entfremdeten

Sohn sehen zu dürfen. Nur auf Bitten von Onkel Plant machte ich mir die Mühe. Schließlich war sie für mich eine Fremde. Zu diesem Zeitpunkt war meine Mutter schon bettlägerig. Doch ich glaube nicht, dass ihre geistigen Fähigkeiten irgendwie angegriffen waren. Sie legte so etwas wie ein Geständnis ab ...“

Alec leerte sein Glas. Sir Cosmo wagt nicht, seinen Billardstock anzulegen. Er hörte mit gespannter Aufmerksamkeit zu.

„Selbst jetzt finde ich es immer noch unglaublich, dass der Earl und die Gräfin in der Lage waren, eine solche Täuschung auszuführen“, fuhr Alec fort. „Niemand würde etwas bemerkt haben, ich schon gar nicht, wenn Lady Delvin nicht das Bedürfnis verspürt hätte, vor ihrem Tod etwas gutzumachen. Natürlich fühlte Edward sich betrogen. Er dachte, sie wäre verrückt geworden. Er schickte zwei Ärzte, um sie für wahnsinnig erklären zu lassen. Ich fuhr sie jede Woche besuchen ... Aber ich war im Ausland, als sie starb. Das bedauere ich. Sie hatte sonst niemanden. Niemanden, außer Onkel Plant, und als es zu Ende ging, war sogar er zu verstört, um nach Kent zu reiten.“

„Wenn das, was deine Mutter gestand, tatsächlich die Wahrheit ist - dann ist da ein schrecklicher Justizirrtum geschehen! Neds ganzes Leben war eine - eine einzige Lüge.“

Alec lächelte. „Mein lieber Cosmo, Lady Delvin war so schlau, die Identität meines Vaters nicht preiszugeben. Daher könnte ich sehr wohl das Produkt der ehebrecherischen Affäre meiner Mutter sein. Daher könnte Edward, trotz der Reihenfolge unserer Geburt, der rechtmäßige Erbe der Grafschaft unseres Vaters sein, und ich? Vielleicht ist meine Verwendung des Namens Halsey eine große Anmaßung.“

Sir Cosmo ließ ein unwillkürliches Hüsteln hören, das Alec die Brauen heben ließ. „Nun, das könnte ein strittiger Punkt sein, alter Junge, wenn“, erklärte er unbeholfen, „du in der Tat der Sohn deines Onkels wärest?“

Alec starrte seinen Freund an, keineswegs überrascht, aber er sagte nichts dazu. Sie wurden von Neave unterbrochen, der nach einem diskreten Klopfen das Billardzimmer betrat. Er hatte den Schlüssel zu dem Vorhängeschloss, den er Alec übergab.

„Ich werde einen Blick in Emilys Schlafzimmer werfen“, sagte Alec zu Sir Cosmo und öffnete die Dienstbotentür. „Du musst nicht mit hinaufkommen. Ich werde nicht lange brauchen.“

Sir Cosmo blieb einen Moment länger zurück, unentschlossen, und schaute zu, wie Neave den übriggebliebenen Wein aus den drei Gläsern in eine der stehengebliebenen Flaschen goss. Erst, als der Butler den vergessenen Rock aufgehoben und mit diesem zerknitterten Kleidungsstück über dem Arm gegangen war, dabei zwei Flaschen und drei leere Weingläser balancierend, kam Sir Cosmo seine Umgebung wieder zu Bewusstsein. Er legte eilig seinen Billardstock beiseite und stolperte durch die Dienstbotentür. Neave hörte, wie er seinem Freund zurief, auf ihn zu warten und machte sich im Geiste eine Notiz, den nachlässigen Diener zu tadeln, der früher am Morgen vergessen hatte, das Billardzimmer aufzuräumen.

„Was spielt es denn für eine Rolle, wenn dein Onkel dein Vater ist?", argumentierte Sir Cosmo, während er zuschaute, wie Alec das Schloss entfernte und den Riegel kratzend zurückschob. „Der Earl und dein Onkel sind Brüder, beide Halseys. Ist alles dasselbe Blut, wenn du darüber nachdenkst. Lady Margaret hat allen erzählt, dass du der Erstgeborene des Earls bist. Sie sagt, deine Mutter hätte die Wahrheit in dem Brief, der verloren ging, gestanden. Natürlich, selbst, wenn sie den Brief findet, dürfte er aller Wahrscheinlichkeit nach nicht die Identität deines Vaters verraten."

Alec setzte seine goldgeränderte Brille auf. „Darauf würde ich nicht wetten, Cosmo."

Sir Cosmo folgte Alec die Dienstbotentreppe Stufe um Stufe hinauf; sein Freund hielt gelegentlich an, um sich zu bücken und die abgenutzten, unlackierten Stufen genauer zu betrachten.

„Dennoch hat Ned ohne diesen Brief freie Hand, ein weit hässlicheres Gerücht über deine Vaterschaft zu verbreiten. Es hat seit Lady Delvins Tod die Runde gemacht. Natürlich glaubt niemand, der dich kennt, ein Wort von Neds unglaublicher Behauptung, daher ist sie nie wirklich ans Tageslicht gekommen. Die meisten glauben, dass er diesen Unfug nur herausposaunt, um sich an eurer Mutter dafür zu rächen, dass sie überhaupt ein Geständnis abgelegt hat." Sir Cosmo schaute zu dem auf dem Boden knienden Alec hinunter. „Darf ich erfahren, was du da tust?"

„Der Eindringling könnte etwas auf diesen Stufen verloren haben, und da es dunkel ist, muss ich ein wenig herumfühlen. Bis jetzt ist alles, was ich geschafft habe, Glasscherben in die Finger zu bekommen! Was für ein Unfug?"

„Ah! Das. Ned sagt, der wirkliche Grund, aus dem die Gräfin dich verstieß, war, dass sie nicht mit deinem Onkel, sondern mit seinem Kammerdiener, dem Mulatten, Ehebruch begangen hätte." Als Alec sich aufrichtete, aber nicht umdrehte, fügte Sir Cosmo eilends hinzu: „Ich weiß! Ich weiß! Das ist lächerlich. Aber wenn das Baby vom Bruder ihres Mannes war, warum hätte sie es abgeben müssen? Der Earl hätte den Unterschied nie bemerkt. Niemand hätte das. Aber wenn in Wirklichkeit sie und der Mulatte ein Liebespaar waren, dann ist es verständlich, dass sie vor Angst halb verrückt war. Schließlich hätte die Möglichkeit bestanden, dass das Baby farbig sein würde. Laut Ned versuchte sie alles Mögliche, um das Baby vorzeitig zur Welt zu bringen, aber nichts passierte und sie war gezwungen, das Kind heimlich auszutragen." Sir Cosmo zog eine Grimasse und folgte Alec die restlichen Stufen zu Emilys Schlafzimmer hinauf. "Natürlich ist es nur vernünftig, dass sie einen so unnatürlichen Nachwuchs loswerden wollte. Schließlich ist es gegen die Natur; Weiße und Farbige, die Kinder zusammen haben. Man darf gar nicht daran denken. Verzeih, dass ich es erwähnt habe. Ned ist ein Irrer, dass er so etwas auch nur ausspricht!"

Alec riss die Dienstbotentür auf und trat in das halb abgedunkelte Schlafzimmer. Er sah seinem Freund ins Gesicht, der mit einem verlegenen Grinsen den Raum betreten hatte. "Onkel Plants Haushofmeister, Joseph, war ein freigelassener Mulattensklave von Onkels Plantage in Westindien", stellte er ruhig fest, wobei sein Ton dem unterdrückten Zorn auf seinem kantigen Gesicht widersprach. "Er verließ den Dienst bei meinem Onkel ungefähr zu der Zeit, als ich nach Oxford ging, heiratete die Tochter eines schottischen Anwalts und zog nach Edinburgh. Er und mein Onkel schreiben sich regelmäßig; Josephs letzter Brief enthielt die Neuigkeit der Geburt seines zweiten Enkels und die Tatsache, dass er beschlossen hat, als Büroleiter in den Ruhestand zu treten. Er ist ein anständiger Mann und es ist lächerlich zu glauben, dass er und meine Mutter eine Affäre gehabt haben könnten!"

"Natürlich! Lächerlich!", sagte Sir Cosmo mit einem unsicheren Lächeln. "Als ob die Gräfin von Delvin und ein Mulatte ein Liebespaar hätten sein können!"

Alec zog die Vorhänge zurück, so dass das Zimmer ganz in Licht getaucht wurde.

"Ich kann mir gut vorstellen, dass Delvin solchen Schmutz verbreitet, denn es setzt nicht nur Lady Delvin herab, sondern auch Joseph Cales' guten Ruf. Ich kann nicht behaupten, dass ich den perversen Geist meines Bruders verstehe; was ich weiß, ist, dass er mich nur umso mehr verabscheut, weil ich keinen Deut darauf gebe, wer von uns der älteste Sohn ist. Ich bin mit dem Leben so zufrieden, wie es ist. Er jedoch könnte eine Lüge leben, und das nagt Tag und Nacht an ihm. Die Sache ist die, Cosmo, ich möchte nicht der Earl von Delvin oder von irgendetwas sonst sein."

Sir Cosmo konnte ihn nur erstaunt anschauen, den Rücken zum Zimmer gewandt. Die Tatsache, dass sie jetzt in Emilys zerwühltem Schlafzimmer standen, war für den Moment vergessen. "Das willst du wirklich nicht, oder?" Er schüttelte den Kopf. „Aber für einen Mann von Neds Charakter muss Lady Delvins Geständnis ihn zerfressen. Unglücklich, würde ich sagen. Hat alles, aber was ist alles wert, wenn er daran zweifelt, dass es wirklich ihm gehört? Ich habe Mitgefühl mit ihm. Weiß nicht, was ich selbst tun würde, wenn ich dächte, dass ich mit einer solchen Lüge lebe. Gott sei Dank bin ich der einzige Sohn. Dennoch wäre es interessant, diesen verschwundenen Brief zu finden; das Geständnis deiner Mutter schriftlich zu sehen."

„Cosmo", sagte Alec und trat an seinem Freund vorbei, um weiter ins Zimmer zu gehen. „Vielleicht möchtest du nicht bleiben ..."

Sir Cosmo drehte sich um und sein Mund klappte auf. Es fühlte sich an, als wäre sein Kinn zum Boden gefallen, so erschrocken war er über das wilde Chaos in diesem weiblichen Schlafzimmer, das jetzt im grausamen Licht des Tages deutlich erkennbar war. Mit einem Fluch ging er zu der schmalen Ebenholz-Vitrine neben dem Himmelbett hinüber, unter seinen Füßen knirschten Glasscherben. „Diese Vitrine habe ich Emily zu ihrem fünfzehnten Geburtstag geschenkt. Sieh sie dir jetzt an!", sagte er mit zorniger Ungläubigkeit und wandte sich ab, um das auf dem Boden verstreute Glas anzusehen. „Wie kann diese Bestie es wagen, sie zu zerschlagen!"

Alec kniete neben der Tür des Schränkchens und berührte vorsichtig einen langen Glassplitter. „Die Glastür ist von außen eingeschlagen worden." Er musterte den Teppich. Am Bein des Schränkchens fand er ein abgerundetes, dickes Glasstück. „Sieht aus, als wäre ein Wasserkrug vom Schränkchen gefallen und zertreten worden. Von einem schweren Fuß ... Davon rühren die Scherben auf den Treppenstufen eben." Er stand auf, eine Falte zwischen den Brauen. „Ich würde sagen, deine Vitrine wurde bei einem Kampf zufällig getroffen ..."

Beide Männer sahen flüchtig zu dem zerwühlten Bettzeug.

Sir Cosmo stellte eine Porzellanfigur eines King-Charles-Spaniels in der beschädigten Vitrine wieder auf und zupfte an den Falten seiner Krawatte, als ob er Luft bräuchte. „Musst du das tun?", flehte er, als Alec den Berg Daunenkissen von dem Kopfteil aus Mahagoni wegräumte.

„Ja. Wie ich schon sagte, du musst nicht bleiben."

Sir Cosmo schob vor Verlegenheit seine Unterlippe vor, drehte dem Geschehen den Rücken zu und starrte aus dem Fenster, entschlossen, seine Gedanken in eine andere Richtung zu lenken als über das, was in der Nacht zuvor in diesem Raum geschehen war, nachzudenken. Er schaute auf die Landschaft hinaus und erblickte eine Gruppe von Reitern, die den samtgrünen Rasen vom Fluss her in Richtung der Ställe überquerten; bei ihnen waren Lord und Lady

Gervais; sie flirtete unverschämt mit Lord Andrew Macara, während ihr massiger Ehemann ihnen folgte, vorgebeugt im Sattel vor sich hinbrütend.

Die fortgesetzte Stille hinter seinem Rücken ließ Sir Cosmo über seine Schulter schauen und er war erleichtert zu sehen, dass Alec sich vom Bett entfernt und das Bettzeug und die Kissen sauber geordnet hatte. Irgendwie machte es ihm das einfacher, das Fenster zu verlassen und sich zu seinem Freund zu gesellen, der einen Stuhl auf die Beine stellte.

„Irgendetwas Interessantes gefunden?", fragte er beiläufig, obwohl seine Stimme in der Mitte des Satzes stockte.

Alec schüttelte den Kopf. „Leider nein. Ich hatte gehofft, im Bettzeug würde sich ein Fetzen Spitze oder ein Band finden, oder etwas, das dem Angreifer aus den Taschen gefallen wäre, aber - nichts. Verdammt! Es ist, als hätte der Mann, bevor er hier heraufkam, schlau sämtlichen Firlefanz weggelassen."

„Du meinst, dieses Ungeheuer trug keine Spitze an seinen Handgelenken oder keinen Rock?" Er schluckte. „Das sieht teuflisch nach Vorausplanung aus, Alec."

Alec schaute über den Rand seiner Brille. „Oder nach einem teuflischen Zufall."

„Was soll das heißen?"

„Gerade eben im Billardzimmer", erklärte Alec. „Hast du nicht die leeren Flaschen, die liegengelassenen Billardstöcke und den Rock in der Ecke bemerkt?"

„Natürlich. Neave war gerade dabei, die Unordnung zu beseitigen und hat den Rock und die Flaschen mitgenommen. Verdammt nachlässig von den Dienern, das so ..."

„Verdammt! Egal. Ich bin sicher, Neave wird den Rock seinem rechtmäßigen Besitzer zurückbringen."

„Alec? Du denkst doch nicht, dass der Eigentümer dieses Rocks derjenige war, der ..." Sir Cosmo packte einen Bettpfosten, wie um Halt zu finden. „Und nur Augenblicke zuvor hatte er Billard gespielt, so wie wir, zusammen mit seinen Freunden, als er den Drang verspürte - das ist geradezu bestialisch!"

„Cosmo, nimm deine Finger von dem Bettpfosten."

Sir Cosmo tat, was ihm gesagt wurde, völlig verwirrt.

„Schau hier", sagte Alec und betrachtete den Pfosten durch seine Brille. Er deutete auf eine abgesplitterte Stelle, direkt unter der, wo Sir Cosmos Hand den Pfosten berührt hatte. Er fuhr mit einem langen Finger an dem Schnitzwerk hinab. „Siehst du die Haare, die hier festhängen? Lange, schwarze Haare. Emily hat blondes Haar. Wie könnte ein Haar an einer solchen Stelle hängenbleiben?"

Sir Cosmo verdrehte die Augen. Er verstand nicht, was er da sah.

Alec sah über den Goldrand seiner Brille. „Diese wenigen Haare müssen Jenny gehört haben. Wenn ich mich nicht sehr irre, ist hier Jennys Kopf gegen den Pfosten geschlagen. Ob das absichtlich geschah oder nicht ... Obwohl ... Die Blutergüsse um ihren Hals und am Kinn, wie der Abdruck einer Hand, lassen mich annehmen, dass sie nicht nur gegen den Bettpfosten gestoßen ist, sondern ... Cosmo? Geht es dir auch gut?"

Sir Cosmos Gesicht war aschfahl. Er kramte in einer Rocktasche nach seinem spitzenumrandeten Taschentuch. Es fiel auf seine Füße, und als er sich bückte, um es aufzuheben, fühlte er, wie er würgen musste. Mit einer durch das an seinen Mund gepresste Taschentuch erstickten Entschuldigung stürzte er zum Fenster.

„DAS IST EIN FEHLER!", BEKLAGTE LADY SYBILLA UND RANG DIE Hände. Sie war erhitzt und zitterte. „Ich will damit nichts zu tun haben! Nein, Charlotte! *Nein!*"

„Oh, sei still! Ich bitte dich nicht, irgendetwas zu tun. Als ob du das könntest", sagte ihre Schwester verächtlich. Sie ging in dem Schlafzimmer herum. „Dieser Raum ist gut geeignet."

„Was?" Lady Sybilla riss die Augen auf, als sie ihrer Schwester folgte. Sie schluckte krampfhaft, als Lady Charlotte am Bett stehenblieb. „Nicht hier! Du kannst mein Zimmer nicht haben. Es muss ein Dutzend leerer Schlafzimmer geben. Und *dein* Zimmer."

„Sei kein völliger Einfaltspinsel. Macaras Zimmer ist direkt daneben. Er könnte einfach bei uns hereinplatzen. Das tut er manchmal. Und wir können keines der leeren Zimmer benutzen, weil die Möbel mit Überzügen bedeckt sind. Was würde Oliphant denken, wenn wir ihn in einen verschlossenen, muffigen Raum bringen, ohne die Hilfe deiner Zofe und - frische Blumen?" Lady Charlotte bewunderte den großen, bunten Blumenstrauß und sog den schweren Duft ein. „Welcher Narr hat dir die geschenkt?"

„Emily."

„Wie unglaublich süß von ihr", sagte Lady Charlotte mit einem verzerrten Lächeln und zupfte ein Blütenblatt von einer weißen Rose. „Sie hat dich immer vorgezogen. Weil du sie übermäßig verwöhnst, genau wie Mama."

„Du weißt, dass das nicht stimmt. Es ist nur so, dass sie und ich uns im Alter näherstehen. Ich war noch im Schulzimmer, als sie geboren wurde, und du hattest gerade Macara geheiratet, daher warst du nicht da, um …"

„Gott sei Dank war ich nicht da! Ich hätte es nicht ertragen zuzusehen, wie Mama um Madeleines Bastardgöre herumschwänzelte." Lady Charlotte schauderte dramatisch und fasste sich fast augenblicklich wieder. „Oliphant wird die Hilfe deiner Zofe brauchen. Du wirst das natürlich erlauben. Wir können nicht hierbleiben. Nun, du nicht. Du kannst in deinem Wohnzimmer bleiben. Wenn er mich zu bleiben bittet, muss ich dem nachkommen."

„Du kannst das doch nicht wirklich durchziehen wollen! Es ist *monströs*."

„Hör auf zu heulen und benutze dein Taschentuch! Natürlich ist das nicht monströs, du dummes Weib. Es ist in ihrem besten Interesse. Es wird jeden Skandal im Keim ersticken. Möchtest du, dass die Leute denken, dass sie in ihrer Hochzeitsnacht keine Jungfrau mehr ist? Möchtest du jedes Mal, wenn du zu Almack's gehst, angestarrt werden? Den Familiennamen überall in den Schmutz gezogen hören? Sei vernünftig, Sybilla. Es ist doch nicht so, als würde dies nicht von Zeit zu Zeit gemacht. Mir ist klar, dass es unangenehm ist, sich vorzustellen, dass wir uns dazu herablassen müssen, so Oliphants Dienste zu erbitten, aber ich habe Lord Delvin versichert, dass der Mann äußerst diskret ist."

„Delvin? Du hast das mit ihm besprochen?"

Lady Charlotte richtete sich auf. „Schau mich nicht so an! Wenn du es wissen musst, er fragte mich um Rat. Und das war sehr anständig von ihm!"

Lady Sybilla gab ein hysterisches Schluchzen von sich.

„Mach dich nützlich und rufe deine Zofe. Lass sie ein paar Handtücher und heißes Wasser und saubere Tücher bringen. Ich nehme an, dass Oliphant all diese Dinge benötigt." Sie brachte vor dem Spiegel, der über dem Kaminsims hing, ihr Haar in Ordnung. „Und sage ihr, sie möge sich beeilen!", rief sie, obwohl Lady Sybilla sich nicht gerührt hatte. „Er wird nicht viel länger auf sich warten lassen. Wie viele Schalen Tee kann der Mann mit Mama trinken?"

Ein Kratzen ertönte an der Tür und auf Lady Charlottes Befehl kam ein Lakai herein, um Sir John Oliphant anzukündigen - einen Mann mittlerer Größe, der zur Fettleibigkeit neigte, ein krachendes Korsett und eine Perücke der letzten Mode im Stil *à la pigeon* trug. Die reichen Stoffe seines Rocks und seiner Hosen sprachen eher für einen Höfling als für einen Medizingelehrten.

Seine scharfen Augen bemerkten die Feindseligkeit Lady Sybillas, die ihn lediglich mit einem Blick aus ihrem verkniffenen Gesicht begrüßte. Er antwortete ihr mit einer Verbeugung, konzentrierte dann aber all seine Aufmerksamkeit auf die ältere Schwester, mit der er bei seiner Ankunft in St. Neots House ausführlich gesprochen hatte.

„Wie Ihr voraussagtet, war ihre Gnaden überhaupt nicht erfreut, mich zu sehen. Ich habe sie jedoch in besserer Stimmung verlassen. Sie hat ein schwaches Herz, wie Ihr wisst, und eine Störung so schockierender Natur, wie Ihr sie beschriebt, kann sie nur noch mehr belastet haben. Ich freue mich, sagen zu können, dass sie in ausgezeichneter Gesundheit ist und sich wohl befindet."

„Das sind gut Nachrichten, Sir John. Ich bin erleichtert, Euch das sagen zu hören. Ich danke Euch nochmals, dass Ihr Euch die Zeit genommen habt, hierherzukommen und nach Mama zu sehen."

Sir John lächelte. „Mylady, bitte, das war eine mehr als geringfügige Unannehmlichkeit. Und es ist immer ein Genuss, eine Schale des ausgezeichneten Tees der Herzogin teilen zu dürfen."

Und ein halbes Dutzend Cremetörtchen dazu, dachte Lady Charlotte. Sie sagte laut: „Ihr habt Euren Besuch in diesem Raum nicht erwähnt, oder warum ...?

„Natürlich nicht, Mylady", versicherte er ihr. „Ich stimme ihnen von ganzem Herzen zu. Je weniger ihre Gnaden gestört wird, desto besser für ihre Gesundheit."

Lady Sybilla wrang ihr Taschentuch zu einem festen Ball. „Mama wird viel mehr verstört sein, wenn man sie über deine Absichten in Unkenntnis lässt!"

„Werte Lady", begann Sir John und wurde von Lady Charlotte unterbrochen, die die Hand hob.

„Sybilla! Hatte ich dich nicht gebeten, deiner Zofe Anweisungen zu geben?"

„Es ist schrecklich! *Schrecklich!*", warf Lady Sybilla ihnen ins Gesicht und eilte aus dem Raum, ihr Spitzentaschentuch vor ihren Mund gepresst.

„Sie ist übernervös. War sie schon als Kind", sagte Lady Charlotte mit einem verächtlichen Lächeln. „Wollt Ihr Euch nicht setzen, Sir John? Emily wird jeden Moment hier sein. Ah! Hier ist sie ja. Emily, Liebes, dies ist Sir John Oliphant, der gekommen ist, um dir einen Besuch abzustatten."

Emily war ohne zu klopfen hereingekommen. Als sie Lady Charlotte sah, war ihre erste Reaktion, sich leise wieder entfernen zu wollen, aber sie war gesehen worden. Sie kannte Sir John, da er sich seit einigen Jahren um ihre Großmutter kümmerte. Und gerade eben, als sie mit der

Herzogin sprechen wollte, teilte Neave ihr mit, dass Sir John mit ihr Tee tränke. Als sie den Arzt in Lady Sybillas Zimmern sah, nahm sie sofort an, dass es ihrer Tante nicht gut ginge.

„Fühlt Tante Sybilla sich nicht wohl?"

„Wo bleibt dein Knicks, Kind?", sagte Lady Charlotte hochmütig und schob Emily an ihren Schultern dorthin, wo Sir John am Fenster stand. „Ihr müsst ihr verzeihen, Sir John. Die Ereignisse des vergangenen Tages ..."

Emily warf ihr einen zornigen Blick voller Verlegenheit zu, knickste aber brav und ließ sich die Hand küssen. „Ich bin erfreut, Eure Bekanntschaft zu machen, Sir", sagte sie und wischte sich ihre feuchte Hand hinter ihrem Rücken ab, eine Geste, für die ihre Tante sie hätte ohrfeigen wollen.

„Wie alt seid Ihr, Kind?", fragte Sir John und hob Emilys Kopf, um in ihre grauen Augen zu sehen.

„Achtzehn. Warum wollt Ihr mich sehen, Sir John? Ihr kamt doch, um Großmama zu besuchen."

Sir John lächelte. „Ich habe ihre Gnaden gesehen und sie befindet sich wohl, wenn man bedenkt, welche Belastung sie in letzter Zeit zu ertragen hatte. Und jetzt bin ich hier, um nach Euch zu sehen, meine Liebe."

„Hat Großmama Euch gebeten, nach mir zu sehen?"

„Emily, Liebling, du solltest dankbar sein, dass Sir John die Zeit findet, dich zu sehen. Er ist ein angesehener Arzt, der sehr gefragt ist."

„Ihr seid zu freundlich, Mylady. Öffnet den Mund, Kind, damit ich Eure Zunge sehen kann."

„Emily, tu, was man dir sagt!", fauchte Lady Charlotte, deren Beherrschung am Ende war.

„Es - es fehlt meiner Zunge nichts", stammelte Emily und trat einen Schritt zurück; Panik stieg in ihr auf.

„Verzeiht ihr, Sir John. Sie steht unter enormem Druck. Mit ihrer Verlobung und den Vorbereitungen für den Feuerwerksball, um den letzten Abend nicht zu erwähnen ..."

Emily errötete. „Erinnere mich nicht *daran*. Das ist etwas, das ich vergessen möchte."

„Das möchten wir alle", erwiderte Lady Charlotte. „Aber es ist etwas, das nicht ignoriert werden kann. Also tue bitte, was man dir sagt. Das verursacht weniger Aufstand und wird viel einfacher für dich sein!"

„Was - was wollt Ihr von mir?", fragte Emily und sah von ihrer Tante zu Sir John und wieder zurück.

„Euch ein paar Fragen stellen, Kind", sagte Sir John besänftigend und fasste wieder unter Emilys Kinn. Er holte seine goldene Taschenuhr heraus und, zwei fette Finger an ihren Hals gedrückt, musterte er das Ziffernblatt aus Perlmutter. Emily duldete diese Behandlung, aber als der Arzt seine Taschenuhr einsteckte, trat sie von ihm zurück. Er seufzte und schaute zu Lady Charlotte. „Ihr sagtet etwas von einer Zofe, Mylady?" Und zu Emily: „Mein liebes Kind, ich bin hier, um Euch zu helfen. Ihr habt einen brutalen Angriff erlitten und müsst daher von einem Arzt, so wie mir, untersucht werden. Eure Tante ist nur um Euer Wohlergehen besorgt, ebenso wie Euer zukünftiger Ehemann. Ich habe den Earl von Delvin als einen jungen Mann mit überlegenen Manieren und souveränem Auftreten kennengelernt. Ihr seid tatsächlich sehr glücklich zu schätzen, so geehrt zu werden. Möchtet Ihr Euch nicht hierhersetzen, damit wir kurz reden können? Nur wir beide." Er rückte einen Stuhl zurecht und warf Lady Charlotte einen vielsagenden Blick zu, der sie auf die Suche nach ihrer Schwester gehen ließ.

Emily zögerte, setzte sich dann auf die Kante des Stuhls. Ohne ihre Tante fühlte sie sich weniger sicher, war aber erleichtert zu sehen, dass die Wohnzimmertür einen Spalt offengeblieben war. Sir John ging wieder ans Fenster zurück, wobei das Licht hinter ihm sein Gesicht im Schatten ließ.

„Ihr wisst, dass ich Arzt bin, Kind. Ihr wisst, dass ich Eure Großmutter betreue. Ich habe viele Patientinnen in der Gesellschaft. Ich habe die Königin bei einem ihrer Wochenbetten behandelt. Was ich zu sagen versuche, ist: Ihr müsst keine Angst vor mir haben oder verlegen sein oder Euch in meiner Gegenwart unbehaglich fühlen. Ich bin hier, um Euch zu helfen, und was zwischen uns gesprochen wird, bleibt in diesen vier Wänden. Versteht Ihr?"

„Mir geht es ausgezeichnet, Sir John. Ich möchte die letzte Nacht nur vergessen."

„Das ist verständlich. Aber sagt mir: Habt Ihr Blutergüsse am Körper?"

Emily blinzelte.

„Habt Ihr Schmerzen?"

„Am Fuß. Ich habe meinen Fuß an der Vitrine gestoßen."

„Sonst irgendwo? Oben an Euren Beinen, vielleicht?"

„Oben an meinen Beinen? N-nein."

„Keine Schmerzen zwischen Euren Oberschenkeln? Keine Schmerzen in Eurem Bauch?"

„Im Bauch? Er - er drückte mich nach unten und sein Gewicht war lästig, aber nicht schmerzhaft."

„Hat er Eure Röcke gehoben?"

Emilys Gesicht wurde brandrot und sie wandte die Augen ab.

„Habt Ihr seine Hände gefühlt ...", fuhr Sir John fort.

„Seine Hände?", wiederholte Emily verblüfft.

„Hat er seine Hände unter Eure Röcke geschoben?"

„Ja - Nein! Er versuchte es, aber ich ..."

„Mein Kind, wisst Ihr, wie es ist, wenn ein Ehemann bei seiner Frau liegt?"

Emily blinzelte. Dann verstand sie und erbleichte.

Sir John holte seine Schnupftabakdose heraus. „Beantwortet meine Frage, meine Liebe."

Emily stand mit zitternden Beinen auf. „Das hat nichts - mit letzter Nacht zu tun!"

„Mein Kind, das hat sehr wohl damit zu tun", sagte Sir John ruhig. „Mädchen Eurer Herkunft und Erziehung werden sehr behütet erzogen. Es ist nur angemessen und natürlich, wenn Ihr - äh - bestimmte Tatsachen betreffend in Unwissenheit gehalten werdet, bis Ihr heiratet. Ihr könntet vergewaltigt worden sein und es nicht wissen. Glaubt mir, das ist schon früher geschehen, und jüngeren Mädchen als Euch."

„Das ist mit mir nicht geschehen, Sir John", antwortete Emily, den Tränen nahe. „Ich mag unwissend sein, aber nicht - nicht *dumm*. Wenn Ihr es wissen müsst, ich habe gesehen, wie ein Pferd eine Stute bestieg und so war es nicht!"

„Emily", keuchte Lady Charlotte, die den letzten Satz dieser stockenden Rede aufgeschnappt hatte, als sie ins Zimmer zurück gerauscht kam, Lady Sybilla und deren Zofe im Schlepptau.

Sir Johns fette Wangen waren von einem leuchtenden Rosa und er behielt nur die Fassung, indem er sich zum Fenster wandte.

„Emily. Wie kannst du es wagen, so gewöhnlich zu sprechen! Du wirst Sir John mit Sicherheit einen falschen Eindruck vermitteln. Verzeiht ihr, Sir John. Sie ist immer übermütig und dafür bekannt, dass sie gelegentlich Dinge sagt, um andere zu schockieren oder in Verlegenheit zu bringen. Ein bedauerlicher Wesenszug, von dem ich befürchte, dass sie ihn durch Mamas Patensohn angenommen hat, der ein bloßer Schreiber im Außenministerium ist und dessen Gewohnheiten in schlimmster Weise kontinental sind."

„Ich - ich weiß nichts von seinem Verhalten auf dem Kontinent, aber Alec war immer lieb und freundlich zu mir, wie ein Bruder. Ich werde nicht ..."

„Sei ruhig!", befahl Lady Charlotte und drückte Emilys Handgelenk so fest, dass sie aufschrie. „Du wirst tun, was dir gesagt wird", flüsterte sie heftig. „Du blamierst uns hier, nicht nur dich selbst, sondern *uns*.

Das werde ich nicht zulassen! Wie kannst du erwarten, als Gräfin aufzutreten, wenn du dich nicht wie eine wohlerzogene junge Dame benehmen kannst?"

„Ich will mit Großmama sprechen", verlangte Emily, riss sich los und rieb ihr Handgelenk. „Ich will Edward sehen!"

Lady Sybilla stieß ein Geräusch aus, das eine Mischung zwischen Schluchzen und Lachen war. Lady Charlotte schaute zuerst sie, dann Emily böse an.

„Hör mir zu, du kleine Närrin", zischte Lady Charlotte und packte Emilys gerötetes Handgelenk wieder. „Heute Abend kommen vierhundert Gäste hierher, um deine Verlobung mit einem prächtigen Feuerwerksball zu feiern. Alles ist vorbereitet. Aber wenn du Sir John nicht erlaubst, dich zu untersuchen, könnte Lord Delvin sehr wohl die ganze Sache noch abblasen! Verstehst du mich?"

Emily verstand überhaupt nichts. „Was absagen? Den - *den Ball*? Aber warum? Er kann doch nicht glauben, dass es mir so schlecht ginge ..."

Sir John hüstelte höflich. „Mylady, vielleicht braucht das Kind noch mehr Zeit, um ..."

„Unsinn! Dafür ist keine Zeit! Außerdem liegt die Entscheidung nicht bei ihr", sagte Lady Charlotte hochmütig. „Sie ist verwirrt. Vielleicht hat sie sogar Fieber. Der Schock der letzten Nacht hat ihr Gehirn verwirrt. Sie ist nicht sie selbst. Seid geduldig mit ihr und ich weiß ..."

„Ich will Großmama sehen!", verlangte Emily, riss sich los, versuchte, die Schlafzimmertür zu öffnen, fand sie aber verschlossen. Als sie zum Wohnzimmer laufen wollte, versperrte Lady Charlotte ihr den Weg. „Du kannst mich nicht zwingen, hierzubleiben! Ich will Edward sehen! Ich will, dass er mir sagt, dass *er* das hier will."

Lady Charlotte schlug sie ins Gesicht.

„Entschuldigt uns einen Moment, Sir John", sagte sie höflich, und solange Emily noch von dem brennenden Schlag auf ihre Wange unter Schock stand, zerrte sie sie ins Wohnzimmer. „Wie *kannst* du es wagen, mich so zu demütigen, du kleine Hexe! Jetzt sei still und höre mir zu! Oh, halt doch den Mund, Sybilla! Wenn du heulen musst, tu es um Gottes willen woanders."

„Ich werde Emily nicht alleinlassen", schluchzte ihre Schwester. „Das werde ich nicht tun!"

„Bitte, Tante Sybilla, weine nicht", flehte Emily. Sie versuchte, sich von Lady Charlotte loszumachen. „Lass mich los! Du kannst mich nicht zwingen!"

„Wenn du hierbei nicht mitmachst, ist es das Ende deiner Hoffnung,

Gräfin Delvin zu werden. Er erwartet in seiner Hochzeitsnacht eine Jungfrau, und eine Jungfrau wirst du sein! Deshalb ist Sir John hier, du kleine Närrin. Wir können uns keinen weiteren Skandal in der Familie leisten, aber wenn du dich weigerst, Sir John dich untersuchen zu lassen, kann das nur eines bedeuten: du hast letzte Nacht einen Mann in dein Bett gelassen."

Tränen schossen über Emilys gerötete Wangen. „Wie kannst du mich beschuldigen, so furchtbar verderbt zu sein?"

„Weil es das ist, was andere denken werden, wenn du Sir John nicht erlaubst, dich zu untersuchen! Das ist das, was Lord Delvin denken wird!"

Emily versuchte einen Moment zu trotzen. „Edward würde nie glauben, dass ich so lasterhaften Benehmens fähig wäre! Er liebt mich."

„Liebt dich?", sagte Lady Charlotte mit einem hysterischen Auflachen. „Mit dreißigtausend Pfund auf deinen Kopf kann ich mir vorstellen, dass jeder Mann dich lieben könnte."

„Dreißigtausend Pfund?"

„Deine Mitgift, kleine Närrin. Genug Geld, um einen anständigen Ehemann einzufangen. Genug Geld, um den Flecken auf deinem Stammbaum zu übertünchen."

„Aber Großmama erlaubte mir zu wählen."

„Mit dreißigtausend Pfund hatte Mama nicht vor, dich weniger als einen Titel heiraten zu lassen", stellte Lady Charlotte verächtlich fest. „Ganz bestimmt nicht, dich an diesen Niemand, der Delvins Bruder ist, wegwerfen zu lassen."

„Alec? Er hat nicht einmal gesagt, dass er mich heiraten möchte."

Lady Charlotte lachte schrill. „Du kleiner Dummkopf! *Dich heiraten?* Natürlich hatte er nie vor, dich zu heiraten. Männer seiner Art heiraten nicht. Aber dich verführen, dich ruinieren, oh ja, das könnte ich gut glauben!"

Emily sah Lady Sybilla voller Neugier an. „Ist Alec wirklich so, Tante Sybilla? *Ist er das?*"

Bevor Sybilla antworten konnte, sagte ihre Schwester barsch: „Alec Halsey hat Selina Jamison-Lewis' Aussichten auf eine glückliche Ehe ruiniert, als er sie im Wald verführte, und soweit wir wissen, war er es, der sich dir letzte Nacht aufgedrängt hat!"

Lady Sybilla brach in Tränen aus. „Charlotte! Wie kannst du solche gemeinen Beschuldigungen gegen einen Mann aussprechen, der ..."

„Weil Emily ein Recht darauf hat, die Wahrheit über Alec Halsey zu erfahren, vor allem, wenn sein eigener Bruder ihn für ein verkommenes Subjekt hält." Lady Charlotte zog Emily an sich und flüsterte in ihr Gesicht. „Deine Heirat mit dem Earl von Delvin bedeutet Mama viel. Sie wird alle Fehler deiner Mutter wieder gutmachen. Aber wenn du Mamas Herz brechen willst, so wie deine Mutter vor dir, dann kann ich Sir John gerne nach London zurückschicken." Sie schob Emily weg; ihr weißer Mund war zu einem hässlich verzerrten Strich zusammengepresst. „Es ist deine Wahl, wenn du dich der Untersuchung nicht unterziehen willst", stellte sie mit tonloser Stimme fest. „Niemand wird Lord Delvin tadeln, wenn er von dieser Verlobung zurücktritt. Aber wo bleibst du dann? Niemand will verdorbene Ware haben. Niemand wird dich wollen. Mama wird das Herz brechen, aber wenigstens werden ihr die Augen für die schreckliche Wahrheit geöffnet: Dass ihre geliebte Enkelin das Ebenbild ihrer ehrlosen Tochter ist. Was für ein Jammer. Und was für eine Verschwendung von Mamas sorgfältiger Erziehung." Sie wandte sich in einem Rauschen steifer Seidenröcke ab. „Komm Sybilla. Wir müssen uns bei Sir John entschuldigen ..."

Emily öffnete den Mund, um zu sprechen, brachte aber kein Wort heraus. Sie fühlte sich gleichzeitig heiß und atemlos, aber auch kalt und schwindelig. Ihr Kopf pochte an den Schläfen. Sie presste ihre Handflächen gegen ihre Wangen und schloss die Augen, weil das Zimmer sich um sie zu drehen angefangen hatte. Sie wünschte, sie wüsste, was sie tun sollte. Sie wünschte, ihre Großmutter wäre bei ihr. Sie wünschte sich, überall zu sein, nur nicht hier. Plötzlich spürte sie, wie ihre Knie nachgaben und alles dunkel wurde, als ob sie die Augen geschlossen hätte, obwohl sie wusste, dass sie mit weit aufgerissenen Augen ihre schluchzende Tante anstarrte. Dann auf einmal sackte sie in einem Haufen wogender Röcke auf dem Boden zusammen, und Lady Sybillas Schreie schrillten in ihren Ohren.

Als Emily ihre Augen öffnete, lag sie auf Lady Sybillas Bett. Der gefältelte Himmel aus Seide über ihr begann sich wieder zu drehen. Sie presste ihre Augen fest zu. Sie fühlte sich schlapp und elend. Sie wünschte sich nichts mehr, als sich unter der weichen Bettdecke zusammenzurollen und zu hoffen, dass der Albtraum vorübergehen würde. Von beiden Seiten kamen flüsternde Stimmen. Eine kühle Hand berührte ihre Stirn, dann ihren Hals, und blieb dort einen Moment länger, als sie es für notwendig gehalten hätte, daher schob sie sie weg. Der Duft eines vertrauten Parfüms ließ ihre Nase jucken.

„Trink das hier, Liebste", sagt Lady Sybilla beruhigend und strich das feuchte, blonde Haar aus der Stirn des Mädchens. Zu jemandem auf der anderen Seite des Betts sagte sie: „Du siehst doch, dass es ihr nicht gut genug geht, um ...“

„Sir John war schon mehr als geduldig.“

„Charlotte! Du kannst nicht immer noch die Absicht haben, das durchzuziehen! *Bitte!*“

„Natürlich. Wir müssen es.“

„Oh nein, Charlotte. *Nein.*“

Emily umklammerte Lady Sybillas Hand. „Es ist schon gut, Tante Sybilla.“

„Es geht dir nicht gut, Liebste. Du kannst nicht verstehen, was sie vorhaben.“

„Doch, ich verstehe es“, sagte Emily matt. „Ich habe nichts Falsches getan. Ich habe keine Angst.“

„Siehst du, Sybilla. Emily ist doch ein vernünftiges Mädchen.“

„Bleib bei mir, Tante Sybilla.“

Lady Sybilla konnte ihr nicht ins Gesicht sehen. „Charlotte wäre die bessere Wahl.“

„Ich will niemand anderen als dich.“

„Tu, was sie verlangt“, befahl Lady Charlotte. Sie verließ das Bett, um mit Sir John zu sprechen, der die Spitzenrüschen an seinen Handgelenken entfernte. „Danke, dass Ihr so geduldig wart. Ich hatte kaum erwartet, dass sie so schwierig sein würde.“

„Macht Euch nichts daraus, Mylady. Sie ist nicht das schwierigste weibliche Wesen, mit dem ich es zu tun hatte. Das Kind ist jung und temperamentvoll und es ist nur natürlich, dass sie ein wenig Angst hat.“

Lady Charlotte lächelte dünn. „Ihr seid so freundlich und verständnisvoll.“

ACHT

Eine halbe Stunde später kam Lady Charlotte die Haupttreppe auf der Suche nach dem Earl von Delvin hinabgerauscht und fand sich einem frühen Ankömmling zum Feuerwerksball gegenüber.

Ein alter Gentleman mit graumeliertem Haar, hinter dem ein Diener zwei Windhunde führte, wurde von der Herzogin von Romney-St Neots begrüßt, während Lakaien Portmanteaux in das große, marmorne Foyer trugen. Ein jüngerer Gentleman in einem scharlachroten Rock mit silbernen Besätzen, der einen bernsteinfarbenen Rohrstock trug, kam hinter den die Taschen tragenden Lakaien herein und wartete darauf, bemerkt zu werden; er schaute sich nervös um und zu der vergoldeten und blau bemalten Kuppeldecke hinauf.

Lady Charlotte war nicht erfreut, dass ihr Vorhaben unterbrochen wurde und wollte schon zum zweiten Stock zurückgehen, als ihre Mutter sie sah und heranwinkte, dass sie sich der Gruppe anschließen sollte.

Plantagenet Halsey stellte der Herzogin Simon Tremarton vor und sagte: „Er hat keine goldgeränderte Einladungskarte, aber ich wusste, dass Euch ein Paar weitere Füße auf dem Tanzboden nicht stören würden. Er ist der Bruder von Lady Gervais und kennt Alec durch das Außenministerium."

„Euer Gnaden", murmelte Simon und verbeugte sich tief. „Es war nicht mein Wunsch, Eure Gastfreundschaft auszunutzen."

„Davon kann gar keine Rede sein", sagte die Herzogin freundlich und streckte dem alten Mann ihre Hand hin. Sie stellte Lady Charlotte vor und freute sich insgeheim zu sehen, wie ihre Tochter aus dem

Gleichgewicht gebracht wurde, als ein Mann sich über ihre Hand beugte, den sie nach Tyburn wünschte. Es geschah ihr recht; die Herzogin war noch immer wütend auf sie, weil sie Sir John Oliphant gerufen hatte.

Lady Charlotte zuckte beinahe zurück, als sie Plantagenet Halsey vorgestellt wurde. Sie zwang sich, ihm ihre Hand zu geben. Ihrer Meinung nach war im Hause eines Edelmanns kein Platz für diesen alten Mann mit seinen republikanischen Gefühlen; besser sollte man einen Straßenräuber einladen, um sich zum Diner an den Tisch zu setzen. Zu Simon Tremarton war sie nicht höflicher. Offensichtlich war er ein Freund dieses Verräters, sonst würde er nicht dessen Kutsche geteilt haben. Als die Windhunde begannen, ihre seidenen Pantoletten zu beschnuppern, war es mehr, als sie ertragen konnte und sie entfernte sich eilig mit einer geflüsterten Entschuldigung und einem erregten Wedeln ihres Gouache-Fächers.

Plantagenet Halsey lachte offen über den schnellen Abgang der Dame. Er schickte Tam mit den Hunden weg, um seinen Neffen zu suchen und wandte sich mit einem Grinsen der Herzogin zu.

„Also das ist die, von der Alec sagt, sie hätte ein Gesicht wie ein Fisch. Sind alle Eure Töchter wie diese, Euer Gnaden?"

„Zum Glück nicht. Wenn auch Sybilla ein wenig dümmlich ist", sagte die Herzogin und verdrehte die Augen. Sie nahm den Arm, den er ihr bot, und gefolgt von Mr. Tremarton gingen sie weiter in die Lange Galerie, wo die meisten Hausgäste sich für ein nachmittägliches Kartenspiel zusammengefunden hatten. „Ich werde Neave Alec holen lassen. Möchtet Ihr eine Erfrischung?"

Plantagenet Halsey tätschelte ihre Hand. „Um uns müsst Ihr Euch nicht kümmern. Tremarton und ich können auf den Nachmittagstee warten. Sagt mir, wie es Euch geht", sagte er schroff und schaute sie besorgt an. „Und erzählt mir keine Geschichten!"

Von solchen rauen Worten leicht aus der Bahn geworfen, jedoch gleichzeitig darüber erfreut, setzte sich die Herzogin mit ihm auf ein Sofa etwas abseits von ihren Gästen, und Simon Tremarton entschuldigte sich höflich, um zu den Kartentischen hinüberzuschlendern.

Bald sah er seine Schwester. Ihre ganze Konzentration galt den Karten in ihrer Hand. Als sie zufällig aufsah, zwinkerte Simon ihr zu. Fast wäre sie aufgesprungen. Sie ließ ihren Fächer zu Boden fallen. Ein in der Nähe stehender Gentleman beugte sich hinab, hob ihn auf und legte ihn neben ihr Reticule auf den Tisch. Ihr Dank war oberflächlich. Alle warteten auf ihre Ansage. Sie spielte ihre Karte leichtfertig aus. Simons Lächeln wurde breiter und er ging weiter, um sich einer Gruppe von Gästen anzuschließen, die auf einer Reihe von Stühlen in der Mitte des langen Raums herumsaßen. Lord Gervais war dabei, und obwohl er den Bruder seiner Frau nicht mochte, hatte er doch so gute Manieren, Simon einzuladen, er möge sich ihnen anschließen.

„Jagt Ihr, Tremarton?", fragte Lord Andrew Macara. „Setzt Euch! Setzt Euch! Keine Förmlichkeiten hier!"

„Es tut mir leid, sagen zu müssen, Mylord, dass ich keine Zeit habe, um dieser Leidenschaft zu frönen", sagte Simon und hockte sich auf die Kante seines Stuhls. „Manchmal schieße ich jedoch ein wenig."

„Ah", antwortete Macara und verfiel in Schweigen.

„Tremarton ist im diplomatischen Dienst", erklärte Lord Gervais Selina, die zu seiner Rechten saß und träge Luft über ihre bloßen Schultern fächelte. „Ständig auf dem Kontinent."

„Mr. Tremarton und ich wurden einander bereits vorgestellt", antwortete Selina, deren dunklen Augen nicht von Simons Gesicht wichen. Sie beobachtete, wie er errötete und zur Seite sah. „Fremdländische Höfe und fremdländische Sitten! All diese Machenschaften. Vielleicht sollte ich auch auf Reisen gehen ...?"

„Du würdest es hassen, Selina", sagte Sir Cosmo mit einem Lachen. „Paris vielleicht nicht. Aber das Reisen. Diese endlosen Straßen!"

„Du hast natürlich recht." Sie seufzte dramatisch und legt eine lange, weiße Hand an ihre Schläfe. „Vom Reisen bekommt man Kopfschmerzen. Hier heraus zu fahren war anstrengend genug. Die ganzen neunzig Minuten." Sie und Sir Cosmo lachten einverständlich. „Was das angeht, bin ich meinem Cousin Jack nicht unähnlich. Jack hasste das Reisen so. Er war ein echter Londoner. Ich frage mich, was ihn dazu veranlasste, nach Yorkshire zu fahren ...?"

„Moorhühner", erklärte Macara. „Müssen die Moorhühner gewesen sein."

„Wirklich? Zu dieser Jahreszeit?", sagte Selina mit übertriebener Überraschung, was Sir Cosmo alarmierte, und sie wandte ihre großen, dunklen Augen wieder Simon zu. „Und die ganze Zeit hatte ich angenommen, er hätte einen Vogel mit völlig anderen Federn fangen wollen. Vielleicht, Mr. Tremarton, könntet Ihr uns aufklären. Ihr habt schließlich Jack nach Yorkshire begleitet, nicht wahr?"

Simon Tremarton erbleichte und murmelte eine Antwort dahingehend, dass, er tatsächlich auf Jack Belsays Einladung hin nach Yorkshire gefahren wäre, woraufhin Lord Andrew Macara sich einmischte und sagte: „Ist das so, Tremarton? Irgendetwas Erwähnenswertes geschossen?"

Simon öffnete den Mund, warf Selina einen raschen Blick zu, und sie war es, die lächelnd zu seiner Lordschaft sagte: „Ich habe keine

Ahnung, ob Mr. Tremarton ein scharfes Auge hat, aber Jack war sehr erfreut über sein beträchtliches Geschick beim Umgang mit seiner Waffe. Die Moorhühner, vermute ich, waren eher zweitrangig."

Macara nickte. „Man muss etwas davon verstehen. Nichts schlimmer als ein Mann, der seine Waffe nicht halten und ordentlich schießen kann!"

Selina schmunzelte hinter ihrem Fächer, aber in ihren Augen stand ein solches Lachen, dass Sir Cosmo sich in Gedanken eine Notiz machte herauszufinden, was sie so erheitert hatte. Aber gerade jetzt wurde seine Aufmerksamkeit abgelenkt, so wie die der anderen, durch das ältere Paar, das am anderen Ende des Raums in ein Gespräch vertieft saß.

„Wer ist dieser ungepflegte Kerl, der sich da so vertraulich mit ihrer Gnaden unterhält? He, Tremarton? Kennt Ihr ihn?", fragte Lord Gervais und hob sein Monokel an ein wässriges Auge.

„Mr. Plantagenet Halsey, Mylord", antwortete sein Schwager und verspürte große Erleichterung darüber, dass die Neugier aller von ihm abgelenkt wurde.

Mehrere Monokel wandten sich dem alten Mann zu. Lord Gervais schnaubte verächtlich. Sir Cosmo grinste. Macara sah keineswegs klüger aus und bat Selina, ihm Näheres zu erklären.

„Mr. Halseys ist ein unverblümt sprechendes Mitglied des Parlaments, Mylord."

„Unverblümt, verdammt! Verzeiht, Madam", knurrte Lord Gervais, „aber dieser alte Fuchs ist ein Verräter an König und Vaterland!"

„Er hat gewisse republikanische Einstellungen, das ist wahr", fügte Sir Cosmo gelassen hinzu.

„Republikanisch? Pah!", sagte Lord Gervais. „Der Mann ist ein Irrer! Wäre er nicht im Parlament, hätte man ihn inzwischen in den Tower geworfen!"

„Ich freue mich so, dass er sich entschlossen hat, hierherzukommen", sagte Selina Jamison-Lewis genüsslich. „Ich war schon verzweifelt auf der Suche nach etwas Aufregung."

„Was im Namen alles Heiligen macht er hier?", verlangte Lord Gervais zu wissen.

„Er ist Delvins Onkel", sagte Sir Cosmo mit einem Grinsen und zwinkerte Selina zu.

„Der Mann ist ein Ärgernis für die Gesellschaft!", brummte Lord Gervais, leicht beschwichtigt, als er erfuhr, dass der alte Mann einen guten Stammbaum hatte. „Er denkt, wir sollten den Forderungen dieser amerikanischen Kolonisten nachgeben. Schreibt aufrührerische Flugschriften, um die Herde zum Aufstand anzuregen."

„Aber sie können doch nicht einmal lesen", warf Selina ein.

„Kann mir nicht vorstellen, worüber sie reden könnten", sagte Macara. „Der Mann würde uns alle köpfen lassen, wenn er könnte. Erschreckend. Was!"

„Oh, ich weiß nicht, ob Mr. Halseys Ansichten in so blutrünstige Richtungen gehen, Mylord", sagte Selina und sah Lord Gervais vielsagend an. „Aber wenn Ihr an seinem Tisch sitzt, würdet Ihr sicher nicht mehr zählen als ein Mistkutscher."

Lord Andrew Macaras Augen weiteten sich und er polterte los. *„Mistkutscher*? Nun! In der Tat!"

„Der Mann ist erwiesen wahnsinnig!", stellte Lord Gervais fest, dessen Zorn kein Anzeichen machte, abzuflauen. „Seid Ihr einer seiner Schüler, Tremarton?"

„Mit Sicherheit nicht, Mylord. Ich kenne ihn kaum. Sein Neffe, Mr. Alec Halsey, und ich, sind gemeinsam im Dienst. Meine Verbindung zu Mr. Halsey ist zum Glück beschränkt."

Sir Cosmo schüttelte sein gepudertes Haupt. „Das ist ein Jammer, Tremarton. Plantagenet Halsey ist eine lohnende Bekanntschaft. Unter all seiner Rhetorik ist er ein guter, ehrlicher Mann."

Simon Tremarton wurde vor Verlegenheit rot. „Ich wollte nicht sagen ..."

„Ich gebe keinen Penny auf seine Ehrlichkeit", unterbrach Lord Gervais. „Er ist ein Ärgernis für die Gesellschaft und ein Heuchler, dass er hier auftaucht! Er sollte sofort hinausgeworfen werden!"

„Langsam, Gervais", sagte Lord Andrew Macara düster. „Wurde von ihrer Gnaden eingeladen. Können ihn nicht rauswerfen. Schlechter Stil. Wäre unhöflich."

„Aber der Mann glaubt nicht einmal an das Erstgeburtsrecht und Fideikommiss", beharrte Lord Gervais. „Was würde aus dem Fortbestand der Blutlinie und des Vermögens, Mylord, wenn es nicht auf den ältesten Sohn und Erben überginge? Wer hat je gehört, dass ein zweiter oder dritter Sohn gleiche Teile von dem Recht erbte, das ihrem ältesten Bruder zusteht? He? Irrsinn!"

Lord Andrew Macara hob sein Monokel, um Plantagenet Halsey besser betrachten zu können, eine Falte zwischen seinen Brauen, das einzige Zeichen des Missfallens, das er sich über die Wahl der Herzogin bei diesem Hausgast zu zeigen erlaubte. Das Stocken der Unterhaltung gab Simon Tremarton Gelegenheit, sich zu entschuldigen. Kaum war er aufgestanden, stürzte sich seine Schwester auf ihn. Sie entschuldigte sich nicht dafür, ihn in die relative Abgeschiedenheit eines Alkovens an der Terrassentür zu ziehen.

„Erfreut, mich zu sehen, Liebes?", witzelte Simon Tremarton, als er die Finger seiner Schwester aus der Spitze an seinen Handgelenken löste.

„Ich kann mir nicht vorstellen, dass du eine Einladung erhalten hast", flüsterte Cynthia Gervais verärgert. „Warum bist du hier, Simon?"

„Ich will Alec Halsey sprechen. Er ist der Bruder von deinem ..."

„Ich weiß sehr wohl, wer er ist!"

„Ach. Du hast also die wandelnde griechische Statue bereits kennengelernt. Hast du ihn in deine Pfötchen bekommen, Cindy?"

„Warum vermutest du, ich könnte an ihm interessiert sein?", sagte sie mit einem Schmollen und hob ihre kleine Nase in die Luft.

Simon Tremarton grinste und stupste sie unters Kinn. „Korb bekommen, wie? Arme Cindy. Was für ein Schlag für dein Selbstbewusstsein. Vermutlich hast du dich ihm an den Hals geworfen."

„Versuche doch, es besser zu machen!", spottete sie.

Simon schauderte leicht vor Entzücken und sagte mit einem Heben seiner Augenbrauen: „Wenn ich die geringste Chance bekäme, würde ich gerne herausfinden, ob er so männlich ist, wie er wirkt."

„Du bist widerlich!"

Simon zuckte mit den Schultern. „Nicht widerlicher als du, wenn du vor so jemandem wie Delvin auf die Knie gehst." Er schaute sich den langen Raum entlang um. „Wo ist denn dein geliebter Earl?"

„Er ist mit Lady Charlotte davongegangen ..."

„Eine Rivalin, Liebes?"

„Nein! Die Frau ist völlig prüde." Sie hörte auf, mit ihrem Fächer zu wacheln und schaute ihren Bruder hart an. „Was willst du von ihm, Simon? Du planst doch etwas. Sag es mir!"

„Ich habe unerledigte Geschäfte mit dem Earl ..."

„Edward wird dir kein Geld geben."

„Ich will keine armseligen Tausend."

Cynthia Gervais schnappte nach Luft. „Simon?! Du hast es geschafft, das Geld für Reubens zusammenzukriegen?"

„Nein, ich habe es nicht geschafft, das Geld zusammenzukriegen", ahmte er sie sarkastisch nach. „Wie glaubst du, könnte ich das in ein paar Tagen schaffen? Aber ich werde es tun, und noch etliches Gold übrig haben. Du wirst schon sehen."

„W-wie das?"

Simon lächelte. Aus der Tasche seines Rocks zog er einen abgenutzten, vergilbten Umschlag. „Hiermit. Dein geliebter Earl wird weit mehr als nur armselige tausend Pfund herausrücken wollen. Und ich habe die Absicht, ihn so hart zu bedrängen, wie ich kann. Wenn er dumm genug sein sollte, mich abspeisen zu wollen, wird sein Bruder mächtig daran interessiert sein, zu sehen, was ich habe, und auch dafür zahlen."

„Du bist wahnsinnig! Du kannst nicht Edward oder seinen Bruder erpressen. Du würdest nicht nur deine Stellung verlieren, sondern wahrscheinlich mit einem Schwert im Bauch enden, so wie Belsay."

„Ha! Jack war ein naiver Narr zu glauben, dass Delvin fair kämpfen würde. Jetzt geh zu deinem Basset-Spiel zurück. Dein stumpfsinniger Mann starrt uns schon an."

„Was kümmert mich das? Er starrt mich ständig an."

„Spioniert er immer noch durch das Schlüsselloch dir und deinem geliebten Earl nach?"

Cynthia Gervais schaute über ihre bloße Schulter und begegnete dem unverwandten Blick ihres Mannes. Lord Andrew Macara sprach mit ihm, aber er hörte nicht zu. Sie wandte sich mit einem Anflug von Gewissenbissen ihrem Bruder zu.

„Tu nichts, was ihn aufregt, Simon. Du hast seine Geduld schon mit dieser grässlichen Ganymed-Geschichte sehr auf die Probe gestellt. Er hat es geschafft, dich aus dieser Klemme herauszuholen, aber er nimmt seine richterlichen Pflichten sehr ernst. Wenn du glaubst, er würde einspringen und deinen Hals ein zweites Mal retten, irrst du dich sehr!"

Simon lächelte und küsste sie auf die Wange, die Augen auf seinen Schwager gerichtet. „Keine Sorge, Liebes. Es ist nicht *mein* Hals, der gerettet werden muss." Und mit einer Verbeugung schlenderte er davon, um sein Glück an einem der Kartentische zu versuchen.

TAM FAND ALEC IN DEM WENIG BENUTZTEN HOF VOR DEM Dienstbotenflügel. Er war bis auf die Hemdsärmel ausgezogen und im Begriff, einem schlaksigen Jüngling mit pickeligem Gesicht eine Lektion in den Feinheiten des Fechtens zu erteilen. Vier kleine Mädchen hockten hoch oben auf der Steinmauer. Tam bemerkte mit einem schiefen Lächeln, dass der Rock seines Herrn dazu benutzt wurde, um ihre Kleider vor der Feuchtigkeit zu schützen. Ein Junge, der Alecs Fechtpartner ähnelte, lehnte an der Wand in der Nähe, ebenso schweigsam wie seine Schwestern und ebenso vom Geschehen gefangen.

Es sagte viel über die Leistung seines Herrn aus, dass Tams Anwesenheit eine volle Minute lang unbemerkt blieb. Und dann waren es Cromwell und Marziran, die die Lektion unterbrachen, indem sie an ihren Leinen rissen und begierig darauf waren, zu ihrem Herrn zu laufen. Einer Fechtlektion zuzuschauen konnte nicht mit der Anziehungskraft zweier tänzelnder Windhunde konkurrieren. Das Quietschen des jüngsten Kindes beendete die Lektion und Alec erfüllte die Bitten seines Publikums, indem er die Mädchen von der Mauer hob.

Sie waren wohlerzogen genug, nicht zu Tam zu stürzen, und als dieser den Hunden etwas Spielraum gab, kamen die Kinder scheu nach vorn, die Hände ausgestreckt, um Kraulen, Tätscheln und Streicheln anzubieten. Die beiden Jungen hielten sich für über solche kindlichen Vergnügungen erhaben und hielten Alec mit hundert Fragen auf, bis ein Dienstmädchen mit einem Tablett Erfrischungen in den Händen aus der Küche auftauchte, das sie auf einer Sonnenuhr abstellte. Ein Lakai brachte Alec einen Krug Ale, der fast von sechs Kindern, die begeistert über die Pflastersteine rannten, um ihren Becher Punsch und eine Scheibe Kuchen zu bekommen, umgestoßen wurde.

„Kommst du, mich zu retten, Tam?" Alec lächelte und zupfte seine Hunde liebevoll an den Ohren. „Mein Onkel sicher angekommen?"

„Mr. Halsey ist bei ihrer Gnaden, Sir. Wir haben einen Besucher mitgebracht."

„Ja?"

„Einen Mr. Simon Tremarton."

„Tremarton?" Alec wartete darauf, dass Tam weitersprechen sollte, aber der Junge runzelte leicht abgelenkt die Stirn und spielte mit den Hundeleinen.

„Mr. Tremarton war am St. James' Place, als ich ankam", erklärte Tam. „Er bat darum, Euch sprechen zu dürfen, und war etwas erregt, als Mr. Wantage ihm mitteilte, dass Ihr über das Wochenende verreist wäret. Da tauchte Mr. Halsey mit seiner Tasche auf und sie kamen ins Gespräch. Eines führte zum anderen und hier ist er nun."

„Dann werde ich bald genug herausfinden, was er will."

„Sir ...!", begann Tam, und unterbrach sich dann, weil der Junge mit dem pickeligen Gesicht, seinen Bruder im Schlepptau, sich näherte und Aufmerksamkeit verlangte.

„Oliver und ich möchten Euch noch einmal danken, Sir", sagte der Junge und zog seinen Bruder mit sich nach vorn. „Wir sind noch keine echten Fechter, aber in ein paar Jahren werden wir besser sein. Dann können wir richtige Schwerter benutzen statt dieser stumpfen Degen, und das ist etwas, was ich mir - und Oliver sich auch - mehr als alles andere wünsche!"

Ihre älteste Schwester rief nach ihnen. Sie sollten alle sofort nach drinnen kommen. Charles scharrte mit den Füßen und fand es sehr peinlich, vor seinem Helden dem Ruf einer Frau gehorchen zu müssen.

„Oliver und ich sind gewöhnlich nicht mit unseren Schwestern zusammen", vertraute er ihm an. „Unser Tutor, Mr. Brown, ist an Influenza erkrankt, weshalb Mama ihn nicht mitnehmen wollte. Obwohl Papa sagt, Mr. Brown hätte nicht mehr als einen Schnupfen."

„Lewis und Cousin Harry können heute nicht herauskommen, wegen eines Streichs, den sie der alten Amme gespielt haben", erklärte Oliver, um seinen Bruder zu unterstützen. „Mama hat ihnen befohlen, drinnen zu bleiben und Latein zu lernen." Er schaute seinen älteren Bruder um Unterstützung heischend an. „Deshalb sind wir gezwungen, unseren Schwestern Gesellschaft zu leisten."

„Wie schade für euch", sagte Alec mitleidig. „Aber ich bin sicher, dass ihr euch sehr gut um eure Schwestern kümmert, auch wenn das eine schwere Prüfung für die Zeit eines Mannes ist."

Charles nickte ernsthaft. „Das ist wahr, Sir. Sie sind eine Prüfung." Er zupfte Oliver am Rockschoß. „Komm schon, Oliver. Mr. Halsey will nichts über Cousin Harry und Lewis hören. Nur ein Dummejungenstreich", versicherte er Alec. „Sie haben gestern Abend auf der Dienstbotentreppe Gespenster gespielt, nur, um die alte Amme zu erschrecken, und wurden erwischt, nicht nur ein- sondern zweimal."

„Von wem, Charles?", unterbrach Alec, der versuchte, unbeteiligt zu wirken.

Die Brüder tauschten einen verwirrten Blick, dann sagte Charles: „Lewis sagte, der erste Mann hätte sie angeknurrt, was sie völlig verängstigt hätte und weshalb sie ganz bis zum Fuß der Treppe zum Dienstbotenflur liefen. Da erwischte sie der zweite Gentleman. Mama sagt, Lewis und Cousin Harry müssen Lord Delvin einen Entschuldigungsbrief schreiben. Geschieht ihnen recht, sage ich. Wie auch immer, wir müssen gehen, Sir, bevor jemand uns holen kommt. Danke nochmal, Sir!" Er verbeugte sich kurz formell vor Alec und rannte mit Oliver auf seinen Fersen davon.

Tam hob Alecs zerknitterten, schmutzigen Rock auf, legte ihn über seinen Arm und wartete darauf, bemerkt zu werden. Es sagte viel über seine neu erlernte Selbstbeherrschung, dass er den Mund hielt und nicht sofort die Unterhaltung fortsetzte, die er begonnen hatte, bevor er von den beiden Jungen unterbrochen worden war. Aber er konnte sich nicht zwischen die liebenden Tiere und ihren Herrn stellen, daher lehnte er sich an die niedrige Steinmauer und sah zu, wie Alec mit den Hunden herumtobte, die von ihren Leinen befreit im Hof herumrannten. Schließlich hatte Alec sein Ale ausgetrunken, rief die Windhunde bei Fuß und kam zu Tam herüber.

„Zeit, sich für den Nachmittagstee umzuziehen, Tam. Man muss immer perfekt gekleidet sein, ob es für Tee und Kuchen oder für den Feuerwerksball ist", sagte er, während er seine Ärmel herunterrollte.

„Hast du die Weste mit den Silberfäden für heute Abend mitgebracht?“

„Ja, Sir.“

„Und den Brief an Yarrborough und Yarrborough - hast du ihn selbst in der Kanzlei abgeliefert?“

„Ja, Sir. Sir—!“

„Gab es eine Antwort?“

„Mr. Yarrborough der Jüngere sagte, er würde morgen Nachmittag etwas für Euch haben, wenn das möglich wäre - Sir! Ich habe Euch nicht alles bis zum Ende über Simon Tremarton erzählt.“

Alec blieb stehen. „Nein, hast du nicht. Was ist mit ihm?“

„Ich habe ihn schon früher gesehen, Sir.“ Als diese Offenbarung nichts weiter hervorrief als einen verständnislosen Blick, fügte Tam eilig hinzu: „Ich habe ihn bei Mr. Dobbs gesehen, Sir. Bestimmt! Ich war noch nie so überrascht, als er bei Eurem Haus auftauchte. Ich glaube nicht, dass er mich erkannt hat, Ihr könnt beruhigt sein, Sir.“

„Und wenn Mr. Tremarton dich erkannt hätte, wäre das ein Grund für mich gewesen, beunruhigt zu sein?“

„Er - er kam nicht aus den üblichen Gründen in den Laden, Sir“, antwortete Tam langsam, ohne dem Blick seines Herrn begegnen zu wollen.

Alec lehnte sich an die niedrige Steinmauer und verschränkte die Arme. „Du überraschst mich. Warum besuchte er Dobbs?“

Tam schwieg einen Moment. Er sah in Alecs ausdrucksloses Gesicht.

„Ich - ich war nicht ganz ehrlich zu Euch, Sir.“

„Tatsächlich?“

„Ihr hättet mich sonst nicht bleiben lassen!“, platzte Tam heraus. „Und es ist auch nicht so, dass ich Euch angelogen hätte! Nein! Ich war Mr. Dobbs‘ Lehrling, und das war alles! Nicht, dass Ihr mir glauben würdet.“

„Ich dachte, du kennst mich besser.“

Tam ließ den Kopf hängen. „Nun, Ihr hättet mir nicht geglaubt, wenn ich Euch geradeheraus gesagt hätte, warum ich Euch bat, Euer Kammerdiener werden zu dürfen“, änderte er seine Aussage. „Es ist nicht so, als ob ich etwas Falsches getan hätte. Nein. Trotzdem hättet Ihr mich nicht haben wollen.“

„Würdest du mir erzählen, in was Dobbs verwickelt war, von seinen Geschäften als Apotheker abgesehen, oder soll ich eine Vermutung wagen?“

„Ich erzähle es Euch. Ich hatte ohnehin die Absicht. Es war nur ... Ich wollte es Euch erzählen.“

„Aber Mr. Tremartons Auftauchen am St. James' Place führte zu diesem plötzlichen Wunsch", stellte Alec fest. „Wenn es dir deine Aufgabe erleichtert, ich werde dich nicht wegen etwas entlassen, das Dobbs tat, legal oder nicht. Du sagst, du warst sein Lehrling und hast dich auf diese Pflichten beschränkt. Ich nehme dein Wort dafür."

„Danke, Sir." Tam atmete erleichtert auf. „Ich hoffe nur, Ihr werdet mir auch glauben, was Mr. Dobbs angeht, denn er war ein guter Mann. In dem, was über ihn gesagt wurde, lag kein Körnchen Wahrheit. Alles Lügen. *Lügen und Verrat.* Er konnte nicht getan haben, was von ihm behauptet wurde. Ich sage Euch, Sir, Mr. Dobbs war ein guter Mann. Freundlich, ehrlich und nichts, was andere sagen, könnte mich vom Gegenteil überzeugen!"

„Vielleicht, wenn du mir genau sagen würdest, was Dobbs angeblich getan haben soll?", drängte Alec freundlich.

„Ja, Sir. Verzeihung, Sir. Es macht mich nur verrückt zu denken, dass ein guter und würdiger Mann wegen etwas verurteilt wurde, das er nicht getan hat!" Er holte tief Luft und begann seine Geschichte. „Mr. Dobbs hatte seinen Laden direkt neben der Fleet Street und wir hatten die meiste Zeit viel zu tun. Er zog es vor, in den beiden Zimmern hinter dem Zubereitungsraum zu wohnen. Ich hatte ein Bett unter der Werkbank und nahm meine Mahlzeiten an Mr. Dobbs' Tisch ein, wenn er in Stimmung für Gesellschaft war. Manchmal war er kurz angebunden, vor allem, wenn er in der Gemeinde unterwegs gewesen war. Er ging mit dem Pfarrer, Mr. Blackwell, um die Armen zu behandeln und dergleichen. Ich glaube, das war der Grund, warum er nicht viel Gewinn machte. Er sprach nicht viel über diese Seite des Geschäfts oder über seine Familie. Außer, dass ich weiß, dass Mrs. Hendy seine Schw..."

„Die Haushälterin in Delvin?"

„Ja, Sir. Als Lady Delvin starb, schickte Mrs. Hendy mich zu Mr. Dobbs in die Lehre."

„Weißt du, warum?"

Tam schüttelte den Kopf. „Alles, was Mrs. Hendy sagen wollte, war, dass ich nicht erwarten könnte, von der Barmherzigkeit seiner Lordschaft zu leben, nachdem seine Mutter nun fort war. Sie sagte, seine Lordschaft würde es nicht gerne sehen, wenn ich unter seinem Dach wäre."

„Und Dobbs ...?"

„Mr. Dobbs hatte seine Apotheke im Erdgeschoss", erklärte Tam. „Und er verbot mir, die anderen drei Etagen zu betreten. Er sagte, er würde mich entlassen, wenn ich das jemals täte. Im ersten Stock war eine Spielhölle, die er Herzbube nannte, und die beiden anderen Etagen waren auch an diesen Club vermietet. Er wurde von modischen Gentlemen besucht, mit Spitzenrüschen an den Händen und teuren Röcken, die zu allen Nachtstunden kamen und gingen. In manchen Nächten war so viel Lärm und Verkehr über unseren Köpfen, dass wir nicht viel Schlaf bekamen." Er sah zu Alec, dessen Gesicht keine Regung zeigte, was auch immer er denken mochte, dann fuhr er fort.

„Eines Tages kam Mr. Tremarton hereinspaziert. Ich erkannte ihn, da er einmal betrunken in den Laden gekommen war und verlangt hatte, mit einem Burschen namens Phillip zu sprechen. Er sagte, das wäre sein Üblicher. Als Mr. Dobbs ihm sagte, dass er am falschen Ort wäre, wurde Mr. Tremarton böse. Erst, als ein leise sprechender Mann hereinkam und Mr. Tremarton nach draußen lockte, wurden wir ihn los. Der leise sprechende Gentleman kam ein paar Minuten später zurück. Er entschuldigte sich bei Mr. Dobbs und warf, als er ging, ein paar Guineen auf die Ladentheke.

„Als Mr. Tremarton zum zweiten Mal in den Laden kam, war er nicht betrunken und wollte Mr. Dobbs unter vier Augen sprechen. Aber Mr. Dobbs versuchte, ihn schnell loszuwerden, er sagte, er wollte niemanden seinesgleichen in seinem Laden; er führte ein anständiges Geschäft. Aber Mr. Tremarton wollte sich nicht überreden lassen und sagte, wenn Mr. Dobbs nicht in Ruhe mit ihm sprechen wollte, würde er ihm das Gesetz auf den Hals hetzen! Also nahm Mr. Dobbs ihn mit in den Zubereitungsraum. Sie waren einige Zeit dort drinnen, bis derselbe leise sprechende Gentleman, der Freund Mr. Tremartons, hereinkam und ihn abholte."

„Würdest du diesen leise sprechenden Gentleman erkennen, wenn du ihn wiedersehen würdest, Tam?"

„Das würde ich mit Sicherheit, Sir, denn er sprach direkt mit mir. Er fragte mich, ob ich gerne in der Stadt lebte und ob ich die Landluft vermisste, und dann drückte er Mr. Dobbs sein Bedauern wegen der Störung aus. Ich öffnete die Tür, um sie hinausgehen zu lassen und ich erinnere mich, dass Mr. Tremarton in schadenfreudigem Ton zu dem leise sprechenden Gentleman sagte, dass sie, wenn er sich nicht sehr irrte, das goldene Vlies gefunden hätten, und was er, Jack, darüber dächte?"

„Jack? Bist du sicher, dass Tremarton seinen Freund Jack nannte?"

„Ja, Sir", antwortete Tam und sah zu, wie sein Herr begann, vor der Wand auf und ab zu gehen, während die Windhunde brav stillsaßen, aber ihren Herrn keinen Moment aus den Augen ließen. „Ich erinnere mich besonders deshalb daran, weil die Spielhölle oben, die Mr. Dobbs Herzbube nannte, Jack of Hearts hieß, und ich diesen Umstand für einen merkwürdigen Zufall hielt, das ist alles." Als Alec nur mit einer Falte zwischen seinen dunklen Brauen nickte, leckte Tom über seine trockenen Lippen und fügte leise hinzu: „Ich weiß nicht, worüber Mr. Tremarton und Mr. Dobbs gesprochen hatten, aber danach sagte Mr. Dobbs zu mir, dass er mich blutig schlagen würde, wenn ich je zu einem fremden Gentleman mit feinen Spitzen an den Handgelenken sprechen würde. Sir ..."

In der Stille von Tams Zögern drehte Alec sich um und schaute ihn mit einem verständnisvollen Lächeln an. „Was auch immer du mir erzählst, wird niemand erfahren, Tam. Und ich habe schon genug vom Leben gesehen, um über nichts, was du mir anvertrauen möchtest, schockiert zu sein."

Tam nickte und richtete seinen Blick auf die unebenen Steinplatten. „Wenn man in jenem Teil der Stadt wohnt, lernt man einiges über ... über das *Leben*, Sir. Alle Arten von Leben. Huren an jeder Ecke und in jedem zweiten Haus ein Bordell oder eines dieser mit diesem ausgefallenen Namen, Türkische Bäder. Aber ich hatte nie erwartet - was ich zu sagen versuche - ich weiß, dass die Gentlemen, die in den *Herzbuben* gingen, nicht nur wegen des Spiels und des Weins dort waren! Aber ich hatte keine Ahnung, dass das Bordell im dritten Stock ein Männerbordell war. Das übersteigt wirklich alles, Sir!"

Nach einer Pause, die Tam ewig zu dauern schien, sagte Alec: „Wie wurde Dobbs erwischt?"

„Mr. Dobbs hatte nichts damit zu tun!", sagte Tam mit einem rebellischen Schmollen. „Er führte nur seinen Laden. Das ist alles, was er tat!"

„Er wusste offensichtlich, was über seinem Kopf vor sich ging."

„Ja, ich vermute, das hat er. Aber nur, weil er von diesen Vorgängen wusste, macht ihn das nicht zum Mitschuldigen, Sir."

„Warum meldete er das, was er wusste, nicht den Behörden?"

„Wozu, Sir? Was würden die Büttel getan haben?" Tam zwang sich, Alec in die Augen zu sehen. „Viele Gentlemen besuchen Bordelle und das Gesetz gibt keinen feuchten Kehricht darum, da alle ihren Anteil kriegen. Sie sehen weg und stellen keine Fragen, was sie ein Gutteil reicher macht!"

Alec begegnete dem Blick des Jungen. „Das ist sehr wahr, aber das Gesetz hat am Ende doch ein Auge auf dieses Männerbordell geworfen. Warum?"

Tam fühlte Tränen in seinen Augen und ließ seinen Blick wieder auf die Steine unter seinen Stiefeln fallen. „Ich weiß es nicht. Das heißt, die Büttel hielten sich einige Zeit immer schön entfernt, aber dann, eines Tages, tauchte ohne Vorwarnung die Miliz auf und räumte den ganzen

Laden aus. Und nicht nur in den Stockwerken über uns. Sie haben das ganze Geschäft zerschlagen. Sie haben die Tische umgeworfen und Flaschen zertrümmert und - und ... All diesen vielen Jahre der Arbeit! Mr. Dobbs' ganze Gerätschaften ..."

„Was hast du gemacht?"

„Ich? Ich habe mich im Kamin versteckt. Ich wusste, wenn sie mich fänden, würden sie denken, dass ich einer von denen aus dem Oberge-schoss wäre. Mr. Dobbs hat mich nie verraten. Er hielt den Mund. Sir!", sagte Tam plötzlich. „Ich weiß, dass Mr. Dobbs nichts mit dem zu tun hatte, was oben vor sich ging. Wie konnten sie ihm für etwas die Schuld geben, was diese Gentlemen hinter verschlossenen Türen anstellten?"

„Wenn das, was du sagst, stimmt, dann scheint es, dass dein Mr. Dobbs als Sündenbock für die Verbrechen anderer benutzt wurde", sagte Alec sanft. „Vielleicht hätte er die Anklage vermeiden können, wenn er es gemeldet hätte, als ihm zuerst klar wurde, was dort geschah. Wegzu-sehen und solche Perversionen weiterlaufen zu lassen ... Er verdiente es, bestraft zu werden für ..."

„Nun, sie haben ihn gehängt!", platze Tam grob heraus; Tränen strömten ihm über die brennenden Wangen. „Sie haben ihn als Sodo-miten und Zuhälter gebrandmarkt und ihn gehängt! Niemand trat vor, um ihn zu verteidigen. Keiner dieser Elenden, die er mit seinen Arzneien umsonst behandelte. Auch Mr. Blackwell nicht. Auch Mrs. Hendy nicht. Auch ich nicht; *niemand*. Und ich würde jede Wette eingehen, dass keiner dieser Gentlemen, die sich mit diesen Jungen amüsierten, Probleme mit dem Gesetz bekam. Schaut Euch doch Mr. Tremarton an. Hier in St. Neots House ist er, und genießt die Gastfreundschaft ihrer Gnaden! Das ist nicht gerecht und das ist nicht richtig!"

Alec gab Tam sein Taschentuch. „Nein, das ist es nicht. Vor allem nicht für die, die nicht die Möglichkeit haben, Privilegien und Macht zu nutzen. Das ist eine Tatsache im Leben und es gibt nur sehr wenig, was du oder ich dagegen tun können. Ich sage nicht, dass das richtig ist. Das ist es nicht. Mein Onkel tut sein Bestes, um seine Bedenken im Parla-ment zu Gehör zu bringen, aber seine Stimme ist nur vereinzelt. Diese Gentlemen, die für die sexuelle Gunst dieser kleinen Jungen zahlten, verdienen ebenso behandelt zu werden wie dein Mr. Dobbs. Eigentlich verdienen sie Schlimmeres. Öffentlich ausgepeitscht und für alle sichtbar an den Schandpfahl gestellt zu werden. Es gibt keine größere Strafe für einen Gentleman, als wenn sein Ruf und sein guter Name beschmutzt werden." Er seufzte. „Tam, ich kann Dobbs nicht wieder lebendig machen. Ich weiß nicht einmal, ob ich dir alles, was du mir erzählt hast, aufs Wort glauben darf. Ich will nicht sagen, dass ich deine Geschichte nicht glaube. Das tue ich. Trotzdem könnte es Umstände geben, die du nicht ganz verstehst."

Tam schnäuzte sich die Nase und schniefte. „Mr. Dobbs war ein ehrlicher Mann!"

„Das hast du gesagt. Ich werde selbst ein paar Nachforschungen anstellen ..."

„Könnt - könnt Ihr das, Sir?"

„Ich werde mein Bestes tun. Jetzt sag mir: Hast du vom Gesetz etwas zu befürchten?"

„Ich weiß nicht, Sir. Ich glaube nicht. Niemand kam, um mich zu suchen. Niemand außer Mrs. Hendy wusste, dass ich Mr. Dobbs' Lehrling war. Oh, außer Mr. Tremarton und seinem Freund. Glaubt Ihr ...?"

„Nein. Der leise sprechende Gentleman wird dich mit Sicherheit nicht belästigen", versicherte Alec ihm.

Der arme Jack kann jetzt niemanden mehr belästigen, dachte er traurig, als er sich den anderen Gästen zum Nachmittagstee in dem üppigen orientalischen Salon anschloss, aus dem Lachen, Musik und das Klirren feinen Porzellans zu hören waren. Er ging sofort zum Teewagen, als ob eine Tasse Kaffee irgendwie den Ekel und den Zorn wegspülen könnte, die er bei dem Wissen empfand, dass Dobbs, der Apotheker, als Sündenbock zum Galgen gegangen war, um für die Verbrechen der über ihm Stehenden zu büßen. Er sah Simon Tremarton am Klavier stehen, wo Lady Sybilla und Sir Cosmo ein Duett hämmerten, und mied seinen Blick, indem er lieber im Hintergrund des Raums Zuflucht suchte, da er nicht in der Laune für leichtes Geplauder war. Es war einfach, unbemerkt am Fenster zu bleiben, während Schalen mit Tee und Kaffee und Teller mit Süßigkeiten und Gebäck herumgereicht wurden. Er schaffte es sogar es zu vermeiden, mehr als nur ein höfliches Wort zu seiner Gastgeberin zu sagen, als sie ihm seine Schale gab, so sehr sie zu wünschen schien, dass er an ihrer Seite bliebe.

Sein Onkel unterhielt sich mit einem der Gäste. Sein Bruder stolzierte durch den Raum, gekleidet in einen prachtvollen safrangelben Satinrock, der an Aufschlägen und Schößen mit Weinranken und Früchten bestickt war, mit dazu passenden Hosen, die an den Knien mit Diamantschnallen geschlossen wurden. Er lächelte wohlwollend alle an, auf die sein Blick fiel; er lächelte sogar seinen Bruder an. Alec musste sich abwenden, damit niemand den Abscheu auf seinem Gesicht sehen konnte. Er starrte aus dem Fenster zu dem Wald darunter, der sich wie ein dichter, grüner Teppich ausbreitete und den Fluss auf seinem sich schlängelnden Weg zur Stadt umarmte, als er Reifröcke seine bestrumpften Beine streifen spürte. Er drehte sich um und entdeckte

Lady Gervais, wie sie ihn aus einem perfekt geschminkten und mit Schönheitspflästerchen verzierten Gesicht anlächelte. In ihren Augen stand ein Zwinkern, als sie an ihrem Tee nippte und ihn unter ihren langen, dunkel gefärbten Wimpern heraus ansah.

„Ihr werdet mir heute Abend einen Tanz reservieren, nicht wahr?", fragte sie süß, das leichte Zittern in ihrer Stimme deutete an, dass sie eine Ablehnung befürchtete.

Alec lächelte auf sie hinab, aber seine Reaktion war nicht, was sie erwartet hatte. „Gingt Ihr direkt zu Delvins Zimmern, nachdem Ihr gestern Abend den chinesischen Salon verlassen hattet, Mylady?"

Sie blinzelte. „Bevor ich zu Euch kam? Ich sagte Euch doch: Er war nicht in seinen Räumen ...‟

„Aber Ihr seid nicht zu seinen Räumen gegangen, nicht wahr?" Als sie verwirrt schaute, fügte er hinzu: „Das war nicht erforderlich. Ihr habt ihn vorher schon anderswo im Haus gesehen."

„Und wenn es so war?", fragte sie abwehrend.

„Wo habt Ihr ihn gesehen?"

Sie trat einen kleinen Schritt näher, um sich an sein Bein zu drücken, ihre umfangreichen Röcke hinderten die anderen im Salon, etwas zu bemerken. „Sollen wir später zu Ende bringen, was wir letzte Nacht begonnen haben?"

Das Lächeln, mit dem er ihr antwortete, war beinahe genug, um sie in Ohnmacht fallen zu lassen.

„Hatten wir denn etwas begonnen, Mylady? Also wo habt Ihr meinen Bruder gesehen?"

Sie schnaubte. „Ich sagte Euch doch: Er war bei Selina Jamison-Lewis."

„Nicht, als Ihr ihn saht."

Sie tat so, als erregte etwas an den Stäben ihres Fächers ihre Aufmerksamkeit. „Wenn Ihr es wissen wollt, ich ertappte ihn im Sträuchergarten mit einer unscheinbaren Schlampe aus der Küche."

„War das direkt, nachdem er den chinesischen Salon verlassen hatte?"

„Nicht direkt danach", sagte sie mürrisch. „Er musste zuerst seine kleine Braut zu ihren Zimmern bringen, da sie vor Aufregung Kopfschmerzen bekommen hatte." Sie klappte den Fächer mit einer erregten Bewegung auf. „Edward sollte mich auf der Terrasse treffen, aber als er nach etwa fünf *eiskalten* Minuten nicht erschien, ging ich auf die Suche nach ihm. Ich bin noch nie so gekränkt gewesen wie bei dem Anblick, als er sich von einem Dienstmädchen befriedigen ließ. Stellt Euch vor, dass er so eine billige Schlampe mir vorzieht?"

„Wie ungezogen von ihm."

„Deshalb ging ich zu Euch."

„Um Euren Stolz wiederherzustellen und Delvin eine Lektion zu erteilen?" Alec beugte sich über ihre Hand. „Verzeiht, dass ich Euren Bedürfnissen gegenüber nicht aufmerksamer war, Mylady."

Dies stellte ihre gute Laune wieder her und sie kicherte. „Aber woher wusstet Ihr?"

„Ihr wart im Freien gewesen. An Euren Schuhen war Schlamm und die Strümpfe, die Eure wunderhübschen Füße bedeckten, waren feucht", sagte er und sah, wie ihre Augen sich weiteten. „Oh, und Ihr könnt Euch beruhigen, Mylady. Mrs. Jamison-Lewis und mein Bruder haben keine Affäre."

„Aber ich habe hübsche Füße, nicht wahr?", sagte sie mit einem selbstgefälligen Seufzer, dann ging ihr auf, was er noch gesagt hatte und in ihren Augen zeigte sich ein Funke. „Keine Affäre? Wirklich? Aber Edward sagte ..."

Entweder war sie eine erstklassige Schauspielerin, oder erstaunlich stumpfsinnig. Alec neigte dazu, das Letztere anzunehmen. Sie war so hohlköpfig, wie sie schön war. Genau die Art von Frau, die Delvin gefiel. Also war sein Bruder mit einem Dienstmädchen im Gebüsch gewesen; er konnte gut glauben, dass dieses Mädchen kein anderes war als das Zimmermädchen, das geschickt worden war, Emilys Milch zu holen. Tam hatte ihre Erscheinung als zerzaust beschrieben. Kein Wunder, dass sie bei Neave die Zähne nicht auseinanderbekam. Ein Zimmermädchen würde nicht gerne zugeben, dass sie einen der männlichen Gäste unterhalten hatte; das würde zur sofortigen Entlassung führen.

Aber was war mit Delvin? Laut Cindy Gervais hatte er Emily zu ihren Zimmern hinaufgebracht, aber er musste sie dort an der Tür verlassen haben. Und laut den Jungen Charles und Oliver waren Lewis und Cousin Harry im Dienstbotenflur am Fuße der Treppe, die zu Emilys Räumen hinaufführte, über Delvin gestolpert. Wenn er Billard gespielt hatte, könnte er leicht die Jungen im Flur herumrennen gehört haben. Aber hatte er vor oder nach seinem Schäferstündchen mit dem Zimmermädchen Billard gespielt? Und wer war der unbekannte Gentleman, der die Jungen angeknurrt hatte? Vielleicht war Delvin im Flur mit dem Zimmermädchen zusammengestoßen? War er im Gebüsch gewesen, als der Überfall stattfand? Warum hatte er das dann nicht gesagt und dieses Mädchen als Alibi benutzt? Aber wie würde er dabei aussehen, wenn er zugäbe, mit einer Dienerin herumzuhuren, während seine zukünftige Braut in ihrem eigenen Zimmer überfallen wurde?

Alec hoffte, dass Cosmo ein paar Neuigkeiten für ihn hätte. Er wenigstens hatte den Tag damit verbracht, sich unter die Gäste zu mischen, während Alec für eine Horde Kinder Kindermädchen gespielt hatte. Nicht, dass er sich beschweren wollte. Er hatte es selbst genossen und Charles und Oliver hatten ihm unabsichtlich etwas sehr Interessantes erzählt. Er war sich bewusst, dass Lady Gervais ihn noch immer erwartungsvoll ansah und sagte:

„Wenn Ihr noch Platz auf Eurer Liste habt, wird es mir eine Ehre sein, mit Euch zu tanzen, Mylady.“

Sie lächelte zufrieden und hätte etwas gesagt, wenn es nicht an den Flügeltüren zu einer Ablenkung gekommen wäre. Sie wirbelte herum, um Lady Charlotte zu sehen, mit Emily an ihrer Seite, die in eine Kreation von geblümten Gazeröcken gekleidet war, mit nur einer einfachen Perlenkette um ihren Hals. Das Mädchen schaute weder nach links noch nach rechts und ging, von ihrer Tante begleitet, zum Teewagen. Lady Sybilla verließ das Pianoforte und sprach im Flüsterton ein paar hastige Worte zu ihrer Nichte, bevor sie von ihrer älteren Schwester mit einem scharfen Wort auf ihren Platz verwiesen wurde. Aber als der Earl von Delvin sich ihnen anschloss, schenkte Lady Charlotte ihm ein warmes Lächeln und übergab Emily seiner Obhut, bevor sie sich zum Teewagen zurückzog, um ihrer Mutter zu helfen. Lady Sybilla zögerte und es blieb von Alec nicht unbemerkt, dass Emily versuchte, zu ihr zu gelangen, aber der Earl führte sie fort, um sich einer Gruppe seiner intimen Freunde anzuschließen, die in der Nähe des Pianofortes saßen.

„Ich hoffe, der Ball wird etwas unterhaltsamer als dieser Haufen“, sagte Plantagenet Halsey und nahm den Platz von Lady Gervais an Alecs Seite ein. Er folgte dem Blick seines Neffen. „Sie ist das lebende Ebenbild ihrer Mutter, mein Junge.“

„Wie bitte, Onkel? Gefallen dir die Zimmer, die Olivia dir gegeben hat?“

„Ja. Emily St. Neots ist das Ebenbild ihrer Mutter.“

„Ist sie das?“

„Die Herzogin von Beauly war eine wunderschöne Frau. Wo immer sie war, drehten sich die Köpfe nach ihr. Das tun sie noch, wenn ich meinem italienischen Brieffreund glauben darf.“

„In der Tat? Wenn ich nach Italien gesandt werde, sollte ich mich ihr vorstellen?“

„Tu das. Welche Schwächen die Frau auch haben mag, lass niemanden dich glauben machen, dass sie allein die Schuld an dieser schändlichen Scheidung trug. Beauly war ein Schuft und ein Frauenheld. Und sie liebte einen anderen als ihren Ehemann.“ Er wirkte unbehaglich. „Halte nichts von erzwungenen Ehen. Frauen, die verkauft werden wie Möbelstücke. Pah!"

„Ich würde gerne dein letztes Pamphlet lesen … Über eheliche Rechte …?"

Plantagenet Halsey grunzte und stellte seine Schale aufs Fenstersims. „Nichts darin, was du mich nicht schon früher hast predigen hören."

„Olivia erzählte mir, du wärest knapp einer Verleumdungsklage wegen dieser besonderen Veröffentlichung entgangen."

Die buschigen Brauen des alten Mannes hoben sich. „Gibt mir die Schuld für den Tod dieses Schurken, wie?"

„Sie klang, als wäre sie dir sehr dankbar dafür, dass du es wagtest, den Kerl bei seinem Namen zu nennen."

„Sie mag dankbar sein, aber ich kann dir sagen, wer das nicht ist, nämlich die Witwe. Dennoch, man kann sie dafür nicht tadeln, schätze ich. Ich habe ihre Ehe vor der ganzen Welt bloßgestellt."

„Ein Jammer, dass du es nicht für nötig hieltest, mir das zu erzählen, bevor du es aller Welt bekannt machtest."

Plantagenet Halsey beäugte seinen Neffen neugierig. „Sie war unglücklich genug. Dich im Schatten herumlungern zu sehen, hätte es für sie nur schlimmer gemacht. Besser für dich, außen vor zu bleiben. Ihr Ehemann war ein besessener Irrer."

Alec beugte sich zu seinem Onkel und sprach, während er durch den Raum Emily beobachtete, die stumm neben Delvin saß, der seinerseits lebhaft mit Sir Cosmo und einer Frau mit unerhörtem Federschmuck plauderte. „Besser, dass sie geschlagen wurde als es mir zu erzählen, damit ich dem ein Ende machen konnte?"

„Besser, euch beide lebend zu sehen!"

„Onkel?! Er hätte mich in einem Duell nicht besiegen können!"

Der alte Mann sah ihn geradeheraus an. „Nein. Aber er hätte sie eher umgebracht, als dich in ihre Nähe zu lassen."

Alec schaute weg, hinter der fachgerecht gebundenen Leinenhalsbinde spürte er eine Enge in seiner Kehle. „Wenn du denn von den Schlägen wusstest, bin ich überrascht, dass du dieses Pamphlet nicht schon vor Jahren geschrieben hast."

„Mein Junge, es war nicht mein Pamphlet, das ihn dazu brachte, sich das Gehirn herauszupusten", antwortete Plantagenet Halsey mitleidig. „Ihre Gnaden und der Rest ihresgleichen mag das denken, lass sie nur. Bis zu dem Tag, an dem sie Jamison-Lewis tot im Wald fanden, hatte er jede Absicht, mich vor Gericht zu zerren. Sein Anwalt hatte das ganz deutlich ausgedrückt. Also musst du woanders nach dem Grund für seinen Tod suchen."

„Vielleicht war sein Tod ein Unfall?" Als sein Onkel skeptisch schnaubte, fügte Alec hinzu: „Warum dann hat er sich erschossen?"

Plantagenet Halsey zuckte mit den Schultern. „Nun, das ist etwas, das du seine Witwe fragen musst. Und hier kommt der Drache auch schon."

Alec war überrascht von dem bewundernden Gesichtsausdruck seines Onkels, als er beobachtete, wie Selina Jamison-Lewis in einem sehr anziehenden Kleid aus austerngrauer Seide mit Überröcken aus silbernem Stoff durch den Raum rauschte und dabei mit einem großen, mit Gouache bemalten Fächer aus steifer Seide mit einem schwersilbernen Anhängsel wedelte. Sie grüßte Alec mit einem kurzen Nicken ohne ihn anzusehen und streckte seinem Onkel schelmisch die Hand hin.

„Ich freue mich so, dass Ihr gekommen seid, Sir. Es hat Euren anderen Neffen völlig aus der Fassung gebracht und die zahnlosen Löwen aus ihrem Schlummer geschreckt!", sagte sie mit einem Lächeln und lachte, als er sich schwungvoll über ihre Hand beugte. „Meine Langeweile hat ein Ende und dafür bin ich bereit, Euch Euer unverschämtes Geschreibsel zu verzeihen."

Weit davon entfernt, sich gekränkt zu fühlen, lachte der alte Mann leise und drückte ihre Hand. „Ich danke Euch, meine Liebe. Erlaubt mir eine letzte Unverschämtheit, indem ich Euch sage, dass Ihr als Witwe wirklich sehr gut ausseht!" Er sah Alec vielsagend an: „Nicht wahr, mein Junge?"

Aber Alec hörte nicht zu. Er war jetzt völlig auf Emily und seinen Bruder konzentriert und durchquerte, ohne sich zu entschuldigen, den Raum, bis er an Emilys Seite gelangte, dann sagte er ohne Vorrede: „Geht es dir auch gut, meine Liebe?"

Sie schaute nicht auf. „Ja, Mr. Halsey. Sehr gut. Vielen Dank."

„Vielleicht würde ein Spaziergang auf der Terrasse dir wieder Farbe geben?"

„Nein. Nein, danke."

„Emily—"

Daraufhin unterbrach Lord Delvin den an die Dame zu seiner Linken gerichteten Satz und sah seinem Bruder ins Gesicht. Lachen, Musik und das Stimmengewirr um sie herum gingen weiter, aber mehr als nur ein paar gepuderte Häupter wandten sich ihnen zu. Der Earl öffnete seine emaillierte goldene Schnupftabakdose und nahm eine Prise. Als er zu Ende war, sagte er affektiert:

„Ich - nein, ich kann dir wirklich nicht erlauben, mir Emily wegzunehmen, Zweiter. Sie gehört zu mir. Nicht wahr, liebste Emily?"

„Lass sie mir das selbst sagen", bemerkte Alec nachdrücklich.

Aber Emily, die auch aufgestanden war, schaute mit einem wie versteinert wirkenden Gesicht durch ihn hindurch.

„Gentlemen, bitte", flüsterte Lady Charlotte durchdringend. „Mr. Halsey, wollt Ihr Emily bitte in der Obhut ihres Verlobten lassen!"

Der Earl bot Emily seinen Arm. „Denk an Oliphants Rat, meine Liebe. Du darfst dich nicht weiter aufregen."

Alec runzelte die Stirn. „Oliphant? Der Arzt?"

„Also dies ist Miss Emily", unterbrach Plantagenet Halsey und trat zwischen die Brüder, um Emilys Hand zu ergreifen und sich über sie zu beugen. „Ihr müsst entschuldigen, wenn ich mich selbst vorstelle, aber meinen Neffen fehlt es bedauerlich an Anstand. Und wenn Ihr Eurer lieben Großmama im Geringsten ähnelt, werdet Ihr einem alten Mann seinen Vorwitz verzeihen." Während er sprach, legte er Emilys Arm auf seinen und tätschelte tröstend ihre Hand. „Brauche selbst ein bisschen frische Luft. Mögt Ihr einen Spaziergang machen? Mrs. Jamison-Lewis hat mir netterweise angeboten, mir die Terrasse zu zeigen. Da draußen war ich noch nicht. Wir werden diesen Haufen hier ihrem Tee und ihren Manieren überlassen."

Der Earl trat einen Schritt vor, zog sich aber zurück, als sein Onkel ihn anknurrte und sagte mit erzwungener Fröhlichkeit:

„Eine großartige Idee, Onkel!" Dann machte er auf dem Absatz kehrt und schlenderte davon, um sich einer Gruppe von Gentlemen anzuschließen, die sich um den Kamin versammelt hatte.

„Ich werde Euch begleiten, Mr. Halsey", stellte Lady Charlotte fest und schüttelte ihre Röcke aus.

„Ihr werdet bleiben, wo Ihr seid, Madam, wenn Ihr nicht wollt, dass ich aus Eurer Einmischung ein öffentliches Schauspiel mache", erwiderte Plantagenet Halsey. Er nickte Selina zu und sie verließ mit ihm und Emily den Salon.

Alec blieb mitten im Raum mit einer leeren Kaffeeschale stehen, bis Sir Cosmo ihn am Ellenbogen nahm und in eine entfernte Ecke neben einem von einem Vorhang verborgenen Fenster führte.

„Ein guter Rat", sagte Sir Cosmo leise, während er den Raum durch sein Monokel musterte. „Halte deinen Onkel von William Gervais fern. Der Mann hat Schaum vor dem Mund, so sehr ist er darauf bedacht, sich mit ihm anzulegen. Hasst die Ansichten deines Onkels. Wer tut das nicht? Aber das ist kein Grund, um ihn einsperren zu wollen! Gervais wird das jedoch tun, wenn er einen Vorwand finden kann. Sitzt auf der Richterbank in Westminster Hall."

„Sieht mehr wie ein Schweinezüchter als ein Richter aus."

„Nicht wahr, ja!", antwortete Sir Cosmo mit einem Schnauben. „Aber unser William Gervais liebt es, Leute schön hängen zu sehen. Schickt all die armen Teufel, die ihm in die Hände geraten, an den Galgen ..."

„Tatsächlich? Ist er der Richter, den die Zeitungen den Galgen-Lord nennen?"

„Genau der. Unser William Gervais hängt jeden Mann - oder Frau oder Kind, im Übrigen. Und - äh - noch etwas", stotterte Sir Cosmo weiter, leicht verlegen. „Halte dich am besten von seiner Frau fern."

Alec grinste. „Mein lieber Cosmo, wenn sie sich nur von mir fernhalten wollte!"

Sir Cosmo stieß ein bellendes Lachen aus und gab seinem Freund einen Stoß. „Wer würde nicht einen Hengst einem Maultier vorziehen, he?"

„Das Erstaunliche ist, Cosmo", sagte Alec, seinen Blick auf den bewussten Gentleman gerichtet, der ein Cremetörtchen verschlang, während er mit einer zerstreuten Lady Sybilla und einer dünnen Frau vorgerückten Alters plauderte. „Wenn der Mann so ist, wie du sagst, warum lässt er es dann zu, dass Delvin ihm Hörner aufsetzt?"

„Das ist einfach", sagte Sir Cosmo sachlich. „Der Mann ist von uns geblendet; vom Adel, meine ich. Ein Titel ist für einen Emporkömmling wie diesen alles. Er ist nur Lord auf Lebenszeit - für Dienste am Gesetz, du verstehst. Er muss sich vor frustrierter Eifersucht innerlich verzehren, weil seine hohlköpfige Frau ihr Bett mit Delvin teilt. Aber Delvin ist ein Earl. Was kann Gervais schon machen? Ein Earl hat ihm die Gunst erwiesen, mit seiner Frau zu schlafen. Also scheint das goldene Licht des Adels auch auf ihn."

„Guter Gott! Das denkt er?"

„Faszinierend, nicht wahr? Ich dachte, diese Art von Unrat wäre mit dem Mittelalter gestorben. Ah, ich glaube, Mr. Tremarton möchte mit dir reden."

„Alec, kann ich mit dir sprechen?", fragte Simon Tremarton, der in der Nähe herumgelungert hatte und Sir Cosmos Schritt zur Seite als Signal für sich betrachtet hatte, unterbrechen zu können.

„Nicht hier", antwortete Alec knapp.

„Es ist ziemlich dringend", stotterte Simon, von dem kalten Empfang verblüfft.

Alec führte ihn aus dem Raum, verabschiedete sich mit einem leichten Nicken von der Herzogin, und riss, als sie sein Wohnzimmer erreichten, die Tür weit auf.

„Also, was willst du von mir, Simon?"

NEUN

Cromwell und Marziran gaben ein faules Gähnen von sich und schauten von dem türkischen Teppich vor dem Kamin auf, als ihr Herr das Wohnzimmer betrat. Sie waren dem Besucher gegenüber unsicher und wären zu ihm gelaufen, um an seinen Schuhen zu schnüffeln, hätte Alec sie nicht bei Fuß neben seinen Ohrensessel gerufen. Er bot Simon den Sessel gegenüber an, aber der Mann konnte nicht stillsitzen; nachdem er auf dem Boden auf und ab gegangen war, setzte er sich auf die Armlehne des Sessels und nagte an einem Fingernagel.

Simon fragte sich, wie er am besten beginnen sollte; seine Aufgabe wurde nur noch schwieriger dadurch, dass Alec ihm nichts bot als ein ausdrucksloses Gesicht und erwartungsvolles Schweigen, während er mit gekreuzten Beinen dort saß.

„Ich bin nicht überrascht, dass du verärgert bist", sagte Simon mit einem schuldbewussten Lachen. „Du hast jedes Recht dazu. Ich habe unsere Verabredung zum Diner in Paris nicht eingehalten, und ich bin nicht zur Besprechung unserer Abteilung erschienen. Und als du so freundlich warst, mich in dein Haus einzuladen, war ich so unhöflich, nicht aufzutauchen. Ich kann nur sagen, dass ich in letzter Zeit nicht ich selbst war, durch Mutters Krankheit ..."

„Deine Mutter ist seit gut fünf Jahren tot."

„Also wusstest du das?" Simon war nur wenig überrascht. „Ich nehme an, Cindy hat dir das erzählt. Hat sie dir gesagt, dass ich in Yorkshire war?"

„Nein. Das habe ich selbst herausgefunden."

„Mutters Krankheit ist besser als die Wahrheit, nicht wahr?"

„Die Wahrheit, wie auch immer sie lauten mag, ist immer vorzuziehen. Wenn du dich wegen deiner Verbindung zu Jack Belsay geschämt
hast, ist es erstaunlich, dass du seine Einladung angenommen hast."

„Der Abteilung erzählen, dass ich in Belsays Jagdhütte fahren wollte?
Glaubst du, sie hätten mir Urlaub gegeben?"

„Du hättest mich deshalb nicht anlügen müssen. Ich hätte in der
Abteilung kein Wort gesagt. Was andere Vermutungen betrifft, wer in
London, außer seinen intimsten Freunden, wusste, dass Jack homose-
xuell war?" Alecs Augenbrauen hoben sich, als Simon bei diesem Wort
zusammenzuckte. „Jack fühlte sich mit seiner Sexualität viel wohler, als
du es je getan hast. Nicht wahr, Simon?"

„Du hast gut spotten! Wohlfühlen? Ha! Für jemanden wie Belsay
mag es gut und schön sein, sich damit wohlzufühlen, dass er Männer
lieber mag! Er hatte den Titel und das Vermögen und ihm fehlte es an
nichts. Was dich angeht, du könntest morgen den Dienst verlassen und
es würde weder deine Brieftasche noch deine Zukunft beeinträchtigen!
Du müsstest nicht der Laufbursche eines Botschafters sein, wenn du es
nicht wolltest. Es ist ein Wunder, dass du dir das antust. Wäre ich in
deiner Lage, würde ich das nicht tun."

„Ich habe mich dazu entschieden, weil ich etwas Nützliches tun will,
und ich mag meine Arbeit."

„Das ist es eben, du kannst es dir aussuchen! Für mich ist es anders.
Ich muss arbeiten oder verhungern", sagte Simon verdrießlich. „Ich muss
- ich muss Dinge tun, die mir nicht gefallen, um voranzukommen. Das
gehört alles zum Spiel. Du kannst mitspielen oder nicht. Meist tust du es
nicht. Und mit deinen feinen Verbindungen müsstest du keinen Finger
krumm machen. Du bist einer von ihnen. Sie kümmern sich um dich,
werden dir irgendwann deine eigene Botschaft geben. Morgen, wenn du
heute Abend ins richtige Ohr flüsterst!"

„Ich gebe zu, dass das System von Pfründen und Günstlingen nach
Korruption stinkt, Simon, aber das kann man überwinden, sich zu
Nutzen machen, wenn man bereit ist, hart zu arbeiten und mitzuspielen,
aber nicht seine Prinzipien aus den Augen zu lassen. Sieh dir Sir Harold
Hegarty an. Er war der Sohn eines Wagners, der nicht lesen oder
schreiben konnte."

Simon gab ein verächtliches Schnauben von sich. „Der Mann ist
fünfundfünfzig. So lange kann ich nicht warten. Andere müssen das
nicht. Ich werde tun, was ich muss, um voranzukommen, aber viele
Stunden zu arbeiten und über den Aufgaben eines anderen zu schwitzen,
weil er um seine guten, titeltragenden Freunde herumschwänzelt, das ist
nichts für mich! Ich kann es mir nicht leisten, so edel zu sein wie du."

„Und gehörte es auch zum Spiel, Jack zu lieben, Simon? Etwas, das du tun *musstest*, aber nicht genossen hast?"

„Lieben?" Simon gab ein Schnauben von sich und starrte auf das Feuer im Kamin. „Wenn ich nein sagte, würdest du mir nicht glauben. Für ein ja würdest du mich nur noch mehr verachten." Er holte seine silberne Schnupftabakdose heraus und tippte auf den Deckel, bevor er sie Alec anbot, der aber ablehnte. „Ich vergaß", sagte er mit einem verzerrten Lächeln. „Du *schnupfst* ja nicht. Gibt es *ein* Laster, dem du frönst?"

Alecs Mundwinkel zuckten, aber er gab keine Antwort.

Simon nahm eine Prise Schnupftabak und sah zu, wie Alec sich um das Feuer kümmerte, die Flammen mit einem Messingschürhaken zu neuem Leben erweckte.

„Montagnachmittag brauche ich tausend Pfund", stellte er brüsk fest. „Ich habe sie mir von einem Geldverleiher namens Reubens geborgt. Delvin sagte, für achthundert Pfund könnte er mir eine gute Stelle in der Abteilung verschaffen. Daraus wurde nichts. Er machte auf mich aufmerksam, aber das war alles. Belsay wollte mir das Geld geben, aber dummerweise ließ er sich umbringen und ließ mich in dieser Klemme zurück."

Alec stellte den Schürhaken auf seinen verzierten Ständer zurück. „Dir lag nicht für zwei Penny an Jack, nicht wahr, Simon? Du warst nur an dem interessiert, was du aus ihm herausholen konntest. Du hast ihn benutzt."

Peinliche Verlegenheit ließ Simon ein Grinsen aufsetzen. „Jack Belsay war ein Narr. Wie alle Romantiker. Aber er war kein solcher Narr, dass er angenommen hätte, dass ich ohne eine Belohnung in barer Münze sein Liebhaber geworden wäre. Dass er sich in mich verliebt hatte, war sein Problem, nicht meins. Und wenn Delvin ihn nicht aufgespießt hätte, wäre ich jetzt wohlhabend. Jack hätte alles getan, um mich zu halten."

„Dann war er tatsächlich ein Narr. Einem verliebten Mann kann man viel verzeihen, während du - du ..."

„Ist das die Art, wie du dein Benehmen gegenüber dem Rotschopf da unten rechtfertigst?", höhnte Simon. Doch der Blick auf Alecs Gesicht ließ ihn vom Kamin zurückweichen. „Jack erzählte mir, du hättest seine Cousine an ihrem Hochzeitstag entjungfert. Ist dies das besondere Laster der griechischen Statue der diplomatischen Abteilung, jungfräuliche Bräute zu entjungfern ..."

Im Handumdrehen fand Simon Tremarton sich gegen eine Wand gedrückt, seine Halsbinde so fest verdreht, dass nichts mehr wichtig war, außer zu atmen. Seine Arme hingen hilflos an seinen Seiten hinab und er spürte deutlich, dass seine Füße den Boden nicht berührten. Alles, was er tun konnte, war zu keuchen und zu stammeln und mit herausquellenden Augen in ein Gesicht voller Verachtung und Wut zu sehen.

„Du wagst es. *Du* wagst es, über *mich* zu spotten? Du widerlicher kleiner Lustknabe!" Alec kochte vor Wut. Er ließ Simon mit einem verächtlichen Stoß fallen. „Nein, Cromwell! Marziran! Er taugt nicht zum Fressen." Er wandte sich ab und stützte sich mit ausgestreckten Armen am Kaminsims ab; sein Kopf hing herab. „Ein guter Rat, Tremarton, obwohl Gott weiß, warum ich ihn dir gebe! Flieh auf den Kontinent. Das ist deine einzige Hoffnung, um Newgate zu vermeiden." Er schaute über seine Schulter. Der Mann rang noch nach Atem. „Mit deinen Vorlieben würde ich bis nach Persien gehen. Überall sonst würde man dich aufhängen!"

Simon richtete seine Halsbinde. „Ich habe deinen Rat gehört. Trotzdem ziehe ich es vor, mein Glück bei deinem Bruder zu versuchen. Er wird mir mehr als nur tausend geben, wenn ich mit ihm fertig bin."

„Sei kein Esel! Delvin wird dir keinen feuchten Kehricht geben. Er hat Jack getötet, was also sollte ihn davon abhalten, einen so abscheulichen Wurm wie dich zu ermorden?"

„Du glaubst, Jack erpresste Delvin und er wurde deshalb getötet?" Simon klang ungläubig. „Belsay konnte kein Huhn erschrecken!"

„Warum haben sie sich dann geschlagen? Vielleicht habe ich mich in meinem Bruder getäuscht? Vielleicht haben sie sich deinetwegen duelliert?"

Das brachte Simon dazu, herzlich zu lachen. „Meinetwegen? Du hast keine Ahnung von deinem Bruder! Er verabscheut solche wie mich mit einer Leidenschaft, die an Wahnsinn grenzt. Er hasste Belsay mehr als jeden anderen."

„Es könnte nicht etwas mit Jacks Besuchen in einem bestimmten Club über dem Geschäft eines Apothekers zu tun gehabt haben?"

Einen Moment zuckte Simons Stirn, dann lächelte er. „Du wärest überrascht, wie viele feine, hochangesehene Gentlemen aus guter Familie und mit gutem Ruf sich allen möglichen Arten abartigen Verhaltens ergeben. Der Ganymed-Club war nur ein solcher Club, der jeden Geschmack und jede Perversion befriedigte, und voller Leute wie sie sich unten in eurem Salon drängen. Hat dein neuer Kammerdiener dir erzählt, was geschah?"

„Dass es in der Spielhölle und in dem Club eine Razzia gab und der Apotheker Dobbs wegen Sodomie gehängt wurde, ein Verbrechen, wegen dem er, wovon sein Lehrling überzeugt ist, zu Unrecht verurteilt wurde.“

Simon Tremarton zuckte gleichgültig mit den Schultern. „Jemand musste es erwischen, und zu unserem Glück stand Dobbs bereit.“

„Du empfindest keine Reue ...“

„*Reue?*“

„... weil ein unschuldiger Mann für ein Verbrechen gehängt wurde, das er nicht begangen hat?“

Simon verzog voll Abscheu sein Gesicht. „Um Himmels willen, Halsey, der Mann war kaum besser als ein Mistkratzer. Besser er als einer von uns.“

Alec zog die Tür zum Flur auf. „Du bist abscheulich und gewissenlos. Raus mit dir, bevor ich dir den Hals umdrehe!“

Aber Simon Tremarton war aufreizend ruhig und stand noch abwartend in der Mitte des türkischen Teppichs. Er holte einen vergilbten Umschlag aus einer Innentasche seines Rocks und hielt ihn hoch. „Für dreitausend Pfund kannst du diesen Brief haben. Er beweist, dass dein Bruder Jack Belsay ermordet hat, und warum.“

„Ich zahlte dir keinen Penny dafür. Raus.“

„Dann nicht“, sagte Simon mit einem Seufzer und steckte den Umschlag wieder ein. „Ich werde aus unserem lieben Earl fünftausend herausquetschen. Er kann es sich nicht leisten, meine Bedingungen abzulehnen.“ Und er verbeugte sich schwungvoll. „Wenn du nicht vorsichtig bist, werde ich dich zum ersten Menuett auffordern!“, rief er vom Flur aus zurück. „*Au revoir, mon beau.*“

ALEC KNALLTE DIE TÜR SO FEST ZU, DASS SIE IN DEN ANGELN bebte. Er schritt im Raum auf und ab, eine Hand in seinen Haaren, und hoffte, dass sein Zorn verrauchen würde, bevor er einen toten Gegenstand beschädigte und dabei sehr wahrscheinlich auch seine Hand verletzte. Aus dem Augenwinkel erhaschte er eine Bewegung und fuhr ruckartig herum, wo er Sir Cosmo verlegen in dem Durchgang herumlungern sah, der das Wohnzimmer mit dem Ankleideraum verband.

„Ich sehe, dein Kammerdiener kennt sich mit Chemie aus“, sagte er im Plauderton. „Hörte den Krach vom Flur aus und dachte, du könntest vielleicht Hilfe brauchen. Kam herein und fand den Jungen über alle möglichen wissenschaftlichen Gerätschaften gebeugt. Er erzählte mir über seine Lehre als Apotheker. Interessanter Bursche. Nett von dir, dass du ihn weiter herumspielen lässt.“

„Ja, und es ist recht seltsam, einen Apothekerlehrling als Kammerdiener zu haben, ich weiß. Aber so ist es halt. Im Ernst, Cosmo, es ist eine lange und komplizierte Geschichte, die zu erzählen ich jetzt weder die Geduld noch die Zeit habe."

„Etwas zu trinken? Der Junge hat eine Flasche Burgunder heraufgeholt."

„Danke", sagte Alec und folgte Cosmo ins Ankleidezimmer, gefolgt von den tänzelnden Windhunden. Er nahm das Glas, das Cosmo für ihn eingeschenkt hatte, und nach einem Schluck sagte er in viel ruhigerem Ton: „Hattest du Erfolg bei den Gästen?"

Sir Cosmo warf Tam, der aufgestanden war, einen vielsagenden Blick zu.

Alec verstand es gleich und schickte Tam mit den Hunden auf einen Spaziergang, indem er sagte: „Ich brauche dich in der nächsten halben Stunde nicht."

Sir Cosmo wartete, um das Schließen der äußeren Tür zu hören. „Du hast mehr Geduld mit diesem Frettchen Tremarton gezeigt als ich."

„Ich wollte ihn erwürgen! Hast du das Ganze gehört?"

„Den größten Teil. Der Junge auch, obwohl er seine Experimente fortsetzte, als ob er für alles andere taub wäre. Schenkst du Tremartons Geschwätz Glauben?"

Alec nippte nachdenklich an seinem Wein. „Dass Delvin Jack ermordet hat? Zweifelsfrei. Die ganze Szene im Green Park deutet darauf hin: Die Abwesenheit von Sekundanten, von allen Formalitäten eines Duells. Jack war nicht eifersüchtig auf Delvin. Er interessierte sich nicht einmal für Frauen. Er hatte eine Affäre mit Simon Tremarton."

Sir Cosmo schüttelte den Kopf. „Das entbehrt jeglicher Vernunft!" Aber seine Überraschung klang gekünstelt.

Alec runzelte die Stirn.

„Du wusstest die ganze Zeit von Jacks Neigungen."

„Äh, nun, ja", gestand Sir Cosmo schuldbewusst und fügte eilige hinzu, als Alecs Stirnrunzeln sich vertiefte: „Nicht, dass Jack mir etwas erzählt hätte. Ich wage zu behaupten, dass die Mehrheit nicht über das hinausschaute, was sie sahen. Natürlich hatten ein paar von uns einen Verdacht wegen Jamison-Lewis, obwohl man einen Mann Derartiges nicht fragen oder über ihn wissen möchte, und er hatte Selina geheiratet, so dass es sich damit erledigte. Aber als Selina sich mir wegen ihrer Ehe anvertraute, war es ein schrecklicher Schock, und als sie dann Jacks Anteil an allem erwähnte, und ich ein wenig darüber nachdachte, konnte ich sehen, wie es stand, und dann, ja, dann hast du es!"

„Ich bitte um Verzeihung, aber ich verstehe dich nicht", sagte Alec höflich. „Was wusstest du über Jamison-Lewis und was hat er mit Jack und dessen Vorliebe zu tun?“

Diesmal war Sir Cosmo überrascht und blinzelte.

„Ah! Nun. Ich bin jetzt ...“, sagte er mehr zu sich selbst und nahm Schnupftabak. Er ließ die emaillierte Dose wieder in seine Rocktasche gleiten und überlegte, wie er das am besten erklären sollte. Er hüstelte. „Ich hatte angenommen, du wüsstest das. Aber da du von den - den Misshandlungen nichts wusstest, kann ich jetzt verstehen, dass du vom Rest dieser schmutzigen Angelegenheit absolut keine Ahnung hattest. Vielleicht wäre es besser, wenn ich nicht mehr sage. Meine Zunge geht mit mir durch und Selina möchte vielleicht nicht, dass ich ...“

„Um Himmels willen, Cosmo!“, sagte Alec mit ärgerlicher Verbitterung. „Sag es mir und bring es hinter dich. Nachdem ich jetzt weiß, wie dieses Ungeheuer sie behandelt hat, kann es doch kaum schlimmer kommen?“

„Jack war J-Ls Lustknabe“, sagte Sir Cosmo unverblümt; sein Gesicht wurde hochrot. „War es seit Jahren. Nach J-Ls Heirat änderte sich nichts daran. Selina war da, um einen Erben zu produzieren. George betrachtete sie nur als Zuchtstute und benutzte sie entsprechend.“

Alec ließ sich schwer in einen Sessel fallen. Er fühlte sich, als bekäme er keine Luft mehr.

„Was ich nicht verstehe, ist, wo dieser widerwärtige Wurm Tremarton ins Spiel kommt“, fuhr Sir Cosmo fort, ohne die Wirkung seiner Worte zu bemerken. Er hätte ebenso gut durch einen dichten Nebel zu Alec sprechen können. „Jack muss diese Affäre als wohlbewahrtes Geheimnis gehütet haben. Jeder wusste, was für ein besitzsüchtiges Ungeheuer J-L bei Selina war, also stelle dir seine Gefühle vor, hätte er herausgefunden, dass Jack ihn betrog!“ Sir Cosmo rieb sich sein stoppeliges Kinn. „Wenn ich darüber nachdenke, Alec, war Jack mit seiner Neigung viel mehr im Reinen als J-L es jemals war. Machte sich eine Menge Umstände, um als echter Mann dazustehen, unser J-L. Denke, deshalb hat er schließlich geheiratet. Ned wusste über J-L Bescheid, aber er zeigte seinen Abscheu vor dem Mann nie. Ich glaube, dein Bruder hatte etwas Angst vor ihm.“

„Das bezweifle ich nicht. Und Delvin hat eine Begabung dafür, diejenigen auszunutzen, die schwächer als er sind“, sagte Alec ruhig, während sein Kopf noch wegen des neu Erfahrenen schwirrte. „Ich kann mir gut vorstellen, wie Delvin Jack außer Hörweite des Ungeheuers mit dessen Verhältnis zu J-L quälte. Und Jack war niemand, der irgendetwas weitererzählt. Er würde sich auf seine eigene ruhige Art um die Sache gekümmert haben.“

„Ein Duell im Green Park auszutragen ist das aber nicht!"

„Aber Delvin mit etwas zu drohen, was die Sicherheit meines Bruders zerstören könnte, wäre es."

Sir Cosmo schnippte mit den Fingern. „Lady Margarets Brief! Jack drohte Ned mit dem Brief, den deine Mutter an Lady Margaret geschrieben hatte. Das muss es sein. Das ist der Trumpf, den Tremarton in seinem Besitz hat. Darauf wette ich! Hat er dir Papiere gezeigt?"

„Einen vergilbten Umschlag. Ich persönlich glaube, dass Tremarton kunstvoll blufft. Nach allem, was wir wissen, ist die Geschichte, die Lady Margaret verbreitet, jetzt in halb London bekannt. Tremarton könnte das aufgeschnappt haben, vielleicht von Jack gehört, und es nur verbogen haben, um seinen eigenen Zwecken zu dienen. Er ist offensichtlich verzweifelt genug, um etwas Hirnverbranntes zu tun. Wir können es nicht wissen, es sei denn, dass wir diesen Umschlag in die Hände bekommen."

„Dann müssen wir eben diesen Umschlag in die Hände bekommen", wiederholt Sir Cosmo genießerisch, seine Freude erlosch jedoch sofort, als sein Freund nicht dieselbe Begeisterung zeigte. Er musterte Alec eindringlich und fragte sich, ob dieser plötzlich erkrankt wäre. Dann wurde es ihm blitzartig klar, alle Stücke rutschten an ihren Platz und er platzte heraus: „Alec, lieber Junge, es tut mir leid. Es war falsch von mir, dir das über J-L zu erzählen. Ich wünschte, du hättest das von irgendjemand anderem als mir erfahren ..."

„Lieber von dir als von einem anderen", stellt Alec ruhig, aber mit gerötetem Gesicht, fest und trank den letzten Schluck Wein. Er fasste sich genügend, um abrupt zu sagen: „Hast du heute etwas erfahren, was uns bei unseren Ermittlungen helfen könnte?"

Sir Cosmo machte es sich in einem Ohrensessel gegenüber von Alecs Stuhl am Toilettentisch bequem.

„Ja! Deshalb bin ich hier", sagte er und beugte sich mit leuchtenden Augen vor. „Ich habe meinen Diener ein wenig im Untergeschoss herumstöbern lassen. Er genießt das. Wenn ich nicht vorsichtig bin, wird er weglaufen und sich dem Bruder von Macaras Kammerdiener in der Bow-Street anschließen. Natürlich sind alle dort unten nervös. Alle haben Angst um ihre Stellung. Neave hat ihnen harte Worte gegeben, aber keiner sagt einen Pieps! Er hat es jedoch geschafft, Neds Kammerdiener in ein Gespräch zu verwickeln, ein hochnäsiger Kerl ist das, der noch unter Folter schwören würde, dass sein Herr den ganzen Abend in seinen Zimmern verbrachte."

Alec wirkte skeptisch. „Das Wort von Delvins Kammerdiener, Cosmo?"

„Ich weiß! Ich weiß! Ich schenke seiner Geschichte auch nicht viel Glauben. Und er hatte die Kühnheit, mir zu erzählen, dass sein Herr sich mit zwei der Zimmermädchen amüsiert …"

„*Zwei* Mädchen?" Alecs Schultern zuckten. „Oh, die Geschichte wird immer besser! Ich vermute, sein Kammerdiener hatte bei dieser Orgie sein Auge am Schlüsselloch? Schau, Cosmo, Cynthia Gervais kam letzte Nacht in mein Zimmer, nachdem sie entdeckt hatte, dass Delvin nicht in seinen Räumen war."

„Neds Kammerdiener hat sie vermutlich angelogen. Hat ihn gedeckt."

„Zweifellos. Und Cindy Gervais erzählte mir, dass sie Delvin im Sträuchergarten mit einer Schlampe aus der Küche entdeckt hätte. Ich glaube, es war Emilys Zimmermädchen."

„Also *ist* ein Zimmermädchen darin verwickelt!", sagte Sir Cosmo befriedigt.

„Aber das erklärt noch nicht, wo er war, nachdem er mit dem Mädchen fertig war und bevor er zu Selinas Zimmer ging."

„Mit Sicherheit hat er nicht die Röcke des Mädchens gelupft und ist dann losgegangen, um zu versuchen, Emily zu vergewaltigen, um sich dann *in flagrante delicto* mit Selina erwischen zu lassen? Dazu bräuchte er ein Horn aus Elfenbein!"

Alec lachte. „Oder er möchte uns glauben machen, dass er eines hat!"

Sir Cosmo drückte sein Kinn in die Halsbinde und grübelte. „Und ich gebe nichts darauf, was du mit deinen eigenen Augen gesehen hast! Es passt nicht zusammen, dass Selina und Ned …"

„Ja. Das weiß ich jetzt und entschuldige mich, dass ich übereilte Schlüsse gezogen habe. Aber es war genau das, was Delvin mich glauben machen wollte."

„Warum?"

Alec zuckte mit den Schultern, schaute unbehaglich drein und vermied es, die Frage zu beantworten. „Ich möchte nicht glauben, dass Delvin zu einer Vergewaltigung oder zum Mord an einer Zofe fähig wäre, weil er mein Bruder ist. Aber ich habe einen Verdacht gegen ihn, Cosmo. Die Tatsache, dass sein Kammerdiener die Geschichte verbreitet, dass er mit zwei Zimmermädchen in seinen Räumen war, zeigt, wie weit er geht, um seine Spuren zu verwischen. Was das betrifft, dass er im Sträuchergarten gewesen sein soll und Cynthia Gervais ihn dort erwischt hat? Denke einen Moment darüber nach. Das Zimmermädchen wird sich nicht melden und uns die intimen Einzelheiten dieser Begegnung erzählen. Sofortige Entlassung ohne Referenzen. Delvin kann über

Diener sagen, was ihm gefällt, und ob es wahr oder falsch ist, keiner von ihnen kann dem Wort eines Gentlemans widersprechen. Daher haben wir keine Möglichkeit zu erfahren, wie lange Delvin draußen im Grünen war. Das ist zu glatt, Cosmo. Und genau das, was Delvin als Alibi benutzen würde. Dass seine Mätresse ihn dort erwischt hat, könnte ebenso ein kunstvolles Komplott zu seinen Gunsten sein."

„Wie kommst du darauf?"

„Dasselbe Komplott sorgte dafür, dass ich ihn in Selinas Zimmern ertappte. Und was man sieht, ist, worauf du mich so richtig hingewiesen hast, nicht unbedingt das, was tatsächlich vor sich geht."

„Verdammtes Durcheinander!", grummelte Sir Cosmo. „Ich habe den ganzen Tag mit dem Ohr am Boden verbracht und das war das Beste, was ich dir zu bieten habe. Ich bin keine große Hilfe. Tut mir leid."

„Du bist die einzige Hilfe, die ich habe", erwiderte Alec mit einem Lächeln. „Nichts Interessantes von Olivias Gästen?"

„Nach allem, was ich herausfinden konnte, ist bei allen von ihnen der Aufenthaltsort, nachdem sie sich für die Nacht zurückgezogen hatten, ziemlich klar. Bei allen, außer den bereits Erwähnten. Macara ging bis spät auf der Terrasse herum und rauchte seine infernalischen Stumpen. Scheint, er schläft nicht gut; Rückenverletzung. Wenn Cynthia Gervais bei dir war, ist das auch abgedeckt", sagte er und biss sich bei Alecs Grinsen auf die Zunge. „Das sollte kein Witz sein! Damit bleibt noch Gervais. Und nachdem, was Neave mir erzählt, blieb unser bäuerlicher Richter lang neben der Anrichte liegen. Zwei Lakaien kamen, um ihn ins Bett zu tragen, nachdem der Portwein wegge-schlossen worden war, aber er war fort. Dann bin da noch ich selbst. Ach ja, nun, ich fürchte, ich war so langweilig und schlief allein, damit war ich der Einzige unter euch, der dem Zölibat treu blieb!"

Alec gluckste. „Dann sind wir zu zweit, Cosmo. Oh, schau doch nicht so erstaunt. Ich bin kein Heiliger, wenn es um schöne Frauen geht, aber ich ziehe eine Grenze, wenn es darum geht, mit der Mätresse eines anderen Mannes zu schlafen, noch dazu mit der meines Bruders!"

„Oh, da ist noch etwas", fügte Sir Cosmo hinzu. „Dieser Rock, der im Billardzimmer liegen blieb. Er gehört Ned. Sein Kammerdiener schnappte ihn sich, kaum dass Neave ihn in das Dienstbotenzimmer brachte. Also hilft uns das auch nicht viel weiter, oder?"

„Nein? Sein Kammerdiener behauptet, Edward hätte sich mit zwei Mädchen in seinem Zimmer amüsiert; seine Mätresse sagt, sie hätte ihn draußen im Sträuchergarten mit einem Mädchen gesehen; ich entdecke ihn, wie er Selina belästigt; und sein Rock wird im Billardzimmer gefunden, was vermuten lässt, dass er irgendwann am Abend eine Partie Billard gespielt hat. Dass Sybillas Junge und sein Cousin von Delvin im Dienstbotenflur vor dem Billardzimmer erwischt wurden, unterstützt das. Alles das passierte ungefähr zu der Zeit, als Emily überfallen wurde? Unglaublich!"

„Man möchte meinen, dass mehr als ein Ned hier herumgelaufen ist!"

Alec lächelte schief. „Ja. Ich stelle mir vor, dass es genau das ist, was jemand uns glauben machen möchte."

PLANTAGENET HALSEY KAM IN DAS ANKLEIDEZIMMER SEINES Neffen, blieb dort stehen und beobachtete, wie Tam letzte Hand an die Toilette seines Herrn legte. Er half Alec in einen schwarzen Samtrock, dessen breite Aufschläge dick mit Silberfäden bestickt und dessen kurze Schöße mit Fischbein verstärkt waren. Er trug feine, weiße Spitzenrüschen an beiden Handgelenken, diamantbesetzte Schnallen auf den Laschen seiner auf Hochglanz polierten Lederschuhe und eine große, weiße Satinschleife um seinen Hals. Eine weitere Schleife hielt das Ende des dicken, geflochtenen Zopfs fest, der längs zwischen seinen Schulterblättern hinabfiel. Um seine Ballgarderobe zu vervollständigen, hatte Alec eine große Nadel mit Diamantkopf in seine kompliziert gebundene Spitzenkrawatte gesteckt.

Tam trat zurück, um sich das Gesamtbild anzuschauen, und war ebenso erfreut wie der alte Mann, seinen Herrn so prachtvoll und schön zu sehen. Alec ertappte die beiden, wie sie grinsten, und wurde sofort unsicher.

„Ich sehe aus wie ein Pfau, nicht wahr? Oder sollte ich sagen, wie eine Elster? Ich habe seit Versailles keine Hofkleidung mehr getragen, und ich kann dir sagen, Onkel, mir ist jeden Tag eine alte, braune Reitjacke lieber! Dieses Zeug ist furchtbar eng."

„Du solltest froh sein, dass du eine so gute Figur machst, ohne Steifleinen zu benötigen. Verdammt unbequem, Steifleinen, und neigt dazu, zu verrutschen, wenn du es am wenigsten erwartest", sagte Plantagenet Halsey und rückte seine eigene Leinenhalsbinde vor dem hohen Spiegel am Toilettentisch zurecht. Er sah, wie sein Neffe ihn von oben bis unten mit einem Lächeln anschaute und runzelte die Stirn. „Was gibt es da zu grinsen, he?"

„Oh, ich dachte, was für eine elegante Figur du abgibst, für einen Mann, der Firlefanz verabscheut", sagte Alec obenhin. „Olivia wird von ihrem republikanischen Gast *sehr* beeindruckt sein."

„Wirst du wohl aufhören!", sagte der alte Mann barsch und drehte sich zu Tam um, der noch im Zimmer war. „Hast du keine Arbeit?"

„Komm mit ins Wohnzimmer", schlug Alec vor und führte seinen Onkel aus dem Ankleideraum, wobei er noch ein Spitzentaschentuch aus dem Durcheinander auf dem Toilettentisch aufhob. „Sei nicht so streng mit dem Jungen. Er hat mehr durchgemacht, als du weißt. Was mich daran erinnert, ich muss dich jetzt darum bitten, weil ich sonst heute Abend vielleicht keine Gelegenheit haben werde. Morgen Nachmittag erwarte ich den Besuch eines Mr. Yarrborough, Junior oder Senior. Ich weiß nicht genau, welcher ..."

„Die Anwälte?"

„Richtig. Ich habe sie gebeten, Informationen über eine Erhängung herauszufinden, die vor sechs oder sieben Monaten stattgefunden hat. Wenn ich aus irgendeinem Grund nicht anwesend sein sollte, habe ich Anweisung gegeben, dass sie dir die Informationen geben sollen, also achte bitte genau auf ihr Eintreffen. Ich möchte nicht, dass jemand anders mit ihnen spricht."

„Natürlich, mein Junge. Wer wurde gehängt?"

„Dobbs, Tams Meister."

Der alte Mann schaute ungläubig. „Weshalb? Verkauf ohne Rezept?"

„Wegen Sodomie."

Plantagenet Halsey war zu verblüfft, um auch nur zu fluchen.

„Über dem Laden des Apothekers war eine Spielhölle und ein Bordell: Anscheinend junge, männliche Prostituierte für die gut Betuchten. Aber bevor du mich fragst, Tam war nicht darin verwickelt. Er sagte mir, dass er nur Dobbs' Lehrling und sonst nichts gewesen wäre, und ich glaube ihm."

„Ist der Junge sonst in etwas Ungesetzliches verwickelt?"

„Nicht, dass er wüsste." Alec wischte ein Staubkorn von seinem Samtärmel. „Tam besteht darauf, dass sein Meister unschuldig war. Er sagt, Dobbs hätte sehr wohl gewusst, was vor sich ging, aber es vorgezogen, dem den Rücken zuzuwenden, statt es den Behörden zu melden."

„Dann ist er auch nicht besser. Ich sage nicht, dass er es verdient hätte, als Sodomit gehängt zu werden, aber ..."

„Ich weiß. Seine stillschweigende Zustimmung lässt die Frage offen, warum er solche Zügellosigkeiten unter seinem eigenen Dach duldete. Ich habe vor herauszubekommen, warum, und wer diesen sogenannten Ganymed-Club leitete, wenn Dobbs tatsächlich nur als Sündenbock benutzt wurde, und von wem. Ich hoffe, Yarrborough kann mir helfen, die Wahrheit aufzudecken."

Plantagenet Halsey sog Luft durch seine zusammengebissenen

Zähne ein. „Alec, wenn Dobbs ein Sündenbock war, wenn dieser Ganymed-Club von Männern von Rang und Vermögen besucht wurde, wird Yarrborough auf taube Ohren stoßen, wo auch immer er Fragen stellt.“

„Ich kann dir da nicht widersprechen, aber es gibt Wahrheiten, die man nicht verschleiern kann. Wer war der Richter, der Dobbs verurteilt hat? Wer hat Beweise gegen den Mann geliefert? Wem gehörte das Gebäude, in dem die Apotheke und die Etablissements in den oberen Stockwerken untergebracht waren? Diese Informationen sollten relativ leicht zu beschaffen sein.“ Alec schaute seinen Onkel an. „Onkel, weißt du etwas über den Jungen, was du mir gerne sagen würdest?“

„Über Thomas Fisher?“ Der alte Mann war verwirrt.

„Tremarton weiß, dass er aus Delvin ist; dass er ungefähr zur Zeit von Lady Delvins Tod in die Lehre geschickt wurde.“

„Tatsächlich? Das bedeutet nicht viel. Aber soweit das etwas zu sagen hat, beim ersten Mal, als ich den Jungen zu Gesicht bekam, wusste ich, dass an ihm etwas Vertrautes war. Daher war ich nicht überrascht zu erfahren, dass seine Tante Haushälterin in Delvin und seine Mutter die jüngere Schwester dieser Frau war, Iris Fisher. Beide waren Karottenköpfe, so wie Tam. Alle Fishers sind das. Ich kann mich nicht daran erinnern, den Jungen je gesehen zu haben, als ich in Delvin war. Aber sie würden ihn ohnehin im Untergeschoss behalten haben. Er ist nicht im Ehebett geboren. Iris Fisher hat nie geheiratet.“

„Sie war hübsch, nicht wahr?“

Plantagenet Halseys graue Augen ruhten ausdruckslos auf seinem Neffen. „Sehr hübsch, wie alle sagen. Starb im Kindbett.“

Alec lächelte grimmig. „Interessant, dass du so viel über die Fishers in Delvin weißt.“

„Nicht so interessant, wie es scheint, mein Junge. Deine Mutter hatte nicht viel, womit sie sich die Zeit vertreiben konnte, als sie bettlägerig war, außer Erinnerungen. Natürlich nahm der Haushaltsklatsch viel Raum in ihrem Gedächtnis ein.“

„Anders als ihr Sohn“, murmelte Alec mit einem letzten Blick in den Spiegel.

„Alec, da ist etwas, das ich dir sagen muss, bevor du zum Fest hinuntergehst“, sagte sein Onkel. „Emily St. Neots ist fest entschlossen, Delvin zu heiraten. Sie möchte Gräfin Delvin werden. Soviel hat sie mir gesagt.“

„Ja. Ich weiß.“

Plantagenet Halsey war nicht sicher, wie er diese kurze Antwort interpretieren sollte und sagte zaghaft: „Das ist die Anziehungskraft der Grafenkrone. Helen - deine Mutter ... Wenn ich Earl und Roderick mein jüngerer Bruder gewesen wäre, hätten sich die Dinge anders entwickelt."

„Wie anders?", fragte Alec das Spiegelbild seines Onkels. „Wäre sie dir treu geblieben, hätte dein Kind geboren und es nicht aufgegeben, so wie mich? Du hättest ein so oberflächliches Wesen geheiratet, im Wissen, dass es deine Grafenkrone war, die sie überzeugt hatte?"

Der alte Mann sah auf seine verknoteten Hände hinab. „Du weißt nicht die Hälfte darüber, mein Junge - warum sie die Entscheidungen traf, die sie traf. Und ich - ich liebte sie trotz alledem."

Alec richtete eine Falte seiner Krawatte. „Sie verdiente deine Hingabe nicht", sagte er brutal. „Sie hat dir nichts dafür gegeben."

„Sie hat mir dich gegeben", war die ruhige Antwort seines Onkels, bevor er sich abwandte, um unnötig an der langen Lederlasche seines linken Schuhs herumzufummeln.

Alec lächelte liebevoll zu dem gebeugten Rücken hinunter. „Dafür werde ich ihr ewig dankbar sein."

„Verdammt! Ich habe ewig mit diesem Kind gesprochen und alles, was ich bekam, war eine lange Beschreibung ihrer verdammten Hochzeitspläne!", schwadronierte Plantagenet Halsey, um eine verlegene Pause zu überdecken. „Sie sprach, als ob ihre ganze Existenz und Freude an dieser Heirat hinge, als ob sie damit die Fehler ihrer Mutter wiedergutmachen könnte. Wenn ich es nicht besser wüsste, würde ich sagen, dieses Kind ist so hohlköpfig wie man nur sein kann!"

„Die Fehler ihrer Mutter wieder gut machen ...", wiederholte Alec leise. „Also das ist Lady Charlottes Trumpfkarte ..."

„Du würdest keine zwei gegensätzlicheren Frauen finden, als die beiden, die mit mir auf der Terrasse eine Runde drehten", fuhr sein Onkel im gleichen dozierenden Ton fort. „Eine muss sich noch eine eigene Meinung bilden und die andere ist mehr von sich überzeugt, als gut für sie ist. Und diese Amazone mit den tizianroten Haaren hat eine flinke Zunge und einen guten Sinn für Lächerliches. Ein Wunder, dass sie sich nahezu unverletzt durch eine solch katastrophale Ehe retten konnte ..."

„Onkel, ich ..."

„Was mich zu dem bringt, was ich dir sagen wollte. Von Delvins Einmischung abgesehen, du hättest härter darum kämpfen müssen, sie zu gewinnen! Sie ist eine Hornisse und wird dir alles Maß um Maß zurückgeben, aber sie wird keinen Unsinn dulden, und wenn du meine Meinung hören willst, sie ..."

„... war diejenige, die meine Werbung abwies", erklärte Alec ruhig und lächelte reuig, als sein Onkel blinzelte. „Ich flehte sie an, mit mir durchzubrennen. Ich war bereit, ihren Eltern, Delvin, ja, dir zu trotzen. Ich war völlig dafür, nach Gretna Green durchzubrennen und heimlich zu heiraten, aber sie wollte nichts davon hören. Ihre Eltern hatten einen Antrag von Jamison-Lewis angenommen, der ein Vermögen besaß und Neffe eines Herzogs war. Ich, auf der anderen Seite, hatte zu der Zeit kein Vermögen, nur einen Bruder, der öffentlich bekanntgab, dass er meine Heirat mit der Erbin einer beträchtlichen Summe nicht unterstützen würde. All das in der Waagschale und Selinas zartes Alter reichten aus, um sie vor der Idee, mit einem Niemand durchzubrennen, zurückschrecken zu lassen. Denk daran, sie war im gleichen Alter wie Emily jetzt ist." Er lachte selbstironisch und zupfte an seinen engen Samtaufschlägen. „Man sollte meinen, ich hätte meine Lektion gelernt. Stattdessen setzte ich mir ein Mädchen in den Kopf, das mich mit rein geschwisterlicher Zuneigung betrachtet!" Er zuckte die Achseln. „Offensichtlich waren Selinas Gefühle, wie jetzt Emilys, nicht festgelegt. Und sie hatte nicht die Charakterstärke, dem Ehemann der Wahl ihrer Familie den Rücken zu kehren und unser Glück über ihres zu stellen."

Plantagenet Halsey betrachtete seinen Neffen leidenschaftslos aus blassen, umschatteten Augen.

„Du tust ihr Unrecht. Was sie tat, dass sie dich gehen ließ, ihre einzige Chance auf Glück aufgab, um einen Mann zu heiraten, an dem ihr nicht für einen Penny lag, damit du nicht ruiniert würdest, das ist wahre Charakterstärke. Wer sagt, dass ihr es nach Gretna Green geschafft hättet? Eine Erbin zu entführen hätte deine Karriere beendet; keine Botschaften mehr, keine Beförderung. Ihre Eltern, Jamison-Lewis und seine Genossen, von deinem Bruder ganz zu schweigen, hätten alle dafür gesorgt, dass du politisch und gesellschaftlich ruiniert wärest. Ist dir das nie in den Sinn gekommen, mein Junge?"

Das war es nicht und Alec wusste jetzt, was Cosmo mit den Worten, die er ihm im Regen ins Gesicht geworfen hatte, meinte. Es war eine Offenbarung. Er fragte sich, ob es noch einen lebenden Mann gäbe, der sich solcher Egozentrik rühmen könnte. Er würde seine Antwort später am Abend erhalten, wenn er im Ballsaal seinem Bruder gegenüber stünde. Er wurde durch einen Schlag auf seinen breiten Rücken aus seiner Träumerei gerissen.

„Ich fühle mich heute Abend so fröhlich, dass es bis zur Zerstreutheit geht, mein Junge", sagte sein Onkel in leichtem Ton mit einem Zwinkern in seinem Auge. Er zupfte spielerisch am schwarzen Zopf seines Neffen. „Sehen wir, ob du und ich heute Abend ein paar hübsche Köpfe verdrehen können, he?"

„Nun, wenigstens einen", murmelte sein Neffe.

ZEHN

St. Neots House öffnete sich für den Feuerwerksball. Am oberen Ende der Treppe stand Neave mit einem kleinen Bataillon gelbberockter Lakaien mit geradem Rücken und hoch erhobenen Köpfen, um die goldgeränderten Einladungskarten entgegenzunehmen und jeden Gast der versammelten Gesellschaft anzukündigen. Damen in weiten Reifröcken aus schimmernder Seide mit ihren Gentlemen in Perücken und goldenen Tressen schlenderten von einem riesigen Raum zum nächsten. Große Fächer mit Federn fächelten einladend über runde, alabasterweiße Brüste und Monokel schwangen lässig an Seidenbändern, immer bereit, in ein schweifendes Auge geklemmt zu werden.

Es gab zwei Orchester. Eines im Ballsaal, ein weiteres im Salon, wo die Gäste Austern schlürften und Punsch tranken und mit ihrem hellen Lachen solchen Lärm machten, dass die Musik nahezu übertönt wurde. Freizügig floss der Champagner in gekühlte Kristallgläser. Alles bestand aus flirrendem Licht, blendenden Farben und Wolken schwerer Düfte.

Der Feuerwerksball war bei vielen Soiréen in den Salons das Gesprächsthema gewesen und man sagte voraus, er würde das Ereignis der Saison werden. Es gab keinen Adligen in London, der es nicht für eine große Ehre hielt, eine Einladung der Herzogin von Romney-St. Neots zu erhalten. Die Gästeliste enthielt nicht weniger als fünf Botschafter, vier ausländische Fürsten und ihr Gefolge und Mitglieder des englischen Königshauses. Alle regierenden Familien des Königreichs hatten Vertreter geschickt. Daher war es mit einem nicht geringen Gefühl der Beklommenheit, mit dem Emily sich ihrem ersten großen Auftreten in der Gesellschaft näherte, als Mittelpunkt der Aufmerksamkeit und der Grund, warum ihre Großmutter keine Kosten gescheut hatte, ihre Verlobung zu feiern.

Sie bot eine Vision jugendlicher Lieblichkeit in einem Kleid aus Silbergaze in Perlweiß, ihre blonden Locken waren leicht gepudert und hochfrisiert und ihr Lächeln war so weiß wie es strahlend war. Sie plauderte leicht mit jedem, der ihr vorgestellt wurde, aber in dem Moment, wo er sich weiterbewegte, vergaß sie ihn schon völlig und konnte sich nicht einmal daran erinnern, worüber sie gesprochen hatten. Sie tanzte, ohne nachzudenken, doch tanzte sie fehlerfrei mit einer ihr angeborenen natürlichen Anmut. Der Earl tanzte das erste Menuett mit ihr und geleitete sie dann sehr höflich wieder zu ihrem Platz zurück, nur, damit der Fürst von Baden sie wieder zur Tanzfläche führte. Er sagte, sie tanzte wie ein Engel. Sie lächelte zu dem Kompliment und plauderte weiter, und als das Menuett zu Ende war, schleppten der Earl und eine Gruppe seiner Freunde sie in den Erfrischungsraum, wo alle ihren Erfolg bei dem Fürsten lobten.

Von einem Beobachtungsposten aus der Ecke des Salons, der als Erfrischungsraum benutzt wurde, beobachtete Sir Cosmo seine Cousine durch sein Monokel, wie sie dort von diesem lauten, schwätzenden Haufen von schwänzelnden Schönlingen umringt wurde. Er war erfreut, dass sie lächelte und wieder mehr wie sie selbst aussah als bei ihrem hölzernen Auftreten während des Nachmittagstees. Er überflog die Menge mit seinem Augenglas und wollte gerade in den Ballsaal zurückkehren, als ihm einfiel, dass er Selina dort drinnen wahrscheinlich nicht finden würde, da es Witwen nicht erlaubt war zu tanzen. Er fragte sich, ob sie überhaupt vorhatte zu erscheinen, dann sah er sie im Rahmen eines Torbogens stehen und sich umschauen, als wäre sie gerade eingetroffen. Ihr Anblick ließ ihn einen schnellen Atemzug tun. Sie erinnerte ihn zu sehr an ein Porträt der dem Untergang geweihten Königin Maria von Schottland, das er einmal gesehen hatte, da sie ganz in schwarzen Samt gekleidet war. Das tief ausgeschnittene Kleid war mit Perlen bestickt, ebenso wie ihre Schuhe. Sie trug einen Fächer aus verstärkter Spitze an einer Kordel aus schwarzer Seide mit einer geknoteten Quaste. Sie trug keinen Schmuck, brauchte aber keinen mit ihrer so durchscheinenden Haut und ihren ungepuderten, flammenden Locken, die aus ihrem Nacken hochgekämmt waren.

Sie beantwortete Cosmos Winken mit einem Lächeln und wäre zu ihm gegangen, aber er war in einem Moment an ihrer Seite, nachdem er sich eilig auf seinem Weg durch das schwankende Meer aus Seide und Parfüm zwei Gläser Champagner gegriffen hatte. Sie stießen miteinander an und tranken aus.

Selina sah ihren Freund von oben bis unten an, von der gepuderten Perücke mit der riesigen, scharlachroten Schleife bis zu den schmückenden scharlachroten Bändern an den Knien seiner seidenen Hosen. Er trug drei goldene Siegel, und zwei Monokel baumelten von seinem Hals. Sie kicherte in ihr Champagnerglas hinein, die Bläschen kitzelten ihr in der Nase.

„Ich wünschte, ich könnte heute Abend mit dir tanzen, wo du doch aussiehst wie ein Papagei! Du stichst in diesem seidenen Festgewand noch den Fürsten von Baden aus, Cosmo."

Er lächelte unsicher, nicht wissend, ob sie ihm schmeichelte oder ihn neckte. „Ah, und ich hatte gehofft, den Bothwell zu deiner Maria geben zu dürfen, meine Liebe", murmelte er.

„Oh! Sehe ich aus, als wäre ich reif für den Henkersblock?", antwortete sie mit einem Lachen und zuckte mit einer bloßen Schulter. „Besser eine verurteilte Königin als die einzige Spinne in der Zuckerdose!" Sie überreichte Sir Cosmo geistesabwesend ihr leeres Glas, während ihre dunklen Augen die schwätzende Menge durchsuchten, ohne dass sie sich Sir Cosmos eindringlichen Blicks bewusst gewesen wäre.

„Du müsst mich nur fragen, meine Liebe, und ich werde dir sagen, wo er zu finden ist", sagte er leichthin, eines seiner Augengläser vor ein helles Auge gedrückt.

„Dieser Champagner war recht gut", murmelte sie mit einem durchtriebenen Blick auf ihren Freund.

„Ja. Das muss der Grund dafür sein, dass dein perfekter Teint so köstlich errötet ist", witzelte er und nahm mit einem Kichern den gutmütigen Klaps ihres Fächers auf seine Fingerknöchel entgegen. „Ah! Hier kommt jetzt dein Bothwell!"

Selina wollte ihm schon sagen, was sie über seine Vermessenheit dachte, als sie grob angestoßen wurde und sich gezwungen sah, den Schutz von Sir Cosmos robustem Körper gegen etwas zu suchen, was eine französische Invasion zu sein schien.

Zwei affektierte Attachés vom Gefolge des Botschafters gingen der Gruppe ausländischer Würdenträger voran und bahnten sich einen Weg zu den Tischen mit den Erfrischungen, als wären sie die räuberische Vorhut einer Eroberungsarmee. Der französische Botschafter und seine kleine Gruppe schwänzelnder, parfümierter Gecken hielt dicht neben Sir Cosmo und Selina an, um sich von drei herumstehenden Kellnern bedienen zu lassen. Alle sprachen in so schnellem Französisch, voll subtiler Nuancen und Betonung, dass kein Engländer außer dem bestgelehrten Sprachwissenschaftler den Verlauf der Unterhaltung hätte verstehen können. Ein schlüpfriger Witz wurde erzählt, eine lange, komplizierte Geschichte, aber die Zuhörer lauschten begeistert. Der französische Botschafter warf mittendrin eine schlüpfrige Erinnerung seinerseits ein, die ihm ein herzhaftes Lachen seiner Begleiter einbrachte. Es war offensichtlich, dass der französische Botschafter sich prächtig amüsierte und als die Geschichte endete, brach er in Applaus und schrilles Gelächter aus und betupfte seine glänzenden Augen mit dem Stück Spitze, das er als Taschentuch benutzte.

Die Marquise, seine Frau, fand ihn dann. Aber sie wollte nicht ihren Mann. Nein, Madame la Marquise wünschte die Aufmerksamkeit des Freundes ihres Ehemannes, der den schlüpfrigen Witz erzählt hatte. Sie klopfte mit den Stäben ihres Fächers in Gold und Elfenbein auf seinen schwarzsamtenen Ärmel und tadelte ihn spielerisch. Der französische Botschafter lächelte beiden zu, und mit einem raschen Flüstern in das Ohr seines Freundes entfernte er sich mit seinem Gefolge ins Spielzimmer und ließ Madame, seine Frau, zurück, um mit seinem Freund Champagner zu trinken.

Der französische Botschafter hatte seine Frau zurückgelassen, um mit Alec Halsey - der der Erzähler des schlüpfrigen Witzes war, noch dazu in einem so ausgeprägten Französisch, dass jemand, der ihn nicht kannte, ihn für einen geborenen Franzosen halten musste - zu flirten, auf empörende Weise noch dazu. Er lächelte und unterhielt sich mit Madame la Marquise, als ob sie eine liebe Freundin wäre.

„Hat mich erschreckt, als ich ihn das erste Mal so auf Französisch losblubbern hörte", gab Sir Cosmo zu. „Habe vierzehn Tage mit ihm in Paris verbracht. Er war so geübt in dieser Sprache, dass ich mich fast fragte, ob er vergessen hätte, dass er Engländer ist! Wusstest du, dass er fünf Sprachen fast genauso flüssig spricht?"

„Ja, der elende Kerl", stimmte Selina zu und war entschlossen, lieber überall sonst hinzuschauen als Zeugin von Alecs Flirt mit Madame la Marquise zu werden.

Ihn in so reiche Pracht wie schwarzen Samt und Spitze gekleidet zu sehen, brachte sie immer aus der Fassung. Sie hatte ihn bei zahlreichen Anlässen gesehen, immer aus der Entfernung, bei etlichen Beamten des Außenministeriums, die dazu abgestellt waren, sich um ausländische Adlige zu kümmern, aber es war immer Alec, der ständig von einem Rudel ausländischer Schönheiten umringt war. Selina hatte es bei solchen Gelegenheiten geschafft, sich abzuwenden, aber sie konnte ihre Gedanken nicht davon abhalten, in seine Richtung zu wandern, so wie heute Abend. Als sie verheiratet war, empfand sie Dankbarkeit dafür, dass er den größten Teil seiner Zeit auf dem Kontinent verbrachte. Sie nahm an, dass seine flüssige Beherrschung fremder Sprachen nur noch von der Häufigkeit übertroffen wurde, mit der er die einheimischen Sprecherinnen dieser Sprachen in sein Bett holte. Sie wusste, dass er sich während seiner Zeit im Ausland den Ruf eines Lebemanns erworben hatte; da sie selbst nicht zu haben war, hatte es ihr das leichter gemacht, seine zahlreichen Affären zu akzeptieren; schließlich waren sie nicht von Dauer und er hatte sich in keine der Frauen verliebt. Aber seine Gefühle für Emily waren anders. Er hatte sie heiraten wollen. Und die Art, wie er sie anschaute ...

Sie beschimpfte sich innerlich und wollte eigentlich das Zimmer verlassen, um den Tanzenden zuzusehen, als Sir Cosmo an der Spitze an ihrem Ellenbogen zupfte und in einem lauten Flüstern, als ob er gehört werden wollte, sagte: „Etwas ist im Gange! Der glückliche Bräutigam wurde eingefangen."

Die Invasionsarmee französischer Diplomaten hatte sich weiterbewegt, eine Parfümwolke und einen Schwall schrillen Geschwätz verbreitend, aber fast sofort wieder angehalten, da Madame la Marquise den Gegenstand ihres Interesses gefunden hatte. Der Earl von Delvin nahm die Glückwünsche eines königlichen Prinzen entgegen, dem er von der Herzogin von Romney-St. Neots vorgestellt worden war. Madame wartete geduldig, bis sie an der Reihe war, und bald trat der königliche Prinz beiseite und entfernte sich, sein Gefolge im Schlepptau und die Herzogin am Arm, mit einer Verbeugung vor Madame la Marquise.

Delvin lächelte die Frau des französischen Botschafters breit an, aber als er sah, wer ihr Dolmetsch war, wurde sein Lächeln starr und er schaute nicht einmal in die Richtung seines Bruders. Er versuchte, der Marquise in ihrer eigenen Sprache zu antworten, aber sie wedelte aufgeregt mit ihren Händen und sagte etwas in Alecs zu ihr geneigtes Ohr. Dieser wandte sich dann in ihrem Auftrag an das versteinerte Profil des Earls.

„Madame la Marquise würde es vorziehen, dass du deine Antworten auf Englisch gibst, Mylord", berichtete Alec. „Sie wünscht sehr, ihr Verständnis der englischen Sprache zu üben. Wenn du es möchtest, bin ich gerne bereit, als dein Dolmetscher zu helfen ..."

„Ich brauche deine schnüffelnde Hilfe nicht", sagte der Earl leise und schenkte Madame ein betörendes Lächeln mit zusammengebissenen Zähnen und eine zweite, tiefe Verbeugung.

Alec hob die Schultern und sprach länger mit Madame la Marquise, bevor er sich wieder an seinen Bruder wandte. „Madame würde gerne wissen, wann die Hochzeit sein wird."

„So bald wie möglich."

„Madame möchte von Lord Delvin wissen, ob er beabsichtigt, seine

Braut für die Flitterwochen mit nach Paris zu nehmen. Sie sagt, Paris sei ein beliebtes Reiseziel bei frisch Verheirateten und da unsere beiden Länder nun Frieden geschlossen haben, ist sie sicher, dass die Beziehungen auf diesem Gebiet wieder verstärkt werden."

„Nein. Nicht Paris", gab Delvin Madame mit seinem breitesten Lächeln zur Antwort. „Ich habe die Absicht, meine junge Braut auf meinen Landsitz mitzunehmen ..."

„Was?", unterbrach Alec ihn mit einem seltsamen Ton und schaute wie geistesabwesend über die Menge, während seine Aufmerksamkeit aber ganz auf seinen Bruder gerichtet war. „Du kannst nicht ernsthaft vorhaben, Emily in dieses verfallende Gemäuer mitzunehmen." Er lachte spöttisch. „Schöne Flitterwochen!"

„Bleib du bei deiner Aufgabe als Lakai der Franzosen, *Zweiter*", knurrte Delvin.

Die Marquise sprach mit Alec und er sagte: „Madame sagt, es sei jammerschade, dass du nicht lieber nach Paris fahren willst. Sie sagt, du solltest noch einmal über Paris nachdenken. Madame la Marquise ist sicher, dass die englische Landschaft sehr schön ist, aber sie ist nicht Paris. Paris, sagt Madame, sei die einzige Stadt für Liebende."

Der Earl nahm eine Prise Schnupftabak. „Für Liebespaare sicher, aber doch kein Platz, an dem man seine eigene Frau bringt, nicht wahr?"

Dieser beabsichtigte Scherz kam leider nicht an, Madame verlangte, dass Alec ihr den Satz des Earls übersetzen sollte und schaute ihn dann verblüfft und gekränkt an. Delvin gefiel es nicht, so gemustert zu werden, noch dazu von einer papistischen Ausländerin, und er wollte es wiedergutmachen. Er machte eine Verbeugung, sah sich jedoch ignoriert, Madame und ihr Gefolge schwätzten schon untereinander und beschlossen schließlich, sich dem Marquis im Spielzimmer anzuschließen. Es gab eine weitere Unterhaltung zwischen Madame und Alec, dann verließ sie ihn mit einem zwitschernden Lachen und einem Funkeln in ihren Augen, als er zur Bestätigung ihres Knickses seine Fingerspitzen küsste.

Der Earl gab seinem Bruder einen Stoß in den geraden Rücken.

„Du hast nicht alles übersetzt, was die Französin zu dir gesagt hat, Zweiter", sagte er giftig und kochte vor Wut, dass er sich so wenig in seinem Element fühlen musste und dass sein Bruder von den Franzosen derartig ihrer Anerkennung für würdig gehalten wurde. „Und binde mir nicht einen Bären mit einer deiner glattzüngigen Lügen auf!"

Alec schaute über seine Schulter und machte Madame eine letzte Verbeugung. „Madame la Marquise bat mich, dir alles Glück zu wünschen."

„Sie hat mehr als das mit dir geschwätzt!"

Alec verzog das Gesicht. „Ich wollte nur deine Gefühle schonen", erklärte er affektiert. „Aber wenn du darauf bestehst ..."

„Allerdings!"

Alec seufzte gelangweilt und bürstete ein imaginäres Staubkorn von seinem Samtärmel. „Madame ist der Meinung, dass ein Engländer vielleicht von Kühen, Schafen und Schweinen auf dem Land umringt sein muss, wenn er herausfinden soll, was er während der Flitterwochen mit seinem Anhängsel tun soll."

„Wie kann sie es wagen ..."

„Ich würde die Herzogin von Beauly nicht warten lassen", unterbrach Alec und grinste in das gerötete Gesicht seines Bruders.

Er hatte die Befriedigung, ihn wütend davon stapfen zu sehen, und mit einem Blinzeln zu Sir Cosmo ging er zu Emily hinüber. Sie hing am Arm des jungen Herzogs von Beauly, dem einzigen Sohn ihrer Mutter und damit ihr Halbbruder. Dieser hatte es auf sich genommen, trotz der Entehrung seiner Mutter und Emilys Geburt als Bastard, seine Schwester jetzt, wo sie Gräfin werden sollte, anzuerkennen. Seine Anwesenheit beim Feuerwerksball bedeutete Emily sehr viel und trotz der Tortur des Nachmittags hatte ihre Laune sich entschieden zum Besseren gewendet. Bis Alec sich über ihre Hand beugte.

Beauly und Alec wechselten ein paar Worte und dann sagte Alec zu Emily, die errötete und erhitzt wirkte: „Darf ich um den nächsten Tanz nach Beauly bitten?"

Obwohl er in sanftem Ton gesprochen hatte, zuckte sie vor ihm zurück, klammerte sich am Satinärmel des Herzogs fest und sagte, den Blick auf den Boden gerichtet: „Nein! Das geht nicht. Es tut mir leid. Ich habe keinen mehr übrig."

„Sicher hast du doch einen Platz in deinem kleinen Buch übrig, wo ich meinen Namen eintragen darf?"

Sie schüttelte ihre gepuderten Locken und sagte schnell: „Euer Gnaden, bitte, wir müssen gehen oder wir verpassen den Tanz und meine Liste gerät ganz in Unordnung."

Der Herzog sah sich hilflos nicht in der Lage, sich einzumischen und war eher erleichtert, als Cynthia Gervais sich auf Alec stürzte und erklärte, dass sein Name als nächster in ihrer Liste von Tanzpartnern stünde. Sie ergriff Besitz von seinem samtbekleideten Arm und führte ihn fort in den Ballsaal; der Herzog von Beauly und seine Halbschwester folgten dicht hinter ihnen.

Cynthia Gervais verbrachte ihren gesamten Tanz mit Alec damit, ausgiebig darauf hinzuweisen, dass sie frische Luft bräuchte und ein Spaziergang durch den beleuchteten Garten genau das Richtige wäre. Aber ihr Partner reagierte nicht auf den Hinweis, daher war Lady Gervais gezwungen, ihn offen einzuladen, sich ihr im Mondschein anzuschließen. Er entschuldigte sich jedoch mit seinem großherzigsten Lächeln, was die Lady zu einem Seufzer ob der verpassten Gelegenheit veranlasste. Ihr Griff an seinem Arm löste sich erst, als ihr Liebhaber direkt auf sie zu kam und das zurückforderte, was er für sein Eigentum hielt, um sie mit so viel Selbstbeherrschung, wie er aufbringen konnte, zur Tanzfläche zurückzubringen, wobei seine Mätresse es illoyaler Weise wagte, enttäuscht über ihre Schulter Alecs sich entfernendem, breiten Rücken nachzusehen.

Alec ging auf die Suche nach seiner nächsten Partnerin, mit einem flüchtigen Blick zu der Reihe offener Terrassentüren, die auf den großen Balkon hinausführten, wo Sir Cosmo und Selina in der Menge standen. Während des Tanzes hielt er ein Auge auf ihren Verbleib und freute sich zu sehen, dass Selina ihn beobachtete, obwohl sie vorgab, anderweitig interessiert zu sein.

Als Nächstes tanzte Lady Sybilla mit ihm, zwei ländliche Tänze lang. Er bestand darauf, wenn auch nur, um sicher zu gehen, dass Cynthia Gervais ihn nicht wieder suchen käme, und um Lady Charlotte zu ärgern. Lady Sybilla schien nicht sie selbst zu sein und er fand den Grund bald heraus, als er ihr anbot, eine Limonade zu holen und bei ihr zu sitzen, während sie sie trank. Er hatte einen Hintergedanken bei dieser Fürsorge, er wollte nämlich Emilys Tante wegen der Auskünfte befragen, die er bei seinem Übungskampf mit den Kindern im Hof der Dienstboten gesammelt hatte.

„Ich habe das Tanzen nicht mehr so genossen, seit Charles und ich zum Wentworth Maskenball gingen", sagte Lady Sybilla ein wenig atemlos. „Das war direkt vor seinem letzten Kommando auf See."

„Ihr solltet öfter ausgehen. Nehmt Euch ein Haus für die Saison, anstatt all Eure Zeit in Berkshire zu verbringen", sagte Alec. „Außerdem wäre es gut für Harry."

„Oh ja! Das würde mir gefallen. Harry würde besonders gerne in der Nähe seiner Cousins sein, aber - aber das Letzte, wozu ich gezwungen sein möchte, ist, Zeit mit Charlotte zu verbringen. Sie ist wirklich erstickend. Ich weiß, es ist lieblos, so etwas über meine eigene Schwester zu sagen ..."

„... aber sehr wahr. Ich kann Euch nicht tadeln. Der Gedanke, von Charlotte erstickt zu werden, kann einen schon verunsichern."

Lady Sybilla kicherte.

Alec küsste ihre Hand. „So ist es besser. Ich sehe Emilys Lieblings-tante nicht gerne unglücklich. So saht Ihr den ganzen Nachmittag aus."

„Bitte. Bitte, fragt mich nicht warum. Ich kann es Euch nicht erzäh-len. Ich möchte, aber ich ... wenn Ihr nur wüsstet. Charlotte wird so böse auf mich sein!"

„Mylady, regt Euch nicht auf. Ich habe nicht vor, Euch unange-nehme Fragen zu stellen", versicherte Alec ihr. Er nahm ihren Fächer und wedelte ihr Luft zu. „Charlottes Idee, Sir John zu holen?"

„J-ja."

„Und Ihr wart sehr entnervt von dem Streich, den diese Jungen gestern Abend spielen wollten?"

„Ach, das!", sagte sie mit einem Seufzer der Erleichterung. „Lewis und Harry waren so unartig. Ich weiß nicht, was in sie gefahren ist, dass sie mitten in der Nacht herumschleichen wollten! Ich nehme an, Harry wurde von Lewis dazu angestiftet. Charlottes Jungen sind alle unkontrol-lierbar und sie ist für ihre Fehler völlig blind." Als Alec mitfühlend lächelte, plapperte Lady Sybilla weiter. „Nur gut, dass die alte Amme taub ist. Die Treppen auf und ab zu laufen und wie Gespenster zu heulen, das schlägt doch alles!"

„Ich verstand, dass sie ziemlich erschrocken waren, als Delvin sie dabei erwischte?"

Lady Sybilla war verwirrt. „Delvin? Oh nein, das wäre schlimm genug gewesen, aber dass Lord Gervais sie am Kragen packte, war wirk-lich demütigend."

„*Gervais*?"

Lady Sybilla blinzelte bei Alecs Überraschung in der Stimme. „Ja. Er und Delvin spielten Billard, als sie von dem Lärm im Dienstbotenflur gestört wurden. Lord Gervais sagte, er hätte vermutet, dass ein paar der Diener einen Streich spielten und ging daher nachschauen. Die Jungen liefen ihm im Flur praktisch in die Arme."

„Er hat mit Euch gesprochen?"

„J-ja. Er kam in mein Zimmer. Er war furchtbar böse. Er schnaufte und keuchte mindestens fünf Minuten lang, bevor er zur Sache kam; als wäre er in seinem Zorn den ganzen Weg gelaufen! Ich glaube wirklich, er erwartete, dass ich Lewis und Harry auf der Stelle bestrafe. Natürlich war ich sehr verärgert, dass Harry sich von Lewis in so etwas hinein-ziehen ließ, aber ich weiß nicht, was Lord Gervais erwartete, das ich um diese Zeit deshalb unternehmen sollte."

Alec winkte ungeduldig einen Diener fort, der mit einem Tablett voller Getränke herumlief. „Um wieviel Uhr hat Lord Gervais Euch gestört?"

Lady Sybilla schaute zu, wie der Diener weiterging und seufzte innerlich. „Wieviel Uhr? Oh, ich weiß die Zeit nicht genau, aber ich war schon im Schlafrock und ließ meine Haare bürsten, also war es spät."

„Denkt Ihr, dass seine Lordschaft übermäßig viel getrunken hatte?"

Bei dieser Frage errötete Lady Sybilla leicht und sagte erhitzt und hastig: „Mr. Halsey, für was für eine Art von Frau haltet Ihr mich? Ich bin ihm nicht so nahe gekommen, dass ich Alkohol in seinem Atem hätte riechen können!"

„Natürlich würdet Ihr das nicht tun", stimmte er ihr besänftigend zu. „Aber vielleicht habt Ihr bemerkt, ob er seinen Rock trug?"

Lady Sybilla blinzelte angesichts dieser seltsamen Frage. „Seinen Rock? Ihr missversteht mich. Ich habe ihn überhaupt nicht gesehen. Ich trug meinen Schlafrock", erklärte sie ihm und fächelte sich aufgeregt. „Ich sprach von hinter dem Wandschirm mit ihm. Das zu tun würde Charles von mir erwarten."

Alec lächelte sie beruhigend an, als er aufstand. „Natürlich. Es war unmanierlich von ihm, Euch mit einer solchen Kleinigkeit zu dieser Stunde zu belästigen. Er hätte die Jungen gleich ins Kinderzimmer bringen und mit Euch am nächsten Morgen über diesen Vorfall sprechen sollen."

„Oh, Harry und Lewis waren nicht bei ihm. Er war allein."

SIR COSMO HATTE, ALS DER PERFEKTE GENTLEMAN, DER ER WAR, darauf verzichtet, seinen Namen auf die Liste auch nur einer Dame zu setzen, um an Selinas Seite zu bleiben, da ihr das Tanzen nicht erlaubt war. Sie schlenderten an den Reihen derer entlang, die am Rande der Tanzfläche herumstanden, um die Tänzer zu beobachten und Bemerkungen über Tanz und Kleidung zu machen. Mehr als einmal huschte Selinas Blick verstohlen zu den wechselnden Formationen, um Alec zu finden. Man konnte ihn kaum verfehlen, in schwarzen Samt gekleidet und mit ungepudertem Haar, ebenso wie sie sicher war, dass sie in ihrem Witwenkrepp auffallen musste. Daher achtete sie darauf, nicht zu lange in seine Richtung zu sehen, damit er sie nicht dabei ertappte. Dass er jedoch überhaupt nach ihr Ausschau halten sollte, war ein so eingebildeter Gedanke von ihr, dass es sie zornig machte, ebenso wie die Art, wie diese Gervais sich an Alecs Arm drückte. Ihre einzige Befriedigung ergab sich daraus, dass der Earl von Delvin ebenso Zeuge des Flirtens seiner Mätresse wurde und sein Zorn ihn so übermannte, dass er dem Paar den Weg vertrat, wobei sein aufgesetztes Lächeln im Widerspruch zu dem glühenden Zorn auf seinem versteinerten Gesicht stand.

Als Alec als Nächstes mit Lady Sybilla tanzte, wurde von mehr als einem schwellenden matronenhaften Busen bemerkt, dass er die Unverschämtheit hatte, zwei aufeinanderfolgende Tänze mit einer verheirateten Dame zu tanzen. Selina erlauschte eine gehässige Bemerkung zwischen zwei Witwen mit unscheinbaren, aber passenden Töchtern, und lächelte in sich hinein. Alec Halsey mochte kein Mitglied des engsten Kreises sein, war ein jüngerer Sohn und wurde als tragischer Lebemann betrachtet, aber diese Tatsachen konnten seinen Reichtum und seine Abstammung nicht vergessen machen; sein auffallend gutes Aussehen war nur der Zuckerguss auf der Torte. Lass sie es versuchen, dachte sie bei sich, verärgert, dass es ihr vor seinem Interesse an Emily nie in den Sinn gekommen war, dass er auch nur entfernt am Ehestand interessiert sein könnte. Wenigstens hatte sie die Befriedigung zu wissen, dass er sie zuerst gefragt hatte ... Welch hohler Sieg!

„Erzähl mir etwas darüber, wie die Franzosen einen ausmanövrieren können", kommentierte Sir Cosmo mit einem unterdrückten Lachen, als er sich an die letzten Bemerkungen der Madame la Marquise im Erfrischungsraum erinnerte. „Wenn Ned nur die Hälfte davon verstanden hätte! Aber es ist besser für Neds Selbstachtung, dass Alec nicht die gesamte hübsche Ansprache übersetzte."

„Ja. Madames letzter Schuss war nur teilweise an Mylord Delvin gerichtet und absolut kein Kompliment", sagte Selina mit einem Blick auf die Tänzer. „Sie hinterließ ein paar süße Worte für ihren Dolmetscher. Etwas über Alec und das letzte Mal, als er in Paris war ...? Wenn ich mich bei der Übersetzung nicht irre, vertrat Madame die Ansicht, dass sie keine Scheune voller Heu bräuchte, um einen Preisbullen zu erkennen, wenn sie einen sähe."

Sir Cosmo, der die Tanzenden durch sein Monokel betrachtete, wandte Selina sein vergrößertes Auge zu und erstickte fast. „J-ja. E-eine s-sehr schockierende Bemerkung, in einer s-so gem-gemischten Gesellschaft!"

„Ja, sehr schockierend." Ihre Stirn runzelte sich. „Ich frage mich, ob diese Beobachtung aus persönlicher Erfahrung oder allgemeinem Wissen stammt ...?"

Sir Cosmo zog es vor, ihre Frage nicht zu beachten. „Ich muss sagen, ich bin von deinem Verständnis der Redensarten der französischen Sprache sehr beeindruckt, Selina."

„Ebenso wie ich", sagte eine leise Stimme an ihrem Ohr. „Kommt auf den Balkon hinaus. Ich muss mit Euch reden."

Es war Alec und er gab Sir Cosmo mit einem einzigen Blick zu verstehen, dass er mit Selina allein sein wollte. Sir Cosmo zeigte sich edel und verschwand, um seinen Kopf ins Spielzimmer zu stecken.

Ernsthafte Spieler besetzten die verschiedenen Tische, die zum Spielen aufgestellt worden waren. Alle hatten die Zuschauer und andere angebotene Unterhaltungen vergessen und interessierten sich für nichts als die Karten in ihren Händen. Der französische Botschafter mit seinem Gefolge faulenzte auf den Sofas an den offenen Fenstern, einige Witwen spielten Piket um kleine Beträge; nach dem Ende der Menuette war ihr Interesse am Ballsaal beendet. Ländliche Tänze unterhielten sie nicht und mehr als eine von ihnen war bis zur Sprachlosigkeit schockiert über den Anblick der Herzogin von Romney-St. Neots am Arm dieses Barbaren, der den Mob regieren lassen würde, wäre er Premierminister, und dabei hatte sie so rosige Wangen wie Mädchen mitten beim Flirten. Es war empörend! Als diese Matronen mit ihren umfangreichen Busen Sir Cosmo erspähten, riefen sie ihn zu sich. Mit Sicherheit kannte er den letzten Klatsch - das war bei diesem Jungen immer so.

Sir Cosmo winkte den gepuderten und federgeschmückten alten Damen zustimmend mit seinem Monokel zu und wollte direkt zu ihrem Tisch hinübergehen, aber seine Aufmerksamkeit wurde von zwei am marmornen Kamin stehenden Gentlemen abgelenkt. Daher zögerte er.

Es waren der Earl von Delvin und Simon Tremarton. Für einen zufälligen Beobachter gab es an ihrem Verhalten nichts Bemerkenswertes. Beide Männer lächelten und schienen völlig entspannt zu sein. Sir Cosmo hätte ihnen vermutlich auch nicht mehr als eine Minute seiner Zeit geopfert, wäre er nicht Zeuge davon geworden, wie Simon Tremarton ein dünnes Stück Pergament, das er halb aus seiner Tasche gezogen hatte, wieder zur Aufbewahrung hineinschob und wie zur Beruhigung auf die Außenseite seines Rocks klopfte. Sir Cosmos Augenbrauen schossen nach oben. Er schaute den Earl an. Der Mann lächelte noch immer, vielleicht sogar breiter als zuvor.

Unter dem Schutz von vier Gentlemen, die zu einem der Tische schlenderten und dabei in ein Gespräch über eine erstklassige Stute vertieft waren, die beim nächsten Rennen in Newmarket aufgestellt werden sollte, bewegte sich Sir Cosmo näher in der Hoffnung, lauschen zu können. Er kam zu spät. Tremarton hatte bereits eine Verbeugung zum Abschied gemacht und spazierte davon. Lord Delvin nahm eine Prise Schnupftabak und wandte sich zu dem Spiegel über dem Kaminsims, um die Falten der Spitzen an seinem Hals zu richten. Sir Cosmo musste sich mit dem, was er gesehen hatte, zufriedengeben und es Alec berichten, sobald es möglich sein würde, dies zu tun. Jetzt erwarteten ihn zunächst fünf Witwen und er wusste, dass sein Freund das gesellige Gewühl der ländlichen Tänze verlassen hatte, um mit Selina vertraulich zu reden. Ach, wie war es nur nett, ein bei den Damen beliebter Mann zu sein, selbst wenn diese schrecklich taube und zerknitterte liebe Alte waren. Und während sein Ohr mit den letzten, im Erfrischungsraum aufgeschnappten On-dits gefüllt wurde, wanderten seine Gedanken und er fragte sich mit einem tiefen, innerlichen Seufzer, was unter den Sternen einer Mondscheinnacht wohl besprochen wurde ...

Der Balkon war verlassen, aber auf den breiten Stufen, die zu dem samtgrünen Rasen vor dem Haus führten, fläzte sich eine Gruppe junger Gentlemen in gepolsterten Röcken und enganliegenden Satinhosen herum, rauchte Stumpen und trank Wein aus Bechern. Zwei Paare, die nach der parfümierten Enge des Ballsaals nach frischer Luft suchten, folgten Alec und Selina nach draußen, daher führte Alec Selina an der Gruppe der fröhlichen Zecher vorbei zu der hinteren Ecke, wo die hohen Türen des Ballsaals, die gegen die Nachtluft verschlossen waren, den Balkon mit Licht überfluteten und einen ungehinderten Blick auf die Tanzenden erlaubten. Das Licht reichte nicht bis zum Geländer und hier blieb Alec stehen, halb im Schatten.

„Ich bitte um Verzeihung, dass ich Euch von der Unterhaltung fortgeführt habe, aber dies kann nicht bis zum Morgen warten."

„Wenn es um Emilys ungeschicktes Benehmen heute Nachmittag geht, kann ich Euch vielleicht helfen", antwortete sie gleichmütig und war froh, das Licht in ihrem Rücken zu haben; sie fühlte sich nach ihrem emotionalen Ausbruch am Steg noch immer unbehaglich in seiner Gegenwart. Als er darauf wartete, dass sie weitersprechen sollte, betrachtete sie ihre Hände. „Charlotte hat Emily von Sir John Oliphant untersuchen lassen. Oberflächlich betrachtet, war das keine so dumme Idee nach dem, was letzte Nacht geschah. Aber wie Charlotte eben ist, galt ihre Sorge nicht Emilys Wohlergehen; sie wollte, dass Oliphant bestätigte, dass Emily Jungfrau ist." Sie zuckte zusammen, als Alec fluchte. „Delvin hat Charlotte dazu angestiftet. Was mich zu der Überlegung führt, ob ich mich irrte, als ich ihn der versuchten Vergewaltigung verdächtigte, denn warum sonst sollte er eine solche Bestätigung wünschen?"

„Vielleicht ist es das, was er uns glauben machen will? Sehr schlau, den Verdacht von sich abzulenken, indem er Oliphants Versicherung verlangt, dass seine Braut unberührt ist. Dann wird wahrscheinlich niemand einen Verdacht in seine Richtung haben, wenn er vorgibt, auch ein Opfer zu sein."

„Wenn Ihr bereit seid, Euren Bruder der Vergewaltigung zu verdächtigen, müsst ihr bereit sein, ihn auch des Mordes zu verdächtigen; und ich meine nicht nur des Mords an Jack, sondern auch an dieser armen Zofe ..." Als Alec gedankenverloren nickte, lächelte sie ironisch. „Warum diese plötzliche Meinungsänderung, Mr. Halsey?"

Da schaute Alec sie an. „Warum war Delvin in Eurem Zimmer?"

Selina hielt seinem Blick stand und sagte ruhig: „In all diesen Jahren hat Euer Bruder es sich lästigerweise zur Gewohnheit gemacht zu versuchen, mich zum Ehebruch zu zwingen. Natürlich wählte er den Zeitpunkt jeweils gut aus, wenn J-L nicht in der Nähe war. *Feigling.* Ich kann nur vermuten, dass seine Eitelkeit ihm zu denken erlaubte, dass es nur die drohende Gewalttätigkeit J-Ls war, die mich davon abhielt, in seine Arme zu sinken. Ich schätze, er nahm an, dass ich als Witwe sofort meine Meinung ändern würde. Daher kam er in mein Zimmer. Für diese freche Annahme wollte ich ihn bestrafen." Sie schluckte und wandte ihr Gesicht ab, ihr liebliches Profil zeichnete sich vor dem Fenster mit dem hellen Licht der Kronleuchter ab. „Nur weil mein Ehemann ... nur weil J-L sich bei mir Freiheiten herausnahm, bedeutete nicht, dass ich mir eine solche Behandlung von anderen Männern gefallen lassen müsste. Und ganz sicher nicht von einem, den ich immer verabscheut und dem ich immer misstraut habe. Und wenn ich an sein perverses Vergnügen denke, mit dem er Euch vorspielte, er wäre - dass er und ich - dass wir ein *Liebespaar* wären. Iiih! Ich wünschte, dieses Wachs wäre Säure gewesen!"

„Ich schäme mich, es zuzugeben, aber einen Moment lang hat er mich überzeugt", gestand Alec leise und beobachtete, wie sie im Licht des Ballsaals hin und her schritt. Er brachte ein schräges Lächeln zustande. „Ich kann nur hoffen, dass Ihr mir vergebt."

„Was sonst solltet Ihr denken, bei dem Anblick, der sich Euren Augen bot?"

„Das ist sehr großzügig von Euch. Ich verdiene kaum ..."

„Es war dumm von mir, ihn glauben zu lassen, dass ich seinen Umarmungen nicht abgeneigt wäre. Ich hätte ihn sofort hinauswerfen sollen! Aber ich war entschlossen, ihm eine Lektion zu erteilen."

„Und habt Ihr das?"

Ihre schwarzen Augen funkelten plötzlich boshaft. Sie hörte auf, hin und her zu gehen und sah ihm ins Gesicht, eine Hand vor dem Mund, um ein plötzliches, unwillkürliches Kichern zu unterdrücken. „Ich goss im *wichtigsten* Moment heißes Wachs über ihn."

Alecs Schultern bebten vor Gelächter. „Wie wundervoll! Es sieht Euch ähnlich, eine passende Strafe auszuteilen, mein kluges Mädchen!"

Selina lächelte. „Einen ängstlichen Moment lang fragte ich mich, ob ich dazu in der Lage wäre. Oh, und als ich es dann tat - den empörten Blick auf Delvins Gesicht zu sehen - oh, das war es wert! Ich wünschte ... ich wünschte jetzt, ich hätte die Charakterstärke besessen, bei J-L dasselbe zu tun."

Von den satingekleideten jungen Männern auf der Treppe ertönte Jubel. Einer von ihnen hatte es geschafft, eine Flasche Rotwein in einem Schluck hinunterzugießen. Ein vorbeikommendes Paar räumte eilig den Weg, als ein anderer dieser fröhlichen Zecher sich in das Gesträuch stürzte, um seinen Magen von dessen Inhalt zu befreien. Alec ging im folgenden Lärm zu Selinas Seite hinüber. Er wollte nach ihren Händen greifen, steckte aber stattdessen seine Hände in seine Rocktaschen, wo eine seine goldgeränderte Brille fest umklammerte.

„Ihr habt Charakterstärke im Überfluss", sagte er sanft. „Selbsterhaltungstrieb auch. Jamison-Lewis war von vielen Dämonen besessen, nicht wahr, Selina? Er hat sich nie mit seiner Homosexualität abgefunden."

Selina schrak zusammen; nach einem schnellen Blick in diese tiefblauen Augen sah sie zur Seite und nickte. „Nein. Er hätte es nie zugegeben. Nicht einmal mir gegenüber, obwohl ich alles über seine Beziehung zu Jack wusste. Jack wurde wie ich von J-L missbraucht, aber in anderer Weise. J-L misshandelte Jack nicht körperlich. Er liebte Jack so sehr, wie es für ihn möglich war, jemanden zu lieben, aber er konnte ihm nicht treu sein, und das war, was Jack wollte." Sie schluckte, verlegen, über Dinge sprechen zu müssen, die so weit von der Erfahrung normaler Menschen entfernt war, dass das ganze mehr einem Traum ähnelte. Aber es war kein Traum gewesen, sondern ein Albtraum. „Als Jack Simon Tremarton kennenlernte und sich verliebte, nahm die Lage eine Wendung zum Schlimmeren für Jack. Er erzählte J-L ..."

„Wann hat er es ihm erzählt?"

Selina dachte darüber nach. „Das war, bevor Jack Simon in seine Jagdhütte mitnahm."

„Um die Zeit, als J-L Euch zum letzten Mal schlug?", half er sanft nach.

„Ja. Jack war so glücklich. Er erzählte mir, dass es daran läge, dass er wegen Simon endlich den Mut gefunden hätte, J-L zu sagen, dass er ihre Beziehung beenden wollte."

Selina starrte durch die hohen Fenster des Ballsaals und beobachtete, wie die Tänzer sich drehten und paarweise vorbeigingen.

„J-L gab mir die Schuld daran, dass Jack ihn verließ. Seht Ihr, ich war es, die Jack drängte, mit J-L zu brechen. Es gab kein rechtlich bindendes Dokument, das sie aneinander fesselte." Unbewusst nahm sie das Taschentuch, das Alec ihr anbot und wischte ihre Augen trocken. „Jack kam zum Wochenende nach Jamison Park, um sich zu verabschieden und mir zu sagen, dass er mich in der folgenden Woche in London sehen würde. In dieser Nacht stritten Jack und J-L in der Bibliothek. Ich wusste, dass es um Simon ging. J-L versuchte Jack davon zu überzeugen, nicht zu gehen. Später kam Jack in mein Zimmer und wir besprachen alles, und er sagte mir, dass er vor Morgengrauen abreisen wollte, um einen erneuten Streit zu vermeiden. Dann kam J-L in mein Schlafzimmer und befahl Jack zu verschwinden. Es war fast vier Uhr morgens; er war seit sechs Monaten nicht in meine Nähe gekommen ..." Sie stockte und sprach dann weiter. „Jack weigerte sich zu gehen, daher zerrte J-L mich in den Nebenraum und verriegelte die Tür. Als - als er mit mir fertig war, ließ er Jack herein. Er wusste, welche Wirkung das auf Jack haben würde, aber er zeigte keine Reue; er hatte kein Gewissen, wie also hätte er das gekonnt? Natürlich gab J-L Jack die Schuld für das, was er mir angetan hatte." Sie unterbrach sich wieder und schluckte. „Armer Jack! Der Blick auf seinem Gesicht; ich werde ihn nie vergessen."

„Könnt Ihr mir sagen, was als Nächstes geschah?", fragte er und nahm ihre beiden Hände, ohne dass sein Blick sich von ihrem Gesicht gelöst hätte.

„Später an diesem Morgen – oder war es am frühen Nachmittag – kam Jack mit einem Frühstückstablett in mein Zimmer. Ich war überrascht, ihn zu sehen, weil er schon hätte fort sein sollen, und da erzählte er mir, dass es einen Unfall gegeben hätte; dass J-L tot wäre."

„War es ein Unfall?"

Selina entzog ihm ihre Hände und wanderte aus dem hellen Licht der Fenster fort, um im Schatten am Geländer stehenzubleiben. Alec folgte ihr, ein Auge auf den jungen Männern auf der Treppe, die aufgestanden waren, um nach drinnen zu schlendern, als ein offiziöser Diener die Ankündigung machte, dass das Feuerwerk gleich beginnen würde.

„Als Jack mir diese Nachricht brachte, stand ein bestimmter Glanz in seinen Augen", antwortete sie langsam. „Und einen atemberaubenden Moment lang hatte ich das sehr merkwürdige Gefühl, dass J-Ls Tod kein Unfall war. Aber dieser Moment ging vorüber und es spielte für mich so oder so keine Rolle. Wichtig war, dass das Ungeheuer tot war und Jack und ich unsere Freiheit hatten. Das war alles, was uns interessierte."

„Aber Ihr glaubt nicht, dass er sich erschossen hat, nicht wahr, Selina?"

„Darauf kommt es jetzt kaum noch an!", warf sie ihm zornig entgegen. „Ich möchte, dass Jacks in Frieden ruhen kann. Gott weiß, dass er keinen Moment Frieden hatte, solange er lebte. Ich war sechs Jahre mit J-L verheiratet, aber Jack - Jack hat ihn drei Mal so viele Jahre ertragen! Bitte, bitte lasst uns nicht mehr darüber sprechen! Ich möchte an die Zukunft denken. Ich möchte die Vergangenheit nicht wieder durchleben müssen. Könnt Ihr das nicht verstehen?"

„Ja. Natürlich", sagte er beschwichtigend und nahm sie in seine Arme, so dass sein Kinn leicht auf ihren weichen Locken ruhte. „Wir werden nicht mehr darüber sprechen. Bewahren wir Jacks Andenken, wie er es wünschen würde. Er verdient seinen Frieden."

Aber was Alec dachte, ließ sein Herz rasen. Wenn der liebe, friedfertige Jack Jamison-Lewis kaltblütig erschossen hatte, dann hatte Jack vielleicht auch Delvin diesen Kampf aufgezwungen? Und wenn das stimmte, war dann sein Verdacht gegen seinen eigenen Bruder unbegründet? Worum zum Teufel war es bei ihrem Duell dann gegangen?

Er spürte, wie Selina sich in seinen Armen rührte und ihren Kopf von seiner Brust hob, an die sie ihre Wange gelegt hatte. Er lächelte beruhigend in ihr erhobenes, errötetes Gesicht mit dem lieblich bebenden Mund und den dunklen, fragenden Augen und empfand das überwältigende Bedürfnis, sie vor allem Übel dieser Welt zu schützen. Sie standen so ruhig, völlig im Augenblick versunken, keiner wollte eine falsche Bewegung machen, doch wartete jeder darauf, dass der andere den ersten Schritt täte.

Es war Selina, die die Zeit wieder in Bewegung setzte, verärgert über sich selbst, weil sie gedacht hatte, er wollte sie küssen, wenn es doch offensichtlich war, dass er sie betrachtete wie ein Bruder seine Schwester, nicht wie ein Liebender den Gegenstand seiner Liebe und Begierde.

Der Ballsaal war jetzt ruhig und von den Gästen verlassen. Die Tänzer waren zur Terrasse hinausgegangen mit dem Blick auf die Gärten, die zur Themse hinabführten, wo Lastkähne schaukelten, gefüllt mit Feuerwerk, das darauf wartete, in Brand gesetzt zu werden. Entferntes Grollen wie von Donner kam von jener Seite des Hauses, dann, Sekunden später, Blitze hellen Lichts, die die Stufen oben beleuchteten. Das Feuerwerk hatte begonnen. Die unheimliche Stille auf dem Balkon reichte aus, um Selina erkennen zu lassen, dass sie jetzt so gut wie allein waren und sie löste sich aus seiner tröstlichen Umarmung.

„Bitte, Mr. Halsey", sagte sie erhitzt. „Ich wäre Euch sehr verbunden, wenn Ihr aufhören würdet, mich anzusehen wie einen verirrten Welpen, der ein Heim braucht! Ich bin durchaus in der Lage, alleine zurechtzukommen und habe das nun schon seit ..."

Alec blinzelte sie an und errötete. Er war zu zornig, um sich vom

Klappern der Türen ablenken zu lassen oder das lachende Paar zu bemerken, das auf den Balkon herausgerannt kam, weil es ihn für die Terrasse hielt und dann schnell in einem Rauschen von Seidenröcken und Parfüm wieder verschwand.

„Lieber Himmel, Selina, Ihr seid die unberechenbarste Frau, die ich kenne! Wirklich, Mr. Halsey! Was für eine lächerliche Bezeichnung für mich, wenn man unsere gemeinsame Vergangenheit bedenkt."

„Es ist eben wegen dieser Vergangenheit, dass Ihr es sehr genießt, mir bei jeder Gelegenheit meinen Ehenamen ins Gesicht zu schleudern!", antwortete sie bitter und raffte die Röcke ihres Samtkleides, bereit, sich zu verabschieden. „Das Feuerwerk hat angefangen und man wird uns vermissen. Ihre Gnaden wird erwarten, dass wir ..."

„Olivia kann verdammt noch mal so lange warten, wie ich es musste!", knurrte er, eine Hand auf ihrem Oberarm gelegt. „Glaubt Ihr, dass es mir Freude macht, Euch bei diesem ekelhaften Namen zu nennen? Wie Unrecht Ihr mir tut! Jedes Mal, wenn ich ihn aussprach, wollte ich euch auf der Stelle zur Witwe machen!"

„Wirklich?", antwortete sie barsch; ihr Zorn war jetzt ebenso verzehrend wie der seine und ließ sie alle Vorsicht in den Wind schlagen. „Und mit dieser Erklärung soll ich glauben, dass Ihr, wann immer Ihr eine Eurer zahllosen Geliebten befriedigtet, Euch vorstelltet, dass Ihr *mich* in den Himmel und zurück brächtet? Ha! Ihr habt nie einen Gedanken an mich verschwendet!"

„Ihr irrt Euch sehr in meinem Charakter, Madam", verkündete er mit leiser Stimme, und bevor sie die Zeit hatte, sich abzuwenden, zog er sie in eine erstickende Umarmung und presste wild seinen Mund auf ihren, um, als er sie ein zweites Mal völlig anders küsste, zu murmeln: „Verdammt sollt Ihr sein, dass Ihr mich zwingt, mich nicht besser zu benehmen als er ..."

ELF

Die Herzogin von Romney-St. Neots stand auf der Terrasse, umringt von ihrer Familie, das glückliche Paar neben ihr und die lärmende, lachende Menge in ihrem Rücken. Neave hatte einen Diener zum Flussufer hinabgeschickt, wo Arbeiter darauf warteten, das Feuerwerk zu entzünden, und alle Augen sahen erwartungsvoll zum Nachthimmel über der Themse auf.

Sir Cosmo war der Letzte, der sich den parfümierten Massen anschloss, er stand am hinteren Rand der Menge, die sich voll Staunen über den Anblick der Raketen nach vorne drängte, und reckte den Kopf, um nach Alec und Selina Ausschau zu halten. Aber nachdem er fünf Minuten auf Zehenspitzen gestanden hatte, gab er den Versuch auf und wählte den freien Raum des Gartens, wo viele der Gäste sich Platz auf den Stufen und entlang der Pfade, die an den gepflegten Beeten entlang liefen, gesucht hatten, um der erdrückenden Enge auf der Terrasse zu entgehen. Mehr als einmal kam er an einem im Schatten stehenden Strauch vorbei, wo er Gekicher und Stöhnen und Geräusche des Liebesspiels hörte. Er glaubte zu sehen, wie Macara eine Lady hinter einen Busch verfolgte, deren Röcke bis zu ihren Knien hochgezogen waren. Er war daher nicht überrascht, als von dort der schrille Schrei der Eroberten ertönte. Er verdrehte ob solch vulgären Benehmens die Augen und setzte seinen Weg fort.

Bevor er noch viel weiter gekommen war, zerbrach eine weitere Runde von Raketen oben am Nachthimmel in schneller und ohrenbetäubender Reihenfolge und schickte einen Regen von Diamantsternen durch die Dunkelheit; für einen Moment erhellten die Lichtfunken den ganzen Garten, um dann in einem verblassenden Bogen in die Themse zu fallen. Dann kamen gelbe Sterne, orange, dann wieder weiße, und schließlich gab es eine Explosion von solcher Pracht, dass es schien, als wäre die Sonne herausgekommen, und begleitet von solchem Donnergrollen, dass viele dachten, es würde gleich regnen.

Es war ein bezaubernder Anblick und einer, der Sir Cosmo ebenso wie die anderen vierhundert Köpfe ehrfürchtig nach oben blicken ließ. Während einer Unterbrechung des Spektakels senkte er seinen Kopf, und bei dem Anblick, wie Lady Gervais von Lord Andrew Macara betatscht wurde, blieb sein Mund offen stehen. Im roten Licht einer chinesischen Laterne küsste und tätschelte der Mann die enthüllten Brüste der Frau, als ob er für dieses Privileg bezahlt hätte; und sie richtete ruhig ihre Haare, als ob sie allein in der Abgeschiedenheit ihres Ankleidezimmers stünde! Schließlich schob sie ihn weg, küsste seinen offenen Mund und sie trennten sich auf dem Gehweg; sie, um zu der efeuüberwucherten Rotunde zu gehen, er, um den Pfad zum Haus hinaufzustapfen und dabei seine Kleidung in Ordnung zu bringen. Er kam dicht an Sir Cosmo vorbei, aber wenn er ihn erblickte, ließ er sich dies nicht anmerken und ging auf die Terrasse hinauf, erinnerte sich aber erst im letzten Moment daran, seine Perücke geradezurücken.

Zum Finale des Feuerwerks wurden die hölzernen Aufbauten auf den Lastkähnen entzündet, und sie flammten zur Silhouette von Schwänen und Bären und einer chinesischen Pagode auf. Kleine Raketen schossen aus diesen flammenden Aufbauten hoch, während diese ausbrannten, und es kam ein letztes, helles Aufleuchten des Nachthimmels unter den Ohhs und Ahhs der begeisterten Zuschauer. Dann zerstreute sich die Menge, um nach drinnen zu gehen oder einen letzten Spaziergang durch den Garten zu machen, bevor sie nach ihren Kutschen rufen würden, um in die Stadt zurückzukehren. Und bald wurden die Herzogin und Emily von Gratulanten umringt, die mit wortreichen Komplimenten und voll des überschäumenden Lobes für eine Abendunterhaltung waren, die in dieser Saison nicht ihresgleichen haben würde. Die Herzogin sah sich nach dem Earl um und fragte sich, warum er sich auf dem Höhepunkt des nächtlichen Spektakels von Emilys Seite fortgeschlichen hatte. Er hatte das Beste von den Raketen verpasst.

Sir Cosmo dachte, er hätte schon alles gesehen, bis er sich weiter in die Gärten wagte, dann wünschte er, er hätte seine Aufmerksamkeit weiter himmelwärts gerichtet gelassen.

. . .

Alec und Selina besannen sich beim letzten Jubel der Zuschauer auf der Terrasse wieder auf ihre Umgebung. Sie lösten sich voneinander und standen sich auf dem verlassenen Balkon gegenüber, ein wenig verwirrt, aber doch sehr der Tatsache bewusst, dass es nach dem, was zwischen ihnen gerade vorgefallen war, kein Zurück mehr gab. Sie hatten das gesamte Raketenspektakel, das sich über ihrem Kopf abgespielt hatte, verpasst; aber beiden war das gleichgültig.

Ohne ein Wort legte Selina eine zitternde Hand an ihre unordentlichen Locken, Alec hob ihren Fächer von den Fliesen auf, wohin sie ihn hatte fallen lassen, und stand mit ihm in der Hand da. Er schaute nicht sie an, sondern den Fächer mit seinen Stäbchen aus geschnitztem Elfenbein und der schweren Silberquaste, und versuchte, seine Gedanken zu sammeln mit dem Wunsch, ihr das Durcheinander seiner Gefühle zu erklären, doch voll Angst, dass jedes Wort, das er in diesem speziellen Augenblick sagen könnte, der Tiefe seiner Gefühle kaum gerecht würde. Ihm blieb eine gestotterte Rede erspart, als Selina aufschrak, woraufhin er sich umdrehte und sah, wie Emily mit gerötetem Gesicht in höchster Erregung auf sie zu rannte. Als sie Alec erblickte, brach sie in Tränen aus.

Nachdem sie sich vom Herzog und der Herzogin von Beauly verabschiedet hatte, entschuldigte sich Emily bei ihrer Großmutter und ging auf die Suche nach dem Earl von Delvin. Sie war, ebenso wie ihre Großmutter, nicht so vom Feuerwerk abgelenkt gewesen, dass sie nicht bemerkt hätte, wie ihr Verlobter in der Mitte des Spektakels verschwand. Das verdarb ihr das Vergnügen an dem, was das Finale eines wundervollen Abends hätte sein sollen, und als er nicht auftauchte, um ihren Gästen Lebewohl zu sagen, wurde Emily besorgt, dass ihm etwas Unvorhergesehenes passiert sein könnte. Ohne der Herzogin etwas zu sagen, ging sie schnell zum Haus zurück und begann, in den Gesellschaftsräumen nach ihm zu suchen. Sie hatte den Ballsaal, in dem nur die Musiker noch verblieben waren, die ihre Instrumente einpackten und sich unterhielten, zur Hälfte durchquert, als sie von einem Paar abgelenkt wurde, das in einen Streit vertieft den Ballsaal betrat. Sie waren so von ihrem Zorn verzehrt, dass ihnen entging, dass sie nicht allein waren. Ihre Schreie hallten von den vier Wänden zurück.

Die Frau kreischte auf, als der Mann versuchte, sie wieder zu packen. Sie floh weiter in den Saal hinein. Er folgte ihr mit ausgestreckten Händen. Emily konnte es nicht glauben - es waren Lord und Lady Gervais.

„Ich wusste nicht, dass es Delvin war!", schrie er. „Cindy! „Cindy!

Ich *wusste* es nicht. Ich dachte, es wäre Macara. Ich habe dich mit Macara gesehen!"

„Das glaubst du!", warf sie ihm vor. „Du betrunkener Narr. Du großer Affe. Nicht Macara war in der Rotunde, nicht wahr? Es war Edward. Edward, den du gestört hast. Gott! Ich wünschte, ich hätte sein Gesicht gesehen, als du wie ein Idiot durch die Büsche gestürmt kamst und zu wissen verlangtest, was er vorhabe!" Sie lachte schrill. „Aber da ich mit vollem Mund auf den Knien lag, entging mir dieses Vergnügen!"

„Halt den Mund, du unflätige Schlampe!"

„Oho! Das ist besser!", quälte sie ihn, sprang von ihm fort und huschte durch den Saal. „Wenn ich eine Hure bin, wessen Schuld ist das dann, William? Mit Sicherheit nicht die meine! Und du weißt es. Wann war das letzte Mal, als du zwischen deinen Beinen eine natürliche Regung verspürt hast? Wann?"

„Komm her! *Komm her!*", blaffte er, warf sich auf sie, aber verfehlte sie. „Ich werde es dir zeigen! Ich werde es dir zeigen, du verkommene Schlampe!"

„Mir zeigen? Mir *was* zeigen? Ist er noch nicht abgefallen? Ich schwöre, ich habe ihn in den letzten zehn Jahren nicht gesehen. Vielleicht packst du ihn bei besonderen Anlässen einmal aus? Bei einem schönen Erhängen oder wenn du bei Edwards Besuchen spionierst?"

„Ich spioniere nicht! Niemals ..."

„Oh, lüg mich nicht an! Ich bin deine Frau, erinnerst du dich? Die hübsche Unschuld, die du entjungfert hast, ohne danach noch etwas zustande zu bringen. Gott! Und all die Jahre lang dachte ich, es wäre meine Schuld. Das ist dein echter Fetisch, nicht wahr? Du kannst es nicht, außer bei einem Mädchen, das keinerlei Ahnung hat, wie ekelhaft mies du als Liebhaber bist!"

Lord Gervais' Gesicht wurde weiß. „Nur, weil ich nicht dein beschmutztes Bett teilen will! Komm her, sage ich!" Er machte einen letzten Satz und erhaschte eine Handvoll ihrer Röcke. „Ich werde es dir zeigen!"

„Du könntest nicht, selbst wenn du es wolltest!", reizte sie ihn.

Er packte sie um die Taille, drückte sie gegen die Wand, wobei er mehrere Stühle umwarf und schob eine Hand unter ihre Röcke. Sie machte keinen Versuch mehr, ihm zu entkommen. Sie lachte nur und stichelte weiter. Das entflammte ihn nur noch mehr. Sie wehrte sich, aber das nur zum Schein. Er hatte ihre wogenden Röcke über ihre Knie geschoben und ihre weißen Schenkel entblößt, fummelte schon an seinem Hosenlatz, als Emily zu Sinnen kam und sich blindlings zu den Balkontüren wandte. Aber sie konnte sich nicht davon abhalten, einen letzten Blick auf sie zu werfen und stand wie angewachsen dort, unfähig, ihre Augen von dem Paar abzuwenden, bis es einen lauten Krach gab, als ein Notenständers auf dem Boden aufprallte. Einige der Musiker waren noch da und ihrem beifälligen Grinsen nach zu urteilen, genossen sie das, was sie als den Höhepunkt des Abends betrachteten. Emily funkelte sie an, scharlachrot im Gesicht, und entfloh schließlich in die frische Luft, gefolgt von den Geräuschen, wie Lord und Lady Gervais ihre Wut auslebten.

ALEC DRÜCKTE SELINA DEN FÄCHER IN DIE HAND UND GING AUF Emily zu. Er ergriff ihre Hände. Sie waren unnatürlich kalt. „Was ist los? Was ist geschehen?"

Emily schluchzte weiter, während sie nach ihrem Spitzentaschentuch tastete. Sie schüttelte ihren gepuderten Kopf, als Alec sie zum zweiten Mal bat, ihm zu sagen, was sie so verstört hätte. Er hielt weiter ihre Hände und dies war ein Trost für sie; schließlich sagte sie nach lauten Schniefen hastig:

„Habt ihr Edward gesehen? Ich kann ihn nirgends finden. Er ist - er ist nicht auf der Terrasse. Er sollte die Gäste verabschieden und Großmama wird ungehalten über ihn sein, weil er die Beaulys nicht verabschiedet hat. Und, oh, Alec! Er hat sich die Raketen nicht mit mir bis zum Schluss angesehen! Ich weiß nicht, wo er ist! Ich muss ihn finden! Bitte hilf mir, ihn zu finden!"

„Aber sicherlich hat dich Delvins Verschwinden nicht derart aufgeregt?", fragte er sanft.

„Doch! Doch, das hat es!", versicherte sie ihm. „Verstehst du, ich muss ihn finden. Ich muss."

„Er kann nicht weit fort sein", sagte er beschwichtigend, nahm ihr Spitzentaschentuch und wischte ihre nassen Wangen ab. „Warum gehen wir nicht in den Salon? Ich weiß, dass es dort ein spätes Essen für die Hausgäste gibt. Vielleicht ist er jetzt dort?"

Dieser Einfall gefiel ihr; sie nickte zustimmend und wäre mit ihm gegangen, scheute aber zurück, als Selina aus dem Schatten trat. Sofort fühlte sie sich wie ein Eindringling. Selinas Gesicht und Hals waren gerötet und ein paar verwirrte Locken hatten sich aus ihren perlenköpfigen Nadeln gelöst, um auf ihren Busen zu fallen. Sie sah weder Emily noch Alec an, aber es war schmerzlich offensichtlich, selbst für Emily in ihrer Verzweiflung, dass die beiden in ihrem Schweigen peinlich glücklich schienen. Das alles war zu viel, als dass sie es ertragen konnte. Wie konnten sie glücklich sein, wenn sie selbst so furchtbar unglücklich war?

Diese Nacht hätte unter allen Nächten ihre bislang glücklichste sein sollen. Sie war mit dem Edelmann ihrer Wahl verlobt und jeder sagte, dass sie beide das Paar der Saison sein würden! Warum dann fühlte sie sich so furchtbar elend? Warum hatte Edward sie stehenlassen? War er wirklich mit dieser angemalten, von Schönheitspflästerchen übersäten Hure Cynthia Gervais davongegangen? Sie konnte doch nicht seine Mätresse sein, oder doch ...?

Als Alec wieder versuchte, ihre Hand zu ergreifen, riss Emily sich los, so schnell, dass sie fast über ihre Röcke fiel. In ihrer Verzweiflung stürzte sie sich wild auf Selina; die Frau hatte kein Recht auf Glück, wenn sie selbst so unglücklich war.

„Tante Charlotte gibt Alec die Schuld für das, was im Wald mit Euch passierte!", platzte sie heraus. „Aber ich glaube, *Ihr* habt ihn ermutigt! Ihr wolltet, dass er Euch verführt! Ihr habt ihn in den Wald gelockt und Ihr - Ihr habt ihn *verhext*. Ihr seid nicht besser als diese ehebrecherische Schlampe Cynthia Gervais ..."

„Emily!", warf Alec schneidend ein und machte einen Schritt auf sie zu, aber Selina unterbrach ihn.

„Was im Wald geschah, Emily, war vor meiner Hochzeit", sagte Selina, während sie sich dem Mädchen langsam näherte. „Aber du liegst ziemlich richtig. Es geschah auf meine Initiative. Niemand kann Alec die Schuld geben."

„Tante Sybilla denkt, sie hätte Euch aufgehalten, bevor es zu spät war, aber das stimmt nicht, nicht wahr? Er hat Eure Jungf..."

„Das ist jetzt weit genug gegangen!", knurrte Alec.

„Ich will es wissen! Ich *muss* es wissen!", schrie Emily auf und schaute Selina an.

„Ja. Sybilla kam zu spät, zum Glück", sagte Selina ruhig zu ihr. „Ich war noch nie in meinem Leben so froh über etwas. Sybilla sah, was sie sehen wollte, aber tatsächlich half Alec mir beim Anziehen, nicht beim Ausziehen."

Emily starrte Alec offen an und er wandte sich von ihrem feuchten, unverwandten Blick ab, eine Hand in einer Geste der Verlegenheit zu seinen schwarzen Haaren gehoben, und ging zum Geländer. Aber Selina lächelte das Mädchen verständnisvoll an. Es war so still auf dem Balkon, dass die Geräusche der Diener im Salon - beim Eindecken der Tische mit sauberem Besteck, Porzellan und Gläsern - deutlich durch eine der offenen Balkontüren zu hören waren. Emily ging zu Selina hinüber, als ob die Diener in dem großen Haus lauschen könnten.

„Danke", sagte sie leise. „Ich bin froh, dass Tante Charlotte sich bei Alec irrt und dass Ihr einen Moment des Glücks zu zweit hattet, vor

Eurer elenden Ehe mit diesem schrecklichen Mann. Ihr verdient es, glücklich zu sein. Ihr verdient - oh, Selina! Ich bin so *un-unglücklich*", schluchzte Emily und verbarg ihr blondes Haar an Selinas Samtmieder.

In diese Szene platzte Sir Cosmo, gefolgt von Plantagenet Halsey. Sie kamen die Stufen vom Rasen herauf, nachdem sie von der Terrasse aus um das Haus herumgegangen waren, statt durch die Gesellschaftsräume zu gehen und eine Begegnung mit einem neugierigen Diener oder einem wissbegierigen Gast zu riskieren. Beider Gesichter trugen einen grimmigen Ausdruck, aber Alec stieß trotzdem einen Seufzer der Erleichterung aus ob dieser zufälligen Unterbrechung. Er ließ Emily in Selinas fähigen Händen und ging ihnen über die Hälfte der Terrasse entgegen. Da bemerkte er die dunklen Spritzer, die über die Vorderseite von Sir Cosmos Weste aus Austernseide verteilt waren. Der Mann war aschfahl.

„Was ist geschehen?", fragte er, als er Sir Cosmos zerzausten Zustand wahrnahm; sein Rock fehlte und seine Hemdsärmel waren bis über die Ellenbogen nach oben geschoben. Alec bemerkte die Grasflecke auf seinen seidenen Kniehosen und den Zustand seiner Hände. Sie waren schmutzig. Aber es war kein Schmutz, es war Blut.

„Komm mit in den Garten, mein Junge", sagte Plantagenet Halsey leise mit einem Blick zu den beiden Frauen hinüber, und ging voran.

„Ist dir übel, Cosmo?", fragte Alec.

„Ja. Ja. Kleiner Schock, das ist alles", sagte Sir Cosmo abgehackt.

„Es ist Tremarton", erklärte der alte Mann. „Mahon fand ihn. Seine Füße ragten aus dem Gebüsch. Dorthin gezerrt, würde mich nicht wundern. Er war noch nicht ganz tot, nicht wahr, Mahon?"

„Nicht ganz tot, Sir. Atmete noch, in der Tat. Aber keine Hoffnung mehr für ihn. Armer Kerl."

PLANTAGENET HALSEY FÜHRTE SEINEN NEFFEN IN DEN GARTEN unterhalb der Terrasse. Er verließ den Weg und drängte sich durch eine Hecke zu einer kleinen, grasbewachsenen Lichtung, die die Blumenbeete voneinander trennte. Zwei Diener standen Wache, ein anderer schloss sich ihnen mit einer gefalteten Decke unter dem Arm an. Alle drei sahen einander an, als ob so etwas für sie nichts Neues wäre. Auf beiden Seiten der Lichtung waren Leuchter in die Erde gerammt worden, die ein unheimliches Licht auf die grausige Szene warfen.

Simon Tremartons lebloser Körper lag auf dem Rücken, die Augen geschlossen, den Kopf auf Sir Cosmos hastig zusammengefalteten Rock gebettet und ein wenig zur Seite geneigt. Er schien so entspannt dort zu liegen, dass es schwer zu glauben war, dass der Mann tot war und nicht nur seinen Rausch ausschlief. Doch bei näherer Betrachtung erkannte Alex, dass sein erster Eindruck nur ein Streich war, den das flackernde Licht ihm gespielt hatte. Um den Mund herum lag ein angespannter Zug. Blut und Speichel sickerten zwischen den Lippen hervor. Ein Rinnsal davon glitt an der linken Seite seines Kinns hinab. Eine Hand klammerte sich an seinen Bauch, Finger krümmten sich um zusammengeballten Stoff, der mit Blut durchweicht und auf ein klaffendes Loch an der linken Seite des Mannes gepresst war. Hemd und Hosen waren ebenso wie der nasse Rasen blutdurchtränkt.

Alec ließ sich auf ein Knie nieder und schaute zur Seite. Sir Cosmo taumelte ein zweites Mal in die Hecke, die lauten, würgenden Krämpfe seines Magens drangen durch die stille Nachtluft.

„Der Schuss ging direkt durch ihn hindurch", stellte Alec benommen fest, da ihm nichts anderes einfiel.

„Ja", bestätigte sein Onkel und führte ihn zur Seite der Lichter, fort von den Dienern. „Loch, so groß wie meine Faust. Grausige Sache. Der verdammte Narr hatte keine Chance. Bis er gefunden wurde, war schon alles so gut wie vorbei. Ich kam vorbei und fand Mahon dabei, wie er verzweifelt versuchte, das Halstuch des Burschen aufzuknüpfen. Armer Mahon. Wenn ich ihn nicht ein wenig zur Seite geschoben und ihm fast den Kopf abgerissen hätte, damit er sich etwas zusammenriss, wäre er ein Fall fürs Tollhaus geworden. Wollte nicht glauben, dass der Kerl erschossen wurde, bis ich ihm eine blutbedeckte Hand zeigte. Das reichte. Ging sich erbrechen! Ich versuchte, den Blutfluss zu stillen, aber es half nichts. Es bereitete ihm nur noch mehr Schmerzen, daher hörte ich auf. Es war bald vorbei."

„Verdammt!", murmelte Alec. Er seufzte tief auf. „Keine Chance, dass es einen Zeugen gibt? Das wäre wohl zu viel verlangt. Und der Mörder wäre wohl nicht so leichtsinnig. Zu dunkel und zu viel los, als dass jemand sich allzu sehr für zwei Gentlemen interessieren würde, die herumschlendern, um ein wenig frische Luft zu schnappen. Verdammt! Verdammt und zugenäht!" Zu Sir Cosmo, der, sich die Stirn abwischend, zu ihnen herüberkam, sagte er: „Ich nehme nicht an, dass du jemanden gesehen hast?"

„Tut mir leid. Kam hier entlang, weil ich nach dir und Selina suchte. Traf eine gute Menge *débauchés*, die sich zwischen den Büschen tummelten, aber das war nur Spiel und Spaß; nichts, worauf man hätte achten müssen. Und dann kam das Feuerwerk, das jeden beschäftigte." Mit zitternder Hand steckte er sein Taschentuch ein. „Ganz ehrlich, ich hatte meinen Kopf den größten Teil der Zeit dem Himmel zugewandt."

„Wie alle anderen auch", sagte der alte Mann ärgerlich. „Eine perfekte Gelegenheit, jemanden aus kürzester Entfernung zu erschießen. Genug Lärm und Getümmel, dass es für eine ganze verdammte Salve gereicht hätte, wenn ihr mich fragt!"

„Sollten wir nicht irgendetwas mit ihm tun?", schlug Sir Cosmo vor, der sein Taschentuch schon wieder bereithielt. „Ihn zudecken; ihn wegbringen? Was nur? Was macht man mit einer frischen Leiche?"

„Ich werde Oakes wieder wecken lassen müssen", sagte Alec. „Er war bereit, für die arme Jenny einen Totenschein zu schreiben, ohne Fragen zu stellen, aber Gott weiß, was er hiermit anfangen wird!"

„Einer dieser Männer, die Höhergestellten zum Mund reden, wie?", knurrte Plantagenet Halsey. „Bereit, für einen Lord alles zu tun, wenn es weniger Aufwand für ihn bedeutet! Schmarotzer!"

Alec wies die Diener an, den Körper so gut wie möglich einzupacken und ihn in den Keller unter der Küche zu bringen. Sir Cosmo begab sich auf einen Spaziergang, während diese grausige Aufgabe erledigt wurde.

„Um Oakes gerecht zu werden, Onkel, er wollte Jenny ohne viel Aufhebens begraben sehen. Ich bezweifle, dass er diesmal so gefällig sein wird, nachdem Jennys Tod auch noch nicht aufgeklärt ist. Und jetzt wurde einer von Olivias Gästen erschossen. Außerdem wäre ich recht erfreut, wenn Oakes für einen Aufruhr sorgte."

„Um einen Friedensrichter heranzuziehen?"

„Ja, das habe ich vor."

„Wozu ist ein verdammter Friedensrichter gut, wenn es keine Zeugen, keine Mordwaffen und keinen Anhaltspunkt gibt, he?", brummte der alte Mann und folgte Alec durch den Garten zu der Bank, wo Sir Cosmo saß, das gepuderte Haupt in seine Hände gestützt. „Und es aller Wahrscheinlichkeit nach auch nie geben wird."

Alec betrachtete seinen Onkel ernsthaft. „Das hier ist nicht so sauber wie ein Duell im Green Park."

Der alte Mann starrte ihn hart an. „Du erzählt mir besser alles über diesen Kerl, Tremarton. Er sagte mir, er wäre ein Kollege von dir im Außenministerium."

„Das war er. Er war auch Mitglied im Ganymed-Club."

Plantagenet Halsey war überrascht. „Er hatte mit diesem Haufen zu tun?"

„Ja. Und er und Jack Belsay waren ein Liebespaar."

„Wusstet Ihr von diesem Burschen, Mahon?"

„Nur, was Alec mir erzählt hat. Und ich - äh - hörte eine Unterhaltung zwischen Alec und Tremarton mit, die mein Blut geradezu zum Kochen brachte." Sir Cosmo schauderte. „Der Mann war keinen Pfifferling wert!"

Der alte Mann sackte neben ihm auf die Bank. „Verdammt! Ich wäre überhaupt nicht überrascht, wenn er erschossen wurde, weil er sich an irgendeinen jungen Bock heranmachte, der ihm gefiel. Ich hätte ihn selbst erschossen."

Alec lächelte schief. „Du glaubst nicht, dass das geschehen ist, nicht wahr, Onkel?"

„Natürlich nicht. Aber es gibt nichts, was andere davon abhalten könnte, das zu sagen, nicht wahr? Und dann würde es auch viele Sympathien für den Mörder geben." Er schaute zu seinem Neffen auf. „Was hatte er mit Delvin zu schaffen?"

„Er gab Delvin achthundert Pfund, um ihm eine Pfründe zu kaufen. Daraus wurde nichts, und er fand sich bei einem Geldverleiher verschuldet, der bis Montag tausend Pfund zurückhaben wollte. Tremarton hatte das Geld nicht." Alec steckte die Hände in die Taschen. „Er versuchte, mir einen Brief zu verkaufen, von dem er sagte, dass er Delvins Sicherheit bedrohe. Als ich ablehnte, war er entschlossen, Delvin dazu zu erpressen, ihm für den Brief fünftausend Pfund zu geben."

„Lady Margarets Brief!", unterbrach Sir Cosmo und richtete sich auf. Er wandte sich an den alten Mann. „Meiner Ansicht nach hatte Jack einen von der Gräfin Delvin an Lady Margaret geschriebenen Brief in seinem Besitz, wo diese die Wahrheit über die Reihenfolge der Geburt ihrer beiden Söhne gestand. Dass in der Tat Alec der älteste ist und damit Erbe ..."

„Gerüchte! Mehr nicht!", unterbrach Plantagenet Halsey und wedelte abwehrend mit der Hand. „Glaubt kein Wort davon! Und ich kann mir nicht vorstellen, wie Helen es in einem geschwätzigen Brief niederschreibt. Hätte ihr gar nicht ähnlich gesehen."

„Aber Sir! Lady Margaret war eine besondere Freundin und Briefpartnerin der Gräfin Delvin und hat genau das gesagt. Sie hat die Geschichte aus Rache für den Mord an Jack in der ganzen Stadt herumerzählt." Er sah zu Alec. „Was denkst du?"

Alec hob eine Schulter. „Du weißt, was ich denke."

„A-aber ...", stotterte Sir Cosmo.

„Was das angeht, dass Jack ein solches Dokument in die Hände bekommen haben könnte", fuhr Alec fort, „und zu welchem Zweck, wer weiß? Was das angeht, wie Tremarton diesen Brief so passend erhalten hat, bin ich mehr als skeptisch."

„Warum wurde er dann erschossen?", verlangte Sir Cosmo zu wissen. „Wenn nicht wegen des Briefs, warum dann? Er sagte dir, er würde das Geld aus Ned herausquetschen. Und du hast ihm vorhergesagt, dass Ned ihn umbringen würde, sollte er das versuchen. Und ist nicht genau das geschehen? Nun, ist es nicht so?"

„Ohne die Spur eines Beweises, den man vorlegen könnte", sagte Plantagenet Halsey.

Sir Cosmo streckte seine linke Hand aus und zählte an seinen Fingern ab. „Wir haben Tremartons Drohung gegenüber Alec, die ich mitangehört habe. Zweitens: Wir haben Lady Margaret, die überall in der Stadt verbreitet, dass sie einen Brief verloren hat, der Alecs wahres Geburtsrecht beweist. Drittens: Wir haben Tremartons Verbindung zu Ned, und viertens: Vergesst nicht das Duell zwischen Jack und Ned, das irgendwie mit der ganzen Angelegenheit zu tun hat. Dann, fünftens: Da ist die Tatsache, dass ich Ned und Tremarton heute Abend so vertraulich wie nur möglich im Spielzimmer miteinander sprechen sah *und* Zeuge wurde, wie Tremarton in höchst verdächtiger Art und Weise einen Umschlag aus seiner Tasche zog. Das muss der Brief gewesen sein! Und ..."

„Dir sind die Finger ausgegangen, Mahon", murmelte der alte Mann.

Sir Cosmos Begeisterung verschwand sofort. „Ihr seht keine Verbindung? Keinen Grund für Ned, ..."

„Motive gibt es genug", sagte Alec. „Selbst, wenn Tremarton nur bluffte, musste Delvin den Umschlag in die Hände bekommen."

„Und deshalb spießte er Jack auf und hat jetzt Tremarton ermordet", argumentierte Sir Cosmo. „Es ist so offensichtlich, dass er der Mörder ist!"

Plantagenet Halsey musterte ihn erneut. „Ihr habt ziemlich deutlich die Seiten gewechselt, Mahon. Wie ich mich erinnere, wart Ihr sehr dafür, Delvins Eskapade im Green Park als Duell zu entschuldigen."

„Stimmt!", sagte Sir Cosmo abwehrend. „Das war vor all diesen Vorkommnissen. Ich war nie mehr schockiert als in dem Moment, als Ned Alec beschuldigte, sich Emily aufgedrängt zu haben. Und das spricht auch gegen ihn. Nun, Alec? Du bist noch nicht überzeugt?"

„Ich will sicher sein. Ich will ... ach, gleichgültig!", sagte Alec abweisend. „Ich muss Oakes rufen lassen und vielleicht bringe ich es über mich, an Simons Körper nach dem Umschlag zu suchen." Er wandte sich auf dem Absatz um. „Kommt ihr?"

Die beiden Männer folgten ihm zum Haus hinauf, Sir Cosmo blieb zurück, um halblaut zu Plantagenet Halsey zu sagen: „Ihr kennt ihn besser als jeder andere. Was lässt ihn sich derart zurückhalten?"

Der alte Mann ließ sich mit seiner Antwort Zeit. Er starrte auf einen Punkt in der Mitte zwischen den breiten Schultern seines Neffen, zwischen seinen Augen stand eine tiefe Falte. „Delvin zu verabscheuen ist eines. Ihn für einen eiskalten, herzlosen Mörder zu halten, etwas völlig anderes. Sie sind Brüder. Es gibt da ein Band, dass nicht zu zerreißen ist. Es ist verdammt schwer für ihn, Mahon. Verdammt schwer.“

WIE VON ALEC VORHERGESAGT, WAR HENRY OAKES NICHT IN DER Stimmung, einen Totenschein auszustellen oder viel mehr zu tun, als sich über seine berufliche Stellung in der Gemeinde und die Zumutungen in der vorliegenden Situation auszulassen. Er warf einen Blick auf den Körper unter dem Tuch und weigerte sich, weiter zu gehen. Er wollte einen Friedensrichter, und zwar sofort. Alec war darauf vorbereitet, die Angelegenheit mit ihm durchzusprechen. Plantagenet Halsey hatte keine derartige Geduld.

„Wir bitten Euch um nichts, was außerhalb Euer beruflichen Pflichten läge, Mann!“, fauchte er. „Ihr wurdet geholt, um den Körper zu beschauen und Eure Meinung über die Todesursache zu erklären. Gibt doch nichts Einfacheres! He? Oder seid Ihr nicht in der Lage, eine Meinung zu äußern? Zu tief ins Glas geschaut?“

Henry Oakes drückte sein Doppelkinn in die Krawatte. „Mit Sicherheit nicht! Ich muss diese Anschuldigung von mir weisen! Und da ich nicht das Vergnügen habe, Euren Namen zu kennen oder was Ihr mit dieser Angelegenheit zu tun habt, bitte ich Euch freundlich, Eure Meinung für Euch zu behalten.“

„Also so seht Ihr das. Name ist P. Halsey, MP. Und wenn es nach mir ginge, dürften Bader wir Ihr keine Ziege untersuchen dürfen, geschweige denn einen toten Mann!“

Der Arzt stammelte unbeherrscht, die Lagen seines Doppelkinns wogten auf und ab, so dass er in Sir Cosmos müden Augen einer Schildkröte ähnelte. Als sie alle in einem kalten, feuchten Keller herumstanden, dem ersten von vielen Kellerräumen, in denen Mengen an Weinflaschen, Konserven und kaltem Fleisch aufbewahrt wurden, war der Gedanke in Sir Cosmos derzeitigem Geisteszustand nicht völlig abwegig. Er nieste und trat von einem Fuß auf den anderen.

Er mochte es nicht, mitten in der Nacht an einem feuchten Ort eingesperrt zu sein, in einem Raum voll schwingender Kadaver und einem toten Körper, der auf einem Tisch in der Mitte des Raumes lag. „Hier ist es kalt wie im Winter und wir könnten alle etwas Heißes zu trinken vertragen. Was meinst du, Cosmo? Oakes?“ Beide nickten eifrig mit klappernden Zähnen; auf Sir Cosmos Gesicht zeichnete sich Erleichterung ab, als Alec hinzufügte: „Wenn wir die Formalitäten für eine Untersuchung durchgehen können, Oakes, könnten wir dann hinaufgehen und die Angelegenheit in angenehmerer Umgebung besprechen."

Oakes äußerte Bedenken. Plantagenet Halsey öffnete seinen Mund, schloss ihn aber auf einen Blick seines Neffen hin sofort wieder. Er ging, um Neave zu suchen, da er wusste, dass das eine einfache Aufgabe sein würde. Der Butler hatte die Begabung, immer dort zu sein, wo jemand ihn brauchte.

„Ich werde die Untersuchung durchführen, wenn Ihr mir Euer Wort gebt, dass Ihr einen Friedensrichter holen werdet."

„Das ist schon so gut wie geschehen", versicherte Alec ihm. „Der Schwager des Verstorbenen ist Richter und Gast in diesem Haus. Ich habe mir die Freiheit genommen, mit ihm zu sprechen, während wir auf Euer Eintreffen warteten. Im Moment ist er noch damit beschäftigt, seine Frau zu trösten. Wie Ihr Euch vorstellen könnt, hat Lady Gervais diese Nachricht sehr schlecht aufgenommen. Simon Tremarton war ihr einziger Bruder. Natürlich wird Lord Gervais alles tun, was er kann."

„Ja, das dürfte reichen", murmelte Oakes mürrisch, obwohl aus seinem Gesichtsausdruck klar zu erkennen war, dass ihn das mehr als zufriedenstellte. Welchen besseren Balsam für das angegriffene Selbstwertgefühl eines Mannes konnte es geben, als einen Richter mit Titel zu haben, der auf ihn angewiesen war. „Braucht Lady Gervais ein Beruhigungsmittel, Sir?"

„Vielen Dank. Darum hat man sich bereits gekümmert. Mein Kammerdiener ist auch Apotheker und war so freundlich, Mylady ein Schlafmittel zu verschreiben. Ja", sagte Alec, als der Arzt dabei zusammenzuckte, „es ist mir wohlbekannt, dass es viel Stirnrunzeln hervorruft, dass die Königliche Akademie für Apotheker auch verschreibt, aber ich bin überzeugt, dass Ihr es in diesem Falle verstehen werdet. Die Frau war, um es gelinde auszudrücken, hysterisch."

Sir Cosmo bat, ihn bei der Durchführung der Untersuchung zu entschuldigen. Er schloss sich Plantagenet Halsey in dem kleinen Wohnraum neben dem Frühstückszimmer an. Sie saßen dort schweigend bei Weinbrand und Kaffee, das leiseste Knarren einer Diele, das Geräusch von Schritten in der Ferne ließ Sir Cosmo aufschrecken, was dem alten Mann auf die Nerven ging. Neave und ein Lakai mit verschlafenen Augen kamen und gingen, die beiden Männer fragten nicht warum und es interessierte sie auch nicht. Zeit schien keine Rolle zu spielen. Nur die Minuten der Gegenwart zählten und vergingen langsam. Alec und der Arzt waren noch im Keller beschäftigt.

Tam steckte seinen Kopf durch die Tür und kam auf ein Zeichen von Plantagenet Halsey herein. „Braucht Ihr etwas, Mr. Halsey, Sir?"

„Nein, mein Junge. Wenn du entschlossen bist, aufzubleiben, setz dich. Da ist Weinbrand und Kaffee und Verschiedenes auf der Anrichte. Bediene dich."

„Nein, vielen Dank, Sir", sagte Tam steif, als er Sir Cosmos überraschten Blick auffing. Er kannte seinen Platz, selbst wenn der Onkel seines Herren das nicht verstand.

„Spiel nicht den Märtyrer! Mahon hier stört das nicht, oder?"

„Natürlich nicht."

„Außerdem hast du es verdient. Ist Lady Gervais jetzt ruhiger?"

„Ja, Sir. Ich habe ihr einen Trunk gegeben, der dafür sorgen sollte, dass sie bis lange in den Morgen hinein schläft."

„Dafür sei Gott gedankt! Das Letzte, was wir brauchen, ist ein hysterisches Frauenzimmer, das alles zusammenschreit."

Sir Cosmo erschauerte bei der Vorstellung und nippte an seinem Weinbrand.

Die Tür öffnete sich und Neave trat ein, gefolgt von Lord Gervais, der in einen prächtig bestickten Schlafrock aus chinesischer Seide gehüllt war. Er trug eine frisch gepuderte Perücke auf seinem kahlen Kopf und einen Ausdruck kühler Überlegenheit auf seinem blühenden Gesicht. Plantagenet Halsey verdrehte die Augen. Der Mann war ein Langweiler ohne jedes Verständnis für gesellschaftliche Feinheiten, aber wenn man ihn in sein juristisches Milieu versetzte, strahlte er gleich arrogante Autorität aus. Er konnte sehen, dass der Mann sich wie ein Korinthenkacker benehmen würde.

Lord Gervais ließ seinen kritischen Blick durch den Raum schweifen, der auf Sir Cosmo fiel. „Ah! Mahon! Gut." Er drehte sich zu dem Butler um. „Teilt Oakes mit, dass ich ihn jetzt empfangen kann." Er goss sich selbst eine Schale Kaffee ein und schlürfte sie auf anwidernde Art und Weise. Mahon! Sagt mir, was Ihr über diesen unglückseligen Unfall wisst ..."

„*Unfall?*", polterte der alte Mann.

„Ich kann mich nicht erinnern, nach Eurer Meinung gefragt zu haben, Sir", sagte Lord Gervais kalt.

„Ich habe den ... die Leiche gefunden", sagte Sir Cosmo stumpf. „Nun, da war es noch keine Leiche. Der Mann war noch am Leben ..."

Lord Gervais stürzte sich sofort darauf. „Am Leben? Seid Ihr sicher?"

„Ja, ich bin sicher! Er atmete. Und dann stieß Mr. Halsey dazu und versuchte zu helfen. Nun, er machte alles, um die Tatsache richtig darzustellen. Ich war nicht im Zustand, um viel von Nutzen zu sein."

„Seid nicht so hart gegen Euch selbst, Mahon", sagte Plantagenet Halsey sanft.

„Würdet Ihr Sir Cosmo erlauben, weiterzusprechen?", warf Lord Gervais ein.

„Mr. Halsey tat alles, was er konnte, um es Tremarton erträglich zu machen. Das war alles, was man noch tun konnte. Es bestand keine Hoffnung, dass der Mann sich noch erholen könnte. Überhaupt keine."

„Wollt Ihr sagen, dass Halsey hier sich an meinem Schwager zu schaffen machte?"

„Zu schaffen machte?" Der alte Mann kam auf die Beine. *„Zu schaffen machte?"*

„Gervais?" Das geht zu weit!", stellte Sir Cosmo zornig fest. „Ohne Mr. Halseys Eingreifen, wie Ihr es nennt, hätte Tremarton seine letzten Augenblicke in größter Qual verbracht. So aber tat Mr. Halsey alles in seiner Macht Stehende, um dafür zu sorgen, dass der Mann sich so wenig unbehaglich fühlte, wie es möglich war. Ihr schuldet ihm Dankbarkeit, keine Kritik!"

„Was das angeht", sagte Lord Gervais mit einem knappen Lächeln, „werdet Ihr mir erlauben, das zu entscheiden. Sagt mir, Mahon, hat mein Schwager zu Euch gesprochen, bevor er verstarb?"

„Nein."

„Nichts? Kein Wort?"

„Nein! Schaut, Gervais, Tremarton starb einen fürchterlichen Tod", sagte Sir Cosmo aufgebracht. „Er blutete die ganze Gegend voll, aus einem großen, klaffenden Loch an seiner Seite. Er dürfte kaum in der Stimmung für einen Plausch gewesen sein, nicht wahr?"

Lord Gervais schnüffelte. „In solch schweren Zeiten besteht kein Grund für Sarkasmus. Ich verlange von Euch lediglich, dass Ihr meine Fragen beantwortet." Er schien Tam zum ersten Mal wahrzunehmen und runzelte die Stirn. „Was, bitte, berechtigt diesen Dienstboten, hier eine Schale Kaffee zu trinken?"

„Gott! Als ob das irgendetwas mit der Untersuchung zu tun hätte!", lachte der alte Mann. „Lasst den Jungen in Ruhe. Er hat hart gearbeitet, um seine Erfrischung zu verdienen."

„In der Tat? Trotzdem kann er gehen und im Dienstbotentrakt Kaffee trinken, dort, wo er hingehört. Ich will ihn hier nicht haben."

Tams Gesicht flammte ebenso rot auf wie sein Haarschopf. Er stellte Kaffeeschale und Untertasse beiseite und machte einen Schritt zur Tür, als Plantagenet Halsey ihm befahl, zu bleiben, wo er war.

„Wann gab Gott Euch das Recht, Menschen als für unter Eurer Würde zu betrachten? Der Junge hat ebenso viel Recht, in diesem Raum zu sein, wie jeder rotznasige, speichelleckende Hängerichter!"

„Wollt Ihr mich beleidigen, Halsey?"

„Gentlemen! Bitte!", bat Sir Cosmo mit schwacher Stimme.

„Es sind Männer wie Ihr, Halsey, die, wenn sie könnten, unsere wohlgeordnete Gesellschaft in Stücke reißen würden."

„Mit einem Fingerschnippen, wenn es seinen Zweck erfüllen und sie von so kaltblütigen Schmarotzern wie Euch befreien würde!"

„Ihr, Sir, seid eine Bedrohung für die Gesellschaft und solltet eingesperrt werden! Ich habe nicht übel Lust ..."

„Jetzt blast Euch nicht so auf, sonst platzt Ihr noch vor lauter Arroganz!"

Sir Cosmo warf sich zwischen sie. „Gentlemen! Um Gottes willen! Denkt daran, warum wir hier sind. Dieses kleinliche Gezänk..."

„*Gezänk?*"

„*Kleinlich?*"

Alec betrat den Raum rechtzeitig, um das Letzte von dieser Szene mitzubekommen, wäre er nicht so müde gewesen, hätte er laut herausgelacht. Henry Oakes folgte ihm und entdeckte sofort den Weinbrand. Neave kam hinter ihnen herein und stellte sich, schweigend und mit ausdruckslosem Gesicht, neben die Erfrischungen. Lord Gervais sammelte sich genügend, um mit dem Arzt bekanntgemacht zu werden, und stellte ihm im Rahmen seiner absoluten Autorität als Richter alle möglichen Routinefragen. Sir Cosmo und Plantagenet Halsey kehrten zu ihren Plätzen zurück, und wenn der alte Mann auch die Versuchung verspürte, sich mit ein paar ironischen Bemerkungen einzumischen, hielt er sich seinem Neffen zuliebe doch zurück, der sich größte Mühe gab, den Arzt und Lord Gervais dazu zu bringen, auf den Punkt zu kommen, damit sich alle für die kurze Zeit, die von den frühen Morgenstunden noch übrig war, zurückziehen könnten.

Eine Stunde später verkündete Lord Gervais, nachdem er jeden zu seiner Zufriedenheit und jedermanns Frustration befragt hatte, tiefernst: „Gentlemen, ich muss zu dem Schluss kommen, dass Simon Tremarton nicht durch eigene Hand starb, sondern grausam und brutal ermordet wurde. Laut Henry Oakes' Meinung war das Tötungsinstrument eine Pistole, die aus nächster Nähe abgefeuert wurde, nur einmal, und die Kugel ging durch den Magen, zerstörte innere Organe und führte dazu, dass Tremarton verblutete. Ich akzeptiere diese Feststellungen. Jedoch wegen des Fehlens der Mordwaffe und der schwierigen Umstände, die die Szene dieser abscheulichen Tat umgeben - das gleichzeitig stattfindende Feuerwerk und mindestens vierhundert anwesende Gäste; die unzureichende Beleuchtung des Gartens; das Fehlen jeglicher Zeugen, oder, falls es solche Personen geben sollte, dass sie es pflichtwidrig unterlassen haben, sich zu melden, aus welchem Grund oder welchen Gründen auch immer - bin ich nicht in der Lage, diese Angelegenheit weiter zu bearbeiten, bis zu einem Zeitpunkt, wenn mir weitere Beweise vorgelegt werden und eine oder mehrere Personen sich mit brauchbaren Informationen melden, die zu einer Verhaftung führen können."

„Bravo!", verkündete der alte Herr. „Der Mann ist ein Wunder! Er brauchte eine Stunde, um das herauszufinden, was wir nach fünf Minuten wussten! Wenn es Euer Lordschaft recht ist, begebe ich mich zu Bett, bevor die Diener beginnen, die Tische für das Frühstück zu decken."

„Sir! Das ist Missachtung des Gerichts!", verkündete Lord Gervais. „Bleibt, wo Ihr seid!"

Plantagenet Halsey winkte ihm mit der Hand zu und verließ das Zimmer, wobei er seinem Neffen und Sir Cosmo ausdrücklich eine gute Nacht wünschte. Tam folgte ihnen schweigend, um das Schlafzimmer seines Herren zu richten. Lord Gervais blieb zurück und starrte Alec aus wild rollenden Augen an.

„Ich warne Euch, Halsey, Euer Onkel hat nicht das letzte Wort hierüber gehört!", stotterte er. „Ich werfe ihm Missachtung des Gerichts vor und beabsichtige, ihn mit der ganzen Strenge des Gesetzes zu verfolgen. Er ist nichts als eine Bedrohung und hat mich auf Schritt und Tritt behindert!"

„Nun mal langsam, Gervais!", warf Sir Cosmo ein. „Er ist ein bisschen grob, aber er hat Euch keinerlei Schaden zugefügt. In der Tat hat er es ziemlich gut ausgedrückt, wenn Ihr mich fragt."

„Mahon! Wollt Ihr, der Sohn eines Barons, der Neffe eines herzoglichen Hauses, einen Rebellen wie diesen unterstützen? Diesen *Republikaner*..."

„Gervais, Ihr müsst meinem Onkel seine Offenherzigkeit verzeihen", sagte Alec mit kalter Höflichkeit. „Als Sohn eines Earls, ja, Onkel eines weiteren, um nicht zu erwähnen, dass er durch Geburt mit den meisten herrschenden Familien des Königreichs verwandt ist, hat mein Onkel die Gewohnheit, seiner Meinung Ausdruck zu verleihen und zu tun, wie ihm beliebt. Ist das nicht die Art, wie Menschen edler Geburt sich verhalten?"

· · ·

„NUN! WENN DEINE GARDINENPREDIGT DEN ALTEN GERVAIS nicht gegen den Strich gebürstet hat!", lachte Sir Cosmo und lehnte sich an das Geländer direkt vor Alecs Schlafzimmer. „Wie schade, dass dein Onkel nicht hier war, um das mit anzuhören."

„Es war gemein, so etwas einem Mann wie Gervais vorzuwerfen, dessen *raison d'être* sich aus seiner schwachen Verbindung zum Adel ableitet."

„Hier! Bevor du gehst", flüsterte Sir Cosmo und schaute sich im dunklen Flur um. „Was geschieht nun? Gervais - er kann es doch nicht auf sich beruhen lassen, oder? Ein Mann wurde ermordet."

„Es gibt sonst nichts, was er tun könnte. Bis nicht jemand sich meldet und einen anderen des Mordes bezichtigt, kann unser Richter nichts weiter tun. Er könnte die Bow-Street-Leute darauf ansetzen, dass sie sich nach Klatsch und Gerüchten umhören, nur für den Fall, dass irgendetwas Bedeutsames von den Gästen zu erfahren wäre, obwohl ich bezweifeln möchte, dass die Herzogin erfreut wäre, wenn ihr Haus überwacht würde."

„Zum Teufel! Ich kann nicht behaupten, dass mir Tremartons Tod leid täte, aber es ist nicht richtig, dass sein Mörder so davonkommt! Nach dem, was du sagst, scheint es unwahrscheinlich, dass wir je erfahren werden, wer ihm diese Kugel verpasst hat. Nun", berichtigte Sir Cosmo sich, „wir wissen es, aber es wird nicht öffentlich bekannt werden, nicht wahr?"

„Nicht, solange nicht einer von uns bereit ist, Lord Gervais gegenüber eine Anschuldigung zu äußern. Und, soweit ich das Gesetz verstehe, gibt es keinen Grund zu sagen, dass eine Anschuldigung aus Mangel an Beweisen nicht geäußert werden dürfte."

Sir Cosmo holte tief Luft. „Die Sache ist nur, wie können wir absolut sicher sein?"

„Ja. Wie können wir das?", sagte Alec mit einem grimmigen Lächeln und drehte den Türknopf.

„Warte! Der Umschlag! Hast du nachgeschaut? Hast du ihn gefunden?"

„Ich habe die Taschen seines Rocks und die Tasche seiner Weste durchsucht."

„Und?"

„Da war ein Umschlag ..."

„Ja? Ich dachte ..."

„... der Mörder hätte sich damit aus dem Staub gemacht? Hätte der Umschlag irgendetwas Interessantes enthalten, nehme ich an, hätte er das getan."

„Muss eine verdammt blutige Angelegenheit gewesen sein."

„Überaus blutig, Cosmo. Gute Nacht."

„Was, wenn der Mörder mitnahm, was auch immer der Umschlag enthielt, diesen dann wieder in Tremartons Tasche steckte, damit es so aussähe, als hätte er ihn nicht angerührt, ihn erschoss und verschwand? Vielleicht erschoss er ihn zuerst und nahm dann den Brief aus dem Umschlag. Warte einen Moment! Was, wenn er ..."

Alec lachte. „Gute Nacht, Cosmo." Damit verschwand er in seinem Schlafzimmer, das Lächeln erstarb auf seinem Gesicht in dem Moment, als die Tür sich hinter ihm schloss.

Tam benutzte die Wärmepfanne, um die Kälte aus den Laken seines Herren zu vertreiben, als Alec vom Wohnzimmer aus hereingeschritten kam und sich aus seinem schwarzen Samtrock kämpfte. Tam sagte etwas, aber Alec war so abgelenkt, dass er ohne ein Wort oder einen Blick ins Kabinett weiterging. Er saß dort vor dem Toilettentisch und löste geistesabwesend die Nadel mit dem Diamantkopf aus den Falten feiner, weißer Spitzen um seinen Hals. Aus einer Tasche seiner silberdurchwirkten Weste holte er einen zerknitterten und vergilbten Umschlag heraus, den er bei Simon Tremartons blutigem Körper gefunden hatte.

Er lehnte den Umschlag an den Spiegel und starrte ihn an, als ob es möglich wäre, den Inhalt zu lesen, ohne tatsächlich das gefaltete Pergament aus seiner Hülle zu nehmen. Alec war sich nicht völlig sicher, dass er lesen wollte, was auf diesem Pergamentbogen geschrieben stand. Den Brief zu öffnen würde wahrscheinlich sein Leben für immer verändern, und er war nicht sicher, ob es zum Besseren sein würde. Die hohe, elegante Handschrift auf der Vorderseite des Umschlags war ihm nicht unbekannt. Sie gehörte seiner Mutter, Helen, Lady Delvin. Und der Umschlag war an Lady Margaret Belsay, Cavendish Square, Westminster, adressiert.

Evans stellte das Tablett auf den kleinen Tisch am Kamin und ging schweigend ihren Pflichten im Schlafzimmer nach, mit einem Ohr der Unterhaltung im Wohnzimmer lauschend, wo Selina und Emily dicht beieinander auf der Chaiselongue saßen und die Füße zur Wärme des Feuers ausgestreckt hatten. Die heiße Schokolade würde auch helfen, sie nach der kalten Nachtluft auf dem Balkon zu wärmen, aber Selina dachte, etwas Stärkeres wäre nach einem solchen Abend angebracht. Sie legte einen Finger auf ihre Lippen, damit Emily nichts sagen sollte, und räumte ein paar quastenbesetzte Kissen von einem Ende der Chaiselongue, um den monogrammverzierten, silbernen Flacon zu finden, wo sie ihn früher am Nachmittag versteckt hatte. Sie fügte jedem Becher einen großzügigen Schuss des Inhalts aus dem Flacon hinzu und reichte einen an Emily weiter.

„Das wird uns helfen zu schlafen", versicherte sie ihr, als Emily vorsichtig an den Dampfschwaden schnupperte. „Besser als Laudanum und kein Kopfschmerz am Morgen."

Emily lächelte und trank aus, wobei sie feststellte, dass der Zusatz die Schokolade weich und samtig abrundete. „Warum versteckt Ihr ihn?", fragte sie und deutete auf den Flacon, den Selina wieder hinter die Kissen gesteckt hatte.

„Oh, das tue ich nicht. Aber es würde Evans keinen Spaß machen, wenn ich ihn offen sichtbar stehen ließe. So verschafft es ihr Beschäftigung. Besser, dass sie versucht, mich vom Übel des Trinkens zu bewahren, als sie sich den Kopf mit anderen Dingen vollstopfen zu lassen. Sie ist eine Anhängerin des Methodismus, musst du wissen."

„Ist sie schon viele Jahre bei Euch?", fragte Emily, die es vorzog, über alles und jeden zu reden, als über das, was ihr auf dem Herzen lag.

„Seit ich das Schulzimmer verlassen habe", antwortete Selina beiläufig, aber ihre dunklen Augen beobachteten Emily genau. „Meine Eltern hatten eine hohe Meinung von ihr; sie ahnten nicht, dass Evans eine romantische Veranlagung hat! Sie wäre in die Wildnis der Waliser Grenze verbannt worden, von wo sie gekommen war." Sie nippte an ihrer heißen Schokolade und sagte mit einem Lächeln: „Die liebe, mürrische Evans war untröstlich, als meine Eltern eine völlig respektable Heirat für mich arrangierten."

„Das überrascht mich nicht. Ihr habt zugestimmt, an Jamison-Lewis verheiratet zu werden, obwohl Ihr Alec liebtet", sagte Emily heftig und zeigte zum ersten Mal, seit sie und Selina über die Hintertreppe in Selinas Zimmer geflüchtet waren, statt am späten Abendessen im Salon teilzunehmen, etwas Lebhaftigkeit. „Ich verstehe es einfach nicht!"

„Du weißt ebenso gut wie ich, dass Erbinnen sich ihre Ehemänner nicht aussuchen können, meine Liebe", sagte Selina sachlich. Sie hob eine Schulter und nahm es Emily zuliebe leicht. „Das Einzige, was für meine Eltern eine Rolle spielte, waren J-Ls Vorfahren; dass er der Enkel eines Herzogs und zwölftausend Pfund im Jahr wert war. Du hast wirklich Glück, dass Olivia dein Glück über alles andere stellen will."

„Ja. Ja, das tut sie, nicht wahr?", sagte Emily leise und spürte die Tränen hinter ihren Lidern. „Ich möchte, dass sie sich für mich freut."

„Aber dafür musst *du* glücklich sein", sagte Selina und berührte Emilys Wange mit ihrem Handrücken. „Bist du glücklich, Emily?"

Emily schüttelte den Kopf, als sie in ihre leere Tasse starrte. „Ich dachte, ich wäre es. Ich weiß, dass ich es war - gestern. Aber heute ... bin ich mir nicht so sicher.“

Selina stellte ihre Becher beiseite und kuschelte sich am Ende der Chaiselongue zusammen, um Emily ins Gesicht zu sehen, während ihre schwarzen Röcke sich wie eine Wolke um sie bauschten. „Dann darfst du nicht heiraten, bevor du nicht völlig zufrieden mit deiner Entscheidung bist.“

„Oh, aber ich kann die Hochzeit nicht verschieben. Großmama und Edward, unsere Freunde, aller erwarten, dass die Hochzeit stattfindet ...“

„Unsinn! Olivia hat dir das Geschenk gemacht, dass du die Wahl hast, und du musst es weise gebrauchen. Wenn du unglücklich bist, wenn du einen einzigen Zweifel an deiner Heirat mit Delvin hast, ist jetzt der Zeitpunkt, dieses Geschenk zu nutzen. Die Ehe deiner Mutter war eine Katastrophe; meine Ehe war eine Katastrophe. Aber für uns ist es einfach, den Ehrgeiz der Eltern zu tadeln. Du kannst jedoch niemand anderem die Schuld geben, wenn du eine unkluge Entscheidung triffst.“ Selina lächelte beruhigend. „Olivia hat dir ein Geschenk gemacht, aber dazu gehört auch sehr große Verantwortung.“

Emily schluckte. Sie hatte nie zuvor auf diese Art und Weise über ihre Entscheidung, den Edelmann ihrer Wahl zu heiraten, nachgedacht, und es schien die Last auf ihren schon beladenen Schultern noch zu vergrößern. Am Tag zuvor hätte sie Selinas Rat keinen zweiten Gedanken gewidmet, aber die schmutzige Szene zwischen Lord und Lady Gervais, deren Zeugin sie unfreiwillig geworden war, hatte das ihr Vertrauen in ihren Verlobten bis ins Mark erschüttert. Sie stand auf, schüttelte ihre Röcke aus und schaute auf die brennenden Scheite auf dem Kaminrost.

„Tante Charlotte sagt, es werde Großmama das Herz brechen, wenn ich Edward nicht heirate“, sagte sie kleinlaut. „Tante Charlotte sagt, meine Ehe mit Edward würde die Fehler meiner Mutter wieder-gutmachen.“

Selina unterbrach sie mit einem ungläubigen Schnauben. „Was für ein Mist! Charlottes Meinung über deine Mutter ist von ihrer Eifersucht zerfressen. Charlotte wurde von Beauly zugunsten deiner Mutter über-gangen; es gehört sich eigentlich nicht, dass eine jüngere Schwester heiratet, bevor nicht die älteste sicher unter der Haube ist. Macara machte ihr schließlich einen Antrag, weil er von deinen Großeltern bestochen wurde und es ihn nicht für einen Penny interessierte, wer seine legitimen Kinder gebar, solange die Mutter einen Stammbaum hatte. Damit konnte Charlotte bestens dienen und sie bescherte ihm einen Erben.“ Als Emily sich umwandte und Selina überrascht betrachtete, fügte sie hinzu: „Ich bin sicher, Olivia wird mir verzeihen, wenn ich dir erzähle, dass dein Onkel eine andere Familie hat. In der Tat hat er sein Haus zusammen mit seiner Frau zur linken Hand vor zwanzig Jahren eingerichtet, und sie hat ihm acht Bälger präsentiert. Jeder weiß von dieser anderen Familie, aber natürlich wird niemand sie in der guten Gesellschaft je erwähnen. Kannst du dich da über Charlottes Bitterkeit wundern, wenn sie die Fassade der zufrieden verheirateten Lady aufrechterhält und den Lebensstil deiner Mutter verurteilt, wenn doch Madeleine glücklicher mit ihrem italienischen Grafen verheiratet ist? Du würdest Olivia weit mehr verletzen, wenn du diese Ehe eingehst, wenn sie nicht das ist, was du wirklich willst.“

Emily seufzte. Ihr Kopf schmerzte und sie wandte sich stirnrunzelnd wieder den Flammen zu, weil sie entschlossen war, ihre letzten Zweifel auszuräumen. „Ist diese Frau - ist Lady Gervais Edwards Mätresse?“

„Das habe ich sagen hören.“

Emily nickte geistesabwesend, als ob sie über jemanden sprächen, mit dem sie nichts zu tun hatte, statt von ihrem Verlobten. „Danke, dass Ihr mir das gesagt habt. Ich wusste es nicht. Ich habe es heute Abend herausgefunden. Viele Adlige haben Mätressen und Frauen zur linken Hand, wie es scheint! Aber ...“

„... es ist etwas völlig anderes, wenn es der Mann ist, den man liebt, der eine andere mit seinen Aufmerksamkeiten überschüttet?“ Selina gesellte sich vor dem Feuer zu ihr und ergriff ihre Hände. „Glaube mir, Emily, das ist der größte Schmerz, den man zu ertragen haben kann. Wenn man jemanden so sehr liebt, dass es einen schmerzhaften Stich gibt und das Herz schmerzt, wenn er nur in eine andere Richtung schaut ...“

An der äußeren Tür klopfte es und sie hörten, wie Evans mit jemand anderem sprach, bevor sie in ihrer Tür erschien. Selina nickte ihrer Zofe zu und sagte leise zu Emily:

„Peeble ist hier, dich abzuholen. Sprich am Morgen mit Olivia. Ich weiß, dass du bei ihr viel Verständnis finden wirst, wenn du um eine Verschiebung des Termins bittest. Sechs Monate werden schnell vergehen. Delvin wird es verstehen, wenn er dich liebt ...“

„Und wenn er das nicht tut?“

Selina küsste ihre Stirn und umarmte sie. „Oh, ich bin sicher, dass er dich auf seine Art liebt, liebste Emily. Aber frage dich doch“, flüsterte sie in ihr Ohr, denn Peeble war hereingekommen und stand neben Evans unter der Tür, „ob du bereit bist, ihn zu teilen?“

„Armes verlorenes Schäfchen“, sagte Evans mit einem Seufzer, als die Tür sich hinter Peebles Rücken geschlossen hatte, doch unbewusst summte sie eine Melodie und ging wie auf Wolken. „Gezwungen, diesen Schürzenjäger zu heiraten, sollte mich nicht wundern."

„Nein, und du musst auch nicht lange suchen", sagte Selina und warf ihr einen misstrauischen Blick zu, als sie in ihr Schlafzimmer ging. „Er liegt hinter dem kleineren der drei Kissen", rief sie. „Und er muss nachgefüllt werden!"

Sie hörte, wie die Zofe in sich hinein brummte und lächelte leise, als sie begann, sich hinter dem kunstvoll geschnitzten Wandschirm in der Ecke des Zimmers auszuziehen. Evans folgte ihr bald und ihrem Gesichtsausdruck nach zu urteilen, wollte sie wegen des Flacons Schwierigkeiten machen, daher hielt Selina ihren Mund, bis sie für das Bett bereit war.

„Ich habe nicht getanzt, wenn es das ist, was du dich fragst", sagte sie mit einem weiteren Blick auf Evans, die Selinas Strümpfe mit leichtem Griff und einem kleinen Lächeln um ihren normalerweise ernsten Mund faltete. „Aber ich habe mich auch nicht gut benommen."

Das ließ die Zofe mit einem Gesicht voller Erwartung auf dem Fuße kehrt machen, während Selina durch den Raum zu dem kleinen Tisch am Fenster ging.

„Ich weiß, dass du nur an meine geistige Gesundheit denkst, aber es lohnt sich nicht, die Kontenbücher vor mir zu verstecken", mahnte Selina sie sanft. „Ich muss einen Eintrag nachprüfen. Ich habe mir den ganzen Abend den Kopf darüber zerbrochen. Evans?"

„Ich weiß. Ich habe es gesehen", gestand Evans, die vor Aufregung fast quietschte. „Wir haben Euch zusammen gesehen, durch das Fenster."

Selina hob ihren Kopf aus einer der Schubladen des Schreibsekretärs und runzelte die Stirn. „Uns gesehen? Durch das Fenster? Wir? Lieber Himmel!" Verräterisch errötend wandte sie sich ab. „Hast - hast du die Kontenbücher in eine der Kisten gelegt?"

Evans betrachtete sie mit einem dümmlichen, sentimentalen Lächeln. „Miss Peeble und ich haben einen Blick auf den Ballsaal von der Galerie gewagt, gerade, als der letzte Tanz zu Ende ging. Wir waren auf dem Weg auf das Dach mit den anderen oberen Bediensteten, um die Raketen anzusehen. Was für ein Schauspiel! So etwas habe ich noch nie zuvor gesehen."

Selina schloss den Deckel ihrer Reisekiste. „War es ein Schauspiel? Ich - ich fürchte, ich habe es verpasst. Sag mir, wo du die Kladden versteckt hast, Mary."

Evans sah zu Selina hinüber, wie sie dort in ihrem weißen Hemd und bloßen Füßen stand und dachte, wie absurd jung sie aussah, und in ihrer Kehle bildete sich ein Kloß. Sie konnte sich kaum davon abhalten, vor Freude ihre Arme um das Mädchen zu werfen; stattdessen schnüffelte sie und sagte schrill:

„Wenn Ihr wisst, was gut für Euch ist, werdet Ihr ihn kein zweites Mal gehen lassen!"

Selina unterdrückte ein Lächeln. „Dein Ratschlag wird zur Kenntnis genommen, Evans. Wo hast du nun die Kladden hingelegt?"

„Kladden? Sie waren hier auf dem Tisch, als ich fortging, um die Raketen anzusehen", sagte Evans, die zum Tisch hinüberging und eine Hand auf die Stelle legte, wo sie die drei Kontenbücher zuletzt gesehen hatte, als ob der körperliche Kontakt mit der hölzernen Oberfläche sie davon überzeugen würde, dass die Bücher tatsächlich verschwunden waren. „Ich erinnere mich genau daran, weil ich überlegte, sie wegzuräumen, aber dann kam Miss Peeble."

Selina setzte sich schwerfällig auf die Bettkante. „Aber wie hat er die Zeit gefunden, die Kladden zu stehlen, wenn er mit Emily und der Menge auf der Terrasse war und das Feuerwerk anschaute …?", fragte sie sich und sah zu Evans hinüber. „Du hast nicht heute einen Kreuzzug begonnen und die Zimmermädchen damit geärgert, dass sie das Bett richten sollten, oder?"

Evans war beleidigt. „Ich bitte um Verzeihung, Ma'am?"

Selina lächelte und hüpfte vom Bett, so dass sie die Kissen beiseiteschieben konnte, die an dem geschnitzten Kopfteil lehnten.

„Dann muss ich dich um Verzeihung bitten, Evans."

Sie warf ihre langen Locken über eine Schulter zurück, steckte eine Hand in den schmalen Spalt zwischen der Matratze und dem Kopfteil und zog mühevoll ein dickes, in einen Kopfkissenbezug gehülltes Paket heraus. Das legte sie auf den Bettüberwurf. Aus dem Kopfkissenbezug holte sie eine der drei Kladden, die auf dem Tisch gelegen hatten.

„Er hält sich für sehr klug, aber zum Glück habe ich ihn überlistet", sagte sie mit einem tiefen Seufzer der Befriedigung. „Morgen will ich es beweisen." Sie legte die Kladde unter die Decken und stieg ins Bett. „Evans, du magst denken, was du willst, aber *M'sieur Livre de Comptes* und ich werden die Nacht zusammen verbringen. Und am Morgen brauchen wir eine ungestörte Stunde. Gute Nacht."

Evans sagte nichts. Für sich war sie der Meinung, dass, je eher ihr liebes Mädchen wieder heiratete, desto schneller sie sich diesen mathematischen Unsinn aus dem Kopf schlagen würde. Sie löschte die Kerze aus und ging hinaus, wobei sie sich im Kopf notierte, den silbernen Flacon mit Zitronenwasser zu füllen.

ZWÖLF

„VIELLEICHT WERDE ICH DEIN ANGEBOT VON EIN PAAR WOCHEN in der Wildnis der Mendips annehmen", sagte Sir Cosmo düster, als er Selinas kleines Wohnzimmer neben ihrem Schlafgemach betrat.

Er sah ihr Frühstückstablett und wollte sich zur Chaiselongue vor dem Feuer begeben, aber Selina verschwand in ihrem Schlafzimmer und rief ihm zu, hinüber zu kommen. Vorsichtig folgte er ihr, bewusst, dass die unvermeidliche Evans irgendwo in einem Schrank lauern musste und es nicht anginge, im Schlafzimmer ihrer Herrin entdeckt zu werden. Bei einer öffentlichen Toilette mit herumschwirrenden Zofen und Besuchern zugegen zu sein, während Madam an ihrem Toilettentisch saß und frisiert wurde, war eines, aber allein im Schlafzimmer einer Dame zu sein, während diese lediglich mit Hemd und Morgenmantel bekleidet und - er hätte fast nach Luft geschnappt - barfuß war, war doch einen Hauch zu vertraulich. Dennoch gehorchte er und stellte sich neben Selina an den kleinen Tisch vor ihrem Fenster.

„Schluchten, Wasserfälle und Kalkstein", fügte er hinzu und schauderte; er fühlte sich nach der vergangenen Nacht noch immer angegriffen. „Aber dort werden glücklicherweise keine weiteren Leichen herumliegen, über die man stolpern könnte ..."

Selina hatte die Kladde aus dem Bett geholt, wo sie unter dem Kissen gelegen hatte und öffnete sie auf dem kleinen Tisch am Fenster.

„Tremarton hat es nicht geschafft, etwas zu dir zu sagen, nicht wahr?", fragte sie beiläufig und blätterte in den Seiten, die mit Reihen um Reihen in sauberer, schwerer Handschrift eingetragenen Zahlen gefüllt waren.

Sir Cosmo schüttelte den Kopf und spähte über ihre Schulter. „Nichts. Der Schock, schätze ich. Ein Loch in der Seite und überall Blut."

Sie runzelte nachdenklich die Stirn. „Was für eine Schande. Simon Tremarton war ein opportunistisches Wiesel, aber ein gewaltsames Ende hatte er nicht verdient." Sie zupfte Sir Cosmo an seinem seidenen Ärmel, damit er sich direkt neben sie stellte und deutete dann auf eine Reihe gekritzelter Notizen, die am linken Rand gemacht worden waren. „Siehst du das hier? Ich habe mir den Kopf darüber zerbrochen. Bei den meisten Zahlungen ändern sich die Beträge, was man bei Dingen wie Lebensmitteln, Wachs, Kohlen und was noch immer erwarten würde, aber zwei Zahlungen sind im Termin und Betrag immer gleich. Und was noch rätselhafter ist, alle eingehenden Gelder sind mit den Initialen GC gekennzeichnet und entsprechen einem identischen Betrag, der dem Kontobuch des Landsitzes entnommen, aber nicht notiert wurde. Ich bin überrascht, dass Andrews nie nachgefragt hat; aber vielleicht hat er das doch und J-L hat ihn mit einer Erklärung abgespeist?

„Die regelmäßigen monatlichen Ausgaben sind ebenfalls verzeichnet, aber eine ist rätselhafter als die andere. Die erste ist mit LJG gekennzeichnet; die zweite nur mit dem Buchstaben D. Bei der ersten habe ich keine Ahnung, an wen oder was, aber bei der zweiten kann ich recht gut raten."

Sir Cosmo, der keinen Kopf für Zahlen besaß, hatte keine Vorstellung, wovon sie sie sprach. „Mit J-Ls Verwalter darüber gesprochen?", fragte er.

„Andrews?" Selina wirkte verächtlich. „Er hatte keine Ahnung, dass diese Kladde existiert. Es scheint, dass J-L erhebliche Geldbeträge aus dem Landsitz herauszog und dann insgesamt auf dieses Konto übertrug. Nun, er war so wohlhabend, dass er es sich leisten konnte, Säcke voll Geld abzuschöpfen, ohne dass es unser alltägliches Leben wirklich beeinträchtigte, nicht wahr? Ich schätze, dass das der Grund ist, warum Andrews nie viel Aufhebens machte." Selina blätterte einige Seiten durch und hielt bei einem zufällig ausgewählten Monat an. „Sieh hier. Im März, im April und Mai geschieht das Gleiche. Das Geld, das J-L auf dieses Konto einzahlte, ist genau eingetragen, ebenso wie die gewöhnlichen Ausgaben für Lebensmittel, Kohle und so weiter, aber ich habe keine Ahnung, warum er es für notwendig hielt, es auf dieses geheime Konto umzuleiten. Und wer oder was bekam den monatlichen Stapel von Rechnungen?"

„Wie bist du an diese Kladde gekommen, wenn Andrews nichts davon wusste?"

Selina schloss das Kontobuch. „Sie lag offen auf J-Ls Schreibtisch an dem Morgen, an dem er tot im Wald gefunden worden war."

Sir Cosmos Mund verzog sich nachdenklich. „Seltsam."

„Seltsam?"

„Seltsam, dass er eine Kladde, die er offensichtlich vor seinem Verwalter geheim hielt, offen auf seinem Schreibtisch liegen gelassen haben und zum Jagen ausgegangen sein soll. Man möchte meinen, dass er sie in Sicherheit gebracht hätte, bevor er losging."

„Er könnte vorgehabt haben, wieder dazu zurückzukehren. Es war nicht Andrews' Tag. Es war unwahrscheinlich, dass jemand das Arbeitszimmer betreten würde. Vielleicht ging er in den Wald, um seinen Kopf frei zu bekommen, bevor er zurückkäme, um die Rechenarbeiten abzuschließen?"

Sir Cosmo rieb sein glattrasiertes Kinn. Er war nicht überzeugt. „Seinen Kopf freizukriegen? Er hat sich eine Kugel in den Kopf gejagt, mein liebes Mädchen. Warum sollte die Kladde überhaupt offen daliegen? War es wichtiger, zu versuchen die Konten abzuschließen, als eine Nachricht zu hinterlassen, bevor er sich in den Kopf schoss?"

„Ich frage mich, wofür die Buchstaben GC standen?", murmelte Selina und ignorierte die Ungläubigkeit ihres Freundes. „Diese Kladde hat nichts mit seinem Interesse an Pferderennen oder Glücksspiel oder Zahlungen von Schuldscheinen in seinem Club zu tun. Andrews kümmerte sich darum, und ich habe die Konten geprüft. Sie sind alle korrekt verbucht. Aber wenn man diese Kladde prüft, könnte man fast annehmen, dass J-L eine separate, geheime Einrichtung unterhielt, als ob er eine Mätresse ausgehalten hätte. Aber da wir wissen, dass das nicht der Fall war ..."

„Da wäre der Ganymed-Club", schlug Sir Cosmo leichthin vor. „Die Initialen passen." Als Selina ihn verständnislos anschaute, schluckte er. „Ach. Du weißt also nichts davon?"

Er holte tief Luft. Warum blieb es ihm überlassen, den ganzen Schmutz auszubreiten? Erst Alec wegen J-L, und jetzt Selina mit dem schmutzigen zweiten Leben ihres Mannes. Er verfluchte seine Neigung, sich in solche Klemmen zu bringen. Er drückte sein Kinn in den hohen Kragen seines gestreiften, seidenen Morgenmantels und sagte knapp:

„Männerbordell über einem Apothekerladen in der Fleet Street. Tremarton war ein *habitué*; und, wie es scheint, Jack auch. Kann mir nicht vorstellen, warum irgendein Gentleman mit Selbstachtung sich für kleine Jungen ..."

„Kleine *Jungen*?" Sie brachte das Wort kaum heraus.

Sir Cosmo hob die Hände. „Nein! Nein! Keine kleinen Jungen. Nein. Jünglinge.“

„Jungen? Jünglinge? Beide minderjährig und von Männern von Vermögen und Stand missbraucht. Wo ist da noch ein Unterschied?“, antwortete Selina in gequältem Flüsterton. Sie lehnte an dem Tisch und sah so blass aus, dass Sir Cosmo sich fragte, ob sie in Ohnmacht fallen würde. Doch ihre Stimme schwankte nicht, als sie sich an den Tisch klammerte und ihren Blick fest auf das Gesicht ihres Freundes richtete. „Du wusstest von diesem Männerbordell, diesem Ganymed-Club?“

„Ich habe selbst erst jetzt von diesem Ort erfahren“, erklärte Sir Cosmo und folgte ihr ins Wohnzimmer. „Glaube mir, Selina. Hätte ich es gewusst ...“

„Hättest du es gewusst, was dann, Cosmo?“, fragte Selina zornig und warf die Kladde auf die Chaiselongue, bevor sie sich darauf fallen ließ. „Du hättest seine Existenz einfach ignoriert, so, wie offensichtlich jeder andere es tat, genauso, wie ein Auge zugedrückt wurde, wenn J-L seine Frau schlug. Solange der Ehrenwerte George Jamison-Lewis in der Öffentlichkeit den Herzogsenkel spielte, als beliebter Kumpan bei White's und in Newmarket auftauchte, seine Ehefrau in Salons und bei Bällen vorführte, ihre blauen Flecken sorgfältig verdeckt, wollte man über das, was er im Privaten tat, lieber nicht nachdenken.“ Sie strich mit den kalten Händen über ihr Gesicht, ihre Kehle war so trocken, dass das Schlucken schmerzte. „Hat niemand J-L wegen dieses Ganymed-Clubs zur Rede gestellt?“

Sir Cosmo beugte seine wattierten Schultern vor und konnte ihr nicht ins Gesicht schauen.

„Anzunehmen, dass nicht. Ich hatte bis gestern keine Ahnung von der Existenz dieses Clubs. Und offensichtlich waren die, die es wussten, Kunden dort. Wir sind alle der Heuchelei schuldig, Selina. Einige von uns hätten es vermutlich nicht geglaubt, wenn George es auch in die Welt hinausposaunt hätte. Nicht das, was du von einem Mann glauben möchtest, der zu deinem Club gehört.“ Er seufzte und legte die Kladde auf den Tisch mit dem Frühstück, damit er sich neben sie setzen konnte. „Verzeih mir, meine Liebe, dass ich dich nicht rettete ... Dass ich nicht Manns genug war, mich George entgegenzustellen ... Dass ...“

„Um Himmels willen, Cosmo!“, rief sie ungeduldig aus, um ihre Verlegenheit angesichts seines reuevollen Blicks zu verbergen. „Es gab nichts, das du hättest tun können! Du weißt ebenso gut wie ich, dass es das Recht des Ehemannes ist, seine Frau zu schlagen. Außerdem hätte George dich umgebracht. Er hatte kein Gewissen, und wenn du dich gegen ihn gestellt hättest, um dich als Mann zu fühlen, hätte das nichts genutzt. Ich hätte einen meiner liebsten Freunde verloren! So, wie wir Jack verloren haben, und das ist fast zu viel, als dass wir beide es ertragen können. Hier", sagte sie und drückte ihm die Kanne mit der Schokolade in die Hand, „mach dich nützlich und gieße uns jedem einen Becher ein, während ich noch einen Blick auf die Einträge in diesem Kontenbuch werfe." Sie balancierte das Buch auf ihren Knien. „Wenn wir annehmen, dass du recht damit hast, dass GC für Ganymede-Club steht, dann scheint es mir, als ob J-L ihn als sein eigenes, privates Männerbordell geführt hätte. Und eine ziemlich teure Einrichtung, in Anbetracht der Beträge, die auf diesem Konto eingezahlt wurden. Aber was ich nicht verstehe, sind die notierten Ausgaben ..."

„Muss schon einiges gekostet haben, so ein Etablissement zu führen", merkte Sir Cosmo bescheiden an, als er ihr den vollen Becher reichte. Und dann hatte er einen Geistesblitz und schluckte eilig einen Mundvoll warmer Schokolade hinunter. „Und wenn du darüber nachdenkst, Bordelle können ihre Türen nur durch die stillschweigende Mitwisserschaft der örtlichen Behörden offenhalten: man muss Ladenbesitzer, Büttel und den Gemeindevorstand bestechen. Sie alle halten die Hand auf, um ihren Anteil am Gewinn zu kassieren, damit sie Augen und Ohren gegenüber den Machenschaften des Adels verschließen."

Selina war keineswegs überrascht. Sie kniff die Augen zusammen. „Dann ist es sehr wahrscheinlich, dass der Buchstabe D für Delvin steht ..."

„Delvin? *Was?*" Sir Cosmos drehte sich bei dem Gedanken der Kopf. „Bei Gott, Selina! Delvin würde einem Männerbordell nicht auf zehn Fuß nahekommen!"

Selina wirkte selbstgefällig. „Das müsste er nicht. Nicht, um nur sein Geld zu bekommen."

Sir Cosmo stellte seinen Becher mit Schokolade mit unsicherer Hand ab. „Du glaubst, Ned hat J-L erpresst?"

„Er war äußerst an J-Ls Kontenbüchern interessiert, als er mir neulich Abend seine Gegenwart aufzwang. Konnte die Augen gar nicht davon abwenden. Und jetzt sind diese drei Kladden verschwunden."

„Aber J-L erpressen?" Sir Cosmo erschauerte. „Es ist nicht so, dass ich Ned dessen nicht für fähig halte - nach allem, was er Jack angetan hat und seinem widerlichen Benehmen Alec gegenüber an diesem Wochenende - nur, J-L zu erpressen ... Himmel, Ned muss verrückt gewesen sein!"

„Es ist eine schmale Grenze zwischen Furchtlosigkeit und Wahnsinn, Cosmo", sagte Selina mit einem Lächeln. „Außerdem konnte J-L sich die Zahlungen leisten. Die Frage ist, warum brauchte Delvin das Geld?"

„Was ist mit den anderen Initialen, die in der Kladde erwähnt werden? Vielleicht ist dieser andere unbekannte Erpresser derjenige, der die Kladden gestohlen hat?"

Selina nahm einen Schluck von ihrer Schokolade und zog ihren seidenen Morgenmantel enger um ihre Schultern. „Dann musst du davon ausgehen, dass wir *zwei* Erpresser hier im Haus haben."

„Himmel. Daran habe ich nie gedacht!"

„Ich lasse mich gerne berichtigen", fügte Selina hinzu. „*Drei* Erpresser. Allerdings, da der dritte der kürzlich verschiedene Mr. Tremarton war, zählt er doch kaum, nicht wahr? Du scheinst sicher zu sein, dass Delvin Simon erschoss. Genauso, wie er eiskalt und herzlos Jack ermordet hat, und all das, weil Tremarton drohte, unseren lieben Earl mit einem Brief, den er nicht hatte und der tatsächlich nicht einmal existiert, als Betrüger zu entlarven. Aber das ist kein besonders überzeugendes Argument, nicht wahr, Cosmo?"

„Es scheint, dass du nicht an die Existenz von Lady Margarets Brief glaubst", erwiderte er, von ihrer Skepsis etwas verletzt. „Ich muss dich nicht daran erinnern, meine Liebe, dass du geholfen hast, dieses Gerücht wie einen Lauffeuer zu verbreiten."

„Mit Vergnügen. Aber ich muss nicht glauben, dass ein solcher Brief existiert, um das zu tun." Sie lächelte mutwillig. „Ich verbreite gerne jedes skurrile Gerücht über Delvin, wenn es hilft, seinen Glanz zu trüben. Der Mann hat sein Geburtsrecht nicht verdient."

„Aber genau das ist es ja!", widersprach Sir Cosmo und seine Augen hellten sich auf. „Ned ist sein Geburtsrecht nicht wert, weil es ihm gar nicht zusteht. Ich glaube, dass Jack die Wahrheit über Ned und Alec entdeckte und Ned mit Entlarvung drohte. Vielleicht benutzte Jack den Brief, um Delvins Erpressung gegen J-L abzuwehren? Jack hat wahrscheinlich mit Tremarton über den Brief gesprochen, oder ihn ihm gezeigt. Er könnte ihm dem Mann zur Aufbewahrung gegeben haben, und als Jack dann starb, versuchte Tremarton den Brief für seine eigenen Zwecke zu nutzen. Er hatte nichts zu verlieren."

„Außer seinem Leben. Dummer Mann! Cosmo ... Hast du irgendetwas hiervon Alec gegenüber erwähnt?"

„Eingehend diskutiert", war Sir Cosmos selbstgefällige Antwort. „Natürlich ist Alec nicht davon überzeugt, dass seine Mama etwas schriftlich festgehalten haben würde, was für ihren Ruf so schädlich gewesen wäre. Aber Eines sage ich dir, mein liebes Mädchen, dein Bothwell weiß, dass sein Bruder ein Hochstapler ist."

Sir Cosmos Ernst glättete Selinas Stirnrunzeln nicht.

„Wenn das so ist, weiß auch Plantagenet Halsey es, und wenn er es

weiß, warum hat dann er, der Verfechter von Gerechtigkeit und Wahrheit in allen Lebenslagen, es nicht für angebracht gehalten, seinen
Neffen, den Earl, als Betrüger zu entlarven? Und erzähle mir nicht, dass
der Onkel seinen Mund geschlossen halten würde, um einen Skandal in
der Familie zu vermeiden; er ist kein Heuchler."

Sir Cosmo sah weiter selbstzufrieden aus, was Selina nur enervierte.

„Ah, und hier kann ich dich verblüffen, meine Liebe", sagte er.
„Plantagenet Halsey betrachtet die Leistungen eines Mannes im Leben,
das, was er selbst erreicht hat, als wertvoller denn, sagen wir, den bloßen
Titel eines Earls."

„Oh, das weiß ich", sagte Selina wegwerfend. „Aber es erklärt nicht
die Weigerung des alten Mannes, ein Unrecht zu beseitigen."

„Nun, da ist die Tatsache, dass Alec kein Earl sein möchte."

Das übte eine sofortige Wirkung auf Selina aus, deren Verärgerung
sich in Zorn wandelte.

„Wie ähnlich es ihm sieht, etwas abzulehnen, was ihm rechtmäßig
zusteht, nur irgendwelcher dummen Vorurteile wegen, die dieser
dumme, alte Narr ihm eingetrichtert hat!" Sie warf mit einem Kissen
nach Sir Cosmo, der sie angrinste. „Ich verstehe nicht, was daran dich so
schrecklich amüsiert, Cosmo!"

Sir Cosmo lachte leise. „Der Wert unseres republikanischen
Freundes steigt und fällt mir der Flut deiner Gefühle, meine Liebe."

„Es besteht die Möglichkeit, dass Plantagenet Halsey sich nicht für
Alecs Sache einsetzte, weil er alles über den Ehebruch der Gräfin Delvin
wusste, und obwohl Alec rechtlich gesehen der älteste Sohn ist, er doch
nicht seines Vaters Sohn ist und daher keinen Anspruch auf den Titel
des Earls hätte."

„Was soll das heißen?"

„Dass Alec der Erstgeborene seiner Mutter sein mag, aber dass ihn
das nicht notwendigerweise zum erstgeborenen Sohn des Earls macht.
Wenn das der Fall ist, könnte Plantagenet Halsey nicht guten Gewissens
Alecs Anspruch unterstützen, wenn in Wahrheit Delvin der rechtmäßige
Erbe des Earls ist. Hast du nicht an diese Möglichkeit gedacht, Cosmo?"

„Nein", antwortete Sir Cosmo mürrisch und verschlang ein
Hefebrötchen mit zwei Bissen, wonach er in einem gezwungenen, desin-
teressierten Tonfall hinzufügte: „Du willst ihn doch auf jeden Fall haben,
nicht wahr?"

„Zwischen uns ist nichts geklärt."

„Ich hätte gedacht, seine Erklärung auf dem Balkon gestern wäre
deutlich genug gewesen ...?"

Selina drehte ihr Gesicht zum Fenster, aber nicht, bevor Sir Cosmo nicht ihr rasches Erröten bemerkte. Er seufzte tief.

„Es verletzt mich, aber ich werde es überleben, meine Liebe. Aber erwarte nicht, dass ich zu deiner Hochzeit komme. Ich werde schwindsüchtig werden und in Bath oder einem solchen Ort zur Kur für Kranke und geistig Verletzte gehen."

Sie lachte, sagte aber völlig ernst: „Nun, dann können wir zusammen dort Wasser trinken, weil ich beabsichtige, Witwe zu bleiben."

„Ich kann deine Vorbehalte gegen den Ehestand gut verstehen, aber wir sprechen hier über Alec. Eine Ehe mit ihm wäre eine völlig andere Aussicht als deine erste."

„Ja. Aber zum ersten Mal in meinem Leben habe ich meine Freiheit und ich kann mir nicht vorstellen, sie so bald wieder aufzugeben ..."

Sir Cosmo schürzte seine Lippen und schüttelte den Kopf. „Er wird es nicht verstehen, weiß du. Er mag in den Kreisen ausländischer Höfe ein wenig den Ruf haben, ein Wüstling zu sein, aber wenn er erst einmal verheiratet wäre, würde er völlig Hingabe bieten und auch verlangen; das ist seine Natur." Er tippte ihr auf die Wange. „Sei vorsichtig, meine Liebe. Alec wird sich nicht mit weniger begnügen. Er hat Skrupel - die Erziehung seines Onkels, fürchte ich. Und er wird dich nicht zu seiner Geliebten machen, wenn es das ist, woran du denkst. Du musst dich an seine Regeln halten oder du riskierst, ihn zu verlieren ... diesmal vielleicht für immer."

„Hier seid Ihr!", blaffte Lord Gervais Plantagenet Halsey an, als er den Frühstücksraum betrat, der Earl von Delvin nur zwei Schritte hinter ihm. „Seid so gut, die Tür zu schließen, Mylord", sagte er zum Earl und warf Sir Cosmo einen Blick zu. „Ihr seid auch hier, Mahon? Sehr gut. Darüber bin ich froh. Sollte dieser - *Gentleman* nicht bereit zu einer Zusammenarbeit sein, dann vielleicht Ihr!"

Lord Gervais' gesamtes Verhalten brachte Sir Cosmo sofort gegen ihn auf. Er runzelte die Stirn und sah den Earl an, der nur die Schultern hob und seine Schnupftabakdose herausnahm.

„Was soll dieses Eindringen, Gervais?", fragte Sir Cosmo.

„Das mögt Ihr wohl fragen!", sagte Lord Gervais und blies seine Wangen auf.

„Er fragt ja", witzelte der alte Mann und spießte den Bückling auf seinem Teller auf.

„Onkel, du wirst nicht mehr so abfällig reden, wenn du hörst, was Gervais zu sagen hat", bemerkte der Earl ruhig.

Plantagenet Halsey aß den Bückling. „Nein? Dann erzählt. Ihr seid gekommen, um mich zu verhaften?"

Sir Cosmo streckte seine Hand nach ihm aus. „Sir! Macht doch bitte nicht einmal Witze über so etwas."

„Wo ist Euer Neffe, Sir?", verlangte Sir Gervais zu wissen.

Plantagenet Halsey legte Messer und Gabel hin. „Steht hinter Euch."

Lord Gervais' Gesicht lief feuerrot an. Sir Cosmo lachte unfreiwillig auf. Der Earl verdrehte die Augen.

„Wo ist Mr. Alec Halsey, wenn Ihr erlaubt?", sagte Lord Gervais in einer Stimme, die fast überkippte.

„Wie soll ich das wissen", sagte der alte Mann achselzuckend. „Er macht es sich nicht zur Gewohnheit, mir zu erzählen, wo er sich aufhält. Und das ist auch ganz richtig so."

„Sir, wenn Ihr meine Bemühungen in dieser Sache vereitelt, werde ich keine andere Wahl haben, als Euch wegen Mittäterschaft zu verhaften! Ihr werdet meine Fragen beantworten, und sie wahrheitsgemäß beantworten!"

„Werde ich das?"

Delvin schaute böse. „Ich rate Euch, ihm zu antworten, Onkel."

„Und wann hätte ich je deinen Rat befolgt?", zischte Plantagenet Halsey.

Lord Gervais blies seine Wangen nur noch weiter auf. „Sir—"

Sir Cosmo hüstelte in seine Faust und unterbrach sie. „Darf ich eine Frage stellen?"

Alle drei Gentlemen schauten ihn an.

„Warum wollt Ihr erfahren, wo Alec sich aufhält?"

„Weil, Mahon", sagte Lord Gervais mit einem Ton, der einen Hauch von Triumph nicht verbergen konnte, „er wegen Mordes an Simon Tremarton gesucht wird!"

Lord Gervais' Ankündigung erzielte nicht die gewünschte Wirkung. Kaum waren die Worte aus seinem Mund gedrungen, als Plantagenet Halsey ihm ins Gesicht lachte. Es war ein aus dem Bauch kommendes, herzliches Lachen, das die Röte auf den Wangen des Richters nur vertiefte. Als er sich von dem ersten Schock einer solchen Anschuldigung erholt hatte, lachte auch Sir Cosmo. Sein Bemühen war jedoch eher ein Kichern, und er tat nichts, um den absurden Ton zu ersticken. Lord Gervais blieb ruhig. Er verlangte Gehör, aber sein Publikum starrte ihn - mit einer Ausnahme - an, als wäre er tobsüchtig geworden. Er sah den Earl ratsuchend an. Der Earl war ihm keine Hilfe. Er hatte sich auf den Fenstersitz gesetzt und schaute zur Terrasse hinaus.

„Ich verstehe nicht ...", stotterte seine Lordschaft.

„... wie Ihr Richter werden konntet!", spottete Plantagenet Halsey.

Sir Cosmo lächelte den alten Mann an und formte mit seinem Mund das Wort „Clown", während er Schnupftabak nahm.

„Ihr könnt über mich denken, was Ihr wollt, Sir", sagte Lord Gervais, der heftig durch die Nase einatmete. „Ich habe gegen Alec Halsey eine Anklage wegen Mordes an Simon Tremarton vorliegen und ich beabsichtige, dafür zu sorgen, dass er sich der Anklage stellt."

„Totaler Unfug! Ich weiß nicht, warum ich noch immer hier stehe und diesem Mist zuhöre!", höhnte der alte Mann. „Angeklagt von wem? Alec war nicht in der Nähe des Gartens, als es geschah. Er war mit uns anderen auf der Terrasse, von einem halben Dutzend bloßer Brüste umringt, sollte mich nicht wundern!"

Sir Cosmo riss seine Augen weit auf und er schüttelte langsam seinen Kopf in Richtung des alten Mannes, der ihn anschielte.

Zu beider Glück hatte Lord Gervais Sir Cosmo den Rücken zugedreht, als er sagte: „Da mag er gewesen sein, aber er muss sich trotzdem der Anklage stellen. So ist das Gesetz, Sir."

„Tatsächlich? Nun, das ist ein verdammt dummes Gesetz! Alec anzuklagen, wirklich!" Der alte Mann fixierte den Earl mit einem flammenden Blick. „Was hast du zu alldem zu sagen, he?"

Der Earl drehte seinen gepuderten Kopf, um ihn anzusehen. „Ich? Absolut gar nichts. Wie Lord Gervais dir sagte, der Zweite muss sich der Anklage stellen. Wenn er unschuldig ist, braucht er das nur zu sagen. Ich bin sicher, dass es ein halbes Dutzend - äh - bloßer Brüste geben dürfte, die den Ort seines Aufenthalts bestätigen können. Vielleicht sogar du selbst und - Cosmo?" Als sein Onkel sofort unbehaglich aussah, lächelte der Earl leicht. „Du kannst es nicht bestätigen, Onkel? Zu schade. Ein so hervorragendes Mitglied der Gesellschaft wie du selbst würde einen ausgezeichneten Zeugen für die Verteidigung abgeben."

Sir Cosmo blinzelte. „Das kann nicht dein Ernst sein, Ned! Du kannst nicht wirklich glauben, dass an dieser Beschuldigung irgendetwas dran ist?"

„Ich weiß nicht, was ich glauben soll, Cosmo. Traurig, nicht wahr?"

„Aber welchen Grund auf Erden könnte Alec haben zu wünschen, dass ...?" Sir Cosmo unterbrach sich und erlitt einen wenig überzeugenden Hustenanfall.

„Ja, Cosmo?", drängte der Earl aalglatt.

„Wer hat diese Anklage erhoben?", verlangte Plantagenet Halsey zu wissen.

„Du dachtest, ich wäre es gewesen?" Der Earl wirkte erstaunt. „Komm schon, Onkel. Das Letzte, was ich genieße, ist ein Skandal in der Familie."

„Es sei denn, dass du ihn selbst verursachst!"

Der Earl lachte höhnisch. „Wie gut du mich kennst."

„Gentlemen! „Gentlemen! Ich - bitte - Euch!", blaffte Lord Gervais. „Nun, Mr. Halsey, werdet Ihr mir mitteilen, wo Euer Neffe sich aufhält."

„Schert Euch zur Hölle!", explodierte der alte Mann und stürmte, die Tür hinter sich zuknallend, aus dem Frühstückszimmer.

In der folgenden Stille klappte Sir Cosmo seine Schnupftabakdose zu, neigte, während er den Richter ignorierte, leicht das Haupt vor dem Earl und folgte Plantagenet Halsey aus dem Raum.

Lordrichter Gervais blickte hilflos zum Earl hinüber.

„Ich habe Euch gewarnt", sagte Delvin ruhig.

Lord Gervais lockerte sein Halstuch mit einem gekrümmten Finger. Er war noch nie mit solcher Verachtung behandelt worden. Er war an Respekt gewöhnt, Respekt für seinen Stand, wenn nicht für seine Person, und jetzt durchbrach Zorn seine Verlegenheit. „Euer Onkel ist eine Bedrohung für die Gesellschaft! Ich habe nicht übel Lust, ihn einzusperren!"

Der Earl seufzte. „Einen alten Mann einzusperren würde das vorliegende Problem nicht lösen."

„Die Anklage wird halten. Ihr werdet schon sehen."

„Wird sie das?" Der Earl wirkte skeptisch und tauchte gemächlich einen Finger in seine Schnupftabakdose. „Ihr hättet den Zweiten in der letzten Nacht verhaften sollen, als Ihr die Gelegenheit dazu hattet."

„Ohne die Macht, den Anklagevorwurf zu untermauern? Haltet Ihr mir für einen Narren, Mylord? Ich muss das Eintreffen der Bow-Street-Männer abwarten."

Delvin schnupfte eine reichliche Prise Schnupftabak. „Aber werden sie tun, was Ihr wollt?"

„Jawohl. Männer, die mir ihre Stellung verdanken. Es wird keine abweichende Meinung geben."

Der Earl strahlte. „Ausgezeichnet! Ihr habt dergleichen schon früher getan, wie ich sehe."

Lord Gervais betrachtete ihn unmutig. „Und Ihr wisst es, Mylord."

Das Lächeln des Earls wurde breiter, aber der Glanz in seinen blauen Augen war eisig. „Ich werde wohl kaum eine Feigheit vergessen, die mein Einkommen erheblich verringert hat."

„Was zur Hölle wolltet Ihr, was ich tun sollte, nachdem die Spiel-hölle nur ein Deckmantel für ein viel finstereres Unternehmen war?"

Delvin täuschte Überraschung vor. „Wirklich, Gervais, Ihr hattet keine Ahnung, dass in den Räumen über dem Apothekerladen ein Männerbordell untergebracht war?"

„Die beiden Stockwerke waren als Spiellokal vermietet. Erst als mir von einem Herrn des Hochadels, der auf meinem Eingreifen bestand, Informationen vorgelegt wurden, wurde ich gänzlich über die tatsächliche Lage informiert."

„Lügner", sagte Delvin sehr leise. „Zwei Jahre lang habt ihr vor dem Treiben eines Männerbordells die Augen verschlossen und wurdet für solche selektive Blindheit reichlich bezahlt. Und mir wurde von unserem wohlhabenden und sehr perversen gemeinsamen Bekannten das Kontenbuch gezeigt, das sowohl Euch wie mich mit hineinzieht."

Gervais war sein Unbehagen anzusehen. „Ihr könnt doch nicht wirklich erwartet haben, dass ich, ein angesehener Richter, Lord Belsays Informationen nicht beachte? Das wäre mein Ruin gewesen; so wie der Eure, Mylord. Schuld durch Mitwisserschaft. Und Ihr wisst es, denn Ihr habt wegen genau dieser Sache ein Duell mit seiner Lordschaft ausgefochten."

Der Earl musterte mit höhnischem Gesichtsausdruck den bleichen Richter von oben bis unten. „Was weiß der Enkel eines Schlachters schon über Duelle? Belsay wollte, dass das Bordell geschlossen werden sollte, um seinem Liebhaber eine Lektion zu erteilen und weil er in Euren glattzüngigen Schwager verknallt war. Glaubt Ihr, dass es mich einen feuchten Kehricht gekümmert hätte, wenn es öffentlich bekannt geworden wäre, dass meine Mätresse das Hurenweib eines korrupten Richters ist, der seine Hand für eine Beteiligung an dem schändlichen Gewinn aus einem Männerbordell aufhält? *Wie töricht könnt Ihr sein.*"

Lord Gervais trat auf ihn zu, kochend vor Wut. „Nehmt Euch in Acht, Mylord, oder ich werde ..."

„Was?", spottete der Earl und sprang mit einem Schritt vom Fenstersitz herunter. Er bürstete Staub von einer bestickten Manschette. „Ich bin jetzt im Besitz dieser Kladde und es wird langsam Zeit, dass Ihr für diesen juristischen Fehlgriff bezahlt. Und ich erwarte, dass der Zweite bis zum Diner in Gewahrsam ist."

„Delvin!"

Der Earl blieb bei der Tür stehen, sagte aber nichts.

„Sie - Cynthia könnte ihre Geschichte ändern, wenn das Laudanum erst einmal ..."

„Das wird sie nicht."

„Es war ein großer Schock", fuhr der Richter kleinlaut fort, aller Kampfgeist war aus ihm gewichen. „Er war wertloser Abschaum, aber er war ihr Bruder."

„Grund genug, seinen Mörder ergreifen zu wollen", antwortete der Earl und ließ Lord Gervais allein in der Mitte des Zimmers stehen, wo er einige Sekunden lang blieb, um sich selbst davon zu überzeugen, dass es im besten Interesse aller wäre, Alec Halsey wegen Mordes zu verhaften.

Energisch stampfte er aus dem Raum, mehr denn je entschlossen, seinen Plan zu verfolgen, und stieß im Flur mit Emily St. Neots zusammen. Eigentlich stieß sie mit ihm zusammen. Sie war auf der Suche nach dem Earl. In dem folgenden Durcheinander ließ sie ihren Strohhut fallen. Lord Gervais fing ihn auf.

„Vielen Dank", sagte sie etwas atemlos. „Wie unachtsam von mir! Habt - habt Ihr Lord Delvin gesehen, Sir?"

„Er ist im Garten. Ihr müsst vorsichtiger sein, Miss Emily", sagte er stumpfsinnig und hielt noch immer ihren Hut in den Händen.

„Ja, das muss ich", antwortete sie und verspürte eine plötzliche Welle von Verlegenheit, als sie sich an sein Benehmen im Ballsaal in der vergangenen Nacht erinnerte. „Wie - wie geht es Lady Gervais? Ich habe die schreckliche Nachricht gehört."

„Sie ruht. Es war ein großer Schock. Ein großer Schock für uns alle."

„Ja - ja, das war es", sagte Emily nach einem Moment des Zögerns, denn, obwohl sie nicht in seine Augen aufsah, hatte sie doch das unangenehme Gefühl, als ob sie seinen Blick auf ihrem wogenden Busen spürte. „Mein Hut, Sir, wenn ich bitten darf ..."

Daraufhin drückte er ihr den Hut in die Hand und wäre um sie herumgegangen, aber zufällig trat sie in dieselbe Richtung zur Seite und sie stießen erneut zusammen. Diesmal machte er keinen Versuch, ihr aus dem Weg zu gehen, sondern blieb dicht bei ihr stehen, so dicht, dass sie ihn riechen und seinen Atem heftig und heiß auf ihrer brennenden Wange spüren konnte. Sie fühlte sich gefangen, Schrecken erfasste sie und sie drängte sich an ihm vorbei, wobei sie ihn mit eiligen Worten der Entschuldigung gegen die Wand schob, als sie in den Garten hinaus floh. Es war fast eine willkommene Erleichterung, den Earl allein vorzufinden.

„Meine Liebe! Wie hübsch du aussiehst!", sagte Delvin fröhlich und kam auf Emily zu, um ihre Hand zu küssen. „Dieses Kleid. Indischer Musselin, nicht wahr? Ganz bezaubernd!"

Sie hielt ihre Finger fest um den Rand ihres Strohhuts geklammert. „Vielen Dank. Ich bin froh, dich allein zu finden, Edward."

Sein Lächeln wurde breiter. „Das ist sehr schmeichelhaft."

Er bot ihr seinen Arm. Stattdessen ging sie vor ihm her zum anderen Ende des Gartens, wo eine Gruppe von Gärtnern in den Blumenbeeten am Fuße der terrassierten Stufen arbeitete. Sie band ihre

Haube fest und brauchte dafür länger als nötig war, da sie nicht wusste, wie sie dieses Gespräch beginnen sollte. Sie wurde dieser Notwendigkeit enthoben.

„Meine liebste Emily", sagte er beruhigend, als er ihre Hand in seine nahm, „du siehst ein wenig müde aus. Letzte Nacht war ein großer Erfolg, und doch scheinst du nicht gerade glücklich? Kann es sein, dass du noch immer unter dieser schrecklichen Tortur in der davorliegenden Nacht leidest? Das musst du nicht, meine Liebste. Wir müssen diesen unangenehmen Vorfall hinter uns lassen und an unsere gemeinsame Zukunft denken."

„Sir, es - es handelt sich um unsere gemeinsame Zukunft, worüber ich mit dir sprechen möchte."

Er strahlte und küsste ihre Hand. „So ist es besser! Und wir sollten darüber sprechen. Ich freue mich darauf. In der Tat freue ich mich so sehr darauf, dass ich gerade heute Morgen mit der Herzogin gesprochen und sie überredet habe, die Hochzeit vorzuziehen."

Emily war verblüfft. „Vorzuziehen? Aber warum?"

„Kannst du das nicht erraten?", schnurrte er. „Ich möchte dich mein Eigen nennen, heute, in diesem Moment. Ist das nicht auch dein Wunsch? Dein Erröten ist mir Antwort genug."

Emily zog ihre Hand zurück und atmete tief durch. Sie hatte das Gefühl, dass das Leben sich plötzlich viel zu schnell bewegte. Und der Eifer des Earls hatte nicht die gewünschte Wirkung; viel eher fühlte sie, dass sie es nicht mehr unter Kontrolle hatte, wo sie doch die ganze Zeit geglaubt hatte, dass sie diejenige war, die die Entscheidung treffen würde, den Earl zu heiraten. Sie erinnerte sich an das, was Selina über Verantwortung gesagt hatte und es überwältigte sie fast.

„Mylord! Bitte. Ich erkenne die große Ehre, die du mir erweist, indem du mich zu heiraten wünschst. Ich weiß, dass viele mich beneiden, aber ... Aber ich habe Zeit gehabt, über die Angelegenheit nachzudenken, und ich wünschte, dich morgen guten Gewissens heiraten zu können. Ich wünschte, ich könnte mir unserer Heirat wegen ebenso sicher sein wie du. Aber nach allem, was geschehen ist, nachdem ich eingehend darüber nachgedacht habe, möchte ich gerne mehr Zeit zum Überlegen haben. Es ist nicht so, dass ich dich nicht zu heiraten wünsche, es ist nur, dass ich meine, wenn wir einige Zeit voneinander getrennt wären, um nachdenken zu können ..."

„Komm schon, Liebes", unterbrach er sie mit seinem verständnisvollsten Lächeln. „Es ist nicht unnatürlich, dass du ängstlich bist. Das bin ich auch. Es ist ein wichtiger Schritt, den du und ich planen, aber es ist ein Schritt, den ich mit dir, und nur mit dir, machen möchte."

„Ich bin geschmeichelt, Edward, wirklich, aber ich brauche Zeit, um ...“

„Denke nur, was für ein wundervolles Paar wir abgeben werden, wenn wir uns erst richtig eingerichtet haben!“, sagte er und zog sie von den neugierigen Blicken durch die Fenster der Bibliothek fort. „Als Lady Delvin wirst du auf nichts verzichten müssen. Die Gesellschaft wird dich unter ihre Fittiche nehmen!“

„Bitte, Edward! Bitte. Ich bitte nur um sechs Monate ...“

„Nein“, sagte er, und das mit solcher Endgültigkeit, dass Emilys Augen zu seinem Gesicht hinaufflogen, wo sie für einen Moment eine Kälte in diesen blauen Augen sah, die einen Schauer durch ihren bebenden Körper sandte. „Wir werden am Ende des Monats heiraten.“

Als sie versuchte, sich von ihm zu lösen, wollte er sie nicht gehen lassen und Zorn überkam ihn. „Der Zweite hat dich hierzu angestiftet, nicht wahr?“

Emily schluckte. „Nein! Nein! Niemand hat ein Wort zu mir gesagt!“

Der Earl kämpfte hart, um seinen Zorn in Zaum zu halten und zwang sich zu einem traurigen Lächeln. „Meine Liebe, glaubst du, ich hätte keinen Verstand? Du bist ein zu süßes Kind. Du bist zu gut erzogen, um nicht zu tun, was dir gesagt wird, was wir für das Beste für dich halten. Diese harten Worte, diese Zweifel, das liegt alles nicht in deiner Natur. Wie kann ich dich beruhigen? Habe ich dich irgendwie gekränkt? Mein einziges Verlangen ist, dich zu meiner Frau zu machen. Ich hatte gedacht, dass das auch dein einziger Wunsch wäre.“

Emily fühlte heiße Tränen hinter ihren Augenlidern. „Edward. Edward - ist Lady Gervais - ist diese Kreatur deine Mätresse?“

Delvin wandte seinen Blick von ihr ab und holte seine Schnupftabakdose heraus. „Meine Liebe, du erniedrigst dich selbst, indem du eine so gemeine Frage stellst. Ich werde nicht darauf antworten.“

„Aber ich muss es wissen!“, forderte sie und rang die Hände. „Sie ist deine Mätresse, nicht wahr? Ich weiß es, weil ich sie und Lord Gervais im Ballsaal belauscht habe ...“

Er hob seine Hand. „Das reicht jetzt. Ich werde über diese Frau nicht mit dir sprechen, weder jetzt noch in Zukunft.“

„Nein? Aber trotzdem schläfst du mit ihr?“

„Hör mir zu!“, fauchte er, packte sie hart an den Schultern und schob sein Gesicht dicht vor das ihre. „Mein einziges Verlangen im Leben ist, dich zu heiraten. Ich will dich als meine Gräfin. Du hast alles, was ein Mann sich bei einer Ehefrau wünschen kann: Schönheit, Gehorsam, Jugend. Ich werde dir ein guter Ehemann sein, aber der Rest meines Lebens geht dich nichts an; und du wirst dich auch nicht einmischen. Ich will, dass du mir Söhne schenkst. Ich will ..."

Tränen strömten ihr Gesicht hinab. „Bitte, Mylord, du tust mir weh."

Der Earl starrte sie leer an, ließ sie dann ruckartig los, als ihm klar wurde, wie schnell er die Herrschaft über sie verlor. „Das Wochenende hat dich erschöpft. Du bist nicht du selbst. Nach einer Woche des Nachdenkens wirst du sehen, dass ich recht habe. Ich werde mit ihrer Gnaden sprechen und ..."

Emily schüttelte den Kopf. Sie drückte ihre Schultern durch und richtete ihre Strohhaube. „Es ist nicht deinetwegen, Mylord. Es ist nur so, dass ich keinen Mann heiraten kann, der sich eine solche Frau zur Mätresse hält; der mit ihr auf seiner eigenen Verlobungsgesellschaft Unzucht treibt! Ist das nicht, was in der letzten Nacht vorfiel? Bist du nicht mit ihr in den Garten gegangen? Weißt du nicht, wie ich mich dabei fühle? Von solchem Elend verzehrt zu werden ..."

„*Elend?*" Das Wort entrang sich ihm nur schwer, und mit diesem einen Wort wurde seine kühle und bezaubernde Fassade in ihren Augen für immer zerstört. „Was weißt du schon über *Elend?*", fauchte er sie an. „Du wagst es, *mich* abzuweisen, nur, weil ich ein Mann bin? Du, das Produkt einer gemeinen Affäre zwischen einer Hure und einem Kuhhirten? Du hättest zufrieden sein müssen, hätte ich dich zu meiner Mätresse gemacht! So, wie es ist, finden meinesgleichen mich lächerlich, weil ich eine Verbindung mit so etwas wie dir eingehen will! Ich werde mich jetzt nicht abwenden und dir erlauben, mich zum Gespött der Leute zu machen - das Ziel jedes Witzes in der Stadt!"

Sie, die es gewöhnt war, von ihm nur Höflichkeiten zu hören, war von seinem plötzlichen Wandel so verblüfft, dass sie ein paar Sekunden lang die Fähigkeit zu sprechen verlor. Ihre Wangen brannten rot und sie raffte ihre Röcke, um nach drinnen zu fliehen und ihre Großmutter zu suchen, als sie Sir Cosmo und Plantagenet Halsey erblickte, die durch den Garten auf sie zu kamen.

„Ich - es tut mir leid, Mylord, aber wäre es nicht am besten, wir würden ..."

Der Earl erwischte ihren Arm, bevor sie an ihm vorbeirauschen konnte, und zog sie dicht an sich. „Ich werde mit dir einen Handel abschließen", zischte er ihr ins Ohr. „Heirate mich und ich rette den Zweiten vor der Schlinge des Henkers."

Emily starrte ihn entsetzt an, unfähig, dieses neue, erschreckende Wesen zu verstehen, das dem Earl von Delvin nur noch äußerlich ähnelte.

„Schlinge des Henkers?", wiederholte sie verwirrt und drehte sich schnell um, wo sie Plantagenet Halsey gegenüberstand, der seinem Neffen befahl, sie loszulassen. Sie war so erleichtert, dass sie schluchzend in die Arme des alten Mannes fiel.

Sir Cosmo hob sein Monokel auf, um den Earl besser mustern zu können, aber es war Plantagenet Halsey, der sprach.

„Dein Leben wird immer schlimmer", sagte er mit tonloser Stimme ohne eine Spur von Bedauern. „Nichts ist erbärmlicher als ein Mann, der sich nicht seiner Stellung entsprechend benimmt."

Und er schritt zum Haus zurück, einen Arm beschützend um Emilys Schultern gelegt, Sir Cosmo zwei Schritte dahinter, und ließ den Earl verlassen mit roten Gesicht und innerlich brodelnd auf der Terrasse zurück.

ALEC SASS IN HEMDSÄRMELN AUF DER GROSSEN, HOCHRAGENDEN, knorrigen Wurzel einer alten Eiche, seine langen, in Stiefeln steckenden Beine vor sich ausgestreckt und seinen Rücken an den massiven Stamm gelehnt. Er war mit seinen beiden treuen Hunden in dieses Wäldchen gekommen, gerade, als die Sonne und die Dienerschaft erschienen und noch bevor Tam aufwachte und eine Gelegenheit bekam zu fragen, was er vorhätte. Er brauchte die Ruhe, die ihm in diesem Haus nur dieses idyllische Plätzchen würde bieten können. In der letzten Nacht war er hin- und her gerissen gewesen, ob er den Brief seiner Mutter lesen oder ungeöffnet verbrennen sollte. Doch hier im Wäldchen, wo die Sonne durch die Baumwipfel auf die dicken Lagen alten Laubs, moosbedeckte Baumwurzeln und den kleinen, offenen, mit blauen Glockenblumen übersäten Flecken drang, war er zuversichtlich, dass, welche Geheimnisse die Gräfin Delvin auch zu Papier gebracht haben mochte, die Vergangenheit seine Zukunft nicht aus der Bahn werfen könnte.

Er irrte sich.

Seine goldgeränderte Brille auf das Ende seiner Nase gedrückt, öffnete er den Umschlag, dessen Siegel schon vor langer Zeit erbrochen worden war, und nahm zwei Blätter heraus. Das Papier war dünn, an den Rändern vergilbt und nur auf einer Seite beschrieben. Ein Blick auf beide machte es offensichtlich, dass diese Seiten nur jeweils der Anfang zweier verschiedener Briefe waren. Beide waren in der weiblichen Handschrift der Gräfin Delvin verfasst und beide an Lady Margaret Belsay adressiert. Das obere Blatt datierte von vor etwa sechs Jahren, während das zweite Blatt vergilbter und viel älter war, da es vor fast sechzehn

Jahren geschrieben worden war. Alec entschied sich zuerst für den älteren
Brief und las:

Liebste Meg (begann er)

*Heute habe ich ihn gesehen! Ich war mit meiner Kutsche in der
Oxford Street. Weiter vorn war irgendein Unfall, der mich zwang,
fast eine Stunde in dieser Hitze und dem Lärm zu sitzen und zu
warten. Warum ich beschloss, mitten im August in die Stadt zu
kommen, weiß ich selbst nicht! Jetzt wünschte ich, dass ich das nie
getan hätte, und doch ist ein Teil von mir darüber froh, da ich ihn
gesehen habe. Ja! Ich kann es selbst kaum glauben und es tut mir
leid, wenn ich dich in solche Spannung versetze, aber ich necke dich
ja gerne, nicht wahr?*

*Ich starrte müßig aus dem Fenster (nachdem ich zehn Minuten oder
mehr blind auf die Polster gestarrt und gewünscht hatte, ich wäre zu
Hause, und mich meiner Dummheit wegen verfluchte) und sah zu,
wie der Alltag der Stadt vor mir ablief, als Plantagenet Halsey mit
einer Ladung Bücher, die alle in braunes Papier gewickelt und mit
einem Bindfaden verschnürt waren, unter dem Arm, eine Buch-
handlung verließ. Zweifellos eine Sammlung dieser verräterischen
Schriften, die er so liebt und von denen ich absolut nichts verstehe.
Wir waren so nahe beieinander, dass ich ihn hätte berühren können,
hätte ich meinen Sonnenschirm aus dem Fenster gestreckt. Was ich
natürlich nicht tat! Ich wollte mich in meinen Sitz zurückfallen
lassen, damit er mich nicht bemerken würde, als hinter ihm ein
großer, junger Mann mit einem Schopf blauschwarzer Locken, die
ihm in die Augen fielen, heraustrat.*

*Ich erkannte ihn nicht sofort, nur, dass er in einer kantigen Weise
gut aussah, mit einer langen Nase und einem einnehmenden
Lächeln, ach! und den blauesten Augen, die ich je bei einem Gentleman gesehen habe. Meg, ein wahrer Adonis. Ich weiß, du wirst
über mich lachen und glauben, ich hätte mich in ein hübsches
Gesicht verliebt, aber es ist die Wahrheit. Du wirst noch lauter
lachen, wenn ich dir sage, dass ich ihn fast unverschämt angestarrt
habe, meine Nase an das Fensterglas gedrückt. Du kannst dir
vorstellen, wie nervös ich war, als er mich direkt anschaute. Ich bin
sicher, dass ich errötete. Ich, eine alte Frau, die zum Erröten
gebracht wurde! Und einen qualvollen Moment lang fühlte ich mich*

*in die Zeit zurückversetzt, als ich jung verheiratet war, leidenschaft-
lich verliebt und eine Ehebrecherin. Diesen jungen Mann zu sehen,
zu sehen, wie sehr er seinem Vater ähnelte ... Es raubte mir den
Atem.*

*Ich warf mich in die Polster zurück. Ich zitterte! Dann, keine
Minute später, war ich wieder am Fenster um noch einen Blick auf
meinen Sohn zu erhaschen, aber er war fort. Fort! Fortgegangen,
Arm in Arm mit Plantagenet Halsey, die Straße in die entgegenge-
setzte Richtung hinauf, so dass ich sein Gesicht nie wieder sah.*

*Meg, es war mein Sohn! Mein Sohn Alec. Mein erstgeborener Sohn,
den ich bei seiner Geburt als Strafe für meinen Ehebruch weggeben
musste. Ich werde nie sein Gesicht vergessen, wie er aussah, wie er
lächelte. Er hat meine Augen, Meg! Aber oh, er ist der Sohn seines
Vaters. Er verfolgt mich. Nicht nur in der Nacht, wenn ich allein in
meinem Bett liege, sondern am Tag, wenn ich über meiner Handar-
beit sitze, im Garten bin oder mit Mrs. Pringly darüber spreche, wie
unsere Erdbeer-Konserven am besten abzufüllen sind.*

*Es ist mein schlechtes Gewissen. Ich kann nicht länger mit mir selbst
leben, mit diesem Geheimnis, das ich so fest in meinem Herzen
verschlossen gehalten habe, dass es droht, mir die Luft zum Leben
abzudrücken. Ich muss es jemandem erzählen. Ich muss es dir erzählen, obwohl ich, indem ich es dir erzähle, riskiere, deine Liebe und
deine Freundschaft zu verlieren. Ich bete, dass du mich verstehst,
denn es ist die Wahrheit, Meg, so wahr Gott mein Zeuge ist. Ich
werde in der Hölle schmoren für das, was ich getan habe, für das,
was ich Delvin zu tun erlaubte. Das ist mir jetzt gleichgültig.
Irgendwie muss ich diesen Fehler wiedergutmachen. Irgendwie ...*

Alec schnappte nach Luft, aus seinem Gesicht war all seine normale
Farbe gewichen. Er hatte das Ende des Blattes erreicht und drehte rasch
die Seite um, als ob er erwartete, dass noch mehr käme, doch was er
gerade gelesen hatte, war mehr als genug, um ihn zu überwältigen. Über
den Rand seiner Brille hinweg sah er die beiden Windhunde am Rande
des Wäldchens im Unterholz herumtollen. Sie hatten den Bau eines
unglücklichen Waldtieres gefunden. Während Alec sie beobachtete,
faltete er unbewusst das Papier zusammen und ließ es in eine Innentasche seiner Weste gleiten, bevor er seinen Blick auf das zweite Blatt
richtete.

Liebste Meg (begann auch dies)

Meine Krankheit hindert mich in diesen Tagen daran, viel zu schreiben. Ich ermüde so leicht und verbringe den größten Teil meines Tages an den Sessel gefesselt unter Marthas fürsorglicher Pflege. Der Schmerz in meinen Gelenken ist beträchtlich. Nichts bringt mir Linderung.

Die Angelegenheit, über die ich mit dir bei deinem letzten Besuch sprach, erinnerst du dich? Die Zeit ist gekommen, wo ich meinen Sohn zur Rede stellen muss. Ich erwarte keine warme Reaktion, vielleicht überhaupt keine Reaktion. Doch muss ich ihn, um vor meinem Tod mein Gewissen zu erleichtern, überreden zu tun, was recht und gerecht ist. Schließlich sprechen wir über sein eigenes Fleisch und Blut, was auch immer er dagegen einwenden mag.

Ich hatte keine andere Wahl, als den Jungen wegzugeben, denn wer will schon eine ständige Erinnerung an den eigenen Mangel an moralischem Rückgrat tagein, tagaus sich ins Gesicht starren sehen? Ich bin nicht die Richtige, um das zu beurteilen! Ich schickte ihn zu seinem Onkel, mit genug Geld, dass der Junge eine Ausbildung erhalten und seinen eigenen Weg in dieser Welt machen konnte. Gott weiß, dass er Besseres verdient, den Titel, wenn es in meiner Macht läge, ihn zu verleihen! Es kümmert mich kein bisschen, dass sein Vater ...

Hier war das Geschriebene am Ende der Seite angelangt, aber diesmal drehte Alec das Blatt nicht um. Und lange Zeit saß er dort, die Seite in den Händen, starrte zu dem kleinen Feld blauer Glockenblumen hinüber und fragte sich, was er mit den Briefen seiner Mutter anfangen sollte. Er fragte sich, was mit den folgenden Seiten geschehen war und schloss, dass sie zurückbehalten worden sein mussten, vermutlich an einem sicheren Ort verborgen, denn alles, was nötig war, um seinen Bruder zu erpressen, waren diese Seiten, als Beweis, dass vernichtende Briefe, von seiner Mutter geschrieben, existierten. Er fragte sich auch, welche Enthüllungen die fehlenden Seiten enthalten mochten, ob seine Mutter, da sie ihren Ehebruch so offen zugab, seinen Vater mit Namen erwähnt hätte. Aber er hatte keinen Zweifel daran, dass Jack Belsay die Briefe seiner Mutter entwendet hatte, nur, ob er sie Simon Tremarton zur Aufbewahrung übergeben oder Simon sie von Jack gestohlen hatte, konnte er nur erahnen.

Schließlich, nach einer Zeit, die ihm wie eine Stunde vorkam, in der er nur still dagesessen hatte, faltete er dieses Blatt in den verschlissenen Umschlag zurück, nahm seine Brille ab und steckte beides in eine Tasche seines abgelegten Rocks. Er fühlte sich noch immer benommen, so sehr, dass das laute Knacken eines Zweigs unter Fußtritten ihn nur mit mäßigem Interesse aufschauen ließ, um zu sehen, wer in seine Einsamkeit eindrang.

Es war Selina. Sie kam durch das durchs Laub dringende Licht aus dem Wäldchen, mit einem zögerlichen Lächeln auf diesen wunderschön geschwungenen Lippen, die er so gerne wieder und wieder küssen wollte. Er erwiderte das Lächeln, überzeugt, dass er eingedöst sein müsste, denn das letzte Mal, als er und Selina sich in dem Wäldchen getroffen hatten, war, ohne dass er das gewusst hätte, der Morgen ihres Hochzeitstages gewesen. Jetzt war Selina Witwe und trug Trauer, keinen Samtmantel in tiefstem Purpur, dessen Kapuze leicht über ihre Fülle aprikosenfarbener Locken gezogen war. Sie blieb ein paar Fuß von ihm entfernt stehen, die behandschuhten Hände vor sich um eine Reitpeitsche geschlossen, und sah stirnrunzelnd zu ihm hinab.

„Ich bin gekommen, um dich zu warnen", hörte er sie wie durch einen dicken Nebel sagen. „Gervais hat nach den Bow-Street-Männern geschickt. Seine Frau hat dich beschuldigt, Simon Tremarton ermordet zu haben."

„Tatsächlich?", sagte er milde. „Weißt du, innerhalb einer Stunde bin ich um ein Jahr gealtert. Seltsam ... ich spüre es nicht in meinen Knochen, aber nur zu wissen, dass ..."

„Alec! Du scheinst es nicht zu verstehen", drängte Selina und trat einen Schritt näher. „Gervais will dich wegen *Mordes* verhaften."

„Ja. Das sagtest du, Liebling", antwortete er. „Ich fragte mich schon, wann er seinen Zug machen würde."

Selina war verblüfft. „Gervais? Du hast einen Verdacht gegen diesen pompösen Richter?"

„Allerdings, und zwar in vielerlei Hinsicht. Wenn er mich des Mordes bezichtigt, beraubt mich das der Möglichkeit, das Gleiche zu tun. Ich kann mich jetzt nicht umdrehen und mit dem Finger auf ihn deuten, ohne dass die Leute denken, dass ich nur aus böswilliger Rachsucht handle."

Selina schaute zu, wie Alec auf die Beine kam, zwischen ihren Augen entstand eine Falte.

„Du glaubst, er hätte seinen Schwager ermordet und indem er dich beschuldigt, lenkt er den Verdacht von sich ab?", fragte sie. „Aber warum sollte er Simon Tremarton ermorden?"

Alec stupste sie unter ihr Kinn. „Oh, ich könnte mir mindestens einen guten Grund vorstellen, warum ein aufgeblasenes, selbstgerechtes Mitglied der Justiz die Peinlichkeit eines homosexuellen Schwagers beseitigen möchte, der versuchte, ein Mitglied des Adels zu erpressen. Aber nein, ich hatte nicht vor, unseren dienstbeflissenen Richter des Mordes zu bezichtigen, obwohl er dafür sicher ein Verdächtiger bleibt, sondern der versuchten Vergewaltigung.“

„Emily.“

„Ja. In der Nacht, in der Emily überfallen wurde, beging er den Fehler, zu Sybillas Zimmer zu gehen, um sich zu beschweren, dass die Jungs im Dienstbotendurchgang Dummheiten gemacht hätten“, erklärte er. „Offensichtlich war er in Panik geraten - vielleicht dachte er, dass man ihn gesehen hätte, wie er die Hintertreppe hinab floh, und hoffte, so den Verdacht von sich abzulenken, indem er Sybilla zuerst aufsuchte, bevor die Jungen mit ihrer Version der Ereignisse zu ihr kommen konnten. Doch alles, was er erreichte, war, sich selbst ins Licht zu rücken. Was machte er in diesem Teil des Hauses, noch dazu im Durchgang für die Dienerschaft? Und als ich mit Sybilla über den für den Richter völlig untypischen Besuch in später Nacht sprach, erinnerte ich mich an eine Unterhaltung, die Gervais und ich früher an dem Abend, bevor Emily überfallen worden war, gehabt hatten.

„Er sprach und benahm sich wie ein Mann, der dreiviertel betrunken war. Aber jetzt frage ich mich, ob er überhaupt zu viel getrunken hatte. Er schwätzte sentimental darüber, wie süß und unschuldig seine Frau gewesen wäre, als sie heirateten. Und die Art, wie er Emily betrachtete, während er sprach, wie eine Beute ... Die süße, unschuldige Emily stand kurz davor, das Bett mit Delvin zu teilen, so, wie Gervais' Frau es tat, und ich vermute, dass das genug war, um den Richter um den Verstand zu bringen. Es war eine Gelegenheit, sich an dem Mann zu rächen, der ihm Hörner aufgesetzt hatte, den er aber in der Öffentlichkeit nicht dafür zur Rechenschaft ziehen konnte, weil er fürchtete, an Gesicht zu verlieren ...“

Er zuckte die Schultern und küsste mit einem Lächeln Selinas behandschuhte Hand.

„Natürlich sind das alles nur Vermutungen von mir ...“ Er schien sie zum ersten Mal zu sehen und lächelte. „Dieser Umhang ist wirklich bezaubernd“, sagte er lobend. „Er betont dein schönes Haar.“ Er hob eine Ecke des Umhangs. „Verlangt Trauer nicht von Witwen, dunklere Farben zu tragen? Und wenn ich mich nicht sehr irre, ist dieses Reitkleid florentinisch-grün.“

„Mein lieber Mr. Halsey“, sagte sie lachend. „Ihr redet über vermeintliche Vergewaltiger und Racheakte und im gleichen Atemzug hinterfragt Ihr den Mangel an angemessener Trauerkleidung bei einer scheinheiligen Witwe! Wenn ich es nicht besser wüsste, würde ich sagen, dass Ihr derjenige seid, der betrunken ist, aber ..."

„Aber du kennst mich besser", murmelte er und küsste sanft ihren Mund.

Ihr zweiter Kuss, wie in der Nacht zuvor auf dem Balkon unter den Sternen, war anders. Er war voll hungrigen Verlangens, Leidenschaft und Begehren. Und hier, in der Ruhe und Abgeschiedenheit des Wäldchens, gab es nichts, das sie daran gehindert hätte, dieses Verlangen zu erfüllen. Doch Alec kam zur Besinnung und zog sich zurück, in seinen blauen Augen stand Beunruhigung. Als Selina eine Hand an seine Wange legte, küsste er sie hastig, ging dann ein Stück beiseite und ließ sie bei der Eiche zurück; sie fühlte sich töricht, weil sie gedacht hatte, dass die letzte Nacht sie wieder an den Punkt zurückgeführt hätte, wo sie vor ihrer Heirat mit Jamison-Lewis begonnen hatten. Er muss es sich anders überlegt haben. Warum hatte sie gedacht, sie könnten neu anfangen? Warum hatte sie ihn geküsst, als ob ihr zukünftiges Glück ganz allein von ihm abhinge? Weil es der Wahrheit entsprach und sie eine Närrin sein musste.

Doch sie hätte kaum falscher liegen können. Alec wollte sie küssen und wollte die Erwartung in diesem Kuss zum passenden Abschluss bringen. Doch wenn es die eine Frau betraf, die in seinem Leben wirklich wichtig war, zögerte er wie ein Schuljunge bei seinem ersten Kuss. Soviel zu dem erfahrenen Liebhaber, zu ihm, der in mehr als ein Gutteil Schlafzimmerpolitik verwickelt gewesen war! Aber wenn er brutal ehrlich zu sich selbst war, hatte er in den vergangenen sechs Jahren bei mehr Gelegenheiten, als er zählen konnte, Lust immer in der Vorstellung gegeben und empfangen, dass es Selina war, die unter ihm stöhnte. Und jetzt war sie Witwe. Es war offensichtlich, dass sie ihn ebenso sehr liebte wie er sie. Er hätte überglücklich sein sollen, dass das Schicksal ihnen eine zweite Chance schenkte. Aber diese wurde überschattet von einem Bedürfnis, ihr Vertrauen zu gewinnen, ihr zu beweisen, dass er sie mehr als alle anderen liebte und respektierte; dass sie immer die Einzige gewesen war, mit der er sein Leben teilen wollte. Wie sollte er ihr das erklären, ohne herablassend zu klingen, und wo er doch um Haaresbreite dazu gekommen wäre, Emily zu bitten, ihn zu heiraten?

Er kam zurück und lief vor ihr auf und ab. Er fühlte sich der Aufgabe, seine Gefühle zu erklären, nicht gewachsen - er, der an vielen ausländischen Höfen dafür bekannt war, dass er Schönheiten mit hochgetürmten Haaren, die nur zu willig waren, sein Bett zu teilen, süße

Nichtigkeiten ins Ohr zu flüstern wusste - und daher war er geradeheraus und wenig schmeichelhaft, und am Ende seiner ungeschickten Rede fragte er sich, ob je ein Mann unromantischer geklungen hätte.

„Selina! Ich gebe zu, dass ich dich dafür gehasst habe, dass du Jamison-Lewis geheiratet hast, aber das heißt nicht, dass ich aufgehört hätte, dich zu lieben. Ich habe mir eingeredet, dass es keinen Zweck hätte, etwas für dich zu empfinden, wo du doch mit einem anderen verheiratet warst. Ich bin sogar so weit gegangen, törichterweise zu glauben, dass ich dich ersetzen könnte. Ich spreche nicht von den zufälligen Affären, die ich hatte. Diese Frauen waren ein Teil meiner Bemühungen zu vergessen. Gott weiß, dass es einfach genug ist, ein körperliches Bedürfnis zu befriedigen, aber ich war nicht mehr befriedigt. Und dann, als wir an jenem Tag zufällig auf dieser Treppe zusammenstießen und ich dich dicht bei mir fühlte und den Duft deines Haares wahrnahm ...“ Er lachte verlegen und fuhr sich mit der Hand durch sein zerzaustes Haar. „Verdammt, ich mache das hier gar nicht gut!“

„Sprich weiter“, sagte sie leise und zog ihre Handschuhe aus, während ein zögerliches Lächeln um ihren schönen Mund spielte. „Du machst es ausgezeichnet.“

Er blieb vor ihr stehen, seine dunkelblauen Augen ungerührt.

„Ich ging noch am gleichen Abend in ein Türkisches Bad“, gestand er. „Ich war entschlossen, das Gefühl, dich in meinen Armen zu halten, mit der erstbesten Hure zu vertreiben. Und weißt du, der Gedanke daran, eine andere Frau zu berühren - sie zu *lieben* - widerte mich so an, dass ich dachte, du hättest mich impotent werden lassen. Also betrank ich mich bis zur Besinnungslosigkeit. Und das Schlimmste an allem ist, dass ich bei alledem seit diesem schicksalhaften Augenblick auf der Treppe keinen Gedanken mehr daran verloren habe, Emily zu heiraten.“

„Ich habe nie einen Gedanken an einen anderen Mann verloren.“

Daraufhin zog er sie in seine Arme.

„Dann versprich mir, du kleines Biest, dass du diesmal mich heiraten wirst.“

Sie kuschelte sich in seine Umarmung, ihre Wange an seiner Brust, und genoss das Gefühl seines harten Körpers; eine so willkommene Abwechslung von dem weichen, fleischigen Überfluss eines grausamen und uninteressierten Ehemannes.

„Können wir noch einmal von vorn anfangen?“, fragte sie. „Hier. Jetzt. So, wie es vor sechs Jahren war.“

Das ließ ihn ein kehliges Kichern ausstoßen. „Nein. Du musst mich zuerst heiraten.“

„Muss ich?“, fragte sie und sah ihn an, als ob sie über sein Angebot nachdächte. Sie hob die Kapuze ihres Umhangs von ihrem Haar nach hinten, löste die Kordel, die ihn an ihrem Hals zusammenhielt und ließ ihn auf den Boden fallen. „Aber mir fehlt die moralische Stärke, den Rest meiner Trauerzeit abzuwarten", gestand sie und trat zurück, um die Schleifen vorn an ihrem grünen Samtmieder zu lösen. „Und ich hoffe, dir auch ..."

„Liebling", sagte er sanft und hielt seinen Blick fest auf ihr Gesicht gerichtet, nicht auf ihre Brüste, die, nachdem sie das Mieder auf den Laubteppich hatte fallen lassen, durch das dünne Leinenhemd zu sehen waren. „Ich möchte, dass du meine Frau wirst, nicht meine Hure."

Sie fuhr fort, sich auszukleiden, band die Laschen, die ihre Röcke festhielten, auf und ließ die Bahnen von Spitze und Samt an ihren wohl-geformten Schenkeln entlang auf ihre Knöchel gleiten. Sie stand in einem durchscheinenden Baumwollhemd vor ihm, das kaum ihre Ober-schenkel bedeckte, weiße Strümpfe waren mit Bändern über ihren Knien befestigt, und sie trug Halbstiefel. Sie lächelte, als sein Blick schließlich von ihrem Gesicht abglitt, um sie offen zu bewundern. Und zum ersten Mal in sechs Jahren sah sie einen Funken der Lust in den Augen eines Mannes und schämte sich ihres Körpers nicht - dachte nicht länger an ihn als ein abstoßendes, notwendiges Mittel zum Zweck. Sie fühlte sich so begehrt, wie eine Frau es sein sollte, und von dem Mann, den sie über alles liebte.

Sie wand sich aus dem Hemd und stand lächelnd vor ihm.

„Ach, mein Liebster", sagte sie seufzend, „und ich hoffte, beides zu sein."

Das war alles, was es brauchte, um den Rest seiner Entschlossenheit verfliegen zu lassen. Er zog sie in seine Arme und sie fielen zusammen zu Boden auf die abgelegten Kleider auf dem weichen Bett aus totem Laub.

Viel später, als sie still und ruhig in den Armen des anderen lagen, griff Alec schließlich nach seinem zerknitterten Hemd, aber Selina hielt ihn auf. Sie zog ihn wieder neben sich hinab, einen Arm um seinen Hals gelegt, ihre langen Locken fielen in einem Bogen über ihre Brüste.

„Noch einmal."

Sie liebten sich ein zweites Mal, in segensreicher Unwissenheit, dass der heimische Wald jetzt vor Eindringlingen in schweren Stiefeln wimmelte. Zwei davon trampelten schließlich mit geschwungenen Keulen in die Lichtung und standen drohend über ihnen.

DREIZEHN

Alec und Selina kleideten sich unter dem johlenden Gebrüll von vier unrasierten Rohlingen mit Schlagstöcken hastig an. Alec hatte nur noch Zeit, seine Hosen hochzuziehen, bevor er Selina aus dem Weg schob, als er schon von einer schweren Keule auf den Rücken getroffen wurde. Er drehte sich zu seinen Angreifern um und wehrte einen weiteren Schlag ab, indem er das Handgelenk des Rüpels ergriff und den erhobenen Arm hinunterzwang; seine andere Hand landete einen direkten Schlag auf dem stoppeligen Kinn des Mannes. Der Mann taumelte nach hinten, der Anblick seines eigenen Bluts an seinen Fingerspitzen reichte, um ihn rücklings in ein Bett aus Laub fallen zu lassen. Als Alec den Schmerz aus seiner pochenden Hand schüttelte, wurde er wieder von hinten getroffen, diesmal an der Schädelbasis. Der Schlag zwang ihn in die Knie.

Zwei weitere Schläger tauchten aus dem Dickicht auf und stürzten sich ins Getümmel. Selina schrie um Hilfe. Nur mit ihrem Hemd bekleidet eilte sie zu Alecs Verteidigung herbei und schlug wild und wahllos auf die drei Männer ein. Sie wurde um die Taille gepackt und aus dem Weg gezerrt, obwohl sie mit all ihrer Kraft heftig gegen die Beine ihres Widersachers trat, aber ihre Mühe war vergeblich. Ein scharfer, schmerzhafter Ruck an ihren langen Locken zwang ihren Kopf gegen die Brust ihres Gegners, so dass sie gezwungen war, mit entsetztem Unglauben zuzuschauen, als der Earl von Delvin vortrat, die drei Schläger zur Seite schob und mit der Peitsche in der hoch erhobenen Hand seinen wehrlosen Bruder mit einer Kraft schlug, die von ungezähmtem Hass genährt wurde.

Alec versuchte aufzustehen, wurde aber durch eine Reihe scharfer, peitschender Schläge auf seinen nackten Rücken wieder in die Knie gezwungen. Er hörte die Schreie seines Bruders und dann Selinas Flehen, dass dieser doch innehalten solle. Aber die Peitschenhiebe gingen weiter und in einem letzten Akt des Trotzes raffte Alec sich wieder auf, nur, um einen Stiefelabsatz schwer ins Kreuz getreten zu bekommen. Sein Körper schmerzte, aber was seine Kampfkraft aus ihm herauszog, war die Erkenntnis, dass es sein eigener Bruder war, der ihm solche Qualen zufügte.

Delvin hob seine Peitsche wieder, seine Wut war noch lange nicht verraucht. Er hatte nicht die Absicht gehabt, am Kampf teilzunehmen, sondern nur als interessierter Zuschauer sichergehen wollen, dass sein Bruder in Gewahrsam genommen wurde. Selina nackt in den Armen seines Bruders zu sehen, hatte das geändert. Ihr Blick seliger Erfüllung hatte ihm verraten, dass sie sich seinem Bruder bereits hingegeben hatte. Sie hätte die Seine sein sollen; sie war *immer* dazu bestimmt gewesen, *sein* zu sein. Er wollte hören, wie sein Bruder ihn anbettelte aufzuhören, aber Alecs Schweigen reizte ihn noch mehr und die Peitsche senkte sich immer und immer wieder.

„Verdammter Mulattenbastard! Bitte mich aufzuhören!", brach es schließlich aus dem Earl heraus. „Los! *Betteln* sollst du! Gib diesen schnüffelnden, stinkenden, unangebrachten Stolz auf! Tu es! Ja, du *Missgeburt* ...“

„Delvin! Hör auf! *Hör auf!*", schrie Selina und machte einen letzten Versuch, sich zu befreien, indem sie den Schläger mit dem Absatz ihres Stiefels vors Schienbein trat. Sie taumelte nach vorn und versuchte, Delvin die Peitsche zu entreißen, aber er schubste sie einfach weg und sie fiel auf den Boden, wobei sie sich den Arm vom Ellenbogen bis zum Handgelenk aufschürfte. „Cosmo? Oh, Gott sei gedankt!", keuchte sie und setzte sich mühsam auf, als eine große Gestalt sich den Weg an die Seite des Earls bahnte und zu wissen verlangte, was vor sich ginge.

Einen verblüfften Moment lang konnte Sir Cosmo nichts tun, als auf das Werk von Delvins Händen zu starren. Aber er hatte nicht vor, müßig dabeizustehen. Er stürzte sich auf die Peitschenhand des Earls und nahm dem überraschten Earl, der in seinem Bestreben, eine Reaktion seines Bruders zu erhalten, unachtsam geworden war, die Waffe ab. Sir Cosmo schleuderte die Peitsche so weit fort, wie er konnte.

„Du bist einfach verrückt!", donnerte Sir Cosmo. „*Um Himmels willen*, Ned! Du bist ein verdammter Irrer!" Er fiel neben Alec auf den Boden. „Alec? Alec, alter Junge, geht es dir gut? Sprich mit mir!"

„Du Dummkopf, du Störenfried!", knurrte der Earl. „Kannst du nicht sehen, dass er eine Tracht Prügel verdient hatte? Der dreckige, verfluchte *Bastard*!"

Sir Cosmo starrte ungläubig zu ihm auf. „Hast du *überhaupt* kein Gefühl? Dieser Mann ist dein *Bruder*."

Der Earl erwiderte unbewegt seinen Blick. Der Schweiß floss in Strömen seine erhitzten Wangen hinab. „Was? Dieser Halbblutbastard soll ein Halsey sein? *Niemals*", sagte er tonlos, drehte ihnen den Rücken und ging fort.

Sir Cosmo half Alec, sich aufzusetzen. „Lieber Gott, was für ein blutiges Chaos", murmelte er, als er prüfend den zerfetzten Rücken seines Bruders musterte. „Selina? Selina, bist du verletzt?" Als sie den Kopf schüttelte, sagte er sanft zu ihr: „Zieh deine Kleider an, meine Liebe. Dann hilf mir. Ich kann ihn nicht alleine stützen."

Durch einen Nebel von Schmerzen hob Alec seinen Kopf. „Mein Rock."

„Sprich nicht", riet Sir Cosmo. Als Alec seinen Arm packte und zu sich zog, musste er sich näher beugen, um ihn verstehen zu können. „Was gibt es, alter Junge?"

„Rock ... nimm ihn ... heb' ihn sicher auf ...'"

Selina und Sir Cosmo schauten sich an. Sie dachten, Alecs Geist wäre verwirrt. Sir Cosmo drückte seine Hand.

„Was immer du willst, lieber Junge."

„Hol ihn - *jetzt*."

„Natürlich", sagte Sir Cosmo besänftigend.

Alec schüttelte den Kopf, wobei er seitlich über Sir Cosmos Arm zusammenfiel, sein Gesicht war von den pochenden Schmerzen auf seinem Rücken verzerrt. Er war einer Ohnmacht nahe, aber zuerst musste er sich Cosmo verständlich machen. Das Letzte, was er zulassen durfte, war, dass Delvin die Briefe ihrer Mutter in die Hände bekäme. Wie hatte Delvin ihn beschimpft? *Mulatte? Halbblut? Bastard?* Er drückte sich hoch und spürte eine Hand auf seiner Stirn, die ihm sanft das Haar aus seinem heißen Gesicht strich. Es war Selina. Und überall um ihn herum waren Stimmen, und Menschen. Er schloss seine Augen und machte einen letzten Versuch zu sprechen.

„Cosmo. Ich will ... ich will ... Lass ihn nicht ..."

„Psst", beschwichtigte Selina ihn und wischte sein Gesicht mit einer Ecke ihres purpurnen Mantels ab.

„Nein! Es ist wichtig! Wichtig. Mein Rock. Passt darauf auf. Lasst ihn die Briefe nicht finden."

Aber Selina und Sir Cosmo hörten ihm nicht zu, sondern kümmerten sich weiter um seine Wunden. Er hatte keine Ahnung, dass sie ihn nicht hören konnten, dass er alles nur in seinen Gedanken gesagt hatte. Wenn sie nicht vorhatten, ihm zu helfen, würde er es selbst tun müssen. Er versuchte aufzuschauen und fühlte sich seltsam schwindelig. In seinen Ohren tönte ein Summen. Er hörte das vertraute Bellen von Cromwell und Marziran. Was bellten sie an? Einen von Olivias Hirschen? Er lächelte. In der Ferne schrien die Leute einander an. Er zuckte zusammen. Es war ein solches Durcheinander. Er musste zu der großen Eiche gelangen, um seinen Rock zu holen und die Briefe in Sicherheit zu bringen. Verstand Cosmo nicht, wie wichtig das war? Wichtiger, als seine Schnitte und Blutergüsse zu versorgen. Sie schmerzten nicht einmal so sehr; nur das Klingeln in seinen Ohren und der Schmerz in seinem Kopf war fast unerträglich. Aber er durfte den Schmerz nicht beachten. Er musste vor den anderen zu der großen Eiche gelangen. Wenn diese Briefe in die falschen Hände gerieten ... Wenn Delvin entdeckte ... Warum war es so schwierig, seine Beine zu bewegen? Warum konnte er nicht aufstehen? Es war doch so einfach, das zu tun. Warum konnte er nicht ...

Die Herzogin von Romney-St. Neots war wütend. Normalerweise eine friedfertige Frau, die es für unter ihre Würde hielt, sich Wutanfälle zu leisten, besaß sie dennoch, wenn sie gereizt wurde, ein weißglühendes Temperament, das nicht so leicht gezügelt werden konnte. In einem solchen Temperamentsausbruch stürmte sie jetzt, ohne sich anzukündigen, durch Alecs Räume und verscheuchte die Bow-Street-Gendarmen, die Lord Gervais dort hingestellt hatte, um den Angeklagten im Auge zu behalten.

„Raus hier!", schrie sie zwei verdrießliche Rüpel an, die sich auf ihren Möbeln fläzten, und warf einen glühenden Blick durch den Raum. Er blieb auf Alec hängen, der bis zur Taille entblößt war und dessen Wunden von seinem Kammerdiener verbunden wurden. „Wie konntest du?", forderte sie zu wissen. „Wie - wie konntest du es *wagen*?"

Sie hielt es nicht für nötig, den Kammerdiener zu entlassen, und fuhr fort, Alecs Ruf aller Glaubwürdigkeit und jedes menschlichen Anstands zu entkleiden, ihre Sprache war so vernichtend, dass Tams Ohren, obwohl er abgelenkt war, rot glühten. Sie schritt vor dem hochlehnigen Stuhl, auf dem Alec rittlings saß, auf und ab, ihr Busen wogte, ihre Stimme wurde heiser, bis sie schließlich einen bebenden, tiefen Atemzug tat und sagte:

„Für diese missliche Lage kannst du nur dir selbst die Schuld geben! Als ob diese absurde Beschuldigung nicht genug wäre, um deine Karriere zu ruinieren, lässt du dich dabei erwischen, wie du mit Selina im Wäldchen Adam und Eva spielst! Ihr Mann ist seit kaum mehr als einem Monat kalt, *verdammt*! Wie konntest du ihr das antun - und - und dir *selbst*?"

Langsam und mit größter Mühe hob Alec seinen Kopf von seinem Arm, der auf der Rückenlehne des Stuhls lag. In seinen Ohren dröhnte es noch immer und in seinem Nacken war ein solches Pochen, dass er sicher war, dass sein Schädel angeknackst sein musste. Er hatte Tams Angebot eines Opiats abgelehnt. Es hätte den Schmerz beträchtlich gedämpft, und das wollte er nicht. Er musste wachsam sein, denken können, um ihnen zu sagen, was er wusste.

Er zuckte zusammen. Er wünschte, Tam würde sich beeilen und die Wunden verbinden. Was machte der Junge da hinter ihm? „Vorsicht!", knurrte er.

„Verzeihung, Sir. Nur noch ein Schnitt, der gesäubert und verbunden werden muss, dann sind wir fertig."

„Hast du nichts zu deiner Verteidigung zu sagen?", fragte die Herzogin bitter.

Alec zuckte zusammen, als ein in eine adstringierende Lösung getauchtes Tuch auf seinen Rücken gelegt wurde. „Nein", antwortete er friedfertig. „Wo ist Selina?"

„Sie zieht sich um."

„Aber geht es ihr gut? Sie haben sie nicht verletzt?"

„Nein. Nur ihr Stolz ist verletzt, dieses böse Mädchen!", antwortete die Herzogin verärgert. „Dieser Clown Gervais hat auch vor ihrer Tür zwei Schläger aufgestellt. Es scheint, er will mein Haus in Newgate verwandeln! Dummkopf!" Sie schaute auf Alecs gebeugten Kopf hinab, mit der Mähne blauschwarzer Locken, die über eine Schulter nach vorn gelegt waren und sagte knapp: „Du hattest nicht einmal den Anstand, dich zu verteidigen!"

Es gab einen Moment des Schweigens.

„Ich war nicht in der Lage dazu", murmelte er.

Ihre Lippen kräuselten sich. „Nein, nicht wahr?"

Er hob seinen Kopf so weit, dass er sie ansehen konnte. „Olivia, ich entschuldige mich nicht für unser Benehmen. Warum sollte ich? Die Konvention verlangt, dass wir warten müssen, bis Selinas Trauerzeit vorbei ist, bis wir heiraten können, und ich werde mich daran halten, aber warum sollten wir uns in der Zwischenzeit irdische Freuden versagen?" Als die Herzogin verlegen beiseite sah, sagte er scharf: „Gott weiß, dass Selina den Himmel auf Erden verdient, nachdem, was diesem Monster erlaubt wurde, ihr zuzufügen!"

„Erlaubt wurde, ihr zuzufügen?" Die Herzogin biss sich auf die Unterlippe. „Ja, wir haben zugelassen, dass er ein Ungeheuer war, nicht wahr?"

Als Alec seinen Kopf wieder auf seinen Arm fallen ließ, schaute die Herzogin über seine Schulter und erblickte die blutigen Striemen, die seinen Rücken übersäten, und musste sich abwenden, eine Hand vor den Mund gepresst, um ein Schluchzen zu unterdrücken. Ein Arm legte sich um ihre Schultern und zog sie in eine tröstliche Umarmung.

„Ich - ich weine *nie*!", sagte sie und unterdrückte schnüffelnd ihre Tränen. „Ich - ich benehme mich wie eine *Närrin*!"

„Es ist nichts dabei, wenn man sich gelegentlich ausweint", sagte Plantagenet Halsey fröhlich und ließ sie sich in einen Ohrensessel neben dem Bett setzen. „Ich werde Euch ein Glas Rotwein holen und Ihr werdet es ganz austrinken."

Die Herzogin war zu verblüfft, als dass sie etwas hätte erwidern können. Sie hatte keine Ahnung gehabt, dass der alte Mann anwesend war. Erst als er verschwand, wurde ihr klar, dass er die ganze Zeit während ihrer üblen Gardinenpredigt im Ankleidezimmer gewesen sein musste. Der alte Mann kam mit einer Flasche Rotwein zurück und reichte ihr mit einem Lächeln ein Glas.

„Wenn es Euch nichts ausmacht, wollen wir besser weiter den Jungen zusammenflicken, bevor er uns wieder ohnmächtig wird", sagte er mit derselben fröhlichen Stimme. „Ich habe nach Tams Anweisung ein scheußliches Gemisch zusammengebraut. Stinkt nach verfaultem Gemüse und Knoblauch - *Knoblauch*! Er hat mir versichert, dass es seinen Zweck erfüllen wird. Wenn Ihr mich fragt, werden wir alle von dem Gestank bewusstlos umfallen!" Er glitt neben den Kammerdiener und stellte naserümpfend zwischen ihnen eine Schüssel ab. „Du bist sicher, dass das kein Rezept ist, das du aus der Küche geklaut hast?"

„Soll ich mariniert werden, oder wie?", scherzte Alec. „Es riecht faulig."

„Oh ja!", versicherte sein Onkel mit einem kurzen Auflachen und zwinkerte der Herzogin zu. Er reichte Tam ein Bündel sauberen Tuchs. „Und jetzt sei still und lass uns weitermachen, oder ich füttere dich unter Zwang mit einem Beruhigungsmittel!"

Die Herzogin erschauerte, ein Taschentuch an ihren Mund gedrückt.

„Es ist nicht so schlimm, wie es aussieht", versicherte ihr der alte Mann und fuhr mit seiner Aufgabe fort. „Er hat Glück, dass er so schöne Haare wie eine Frau hat. Das hat ihn davor gerettet, seine Haut ganz zu verlieren."

„Hat er nichts gegen die Schmerzen bekommen?" Als niemand ihr antwortete, sagte sie: „Aber er muss ... wie kann er ..."

Plantagenet Halsey legte einen Finger auf seine Lippen und als seine Arbeit beendet war, führte er die Herzogin ins Wohnzimmer, während Tam begann, seine Arzneien und verschmutzte Tücher aufzuräumen.

„Was hat Gervais vor?", fragte der alte Mann ohne Vorrede, nachdem er die Tür geschlossen hatte.

„Er ist unten, mit dem Rest seiner Schläger", antwortete die Herzogin. „Er ist entschlossen, Alec aus seinem Bett zu zerren und in Newgate einzusperren."

„Nur über meine Leiche!"

„Es mag sehr wohl über Eure Leiche gehen, denn nichts, was ich ihm sagte, brachte ihn zum Wanken", räsonierte die Herzogin. „Er versprüht lediglich dummes Zeug über seine Pflicht, ein ordentliches Gerichtsverfahren und ähnlichen Unfug. Ich habe gedroht, ihm den gesamten Geheimen Rat auf den Hals zu hetzen, und er hatte die Unverschämtheit, *mir* mitzuteilen, dass *ich* das Verfahren des Gerichts behindern würde. Der Mann ist wahnsinnig!"

„Alec wird schon ordentlich herauskommen, du wirst sehen", sagte der alte Mann wenig überzeugend. „Die Anklage wird keinen Bestand haben. Sie ist absoluter Unsinn. Jeder wird das einsehen."

„Natürlich ist es Unsinn! Aber Alecs tollkühnes Benehmen hat es für ihn nicht einfacher gemacht. Ein Mann, den er aus dem Außenministerium kennt, wurde in meinem Garten ermordet und am nächsten Morgen ist Alec nirgends zu finden, bis eine Durchsuchung meines eigenen Waldes ihn und Selina dabei entdeckt, wie sie Adam und Eva spielen! Ihr mögt ja grinsen, aber es ist ernst. Gervais will eine Anklage wegen Vergewaltigung hinzufügen ..."

„*Was*?", donnerte Plantagenet Halsey.

„Natürlich ist das alles Unsinn! Aber Ihr scheint nicht zu verstehen, wie ernst Alecs Lage ist. Gervais kann und wird diese weitere Anklage einbringen, ganz gleich, was ich einzuwenden habe, nur, weil er es vermag. Dass Alec Selina verführte, als sie kaum achtzehn war, wird es nur schlimmer für ihn machen. Was Delvins abscheuliches Verhalten angeht - seinen Bruder zu schlagen, als wäre er ein Tier, das gezähmt werden müsste ..." Sie schauderte. „Um die Wahrheit zu gestehen, Delvin macht mir Angst. Ich bin nur zu froh, dass Emily beschlossen hat, die Hochzeit zu verschieben."

„Er ist ein Teufel, nicht wahr?", antwortete der alte Mann trocken.

„Vater war genauso. Mein Vater. Kein Herz. Nicht genug Hirn, um ein anständiges, menschliches Wesen zu sein, aber gerade genug, um ihn aus dem Tollhaus in Bedlam herauszuhalten."

Trotz allem konnte die Herzogin ein Kichern nicht unterdrücken. „Das ist jetzt nicht der richtige Zeitpunkt für Leichtfertigkeit!"

„Nein, das ist es nicht", stimmte der alte Mann zu. „Wie ich sagte, macht Euch keine Sorgen. Diese erfundene Anklage wegen Mordes kann nicht aufrechterhalten werden. Es geht nicht, denn Alec ist unschuldig. Und weil unser Wort, und das all derer, die auf dem Ball waren, gegen Gervais steht. Er hat keine Chance!"

Die Herzogin blinzelte ihn an. „Oh, aber erkennt Ihr es denn nicht?", sagte sie verzweifelt. „Was spielt es für eine Rolle, ob die Anklage schließlich fallen gelassen wird? Die bloße Tatsache, dass Alec angeklagt wurde, wird sein Untergang sein. Ich habe keine Angst, dass Alec auch nur bis in ein Gericht kommt, schon gar nicht bis an den Galgen. Lieber Gott, ich würde jedes Kabinettsmitglied - jedes Mitglied des Oberhauses - eine Petition beim König vorbringen lassen, wenn es je dazu käme; aber das wird es nicht. Ein Wort von mir in das richtige Ohr und Gervais wird gezwungen sein, seine Anschuldigung zurückzunehmen." Als der alte Mann höhnisch schnaubte, sagte sie: „Ihr könnt so starrköpfig schauen wie ein Maulesel, aber das werde ich tun! Es ist gut und schön, hohe Ideale zu haben. Seine Unschuld zu beteuern und gemütlich darauf zu warten, dass die Welt einen endlich freispricht ist sehr edel, aber in der Praxis funktioniert das am Ende nicht so, wenn es die Gesellschaft ist, die einen verurteilen wird ...."

„Die Gesellschaft? Madam—"

„Nein! Erlaube mir, zu Ende zu sprechen! Ich weiß, was Ihr davon haltet und du kannst mir weiter Vorträge über die parasitären Vierhundert oder wie du uns nennst, halten, aber es *ist* wichtig, was die Gesellschaft diktiert. Es ist sehr wichtig, wenn man in seinem Beruf Erfolg haben will, so wie Alec. Ganz gleich, wie hart er arbeitet, er wird in diplomatischen Kreisen nicht vorankommen; er wird nie Botschafter werden, nicht einmal Minister, wenn er öffentlich des Mordes angeklagt wird. Man wird ihn meiden. Man wird ihm den Rücken kehren. Niemand wird seine Gesellschaft wünschen, weder hier noch auf dem Kontinent. Er könnte sich genauso gut morgen aufs Land zurückziehen!"

Plantagenet Halsey öffnete seinen Mund, dann schloss er ihn wieder. Er wollte eine Tirade gegen seine Klasse, gegen die kriecherische Mehrheit von ihnen mit ihrer unerträglichen, eingebildeten Prahlerei vorbringen. Aber in dem, was die Herzogin sagte, lag zu viel

Wahrheit. Schließlich wusste er nur allzu gut, was die Gesellschaft forderte und was sie einem Mann bei seiner gesellschaftlichen Stellung antun konnte. War er nicht doch als einer von ihnen geboren worden? Und wenn er mit sich selbst ehrlich war, war er mehr als bereit, seinen Stolz hinunterzuschlucken und seine Prinzipien zu opfern, wenn das bedeutete, dass er Alecs Ruf und seine Karriere vor dem Urteil der Gesellschaft retten konnte. Niemand, *nichts*, bedeutete ihm mehr als Alec.

„Die Sache ist die", sagte er nachdenklich, „warum ist Gervais so entschlossen, das durchzuziehen? Der Mann ist ein kriecherischer Hanswurst. Wenn überhaupt, würde man meinen, dass Eure Drohung mit dem Geheimen Rat genug wäre, um ihn vor Euch um Gnade winseln zu lassen. Erzählt mir nicht, dass er ein Verfechter von Recht und Ordnung ist; nicht, wenn das seinen gesellschaftlichen Ruin zur Folge hätte. Und das wird geschehen, sobald Ihr etwas in das richtige Ohr geflüstert habt. Und das muss ihm klar sein. Also was hat er davon, dass er sich so weit vorwagt, he? Sagt mir das!"

Die Herzogin starrte ihn an, als hätte er etwas Tiefsinniges gesagt. „Ich habe keine Ahnung."

„Ich schon", sagte Alec. Er lehnte im Türrahmen, ein bunter, seidener Morgenrock hing lose über seinen Schultern und er wurde am Ellenbogen von Tam gestützt, der ihm zu einem Stuhl half.

„Was sind das jetzt für Dummheiten?", wollte der alte Mann wissen.

„Du solltest im Bett sein!", fügte die Herzogin hinzu.

„Es geht mir nicht so schlecht", sagte Alec ruhig. „Es sind nur diese höllischen Kopfschmerzen." Er schaute die beiden an. „Aber es wird etwas besser im Wissen, dass ihr mich nicht fallengelassen habt."

„Ach, halt den Mund!", forderte die Herzogin schroff. „Nach allem ist niemand glücklicher, dass Selina und du die Gelegenheit habt, neu anzufangen."

Alec schluckte. „Olivia, wegen Emily ... Du hast jedes Recht, mich für einen wankelmütigen Schuft zu halten."

„Unfug!", sagte sie schneidend und hätte mehr gesagt, wenn nicht Tam ins Zimmer gekommen wäre, ein Tablett mit einer Flasche Wein und drei Gläsern in den Händen. Ein Glas war bereits gefüllt, und dieses reichte er Alec, bevor er dem alten Mann und der Herzogin Wein anbot.

„Mr. Neave sagt, da wäre ein Mr. Yarrborough unten, der mit Mr. Halsey zu sprechen wünscht", sagte Tam zu ihnen. „Mr. Neave möchte wissen, ob er ihn fortschicken soll, bis ...""

„Nein. Schickt ihn herauf", sagte Alec und lehnte sich vorsichtig an das Rückenpolster. Er nahm einen tiefen Zug aus dem Weinglas, da seine Kehle trocken wie Zunder war und sein Kopf anfing, unerträglich zu pochen.

Als Tam fort war, drehte sich Plantagenet Halsey stirnrunzelnd zu seinem Neffen um.

„Wenn du entschlossen bist, so närrisch zu sein und diesen Kerl Yarrborough zu sprechen, kannst du uns vielleicht erklären, warum Galgen-Gervais dich vor Gericht zerren möchte.“

„Ich bin davon überzeugt, dass er den Verdacht von sich ablenken will. Aber warum er meint, dass es bei seiner Schuld einen Unterschied machen würde, wenn er mich des Mordes an Tremarton anklagt, weiß ich nicht!“ Er öffnete seine Augen, um seinen Onkel und dann seine Patin anzuschauen. Es war offensichtlich, dass sie beide nichts verstanden hatten. „Ich habe nach Yarrborough geschickt, weil ich den Verdacht habe, dass Gervais der Richter war, der Dobbs hängen ließ.“

Der alte Mann rieb sich das Kinn. „Kein Zufall, das. Habe ich recht?“

„Genau. Wenn meine Vermutungen sich bewahrheiten, würde das bedeuten, dass Gervais nur zu bereit war, das Bordell zu schließen und Dobbs hängen zu lassen, und wenn auch nur, um seinen Schwager aus einem gewissen Skandal herauszuhalten.“ Er schloss wieder die Augen. „Und bevor dieses Pochen mich zwingt, Tams Drängen nachzugeben, dass ich ein Opiat nehmen soll, muss ich euch beiden sagen, dass meine Mutter wirklich in Briefen an Lady Margaret Belsay ein Geständnis abgelegt hat. Ich fand sie - oder besser gesagt, bestimmte Seiten von zwei Briefen von Lady Delvin an Lady Margaret, bei Tremartons Leiche. Es scheint, Cosmo hatte die ganze Zeit recht.“

Plantagenet Halsey drückte seine Zweifel durch ein ungeduldiges Schnauben aus. „Wer sagt, dass Tremarton nicht mit einer Fälschung ...“

„Zu Eurer Information, Mr. Halsey“, warf die Herzogin ein, „ich für mein Teil halte Margaret Belsay nicht für eine Lügnerin. Wenn sie also sagt, Helen Delvin hätte ihr geschrieben ...“

„Bitte Olivia“, unterbrach Alec und wandte langsam seinen pochenden Kopf, um seinen Onkel anzusehen. „Die Seiten trugen die Handschrift meiner Mutter. Vielleicht ist es an der Zeit, dass du aufhörst, mich vor der Wahrheit, so schrecklich sie auch sein mag, zu schützen. In seiner Wut nannte Delvin mich einen Mischlingsbastard.“

„Dämlicher Mist!“, polterte der alte Mann. „Delvin würde dich als Chinesen bezeichnen, wenn er dächte, dass das hängen bleiben würde!“

„Aber die Gräfin von Delvin hatte keine Affäre mit einem Chinesen, nicht wahr, Onkel?“

Plantagenet Halsey schüttelte den Kopf. „Nein. Kein Chinese ... Stand ein Name in den Briefen, mein Junge?"

„Sie gesteht die Tatsache, dass ich ihr Erstgeborener bin und sie eine Ehebrecherin war, aber was den Namen meines Vaters angeht, nein", sagte Alec, mit einem Blick zur Herzogin, die ihre im Schoß liegenden Hände betrachtete. „Vielleicht geht sie auf den fehlenden Seiten weiter. Ich hatte gehofft, du könntest mir die Suche ersparen ...?"

„Ich würde dir nur zu gerne sagen, dass ich dein Vater bin", sagte Plantagenet Halsey. „Aber ich war nie der Liebhaber deiner Mutter. Es gab eine Zeit, als ich mir wünschte, ich hätte mich dazu bekannt, wenn auch nur, um dir ein Leben voll Unsicherheit zu ersparen. Du warst tatsächlich der erstgeborene Sohn deiner Mutter, und du wurdest in der Ehe geboren; rechtlich gesehen warst du der Erbe des Earls von Delvin, aber Helen und ich - dem sie sich in ihrer Zwangslage anvertraute - konnten dich nicht guten Gewissens meinem Bruder als sein Kind vorzeigen."

„Gewissen? *Verdammt* sei Euer Gewissen, Sir!", brach die Herzogin aus. „Es ist *Euer* Gewissen, das Alec um sein Geburtsrecht gebracht hat!"

„Olivia—"

„Hätte Helen ihren Mund gehalten, niemand hätte etwas geahnt", fuhr sie fort, ohne Alecs leisen Einwurf zu beachten. „Wer will sagen, dass Alec nicht der Sohn des Earls ist? Hat Helen dir etwas anderes gesagt? Hat sie dir den Namen ihres Liebhabers verraten? Wusste sie, von wem sie empfangen hatte, von ihrem Ehemann oder von ihrem Liebhaber? Nein! Und wegen Eures - Eures *Gewissens* und Helens *Schuldgefühlen*, läuft jetzt ein brutales Tier, ein Teufel, der aller Wahrscheinlichkeit nach verrückt ist, als Lord Delvin herum! Wie könnt Ihr *das* mit Eurem Gewissen vereinbaren?"

„Olivia, es hat mich nie gestört, dass Edward als der Erbe des Earls erzogen wurde", sagte Alec mit einem müden Seufzer. „Er ist mein Bruder. Dass er nach mir geboren wurde, tut nichts zur Sache. Du scheinst nicht zu verstehen ..."

„Oh doch!", sagte sie, als sie sich wieder hinsetzte und Tränen aus ihren Augen tupfte. „Du hast ein viel zu gutes Herz, als dass du die Gefühle deines Onkels verletzen wolltest. Er zog dich in dem fälschlichen Glauben auf, dass deine Fähigkeiten und wie du diese Fähigkeiten einsetzt, dich zu dem machen, was du bist; nicht das Schicksal oder der Zufall der Geburt. Aber das ist völliger Unsinn! Die Gesellschaft ist nicht so. Als Earl von Delvin könntest du viel mehr erreichen denn je als Staatssekretär, der durch seinen Verdienst auf der diplomatischen Leiter aufsteigt!" Sie warf dem alten Mann einen mürrischen Blick zu. „Und niemand weiß das besser als dein Onkel."

„Und wenn die Situation umgekehrt gewesen wäre?", fragte Alec leise. „Wäre ich an Delvins Stelle und er an meiner, würdest du noch immer genauso denken?" Als die Herzogin zur Seite sah, lächelte Alec und schloss seine Augen. „Ich zumindest kann nachts gut schlafen in dem Wissen, dass alles, was ich besitze, alles, was ich bin, rechtmäßig mir zusteht."

Der alte Mann berührte sacht Alecs Schulter. „Ich habe getan, was ich für richtig hielt, mein Junge", sagte er, aber nicht mit seinem üblichen, schwülstigen Selbstvertrauen. „Um die Wahrheit zu sagen: du könntest sehr wohl der älteste Sohn des Earls von Delvin sein."

Alec berührte die Hand seines Onkels. „Ich kenne dich zu gut, Onkel. Wenn du wirklich glaubtest, dass ich der Erbe des Earls wäre, hättest du bis zu deinem letzten Atemzug darum gekämpft, dass ich anerkannt würde, aber da du das nicht tatest ..."

„Alec!"

„... bleibt es im Dunkel, wer ich bin. Komm herein, Tam. Wo ist Yarrborough?"

„Er blieb nicht, Sir", antwortete Tam. „Lord Gervais sprach mit ihm und nahm das Paket ..."

„Verdammt soll er sein!", unterbrach Alec. „Dann ist es, wie ich vermutete. Tam, in dem Rock, den ich im Wäldchen mithatte, in der Außentasche ist meine Brille und dabei ein Umschlag. Hole ihn." Er schloss die Augen, denn eine seltsames Gefühl hatte ihn überkommen. Er spürte es durch sich hindurchfließen, warm und beruhigend. Und der Schmerz - das Pochen in den Schläfen und im Nacken, das brennende Gefühl auf seinem Rücken - begann, sich in einen Bereich im hintersten Winkel seines Bewusstseins zurückzuziehen. Er fühlte sich, als ob er in kühlem Wasser schwömme. „Tam hat mir etwas in den Wein getan ...", murmelte er.

Plantagenet Halsey war nicht schnell genug, um das Glas aufzufangen, bevor es zu Boden fiel und den Rest des Burgunders über den Teppich zu Alecs Füßen verspritzte. „Du wirst dich nach einiger Ruhe besser fühlen, mein Junge."

„Zu viel - zu erklären. Darf jetzt nicht ruhen. Muss Gervais zur Rede stellen ... Dieser Brief. Lasst Tam nicht ..."

„Alles zu seiner Zeit", beruhigte ihn sein Onkel und rief Tam. „Was hast du ihm nur gegeben?"

„Eine gut bemessene Dosis Laudanum, in den Wein gemischt",

antwortete der Kammerdiener, als er dem alten Mann half, Alec ins Schlafzimmer zu schaffen.

„Nun, das hat gewirkt! Jetzt lass ihn uns ins Bett bringen."

Tam warf einen Blick auf die Herzogin, die ihnen ins Schlafzimmer gefolgt war und, Alecs schlaffen Körper stirnrunzelnd betrachtend, neben dem Himmelbett stand.

„Bitte, Euer Gnaden, wir müssen Mr. Halsey zu Bett bringen!"

„Das weiß ich!", fauchte sie, ohne dass ihr klar wurde, dass der Kammerdiener meinte, dass sein Herr entkleidet werden müsste, bevor er zwischen die Laken gelegt werden konnte. Als sie dort stehenblieb, war es dem alten Mann überlassen, ihr das zu sagen, und es ihr unverblümt klarzumachen. „Oh!" Sie wollte sich eilig entfernen, blieb dann aber stehen und streckte Tam ihre Hand hin. „Der Brief. Gib ihn mir."

Tam blinzelte und hob die goldgeränderte Brille seines Herrn hoch. „Ich fand nur dies in einer Tasche von Mr. Halseys Rock, Euer Gnaden. Der Brief - er ist fort."

Sir Cosmo fand Selina auf der Treppe zu dem Teil des Hauses, wo die unverheirateten männlichen Gäste ihre Räume hatten. Er musste nicht raten, wohin sie wollte und war nicht überrascht, dass sie verärgert darüber war, aufgehalten zu werden. Doch hatte er große Neuigkeiten, die er mit ihr teilen musste, und das konnte nicht warten.

„Hast du ihn gesehen?", fragte Selina, bevor er eine Gelegenheit zu sprechen hatte. „Wurde nach einem Arzt für ihn geschickt? Stehen diese Schläger immer noch vor seinen Zimmern? Was beabsichtigt die Herzogin, wegen Gervais zu unternehmen?"

„Meine Liebe, er ist in guten Händen. Sein Kammerdiener war Apotheker. Ich bin sicher, er bekommt ausgezeichnete Pflege und ..."

„Aber du weißt es nicht! Du hast ihn nicht gesehen", sagte sie und wandte sich zum Gehen.

„Hör mir zu, Selina!", forderte Sir Cosmo und zog sie in einen getäfelten Alkoven. „Alec steht nicht im Begriff, nach Newgate verschleppt zu werden. Die Bow-Street-Männer, sie werden gerade zurück nach London geschickt, während wir hier reden; aus diesem Grund konntest du deine Räume verlassen. Die Anklage gegen Alec wurde zurückgenommen und Gervais kann keinen feuchten Kehricht dagegen ausrichten! Das überlässt es mir, mich mit Delvin zu befassen, und ich beabsichtige, dass der Gerechtigkeit Genüge getan werden soll. Du hast mein Wort darauf."

Selina betrachtete ihren Freund mit Überraschung, die sich zu

Verdacht vertiefte, als Sir Cosmos Versicherung von einem selbstgefälligen Grinsen des Triumphes begleitet wurde.

„Was ist geschehen, Cosmo?", wollte sie wissen.

Er hielt ein vergilbtes, gefaltetes Stück Papier hoch. „Dies, mein
liebes Mädchen, ist der Brief der Gräfin Delvin an Lady Margaret
Belsay", verkündete er und konnte sich nicht helfen, laut herauszula-
chen, als sie es an sich riss und ihren schönen Kopf zu dem Blatt hinab
beugte. „Fand ihn in dem Wäldchen in Alecs Rocktasche. Ich denke, du
wirst sehen, dass er alles bestätigt, was deine Tante über Alec und deinen
Bruder sagt. Das wird Gervais nach einer anderen Melodie tanzen
lassen!"

Selina gab ihm den Brief zurück. „Wo ist der Rest davon?"

Sir Cosmos Übermut legte sich. „Ich schätze, Alec hat ihn an einem
anderen Ort. Er braucht nicht mehr, als das, was hier geschrieben steht,
um jedermann davon zu überzeugen, dass er der wahre Earl und sein
Bruder ein Betrüger ist! Gervais wollte jedenfalls nicht darüber streiten.
Er wurde nur zuerst knallrot und dann leichenblass. Schätze, ihm ist
klar, zu was für einem Trottel er sich gemacht hat."

Selinas Stirnrunzeln blieb. „Aber selbst wenn das, was du sagst, wahr
ist, Cosmo, wie kommt es, dass das Gervais überzeugt, die Mordanklage
gegen Alec zurückzunehmen?"

„Er nahm sie nicht zurück. Seine Frau tat es. Sie hatte zunächst den
Vorwurf erhoben, und ich vermute, unter Zwang. Sobald sie erkannte,
dass Ned nicht der wahre Earl ist, fühlte sie sich zweifellos weniger
geneigt, sich seiner Meinung anzuschließen. Und als der echte Earl von
Delvin kann Alec nur von seinesgleichen gerichtet werden. Den Lords,
meine Liebe. Nicht durch ein gewöhnliches Gericht. Er unterliegt nicht
Gervais' Zuständigkeit. Dieser musste einsehen, dass, wollte er seine
unsinnige Anschuldigung weiter verfolgen, er sich nur in Schwierigkeiten bringen würde. Immer noch nicht zufrieden mit meinen Bemühungen, meine Liebe?"

„Natürlich!", sagte sie und zwang sich zu einem Lächeln. Doch sie
wirkte noch immer beunruhigt. „Hast du Delvin diesen Brief gezeigt?"

„Hatte keine Gelegenheit. Er besaß die Stirn, sich beim Mittagsmahl
zu zeigen, als ob die Welt völlig in Ordnung wäre. Natürlich, die von
uns, die eingeweiht waren, machten während der Mahlzeit der Herzogin
und ihrer ahnungslosen Gäste zuliebe gute Miene. Aber niemand, der
wusste, dass Ned seinen eigenen Bruder angegriffen hatte, hatte Appetit.
Soweit es mich angeht, Selina, Ned macht mir Angst. Ich wäre nicht
überrascht, wenn er den Mord ... "

Der Satz blieb unbeendet und Selina sah in entsetztem Schweigen zu, wie Sir Cosmo die Augen verdrehte und mit einem lauten Schlag leblos auf den Dielen des Bodens zusammenbrach. Über ihm stand der Earl von Delvin. Er richtete eine Pistole auf Selina.

„Du kommst mit mir, *Schlampe*", befahl er, und bevor sie weglaufen konnte, hatte er sie am Handgelenk gepackt. Er zog sie hart an seine Seite. „Du wirst mir das Ganymed-Kontenbuch geben, und dann hast du mir einiges zu erklären!"

Es waren nicht die Windhunde, die zusammengerollt vor dem Kamin des Schlafzimmers lagen, die Alec aus einem traumlosen Schlaf weckten, sondern das laute Zischen einer Stimme in seinem linken Ohr, die ihm befahl aufzuwachen. Alec brauchte ein paar Minuten, bis ihm klar wurde, dass er nicht schlief, und dann noch länger, um sich aus den Tiefen eines betäubungsmittelschweren Schlafes zu reißen, der seine Glieder schwach und seine Gedanken verwirrt hinterließ. Als ein starker Arm ihm aufhalf, war da der unverwechselbare Geruch von kaltem Rauch. Er wurde losgelassen, als er fest auf den Beinen stand. Alec war für Eines dankbar: der quälende Schmerz in seinem Nacken und seinem Kopf hatte nachgelassen und nur das dumpfe Brennen der Wunden seines verletzten Rückens war noch zu spüren.

Etwas strich an seinen Beinen vorbei. Es waren seine Windhunde, die sich schützend zwischen ihn und den Eindringling stellten, der eine Pistole auf ihren Herrn richtete. Alec rief sie bei Fuß und sie gehorchten zögernd, knurrten aber weiter.

„Wollt Ihr mich erschießen?", fragte Alec schläfrig.

Lord Andrew Macara kicherte, zeigte dabei tabakfleckige Zähne, und legte die Pistole auf den Schreibtisch. „Im Moment sollte man nicht unbewaffnet in diesem Haus herumlaufen." Er sah zu, wie Alec seine Haare aus dem Gesicht strich. „Mann, Gott, Ihr werden mit diesen Haaren wie ein Wilder nie im Außenministerium vorankommen! Das ist wirklich nicht die letzte Mode, oder?"

„Ich will gar nicht so tun, als folgte ich der letzten Mode", antwortete Alec dumpf und bewegte sich ins Licht. „Was wolltet Ihr mir sagen?"

„Ah! Habt es Euch zusammengereimt, ja? Dachte mir schon, dass Ihr das würdet. Schlau. Zu schlau. Trotzdem, nicht schlau, Delvin Euch fast totprügeln zu lassen. Lässt Euch schuldig aussehen, wenn Ihr die Strafe wie ein Hund über Euch ergehen lasst. Warum habt Ihr Euch nicht verteidigt?"

Alec sah ihn an, ohne mit der Wimper zu zucken. „Weil ich ihn sonst getötet hätte."

Lord Andrew Macara erkannte, dass er im Ernst sprach und gab ein unbekümmertes Lachen von sich. „Das glaube ich, dass Ihr das getan hättet, ja! Warum habt Ihr es nicht? Hätte allen eine Menge unnötigen Ärger erspart."

Alec gähnte. „Ihr meint, das hätte es Euch erspart, Eurer unerbittlichen, rachsüchtigen Frau alles zu erklären und Euch in den Augen Eurer Schwiegermutter, der einzigen Frau, deren Meinung für Euch eine Rolle spielt, zu verurteilen."

Macara nahm einen noch schwelenden Stumpen aus einer goldenen Schachtel, steckte ihn zwischen seine Lippen und sog einen tiefen, befriedigenden Zug ein, während er die ganze Zeit Alec durch leicht zusammengekniffene Augen betrachtete.

„Wollte Euch sagen, was ich weiß. Wollte mich nicht einmischen, wirklich nicht meine Sache, und am besten, wenn solche Unannehmlichkeiten sich von selbst erledigen, aber ... Kann nicht dabeistehen und zuschauen, wie dieser Niemand von einem Richter ihre Gnaden herumschubst. Kennt seinen Platz nicht. Die Frau ist Herzogin. Ihre Familie steht auf der Liste der Normannischen Adligen. Ich kann nicht schweigen, nicht einmal Delvin zuliebe; nicht jetzt, wo er Emily nicht heiratet. Nicht, wenn er hübsche Frauen dazu zwingt, seine Schmutzarbeit zu verrichten. Die arme Cindy hat er vor Angst halb verrückt werden lassen. Kann seine Mätresse nicht zwingen, fälschlich seinen eigenen Bruder des Mordes zu beschuldigen und erwarten, damit durchzukommen! Schlechter Stil."

Alec konnte ein Lächeln nicht unterdrücken. „Wie konntet Ihr Lady Gervais wieder zu Verstand bringen?"

Lord Andrew grinste und sog kräftig an seinem Stumpen. „Brachte sie endlich dazu, Gervais zu verlassen, Delvin aufzugeben und mich für sie sorgen zu lassen. Sie weiß, dass sie gut versorgt werden wird, vorausgesetzt, dass ich der einzige Vogel in diesem Nest bin."

„Glückliche Frau."

„Glück? Gott, Halsey, die Frau ist die geschickteste Hure, der ich je begegnet bin! Das solltet Ihr wissen, jawoll!"

„Ich werde Euer Wort dafür akzeptieren müssen. Was ist mit Eurer anderen - äh - Familie?"

„Was soll mit ihnen sein? Sally ist eine vernünftige Frau, sie versteht diese Dinge. Wird keinen Ärger machen; braucht sie nicht. Ich werde immer für sie und unsere Gören zahlen. Alle sind zufrieden. Außer Charlotte, aber sie kann es sich nicht leisten, herumzublöken, nicht, wenn sie auf ihrem hohen, moralischen Ross sitzen und einen Ehemann haben will, den sie bei offiziellen Anlässen vorführen möchte. Gott sei Dank erwartet die Herzogin nicht, dass ich mit dieser Schlange lebe!"

Alec schüttelte seinen benommenen Kopf in amüsierter Ungläubigkeit. „Ihr seid ein besserer Jongleur, als ich es je sein werde."

„Dann ist jetzt alles entschieden?", sagte seine Lordschaft. „Gervais hat jetzt keine Anklage mehr, nachdem Cindy die Beschuldigung gegen Euch zurückgezogen hat", fügte er mit Befriedigung hinzu. „Sie ist diesen pompösen Trottel los und Ihr seid frei, Euch um Eure Angelegenheiten zu kümmern."

„Nicht ganz", sagte Alec mit einem Auge auf der Tür, wo Tam unsicher von einem Fuß auf den anderen trat. „Es ist in Ordnung, Tam. Sei so gut, mir ein Glas Zitronenwasser zu bringen und einen Anzug herauszulegen." Als Tam sich verbeugte und widerwillig zurückzog, fügte er hinzu: „Sagt mir, was Ihr über die Nacht wisst, in der Emilys Zofe getötet wurde und was Ihr während des Feuerwerks im Garten beobachtet."

Macara schaute auf den brennenden Stumpen zwischen seinen fleckigen Fingern. „Nicht viel zu erzählen ...“

„Dann könnt Ihr vielleicht meine Vermutungen berichtigen: In der Nacht, in der Emilys Zofe getötet und sie überfallen wurde, erwischte Cynthia Gervais Delvin mit Emilys Zimmermädchen in den Büschen. Ihr habt die empörte Mätresse im Billardzimmer getröstet, wo Ihr von Gervais überrascht wurdet, wahrscheinlich - äh - *in flagrante delicto?* Aus diesem Grund kam Cynthia in mein Zimmer, um Euch allen eine Lektion zu erteilen und weil sie höchst unbefriedigt zurückgeblieben war. Ihre Schuhe waren voll Schlamm und sie roch nach abgestandenem Rauch, wie das Billardzimmer am nächsten Tag, als Cosmo und ich dorthin kamen und den Raum ungelüftet und seit der Nacht zuvor unberührt vorfanden, mit Weinflaschen und -gläsern und einem Rock in der Ecke ...“

„Ah! Der gehörte mir", gab seine Lordschaft zu und machte keine Anstalten, Alecs Behauptungen zu widersprechen.

„Ja, das dachte ich mir. Als ich Delvin am selben Abend sah, trug er seinen. Aber in seinem Eifer, Verdacht von seinem Herrn abzulenken, dachte Delvins Kammerdiener, dass er das Richtige täte, als er das Eigentum an dem Rock für ihn beanspruchte. Was ich noch herausfinden muss, ist: als Gervais versuchte, Emily aus Rache wegen der zügellosen Untreue seiner Frau zu vergewaltigen, tötete er ihre Zofe dabei oder stolperte Jenny über Delvin, der das Zimmermädchen im Dienstbotenflur zu verführen suchte, ein Umstand, den sie sicher ihrer

Herrin berichten würde, und als das Bemühen meines Bruders, ihr gut zuzureden, misslang, musste er sie töten oder andernfalls riskieren, dass die Verlobung aufgelöst würde?"

Lord Andrew Macara drückte den Stumpen auf der Sohle seiner Schnallenschuhe aus.

„Meiner Meinung nach würde es Delvin keinen Penny interessieren, wenn eine Zofe ihn erwischte, als er ein Küchenmädchen bestieg. Nicht Grund genug, dem dummen Mädchen den Hals umzudrehen, wirklich nicht! Niemand nimmt das Wort eines Dieners wichtiger als das eines der unseren, und so sollte es schließlich auch sein. Aber Gervais, nun, er ist eben keiner von uns, nicht wahr? Kennt seinen Platz nicht. Ich schätze, er geriet in Panik und brach dem Mädchen aus reiner Feigheit den Hals. Aber was tut das zur Sache? Nichts wird das Mädchen wieder lebendig machen."

„Für Euch ist das Leben von Dienern billig, Mylord", stellte Alec fest und nahm das Glas mit Zitronenwasser, das Tam ihm reichte; Macara lehnte das zweite Glas ab, ohne den Kammerdiener eines Blickes zu würdigen. „Und die versuchte Vergewaltigung Eurer Nichte? Wie seht Ihr das?"

Macara zuckte nichtssagend mit den Schultern. „Charlotte hat einen Arzt zu Emily geschickt; der hat versichert, dass das Mädel noch Jungfrau ist. Heiratsaussichten sind also nicht beschädigt, oder? Das ist am Ende alles, worauf es ankommt."

„In der Tat? Wie steht es mit Gerechtigkeit für Eure Nichte und angemessene Strafe für den Täter einer so feigen und abscheulichen Tat?"

Seine Lordschaft musterte Alec, als wäre ihm dies nie in den Sinn gekommen. Er zuckte die Achseln. „Nun, wenn ihr es auf Gerechtigkeit abgesehen habt, dann würde ich sagen, dass es den pompösen Trottel fast umbringen wird, wenn seine Frau offen als meine Geliebte lebt. Was Strafe angeht? Ein Wort von Delvin oder mir und der Kerl wird an seinem eigenen Strick hängen."

„Wie das?"

Lord Andrew Macara grinste breit. „Grund, warum ich Euch aufgeweckt habe. Wollte, dass Ihr wisst, dass ich auf Eurer Seite stehe. Bereit, darüber zu sprechen, wenn Ihr das wollt. Denke, das ist, was die Herzogin von mir erwartet, ohne Rücksicht auf die Peinlichkeit für Charlotte. Kann doch ihren liebsten Patensohn nicht nach Newgate abtransportieren lassen. Ihr fragtet nach dem Garten, als Cindys Bruder diese Kugel abbekam", fügte seine Lordschaft erklärend hinzu. „Konnte nicht Delvin sein und ich war es auch nicht. Cindy bediente uns beide."

Das rasche Heben von Alecs Augenbraue ließ ihn kurz auflachen und er tätschelte Alecs Arm. „Sagte Euch doch, dass sie geschickt ist! Wette, Ihr bedauert, ihr großzügiges Angebot nicht angenommen zu haben. Also so ist es. Delvin hat mich als Alibi und ich habe ihn als Alibi und wir beide haben die köstliche Cindy als Alibi. Und um Butter zu den Fischen zu tun, ich sah Gervais in einem hitzigen Streit mit Tremarton. War nicht in der Lage, viel zu denken, zu dem Zeitpunkt - Ihr wisst, was ich meine. Aber später, mit kühlerem Kopf, wurde mir klar, was genau vorgegangen war. Was! Gervais ist Euer Mann. Er erschoss Simon Tremarton.“

VIERZEHN

Alec betrat den chinesischen Salon und die gesamte Unterhaltung der versammelten Gesellschaft kam zu einem abrupten Ende. Es war nicht viele Stunden her, dass am Mittagstisch verstohlenes Flüstern herumgegangen war, dass Alec Halsey wegen des Mordes an Simon Tremarton verhaftete worden wäre, und zwar mit dem Segen des Earls von Delvin. Aber kaum war die Verhaftung nach einem Kampf mit den Bow-Street-Männern, wie es hieß, vorgenommen worden, wurde die Anschuldigung wundersamerweise nach dem persönlichen Eingreifen der Herzogin von Romney-St. Neots zurückgenommen. Niemand wusste, was oder wem zu glauben war, aber jeder wusste, dass während des Feuerwerks ein Mann erschossen im Gebüsch gefunden worden war und Lord Delvin seinen Bruder für den Schuldigen hielt. Dass die Herzogin in der Lage war, die Befreiung ihres Patensohnes zu veranlassen, war die geringste Überraschung. Aber ihr Eingreifen sprach ihn nicht von seiner Schuld frei.

Die Damen musterten Alec hinter flatternden Fächern hervor und schauten dann widerwillig beiseite, während die Gentlemen schnell unterbrochene Gespräche wieder aufnahmen, viele sich, um sich zu beschäftigen, ihren Schnupftabakdosen zuwandten. Die Herzogin winkte ihn zu sich und goss ihm eine Schale Kaffee ein, ungehalten darüber, dass er nicht im Bett geblieben war, um seine Wunden zu pflegen, aber dennoch glücklich, ihn wohlbehalten auf den Beinen zu sehen. Lady Sybilla ging, um ihm seine Schale zu bringen, aber Lady Charlotte, die einen Moment ob der Unverschämtheit des Mannes erstarrt war, packte das Handgelenk ihrer Schwester. Sybilla wollte ihr nicht gehorchen, riss sich los, verschüttete Kaffee in die Untertasse und übergab die Schale schüchtern an Alec, der sie mit einem Lächeln entgegennahm.

„Fühlt - fühlt Ihr Euch nach etwas Ruhe jetzt besser?", fragte sie zögernd.

„Viel besser, ich danke Euch."

Lady Charlotte stand mit Schwung auf und schloss ihren Fächer mit einem Knall. Sie warf Alec einen zornglühenden Blick zu und wandte sich an ihre neben dem Teewagen sitzende Mutter. „Du wirst mir verzeihen, wenn ich mich früh zurückziehe, Mama. Ich kann - *ich will* - nicht Tee trinken in der Gesellschaft eines - eines - von jemandem, der Scham und - und Schande über unsere Familie gebracht hat!"

Lady Sybilla schnappte nach Luft.

„Dann geh, Charlotte!", sagte die Herzogin klagend. „Ich schlage vor, bis nach Gloucestershire, denn ich kann dich hier nicht brauchen."

Lady Charlotte starrte sie an. „Du schickst *mich* fort, wenn es doch dieser Mann ist, der beschuldigt wird ..."

„Verschwende deinen Atem nicht auf deine Empörung!", empfahl die Herzogin. „Ich habe keine Geduld mehr mit dir. Du hast von der Sache keine Ahnung!"

„Nein? *Habe ich das nicht?*", sagte Lady Charlotte in schrillem Flüsterton. „Wir werden alle sehen, wer recht hat, Ma'am, wenn die Gesellschaft uns den Rücken kehrt, weil du diesen - diesen ..." Sie wedelte mit ihrem Elfenbeinfächer in Alecs Richtung. „... *mörderischen Schürzenjäger* unterstützt."

Alec verneigte sich vor ihr. „Wie immer, Madam, enttäuscht Eure öffentliche Zurschaustellung von Scheinheiligkeit nicht."

Daraufhin schaute Lady Charlotte ihn mit wogendem Busen böse an. „Euer Bruder tut mir aufrichtig leid!", hauchte sie.

„So, wie mir auch, Madam", sagte er und stellte seine leere Kaffeeschale auf den Teewagen zurück, dem affektierten Schauspiel der Frau bei ihrem Rückzug den Rücken zudrehend. Sein Blick flog über die versammelte Gesellschaft. „Selina ist noch in ihren Räumen, Euer Gnaden?"

„Seid so freundlich, zur Seite zu gehen, Sir!", verlangte Lady Charlotte laut.

„Wenn Ihr für uns dasselbe tut, Madam, werden wir Euch gerne gefällig sein", knurrte Plantagenet Halsey.

Er stützte Sir Cosmo am Ellenbogen, der große Gentleman hielt eine Hand auf seinem Nacken und hatte einen schmerzverzerrten Zug auf seinem runden Gesicht. Bei seinem Anblick sprang die Herzogin auf und Alec kam hinzu, um seinem Onkel zu helfen; Lady Charlotte blieb unbeachtet und war gezwungen, sich an die gemusterte chinesische Tapete zu drücken.

„Was ist geschehen?", fragte Alec seinen Onkel.

„Weiß nicht, mein Junge. Fand Mahon auf den Dielen eines Alkovens hingestreckt. Wäre direkt an ihm vorbeimarschiert, wenn er nicht so laut gestöhnt hätte."

„Gestöhnt?", klagte Sir Cosmo. „Wenn man auf den Hinterkopf geschlagen wird und eine Geschwulst von der Größe eines Hühnereis davonträgt ..."

„Wer hat dir das angetan, Cosmo?", fragte Alec und trat zur Seite, um Lady Sybilla zu erlauben, Sir Cosmo ein Glas Weinbrand aufzudrängen.

Sir Cosmo goss den Weinbrand hinunter, lehnte sich an den Türrahmen und gab Lady Sybilla das Glas mit einem Lächeln zurück, das eher eine Grimasse war.

„Keine Ahnung. Von hinten, wie ich sagte. Aber Selina - Selina würde es wissen. Frag sie. Ich sprach gerade mit ihr, als alles schwarz wurde." Seine Augen konzentrierten sich auf Alec und plötzlich, als ob ihm etwas höchst Wichtiges einfiele, schob er seine Hand in eine Tasche seines Rocks und seufzte erleichtert auf, als seine Finger sich um Papier schlossen. Er nahm den Umschlag heraus und übergab ihn Alec. „Gott sei Dank, er ist in Sicherheit! Obwohl der Brief gestohlen worden sein könnte; der Grund, mich niederzuschlagen. Dieser Brief hatte gewirkt. Sobald Gervais den Brief deiner Mutter an Lady Margaret gelesen hatte, blieb ihm nichts anderes übrig, als seine Bande von Schlägern mit dem Schwanz zwischen den Beinen nach London zurückzuschicken. Außerdem wies ich ihn darauf hin, dass, sobald der Brief veröffentlicht würde, man ihm die Mordanklage aus den Händen nehmen und dem Oberhaus übergeben würde, wie es Alecs Stellung als ..."

„*Nein!*", knurrte Alec. Er wischte sich mit der Hand über den Mund im Bemühen, sich zu beruhigen. „Nein, Cosmo", sagte er ganz leise, „du bist weit genug gegangen. Und du hast keine Ahnung, welchen Schaden du angerichtet hast!"

„Aber mein Junge", sagte die Herzogin, „was Cosmo getan hat, geschah in deinem besten Interesse. Und mir scheint, dass es diesen Narren Gervais wieder zu Verstand gebracht hat, als ihm dieser Brief gezeigt wurde."

„Danke, Tante Olivia", sagte Sir Cosmo mit einer leichten Verbeugung.

Lady Charlotte, die sich von dem Fleck vor der Tapete nicht weggerührt hatte, starrte ihre Mutter mit leerem Ausdruck an, dann Sir Cosmo und erklärte, dass sie alle in Rätseln sprächen.

Alec schaute auf den Brief hinunter. „Es ist nicht deine Schuld", räumte er dem beschämten Sir Cosmo gegenüber ein. „Wie solltest du ahnen, dass dies einer von zwei Briefen war, den ich bei Simon Tremartons Leiche fand und dass dieser, der zweite und neuere der beiden, gar nicht von mir handelt ...“

„*Was?*“, sagten drei Stimmen gleichzeitig.

Alec schaute zuerst seinen Onkel und dann die Herzogin an, bevor er sich mit leiser Stimme an Sir Cosmo wandte. „Dieser Brief wurde nur Wochen vor dem Tod meiner Mutter geschrieben. Sie war um das Wohlergehen eines Jungen besorgt, eines mutterlosen Jungen, der die ersten zwölf Jahre seines Lebens in Delvin verbracht hatte. Sie war besorgt, weil sein leiblicher Vater ihn einfach in die Welt hinausstoßen könnte. Daher traf sie Vorkehrungen, um Lord Delvins illegitimen Sohn bei seinem Onkel, einem Apotheker in London, in die Lehre zu geben.“

Vor Erstaunen vergaß Sir Cosmo die Geschwulst an seinem Hinterkopf vollständig. „Guter Gott - der Junge, der dein Kammerdiener ist, ist *Delvins* leiblicher Sohn?“

„Ich glaube, das beweist dieser Brief. Ja“, sagte Alec und ließ das Stück Papier in eine Tasche gleiten. „Ich glaube, dass Jack sein Leben wegen dieser beiden Briefe riskierte und verlor. Er war klug genug, von beiden nur die ersten Seiten bei sich zu haben, während die anderen Seiten irgendwo in Sicherheit aufbewahrt wurden. Jack drohte, Delvin zu entlarven, nicht wegen seines fraglichen Geburtsrechts, sondern wegen seiner Vernachlässigung seines leiblichen Sohnes, der als armer Lehrling einen Stock unter einem berüchtigten Männerbordell arbeitete.“

Als die in Hörweite Befindlichen sich von ihrer Überraschung und ihrem Schock erholt hatten, sagte Sir Cosmo laut: „Und der andere Brief? Was beweist der, Alec?“

„Der erste, viel ältere Brief beweist sehr wenig.“

„Nur, dass es einen schweren Justizirrtum gegeben hat“, sagte die Herzogin, „und dass du tatsächlich deiner Mutter ...“

„Nein, Olivia!“, flehte Alec. „Sag nicht mehr!“

„Bitte fahre fort, Mama!“, forderte Lady Charlotte und hatte die Befriedigung, jedes gepuderte und federgeschmückte Haupt im Raum zustimmend nicken zu sehen.

Aber die Herzogin zögerte unter Alecs eindringlichem Blick. Es blieb Sir Cosmo überlassen, entschlossen aufzutreten, und er trat in die Mitte des chinesischen Salons, damit alle, die sich angestrengt hatten, etwas von der Unterhaltung am Türeingang aufzuschnappen, es hören konnten, und bevor Alec ihn aufhalten konnte, verkündete er: „Alec Halsey ist der älteste Sohn der Gräfin Delvin und als solcher der rechtmäßige

Earl. Kein Zweifel, dass Ihr ein ganz anderes Ergebnis erwartet hattet,
Mylady?"

Lady Charlotte starrte wild im Raum zu dem schockierten Ausdruck
auf den meisten Gesichtern, als ob sie jemanden aufrufen wollte, Sir
Cosmo zu widersprechen, aber niemand sagte ein Wort. Ihr entrang sich
ein hysterisches Lachen, das eher ein halbes Schluchzen war, als sie zur
Tür sah. „Nun, meine Liebe", sagte sie bitter, „das sollte dich doch sehr
erfreuen! Wusstest du es? Kein Wunder, dass du versuchtest, einen
Bruder zu verschmähen, um dich dem anderen zu prostituieren! So viel
Verstand hätte ich dir gar nicht zugetraut. Aber du bist mit deinen
Bemühungen letztlich doch gescheitert, denn dieser Bruder hat dich
zugunsten der reiferen Reize einer Witwe aufgegeben."

Dieser giftige Ausbruch richtete sich an Emily, die auf ihren Pantöf-
felchen gerade in den Raum getreten war. Aber wenn Emily den
Ausbruch ihrer Tante gehört hatte, ließ sie es nicht merken, denn sie
schaute Alec mit einem glasigen Ausdruck in ihren Augen an.

„Etwas Fürchterliches ist geschehen", brachte sie mit einem
trockenen Schlucken heraus. „Etwas so Schreckliches ... wirst du gehen
und nachschauen?"

„Natürlich", stimmte Alec zu und drängte sie weiter, als sie schwieg.
„Sag mir nur, wohin ich gehen soll."

Sie nickte, als ob er genau wüsste, wovon sie sprach. „Das Billardzimmer. Es geschah im Billardzimmer. Ich hörte Stimmen - Geschrei.
Ich dachte, es wären diese jungen Schlingel, die abgehauen waren und
achtlos die Kugeln herumstießen. Aber dann gab es einen lauten Krach,
als ob etwas schwer auf die Dielen gefallen wäre. Und dann stürzte Mrs.
Jam... - Selina auf den Flur heraus und schrie mir zu, ich sollte Hilfe
holen. Deshalb bin ich hier und ich habe nicht die leiseste Ahnung, was
los ist, nur, dass alles sehr verwirrend ist!" Sie holte zittrig Atem und
bedeckte ihr Gesicht mit den Händen. „Ich wünschte, ich hätte das Blut
nicht gesehen! Blut über die ganze Vorderseite ihres schönen, tauben-
grauen Kleides ..." Sie starrte Alec an und dann unter Tränen auf ihre
Großmutter. „Es ist Edward. Er ist tot. Sie - sie hat ihn *erschossen*."

DER KÖRPER DES FÜNFTEN EARLS VON DELVIN LAG AUSGESTRECKT
mit dem Gesicht nach oben auf dem Billardtisch. Der Kopf war nach
hinten geworfen und ein Auge starrte leer zu der reich verzierten Stuck-
decke hinauf. Die gepuderte Perücke, die das bleiche, gutaussehende
Gesicht im Leben umrahmt hatte, hing seltsam schräg und enthüllte
einen Kopf voll sehr kurz geschnittener blonder Haare und einen

zerschmetterten Schädel, der sehen ließ, was von dem schwer beschädigten Gehirn darin noch übrig war. Die linke Seite des Gesichts war völlig verschwunden. Was von den vertrauten Gesichtszügen noch blieb, verschwand unter einer dicken Schicht glänzenden Bluts. Krawatte, Weste und Rock waren alle blutbespritzt. Ebenso der grüne Filz des Tisches, auf dem die sich unter dem zerstörten Kopf ausbreitende Blutlache auf eine ledergebundene Kladde zu kroch, die offen nahe dem mittleren Loch lag.

Alec erfasste alles mit einem Blick und wandte sich schnell an einen Lakaien hinter sich, um diesen um seinen Rock zu bitten. Er warf ihn hastig über die Schultern seines Bruders, als Plantagenet Halsey und Sir Cosmo durch das Zimmer zu dem Billardtisch kamen. Nichts jedoch konnte die Gewaltsamkeit der Szene verbergen, die sich ihnen bot.

Sir Cosmo warf einen Blick auf die teilweise bedeckte Leiche und die große Blutlache mit ihren Flecken von Gehirn und Knochen, dann stolperte er, so schnell seine zitternden Beine ihn tragen wollten, aus dem Zimmer, ein Taschentuch fest vor den Mund gepresst. Der alte Mann schaute unverwandt auf den Billardtisch, aber sein Bewusstsein registrierte nicht, was seine Augen ihn sehen ließen. Wie betäubt sah er zu, als Sir Cosmo aus dem Zimmer floh und wandte sich dann an Alec, als ob er von ihm eine Art Erklärung verlangte. Sein Neffe führte ihn still und sehr bestimmt aus dem Raum und schloss die Tür. Der Butler kam mit einem Blick höflicher Neugier auf sie zu, einen niederen Diener auf den Fersen.

„Neave, es hat einen bedauerlichen Unfall gegeben“, sagte Alec.

„Einen bedauerlichen Unfall“, wiederholte der Butler und sein verschatteter Blick huschte zur Tür.

„Sieh zu, dass diese Tür verschlossen bleibt. Ich schlage vor, dass zwei Lakaien Wache stehen. Und Neave, unter keinen Umständen darf jemand dort hineingehen.“

„Ja, Sir. Soll ich nach Oakes schicken?“

Alec seufzte. Seine Hände zitterten. „Ja, ich denke, das muss sein. Vielen Dank, Neave.“

Der Butler räusperte sich. „Sir. Henry sagte, er hätte einen Schuss gehört, aber ...“

„Das stimmt“, sagte Alec schroff, um die Neugier des Butlers zu beschwichtigen. „Ich suche nach Mrs. Jamison-Lewis“, fuhr er fort und versuchte, sich seine Panik nicht anhören zu lassen. „Hast du sie kürzlich gesehen?“

„Ich glaube, Mrs. Jamison-Lewis wurde zuletzt in Gesellschaft von Lord Gervais gesehen, Sir.“

„Und du weißt, wohin sie sich begeben wollten?"

Der Butler schaute den alten Mann an, dann wieder zu Alec und räusperte sich: „Die Dienstbotentreppe hinter dem Billardzimmer geht bis zum Dach hinauf, Sir."

„Vielen Dank. Gib Mr. Halsey ein gutes Glas Weinbrand!", rief Alec, als er zurück ins Billardzimmer stürzte und die Tür zuknallte.

Der Butler verneigte sich vor der geschlossenen Tür. Neave wollte nie wieder ein so blutiges Wochenende erleben wie dieses. Er ging, um den besten französischen Weinbrand der Herzogin zu holen.

Bis Alec alle Stufen zum Dach erklommen hatte, war er außer Atem und spürte jede Prellung und jede Wunde an seinem Körper. Er krümmte sich vor Magenkrämpfen und versuchte, Luft in seine Lungen zu saugen, während er sich zwang, ruhig und beherrscht zu bleiben. Es wäre nicht gut, jetzt zusammenzubrechen; nicht, wenn Selina in tödlicher Gefahr schwebte. Lebhafte Bilder des Grauens, das das Ungeheuer, das nun Selina in seiner Gewalt hielt, verursacht hatte, blitzten in Alecs müdem Hirn auf: Der schlaffe Körper seines Bruders auf dem Billardtisch mit dem zerschossenen Kopf; Jenny, mit ihrem gebrochenen Genick; Simon, mit einem klaffenden Loch in seiner Seite; die süße, unschuldige Emily, die in ihrem eigenen Heim beinahe vergewaltigt worden war. Selina und er waren so nahe daran, nach sechs elenden, voneinander getrennt verbrachten Jahren den perfekten Neuanfang zu finden, dass es nicht lohnte, sich bei den Schmerzen aufzuhalten, die der angesehene Richter anderen zugefügt hatte. Warum hatte Selina die Angelegenheit in die eigenen Hände genommen? Sie hätte warten sollen. Sie hätte auf ihn warten sollen. Verdammt, warum musste sie sich einmischen!

Es war nicht nötig, die Tür aufzubrechen, die den Wind aufhielt, der über das Dach fegte. Die Tür schlug in ihren Angeln weit hin und her. Der kalte Luftstrom, der einen Hauch eisigen Regens mit sich brachte, schlug Alec ins Gesicht und ließ ihn fast zurück ins dunkle Treppenhaus taumeln. Er drängte weiter und kam auf einem schmalen Steg mit steinerner Brüstung heraus, der die ganze Länge dieser Seite des Hauses entlanglief und wurde davon abgehalten, um eine Ecke zu biegen, da dort das Blei aus dem Dach sich bis hoch zu einer Ansammlung von vier Schornsteinen zog. Also gab es kein Entrinnen, für niemanden von ihnen.

Dieses Wissen hielt ihn nicht davon ab, die Brüstung so schnell entlang zu laufen, wie er konnte, ohne dabei auf den glatten, mit Blei überzogenen Brettern auszurutschen, die von dem ständigen Nieselregen schlüpfrig waren. Er hielt sich aufrecht, indem er eine Hand gegen die Wand und die andere auf die steinerne Brüstung legte. Als er den halben Weg zurückgelegt hatte, sah er sie: Gervais hatte eine Hand fest um Selinas Arm gekrallt und zerrte sie mit sich, als müssten sie irgendwo hingehen. Alec näherte sich ihnen, duckte sich, um unbemerkt zu bleiben, dicht genug, um ihr Gespräch zu belauschen und hoffentlich Selina packen zu können, wenn der richtige Zeitpunkt kam. Die einzige ermutigende Neuigkeit bestand darin, dass Selina sich auf seiner Seite des Stegs befand. Alles andere ließ eine Katastrophe befürchten.

„Ihr macht einen Fehler!", rief Selina durch den Nieselregen.

„Euer Fehler, Madam, war, dass Ihr Euch eingemischt habt!", knurrte Lord Gervais, als er sie weiter die Brüstung entlang zerrte.

Selina versuchte, sich loszureißen. „Glaubt Ihr, dass dies klug ist? Hier herauf zu kommen, wo es kein Entfliehen gibt? Wäre es nicht am besten, sich zur Küste zu begeben? Zu versuchen, eine Gelegenheit zu finden, nach Frankreich überzusetzen?"

Daraufhin blieb Lord Gervais stehen. „Ich? Ein angesehener Richter, ich soll *fliehen*? Haltet Ihr mich für einen Feigling, Madam?"

Selina schaute in seine großen, wässrigen Augen und die Rinnsale von Regenwasser, die auf jeder Seite seiner großen, spitzen Nase hinabliefen, und schauderte. Der kalte Regen war nicht der Grund dafür. „Nein. Ich halte Euch für einen herzlosen Mörder, Sir!"

Er lachte, als ob sie ihm einen guten Witz erzählt hätte. „Ja. Ja, das bin ich."

„Was hatte diese arme Zofe getan, um zu verdienen ..."

Gervais schüttelte nachdrücklich den Kopf. „Nein! Nein! Ich bin kein Frauenmörder, Madam! Würde einem hübschen Mädchen kein Haar krümmen."

Selina wagte es, ungläubig zu schnauben. „Nein? Betrachtet Ihr Vergewaltigung als bloßen Sport, Sir?"

Daraufhin lachte Gervais ihr ins Gesicht. „Delvin verdiente keine jungfräuliche Braut! Er hat Cindy zur Hure gemacht! Die Frau eines Richters - meine geliebte Cynthia - auf ihren Knien vor einem mittellosen *Betrüger*! *Empörend*!"

Trotz ihrer misslichen Lage gewann Selinas Neugier die Oberhand über ihre Angst. „Mittellos? Delvin? Aber ..."

„Delvin lebte von dem, was Euer Ehemann, Madam, ihm

zukommen ließ. Jetzt kommt schon! Es ist Zeit, dass Ihr und ich diesen Ort verlassen!"

„Wohin?"

Er warf einen vorsichtigen Blick über die Brüstung. „Dort hinunter. Ihr und ich."

„Hinunter?" Und dann verstand Selina und all ihre Angst kehrte zurück und drohte, sie zu überwältigen. Sie wollte schreien. Aber sie befahl sich, ruhig zu bleiben. „Welchem Zweck soll es dienen, wenn Ihr mich mit Euch reißt?"

„Wir werden sterben wie Liebende. Das werden sie denken. So wird es verzeichnet werden."

„Liebende?!" Selina wurde übel und man konnte es aus ihrer Stimme hören.

„Ja. Alles ist vorbereitet. Ich habe einen Brief hinterlassen. Hier, in der Tasche meines Rocks. Er erklärt alles. Die ekelhaften Perversionen Eures Ehemannes, das Männerbordell, seine Schläge, die Erpressung. Wie ich die Augen vor seinen Neigungen und seinem Club verschloss, bis mir alles zu viel wurde und ich das Etablissement auf Euer Flehen hin schloss. Wie ich von Schuldgefühlen geplagt wurde, aber mich meiner Liebe zu Euch wegen veranlasst fühlte zu tun, was Delvin mir befahl, bis ..."

„Ihr seid ein widerwärtiger Heuchler! Ihr verurteilt Delvin, aber Ihr habt auch monatlich Geld von J-L bekommen! Ihr, ein angesehener Richter, ein Hüter der Gesetze, habt die Augen vor dem verschlossen, was in diesem Männerbordell vor sich ging und wäret so blind geblieben, wenn nicht andere es verurteilt hätten!"

„Genug! Ich habe genug gehört, Madam! Es wird Zeit, dass Ihr mit mir zur Hölle fahrt!"

„Das Ganymed-Kontenbuch!", platze Selina heraus. „Das Ganymed-Kontenbuch wird beweisen, dass Ihr lügt!"

Einen Fuß bereits auf der Brüstung blieb Lord Gervais stehen und runzelte die Stirn. „Kontenbuch? Delvin hat Eure Kladden gestohlen, Madam, aber ich habe sie selbst im Kamin verbrannt."

„Er hat die Kontenbücher meines Haushalts gestohlen und Ihr Narr habt sie verbrannt! Es gab ein drittes, eines, das mein Mann speziell für den Ganymed-Club führte. In den Spalten steht Euer Name offen vor aller Welt geschrieben."

Der Richter wirkte ungläubig. „Dann hat Delvin ... diese dünne Kladde, die er im Billardzimmer hochhielt ... er bluffte nicht?"

„Nein. Einmal in seinem Leben sagte Delvin die Wahrheit."

Gervais war so verblüfft, dass er einen Augenblick lang den Griff um

Selinas Arm lockerte. Das war genug. Selina riss sich los, wandte sich um und floh, die schweren Damaströcke über die Knöchel gehoben, den Steg zurück.

„Ihr blufft!", schrie Gervais durch den Regen, als er ihr nachrannte. „Delvin auch! Es gibt kein solches Kontenbuch! Euer Mann würde es nicht gewagt haben, das zu Papier zu bringen. Zu vernichtend. Kommt wieder her!", blaffte er und stürzte sich auf ihre Röcke, aber was er fühlte, war ein harter Schlag ans Kinn, der ihn zurücktaumeln ließ.

Alec war hochgeschossen, als Selina ihn erreichte, nur wenige Fuß von dort entfernt, wo sie gefangen gewesen war, und mit einer schnellen Bewegung schob er sie hinter sich und trat mit geballten Fäusten vor, bereit, mit dem Richter zu kämpfen. Selina fiel nach vorn auf die Knie und kam rechtzeitig wieder auf die Beine, um Gervais' Vergeltungsschlag gegen Alecs Kopf zu erleben. Aber Alec war schneller und duckte sich, was den Schlag seines Gegners wild durch die Luft neben seinem linken Ohr schießen ließ, so dass Gervais sich fast im Kreis drehte und im Regen völlig orientierungslos wurde. Er tastete nach der Brüstung und richtete sich auf, einen Arm zur Wand ausgestreckt und unsicher, wer oder was ihn getroffen hatte.

„Es ist vorbei! Gebt auf und kommt ruhig mit!", rief Alec schrill und wischte sich den Regen aus den Augen. „Um Eurer Seele willen, führt diese feige Tat nicht aus!"

Selina stand hinter Alec, ihre Arme um seine Taille, spürte seine Wärme und wusste nun, dass sie wirklich in Sicherheit war. Sie blinzelte den Regen von ihren langen Wimpern und spähte durch den Nieselregen zu der schemenhaften Gestalt des Richters hinüber, die nur wenige Fuß entfernt unentschlossen von einem Fuß auf den anderen schwankte. Sie fragte sich, was er vorhatte und hielt unbewusst den Atem an.

Alec machte einen kleinen Schritt nach vorn, die Hand zum Richter ausgestreckt, um ihn zum Hineingehen zu überreden. Und dann war es vorbei. Mit einer raschen, mühelosen Bewegung zog Lord Gervais sich über die Brüstung und verschwand im Regen seinem Tod entgegen auf dem Kiesweg darunter.

✿

ST. NEOTS HOUSE wurde geschlossen. DIE MÖBEL wurden mit Hüllen bedeckt. Nur ein kleiner Stab von Dienern blieb, um sich um alles zu kümmern. Die anderen wurden zum Landsitz der Herzogin in Bedfordshire geschickt. In den Ställen gab es keine Pferde und Kutschen mehr. Zwei große Reisekutschen standen auf der runden Auffahrt, beladen mit Portmanteaux, Koffern und Möbeln, von denen die Herzogin erklärt hatte, nicht ohne sie leben zu können. Die Kutscher warteten auf die Insassen, um loszufahren.

Die Reisenden standen in der Halle, um sich um die letzten Einzelheiten zu kümmern. Alec fand sie dort, wo die Herzogin letzte Anweisungen an ihren Gärtner für die Pflege ihrer kostbaren Pflanzen und Sträucher während ihrer Abwesenheit erteilte. Er war, nachdem er vor drei Wochen zum St. James's Place zurückgekehrt war, nicht wieder im Haus gewesen. Rechtliche Angelegenheiten wegen des Todes seines Bruders, des Nachlasses und finanzielle Angelegenheiten hatten ihn so beschäftigt gehalten, dass ein Tag in den nächsten überging und ihm kaum Zeit für sich selbst blieb. Als er die Nachricht der Herzogin erhalten hatte, dass sie St. Neots House verlassen würde, hatte er dem wenig Beachtung geschenkt, sondern gedacht, dass sie beabsichtigte, für ein paar Monate wohlverdienter und notwendiger Abgeschiedenheit nach Bedfordshire zu fahren. Es war Selinas Brief, der ihm erst einen Tag zuvor von einem Boten überbracht worden war, der ihn aus seiner Geschäftigkeit riss und ihn über Land galoppieren ließ, um sie zu sehen.

Sie saß auf einem Sofa und wartete auf die Herzogin und Emily, Evans stand neben ihr und jammerte über das Aussehen der widerspenstigen Locken ihrer Herrin. Die ältere Frau sah Alec zuerst und beschloss, dass sie etwas frische Luft bräuchte, bevor sie stundenlang in einer Kutsche eingesperrt sein würde. Bevor Alec zu Selina hinübergehen konnte, erschien die Herzogin aus dem Hintergrund der Halle und fing ihn ab, ihm ihre Wange zum Kuss bietend.

„Du siehst erschöpft aus", sagte sie voller Besorgnis.

„Das kommt von den vielen Stunden, die ich mit Anwälten zusammen eingesperrt gesessen habe, die ich lieber nicht sehen würde."

„Wie steht - alles?"

Alec seufzte. „Ein einziges Durcheinander. Es wird Monate dauern, bis alles entwirrt ist. Ich hoffe nur, dass ich nicht inzwischen vor Langerweile sterbe. Ich erwarte, dass mein Besuch in Delvin nicht besser sein wird."

„So schlimm?"

„Ja. Man hat mir mitgeteilt, dass das Unkraut auf dem südlichen Rasen nur fünf Fuß hoch steht und dass drei der Kamine durch umfangreiche Reparaturarbeiten vor der Zerstörung bewahrt werden können. Was den Zustand der Pachthöfe betrifft ... Ich werde die Runde machen müssen, bevor ich das Schlimmste erfahre."

„Du armer Junge! Du wirst monatelang alle Hände voll zu tun haben." Sie sah Selina an. „Vielleicht ist es auch ganz gut so", murmelte sie und lächelte Alec strahlend an. „Emily wirft noch einen letzten Blick auf den Garten. Ich hole sie gleich." Und sie ließ Alec mit Selina in der Weite der marmornen Halle zurück.

„Olivia hat recht", sagte Selina schließlich, brach das Schweigen und begegnete tapfer Alecs festem Blick. „Du wirst so damit beschäftigt sein, Delvins Chaos zu ordnen, dass du keine Zeit haben wirst, um zu - zu ..."

„Das macht dein Fortgehen nicht leichter", sagte er ruhig und ergriff ihre Hand, als sie aufstand. „Musst du gehen?"

„Die Zeit des Getrenntseins wird uns guttun. Du hast als neuer Earl so viel zu tun, und meine Trauerzeit muss erst ablaufen, worauf Olivia besteht, damit wir ohne Tadel und mit der Zustimmung der Gesellschaft heiraten können. Ich war noch nie in Paris. Talgarth will dort zu uns stoßen. Wird das nicht vergnüglich für mich sein?"

„Wenn es nur Paris wäre ..."

Sie schaute in seine blauen Augen und wünschte dann, sie hätte es nicht getan. „Ich darf nicht mit dir zusammen sein - noch nicht. Also darf ich nicht in London bleiben. Und wir haben vereinbart, dass wir unsere Verlobung nicht vor meiner Rückkehr bekanntgeben. Das stört dich doch nicht, oder?"

„Ich möchte *doch* sagen, weil ich selbstsüchtig bin. Ich will nicht ohne dich hierbleiben müssen. Aber ich verstehe, warum wir warten müssen."

Selina biss sich auf die Unterlippe und bemühte sich, den Drang zu beherrschen, sich in seine Arme zu werfen. Sie musste für sie beide stark sein.

„Ich werde nicht mehr als neun Monate fort sein. Neun Monate werden so schnell vorbei gehen. Du wirst viel zu beschäftigt sein, um an mich zu denken. Und das ist auch gut so."

Er lächelte und hob ihre Hand an seine Lippen. „Du hast eine sehr geringe Meinung von meiner Beständigkeit, mein Liebling."

Selina wandte ihren Kopf ab. „Ich wollte nicht sagen ..."

„Verzeih mir", sagte er sanft, denn er wusste, dass sie den Tränen nahe war. „Ich bin ein selbstsüchtiger Langweiler. Neun Monate werden schnell genug herumgehen."

Selina nickte und fühlte sich plötzlich deprimiert. Sie wollte, dass er sie davon abhielte, fortzugehen. Sie wollte, dass er böse auf sie war, weil sie ihn verließ. Irgendwie hätte das ihren Abschied so viel leichter gemacht. Aber er würde nicht böse werden; so war er nicht. Und sie liebte ihn zu sehr, um in London zu bleiben und seine Mätresse zu werden. Das würde geschehen, wenn sie bliebe. Und das wäre weder gut für ihn noch für sie, nicht, wenn es in der Gesellschaft bekannt würde.

Nicht, nachdem der verdächtige Tod seines Bruders noch in aller Munde war. Sie versuchte zu lächeln.

„Ich werde schreiben."

Er kniff ihr ins Kinn, dann streichelte er leicht über ihre errötete Wange.

„Das möchte ich hoffen. Ich werde dir Neuigkeiten von deinem Waisenhaus schicken."

„Ja. Ich möchte wissen, wie es vorangeht. Ich bin sicher, dass dein Onkel mich über die Entwicklung auf dem Laufenden halten wird."

„Ja, er ist sehr zufrieden mit sich und damit, dass er Mitglied des Kuratoriums ist. Er sagte mir, das Kapital der Stiftung betrüge weit über achttausend Pfund. Das war sehr großzügig von dir; ebenso wie deine Geste, das Waisenhaus nach Jack zu nennen."

„Großzügigkeit hatte nichts damit zu tun", sagte Selina wahrheitsgemäß. „Ich konnte keinen Penny von J-Ls schmutzigem Gewinn guten Gewissens anfassen. Am besten, es für einen guten Zweck zu verwenden."

„Jack hätte sich gefreut."

„Ja, ja, das hätte er", antwortete sie und wechselte das Thema. „Habe ich dir erzählt, dass Cosmo Emily und mich nach Venedig begleitet, um Emilys Mama kennenzulernen?"

„Cosmo?"

„Du erwartest doch nicht, dass wir die ganze Strecke nach Venedig ohne männlichen Begleiter zurücklegen?"

Alecs Schultern zuckten vor unterdrücktem Gelächter. „Aber - *Cosmo?*"

„Und was findest du daran so belustigend?", fragte sie empört.

„Cosmo ist ein so schlechter Reisender; ihr beide, er und du! Mir tut Emily leid, wenn sie zwischen eurem Gejammer sitzt. Außerdem hat er keinen Orientierungssinn." Er berührte wieder ihre Wange. „Ich glaube, ich sollte am besten mit dir nach Venedig fahren."

„Nein!", sagte sie, bevor sie sich zurückhalten konnte, und errötete. „Ich wollte nicht sagen ..."

Er lächelte schräg und ließ seine Hände an seine Seiten sinken. „Es ist völlig in Ordnung, meine Liebste", sagte er tonlos. „Ich verstehe dich besser, als du weißt. Nach solch schockierenden Ereignissen brauchen wir beide nicht nur Zeit, sondern auch Abstand. Und dann können wir neu beginnen."

„Ja", flüsterte sie. „Ich hoffte ... ich wusste, dass du es verstehen würdest."

Dieser Moment der Intimität wurde abrupt beendet, als Emily, einen großen, federgeschmückten Hut auf den blonden Locken, und Sir Cosmo, der an den glänzenden, großen Knöpfen seines Reisemantels herumfummelte, vom Garten hereinkamen, die Herzogin nur einen Schritt hinter ihnen, während sie in letzter Minute der Haushälterin Anweisungen gab.

„Alec! Bist gekommen, um uns zu verabschieden?", sagte Sir Cosmo fröhlich. „Du kommst gerade zur rechten Zeit. Wir werden das Post-schiff in Dover verpassen, wenn wir uns nicht beeilen." Er streckte Alec seine Hand hin und dieser schüttelte sie. „Ich hasse Abschiede", knurrte er. „Ich schreibe aus Paris und Venedig. Und wo auch immer wir enden werden!" Er sah Emily an. „Muss ein Auge auf die Damen haben. Keine Sorge, alter Junge."

Alec beugte sich über Emilys ausgestreckte Hand und lächelte. „Du wirst für mich auf ihn aufpassen, nicht wahr, Emily? Er verirrt sich schrecklich an fremden Orten und kann kein Wort vernünftiges Franzö-sisch sprechen."

Sir Cosmo war zu nervös, um das zu bestreiten, aber jemand zupfte an seinem Ärmel und seine Aufmerksamkeit er wurde von der Herzogin in Anspruch genommen. Emily kicherte und nickte und wurde in die Diskussion zwischen ihrer Großmutter und Sir Cosmo hineingezogen; alle drei waren bald in ein Gespräch über ihre bevorstehende Reise vertieft. Alec schaute ihnen zu, erfreut und erleichtert zu sehen, dass sie sich alle soweit von Emilys katastrophaler Verlobung und den schreckli-chen Ereignissen jenes Wochenendes erholt hatten.

Selina schloss sich der Unterhaltung nicht an. Sie wollte sich nur auf den Weg machen, fürchtete zwar die Stunden monotonen Reisens, war aber begierig, überall, statt in England zu sein. Sie wandte sich zum Spiegel, zog ihre Haube über ihre aprikosenfarbenen Locken und band das Seidenband unter ihrem Kinn fest, sich wohl bewusst, dass Alec sie beobachtete, während er seine Reithandschuhe überstreifte.

So viel war zwischen ihnen ungesagt geblieben. Doch beide wussten, dass es das Beste war, nicht zu viel zu sagen. Neun Monate. Es war keine so lange Wartezeit. Neun Monate. Getrennt würden sie sich wie eine Ewigkeit anfühlen. Aber dann würde sie zurückkommen und sie würden heiraten. Ja, die Zeit würde schnell genug vergehen.

Alec drehte sich auf dem Absatz um und ging fort, in den hellen Sonnenschein eines perfekten Frühlingstages hinaus.

Alec Halseys Abenteuer geht weiter…

ALEC-HALSEY-KRIMIS BAND 2

HERBST 1763. *Der Berufsdiplomat wurde zum Marquess erhoben, was er nicht will und wovon dem die feine Gesellschaft denkt, dass er es nicht verdient. Und wegen des in den Londoner Salons noch immer lauernden Verdachts, dass er seinen Bruder ermordet habe, könnte es durchaus ein Fehler sein, nach sieben Monaten der Abgeschiedenheit nach London zurückzukehren. Als dann bei einer parteipolitischen Einladung ein unbekannter Pfarrer neben ihm tot umfällt und sein für aufrührerische Reden bekannter Onkel Plantagenet zusammengeschlagen und in einer Gasse für tot liegengelassen wird, verstärken sich Alecs böse Vorahnungen. Als Alec die wahre Identität des Pfarrers aufdeckt, vermutet er, dass der Mann vergiftet worden sei. Aber wer würde einen anscheinend harmlosen Gottesmann ermorden wollen, und warum?*

LONDON

ALEC HALSEY HATTE Sir Charles Weirs Einladung zum Diner in der Annahme akzeptiert, dass er der einzige Gast sein würde. Jetzt, als er von einem Dutzend unbekannter Gesichter umringt im Salon des Politikers stand, fand er sich inmitten eines parteipolitischen Diners wieder. Die anderen Gäste waren alle in irgendeiner Art und Weise mit der Regierung verbunden und zusammengekommen, um den fünften Jahrestag von Sir Charles' Wahl zum Parlament zu feiern; es waren keine Berufsdiplomaten aus dem Außenministerium wie Alec. Der Ehrengast, der Herzog von Cleveley, der bereits zweimal Lord Schatzkanzler gewesen und der derzeitige Außenminister war, musste erst noch erscheinen, und Alec vermutete, dass das der Grund war, warum die Türen zum Speisesaal noch geschlossen blieben.

Mit dem Weinglas in der Hand schlenderte Alec zu dem Schiebefenster hinüber, das auf die Arlington Street hinausschaute und wandte dem überfüllten und lauten Zimmer den Rücken zu. Er mochte solche Zusammenkünfte nicht. Zu vertraulich. In einer gesichtslosen Menge konnte man unerkannt bleiben und doch die Unterhaltungen des Abends genießen. Hier kannte jeder die Geschichte seiner Familie, hatte jede skandalöse Einzelheit über die makabren Umstände des Mordes an seinem ihm entfremdeten Bruder in den Londoner Zeitungen verschlungen. Trotz des offenen Urteils des Gerichtsmediziners war es Alec, dem die Gesellschaft die Schuld am Tode seines Bruders gab und damit den neu zu diesem Titel gekommenen Marquess Halsey zu lebenslänglicher Verdächtigung verurteilte.

Warum war er in die Stadt zurückgekehrt? Er hätte in Kent bleiben sollen, wo er die sieben Monate seit dem Tode seines Bruders damit verbracht hatte, den Landsitz der Familie wieder in Ordnung zu bringen. Er sollte seine Pächter besuchen und sich um ihre Bedürfnisse kümmern, keine Zeit damit verschwenden, sich mit überfütterten, rechthaberischen Politikern und ihren schmarotzenden Anhängern zu befassen, die ihm alle nicht ins Gesicht sehen konnten. Es gab durch sein unerwünschtes Erbe so viel für ihn zu tun und zu lernen, dass er kaum wusste, wo er beginnen sollte.

Er nippte an seinem Wein und schaute nach unten auf einen Tragsessel, der auf den Stufen von Horace Walpoles Stadthaus zum Stehen kam und sinnierte über das Schicksal. Er hatte den größten Teil seines Erwachsenenlebens am Rande der feinen Gesellschaft verbracht, als Diplomat auf dem Kontinent, der in fremden Sprachen redete. Der vorzeitige Tod seines ihm entfremdeten Bruders veränderte sein wohlgeordnetes Leben für immer. Wollte er einen Landsitz verwalten und seinen Platz im Oberhaus einnehmen? Er wusste so wenig über beides, dass eine Stationierung nach St. Petersburg im Winter ihm verführerischer schien. Was sollte er mit der Stellung eines Marquess, die er überhaupt nicht wollte und von der seine Standesgenossen fanden, dass sie ihm nicht zustünde? Und doch war er gezwungen gewesen, den neu geschaffenen Titel mit guter Miene anzunehmen. Als ob die Erhöhung seiner Familie vom Titel eines Earls von Delvin zum Marquess von Halsey wie durch ein Wunder seine Verbindung zu einem ermordeten Bruder, der ihn mit einer an Manie grenzenden Leidenschaft gehasst hatte, aus dem kollektiven Gedächtnis der feinen Gesellschaft hätte tilgen können. Alecs Auffassung nach komplizierte es sein Leben beträchtlich, plötzlich zum Marquess erhoben zu werden und verstärkte nur den Verdacht.

Vielleicht sollte er eine erneute Abordnung nach Konstantinopel erbitten?

Er wurde aus diesen Überlegungen gerissen, als sein Name hinter seiner linken Schulter in einer in lautem Flüsterton geführten Unterhaltung erwähnt wurde. Den Rest mitzuhören ließ sich nicht vermeiden.

„Ich weiß nicht, warum Weir ihn eingeladen hat", jammerte eine schwache, männliche Stimme. „Er ist keiner von uns. Und wenn man bedenkt, was er dem armen Ned angetan hat - tja!"

„Sir Charles hat für alles seine Gründe", sinnierte seine weibliche Begleitung. „Ich frage mich ..."

„Offensichtlich betrachtet Charlie die Angelegenheit nicht so wie wir, Mylady."

„Er ist auf seine kantige Art recht gutaussehend. Große, knochige Nase und große ..."

„Was? Kein Puder und nur ein Fetzen von Spitze machen ihn gutaussehend?"

„... blaue Augen", endete Lady Cobham mit einem schrägen Lächeln und begutachtete Alec von seinen muskulösen Unterschenkeln bis zu den schwarzen Locken.

„Du bist blind! Man könnte ihn gut für einen amerikanischen Wilden halten."

„Ja. Dieses alte Gerücht über ..."

„Gerücht?"

„... darüber, dass sein echter Papa ein schwarzer Lakai war, der sich Lady Delvins Gunst erfreute, ist hängengeblieben, nicht wahr?"

„Es ist hängengeblieben, Caro, weil der dunkle Teufel ein - ein Halbblut ist. Man muss ihn nur anschauen, um das zu wissen!"

Die Frau seufzte tief. „Ja, schau ihn nur an. Es heißt, er sei so männlich wie ein Wilder ..."

Ein verächtliches Schnauben ertönte. „Du bist reif für Bedlam, Caro! Bei Gott! Der Mann ist ungeschliffen, unzivilisiert und respektlos. Es wird dem Herzog nicht gefallen, dass er heute Abend hier ist, überhaupt nicht!"

„Ich würde sagen, George, deinem Vater wird es nicht gefallen, aber wenn ich die noch andauernde Trauer des Herzogs wegen der Herzogin bedenke, bezweifle ich, dass es für Cleveley eine Rolle spielt, wen Sir Charles eingeladen hat. Können Wilde blaue Augen haben?"

„Sei vernünftig, Caro." Lord George Stanton drückte sein Doppelkinn in die Halsbinde und sagte ernst: „Vater denkt daran, die Führung abzugeben."

Die Dame schnappte nach Luft. „Das kann nicht dein Ernst sein? Er muss einen Scherz gemacht haben!"

„Der Herzog, meine liebe Lady Cobham, scherzt nicht. Und ich auch nicht. Und ich glaube nicht, dass Vaters Kummer ihn für die Welt blind gemacht hat. Er wird sicher ein Wort mit Weir zu reden haben, wegen des Mangels an moralischem Anstand, weil er einen Mann einlädt, von dem jeder weiß, auch wenn es nicht zu beweisen ist, dass er seinen eigenen Bru..."

„Oh, schau! Endlich ist er hier!", platzte Lady Cobham heraus. Sie kicherte nervös hinter ihrem wedelnden Fächer, als Alec sie direkt ansah. Aber als Lord George zum Eingang schaute, senkte sie den Fächer aus geschnitztem Elfenbein, um ihre nach oben gepressten Brüste zu betonen, bevor sie sich umwandte, um das lebensgroße Porträt, das zwischen den beiden Fenstern hing, zu bewundern. „Ich frage mich, ob das ein Reynolds ist ...?", sinnierte sie, ohne jemanden im Besonderen anzusprechen, aber mit einem verstohlenen Seitenblick voll offener Einladung zu Alec.

Unruhe am Eingang ließ jedermann in diese Richtung sehen. Der Herzog von Cleveley war angekommen. Es sagte viel über den beträchtlichen politischen und gesellschaftlichen Einfluss des Mannes aus, dass sein bloßes Auftreten den Raum in Schweigen versinken ließ. Bald war er von den Getreuen der Partei umgeben, die alle bemerkt werden wollten, und Alec hatte die Befriedigung zu sehen, wie der große Mann seinen Stiefsohn, Lord George Stanton, zugunsten eines Geistlichen in verschlissenem Kragen und Manschetten übersah. Zumindest der Herzog war nicht bereit, einem arroganten Wesen den Vorrang vor dem Verstand zu geben, dachte er mit einem ironischen Lächeln.

Die Mahlzeit selbst wurde nicht zu der Tortur, die Alec befürchtet hatte. Zwischen den zwölf Gängen gab es viele politische Diskussionen und viele Reden aus dem Stehgreif, die Sir Charles' fünf Jahre als Parlamentsmitglied für den überrepräsentierten Wahlbezirk von Bratton Dene lobten. Und da Alec zwischen dem schäbigen Geistlichen, der ihn zugunsten seiner Unterhaltung mit dem Herrn zu seiner Rechten ignorierte, und Sir Charles, der am Kopf der Tafel saß, seinen Platz hatte, begann er, sich wohler zu fühlen. Während die beiden Diener mit den verschiedenen angebotenen Gerichten hin und her gingen, nahm er sich die Zeit, ringsum die anderen Gäste zu betrachten.

Der Herzog von Cleveley saß direkt gegenüber und schaute höchst gelangweilt drein. Seine Gnaden sagte während der Diskussionen wenig, aß wenig von den vielen Dingen, die ihm vorgelegt wurden, und trank stetig weiter, obwohl diese Tatsache seinen politischen Scharfsinn in keiner Weise beeinträchtigte. Alec beobachtete, dass der Herzog, wann immer er von einer Unterhaltung ermüdet war, mit seiner Schnupftabaksdose herumfummelte und dass seine Genossen das als Anzeichen werteten, dass sie mit ihrer Aufmerksamkeit nachlassen könnten; aber kaum, dass sie das taten, warf der große Mann eine beißende Kritik in den Raum, die dafür sorgte, dass die Speisenden sich in einer Reihe von Gegenargumenten verloren. Alec würde nie der Politik des Herzogs zustimmen, aber das hielt ihn nicht davon ab, den großen Politiker bei der Arbeit zu bewundern. Jetzt verstand er, warum sein Onkel Plantagenet den Herzog als so würdigen und aufreizenden Gegner empfand und das ließ ihn lächeln, weil er darüber nachdachte, was der alte Gentleman am nächsten Morgen beim Frühstück zu sagen haben würde, wenn er genau erfuhr, wer bei Sir Charles Weirs Abendeinladung zu Gast gewesen war.

Sir Charles beugte sich zu Alec.

„Es ist für dich absolut langweilig, fürchte ich. Keine Bange, wenn die Damen in den Salon gehen, können wir Männer einen guten Portwein trinken und uns ausruhen." Er klopfte auf Alecs samtenen Ärmelaufschlag. „Ich freue mich, dass du in die Stadt gekommen bist."

„Ich hätte mich daran erinnern sollen. In der Schule hattet du schon die Fähigkeit zu bekommen, was du wolltest, ob durch faire oder unfaire Mittel."

Sir Charles hob sein Glas. „Das ist es, was mich zu einem derart erfolgreichen Politiker macht, Mylord Halsey."

Alec zuckte zusammen. Sieben Monate waren nicht Zeit genug, um sich wohl zu fühlen, wenn man mit „Mylord" angeredet wurde." Er ärgerte sich über sich selbst, dass eine solche Kleinigkeit ihn aus der Fassung brachte und goss den Rest seines Weins in einem Zug hinunter. Als er aufschaute, traf er den durchdringenden Blick des Herzogs. Er erwiderte ihn und die Röte in seinem Gesicht verriet alles, denn der Herzog stellte sein Glas weg, hob seine Schnupftabaksdose und bot sie quer über den Tisch an.

Alec schüttelte den Kopf. „Danke, Euer Gnaden, aber ich schnupfe nicht."

Der Herzog neigte sein gepudertes Haupt und stellte die kleine, goldene Dose wieder auf den Tisch zurück. „Eine der vielen exzentrischen Eigenschaften Eures Onkels ist der Hass auf Tabak. Ich habe sein Pamphlet zu diesem Thema mit großem Interesse gelesen. Ihr wurdet von ihm erzogen, nicht wahr?"

„Ja, Euer Gnaden. Von ihm dazu erzogen, mir meine eigene Meinung zu bilden", antwortete Alec, überrascht, dass der Herzog sich die Mühe gemacht hatte, etwas zu lesen, das sein Onkel geschrieben hatte. „Ich finde nur einfach keinen Gefallen am Schnupfen."

„Aha", sagte der Herzog und beendete das Thema mit einer ausgiebigen Prise, als wäre er plötzlich davon gelangweilt. Alec fand diese Manieriertheit ärgerlich. „Sagt mir Eure Meinung über die Ostfriesland-Frage."

„Gibt es denn eine Frage, Euer Gnaden?", fragte Alec. Er wusste, dass die anderen Speisenden ihre Unterhaltungen unterbrochen hatten und intensiv lauschten. „Ich nahm an, dass diese kleine Ecke des nördlichen Europas jetzt zur Ruhe gekommen wäre. England hat die französische Besatzung des Fürstentums beendet und die Invasion von Hannover konnte abgewendet werden, was das vorrangige Ziel Eurer Regierung war. Also ein erfolgreicher Feldzug für Euch, Euer Gnaden …"

Der Herzog tippte auf den Deckel seiner Schnupftabaksdose und klappte den filigranen Deckel mit einem Finger auf. Sein Blick hing weiter an Alec und schätzte seine Bemerkung ab, um zu entscheiden, ob sie einen feindseligen Unterton hätte. Schließlich war die Entscheidung seiner Regierung, die Franzosen zu vertreiben und Ostfriesland zu besetzen, von beiden Seiten des Parlaments mit Feindseligkeit aufgenommen worden. Alec Halseys Onkel Plantagenet war der wortreichste ihrer Kritiker. Aber Ostfriesland hatte eine gemeinsame Grenze mit Hannover, dem Stammland des englischen Herrschers, und daher war es unabdingl, die Franzosen dort herauszuhalten. Der strategische Zug erwies sich als erfolgreich und half England, den Siebenjährigen Krieg zu gewinnen.

„Mit dieser Bemerkung will ich es gut sein lassen, Halsey."

„So war es gedacht, Euer Gnaden", antwortete Alec höflich.

Es folgte eine lange Stille, nur unterbrochen durch das Geräusch, wie der Herzog Schnupftabak nahm. Es blieb Sir Charles überlassen, die Stimmung zu deuten, daher schob er seinen Stuhl zurück und nickte seinem Butler zu, ein Zeichen für die Damen, sich in den Salon zu verabschieden. Die anderen Gentlemen standen auf, noch immer schweigend, und warteten auf einen Hinweis des Herzogs, der die um ihn aufgekommene Spannung nicht zu spüren schien.

Nachdem die Tür sich fest hinter dem Rücken der Damen geschlossen hatte, bahnte sich Lord George Stanton einen Weg zu der Anrichte am anderen Ende des langen Raums, wo Sir Charles seine Schnupftabaksdose und die Dosen der Gäste, die der Füllung bedurften, aus einer Reihe verzierter Töpfe, die auf dem obersten Brett eines reich geschmückten Mahagoniregals aufbewahrt wurden, auffüllte. Die anderen Gentlemen hatten den untersten Westenknopf geöffnet und machten es sich bequem für den guten Tropfen Portwein, den der Butler in großen Kristallkaraffen auf den Tisch gestellt hatte.

Alec streckte seine langen Beine vor den Fenstern auf der der Anrichte gegenüberliegenden Seite, um den interessierten Blicken einiger Herren zu entgehen, die abgelenkt wurden, als der schäbige Geistliche sich selbst einlud, den Platz neben dem Herzog einzunehmen. Das vertrauliche Benehmen des Kirchenmannes ärgerte die Männer, die auf diese Gelegenheit gewartet hatten, um sich selbst dem großen Mann besser bekannt zu machen. Alec bemerkte, dass es auch den Stiefsohn des Herzogs verärgerte, der seine Verachtung für den alten Geistlichen nicht verbergen konnten. Und zwei Flaschen Rotwein hatten seine Zunge gelockert.

„Hört zu, Charlie", zischte Lord George laut und hickste. „Ich dachte, Ihr würdet seinetwegen etwas unternehmen."

„Was schlagt Ihr vor, was ich gegen einen Geistlichen unternehmen soll, Mylord?", antwortete Sir Charles mit deutlicher Ironie.

„Was macht er denn hier?", kam die arrogante Frage.

„Es war nicht meine Idee, ihn einzuladen. Ich dachte, das wäre offenkundig, selbst für Euch", antwortete Sir Charles schneidend und drückte den Korken wieder auf den Schnupftabakstopf aus Porzellan. Er stellte diesen und den zweiten wieder ins Regal. „Und bitte, senkt Eure Stimme."

„Ich bin nicht betrunken, müsst Ihr wissen", sagte Lord George und nahm eine Prise Schnupftabak aus der ihm angebotenen Dose. „Danke. Der alte Fuchs ist gekommen, um zu bleiben. Ist das zu glauben? Vater erlaubt diesem Stück Dreck, am St. James' Square zu wohnen? Er hat sein eigenes Zimmer, um Himmels willen!"

„Vielleicht in seiner Trauer …"

„Oh, kommt schon, Charlie!", spottete Lord George und hickste wieder. „Ich vermisse Mama ebenso, aber es bringt mich doch nicht um den Verstand. Es ist zwölf Monate her und ich denke, das ist lange genug getrauert. Schließlich war Mama auch keine gesunde Frau. Sie war den größten Teil des Jahres vor ihrem Tod schon an ihr Zimmer gefesselt. Also erzählt mir keinen Unsinn über tiefe Trauer!"

„Mylord, ich …"

Lord George stützte seinen langen Arm auf die Anrichte, sein rundes Gesicht dicht an Sir Charles'. „Wisst Ihr, was ich denke, Charlie."

„Nein, ich denke nicht …"

„Er hat etwas gegen ihn in der Hand."

„Was?"

„Erpressung.“

„Das ist absurd“, antwortete Sir Charles mit einem hohlen Lachen. „Was könnte dieser alte Pfarrer denn gegen ...“

„Ihr glaubt, weil Ihr zehn Jahre lang Sekretär des großen Mannes wart, dass Ihr alles wisst, was es über ihn zu wissen gibt? Dann sagt mir, warum Vater dieser alten Krähe auch nur guten Tag sagt. Gestern erst haben sie sich drei Stunden lang in der Bibliothek eingeschlossen. Drei Stunden, Charlie.“

Sir Charles packte Lord George am Ellenbogen und zog ihn so herum, dass er mit dem Rücken zum Zimmer stand. „Habt Ihr daran gedacht, dass seine Gnaden vielleicht nur den letzten Wunsch Eurer Mutter erfüllt?“

Lord George rülpste. „Hä?“

Sir Charles lächelte dünn. „Wenn Ihr Euch erinnern wollt, Mylord, es war die Herzogin, die Mr. Blackwell zu sehen verlangte. Kurz bevor sie auf ihr Totenbett fiel, ließ sie den Geistlichen an ihr Bett rufen. Er war es, der ihr die letzte Ölung gab.“

„Was? Dieser schäbige Niemand wachte über Mamas Totenbett?“ Das war Lord George neu und er wandte sich um, um zur anderen Seite des Raumes den Geistlichen anzusehen, der sich mit den Adligen um ihn herum sehr vertraut gab und sich dem Gelächter über ihre Bonmots anschloss. „Warum tat sie das, frage ich mich?“

Sir Charles seufzte. „Das werden wir jetzt nie erfahren, und ich rate Euch, den Herzog damit nicht zu belästigen.“ Er steckte seine Schnupftabaksdose in die Tasche, schloss die Tür der Anrichte und drehte den kleinen, silbernen Schlüssel im Schloss herum. „Wenn seine Gnaden es für angebracht hält, sich mit einem schäbigen Niemand abzugeben, ist es nicht an uns, das in Frage zu stellen.“

Lord George Stanton gab ein Schnauben von sich und klatschte Weir auf den Rücken. „Immer der treue Sekretär, Charlie!“

Er schlenderte davon, um sich den anderen anzuschließen. Sir Charles zog eine missbilligende Grimasse und ging mit einem resignierten Lächeln zu Alec hinüber. „Mach dir nichts aus Lord George“, sagte er entschuldigend. „Er ist jung und leider verträgt er seinen Schnaps nicht so gut wie wir anderen. Das lässt ihn Dinge sagen, die er nicht so meint. Blackwell ist nicht so übel.“

Alecs unverbindliche Antwort und die Tatsache, dass er sofort hinüberging, um sich dem Geistlichen vorzustellen, erstaunten Sir Charles. Wenn er nicht angesprochen worden wäre, um eine Streitigkeit wegen einer Rechtsfrage zu klären, wäre er ihm gefolgt, um zu hören, was sein alter Schulfreund einem schäbigen Niemand zu sagen hatte.

„Mr. Blackwell", sagte Alec. „Ich muss Euch um Verzeihung bitten."

Reverend Blackwell lächelte und bot Alec den leeren Stuhl neben sich an. „Tatsächlich, Mylord?"

„Ja. Ich komme mir recht albern vor, weil ich Euch beim Essen nicht erkannte, aber wir sind uns schon früher begegnet, als sich der Vorstand des Belsay-Waisenhauses auf Einladung meines Onkels in meinem Haus traf."

„Ja, das stimmt. Verzeiht, wenn ich lächele, aber ich weiß, wer Ihr seid und ich bin mir unseres früheren Zusammentreffens wohl bewusst. Ich dachte, es wäre am besten, Euch die Gelegenheit zu geben, sich meiner zu erinnern oder nicht, wie es Euch gefällt."

Alec war überrascht. „Wie könntet Ihr denken, dass ich Euch nicht kennen wollen möchte? Ich gebe zu, dass ich gesellschaftliche Anlässe meide, seit ... ich komme nicht oft in die Stadt und ziehe es vor, meine Zeit in Kent zu verbringen, doch ich habe dieses Mittagsmahl damals sehr genossen - umso mehr, da die Gespräche sich um das Belsay-Waisenhaus drehten."

„Meine anderen Vorstandsmitglieder und ich sind geehrt, dass wir benannt wurden, aber es ist Euer Onkel, der die Sache am Laufen hält, Mylord." Dem Geistlichen fiel Alecs Stirnrunzeln auf und er breitete seine fetten Hände in einer Geste des Mitgefühls aus. „Die letzten sieben Monate dürften nicht einfach für Euch gewesen sein. Es tut mir sehr leid. Ein geringerer Mann hätte es nicht durchgehalten. Doch habe ich jedes Vertrauen darin, dass Ihr das Beste aus Umständen machen werdet, die Ihr nicht zu verantworten habt."

Alec schaute von dem schweren, goldenen Siegelring auf, der am kleinen Finger seiner linken Hand saß; an den Seiten seines Mundes hatten sich harte Falten gebildet. „Danke für Eure Unterstützung, Blackwell."

Der Pfarrer nickte und beugte sich über den Tisch, um nach der nächstliegenden Schnupftabaksdose zu greifen. Sie war aus Gold und sah genauso aus wie die Dose, die der Herzog bei sich trug. „Hübsch, nicht wahr?", sagte er, um das Thema zu wechseln. „Ein Geschenk. Ich habe Schnupftabak nie wirklich genossen, bis ich eine gute Mischung geschenkt bekam." Er sog eine großzügige halbe Prise in ein Nasenloch auf. „Habe immer Pfeife geraucht. Aber dies ist in Gesellschaft angenehmer." Dann schnupfte er den Rest in das andere Nasenloch auf und wischte sich die Finger an seinem Rockärmel ab.

Alec wartete höflich, obwohl er den Geistlichen so vieles fragen wollte. Nicht zu allerletzt, wie er dazu kam, seinen Schnupftabak aus einer goldenen Dose in einem eleganten Salon voll hochrangiger Politiker zu genießen, wo er doch weniger als ein Jahr zuvor die notleidenden Armen der Gemeinde von St. Jude betreut hatte. Er musterte den Herzog, der von den Getreuen seiner Partei umringt war und wunderte sich über die mögliche Beziehung zwischen einem Edelmannes höchsten Ranges und einem armen, schlecht gekleideten Kirchenmann ohne familiäre Beziehungen. Der Herzog war nicht wohltätig zu nennen. Seine Verachtung für alle gesellschaftlich unter ihm Stehenden war wohlbekannt. Er war der Inbegriff dessen, was Alec an seinem eigenen Stand am meisten verabscheute. Blackwell war ein ehrlicher Mann mit sanften Manieren, ohne Einbildung oder Ehrgeiz; ein Mensch, der für einen so eingefleischten Politiker wie den Herzog kaum einen Wert besaß. Seltsame Bettgenossen, in der Tat.

„Mylord, seid so freundlich, mein Glas nachzufüllen", sagte der Geistliche in einem dünnen, heiseren Flüsterton und zerrte an seinem verschlissenen Halstuch, als ränge er nach Luft.

Alec tat, worum er gebeten wurde, aber ein Blick auf Blackwell machte ihm klar, dass dem Mann übel geworden war. Sein Gesicht hatte die Farbe gewechselt und er sah plötzlich unangenehm erhitzt aus. Auf seiner Stirn begannen sich Schweißperlen zu bilden. Alec fühlte nach dem Puls des Mannes und war von dem raschen, schwankenden Schlag im Handgelenk überrascht. Er lockerte die Krawatte des Geistlichen und lehnte ihn dabei in seinem Stuhl zurück. Das schien dem alten Mann nur noch mehr zu schaden. Blackwell ließ seinen Kopf nach hinten fallen, während er durch den schlaff geöffneten Mund Luft einsog. Alec hatte dem Mann das Halstuch abgenommen und die Weste aufgeknöpft, aber Blackwell rang trotzdem noch nach Luft, sein Keuchen war so laut, dass die anderen Gäste auf seinen Zustand aufmerksam wurden und die Gespräche und das Lachen verstummten.

Sir Charles eilte an Alecs Seite und rief seinem Butler zu, einen Krug Wasser zu bringen. Er wandte sich ratsuchend an seinen alten Schulfreund, da er nicht wusste, was er mit dem keuchenden Körper tun sollte, der sich jetzt auf dem Stuhl in Krämpfen wand. „Was sollen wir tun?"

„Holt einen Arzt!", befahl Alec, dessen Arm sich anfühlte, als würde er unter der Last des Geistlichen brechen.

Gerade, als er dies sagte, klappte Blackwell vornüber zusammen und erbrach sich. Ein großer, stinkender Haufen unverdauter Nahrung spritzte auf Alecs bestrumpfte Füße und fiel in Brocken auf den Teppich. Das reichte, um die Zuschauer zurücktaumeln zu lassen. Ein Gentleman würgte, hielt seinen Kopf über den Nachttopf unter dem Tisch und folgte dem Beispiel des Geistlichen. Alec bezwang seine eigene Übelkeit und manövrierte den Geistlichen auf seine Knie, wonach dieser sich noch einmal erbrach. Die lauten, gutturalen Würgetöne waren selbst für den härtesten Magen der letzte Strohhalm und der Kreis der Gentlemen, der ihn umgab, öffnete und zerstreute sich. Lord George Stanton beging den Fehler, über Sir Charles' Schulter zu spähen. Der Gestank traf ihn noch vor dem Anblick und er wankte zurück und hätte fast das Gleichgewicht verloren, wenn der Herzog seinen Stiefsohn nicht am Ellenbogen gepackt und auf den nächsten Stuhl gedrückt hätte.

Alec hatte keine Ahnung, wie er das Leiden des Mannes lindern könnte. Bis ein Arzt gefunden werden konnte, gab es nicht viel zu tun, als hilflos und unbehaglich herumzuschleichen. Sir Charles versuchte, einen Becher Wasser an die ausgetrockneten Lippen des Pfarrers zu halten, aber das half nichts. Blackwell, dessen zuvor bleiche Gesichtsfarbe jetzt hellrot war, schnappte weiter nach Luft, sich seiner Umgebung nicht bewusst und nicht in der Lage, um Hilfe zu bitten.

Dann hörten die Krämpfe plötzlich ebenso abrupt auf, wie sie begonnen hatten. Rings um den Raum erhob sich erleichtertes Aufatmen. Blackwell war völlig still, sein kahler Kopf, jetzt ohne seine braune, kurzhaarige Perücke, war wie zum Gebet nach vorn geneigt. Er nahm einen letzten tiefen, zittrigen Atemzug und brach prompt, mit dem Gesicht in die Schweinerei, die er verursacht hatte, zusammen.

Er war tot.

„WAS FÜR EIN scheußliches Ende dieses Abends“, klagte Lord George Stanton und füllte erneut sein Portweinglas.

www.ingramcontent.com/pod-product-compliance
Lightning Source LLC
Chambersburg PA
CBHW062017190726
48284CB00012B/479